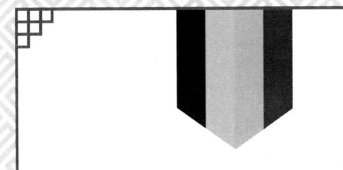

현실비판가사 연구

고순희 저

박문사

　현실비판가사는 필자에게는 인생의 주제이다. 필자의 박사학위 논문이 '현실비판가사 연구'였는데, 이 논문을 쓴 것은 지금으로부터 자그만치 27여년 전이었다. 그 당시 필자에게 삼정문란기의 현실을 담은 현실비판가사는 매력적인 주제로 다가왔다. 각 작품의 이본을 구하러 돌아다니면서 신나게 박사논문을 썼던 기억이 아직도 생생하다.

　박사 이후 필자는 아직 읽혀지지 않았거나 연구되지 않은 가사문학 필사본이 매우 많다는 사실을 알고, 가사문학 필사본을 읽어나가기 시작했다. 가사문학 필사본을 영인한 가사자료집이 출간되었고, 한국가사문학관에서 필사본을 수집하여 필사본의 jpg 파일을 홈페이지 상에 계속해서 올려주었기 때문에 필사본을 읽는 연구 환경은 날로 좋아졌다. 필사본을 읽을 때 유독 필자가 관심을 두고 정리에 몰두한 것은 역사, 사회의 현실을 내용 안에 수용하고 있는 작품이었다. 그리하여 필자의 평생 연구 주제는 역사, 사회 현실에 대응한 가사문학 작품에 관한 것이 되었다. 현실비판가사가 필자의 평생 연구 주제를 결정한 셈이다. 그런 의미에서 현실비판가사는 필자에게 인생의 주제가 아닐 수 없다.

　현실비판가사로 박사논문을 썼음에도 불구하고 『현실비판가사 연구』와 『현실비판가사 자료 및 이본』을 이제서야 책으로 출간하게 되었다. 이렇게 늦게 책이 나오게 된 이유는 무엇보다도 필자의 게으름 때문이었다. 그런데 변명을 좀 하자면 박사논문에서는 현실비판가사를 유형적으로 다루었다. 그래서 처음에는 각 작품마다 작품론을 보충하여 책으로 출간해야겠다고 생각해 출간을 미루었다. 이것은 지도교수님이셨던 성기옥 교수님의 권고이기도 했다. 그리고 당시 필자는 〈거창가〉의 작가를 구체적으로 밝힐 수 있는 실마리가 어딘가에 있을 거라는 생각을 떨쳐버릴 수가 없었다. 〈거창가〉의 작가를 구체적으로 밝힐 수만 있다면 보다 충실한 작품론이 될 수 있을 것같았다.

그런데 시간이 지나자 〈거창가〉의 작가를 찾는 것은 포기하게 되고 작품론도 얼추 쓰게 되었지만, 여전히 책을 출간하지 못했다. 왜냐하면 새로운 이본이 띄엄띄엄 발굴되고 있어 그 이본들을 책에 수용해야겠다는 욕심이 생겼기 때문이었다. 그렇게 차일피일 출간을 미루어오다가 더 이상 출간을 미룰 수가 없어 최근에 작품론과 유형론을 완성하였다. 그런데 책의 출간을 결정한 무렵 새로운 현실비판가사 〈민탄가〉가 발굴되었다. 〈민탄가〉는 매우 중요한 의미를 지니는 현실비판가사였다. 그리하여 이에 관한 작품론을 학회지에 게재한 이후 이 책에 싣느라 이 책의 출간이 더욱 늦어지게 된 것이다. 게으름 탓에 책의 출간이 늦어져도 너무 늦어진 것이지만, 한편으로 게으름 탓에 책에서 작품마다 많은 이본을 싣고 새로운 현실비판가사 〈민탄가〉도 다루게 되었으므로 그나마 위안이 된다.

『현실비판가사 연구』에서는 현전하고 있는 현실비판가사 〈갑민가〉, 〈합강정가〉, 〈향산별곡〉, 〈거창가〉, 〈민탄가〉 등과 함께 실전 현실비판가사도 다루었다. 그리고 부록을 두어 〈태평사〉를 따로 다루었다. 〈거창가〉의 거의 모든 이본이 〈태평사〉를 내용의 전반부에 배치하고 있어 〈거창가〉와 관련하여 매우 중요한 작품이기 때문이다. 『현실비판가사 자료 및 이본』에서는 현전하고 있는 현실비판가사의 이본들을 실었다. 현재까지 확인된 〈갑민가〉 2편, 〈합강정가〉 10편, 〈향산별곡〉 5편, 〈거창가〉 17편, 〈민탄가〉 1편의 이본을 실었다. 〈거창가〉는 '거창가' 혹은 '아림가'라는 제목을 달고 유통되었던 이본이 22편이나 되지만, 이 가운데 5편은 '거창가'라는 제목에도 불구하고 〈태평사〉 부분만 남아 있는 것이다. 그리하여 이 책에서는 〈거창가〉의 본사설이 들어 있는 이본 17편만 실었다.

이 책이 출간되기까지 많은 분들의 도움이 있었다. 먼저 은퇴하신 김대행 교수님께 감사의 마음을 전한다. 교수님께서는 박사논문을 지도해주시다가 서울대학으로 자리를 옮기셨다. 제자의 좋은 논문을 위해 호된 질책을 아끼시지 않으셨는데, 너무 늦게 감사의 마음을 전하게 되어 송구스럽다. 그리고 늦은 제자이지만 애정을 가지고 제자의 연구를 지켜봐주신 성기옥 지도교수님께 감사의 말씀을 드린다. 이 책의 출간을 독려해주셨는데, 이제야 책을 보여드리게 되었다.

이 책의 출간에 즈음하여 지난 일이 생각나 한 사람에게는 꼭 고마움을 전해야 할 것 같다. 후배 김수경 교수는 당시 어설픈 선배를 위해 박사논문의 워드 작업을 대신 해주었다. 꿈만 같은 일이지만 정말 그때 그랬다. 그때 후배가 대신하여 컴퓨터에 입력한 박사논문을 대폭 수정하여 이제 책으로 출간하자니 바보 같은 후배의 착함과 우직함이 기억의 심연에서 불쑥 솟아 나온다.

책의 출간을 애써주신 박문사의 권석동 이사님께도 감사의 마음을 전한다. 그리고 까다로운 『현실비판가사 연구』의 편집을 꼼꼼하게 손을 보아 일품의 책을 만들어주신 최인노 선생님과 역시나 까다로운 『현실비판가사 자료 및 이본』의 편집을 한 치의 오차도 없이 말끔하게 이루어주신 박인려 선생님께 감사의 마음을 전한다. 이분들의 노고가 없었다면 이 책의 출간은 어려웠을 것이다.

그리고 끝으로 언제나 어미의 연구 작업을 이해하려 노력하며 곁에서 묵묵히 지켜봐준 아들에게 감사와 사랑의 마음을 전한다.

2018년 2월 9일
햇살 가득한 연구실에서
저자 고 순 희 씀

제2부 현실비판가사의 유형적 특질 / 255

제3부 **부록** / 435

제1부

현실비판가사의
작품론

현실비판가사 연구

제1장
甲民歌

01 들어가며

〈甲民歌〉는 창작 시기가 1792년으로 추정되어 현실비판가사 중에서 시기적으로 이른 시기의 작품이다. 〈갑민가〉는 처음 자료가 소개[1]된 후 조선후기가사의 변모양상을 다루는 자리에서 서민가사 혹은 현실비판가사 유형의 중요 작품으로 거론되곤 했다. 1980년대 말에서 90년대 초에 이르면 〈갑민가〉를 다룬 단독의 작품론이 나오기 시작했으며[2], 2000년대 들어서는 김형태가 기존의 연구 성과를 정리하고 또다른 이본을 소개하면서 대화체에 대한 기존의

---

1   이상보, 「甲民歌」, 『현대문학』143호, 현대문학사, 1966, 325~330면.
2   고순희, 「〈갑민가〉의 작가의식-대화체와 생애수용의 의미를 중심으로」, 『이화어문논집』제10집, 이화여자대학교 한국어문학연구소, 1989, 409~427면. 여기서는 이 논문을 수정하여 실었다. ; 김일렬, 「〈갑민가〉의 성격과 가치」, 『한국고전시가작품론 2』, 집문당, 1992, 775~781면. ; 김용찬, 「〈갑민가〉의 주제에 대한 재검토」, 『어문논집』제33호, 민족어문학회, 1994, 309~336면.

논의를 심화했다[3]. 그러는 가운데 〈갑민가〉를 다룬 학위논문도 꾸준하게 나와[4] 〈갑민가〉에 대한 연구 성과는 비교적 풍부하게 쌓여 져 있다고 할 수 있다.

〈갑민가〉는 현실비판가사 중에 매우 독특한 서술방식과 내용을 지니고 있다. 갑산민과 생원인 두 화자가 등장하여 서로 유리도망 의 문제에 대하여 대화하는 대화체가 작품의 액자 구조를 구성하 고 있다. 그리고 작품의 내용은 갑산민의 말을 통한 그의 생애가 중 심을 이루고 있다. 그리하여 작품의 서술 방식으로 채택한 대화체 가 어떤 의미를 지니는지, 갑산민의 생애를 수용한 것이 어떤 의미 를 지니는지 등에 대해 규명할 필요가 있다. 이러한 대화체의 서술 방식과 생애 수용의 내용은 작품의 의미를 파악하는 데 중요한 관 건이 되기 때문이다.

여기서는 대화체와 생애 수용의 의미를 중심으로 〈갑민가〉의 작 품론을 전개하고자 한다. 우선 2장에서는 작품의 이본과 향유 상황 을 간단히 살펴본다. 3장에서는 작품 이해의 선결 과제인 작가의 문제를 점검해본다. 4장에서는 가사문학사에서 그리 낯설지 않은 대화체 형식이 〈갑민가〉에서 어떤 의미를 지니는지 살펴본다. 5장 에서는 작품에서 서술한 갑산민의 생애가 어떤 의미를 지니는지 살펴본다. 마지막으로 6장에서는 앞의 논의를 바탕으로 작가의 현 실인식이 지니는 역사적 성격을 규명해보고자 한다.

---

3 김형태, 「〈갑민가〉의 이본 및 대화체 형식 연구」, 『열상고전연구』제18집, 열상고 전연구회, 2003, 255~303면.
4 〈갑민가〉를 다룬 박사학위논문만 소개하면 다음과 같다. 채현석, 「조선후기 현 실비판가사 연구」, 조선대학교 대학원 박사학위논문, 2008. ; 이재준, 「가사문학 에 나타난 현실비판 의식의 전개와 의미」, 서울시립대학교 대학원, 박사학위논 문, 2017.

02 이본 및 향유 상황

현재까지 〈갑민가〉의 이본으로 확인된 것은 두 편이다. 두 편의 이본에 대하여 간단하게 정리하면 다음과 같다.

1) 해동가곡본

서울대 도서관 가람문고의 『海東歌曲』에 실려 있는 이본이다. 이상보가 이 가사를 처음 소개할 당시에는 고어를 현대어로 고쳐서 소개했다. 가사의 원텍스트는 『역대가사문학전집』제6권에 영인되어 쉽게 볼 수 있다[5]. 제목은 〈甲갑民민歌가〉라 되어 있으며, 4음보를 1구로 계산하여 113구이다. 줄글체 형식과 국한문병기 표기법으로 기사되어 있다.

2) 청성잡기본

고려대학교도서관에 소장되어 있는 『靑城雜記』3책의 맨마지막 (47~52장)에 실려 있는 이본이다. 제목은 〈甲民歌〉라 되어 있으며, 4음보를 1구로 계산하여 113구이다. 성무경이 이 이본의 존재를 알린 이래, 김형태가 원텍스트를 활자화하여 소개했다[6]. 귀글체 형식과 국한문병기 표기법으로 기사되어 있다.

---

5 임기중 편, 『역대가사문학전집』제6권, 동서문화원, 1987, 5~17면.
6 성무경, 『가사의 시학과 장르실현』, 보고사, 2000, 244면. ; 김형태, 「〈갑민가〉의 이본 및 대화체 형식 연구」, 앞의 논문, 299~303.

이상에서 살펴본 바와 같이 두 편의 이본은 그 내용과 구수가 거의 동일하다.

甲山民의 삶을 다룬 〈갑민가〉의 일차적 향유는 갑산과 북청을 중심으로 하는 북방 지역에서 이루어졌을 것이다. 그런데 〈갑민가〉는 갑산 지역민의 사연을 담고 있음에도 불구하고 현재 북한 쪽 가사 자료집에서는 발견되시 않는다. 다만 〈갑민가〉는 成大中(1732~1812)의 저서인 『청성잡기』와 가사집인 『해동가곡』에만 실려 전하고 있을 뿐이다. 이 점은 〈갑민가〉가 서울 지역에서 보다 많이 향유되었던 사실을 말해준다. 당시 북청부사였던 성대중을 찬양하는 내용을 지니고 있었기 때문에 자연스럽게 성대중이 사는 서울 지역으로 〈갑민가〉가 유통되어 이 지역에서 보다 활발하게 향유되었던 사정을 쉽게 짐작할 수 있다.

당시 군정의 문란은 심각한 사회문제로 대두되어 특히 의식 있는 사대부층은 군정의 문란을 문제시하고 있었다. 〈갑민가〉는 갑산이라는 특정 지역의 문제를 담고 있긴 하지만 군정의 문란 상황을 집약적으로 다루고 있기 때문에 갑산을 벗어난 타지역, 특히 서울지역의 사족층에게도 충분한 공감대를 형성할 수 있었을 것이다.

『해동가곡』은 〈관동별곡〉, 〈사민인곡〉, 〈속미인곡〉, 〈성산별곡〉, 〈별사미인곡〉 등 가사문학사에서 전통적인 정전으로 인정받고 향유되었던 사미인곡계 가사를 모아 실었는데, 마지막에 시기적으로 가장 당대의 작품인 〈갑민가〉를 실었다. 수록된 작품들의 전체적인 성향과 다른데도 유독 당대의 작품으로 이 〈갑민가〉 한 편을 실은 것은 이 책의 편집자가 〈갑민가〉를 의미 있는 작품으로 인식했기 때문이다. 이렇게 〈갑민가〉가 상층 문화의 전형이라 할 수 있는 사미인곡계 가사와 함께 실려 전하고 있는 점은 이 가사의 향유가 상층 사족층 사이에서도 이루어졌음을 말해준다.

03 작가 추정

　그렇다면 무명씨작인 〈갑민가〉는 도대체 누구에 의해 창작된 것일까. 해동가곡본 〈갑민가〉에는 작품 말미에 '右靑城公莅北靑時甲山民所作歌'라는 기록이 덧붙여져 있다. 청성공 성대중이 북청부사로 재위했을 당시 '갑산민'이 지은 가사라는 것이다. 가사의 제목이 '갑민가'이고 관계 기록에도 작가를 '갑산민'이라고 했으므로 문자 그대로 이것을 받아들이면 이 가사의 작가는 당대 관북 지역에 살던 한 향민이 된다. 그러나 이것만으로 이 가사의 작가를 당대의 '민'이라고 확정지을 수는 없다고 본다.

　먼저 이 관계 기록은 작가의 익명성에 의하여 향유층에 의해 덧붙여진 것일 수 있기 때문에 문자 그대로 작가를 '민'이라고 할 수 없다. 〈갑민가〉에는 갑산에 살다 유리도망해가는 갑산민과 그것을 바라보는 생원, 이렇게 두 화자가 등장한다. 작품 전체에서 대화는 갑산민이 많이 하며 따라서 작품세계의 중심도 갑산민의 생애에 놓여져 있다. 그렇기 때문에 이 가사를 향유하는 층이 작품세계를 이끌고 나갔던 갑산민을 작가라고 붙였을 가능성이 크다. 다음으로 작품세계를 살펴보면 갑산민과 생원은 대화를 나누는 두 화자로, 갑산민은 생원과 마찬가지로 작중 내 한 화자이자 인물일 뿐이다. 따라서 갑산민은 작가라기보다는 작가에 의해 창조된 인물로 보는 것이 타당하다.

특히 〈갑민가〉의 내용에 의하면 작품 내 화자인 갑산민도 면밀히 따져보면 순수한 상민이 아니다. 작품 내용에서 갑산민은 자신을 향반의 후예라고 밝히고 있어 작가 추정의 한 단서로 주목할 만하다.

> 우리祖上 南中兩班 進士及第 運綿ᄒ여 / 金章玉픽 빗기츠고 侍從臣을 ᄃ니다가 / 猜忌人의 참소입어 全家徙邊 ᄒ온후의 / 國內極邊 이짜의서 七八代을 ᄉᄅ오니 / 先蔭이어 ᄒ난일이 邑中구실 첫ᄌ리로ᄃ / 드러ᄀ면 座首別監 나ᄀ셔ᄂ 風憲監官 / 有司掌儀 치지ᄂ면 톄면보와 ᄉ양터니 / 애슬푸다 내시절의 怨讐人의 謀害로서 / 軍士降定 되단말ᄀ

갑산민의 문중은 본래 남쪽지방 양반이었으나 시기인의 참소를 입어 갑산으로 이주해 살았다. 이주해온 이후에도 갑산민의 문중은 갑산에서 대대로 鄕案에 기재될 수 있었던 향반이었다. 그런데 갑산민 당대에 와서 원수의 모함으로 군정에 올랐다는 것이다. '원수의 모함'이 구체적으로 무엇인지는 모르지만 갑산민은 당대에 군역까지 져야 할 정도로 급격하게 몰락한 사정이 있었음을 알 수 있다. 함경북도 지방은 사족층의 향촌 내 지배력이 약했던 지역이었기 때문에 이러한 일은 쉽게 진행되었을 것이다. 갑산민은 모든 친척이 군포를 견디지 못해 도망가 버렸으나 본인은 "先代奉社"에 묶여 도망갈 수 없었다고 했다. 이 진술에서 갑산민이 자신의 정체성을 사족으로 설정하고 그 신분의 지표와 행동양식을 견지하고자 했음을 확인할 수 있다.

이렇게 작가는 작품 내 중심 화자인 갑산민을 향반이었으나 군안에 오른 인물로, 그리고 또다른 화자를 생원으로 설정하여 두 화자를 모두 향반층으로 설정하고 있다. 그러면서 서술하고 있는 작품세계는 당대 갑산에 사는 농민의 삶에 초점이 맞추어져 있다. 이렇게 〈갑민가〉가 향반층을 화자로 내세우면서 농민의 삶을 다루고 있는 점에서 작가 추정의 실마리를 제공해준다. 즉 〈갑민가〉의 작가는 갑산민이나 생원과 같은 층, 즉 일반 농민의 삶을 살고 있었으나 신분적으로는 사족층인 지방하층사족층일 것이라고 추정할 수 있다.

이렇게 〈갑민가〉의 작가는 일반 민중과 다를 바 없는 삶을 살 수밖에 없었던 지방하층사족층이었을 것으로 추정된다. 〈갑민가〉의 작가층인 지방하층사족층은 새로이 신분 상승을 꾀한 신흥사족층에게 향촌 내 지배력의 행사에서 밀릴 수밖에 없었을 것이다. 작가는 향촌민에 대해 일정 정도 지배력을 지니고 있었으므로 향민에 대한 지식인으로서의 책임감을 유지하고 있었다. 그러나 농민과 다를 바 없는 삶을 영위하면서 차츰 농민의 입장을 대변하고 농민의 현실을 개혁하는 데 앞장섰던 것으로 보인다. 그리하여 향민과 소통할 수 있는 〈갑민가〉를 창작하여 향촌의 지식인으로서 지역 농민의 현실을 형상화하고 여론을 형성하여 비판적 의식의 확산을 의도했던 것으로 볼 수 있다.

04 대화체의 의미

〈갑민가〉의 서술구조는 생원과 갑산민의 대화체를 중심으로 구

성되어 있다. 작품의 서술구조를 대화체와 관련하여 정리하면 다
음과 같다.

생원의 말
대화 ↕
갑산민의 말

ㄱ. 출신성분
ㄴ. 족징의 문제발생
ㄷ. 採蔘과 狁皮山行
ㄹ. 가산탕진
ㅁ. 아내의 結項致死
ㅂ. 북청소식
ㅅ. 營門議送
ㅇ. 유리도망 결행
ㅈ. 결사

　　가사문학에서　대화체는 〈속미인곡〉, 〈고공가〉, 〈고공답주인가〉,
〈관동별곡〉, 〈누항사〉, 〈일동장유가〉, 〈화전가〉 등의 대화체 사용에
서 알 수 있듯이 보편적으로 사용된 것이다. 이러한 작품에서 사용
된 대화체는 작품의 전체 구성에 관여하여 쓰이는 경우에서부터
부분적인 대화의 수용에 이르기까지 다양하게 나타난다. 〈갑민가〉
에서 사용된 대화체는 작품의 전체 구성에 관여한다. 따라서 〈갑민
가〉의 대화체가 지니는 의미는 작품의 전체 구성 속에서 찾아져야
한다. 〈갑민가〉의 서술 구조 안에서 갑산민과 생원의 대화가 전개
된 과정을 면밀하게 따라가면서 그 의미를 살필 필요가 있다.

　　① 어져어져 져긔가는 져스름아 / 네行色 보즈흐니 軍士逃亡 네로
고나 / 腰上으로 볼쟉시면 뵈젹숨이 깃만남고 / 허리아릭 굽어보니

헌줌방이 노닥노닥 / 곱장할미 압희가고 전퇴바리 뒤예간다 / 十里기를 할니가니 몃니가셔 업쳐지리 / 니고을의 兩班스룸 他道他官 옴겨 살면 / 賤이되기 常事여든 본土軍丁本 실타ᄒᆞ고 ᄌᆞ니쏘ᄒᆞ 逃亡ᄒᆞ니 / 一國一土 ᄒᆞ인심의 / 根本숨겨 살녀ᄒᆞᆫ들 어듸간들 면ᄒᆞᆯ쇼야 / ᄎᆞ라이 예스든곳의 아보거나 ᄲᅮ리바셔 / 七八月의 採蔘ᄒᆞ고 九十月의 獏皮집아 / 公債身役 갑흔후의 그남지져 두엇다가 / 咸興北靑 洪原장ᄉᆞ 도라드러 潛買할지 / 厚價밧고 ᄑᆞ라니여 살기죠흔 너른곳의 / 家舍田土 곳쳐스고 家藏什物 장만ᄒᆞ여 / 父母妻子 保全ᄒᆞ고 ᄉᆡ질긔물 누리려문 / ② 어와 生員인지 哨官인지 긔듸말슴 그만두고 / 이ᄂᆡ말슴 드러보소 이ᄂᆡ쏘ᄒᆞ 甲民이라 / 잇짜의셔 生長ᄒᆞ니 잇짜일을 모를소냐[7]

〈갑민가〉는 ①의 생원의 말로 시작한다. 생원은 갑산민의 행색만 보고도 유리도망해 가는 것이 분명하다고 생각하여 갑산민 일행을 불러 세운다. 그리고 양반도 제고장을 떠나면 천인이 되기 쉽다, 제 고장의 군정이 싫다고 타관으로 도망해간들 그 고장에서도 군정은 면할 수 없다, 차라리 살던 곳에 살라는 요지의 말을 건넨다. 생원은 이어서 가산을 일으킬 수 있는 적극적 방도로 산삼 캐기와 멧돼지가죽 사냥도 제시하면서 제고장에서의 현실적인 노력을 강조하였다. 이러한 생원의 말에 갑산민은 자기 이야기를 들어보라고 하면서 대화를 시작한 것이다.

그런데 이렇게 시작하는 갑산민의 말은 생원의 말에 정확히 대응되어 있다. 우선 갑산민은 자신의 출신 내력과 족징에 매인 사연

---

7 여기서는 해동가곡본을 인용한다. 원래 "약간농ᄉᆞ 숨전廢폐ᄒᆞ고 採치蔘숨ᄒᆞ려 入닙山ᄉᆞᆫᄒᆞ여"와 같이 매 한자마다 한글을 병기했는데, 여기서는 편의상 병기한 한글은 생략하고 옮겨 실었다.

을 말하고 난 후, 생원이 제시한 채삼과 돈피산행에 대해 말한다.

> 약간농亽 全廢ᄒ고 採蔘ᄒ려 入山ᄒ여 / 虛項嶺 寶泰山을 돌고돌아 ᄎᄌ보니 / 人蔘싹슨 전혀업고 五加닙히 날소긴다 / 홀일업시 空返ᄒ여 八九月 苦椒바람 / 안고도라 入山ᄒ여 猠皮山行 ᄒ랴ᄒ고 / 白頭山 등의디고 分界江下 나려가셔 / 살이엿거 누듸치고 익갈나무 우등놉고 / ᄒᄂ님게 츅수ᄒ며 山神임게 발원ᄒ여 / 물치츌을 ᄌᆺ초곳고 亽망일기 원망ᄒ되 / 니精誠이 不及ᄒ디 亽망실이 아니붓니 / 뷘손으로 도라서니 三池淵이 잘참이라 / 立冬지는 三日後의 一夜雪이 亽못오니 / 대ᄌ깁희 ᄒ마너머 四五步을 못옴길니 / 糧盡ᄒ고 衣薄ᄒ니 압희근심 다씰티고 / 목슘슬려 욕심ᄒ여 至死爲限 길을허여 / 人家處를 ᄎᄌ오니 劒川巨里이 첫목이라 / 雞初鳴이 이윽ᄒ고 人家寂寂 흔줌일네 / 집을ᄎᄌ 드러가니 魂飛魄散 半주검이 / 言不出口 너머지니 더온구돌 ᄋ른목의 / 송장갓치 누엇ᄃᄀ 人事收拾 ᄒ온후의 / 두발솟흘 구버보니 열ᄀ락이 간듸업니 / 艱辛調理 生命ᄒ여 쇠게실려 도라오니 / 八十當年 우리老母 마됴ᄂ와 일던물슘 / 亽른왓ᄃ 니ᄌ식아 亽망업시 도라온들 / 모든 身役 걱뎡ᄒ랴

위는 갑산민이 채삼과 돈피산행을 한 경험을 서술한 것이다. 갑산민은 채삼을 위해 입산을 했으나 인삼은 보이지 않고 오가잎만 보여 빈손으로 돌아오고 말았다. 가을이 되자 이번에는 백두산 밑으로 돈피산행을 나섰다. 하나님께 축수까지 하고 멧돼지를 찾았으나 결국 삼지연 근처에서 빈손으로 돌아설 수밖에 없었다. 이미 날짜는 입동이 지났고 폭설로 한 걸음도 옮길 수 없는 지경이었으나, 양식이 떨어지고 입은 옷도 얇아 집을 향해 길을 나서야 했다.

겨우 검천거리에서 인가를 찾아 들어가 따뜻한 잠을 청할 수 있었다. 그러나 다음날 정신을 차리고 나서 두 발을 보니 동상으로 열 발가락을 잃게 되었다. 간신히 조리를 하고 소에 실려 집에 돌아오니 노모께서 살아 돌아온 것이 다행이라고 반겨주었다는 것이다.

위에 인용한 구절은 자신의 생애를 말한 부분 중에서 가징 구체적이고 길게 늘어놓은 부분이다. 이렇게 갑산민이 이 부분을 장황하게 말한 이유는 생원이 제고장에서 가산을 일으킬 방도로 채삼과 돈피산행을 제시했기 때문이다. 갑산민은 생원이 제시한 방안들인 채삼과 돈피산행을 이미 해볼대로 해보았으나 아무 소용이 없었다는 것을 말하고자 한 것이다. 생원의 말이 그럴듯하게 들리지만 현실성이 없는 탁상공론에 불과함을 강조한 것이다.

> 여러身役 밧친후의 屍體츠ᄌ 장ᄉᄒ고 / 祠廟뫼서 쓰희뭇고 익ᄯᆫ토록 痛哭ᄒ니 / 無知微物 뭇鳥雀이 저도쏘ᄒ 설니운다 / 막중邊地 우리人生 나ᄅ白姓 되여나서 / 軍士슬틱 逃亡ᄒ면 化外民이 되려니와 / ᄒ 몸의 여러身役 무ᄃ가 훌세업서 / 쏘금년니 도ᄅ오니 流離無定 ᄒ노믜라

아내가 자살한 후 갑산민은 우선 여러 신역을 바친 후에야 아내의 시신을 수습하여 장사를 지낼 수 있었다. 그러고 나서 갑산민은 "막중邊地 우리人生 나ᄅ白姓 되어나서 / 軍士슬틱 逃亡ᄒ면 化外民이 되려니와"라고 말하고 있다. 이 갑산민의 말은 생원이 말한 '本土軍丁 싫다하고 자네 또한 도망하면 一國一土 한 人心에 근본숨겨 살려한들 어디간들 면할건가'에 정확하게 대응되는 말이다. 갑산민이 이 말을 한 이유는 가산은 탕진되고 아내마저 잃은 상황에서

23

조차 자신은 생원이 말한 것처럼 유리도망할 결정을 내리지 않았다는 사실을 말하고자 했기 때문이다. 즉 갑산민의 이 발언은 자신의 유리도망이 생원이 말한 것처럼 쉽게 내린 결정이 아님을 말하고자 한 것이다. 아내가 자살한 후 또다시 금년이 돌아왔는데, 갑산민은 그래도 유리도망을 할 것인지 말 것인지를 결정하지 못했다는 것이다.

北靑府使 뉘실런고 姓名은 즘간 이저잇니 / 許多軍丁 安保호고 白骨逃亡 解怨일리 / 各隊哨官 諸身役을 大小民戶 分徵호니 / 만흐면 닷돈푼수 저그며는 서돈이라 / 隣邑百姓 이말듯고 남負女戴 모다드니 / 軍丁虛伍 업서지고 民戶漸漸 느러간다 / 나도쏘흔 이말듯고 우리고을 軍丁身役 / 北靑一例 호여디라 營門議送 묘튼말가 / 本邑맛겨 題辭맛다 本官衙의 붓치온즉 / 不問是非 올여미고 刑問一次 맛돈말ㄱ / 千辛萬苦 뇌여나셔 故鄕生涯 다썰치고 / 隣里親旧 하직업시 扶老携幼 子夜半의 / 厚峙領路 빗겨두고 金昌領을 허위너며 / 端川짜을 바로진나 星岱山을 너머셔면 / 北靑짜이 긔안인가 居處好否 다쌀치고 / 모단家屬 安保호고 身役업난 軍士되식 / 니곳身役 일어호면 離親棄墓 호올소냐 / --- / 그딕쏘흔 明年잇써 妻子同生 거느리고 / 이領路로 잡아들지 긋써닉말씩치리라

위는 갑산민이 유리도망을 결심하게 된 과정을 서술한 것이다. 갑산민은 북청부사가 선정을 베푼다는 소식을 듣고도 곧바로 북청으로 유리도망해 가지 않았다. 갑산민은 군정 제도를 북청과 같이 좋게 고치자는 취지의 의송을 영문에 올리는 노력을 한 것이다. 이와 같이 갑산민이 유리도망을 하지 않으려 했던 의지는 북청 소식

을 듣고 의송을 올린 일에서도 드러난다. 그러나 갑산민이 영문에 올린 의송은 실패로 끝나고 말았다. 감영에서는 갑산민에게서 받은 의송에 답변을 하지 않고 갑산읍으로 내려보낸 것이었다. 그러자 갑산 관아에서는 갑산민을 잡아들여 곤장을 때렸다. 결국 곤장만 맞고 전신만고 끝에 풀려난 갑산민은 그세서야 유리노방을 난행했다는 것이다. 갑산민의 "닉곳身役 일어ㅎ면 離親棄墓 ㅎ올소냐"라는 발언은 문제는 향민의 노력에 있는 것이 아니라 갑산의 군정제도에 있다는 것을 생원에게 말하고자 하는 것이다. 그리고 '그대 또한 明年 이때 처자동생 거느리고 이 嶺路로 접어들 때 그때 내 말 깨치리라'고 한 갑산민의 마지막 말은 '나도 당신과 같이 생각한 적이 있었으나 머지않아 당신도 나와 같이 도망가게 될 것이다'라는 뜻으로 근본적인 문제의 해결 없이는 향민의 유리도망 행위가 계속될 것이라는 것을 말한 것이다.

이상에서 살펴본 바와 같이 갑산민의 발언 내용은 유리도망하기까지 자신의 유리도망 행위에 대한 태도 변화에 맞추어져 있다. 그리고 그 변화의 단계를 설정해주고 있는 근거는 바로 생원의 발언 내용에 있었다. 이러한 대응구조 속에서 생원의 발언은 갑산민의 발언을 유도해내기 위한 반대항으로서의 역할을 지니고 있음을 알수 있다.

이러한 대화의 대응구조 속에 두 화자의 대화가 지니는 의미를 파악해보자. 우선 두 화자의 신분은 전체 발언의 의미를 파악하는데 중요 관건으로 작용하기 때문에 파악할 필요가 있다. 언뜻 보면 생원은 '유리하지 말고 이곳에서 살라'는 입장을 지녀 보수적인 안정 추구자의 면모를 보여준다. 한편 갑산민은 그와 반대의 면모를 지닌다. 그렇기 때문에 문자 그대로 생원과 갑산민의 신분을 '양반'

과 '상민'으로 파악하고, 토론의 장에서 상민의 현실적 우세라고 해석할 수도 있다.

그러나 작품의 텍스트를 면밀하게 분석해 볼 때 그렇게 단순하게 이들의 신분을 '양반'과 '상민'이라고 할 수 없음이 드러난다. 오히려 생원과 갑산민은 대등한 관계임이 드러난다. '그대도 내년 이 때쯤 이곳을 도망해 지나가면'이라는 생원을 향한 갑산민의 발언에서 그 단서를 찾을 수 있다. '그대'라는 호칭과 함께 생원도 유리도망할 것을 예상하고 있는 점에서 갑산민이 생원을 대등하게 생각하고 있음이 드러난다. 갑산민은 행색만 보아도 생원의 사회적 위치나 처지가 자신과 조금도 다를 바가 없다고 파악한 것이다.

그러므로 생원과 갑산민은 상하 관계가 아니라 대등 관계이며, 출신 신분으로 볼 때 모두 지방하층사족층임을 알 수 있다. 이를 토대로 두 화자의 대화를 다시 분석해 보면 대화의 운영이 개방적으로 진행되었음을 알 수 있다. 처음 생원은 갑산민의 행색만 보고 유리민임을 알아챌 정도로 유리도망이 사회의 보편적 현상임을 잘 알고 있었다. 그리고 '어디 간들 면할손가'나 '차라리 네 사던 곳에' 와 같은 발언의 어조에서 드러나듯이 생원은 유리도망의 절대적 불가론을 생각하며 갑산민에게 훈계조로 말하는 것은 아니었다. 어디까지나 갑산민에게 다시 한번 생각해 봄이 어떨까를 말하고 있는 것이다. 생원의 발언은 당위를 전달하는 것이 아니라 의향을 떠보는 말이 되어 대화에 폐쇄적으로 작용했다기보다 개방적으로 작용했다.

그런데 작품 전체에서 대화 당사자들이 가장 중요하게 문제 삼고 있는 부분은 농민의 삶임을 부인할 수 없다. 두 화자의 삶은 이미 자신들의 신분과는 어울리지 않게 유리하지 않으면 안될 지경에 이르렀지만, 그렇다고 작가의 의도가 지방하층사족층의 몰락 과정을 읊은 데 있다고 보는 것은 작품의 의미를 좁히고 마는 결과를 낳게 된다. 오히려 신분 설정의 문제는 사회의 문제점을 유리 문제로 핵심화시키고 그러한 문제점과 관련하여 그 심각성을 강조해 보여주기 위한 것으로 볼 수 있다. 즉 향반 신분의 사람조차 유리도 망해 가는데 하물며 일반 농민은 말해 무엇하겠느냐는 설정 상의 효과를 기대했던 것으로 보아야 한다.

이렇게 작품에서 양반의 출신 성분은 설정 상 농민까지 확산되는 효과를 노린 것이다. 그러므로 작품에서 주목해야 하는 부분은 농민의 삶 일반에 있다고 하겠다. 따라서 생원과 갑산민은 조선후기 사회에서 가장 소외된 계층, 즉 사회·경제적으로 가장 열악한 조건에 처해 있었던 지방하층사족과 농민층을 대표하는 복합적 인물로 봄이 타당하다.

〈갑민가〉에서 생원과 갑산민의 대화체가 지니는 의미는 당대 유리 행위의 당사자인 농민의 유리 문제에 대한 의향을 객관적으로 보여주고 있다는 데서 찾을 수 있다. 즉 대화체가 당대 민중들의 의향을 개진하는 공론의 장에서 유리도망의 행위에 대한 논쟁의 역할을 수행하고 있다는 의미를 지닌다. 공론의 장에서 논쟁하는 두 입장은 대립적이다. 그리고 논쟁의 장이 설치되고 작가의 의도는 어느 한쪽을 강화해주는 쪽으로 기울기 때문에 그 다른 한쪽의 의미는 약화되기 쉽다. 그러나 〈갑민가〉의 전체 구도 속에서 조망할 때, 작가의 의도가 어느 한 입장에 있음에도 불구하고 다른 반대항의 의미가 사장되는 것은 아니라고 보여진다. 생원과 갑산민은 모두 갑산에 거주하는 하층사족이자 농민으로서 유리 행위에 대해 각자의 견해를 개진한 것이라고 할 수 있다. 생원은 조금은 먹고 살만한 것이 남았던지 아직은 낙관적인 미래를 버리지 않고 유리하지 말고 차라리 견뎌보자는 유리도망에 소극적 입장을 밝힌 것이라면, 갑산민은 더 이상 먹고 살 것이 남아 있지 않아 유리 행위를 선택한 자로서 논리적·적극적으로 유리도망의 필연성과 정당성을 내세우는 입장을 밝힌 것이라고 할 수 있다.

〈갑민가〉에서 대화체의 사용은 당시 향촌 내에서 유리 행위에 대한 갈등 현실이 내재해 있음을 포착하고 이러한 갈등 현실을 사실적·전형적으로 보여주고자 한 작가 의식에서 비롯된 것이라고 할 수 있다. 전통사회의 통치원리에서 백성은 처음이자 마지막으로 여겨졌다. 〈갑민가〉에서 작가는 백성뿐만 아니라 백성과 처지가 다를 바 없는 지방하층사족층의 의향을 적극적으로 형상화하기 위해 대화체라는 문학적 장치를 끌어들인 것이다. 현실주의에 입각하여 한 향촌사회 내부에서 벌어지고 있는 가렴주구와 그로 인한 유리도망의 현실을 대화체로 재구성하여 보여주고 있는 것이다.

05 생애 수용의 의미

갑산민의 발언은 자신의 유리도망 행위가 정당한 결정이었음을 밝히기 위해 유리도망을 결정하기까지의 과정, 즉 그간 자신이 겪었던 일련의 기막힌 사연을 말한 것이다. 따라서 엄격하게 말해서 그가 말한 사연은 그의 전체 생애가 아니라 일정 주제에 따라 걸러진 어느 한 시점의 생애라고 할 수 있다. 그리하여 갑산민의 생애 서술은 자전적 생애의 술회와는 그 성격을 달리한다. 이렇게 갑산민의 생애는 갑산민이 자술하는 형태를 띠었지만 기본적으로 생원에게 답하는 형식이었고, 서술한 사연도 주제에 따른 생애라서 개인의 일생을 담은 자전적 서술과는 차이가 있다. 보통 자전적인 생애를 술회한 경우 텍스트 내에 핵심적인 갈등을 내포하지 않는 것이 대부분이다. 그러나 〈갑민가〉에서는 대화체를 통해 유리 문세에 대한 토의를 전개하고 있기 때문에 텍스트 전체에 걸쳐 갈등이 내재해 있다.

이슬포다 닉시절의 怨讐人의 謀害로셔 / 軍士降定 되단말가 닉흔몸이 허러나니 / 左右前後 數多一家 次次充軍 되거고나 / 累代奉祀 이닉몸은 하일업시 민우잇고 / 시름업슨 諸族人은 즛쵨업시 逃亡ᄒ고 / 여러스름 묘든 身役 닉흔몸이 모도무니 / 흔몸身役 三兩五戔 㺚皮二張 依法이라 / 十二人名 업는구실 合쳐보면 四十六兩 / 年復年의 맛타무니 石崇인들 當ᄒ소냐

갑산민이 당면했던 문제는 당시 사회의 여러 수취 부문 가운데 군정에 해당하는 족징의 폐단이었다. 그 동안 갑산민은 향반층이었기 때문에 군안에 오르지 않았다. 그러나 갑산민 당데에 와서 갑산민의 문중이 모두 군안에 오르게 되었다. 군포를 견디지 못한 문중인들은 다 도망을 가버리고 말았으나 자신은 누대봉사에 묶여 고향을 떠나갈 수 없었다. 그러자 도망간 문중인의 몫을 자신에게 물리는 족징의 폐단이 벌어졌다. 기가 막히게도 갑산민이 한꺼번에 13인 분의 신역을 부담하게 된 것이다. 이러한 갑산민의 사정은 과장적이긴 하지만 당시 족징의 폐단을 선명하게 부각시켜준다. 갑산민의 사연은 당대 수취제도 전반의 문란 현상을 단적으로 드

러내 주는 전형적인 사실로 기능한다. 그러므로 〈갑민가〉에서 서술
된 갑산민의 생애는 당대 삼정의 문란 현실을 전형화하여 보여주
는 민중사실이라고 할 수 있다.

갑산민이 13인의 신역을 혼자서 모두 대납해야 했던 상황은 해
마다 계속되었다. 그런데 유리도망하게 된 그 해에는 앞에서 장황
하게 인용한 구절에서 살펴보았듯이 채삼도 실패하고 돈피산행도
아무 소득이 없는 가운데 겨우 목숨만 살아서 돌아오고 말았다. 채
삼과 돈피산행이 실패한 후 갑산민은 할 수 없이 가산을 다 팔아 돈
을 마련하여 세금을 내기 위해 관아로 찾아갔다.

> 田土家庄 盡買ᄒ여 / 四十六兩 돈가지고 疤記所로 ᄎᄌ가니 / 中軍把
> 摠 號令ᄒ되 우리使道 分付內의 / 各哨軍의 諸身役을 獤皮外예 밧지말
> 나 / 官令如此 至嚴ᄒ니 ᄒ일업셔 退ᄒ놋다 / 돈가지고 물너나와

갑산민은 13인분의 군포인 돈 46냥을 마련하여 파기소를 찾아갔
다. 그런데 뜻밖의 일이 벌어지게 되었다. 갑자기 중군파총이 말하
기를 각초군의 신역을 돈으로 받지 말고 돈피로만 받으라는 사또
의 분부가 내려졌다는 것이다. 갑산민은 그 동안은 돈으로 군포를
냈던 모양이다. 그런데 갑자기 돈피로 내라고 그것도 호령을 하며
말하니 당황할 수밖에 없었다. 그러나 갑산민은 어쩔 수 없이 돈을
가지고 물러 나와야 했다. 향민의 사정을 아랑곳하지 않고 착취에
골몰하는 수령권의 탐학이 잘 드러나는 부분이라고 할 수 있다.

> 三水各鎭 두로도라 二十六張 獤皮ᄉ니 / 十餘일 將近이라 星火ᄀ툿
> 官家分付 / 次知ᄌ바 ᄀ도왓ᄂ 불상홀ᄉ 病든妻ᄂ / 囹圄中의 더디여

셔 結項致死 ᄒ단말ㄱ / 늬집門前 도라드니 어미불너 우는소릭 / 九天의

ᄉ못ᄒ고 의디업슨 老父母는 / 不省人事 누어시니 氣絶ᄒ온 틋시로듯

갑산민이 너도나도 돈피를 사야 했으니 돈피를 구하기가 힘들었다. 갑산민은 삼수각진을 두루 돌이 돈피 26장을 겨우 살 수 있었다. 그런데 그것이 십여일이나 걸렸다. 갑산민이 겨우 돈피를 사가지고 십여일만에 집에 오니 청천벽력 같은 소식이 기다리고 있었다. 자신이 집을 비운 사이에 세금을 독촉하던 관아에서 그의 집사람을 잡아 가두었는데, 병으로 고생하고 있던 아내는 감옥에까지 갇히게 되자 그만 목을 매어 자살하고 말았던 것이다. 이렇게 갑산민 가족의 몰락은 그의 아내가 목을 매어 자살하는 부분에서 극적으로 제시된다.

예술 장르에서 약한 여성이나 아동의 희생을 들어 사회의 부조리한 현실을 비판하고자 하는 것은 보편적인 표현 양상이다. 정약용의 한시 〈哀絶陽〉에서는 황구첨정이라는 軍政의 폐단 때문에 자신의 양기를 자른 남편을 둔 여인이 하늘을 향해 절규하고 있다. 동시기 현실비판가사에서도 삼정의 문란 현실로 희생당하는 극적인 양상으로 여성이 자주 등장하고 있다. 〈合江亭歌〉에서는 그릇마저 공출당하자 부엌에서 우는 아낙의 사연을 서술했다[8]. 〈居昌歌〉에서도 우거양반 김일광의 아내가 임장에게 머리채를 잡혀 끌려나오는 욕을 당하자 손목을 끊어 자살한 사연, 거창 회곡 향회에서 통문을 수창해 잡혀 들어온 이우석의 어머니가 자식이 악형을 당하는 것을 차마 보지 못해 먼저 목을 매어 자살한 사연 등 여인의 사연을

---

8 "寒廚이 우난少婦 / 발구르며 ᄒ난말이 / 방이픔 어든糧食 / 한두되난 닛겻마는 / 饌需를 어미ᄒ며 / 器血도 極貴ᄒ다 / 압되집이 엇자ᄒ니 / 歲時借甑 어렵도다"

많이 서술했다[9].

> 혹 貧寒士族이 그 眞情을 호소하면 발길을 차고 나무끝에 거꾸로
> 매달고 閨房으로 돌입하여 書架를 뒤지고 부녀가 놀라고 두려워서 머
> 리를 박고 무릎을 꿇고 엎디어 있으면 吏胥는 그 등을 타고 서서 다락
> 을 뒤져 그 田畓文卷를 딜취하거나 비단 옷감을 사셔간나. 슬씌 호소
> 하고 번거로이 원망함이 측은하고 슬프다[10].

위의 한문장에서는 이서층의 폐륜적 행위를 서술했다. 이서층이
빈한사족의 규방에 들어가 부녀의 등을 밟고 서가를 뒤지는 등 폐
악이 심했다는 것이다. 이와 같이 조선후기사회에서는 빈한한 사
족층이 이서층에게 욕을 당하는 일이 많았는데 특히 양반 여인이
욕을 당하거나 희생을 당하는 사연이 당대에 사회적 문제의 하나
로 인구에 회자되었던 것으로 보인다.

〈갑민가〉에서 아내의 결항치사 사건은 갑산민 개인이 당한 개별
적이고 특수한 불행이었다. 하지만 갑산민의 아내가 자살한 사건
은 위에서 살펴본 바와 같이 당대의 현실을 극적으로 제시해주는
전형적인 민중사실이었다. 양반가 여성이 자살에 이르게 된 사건
은 삼정의 문란이라는 비판적 현실을 전형적으로 드러내주는 사건

---

9 "丁酉年 十月달의 적화면의 變이났네 / 寓居양반 김일광이 宣撫布 당한말가 / 김
   일광 나간후의 海面任長 收刷판의 / 兩班內庭 달려들어 靑春婦女 끄어내여 /
   班常名分 重한중의 男女有別 至嚴거든 / 狂言悖說 何憾으로 頭髮扶曳 하단말가 / 장하
   다 저부인이 그辱을 當한後의 / 아니죽고 쓸데없어 손목끊고 卽死하니 / 白日이
   無光하고 靑山이 欲裂이라"; "昨年회곡 行會판의 通文首唱 査實하야 / 이우석 잡
   아들여 죽일計巧 차릴적의 / 그어마님 거동보소 靑孀寡宅 기린자식 / 惡刑함을 보
   기싫어 結項致死 몬저하니"
10 『丁茶山全書』(下),〈經世遺表 地官修制田制八〉. 정석종, 「조선후기 사회 신분제의
   변화」, 『조선후기 사회변동 연구』, 일조각, 1983, 275면에서 재인용.

으로 당대에 인구에 회자되었던 사정을 알 수 있다.

한편 〈갑민가〉에서 갑산민은 관아의 핍박을 수동적으로만 받지 않고 폐해를 시정하기 위해 노력을 기울였는데, 그것은 두 차례의 정소와 의송 행위로 나타난다.

> ① 돈가지고 물너나와 原情지여 발괄ᄒ니 / 勿爲煩訴 題辭ᄒ고

> ② 나도쏘흔 이말듯고 우리고을 軍丁身役 / 北靑一例 ᄒ여디라 營門 議送 몰튼말가 / 本邑맛겨 題辭맛다 本官衙의 붓치온즉 / 不問是非 올여ᄆᆡ고 刑問一次 맛ᄃᆞᆫ말ᄀᆞ

위의 ①에서는 돈으로 받지 말고 돈피로 받으라는 수령의 분부가 내려진 것을 알고 난 후 갑산민이 취한 정소행위를 서술했다. 갑산민은 이전과는 다르게 갑작스럽게 돈피 수취 명령이 내려진 것이 부당하다고 생각했다. 그리하여 관아에 그 억울한 사연과 시정을 원하는 소를 써서 올렸다. 그러나 관아에서는 번거롭게 소를 올리지 말라는 답변만 내리고 말았다는 것이다. ②에서는 앞서 살펴본 바와 같이 갑산민이 북청처럼 갑산의 군정을 고치자고 건의한 의송행위를 서술했다. 갑산민은 여러 신역을 대소민호가 나누어 공평하게 내는 북청의 收稅처럼 갑산의 수세도 고치자고 영문에 의송을 올렸다. 그러나 영문의 제사는 받지 못하고 갑산 관아에 내려져 옥에 갇혔다가 곤장 한 대만 맞고 말았다고 한 것이다.

향촌 내에서는 향민이 취할 수 있는 합법적인 저항 형태의 하나로 관아에 올리는 소와 營門에 올리는 議送이 있었다. 향민은 비리나 부조리한 제도로 피해를 보게 되는 경우 합법적인 경로를 거쳐

관아에 그것의 시정을 요구하는 글을 올릴 수 있었다. 이러한 소나 의송은 개인적으로 올릴 수도 있고, 향회를 통해 향민이 공동으로 올릴 수도 있었다[11]. 이러한 소나 의송행위는 향민에게 주어진 합법적인 저항행위의 하나로 이러한 것이 아무런 소용이 없게 될 때 향민들은 유리도망해 가거나 반관적인 향촌반란운동의 단계로 나아가게 되었다. 이렇게 〈갑민가〉에서 갑산민이 행한 소나 議送은 낭내의 전형적인 민중사실의 하나라고 할 수 있다.

이와 같이 갑산민의 생애는 작가가 사회의 핵심문제로 군정의 문란 현실을 포착하고, 그러한 현실을 고발하고 비판하기 위해 취택된 민중사실이다. 작가는 당시 족징이라는 모순 현실에 대해 강한 문제의식을 지니고 있었다. 이러한 문제의식을 지닌 작가의 시선이 갑산민의 삶을 포착하여 문학적으로 형상화한 것이 〈갑민가〉라고 할 수 있다. 갑산민의 생애는 당대 군정과 관련하여 사회적으로 문제시되었던 전형적인 민중사실이었던 것이다.

전형적인 민중사실을 서술한 〈갑민가〉는 현실을 생생하게 서술하여 문학적 현실성을 뚜렷하게 보여준다. 〈갑민가〉의 문학적 현실성은 특히 採蔘과 豚皮山行 부분의 서술에서 분명하게 드러난다. 칠팔월의 채삼과 구시월의 돈피산행은 갑산을 중심으로 하는 북방지역의 지리적 특수성과 지방특산물과 관련한다. 그런데 〈갑민가〉에서는 이것을 서술한 표현이 구체적이고 생생하여 현실성(리얼리티)을 획득하고 있다. 다시 한 번 돈피산행의 일부분을 인용하면 다음과 같다.

11　안병욱, 「조선후기 자치와 저항조직으로서의 향회」, 『논문집』제18집, 성심여자대학교, 1986, 125면.

白頭山 등의디고 分界江下 나려가셔 / 살이셧거 누티치고 익갈나무
우등놉고 / 흐느님게 축수흐며 山神임게 발원흐여 / 물치츌을 굿초곳
고 스망일기 원망흐되 / 닉精誠이 즈及흔디 스망실이 아니붓닉

위는 갑산민이 멧돼지 사냥에 앞서 山神에게 발원하는 의식을 서
술한 것이다. 갑산 지역에서는 멧돼지 사냥을 백두산 근처에까지
나갔던 것을 알 수 있다. "살이셧거 누티치고 익갈나무 우등놉고"
나 "물치츌을 굿초곳고 스망일기 원망흐되"는 백두산 근처 사냥꾼
들이 사냥에 앞서 행한 기원 의식을 서술한 것이다. 너무나 구체적
이고 상세한 표현으로 인해 이것이 무엇을 말하는지는 북방지역
민속의 입장에서 따로 조사를 해야 알 수 있을 정도이다.

이후 갑산민이 산행에서 겪게 된 경험을 서술한 대목도 매우 구
체적이고 사실적이어서 생생하고 생동감 있는 표현을 이루었다.
이와 같이 〈갑민가〉는 유리도망 문제와 족징의 문제를 다루면서 현
실을 비판하고자 하는 주제의식을 강하게 지니고 있음에도 불구하
고 그 서술이 관념적이지 않고 사실적이었다. 〈갑민가〉에서 서술된
갑산민이라는 인물이 도식적인 성격을 지닌 인물로 흐를 가능성이
많았지만, 전형성을 유지하고 있는 것은 바로 채삼과 돈피산행과
같은 구체성과 개별성을 띤 사실들을 사실적으로 문학 내에 형상
화했기 때문이다.

갑산민의 생애는 민중사실의 하나이면서 한편의 傳이나 소설과
같은 서사장르로의 변형이 가능한 소재이다. 이렇게 갑산민의 생
애는 당대의 현실을 반영하는 전형적 민중사실이면서 유리도망에
대한 향민의 갈등을 핵심 축으로 지니고 있어 서사성을 지닌다. 그
러나 갑산민의 생애는 어디까지나 사실성에 기반을 둔 기록 서사

를 구현하지 상상에 기반을 둔 허구 서사를 구현하지는 않았다.

갑산민의 생애가 현실성에 기반한 서사성을 획득할 수 있었던 것은 조선후기사회의 시대정신 및 문학적 표현 욕구와 밀접하게 관련한다. 급변하는 사회, 갈등하는 사회에서는 이에 대처해 나가는 사회구성원 각각의 삶에 대한 관심이 고조된다. 조선후기 사회는 봉건사회가 해체되면서 사회적 신분과 경제적 가치 간의 혼란, 상업 및 공업의 발달, 농촌과 도시 생활의 이질감 심화 등으로 인해 계층간·구성원 간의 갈등 양상이 심각하게 노정되는 시기였다. 한문단편과 같은 장르의 성립 및 발달은 이러한 시대가 빚어낸 문학적 욕구의 표출이라고 할 수 있다. 〈갑민가〉 또한 농촌을 갈등하는 현실로 파악하고 그에 대처해 나가는 다양한 삶에 관심을 두어 그것을 문학적으로 표현하려는 욕구에 의해 나타난 결과라고 할 수 있다.

06 현실인식의 역사적 성격

갑산민은 자신이 유리도망할 수밖에 없는 필연성과 정당성을 말하는 가운데 족징이라는 제도의 어처구니없는 폐단과 그것을 자행한 지방관을 비판하였다. 그런데 갑산민은 북청부사가 군정을 합리적으로 운용하여 善治安民한다는 소식을 듣고 북청 쪽으로 유리도망해 간다고 하여 지방관인 북청부사에 대한 기대를 강하게 드러냈다. 이 부분은 〈갑민가〉가 당시 북청부사였던 성대중의 선치안민을 찬양하기 위한 의도로 지어진 가사가 아닌가 하는 의혹이 들

게 한다. 그리고 이러한 의혹의 연장선상에서 갑산민의 '성명은 잠
깐 잊었다'라고 하는 발언은 짐짓 찬양 의도를 숨기기 위한 것이라
고 보이게도 한다. 그러나 〈갑민가〉가 애초 북청부사 성대중을 찬
양할 의도를 가지고 지어졌다고 하기에는 작품 내에서 북청부사에
대한 인급이 지나치게 소홀하다. 그러므로 이 가사가 창작되어 유
포·향유되면서 당시 부사가 성대중이었던 사실이 알려짐으로써
결과적으로 성대중을 찬양하게 된 것으로 보는 것이 보다 타당하
지 않을까 한다. 더불어 이 가사가 유통되면서 작품 말미에 성대중
과 관련한 관계기록이 덧붙여진 것으로 볼 수 있다.

그런데 〈갑민가〉가 특정 관료를 찬양할 목적으로 지어진 것은 아
니라 하더라도 작가가 북청 부사로 대표되는 양심적 관료를 희원
하고 있는 것은 분명하다. 이에 대해 '봉건체제의 모습이나 제도의
잘못이 아니고 부정을 저지르는 몇몇 관료의 타락으로 빚어지는
국면적 현상으로 인식할 뿐 보편적인 사회현상으로 보지 않고', '유
덕한 관료가 출현하면 이런 타락상은 곧 청산되고 바른 질서는 회
복되리라 믿고 있다.[12]'고 하여 현실인식의 한계점으로 지적되기도
했다. 현대의 관점에서 볼 때 위와 같은 한계점의 지적은 일견 타당
하다고 할 수 있겠으나 문제는 그렇게 간단하지만은 않은 것같다.
청렴하면서 유능한 관료에 대한 희구와 지향은 현대인들도 마찬가
지로 지니고 있다. 전통시대에서는 물론 현대에서도 사회 구성원
개개가 양심적 관료를 희구하고 그것이 모여 커다란 하나의 사회
적 정서를 구성하고 있다. 따라서 양심적 관료에 대한 희구를 봉건
사회의 한계적 인식으로 해석하는 것은 피해야 할 것으로 보인다.
그것보다는 당대인의 시점에서 작가의 현실인식이 가지는 의미를

---

12 김문기, 『서민가사연구』, 형설출판사. 1983, 134면.

적극적으로 규명하는 것이 필요하다.

〈갑민가〉에서 유리도망과 관련하여 중요한 측면은 한 수령을 비판하고 다른 수령을 향해간다는 것이라기보다는, 한 읍을 도망해 다른 읍으로 간다는 것이다. 그렇기 때문에 〈갑민가〉에서 북청 부사 성대중에 대한 언급은 소홀해질 수밖에 없었다고 할 수 있다. 갑산민이 갑산에서 유리도망하여 북청으로 가는 이유는 군정 제도의 차이 때문이었다. 즉 갑산과 달리 북청에서는 군정제도를 정비하여 족징과 같은 비리가 없어졌기 때문이다. 그리하여 북청에서는 신역을 부자집과 가난한 집들이 골고루 분담하여 호당 많아야 닷 돈, 적으면 서돈을 내고 있다고 했다. 갑산민이 영문에 올린 의송은 북청과 같이 군정제도를 개혁하여 도망한 문중인의 몫까지 남은 자에게 세를 받아내는 일이 없도록 하자는 것이었다. 이런 점으로 미루어 볼 때 〈갑민가〉의 작가는 문란해질 대로 문란해진 군정제도를 시정하고자 하는 인식을 강하게 지니고 있었다고 할 수 있다. 그리하여 작가는 제도에 대한 인식을 바탕으로 〈갑민가〉에서 민중사실을 서술하여 족징의 폐단과 유리민의 문제를 고발함으로써 해결을 유도하고자 한 것이다.

한편 갑산민은 유리도망하는 행위의 정당성을 확보하려는 논리 위에서 인읍 수령을 거론했다. 즉 갑산민은 유리도망해가는 곳이 북청이라는 특정 장소를 밝힘으로써 그곳에서 身役을 치룰 준비가 되어 있음을 말하고 있다. 자신의 유리 행위가 사회 질서를 파괴하고자 하려는 것이 아니라 향민의 생존권을 보장해 주는 제도가 있다면 그 제도가 있는 사회에 편입하여 건전한 향촌민으로 살아갈 자세가 준비되어 있음을 분명히 하고 있는 것이다.

이와 같이 〈갑민가〉의 작가는 양심적 관료에 대한 희원을 지닌 가운데, 양심적인 수령의 치세로 향민의 생존권이 보장되는 사회라면 그 사회에서 건전한 향촌민으로 살아가려는 삶의 자세를 지니고 있다. 이렇다고 할 때 작가는 봉건체제 자체를 전복하려는 어떠한 기도도 지니고 있지 않았다고 할 수 있다. 봉건체제의 구조적 모순을 인식하고 그것을 해결하는 제제적 대안의 제시는 진혀 하지 못하고 있는 것이다. 그러나 〈갑민가〉의 작가는 유리도망이나 족징의 문제를 사회의 보편적 현상으로 보는 문제인식을 지니고 있었다. 그리고 작가의 양심적 관료에 대한 희원은 근본적으로 현 갑산 수령의 치세에 대한 비판을 전제로 하기 때문에 봉건적인 의미만을 지니지 않는다.

작가는 봉건체제의 누적된 구조적 모순에서 파생된 현실의 부조리함을 구조적으로 타개할 대안은 마련하지 못했다. 양심적 관료를 희구하고 있지만 그렇다고 현실을 낙관적으로만 보지는 않았다. 갑산민의 생애에서 드러나듯이 갑산민의 현실인식은 절망적이었다. 그리하여 작가의 양심적 관료에 대한 희원은 당대 소외계층이 수령체제 하에서 기대와 배신이 반복되면서도 아직도 희망을 놓지 않고 지니고 있었던 일말의 기대감의 표현이라는 의미를 지닌다. 작가의 절망적인 현실 인식은 王에 대한 지향에서도 드러난다.

> 나라님긔 알외즈니 九重天門 머러잇고 / 堯舜갓툿 우리聖主 日月갓티 발그신들 / 불沾聖化 이극邊의 覆盆下라 빗췰소냐

작가는 왕을 상징하는 "九重天門"이 "멀어 있다'라고 표현했다. 이 표현은 사대부가사, 특히 유배가사에 흔히 나타나는 것으로 문맥적으로 '멀수록 생각한다'는 의미망을 형성하였다. 그러나 〈갑민

가)에서는 王의 존재는 갑산과 거리가 너무 먼 곳에 있어 갑산 지역 농민의 현실적인 문제를 해결하는데 전혀 無用하다는 의미망을 형성한다. 요순과 같이 일월의 밝은 빛을 가졌다고 칭송을 받는 왕이라 하더라도 그 빛은 변방의 북청까지는 미치지 못하고 있다는 절망적 현실인식을 보여준다.

이러한 절망적 인식 속에서 작가는 '하나님'을 찾게 된다.

> 비닉이다 비닉이다 하나님게 비닉이다 / 忠君愛民 北靑원님 우리고을 빌이시면 / 軍丁塗炭 그려다가 軒陛上의 올이리라

작가는 하나님께 북청 부사를 잠간 빌려 주십사고 빌었다. 그 이유는 북청부사가 도탄에 빠진 향촌민들의 民情을 왕께 上達해 줄 수 있기 때문이라는 것이다. 하나님에게 어린 아이와 같은 발상으로 소원을 기원하고 있는 것인데, 그만큼 양심적 관료의 출현을 절망적으로 희구하고 있음을 보여준다. 여기서의 '하나님'은 특정종교의 神이 아니라 민중 사이에 뿌리를 둔 초월적 존재이자 소원의 대상으로서의 보편적 신이다. '하나님'은 대부분 절망적인 현실에서 가장 바라고 희구하는 것이 있을 때 자연발생적으로 발화된다. 따라서 '하나님'의 호명은 근본적으로 현실에 대한 절망적 인식에서 비롯된 것이다.

작가는 봉건체제의 구조적 모순을 해결하는 체제적 대안에 대한 비전을 전혀 지니고 있지는 못했다. 다만 봉건체제 안에서 가능한 왕에 대한 기대와 양심적인 관료에 대한 희구를 강하게 지니고 있었을 뿐이었다. 그러나 왕과 양심적 관료의 치세가 현실 속에서 이루어질 수 있는 것에 대해서는 부정적이었다. 그리하여 작품에서

'하나님'을 호명하며 기적을 바랄 수밖에 없었다. '하나님'에 대한 지향은 작가의 현실에 대한 절망적 인식을 가장 잘 보여주는 지점 이다. 이러한 현실에 대한 절망적 인식은 작가가 민중을 역사·사 회 인식의 중심에 놓음으로써 생겨난 것이다. 〈갑민가〉에 나타난 절망적 현실 인식은 당시 지방하층사족이 민중을 역사·사회 인식 의 중심에 놓으면서 봉건체제를 절망적으로 인식하기 시작했다는 것을 의미한다. 〈갑민가〉에 나타난 절망적 현실 인식은 지방하층사 족층의 세계관적 변모 양상의 하나를 구성하여 이후 근대로의 이 행 과정에서 중요하게 작용하였을 것으로 보인다.

07 나가며

〈갑민가〉는 대화체를 통해 당대 민중의 실상을 세련되게 드러냈 다. 현실비판적인 주제에도 불구하고 구체적인 민중사실을 사실적 으로 표현하여 관념적이거나 도식적이지 않아 문학적인 완성도가 높은 작품이다. 그럼에도 불구하고 〈갑민가〉의 이본은 두 편밖에 확인되지 않는다. 북한 지역에서 창작된 가사라 일차적으로 북한 에서 향유, 유통되었을 것이기 때문에 이 가사가 북한에서 수집, 출 간한 가사집에서 발견될 가능성이 많았다. 즉 〈갑민가〉는 북한 지 역에서 창작되었고 현실비판의 내용을 지닌 가사였기 때문에 북한 이 더 선호할만한 작품이었다. 그런데도 이 가사가 북한의 가사집 에서 발견되지 않은 것은 그만큼 북한이 가사 필사본의 보존에 소 홀했던 것을 반영한다. 비단 가사 필사본의 문제만은 아닐 것이지만, 가사문학을 전공하는 학자의 입장에서는 이와 같은 가사 필사본의 유실은 매우 안타깝고 유감스러운 일로 다가온다.

한편 이 가사가 성대중이 있는 서울로 유입됨으로써 서울 지역에서 활발하게 향유되었을 법도 한데, 이 또한 유감스럽게도 그렇지 못했던 것 같다. 특히 〈갑민가〉는 작가의 의도와는 상관없이 성대중을 간접적으로 찬양하고 있기 때문에 성대중 문중을 중심으로 향유, 유포가 활발하게 이루어질 수 있었다. 그런데 〈갑민가〉의 향유와 유통이 매우 제한적이었던 이유는 무엇일까. 먼저 성대중 문중에서 가사의 창작과 향유를 그리 활발하게 하지 않았던 점을 들수 있다. 안동을 중심으로 하는 영남지역에서는 가사의 창작과 향유 전통이 활발하여 가사가 창작되면 작가의 문중을 중심으로 향유되면서 혼반의 연결망을 타고 그 가사의 향유가 외연을 확장하는 경우가 많았다. 그러나 성대중 문중은 영남지역과 달리 가사의 창작과 향유의 전통이 그리 활발하지 못했기 때문에 더 이상 향유의 외연이 확장되지 못했던 것이 아닌가 한다. 한편 〈갑민가〉가 성대중이라는 당대인을 간접적으로 찬양하고 있다는 점이 오히려 이가사가 활발하게 향유되지 못하게 발목을 잡은 요인이 된 것은 아닐까를 생각해 볼 수 있다. 당대 치열하게 전개된 당쟁의 현실에서 성대중의 선정을 간접적으로 찬양하는 가사가 성대중 당대에 허심탄회하게 향유되기란 쉽지 않았을 것이고, 성대중 후대에는 성대중 문중이 가사의 창작과 향유 전통이 약했기 때문에 이 가사가 주목을 받지 못하고 묻혀 있었던 것이라고 생각할 수 있다. 만에 하나 허명을 싫어하는 성대중의 인품에 의해 당대에 이 가사의 향유가 제한된 것을 생각할 수도 있겠지만, 당대를 거쳐 후대로 오면 사정은 달라질 수 있는 것이기 때문에 이 가능성은 거의 없다고 볼 수 있다.

제2장
合江亭歌

01 들어가며

〈合江亭歌〉는 1792년 경 전라도 순창 지역에서 창작된 현실비판
가사이다. 이 가사는 1960년대 말에 박성의, 이종출, 윤성근[1]에 의
해 학계에 소개되었다. 1970~80년대 국문학계의 주목할 만한 연구
경향은 우리 고전문학에서 근대성 내지 서민성을 찾아내는 것이었
다. 〈합강정가〉에 대한 연구도 이러한 연구 경향의 연장선상에서
〈합강정가〉에서 현실비판의식, 근대의식, 서민의식 등을 찾아내는
작업에 주력했다. 그리하여 〈합강정가〉는 '근대적 지향[2]'을 지닌 가

---

1 박성의, 「樂府研究」, 『고려대학교 60주년 기념논문집 - 인문과학편』, 고려대학
교, 1965. ; 이종출, 「合江亭船遊歌攷」, 『어문학논총』제7집, 조선대학교 국어국문
학연구회, 1966(이종출, 『한국고시가연구』, 태학사, 1989에 재수록). ; 윤성근,
「합강정가연구」, 『어문학』제18호, 한국어문학회, 1968, 83~106쪽.
2 김학성, 「가사의 실현화 과정과 근대적 지향」, 『근대문학의 형성과정』, 문학과
지성사, 1983.

사 작품의 하나로 가사문학사적 위상이 주어지게 되었다. 한편 이러한 연구 시각 안에서 〈합강정가〉가 '서민가사[3]'의 하나로서 '서민의 의향[4]'이 들어 있는 작품의 하나로 연구되기도 했다. 이렇게 〈합강정가〉를 서민가사라고 유형화하고 작품에서 서민의 의식을 추출해내는 연구 작업의 결과 이 가사의 작가도 서민일 것이라는 오해가 빚어지기도 했다.

1990년대 들어 고순희는 「9세기 현실비판가사연구」에서 〈합강정가〉를 포함한 현실비판가사의 작자층이 서민이 아니라 지방하층사족층일 것이라고 추정했다. 고순희는 이 논문에서 지배층의 가렴주구를 비판하고 민중의 현실을 담은 일군의 가사를 현실비판가사라는 유형으로 설정하고 존재양상, 작품세계, 역사적 성격 등을 살펴보았다. 그런데 이 논문에서는 현실비판가사 유형의 한 작품으로 〈합강정가〉를 자세히 다루긴 하였으나 현실비판가사 유형에 대한 유형적 접근에 초점이 맞추어져 있는 것이었다[5]. 이후 현실비판가사나 누정가사를 다루는 자리에서 〈합강정가〉는 꾸준히 논의되어 와[6] 〈합강정가〉에 대한 연구성과는 비교적 풍부하게 쌓여 있다고 할 수 있다.

〈합강정가〉에 대한 이본은 고순희의 논문에서 소개가 된 바 있다. 그러나 이 논문에서 소개한 이본 가운데서는 최근 영인되어 출

---

3 김문기, 『서민가사연구』, 형설출판사, 1983.

4 유탁일, 「조선후기가사에 나타난 서민의 의향」, 『연민이가원박사 육질송수기념논총』, 범학도서, 1977.

5 고순희, 「19세기 현실비판가사연구」, 이화여자대학교 대학원 박사학위논문, 1990.

6 박사학위논문만 소개하면 다음과 같다. 전복규, 「조선후기가사의 근대의식 연구」, 경희대학교 대학원 박사학위논문, 1999. ; 채현석, 「조선후기 현실비판가사 연구」, 조선대학교 대학원 박사학위논문, 2008. ; 남동걸, 「조선시대 누정가사 연구」, 인하대학교 대학원 박사학위논문, 2011. ; 이재준, 「가사문학에 나타난 현실비판의식의 전개와 의미」, 서울시립대학교 대학원 박사학위논문, 2017.

판된 것들도 있고 이후 필사본이 더 발견되기도 하여 현재까지 확인된 〈합강정가〉의 이본을 다시 정리할 필요가 있다. 특히 〈합강정가〉에 대한 소개 당시의 작품론이나, 작품세계를 언급한 기존의 연구 성과에서는 〈합강정가〉의 현실비판적인 내용과 작가의식에 초점이 맞추어져 있었다. 그런데 〈합강정가〉는 내용의 현실에 대한 날카로운 비판성 때문에 내용을 표현한 문체가 독특하게 나타나고 있다. 그리하여 이 논문에서는 〈합강정가〉의 현실비판적인 작품세계를 문체적 측면과 아울러 살피고자 한다.

이 논문의 목적은 〈합강정가〉의 작품론을 작성하는 것이다. 그리하여 〈합강정가〉의 이본 상황, 작가층 및 향유 상황, 작품의 생산 배경, 작품세계, 현실인식의 역사적 성격 등을 종합적으로 살펴본다. 〈합강정가〉의 이본은 10개나 되지만 이 연구에서는 읽는 이의 이해를 돕기 위하여 국한문 표기로 되어 있는 아악부가집본과 상산본을 중심으로 인용하도록 하겠다.

02 이본 상황

현재까지 〈합강정가〉의 이본으로 확인된 것은 총 10편이다. 10편의 이본을 간단하게 정리하면 다음과 같다.

1) 윤성근본

常山 이재수 박사가 소장하고 있었던 출처 미상의 필사본에 실려

있는 것으로 윤성근이 소개한 자료이다.[7] 윤성근의 논문에 의하면 제목은 〈合江亭歌〉이며, 4음보를 1구로 계산하여 총 76구로 국한문 혼용 표기법으로 실려 있다. 원문을 구해 보지는 못하고 윤성근이 논문에서 활자본으로 소개한 것만 보았기 때문에 줄글체인지 귀글 체인지 그 기사 형식은 불분명하다. 가사의 제작 동기가 가사의 원 문 앞에 기록되어 있다.

2) 雅樂部歌集本

윤성근이 1)을 소개하면서 같이 소개한 李王職本과 같은 이본 이다. 윤성근은 이왕직본을 소개하면서 이 이본이 이왕직 도서 관 雅樂部 소장의 『歌集』전4권 중 제1권에 실려 있다고 했다[8]. 『雅樂部歌集』[9]은 이왕직 도서관 아악부 소장의 『歌集』(전4권)을 저본으로 하여 1934년경에 새로 편찬한 것이다. 여기에 실린 〈합 강정가〉는 윤성근이 소개한 아악부가집본과 비교할 때 한 두 자 정도만 다르다. 따라서 윤성근이 소개한 이왕직본은 또다른 이 본으로 치지 않았다. 제목은 〈合江亭歌〉이며, 4음보를 1구로 계산 하여 총 83구이다. 국한문 혼용 표기법과 줄글체 형식의 기사 방 식으로 실려 있다. 가사의 제작 동기가 가사의 원문 앞에 기록되 어 있다.

7　윤성근, 「합강정가연구」, 앞의 논문.
8　윤성근, 「합강정가연구」, 앞의 논문. 윤성근에 의하면 아악부가집본(이왕직본) 　은 상산본과 아울러 상산 이재수의 서재에서 얻어 보았다고 하였다.
9　김동욱, 임기중 공편,『校合 雅樂部歌集』, 태학사, 1982, 175~179쪽.

3) 歌集本

아악부가집본과 마찬가지로 이왕직 도서관 아악부 소장의 『歌集』
전4권을 저본으로 하여 1934년 경에 새로 편찬한 『歌集』에 실려 있
는 이본이다. 아악부가집본과 거의 동일한 이본이다. 필사본 원문
은 『역대가사문학전집』20권과 『한국가사자료집성』12권에도 영인
되어 실려 있다[10]. 제목은 〈合江亭歌〉이며, 4음보를 1구로 계산하여
총 83구이다. 국한문 혼용 표기법과 줄글체 형식의 기사 방식으로
실려 있다. 가사의 제작 동기가 가사의 원문 앞에 기록되어 있다.

4) 樂府本

이왕직 도서관 아악부 소장의 가집(4권)을 저본으로 하여 1934
년 경에 새로 편찬된 『樂府』에 실려 있는 이본이다. 박성의에 의해
그 내용이 간략히 소개된 적이 있다[11]. 필사본 원문은 『역대가사문
학전집』20권에 영인되어 실려 있으며, 『註解 樂府』에도 간단한 해
제와 함께 실려 있다[12]. 제목은 〈合江亭歌〉이며, 4음보를 1구로 계산
하여 총 24구로 매우 짧다. 국한문 혼용 표기법과 줄글체 형식의 기
사 방식으로 실려 있다. 작품의 제작 동기가 기록되어 있지 않은 대

10 김동욱, 임기중 공편, 『校合 歌集』二, 태학사, 1982, 420~427쪽.
    임기중 편, 『역대가사문학전집』20권, 여강출판사, 1994, 33~40쪽. ; 단국대율곡
    기념도서관, 『한국가사자료집성』12권, 태학사, 418~425쪽.

11 김동욱, 임기중 공편, 『樂府』上, 태학사, 1982, 331쪽. ; 박성의, 「악부 연구」, 『고려
    대학교 60주년 기념 논문집- 인문과학편』, 고려대학교, 1965, 31쪽.

12 임기중 편, 『역대가사문학전집』20권, 여강출판사, 1994, 32쪽. ; 이용기 편, 정재
    호 · 김흥규 · 전경욱 주해, 『註解 樂府』, 고려대학교 민족문화연구소, 1992, 322
    쪽.

신 제목 밑에 세필로 '晉州南江'이라는 기록이 덧붙여져 있다.

5) 三足堂本

『三足堂歌帖』으로 가칭되던 위씨 문중의 전래 가첩에 수록되어 있는 이본으로 이종출이 처음으로 소개했다[13]. 필사본 원문은 『存齋全書 下』에 실려 있으며, 『역대가사문학전집』49권에도 영인되어 있다[14]. 제목은 〈합강정선뉴가라〉이며, 4음보를 1구로 계산하여 총 80구이다. 순한글 표기법과 2단 귀글체 형식의 기사 방식으로 실려 있다.

6) 傳家寶藏本

고서 수장가 박영돈씨에 의해 발굴된 필사본 『傳家寶藏』에 실려 있는 이본이다. 이상보에 의해 그 제목과 소재문헌이 확인되어[15] 필사본 원문을 구해 볼 수 있었는데, 뒤에 『역대가사문학전집』49 권에 영인되어 출간되었다[16]. 제목은 〈합강정선유가〉이며, 4음보를 1구로 계산하여 총 73구이다. 순한글 표기법과 2단 귀글체 형식의

---

13 이종출, 「합강정선유가고」, 앞의 논문. 이종출은 원문 그대로를 소개하되 이해를 돕기 위해 한자어에는 괄호를 하여 한자를 써주었다. '삼족당가첩'이라는 이름은 전남 장흥군 관산면 방촌리 위계환(삼족당 위세보의 종손)씨가 소장하고 있던 제목 없는 필사본을 이종출이 소개하면서 붙인 가칭이다.

14 『存齋全書 下』, 경인문화사, 1974, 494~567쪽. ; 임기중 편, 『역대가사문학전집』 49권, 아세아문화사, 1998, 370~376쪽.

15 이상보, 「南哲의 憎歌」, 『한국고전시가 연구·속』, 태학사, 1984, 163쪽. 『傳家寶藏』은 가로 18, 세로 19㎝의 소책자로 모두 32장이다. 〈텬하힝녹〉, 〈궁합법〉, 〈승가〉, 〈합강졍션유가〉, 〈심어수〉 등이 실려 있다.

16 임기중 편, 『역대가사문학전집』49권, 아세아문화사, 1998, 377~383쪽.

기사 방식으로 실려 있다.

7) 홍길동전본

강전섭이 입수해 소장하고 있는 필사집인, 가칭 『홍길동전』에 실려 있는 이본이다. 강전섭에 의해 제목과 소재 문헌이 언급된 적이 있어[17], 강전섭 교수님의 배려로 필사본을 구해 볼 수 있었다. 제목은 〈호남가〉이며, 4음보를 1구로 계산하여 총 83구이다. 순한글 표기법과 줄글체 형식의 기사 방식으로 실려 있다. 필사본의 보존 상태가 좋지 않아 字句의 식별이 곤란한 부분이 있다. 가사의 원문 앞에 간단한 제작 동기가 적혀 있다.

8) 목동가본

필사집 『목동가』에 실려 있는 이본으로 필사본 원문이 『역대가 사문학전집』 38권에 영인되어 있다[18]. 제목은 〈합강정〉이며, 4음보를 1구로 계산하여 총 76구이다. 순한글 표기법과 3단 귀글체 형식의 기사 방식으로 실려 있다. 원필사본의 보존 상태가 좋지 않아서인지 『역대가사문학전집』의 영인 상태도 매우 좋지 않아 자구를

---

17 강전섭, 「樂貧歌에 대하여」, 『한국고전문학연구』, 대왕사, 1982, 157~158쪽. 원래 이 필사본은 표지가 떨어져 나가 제목이 없는 것을 강전섭 교수가 붙인 것이다. 가로 14, 세로 14㎝의 소책자로 모두 51장이다. 국문 한시 2편, 〈남초가〉, 〈낙빈가〉, 〈영남칠십일주가〉, 〈호남가〉, 〈홍길동전〉 등이 실려 있다.

18 임기중 편, 『역대가사문학전집』 38권, 아세아문화사, 1998, 97~101쪽. 『목동가』에는 〈합강정〉과 더불어 〈목동가〉, 〈운림쳐스라〉, 〈羊胛光陰〉, 〈초천이요활ㅎ고〉, 〈노인가〉, 〈쇽만인곡〉, 〈스시가〉, 〈원부사〉, 〈공즈당〉, 〈적벽부〉, 〈등왕각시〉, 〈귀거리스〉, 〈자탄가〉 등의 가사 작품이 실려 있다.

식별하기가 어려운 것이 상당수 있었다.

9) 가사소리본

필사집 『가사소리』[19]에 실려 있는 이본으로 필사본 원문은 한국 가사문학관 홈페이지에 jpg 파일로 올라와 있다. 제목은 〈合江亭歌〉 이며, 4음보를 1구로 계산하여 총 76구이다. 순한글 표기법(제목 제 외)과 1단 귀글체 형식의 기사 방식으로 실려 있다. 본문 상단에 一 에서 七까지의 숫자가 표기되어 있는데, 내용에 관한 분류 표기가 아니라 쪽수를 표기한 것이다.

10) 쌍녀록본

필사본 『雙女錄』[20]에 실려 있는 이본으로 필사본 원문은 한국가 사문학관 홈페이지에 jpg 파일로 올라와 있다. 『雙女錄』의 전소장 자는 이현조이다. 제목은 〈합강정선유개라〉이며, 4음보를 1구로 계 산하여 총 82구이다. 순한글 표기법과 3단 귀글체 형식의 기사 방 식으로 실려 있다.

이상에서 〈합강정가〉의 이본으로 살펴본 총 10편 외에 『續箕雅』 에 실려 전한다고 하는 〈合江亭歌〉가 있으나[21] 구해 볼 수 없었다. 원

---

19 한국가사문학관 소장 『가사소리』에는 〈가사소리〉, 〈合江亭歌〉, 〈연힝별곡〉, 〈죽 엽가〉, 〈어부수〉, 〈슈양가〉, 〈반졀퓨리〉 등의 가사가 실려 있다.

20 한국가사문학관 소장 『雙女錄』에는 〈합강졍션유개라〉 외에 소설 〈가암쌍녕녹 권지난〉과 〈심쳥가〉가 같이 실려 있다.

21 정주동, 「琴譜歌 解說」, 『어문논총』제2집, 경북대학교, 1964. 『續箕雅』는 경상북 도 칠곡군 약목면에 사는 申弘燮씨의 가장본이다.

필사본은 (3), (4), (5), (6), (8)의 이본이 『역대가사문학전집』에 영인
되어 있고, 그리고 (9), (10)의 이본이 한국가사문학관에 jpg 파일
로 공개되어 있다. 총 10편의 이본 중 7편의 이본이 비교적 쉽게 원
필사본에 접근할 수 있는 셈이다. 제목은 〈合江亭歌〉가 5편, 〈합강정
선유가라〉 계열이 3편, 그 외 〈합강정〉이 1편, 〈호남가〉가 1편이다.

　악부본을 제외한 나머지 9편의 이본은 몇몇 구절의 착종을 제외
하면 거의 유사한 내용과 구절을 지니고 있다. 그런데 작품의 결구
가 어떻게 처리되는지에 따라 〈합강정가〉의 이본은 A, B 두 유형으
로 나누어진다. 대부분의 이본이 속한 A유형은 과거제의 비판에
이어 一人義士에 대한 기대를 서술한 후, 감사에 대한 저주를 서술
하고 하고 있다(삼족당본·아악부가집본·가집본·전가보장본·
목동가본·가사소리본·쌍녀록본). 아악부가집본의 예를 들어 보
면 다음과 같다.

　　　① 春塘臺에 치는帳幕 五木臺에 무삼일고
　　　② 僭濫한 荊위中에 較藝하는 靑襟덜아
　　　③ 五十三洲 詩禮鄉에 一人義士 업단말가
　　　④ 食福죠흔 우리巡相 官祿죠은 우리巡相
　　　⑤ 두로시면 六曹判書 나가시면 八道監司
　　　⑥ 功名도 거록하고 富貴도 그지업다
　　　⑦ 罔極할사 聖恩이야 感激할사 聖德이야
　　　⑧ 一段臣節 잇거드면 竭力報效 하오리다
　　　⑨ 背恩忘德 하게되면 殃及子孫 하오리라

가집본은 아악부가집본을 저본으로 한 것이기 때문에 위와 동일

하다. 삼족당본과 목동가본은 ⑦번 구절이 없다. 전가보장본은 ①
번 구절 다음에 "남문밧 우름소릭 난니을 만나게야"라는 구절이 첨
가되고, ⑦번 구절이 "슌봉이 다시나니 북창이 앗갑도다"라는 구절
로 교체되어 있다. 가사소리본은 ⑧번 구절 뒤에 "슌봉이 다시나니
북창은 네뉘알리"라는 구절이 들어가 있다. 쌍녀록본은 ②번과 ⑧
번의 구절이 없다. 이와 같이 이 유형은 이본 간 어구의 미세한 차
이나 한 구의 첨가나 생략을 보이고는 있으나 모두 위에 인용한 구
절의 순서를 그대로 지닌다. 동일 이본을 저본으로 하여 유통되었
던 이본들인 것으로 추정할 수 있다.

　드물기는 하지만 B유형은 작품의 결구가 과거제의 비판에 이어
감사에 대한 저주를 서술한 후 一人義士에 대한 기대와 저주를 끝
으로 하고 있다(윤성근본・홍길동전본). 홍길동전본의 예를 들어
보면 다음과 같다.

　　　① 츈당딕 치던장막 오목듸여 무삼일고
　　　② 식복됴타 우리슌상 환복죠타 우리슌상
　　　③ 드러가면 뉵죠판셔 나오시면 팔도감亽
　　　④ 공명도 거록ᄒ고 부귀도 그지업다
　　　⑤ 망극ᄒ샤 셩은이요 감격ᄒ샤 국은니라
　　　⑥ 일분츙셩 잇씌되면 갈녁보민 ᄒ련마ᄂᆞᆫ
　　　⑦ 심졍니 이러ᄒᄂᆞ 불켄들 면홀쇼냐
　　　⑧ 고여ᄒᄂᆞ 져쳥금 오십삼쥬 시례향익
　　　⑨ 일닌의식 업닷말가 드러라
　　　⑩ 빅은망덕이면 앙급ᄌᆞ손 ᄒ오리라

위와 같이 홍길동전본은 감사와 청금에 대한 서술이 뒤바뀌어 '배은망덕하면 앙급자손'할 것이라는 저주가 청금을 향한 것으로 되어 있다. 윤성근본은 ①번 구절이 이 위치에 있지 않고 한참 앞에 위치하고, ⑥번 구절이 생략되어 있으며, ⑨와 ⑩의 위치가 바뀌어 '背恩忘德 홀작시면 覆宗德嗣 ㅎ올니라 / 一人義士 업단말가 두어라'로 되어 있다. 윤성근본이 이본 가운데 구절 간 착종이 가장 심한 이본임을 알 수 있다.

이상으로 결구의 처리에 따른 A와 B 유형을 살펴본 바에 의하면 〈합강정가〉의 마지막 부분은 거의 대부분 ①로 시작함을 알 수 있다. 그런데 바로 위에서 인용한 홍길동전본 마지막 부분에서 ①번 구절에 이어 감사에 대한 비판이 이어지고 다시 선비들에 대한 기대와 저주로 연결되는 것은 의미의 전개가 어색하다. 대부분의 이본이 그러하듯이 ①번 구절의 다음에 과거장에 모인 응시자들을 향해 일인의사에 대한 기대를 서술하는 것이 자연스럽다. 따라서 이본의 대부분이 속한 A유형이 원형일 가능성이 많다[22].

악부본은 24구의 짧은 형태이다. 〈합강정가〉의 가창 가능성을 말해주는데, 가사의 내용은 작품의 전반부를 발췌하여 수용했다. 가창하였던 형식이 판소리 短歌였는지, 아니면 歌詞나 雜歌였는지는 알 수 없다. 다만 〈居昌歌〉의 구절들이 쪼개져서 〈민원가〉, 〈불수빈〉 등의 판소리 단가로 채택되었던 점을 감안하면 판소리 단가였을 가능성이 크다. 이 작품이 판소리의 고장인 전라도 순창 지역에서

---

22 필자는 「19세기 현실비판가사 연구」(앞의 논문)에서 '시조의 종장 형태와 관련하여 살펴본 결과 B유형이 A유형보다는 원형일 가능성이 많다'(10쪽)고 한 바 있다. 그러나 〈합강정가〉가 18세기 후반에 창작된 작품이라서 가사 형식의 古形이냐 아니냐 하는 것이 원형 논의에 무의미할 수 있다. 이 문제는 향유자의 관습과 관련할 것이다. 이 논문에서 살펴본 바와 같이 A원형이 원형이라고 보는 편이 보다 합리적이라고 본다. 이 자리에서 고친다.

창작된 작품이므로 이 가능성은 더 높아진다고 하겠다.

03 작가층 및 향유 상황

A. 작가층

〈합강정가〉의 창작 배경을 기록하고 있는 윤성근본과 아악부가집본의 기록은 다음과 같다.

① 전라감사 鄭民始가 일찍이 임자년 9月 23일 國忌일에 합강정에서 크게 잔치를 벌이고 배를 타고 놀았다. 참석한 수령들이 수십 읍에 달하였으며, 사용한 비용이 수천 량이었다. 횃불을 삽십리에 걸쳐 받쳐 들고 삼일 간에 걸친 잔치를 베풀었는데 기생들이 펼친 풍악의 위용이 성대함은 미루어 상상할 수 있을 것이다. 호남 사람이 그 폐단을 차마 볼 수 없어 익명의 글을 써 내었는데, 걸작이었다. 백성들이 처음 그것을 읽고 상과 벌, 그리고 생각한 것을 덧붙여 人口에 널리 회자하게 되었다, 어떤 이가 이것을 베껴 서울 남대문에 걸어 놓았는데, 성문 안 어느 人士가 전파를 시켜 궁중에까지 들어가게 하였다. 그리하여 정민시를 유배 보내는 조처가 시행되었다[23].(윤성근본)

---

23 "全羅監司 鄭民始 嘗以壬子九月二十三日(國忌) 大設合江亭船遊 守令來參者數十邑 費錢數千兩 植炬三十里 做三日之宴 其妓樂威儀之盛 從可想矣 湖民不勝其弊 因投□ 名書 乃傑作也 民始見之 大加賞罰 加考試 然因膾炙於世 有人飜謄掛於崇禮門 都下人士傳播 因流入九重 仍施流配之律耳"

② 全羅監司 鄭民始가 壬子 秋九月에 巡歷 淳昌하야 合江亭에 船遊홀
시 妓生次知 差使員도 잇고 魚物 맛흔 次使員도 잇고 그 남은 小小한 次
使員 名色이 無數하야 이로 記錄지 못하니 그찍 全羅道 사람이 이 노릭
를 지어서 記錄하니 노릭 지은 사람의 姓名은 누군지 아지 못.(아악부
가집본)

위의 두 기록에 의하면 전라감사 鄭民始가 壬子年(1792년, 정조
16년) 가을 9월 23일(국기일)에 합강정에서 선유하며 잔치를 벌였
다. 그 잔치는 엄청난 규모로 성대하게 벌어졌는데, 그 폐단이 이루
말할 수 없었다. 그리하여 이것을 참을 수 없었던 어떤 '전라도 사
람'이 〈합강정가〉를 지었고 가사가 궁중에까지 퍼져 정민시가 유배
를 당하게 되었다고 했다.

가사를 처음 소개할 당시에 이종출은 가사의 전편이 순한글 표
기이며 작품의 성격으로 보아 '호남지방의 어느 常民'이 지은 것이
라고 추정하였고[24], 윤성근은 '서민작가의 손으로 서민의 의식과
서민의 현실을 예리하게 그리고 있다는 점에서 〈기음노래〉와 함께
서민문학의 대표적 존재가 된다'고 하여 작가가 서민일 것이라고
추정하였다.[25] 이 견해는 관계 기록에 '전라도 사람(湖民)'이라 되
어 있는 점, 순한글 표기로 이루어진 점에 크게 의존한 추정이다.
그러나 현재 전하고 있는 이본 가운데는 국한문혼용 표기도 있어

24 이종출, 「합강정선유가고」, 앞의 논문, 40~41쪽.
25 윤성근, 「합강정가연구」, 앞의 논문, 95~106쪽. 윤성근은 아악부가집본(이왕직
  본)과 윤성근본(상산본)을 소개하면서 무명씨작인 이유를 다음 세 가지로 설명
  하였다. 첫째, 집권층을 비판하고 있기 때문에 안전을 위해 이름을 밝힐 수 없었
  다. 둘째, 구전에 의존해 오다 후대에 문자로 정착했기 때문이다. 셋째, 구전 단
  계의 수요자에게는 누구의 작품이냐는 것은 중요하지 않고, 특히 인정받지 못하
  는 계층의 사람일 때 그 이름은 망각되어 버린다.

순한글표기 이본만 보고 서민 작가의 근거로 생각한 것은 타당성
이 떨어지게 되었다. 한편 이 견해에서는 〈합강정가〉가 口傳에 의존
해 오다 나중에서야 문자로 정착되었다는 파악을 바탕으로 하여
口傳性은 곧 無文字 문학 행위에서 비롯된 것이므로 작자는 문자를
모르는 서민일 것이라고 추정한 것이다. 그러나 〈합강정가〉가 口傳
的 성격을 보여주고 있는 것은 사실이니 창작 자체가 無文字 문학
행위를 기반으로 한 것이 아니었다. 가사는 애초에 문자 문학 행위
로 창작되었으며, 구전적 성격은 향유 과정에 개입되었던 가창이
나 반복된 필사 때문에 지니게 된 것이다.

그런데·단편적인 언급이긴 하지만 '한자어가 많이 섞인 유식한
문투라 하층민이 지은 것 같지는 않고, 민란을 선동할 마음을 품은
인물이 의도적으로 써서 통문을 돌리듯이 퍼뜨렸을 듯하다'라는
조동일의 견해[26]와, '문체적 특성으로 보아 현실에 불만을 품은 식
자층의 창작이거나 혹은 평민적 근원의 노래가 그러한 인물의 손
을 거쳐 정착된 것이 아닌가 한다'[27]라는 김흥규의 견해도 있다. 이
렇게 작가가 하층민이 아닌 '식자층'으로 보는 견해는 텍스트 자체
에 주목하여 얻어낸 추정이라는 점에서 설득력을 지닌다. 그렇기
는 해도 이 견해는 그 식자층이 구체적으로 어떤 계층인가 하는 점
은 언급하지 못했다.

텍스트 자체를 두고 볼 때 〈합강정가〉는 문체상 漢字造語를 현저
히 사용하고 있다. 註解가 本文보다 많을 정도로 어려운 한문구를
사용하고 있는 것은 작가가 漢學에 능숙한 식자층임을 나타낸다.
한편 작가는 과거에 대한 지향을 보이고 있다. 감사의 순시에 맞춰

26　조동일, 『한국문학통사』 제3권, 지식산업사, 1984, 336쪽.
27　김흥규, 『한국문학의 이해』, 민음사, 1986, 121쪽.

열린 과거장에 대한 작가의 비난에서 알 수 있는 것은 작가가 과거제도와 현실적으로 관련 있는 층이라는 점이다. 그러나 '荊圍 中(과거장)에서 詩藝를 다투는 靑襟(학생)들아 오십삼주 시예향(전라도)에 일인의사가 없단 말인가'라는 어조에서 드러나듯이 과거장에 모인 '청금'들과 작가는 연배 싱 차이가 있는 것으로 보인다. 삭가도 과거 응시를 통하여 관료로의 진출을 도모하고자 했던 선비층이었으나 이제는 과거를 포기하고 향촌에 눌러 앉은 층이라고 추정할 수 있다.

한편 〈합강정가〉는 실재 인물인 전라감사 정민시의 순시와 관련하여 지어졌으므로 봉명하러 온 수령들도 실재 인물일 것이다. 그런데 작가는 감사의 순시에 奉命하러 온 수령들의 구체적인 신상정보를 매우 잘 알고 있다. '中貶을 맞았다'는 나주목사나 '名家의 후예'라는 남평 현감 등에 대한 서술[28]에서 작가가 이들 수령들과 인맥을 지니고 있었던 층임을 알 수 있다. 특히 작가는 감사의 잔치가 인평대군의 묘치제를 행하는 國忌日에 벌여졌음을 내세워 그 부당성을 강조하고 있는데, 이로써 보더라도 작가는 지배층의 처신도 익히 알고 있었던 사족층이었다고 하겠다. 이와 같이 작가는 향촌사회의 구성원인 농민층은 물론 지배층에 관해서도 상세한 정보를 바탕으로 향촌 내에서 벌어진 사태를 서술하고 있다. 따라서 작가는 향촌사회 내 지배층과의 교유가 직간접으로 가능했던 지방하층사족층일 것으로 추정된다.

---

28 "潭陽府使 昌平縣監 妓生領擧 勤幹하다 / 中貶마즌 羅州牧使阿함으로 와게신가 / 名家後裔 南平縣監 追隨承風 무삼일고 / 酒祖高風 싱각하면 貽羞山林 그지업다"
감사는 매년 두 차례 지방관의 성적을 조사하여 등급을 정하는데 열 번 중 세 번이 中이면 파면된다. 그러니 이미 중폄을 맞은 적이 있는 나주목사는 적극적으로 아첨을 할 수밖에 없다. 그리고 남평 현감의 행동은 조상의 고아한 풍도에 비추어 볼 때 부끄럽기 짝이 없는 것이라고 하였다.

　　관련 기록에 '湖民'으로 되어 있는 것은 '전라도 사람'을 한자화
하는 과정에서 작가의 익명성에 의해 '民'의 옷이 입혀진 것으로
'民' 자체가 작가의 신분계층을 구체적으로 규정한 표현은 아니라
고 보는 것이 합리적이다. 이렇게 〈합강정가〉의 작가는 유식한 한
학자로서 과거제도와 선비들에 대한 지향을 보이면서 향촌사회 내
지배층의 신상이나 처신을 자세히 알고 있었던 지방하층사족층으
로 추정된다.

B. 향유 상황

　　〈합강정가〉는 총 10편에 달하는 이본이 현재 전하고 있다. 〈합강
정가〉가 지역적으로 광범위하게, 그리고 시대적으로 오래도록 향
유되었음을 짐작케 한다. 삼족당본은 전라남도 장흥의 魏氏 종가에
서 발견된 것이다. 이곳은 호남 실학의 대가였던 存齋 魏伯珪
(1727~1798)가 태어나 살았던 곳으로 지방사족에 의하여 창설된
전형적인 사족동족촌락이었다.[29] 이곳에서 가장본으로 발견된 〈三
足堂家帖〉에는 다음과 같은 작품이 실려 있다.

　　　　〈金塘別曲〉〈ᄌᆞ회가라〉〈농가라〉〈草堂歌〉〈人日歌〉〈萬古歌〉〈천풍가
　　　라〉〈합강정선뉴가라〉〈권학가라〉

　　위에 싣고 있는 작품들은 모두 전남 장흥 부근에서 지어진 작품
들이다. 三足堂 魏世寶(1669~1707)의 〈金塘別曲〉, 그의 손자인 존재
위백규의 〈自悔歌〉와 시조 〈農歌〉, 李商啓(1758~1822)의 〈草堂歌〉와

29　고승제,『韓國村落社會史研究』, 일지사, 1977, 264쪽.

〈人日歌〉(장흥), 朴履和(1739~1783)의 〈萬古歌〉(영암), 盧明善(1647~1715)의 〈天風歌〉(장흥)[30]를 싣고 그 뒤에 무명씨작인 〈합강정선뉴가〉와 〈권학가〉를 실었다. 실려 있는 작품의 작가 가운데 알려진 사람은 모두 전남 장흥과 영암 지역에 은거했던 사족층이다. 사족동족촌락에서 발견되었으며, 거의 그 주변 지역에 살았던 사족의 작품을 수록하고 있는 가첩에 〈합강정가〉가 실려 있다고 하는 것은 호남 지역의 사족에 의해 이 가사가 활발하게 향유되었음을 말해준다.

한편 『속기아』는 경북 若木面의 申弘燮氏 소장으로 그의 고조부인 申意均이 편찬한 시가집이다. 『續箕雅』를 편찬한 申意均은 퇴계 가문과 서로 출입을 하고 있었던 사족으로 역사가이며 고증학자였다. 이 시가집에 같이 실려 전하는 작품으로는 退溪의 〈陶山六曲〉, 聾巖의 〈漁父歌〉九章과 〈漁父短歌〉三章, 〈樂貧歌〉, 永川慈川 趙進士의 〈大明復讐歌〉, 〈踏山歌〉, 〈朱子賦〉, 退溪의 〈勸善指路歌〉와 〈琴譜歌〉 등이라고 한다[31]. 주로 영남 지방의 사족층이 지은 작품을 실으면서 〈합강정가〉도 싣고 있어 이 가사의 향유가 영남 지역 사족층에 의해서도 이루어졌음을 보여준다[32]. 이와 같이 〈합강정가〉는 호남 및

30 이종출, 「魏世寶의 金塘別曲攷」, 『국어국문학』, 제34·35합집, 국어국문학회, 1967.; 이종출, 「止止齋 李商啓의 歌辭攷」, 『한국언어문학』제2집, 한국언어문학회, 1964.; 丁益燮, 「龜溪 朴履和의 歌辭攷」, 『한국언어문학』제2집, 한국언어문학회, 1964.; 이종출, 「盧明善의 天風歌」, 『한국언어문학』제4집, 한국언어문학회, 1966.
31 정주동, 「琴譜歌 解說」, 앞의 논문, 89쪽.
32 그 외 홍길동전본이 실려 있는 『홍길동전』에는 국문 한시 2편, 〈난초가〉〈낙빈가〉〈영남칠십일주가〉〈호남가〉〈홍길동전〉 등이 실려 있다. (강전섭, 『한국고전문학연구』, 앞의 책, 156쪽.) 그리고 전가보장본이 실려 있는 『전가보장』에는 〈천하행록〉 2편, 〈궁합법〉〈승가〉 4편〈합강정선유가〉〈심어수〉 등이 실려 전한다. (이상보, 『한국고전시가 연구·속』, 앞의 책, 163쪽.) 이렇게 함께 실려 전하고 있는 가사의 실상을 볼 때 이 두 문집도 사족층이 향유하였던 것으로 보인다.

영남, 즉 남도 지역의 사족층에 의해 향유되면서 일반 향민들의 향
유도 수반했을 것이라고 본다.

　앞서 인용한 윤성근본과 아악부가집본의 관계 기록은 그 포함하
고 있는 내용이 조금 다르다. 후자에서는 누군지 모르는 전라도 사
람이 가사를 지었다고만 하였다. 그런데 전자에서는 어느 호남 사
람이 '익명서'를 지었고, 그것을 백성들이 읽어 인구에 회자되다가,
어떤 이가 번역하여 베껴서[飜謄] 남대문에 걸었다(然因膾炙於世.
有人飜謄掛於崇禮門)고 하였다. 이 '飜謄'에서 무엇을 무엇으로 '번
역했느냐' 하는 것이 문제가 될 수 있다. 아무래도 애초 전라도 사
람이 지은 '익명서'가 한문 기록이고 이것을 가사로 번역해 남대문
에 걸어두었다고 보기에는 무리가 있다. 원래 가사로 지어진 것이
인구에 회자되다가 어느 서울 人士가 이 가사를 보고 그 내용을 한
문기록으로 번역하여 남대문에 걸어둔 것으로 보는 것이 보다 합
리적이다. 정민시는 국기일에 잔치를 벌였으므로 정민시와 정치적
으로 반대편에 있었던 어느 인사가 그 사실을 조정과 왕에게 알리
기 위해 가사의 내용을 한문으로 번역해 걸어놓았던 것이 아닐까
추정할 수 있다.

　어쨌든 〈합강정가〉는 관계기록에 의하면 가사가 지어지고 빠른
속도로 전파되어 그 내용이 궁중에까지 유입되었다고 하였다. 이
후 순창 내 향민과 사족층에게 지속적으로 향유되면서 영남지역으
로까지 전파되어 유포성이 광범위하게 이루어지게 되었다. 인구에
회자될 정도로 향민과 사족층의 향유가 있었던 사정은 가창되었을
것으로 보이는 악부본의 존재로도 확인된다. 19세기 전문 예능인
인 가객들은 상업성과 관련하여 다양하게 음악에 맞는 소재를 개
발하였을 것이다. 합강정에서 벌어진 잔치를 둘러싸고 지배층과

피지배층의 대립적인 상황은 일차적으로 흥미를 갖게 하는 소재이다. 소재 자체가 흥미로운 데다가 당시 이 가사가 널리 유행했기 때문에 가객들은 이 가사를 채택하여 그들의 음악 가사로 삼았다. 악부본에는 '晋貝南江'이라는 細筆 기록이 제목 아래 덧붙여져 있는데, 감사를 위한 잔치와 수령들의 아첨 행각을 중심으로 가사가 재워지다 보니 원래의 가사가 지녔던 근거나 구속력이 희박해지며 빚어진 오류로 보인다.

04 창작 배경

〈합강정가〉의 관계기록에 나타난 인물과 사건은 실제로 있었던 일이었다. 1792년 9월 23일은 麟坪大君 墓致祭를 행한 날이다. 그렇기 때문에 이날은 국기일이 되고, 국기일에는 먹고 마시고 노는 잔치를 해서는 안되는 것이었다. 전라감사 정민시는 국기일을 어기고 잔치를 벌인 것이므로 이 일을 안 조정에서는 정민시에게 삭직의 벌을 내리게 되는데, 이 사실이 정조실록 16년 11월 10일 기록에 나와 있다.

> 강원도 관찰사 윤사국(尹師國)을 가자하고, 전라도 관찰사 정민시(鄭民始)는 삭직하고, 경상·경기·충청·황해·평안·함경 6도의 관찰사들은 모두 봉록 10등(等)을 감하라고 명하고, 전교하기를,
> 〈--- 애석하게도 지위가 일품이요 평소 사리에 밝던 전라감사조차도 도리어 강원감사에게 선두를 양보하고 말았단 말인가. 그에게

갑절 무거운 율을 가하여 다른 사람들을 격려하여야 할 것이다. 그런 소소한 일도 그렇게 소홀히 다루어 조정의 명령을 받들어 행할 줄 모르는데 어떻게 큰 도에 버티고 앉아서 자신의 이익만을 채우게 할 것인가. 전라감사 정민시에게 빨리 삭직의 벌을 내리도록 하되 말이란 신의를 지키지 않으면 안 되니 전지(傳旨)는 진곡(賑穀) 마련에 노력한 장계가 이른 뒤에 받도록 하라. 경상감사 정대용(鄭大容)·함경감사 김희(金憙)·경기감사 서정수(徐鼎修)는 봉록 10등(等) 치를 감하라. 조정을 무서워해야 하는 도리에 있어서야 내각이고 아니고가 무슨 상관이겠는가. 충청 감사 이형원(李亨元)·황해 감사 이경일(李敬一)·평안 감사 홍양호(洪良浩)도 봉록 10등 치를 감하도록 하라. ---) 하였다[33].

위의 기록에 의하면 8도 관찰사 가운데 강원도 관찰사는 상을 받고, 나머지 7도 관찰사는 벌을 받았다. 전라도 관찰사를 뺀 나머지 6도 관찰사는 봉록 10등치를 감하는 벌을 받았는데, 전라도 관찰사인 정민시만은 가장 중한 벌인 삭직의 벌을 받았다. '애석하게도 지위가 일품이요 평소 사리에 밝다던 전라감사'라는 정조의 발언에서 알 수 있듯이 정민시는 정조의 총애를 받았던 근신이었다가 잠시 전라도 관찰사로 나가 있었던 차였다. 정조는 그에게 남보다 갑절이나 무거운 벌을 내려 다른 사람들을 격려하라는 조처를 내리게 된 것이다.[34]

8도 관찰사에 대한 상벌은 암행어사의 암행 결과인 書啓를 보고

---

33 정조 16년 11월 10일, 〈각도 관찰사들의 시상과 삭직을 행하다〉, 『조선왕조실록 CD-ROM』제 3집, 서울시스템 주식회사, 1997.
34 그러나 얼마 안 있어 정민시는 다시 정조에 의해 복직된다.

내린 조처였다. 이때 암행어사를 파견하여 조사를 하게한 결정적인 계기가 남대문에 걸린 〈합강정가〉의 내용일 것으로 추정된다. 죄를 받은 7도 관찰사들의 죄목은 각기 다르지만 특히 정민시를 포함한 몇 도는 국기일을 지키지 않은 것이 문제였다. 정조가 상벌의 조처를 내리면서 관찰사의 직무와 관련하여 다음과 같은 걱정을 한 점이 주목된다.

> 보통 제향에 대해 의례적으로 내리는 조정의 명령도 이처럼 제대로 받들지 않고 있고 보면, 근래 연달아 전교를 내려 경계하고 있는 이때 흉년에 대한 대책을 세우지 않은 수령들을 한결같이 덮어주고 있는 삼남 도신들의 일은 너무 형편없다. 치적은 비록 낮더라도 앞으로 기대를 걸만한 자라면 혹시 얘기가 되겠지만 틀림없이 감당 못할 무리들까지 모두 감싸 주고 있을 것이다. 암행어사의 書啓가 책상에 가득 쌓여 있으니 이 같은 국가 기강이 옛날에 언제 있었던가. 무슨 사사로운 정이 있기에 수령 두려워하기를 조정의 명령보다 더 두려워하는가[35].

정조는 감사들이 국기일을 지키는 사소한 일조차 제대로 못하는데다가 수령들을 감독하기는커녕 이들의 비리를 감싸고 덮어주고 있으니 너무나 형편없다고 하였다. 그리하여 정조는 수령을 감독해야 할 감사들이 도리어 '수령 두려워하기를 조정의 명령보다 더 하다'고 통탄했다. 왕은 겉으로는 국기일을 지키지 않은 일을 문제삼고 있었지만 실은 그로부터 드러나는 감사와 수령의 결탁을 보

---

35 정조 16년 11월 10일, 〈각도 관찰사들의 시상과 삭직을 행하다〉.『조선왕조실록 CD-ROM』제3집, 서울시스템 주식회사, 1997.

다 큰 문제로 파악하고 있었다. 탐학 하는 수령과 직무를 유기하는 감사가 빚어내는 구조적인 비리의 고리 앞에서 왕이 솔직하게 한탄하고 있는 것이다. 이러한 구조적인 부패 구조가 결국 삼정의 문란을 초래한 것인데, 삼정의 문란으로 대표되는 조선후기 봉건사회의 고질적인 병폐 현실에 왕조차 무력함을 드러내고 있음을 잘 알 수 있다.

조선초기 사회에서부터 감사직에 대한 사회적인 인식은 좋은 것이 아니었다. 감사직을 관인으로 보지 않을 뿐만 아니라 '爾汝'라고 부르며 업신여기고 천시할 정도로 그 사회적 인식은 좋지 않았다. 李栗谷도 감찰자는 얼마든지 태만을 일삼을 수 있는 閑職이라고까지 규정하였다[36]. 그리하여 茶山은 〈監司論〉에서 '감사가 바로 큰 도적[37]'이라고 지적하기까지 한 것이다.

전통적으로 농업사회를 근간으로 하는 전라도의 경우, 자연 재해로 인한 천재에 시달려야 했는데 설상가상으로 부임해오는 수령마다 그 탐학이 극심하여 천재와 인재로 인한 가난의 반복이 거의 전통이 되다시피 하였다고 한다. 수령의 탐학이 심하면 실할수록 수령에 대한 감독권을 지닌 감사에 대한 기대가 클 수밖에 없다. 그럼에도 불구하고 전라도 지역에서는 수령의 탐학이 거듭 반복됨으

---

36 고승제, 『韓國村落社會史硏究』, 앞의 책, 222~223쪽.
37 '이와 같은 도적은 야경 도는 사람도 감히 따지지 못하고, 의금부에서도 감히 체포하지 못하고, 어사도 감히 공격하지 못하고, 재상도 감히 말하지 못한다. 그래서 멋대로 난폭한 짓을 해도 아무도 감히 힐문하지 못하고, 田莊을 설치하고 많은 전지를 소유한 채 종신토록 안락하게 지내지만 아무도 이러쿵저러쿵 헐뜯지도 못한다. 이런 사람이 어찌 큰 도적이 아니겠는가? 큰 도적인 것이다. 그래서 君子는 이렇게 말한다. '큰 도적을 제거하지 않으면 백성이 다 죽을 것이다'(己 是盜也 干掫不敢問 執金吾不敢捕 御使不敢擊 宰相不敢言勘討 橫行暴戾 而莫之敢誰 何 置田墅連阡陌 終身逸樂 而莫之敢訾議 若是者庸詎 非大盜也與哉 大盜也已 君子曰 大盜不去民盡劉)〈監司論〉

로써 감사의 무능과 부패에 대한 인식이 그 어느 지방보다 팽배해
져 있었다. 이 지역에서는 아전, 수령, 그리고 감사로 이어지는 수
령 체제에 대한 비판적 인식이 팽배했기 때문에 농민들은 오히려
암행어사를 더 기대하였다.

전라도 지역에서 감사에 대한 비판적 인식은 민요에도 잘 드러
난다. 전라도 민요 중에 주로 아이들의 놀이요에 '전라감사'가 자주
등장한다.

① 나도 나도 전라도 전라감사 유-지[38]

② 정첨지 불○개 후닥닥닥 베껴서 / 장구메고 북매고 절라감사 낼
올제 / 뚱-뗑 쳐봐라(鄭姓을 놀리며)[39]

③ 두껍아 두껍아 / 너 등허리가 왜 그런노 / 全羅監司 살 적에 / 妓
生妻를 많이 해서 / 창이 올라 그렇다

두껍아 두껍아 / 너 손바닥이 왜 그런노 / 全羅監司 살 적에 / 將
棋 바둑을 많이 두어서 / 못이 백혀 그렇다

두껍아 두껍아 / 너 눈깔이 왜 그런노 / 전라감사 살 적에 / 울근
불근 많이 먹어 / 붉힌 눈이 남아 있네[40]

---

38 김소운 편저, 『조선구전민요집』, 영창서관, 1959, 92쪽.
39 앞의 책, 99쪽.
40 임동권, 『한국민요연구』, 이우출판사, 1975, 193~194쪽.

①은 어린 아이들 사이에서 '나도나도' 하는 말에 대꾸하는 사설이라고 한다. 전라도가 전라감사의 전횡이 마구 행해지는 곳이라는 뜻으로 '유지(留地)'라 한 듯하다. ②는 鄭氏 姓을 놀릴 때 부르는 사설이다. 전라감사의 순시가 곧 잔치의 흥성함으로 인식되어졌으며 그것에 대해 비판적이었음을 알게 해 준다. 하필 정씨 성을 놀릴 때 전라감사의 잔치를 운운한 것이 혹시 〈합강정가〉의 鄭民始 사건이 계기가 되지 않았을까 추측이 가기도 하나 알 수는 없다. ③은 전라감사를 두껍이에 은유하고 있는 민요이다. 기생첩을 많이 두었고, 바둑 장기로 소일하여 손에 못이 박힐 정도였고, 많이 먹어 눈이 붉어졌다는 것으로 전라감사의 향락 생활과 태만을 비판하였다.

〈합강정가〉는 이와 같이 수령과 감사에 대한 불만이 누적되어 있던 전라도 지역에서 정면으로 그것을 문제 삼아 가사화한 것이다. 감사에 대한 기대가 애초에 있었던 것은 아니지만, 피폐해질 대로 피폐해진 농촌현실에 대한 위기위식이 고조된 상태에서 실재 인물 정민시의 순시가 잔치로 흥청거림을 보고 그에 관한 비판이 가사를 통하여 분출된 것이다.

05 〈합강정가〉의 작품세계

A. 집단적 민중사실

〈합강정가〉는 구조적으로 크게 서언, 본사설, 결사로 구성되어 있으며, 본사설은 다시 '감사의 잔치'와 '백성의 고통'이라는 두 축으로 이루어져 있다. 작품의 서술 단락을 아악부가집본을 대상으로 살펴보면 다음과 같다. 여기서는 4·4를 1구로 계산했다.

① 서언(1~12구)
② 감사이 순시와 잔치
    ㄱ. 도착준비(13~22구)
    ㄴ. 소여흘 船遊(23~32구)
    ㄷ. 잔치상의 화려함과 풍악(33~42구)
    ㄹ. 秉燭夜遊(43~54구)
    ㅁ. 수령의 아첨행각(55~86구)
③ 백성의 고통
    ㄱ. 각종폐단(87~100구)
    ㄴ. 鷄犬 공출(101~106구)
    ㄷ. 少婦의 사연(107~116구)
    ㄹ. 戶收斂과 流離民(117~130구)
    ㅁ. 上帝에의 발원(131~135구)
    ㅂ. 奸吏의 농간(136~147구)
④ 결사
    ㄱ. 一人義士에 대한 기대(148~153구)
    ㄴ. 감사에 대한 빈정거림과 저주(154~165구)

①에서는 가사의 창작 배경과 의도를 함축적으로 담았다. 어명으로 내린 국기일인 '9월 23일이 길인인가 가절인가'라고 시작하면서, 이날에 '우리 순상'이 합강정에서 선유를 하고 노니 궁중의 걱정과 남녘 백성들의 질고를 아는지나 모르겠다고 했다. 감사에

대한 불만이 누적될대로 된 마당에 마침 정민시라는 감사가 근신해야 할 국기일에 잔치를 흥청망청 벌이니 그야말로 비판할 절호의 명분을 잡은 셈이다.

본사설인 ②의 ㄱ)에서는 감사의 순시가 있기 전에 들어오는 길을 넓히느라 무덤까지 파헤치고 백성을 괴롭혔던 사실을 서술했다. 이어 ㄴ)에서는 고을에 도칙한 감사가 숙소를 정히지미지 소여울에서 선유를 한 사실을, 그리고 ㄷ)에서는 화려한 펼쳐진 잔치상과 풍악을 서술하였다. 이어서 ㄹ)에서는 낮의 유흥도 모자라 밤에 선유를 하느라 고을민들이 횃불을 들고 서 있던 광경을 서술하였다. ㅁ)에서는 종합적으로 이 잔치에 모여든 사람들의 규모와 아첨하는 수령들의 행각을 고발하였다. 전체적으로 감사의 행보에 맞추어 시간적인 순서대로 서술하는 가운데 고통 받는 백성의 현실이 서술되었다.

③에서는 잔치의 이면에서 고통 받고 있는 백성들의 현실을 본격적으로 말한 것인데, 공간적인 이동에 의한 서술이라고 할 수 있다. 단지 한 차례의 순시를 위해 들어오는 길을 넓히느라 고을민에게 끼친 각종 폐단(ㄱ), 온 고을의 개와 닭이 모두 공출 된 사연(ㄴ), 그릇까지 공출되어 부엌에서 눈물을 흘리는 한 아낙네의 사연(ㄷ), 그리고 호수렴으로 결국 집과 전토를 다 팔고 마을을 떠나 떠돌 수밖에 없는 유리민의 사연(ㄹ)을 서술했다. 이러한 향촌민의 고통은 자연히 상제에 대한 발원(ㅁ)으로 이어질 수밖에 없었으며, 다시 교활한 이속들의 농간에 돈이 없는 이들만 죽어나는 현실(ㅂ)이 절규처럼 토로되었다.

④에서는 과거장을 비판하는 가운데 일인의사에 대한 기대와 감사에 대한 비아냥을 서술했다.

이와 같이 〈합강정가〉에는 들어오는 길을 닦느라 논밭을 침범하는 것에서 더 나아가 무덤까지 파헤친 일, 고을의 개나 닭을 공출하느라 마을 전역이 발칵 뒤집어진 일, 감사 일행이 낮도 아닌 밤에까지 배를 타고 놀자니 인근 고을민까지 모두 횃불을 들고 강가에 서서 불을 밝혀 십리나 되는 야밤의 강가가 꽃밭과 같게 된 일, 가가호호 방문하여 잔치에 들 비용을 부담시키는데 뇌물이 오고 가며 부정이 횡행한 일, 가혹한 가렴주구에 못살겠다며 고향을 등지고 떠나 버리는 일 등 감사의 잔치 행각과 그로 인해 고통 받는 고을민의 형상이 총체적으로 서술되었다. 이렇게 서술된 사실들은 모두 감사의 순시에 즈음하여 벌어진 고을민의 고통 현실로서 집단적 민중사실에 해당한다고 할 수 있다.

이렇게 〈합강정가〉는 집단적 민중사실을 서술하고 있는 가운데서도 구체적인 민중사실을 심도 깊게 묘사하기도 하였다. 한 아낙네의 사연(ㄷ)을 살펴보면 다음과 같다.

> 夕陽은 나려가고 里正은 促飯할며 / 寒廚에 두는 少婦 발구르며 하는 말삼 / 방아품에 어든 糧食 한두되 잇건만은 / 菜蔬도 잇건만은 器血은 뉘게빌고 / 압뒤집 도라보니 臘月 瓶 緣故로다 (아악부가집본)

위에서는 석양이 기울 무렵 차가운 부엌에서 배고픔에 우는 젊은 아낙네의 모습을 담았다. 하루 종일 방아품을 팔아 구해온 양식으로 저녁을 지으려고 하는데 지을 그릇이 없었다. 앞뒤 집을 돌아보아도 '섣달 그믐날 시루 얻기' 마냥 모두 공출을 당해 빌려다 쓸 수도 없다는 것이다. 한 여인의 대화를 직접 인용하여 모순 현실을 극명하게 드러내려했다는 점에서 서사로의 가능성을 보이지만, 짧은 장면에 불과하여 부분적인 서사성에 그치고 말았다. 위의 장면은 마치 카메라가 이동하면서 민중사실을 찍고 다니다가 한 아낙네의 얼굴을 클로즈업한 것과 같다. 아낙의 서글픈 얼굴을 클로즈업함으로써 읽는 이에게 감정적 동화를 일으켜 부당한 현실을 고발하는 극적 효과를 내고 있다.

〈합강성가〉는 비판적 현실을 고발하기 위하여 다양한 민중사실을 서술하였다. 감사의 순시가 있은 합강정 주변의 곳곳을 시간적으로, 또 공간적으로 카메라를 들고 돌아다니며 벌어진 사건을 모두 기록한 다큐멘터리와도 같다. 이렇게 서술된 민중의 형상은 조선후기 사회에서 핍박을 받았던 집단적 민중사실을 전형적으로 보여준다. 그러나 서술된 민중사실은 나열적이고 평면적일 수밖에 없었다. 부엌에서 우는 아낙네의 사연을 장면화하여 부분적인 서사성을 획득하긴 했지만, 민중의 삶을 수용함으로써 가능한 서사성의 획득에는 나아가지 못하였다고 할 수 있다.

B. 병렬로 나타낸 현실비판의 세계

〈합강정가〉는 향응 제공을 당연하게 여기는 감사, 아첨에만 골몰하는 수령, 그리고 가렴주구의 최일선에서 백성의 고혈을 빠는 아전으로 이어지는 향촌사회 지배층 전체를 통렬히 비판했다. 그런 가운데 핍박을 받는 집단적 민중사실을 수용하여 현실주의적인 현실비판의 세계를 보여준다.

이러한 〈合江亭歌〉의 현실비판적인 작품세계는 합강정을 둘러싼 두 가지 상황을 대조적으로 서술하는 것으로 나타난다. 합강정은 한가롭고 여유로운 자연 속에 위치한 누정이다. 그런데 당시 이 누정을 중심으로 지배층의 잔치와 읍민의 피폐상이라는 두 가지 대조적 상황이 연출되었다. 합강정을 중심으로 두 대조적인 상황을 포착한 작가는 이것을 가사에서 극단적으로 대조하여 표현하는 데 주력했다. 그리하여 〈합강정가〉는 작품의 전편을 통해 불꽃 튀는 이항 대립으로 이루어진 병렬 문체를 구성하기에 이르렀다.

병렬이란 '시에 있어서 서로 다른 구절, 행, 운문들이 대응하는 상태[41]'를 말한다. 이러한 병렬은 중국과 우리의 한시, 그리고 우리 시가에 '對句'라는 이름으로 보편적으로 사용되어온 것이다. 그런 의미에서 '병렬'과 '대구'는 동일한 시적 기능과 개념을 지니고 있는 용어라고 할 수 있다. 그럼에도 불구하고 이 연구에서 굳이 '병렬'이라는 용어를 사용하는 이유는 '병렬'이라는 용어가 포괄하는 의미망이 보다 넓다고 보기 때문이다. '대구'라 하였을 때는 주로 의미론적인 대응에 한정한다. 그러나 '병렬'은 의미론적인 대응뿐만 아니라 형태론적인 대응까지도 포괄할 수 있다. 이렇게 병렬은 서로 상충되는 반대 방향으로 의미가 전개되는 대립적 병렬, 동일한 방향으로 의미전개가 반복되는 점층적 병렬, 그리고 문자체나 문형 구조의 대응인 형태론적 병렬을 모두 포함한다. 〈합강정가〉는 이러한 병렬을 두루 사용한 문체를 구성하고 있다.

〈합강정가〉에서 이항 대립의 체계는 작품의 제목에서부터 암시되어 있다. 당대인의 문학적·문화적 관습에 의하면 제목이 '합강정가'이면 의당 합강정을 둘러싼 주변 경관과 그곳에서의 유유자적한 화자의 삶을 떠올리게 된다. 그런데 이 가사는 '합강정가'라는 제목을 달았으면서도 그 내용은 그것이 관습적으로 암시하는 것과

---

41 이경희, 「시적 언술에 나타난 한국 현대시의 병렬법 연구」, 이화여자대학교 대학원, 박사학위논문, 1989, 7쪽.

71

는 사뭇 다르게 전개되었다. '합강정가'라는 제목에서는 '기대되는 현실'과 '있어야 하는 현실'이 서술되어야 한다. 그러나 이러한 기대나 당위와는 달리 정작 '있을 수 없는 현실'이 전개되었던 것이다. 모순된 현실에 대한 고발과 비판이 제목에서부터 효과적으로 마련된 것이라고 할 수 있다.

대조적인 두 상황에 대한 작가의 인식은 〈합강정가〉의 문체에 적극적으로 발현되어 나타난다. 대립적 병렬, 점층적 병렬, 형태론적 병렬로 이루어진 〈합강정가〉의 문체를 살펴보자.

①千秋聖節 질거우느 蒼梧暮雲 悲感ᄒ다 / 北闕分憂 夢外事라 南州民瘼 늬알손가 / 飮酒船遊 조홀시고 秋事方劇 顧念ᄒ랴

②水旱의 傷한百姓 方伯秋巡 바릭기난 / 補民不足 너겨더니 除道擧火 弊端일다 / 水田災도 못엇겨던 綿田災□ 擧論ᄒ랴 / 벌것한 져民田이 白地徵稅 ᄒ난고나 / 仁慈ᄒ신 우리巡相 일속복사 거렴커든 / 이지다 우리巡相 조분길을 널리느고(윤성근본)

①의 첫 번째 행에서 '天秋聖節'과 '蒼梧暮雲'이, '즐거움'과 '비감함'이 정확히 대립적 병렬을 이루었다. 9월 22일은 정조의 탄신일이고, 9월 23일은 인평대군의 묘치제일이므로 '천추성절'이 된다. '창오'는 중국 호남성에 있는 산 이름으로서 순임금이 이곳에서 붕어했다는 산이다. 그러므로 '창오모운'은 태평성대가 끝나 어두운 구름이 가득 덮인 현실을 말한다. 두 번째 행에서 '北闕分憂 夢外事라'와 '南州民瘼 늬알손가'가 점층적 병렬을 이루고 있는 가운데, 다시 '북궐분우'와 '남주민막'이, '몽외사라'와 '내알손가'가 점층적

병렬을 이루고 있다. '북궐분우'는 나라 일에 걱정이 많은 왕과 조정의 현실을 말하는 것으로 순창과는 멀리 떨어진 현실이다. 그러므로 감사와 수령들은 이것을 꿈에도 생각하지 않는다(몽외사). 그렇다고 그들이 가까이 있는 '남도 지역민의 고통 현실(남주민막)'을 생각하냐면 그렇지도 않고 '나 몰라라' 한다는 것이나. 이것은 의미상 서로 대조를 보이는 것이 아니라, 동일한 의미의 확장에 해당한다. 이러한 동일한 의미의 확장인 점층적 병렬은 대립적 병렬 못지 않게 이 가사에서 많이 사용하고 있는 문체이다. 이어 세 번째 행에서 감사의 '음주선유'와 백성들의 '추사방극'이 대조되어 대립적 병렬을 형성했다.

②에서는 백성의 바람과 실제 현실이 대조를 이루었다. 1792년에는 호서지방과 관서지방에 사십 육만 명 이상의 飢民을 내는 기근이 있었다[42]. 기근에 고통 받던 읍민들은 감사의 순시가 있으면 구휼 즉, '보민부족'을 기대했다[43]. 그런데 백성들은 기대와는 달리 '길을 닦고 횃불을 밝히는(제도거화)' 고역을 해야만 했다. 이렇게 첫 번째와 두 번째 행부터 향민의 기대와 실제로 벌어진 현실이 정확히 대립적 병렬을 이루었다.

---

42 조광, 「19세기 민란의 사회적 배경」, 『19세기 한국 전통사회의 변모와 민중의식』, 고려대학교 민족문화연구소, 1982, 188쪽.

43 그런데 『조선왕조실록』에 의하면 정민시는 구휼을 위해 조정에 진곡을 요구한 것으로 나타난다. "전라도 관찰사 정민시(鄭民始)가 장계로, 진곡(賑穀) 6만 석과 공명첩 1천 장을 떼어 보내줄 것을 청하니 허락하였다. 이어 수령들이 부자들에게서 억지로 빼앗고는 자기가 마련한 것처럼 하는 폐단을 단속하고, 백성들 가운데 재산을 내놓고 나눠 갖도록 권유하는 자는 상을 내린 뒤 등용하라고 하였다." 정조 16년 11월 19일 〈전라도 관찰사 정민시가 요구한 진곡과 공명첩을 허락하고, 재산을 내놓은 백성을 등용하라 하다〉 이것 때문에 정조는 삭직한다는 전지도 장계가 도착한 뒤에 받도록 하라고 명했다. "전라 감사 정민시에게 빨리 삭직의 벌을 내리도록 하되 말이란 신의를 지키지 않으면 안 되니 傳旨는 賑穀 마련에 노력한 장계가 이른 뒤에 받도록 하라" 정조 16년 11월 10일 〈각도 관찰사들의 시상과 삭직을 행하다〉

다음 두 행에서는 田政의 문제 가운데 給災와 白地徵稅의 현실을 대조하였다. 흉년이 들면 정부는 그 땅에 대해 면세조치를 취하는 것이 관례였다. 면세조치를 받은 농민은 이것을 '災結을 얻었다'고 한다. 그리고 그 해에 경작을 하지 않는 '陳田'에 대해서도 給災를 내리게 되어 있었다. 그러나 給災는 일정의 조세 수입을 보장받는 선에서 행해져야 하기 때문에 불평등 문제가 언제나 뒤따랐다. 그리하여 아전층의 농간이 집중되는 곳이기도 했는데, 實結에서 세를 징수하지 못하면 '진전'에다가 부과하는 사례가 빈번하게 벌어졌다. 이것을 '백지징세'라고 한다. 이런 사정이었기 때문에 給災 문제에서는 백지징세의 시정이 자주 거론되곤 하였다. 한편 당시의 綿農은 給災에서 제외되고 있었다. 그러나 면농사가 농가 수입에서 차지하는 비중은 상당하였던 만큼 綿農이 給災 원칙에 들어가야 한다고 주장하는 경우가 많았다[44].

순창의 향촌민은 수한이 들어 추수가 부족하였기 때문에 전라감사의 순시에 즈음하여 災結을 얻어낼 수 있지 않을까 기대하였다. 그러나 순창민은 災結은커녕 오히려 白地徵稅만 당했다. 여기서 '水田災'와 '綿田災'가 동일한 의미망에 해당하는 점층적 병렬 관계를, '수전재 및 면전재를 거론하다'와 '白地徵稅를 당하다'가 대립적 병렬 관계를 이루었다. 마지막 두 행에서 '인자하신 우리 주상[45]은 한 치의 땅이라도 모래에 덮이는 것(일속복사)을 우려한다'와 '우리 순상이 좁은 길을 넓힌다'가 대립적 병렬을 이루었다. 나라 법으로는 한 '束'의 땅이라도 없앨 수 없게 되어 있는데 감사는 길을 넓히

---

44 김용섭, 『조선후기농업사연구 I』, 일조각, 1974, 37~40쪽.
45 '순상'은 이왕직본에 의하면 '主上'으로 되어 있다. 문맥상 '주상'이 옳을 듯하여 주상으로 인용한다.

느라고 백성의 밭에 모래를 덮어 길을 만들었기 때문이다. 그리고 여기서 소출이 나는 '땅'과 그것을 불가능하게 하는 '모래', '좁다'와 '넓다'가 대조를 이루며 대립적 병렬을 형성했다.

이와 같이 〈합강정가〉 전편에는 대립적 병렬이 특징적으로 많이 사용되고 있는 바, 대립적 병렬에 해당하는 구절들을 뽑아 보면 다음과 같다.

> ① 巡使의 勝景이요 萬民의 怨讎로다
>
> ② 民怨니 徹天한듸 風樂이 動地ᄒᆞ니
>
> ③ 한사람 豪奢로셔 몃百姓이 이려한고 / 樂土樂堵 바리더이 할길 업시 못살깃다
>
> ④ 富者도 어렵거던 可矜할ᄉ 貧者로다
>
> ⑤ 젼도風聲 드러보니 치죄行人 한다거던 / 관홀닌가 너겨더니 飮食道路 타시로다
>
> ⑥ 좋을시고 좋을시고 常平通寶 좋을시고 / 만니쥬면 無事하고 젹기쥬면 生梗ᄒᆞ다(윤성근본)

①에서는 '순사'라는 개인과 '만민'이라는 집단, '승경'과 '원수'가 대립적으로 병렬되었다. ②에서도 '민원'과 '풍악'이 대립적 병렬을 이루면서, '하늘을 찌르고'와 '땅을 진동하고'가 점층적 병렬을 이루었다. ③에서는 전행과 후행이 점층적 병렬을 이루는 가운데 각 행의 전구와 후구는 대립적 병렬을 이루었다. '한 사람'과 '몇 백성', '호사'와 '이러함', '樂土를 바라다'와 '할 길 없이 못살겠다'가 대립적으로 병렬을 이루었다. ④에서는 '부자도 어렵다'와 '불쌍한 빈자'가 동일한 의미를 형성하는 점층적 병렬을 형성하면서, 동

시에 '부자'와 '빈자'가 대립적 병렬을 이루었다. ⑤에서는 鄕吏와 관련한 대조적 상황이 병렬을 형성했다. 향민은 전라감사가 도착하면 죄지은 사람을 찾아 벌을 준다고 해서 간악한 향리가 당연히 벌을 받을 줄 알았다. 그런데 향리는 벌을 받기는커녕 오히려 음식을 공출해내고 도로를 뚫고 하는 일을 하느라 백성들을 탓하기만 했다는 것이다. 있이야 하는 당위로서의 현실괴 벌어진 실제의 현실이 대조를 이루어 의미상 병렬을 이루었다. ⑥에서는 '많이 주다'와 '적게 주다', '무사하다'와 '생경하다'가 대립적 병렬을 이루었다.

병렬의 문체는 일반적으로 '즐거움, 슬픔, 분노, 갈망 등의 정서적 표현과 관련 있다'⁴⁶. 〈합강정가〉에서 사용된 병렬의 문체도 표면적 현실과 이면적 현실 사이의 괴리에서 생긴 분노와 관련한다. 감사의 잔치는 지배층의 입장에서 보면 흥겨움과 즐거움이지만 피지배층의 입장에서 보면 고통스러움과 고역에 불과했다. 목전에서 벌어지는 이러한 모순 상황에 대한 향민의 인식은 분노를 표출하게 만들었다. 감사가 수령을 감독하기는커녕 도리어 민폐만 끼치면서 밤에까지 선유를 즐기니 작가의 분노는 하늘을 찔렀다. 그러니 벌어진 사실을 낱낱이 서술하여 있을 수 없는 현실임을 주장해야만 했다. 그리하여 작가는 분노에 의해 호흡이 빨라지게 되어 낱낱의 사실을 힘 있고 빠르고 강한 필설인 병렬 문체로 고발하게 된 것이다.

한편 병렬은 보통 '심층 구조보다는 표층 구조에 나타나는 발화양식⁴⁷'으로 단편적인 수사에 그치는 예가 많다. 일반적으로 조선후기에 창작되고 현실비판의 세계를 담은 한시나 시가문학의 경

---

46 이경희, 「시적 언술에 나타난 한국 현대시의 병렬법 연구」, 앞의 논문, 8쪽.
47 앞의 논문, 8쪽.

우, 그 시상의 모티브가 지배층과 피지배층, 부자와 빈자, 강자와
약자, 소수의 양반과 다수의 백성 등의 이항 대립 체계인 경우가 대
부분이다. 그리고 이에 따라 문체도 대립적 병렬을 구사하는 예가
많았다. 그런데 〈합강정가〉에서는 병렬이 작품 전체에 걸쳐 집요하
게 사용되면서, 분명하고 직설적이며, 현실비판적 의미에 심층적
으로 연결되어 있다. 그리하여 〈합강정가〉에서 병렬의 문체는 다른
작품들과 달리 작가가 의도했든 하지 않았든 간에 선동성을 확보
해준 효과를 자아냈다. 이렇게 〈합강정가〉에서 병렬의 문체는 작가
의 현실인식을 가장 잘 표현하면서 작품의 현실비판적인 세계와
심층적으로 연결되어 작품 전체의 미학을 구성하는 가장 중요한
요인이라고 할 수 있다.

06 현실 인식의 역사적 성격

〈합강정가〉의 마지막 결사는 이본에 따라 차이가 나지만 포함하
고 있는 내용은 모두 일인의사에 대한 기대와 감사에 대한 반어적
인 찬양이다. 다시 한 번 결사를 인용해보면 다음과 같다.

> ① 春塘臺에 치는 帳幕 五木臺에 무삼일고
> ② 僭濫한 荊圍中에 較藝하는 靑襟덜아
> ③ 五十三州 詩禮鄕에 一人義士 업단말가
> ④ 食祿죠흔 우리巡相 官祿죠은 우리巡相
> ⑤ 두로시면 六曹判書 나가시면 八道監司

⑥ 功名도 거룩하고 富貴도 그지업다

⑦ 罔極할사 聖恩이야 感激할사 聖德이야

⑧ 一段臣節 잇거되면 竭力報效 하오리다

⑨ 背恩忘德 하게되면 殃及子孫 하오리라(아악부가집본)

①에서 작가는 '춘당대에 쳤던 장막'이 오목대에 쳐진 사실을 비판했다. 춘당대는 서울 창경궁 안에 있는 곳으로, 나라에 경사가 있을 때에 임금이 이곳에 친림하여 문무과의 과거 시험을 실시한 곳이다. 감사의 순시에 즈음하여 이 지역에서 과거장이 펼쳐진 것으로 보인다. 작가는 오목대에서의 과거장에 춘당대에나 칠 장막을 쳤기 때문에 통탄했을 수 있고, 아니면 감사의 순시를 나라의 경사에 버금가는 것으로 여겨 과거장이 열렸기 때문에 통탄했을 수도 있다. 어쨌든 작가는 분수에 맞지 않게 열린 과거장을 못마땅하게 생각했다. 그렇기 때문에 거기에 모여 詩藝를 다투는 선비들에 대해 작가는 한심하다는 생각을 하고 있었던 듯싶다. ③에서 작가는 오십 삼주 시예향에 의인이 하나 없느냐고 하여 義士에 대한 기대를 나타냈다. 그러나 작가의 의로운 선비에 대한 기대는 비판적 시각에서 펼쳐졌다. 미래의 治者가 되기 위해 모인 그들이지만 그들 가운데 과연 한 사람이라도 의로운 정치를 펼칠 목민관이 있을까 하는 의구심과 함께 의사에 대한 기대를 표한 것이다. 이와 같이 〈합강정가〉는 일인의사에 대한 기대를 나타내고 있는 것은 사실이나 현실에서는 찾아볼 수 없다는 절망감이 짙게 배어 있는 것이어서 '一人'이 더욱 강조되었다.

④~⑦에서 작가는 감사를 향해 빈정거리며 저주했다. 감사가 공명도 그지없고 부귀도 거룩하며 망극한 국은에 가히 없는 성덕을

입었다고 빈정거렸다. 그리고 ⑧~⑨에서 감사에 대한 저주로 끝을 맺었다. 한 가닥 신하의 절개가 있다면 힘을 다해 성은에 보답해야 하고 그렇지 못하면 그 재앙이 자손에게 미칠 것이라고 했다. 부귀 공명을 누리는 감사에 대한 극도의 분노가 빈정거림에서 저주로까지 치닫게 된 것이다.

이와는 달리 B유형에서는 과거장에 모인 선비를 향해 저주가 이루어졌다. 작가는 과거장에 모인 응시자들 가운데 일인의사가 있기를 기대했다. 과거장에 모인 선비중 과거에 합격한 선비는 감사와 마찬가지로 출세의 길을 갈 터였다. 그리하여 신하가 되는 선비는 왕의 은혜에 보답을 해야 한다. 그런데 감사처럼 치세를 제대로 하지 않아 배은망덕하게 되면 그 화가 자손에게까지 미칠 것이라고 엄포를 놓은 것이다. 실제 현실에서 과거장에 모인 선비는 과거를 보고 출세를 하면 영달은 하는데, 백성을 위한 정치를 하는 의로운 사람은 한 사람도 없었다. 그렇기 때문에 작가가 선비들을 향해 기대와 저주를 동시에 보내고 있는 발언으로 이해된다. 그리고 이러한 발언의 배경에는 현실에 대한 절망적 인식이 있다고 하겠다.

봉건사회에서 향민, 아전, 수령, 감사로 이어지는 사회 체제의 정점에는 왕이 있었다. 작가는 왕에 대해서 聖君으로서의 인식을 철저하게 지니는 것으로 나타난다. 그런데 작가의 왕에 대한 지향은 하나님에 대한 발원과 연결되어 있다.

樂土에 싱긴사람 太平聖代 조타하여 / 安業樂工 하옵더니 할일업시 流離하네 / 한사람의 豪奢로셔 몃사람의 亂離된고 / 家庄田地 다팔고 셔 어듸로 가잔말고 / 비나이다 비나이다 上帝님께 비나이다 / 우리聖 主 仁愛心이 明觀燭불 되게하사 / 빗최쇼셔 빗최쇼셔 (아악부가집본)

감사 한 사람의 잔치를 위해서 공출을 당하다 보니 고을민 가운데서는 집과 논을 팔고서 유리하는 집들이 생겼다. 그리하여 작가는 하나님(상제)께 왕의 인애심이 이 고을까지 밝게 비추게 해달라고 간절히 기원했다. 작가는 감사의 순시에 즈음하여 향민의 삶이 피폐해질대로 피폐해져 급기야 짐을 꾸려 고향을 떠나 유리민이 되는 현실을 목도했다. 이런 현실에서 작가는 총체적으로 부패한 지배층의 가렴주구 현실을 타개할 유일한 희망이 있다면 왕뿐이라고 생각했다. 최고 권력은 왕에게 있었기 때문이다. 그런 의미에서 작가의 왕에 대한 지향은 매우 현실성을 지니는 것이었다. 그러나 작가는 왕이 이 고을의 문제를 해결하는 현실적인 힘을 발휘하는 것이 가능한지, 또 그렇게 하려면 어찌해야 하는지에 대해서는 절망적이었다. 그렇기 때문에 작가는 '하나님'에게 발원하지 않을 수 없었던 것이다.

하나님에 대한 작가의 발원은 고을민이 가렴주구로 인해 유리민이 될 수밖에 없었던 절망적 현실을 서술한 다음에 이루어졌다. 이렇게 작가의 하나님과 왕에 대한 지향은 현실에 대한 절망적 인식에서 출발한다. 봉건체제의 모순 현실에 대한 대응은 정조 임금조차도 무력하기 짝이 없는 것이었다. 현실적으로 왕의 선치가 가능했다면 하나님은 등장하지 않았을 것이다. '우리 성주의 인애심'이라는 표현은 왕을 정점으로 하는 봉건체제에 두 발을 딛고 살아가는 작가로서는 가장 현실적인 대안의 표현이었다. 동시에 이 표현은 이 지역까지 왕의 치세가 미치는 것이 불가능한 것임을 작가는 알았기에 어디까지나 상징적인 표현이라고 할 수 있다. 이렇게 〈합강정가〉에서 작가의 왕에 대한 지향은 전지전능하신 하나님과 함께 표현됨으로써 아이러니하게도 현실적이면서 상징적인 의미를 지니는 것이었다. 이러한 작가의 현실인식은 왕의 치세를 절대적으로 인정하고 낙관적인 세계관을 지닌 봉건적 인식과는 거리가 있는 것이라고 할 수 있다.

〈합강정가〉는 조선후기 비판적인 시대정신의 문학적 반영으로서 반봉건성, 근대성을 지닌다. 〈합강정가〉에 나타나는 왕에 대한 지향이나 일인의사(善治者)에 대한 기대는 안정적인 봉건사회로의 회귀를 지향하는 현실인식은 아니다. 작가는 백성, 신하, 그리고 왕의 구도를 지닌 봉건사회 체제에 대한 전복적 기도는 전혀 드러내지 않았다. 그렇지만 작가는 보다 나은 미래의 사회를 꿈꾸며 현재의 부정적 현실을 비판했다. 그러나 작가는 현재의 부정적 현실을 타개할만한 비전적 전망은 지니지 않았다. 다만 작가의 현실인식은 이러한 부정적인 현실을 직면하여 절망적일 뿐이었다. 그리하여 작가의 세계관적 구조에 하나님이 등장하게 된 것이다. 이렇게 작가는 부정적 현실을 통렬하게 비판하고 있지만 문제를 해결할 대안적 비전을 찾지 못한 절망적 현실인식을 보여주고 있다고 하겠다.

07 나가면서

〈합강정가〉는 창작 이후 19세기를 거치는 동안 꾸준하게 향유된 작품이다. 당대 지배층의 가렴주구 현실을 고발하고 비판한 부정적인 내용을 담고 있음에도 불구하고 꾸준한 향유가 이루어진 것이다. 이러한 향유의 유구성은 〈합강정가〉가 지닌 문학성, 특히 병렬의 문체로 이루어진 문체적 미학의 탁월성 때문이라고 생각한다. 그리고 〈합강정가〉가 19세기를 거치는 동안 꾸준하게 향유되었던 것에서 알 수 있는 점은 향촌사회를 중심으로 현실비판적인 사족층이 계속 존재해 왔다는 것이다. 특히 〈합강정가〉의 이본 가운데는 홍길동전과 같이 실린 것도 있고, 또 다른 현실비판가사인 〈향산별곡〉과 같이 실린 것도 있나. 이러한 점은 19세기에 걸쳐 향촌사회 내에 현실 변혁을 바라는 사족층이 면면히 이어져왔다는 것을 말해준다. 중세사회 해체기에 향촌사회 내에 이러한 사족층이 존재함으로써 자생적인 근대로의 이행이 가능했을 것으로 본다.

제3장

香山別曲

01 들어가며

　〈香山別曲〉은 19세기 초엽인 순조년 간에 지어진 것으로 추정되는 무명씨작의 현실비판가사이다. 〈향산별곡〉의 처음 소개는 정재호에 의해서이다. 정재호는 원문 전체를 수록하면서, 작품의 작가 추정, 내용의 소개, 그리고 대략적인 문학적 특질을 다루었다. 원문 소개는 순한글 표기에서 한자어인 경우 옆단에 한자어 주석을 달아 놓아 작품 이해의 길잡이를 제공해주었다[1]. 작품의 소개 이후 이 작품은 조선후기 가사문학을 다룬 여러 논의에서 거론되면서 현실비판가사의 하나로 주목을 받아왔다.

　〈향산별곡〉을 독립적으로 다루거나 비중 있게 다룬 연구 논의도 있게 되었다. 이상신의 작품론은 작품의 시기 고증과 작가 문제에

1　정재호, 「鄕山別曲攷」, 『韓國歌辭文學論』, 집문당, 1982, 119~137쪽.

집중되었다. 그런데 삼정의 전 영역을 묘사하고 있으므로 1860년 대 민란기 상황과 연결된다고 본 점, 名藥 처방의 '미래지향적 현실 인식'이 동학사상의 것과 상통한다고 본 점 등은 문제를 안고 있는 논의라고 하겠다. 이어 강전섭은 정재호가 소개한 김호연본, 장암 본, 나손본 등 세 이본의 원문을 대교 형식을 통해 소개하고 〈향산 별곡〉의 원문 복원을 시도하였다. 정흥모는 〈향산별곡〉을 '현실비 판가사'가 아닌 '민란가사'임을 규정하는 논의를 진행하였다. 〈향 산별곡〉이 19세기 초 변란을 선동할 목적으로 창작 · 유통되었고, 양반 지식층의 정서에 호소하는 내용을 담고 있는 것으로 보았다. 현실인식과 대응양상을 중심으로 〈거창가〉와의 비교 논의는 이재 준에 의해 이루어졌다[2]. 한편 현실비판가사 유형론에서도 중요한 작품으로 〈향산별곡〉은 늘 논의되었다[3].

정재호는 이 작품을 처음 소개할 때 제목이 〈향산별곡〉이라는 한 글로 表記되어 있는 가운데, '향슨초막 일유싱'이나 '향곡유싱 참모

---

2 이상신, 「향산별곡의 문학사회학적 연구」, 『어문학보』제 10집, 강원대학교 국 어교육과, 1986, 59~74쪽. 1841년경 작인 〈거창가〉도 삼정의 전 영역을 포함하고 있다는 점과 삼정의 문제 중 환곡의 문제는 1860년대 민란기에서 뿐 아니라 19 세기 들어 조정에서도 가장 문제 삼던 것이었다는 점을 간과하고 있다. 또한 名 藥의 처방을 다른 가사들과 구별하여 '미래지향적 현실인식'으로 설명한 것도 가사문학에서 권선지로형 관습구로 이전부터 사용한 구절이라는 것을 모르거 나 무시한 논의라 할 수 있다. ; 강전섭, 「향산별곡의 이본에 대하여」, 『語文學』, 제 50집, 한국어문학회, 1989, 1~28쪽. ; 정흥모, 「향산별곡을 통해 본 19세기 초 민 란가사의 한 양상」, 『韓國詩歌研究』, 창간호, 한국시가학회, 1997. ; 이재준, 「〈거 창가〉와〈향산별곡〉의 대비적 고찰-현실인식과 대응양상을 중심으로」, 『온지논 총』제40집, 온지학회, 2014, 97~134쪽.

3 고순희, 「19세기 현실비판가사 연구」, 이화여자대학교 박사학위논문, 1990. 고 순희는 처음으로 현실비판가사라는 유형군을 설정하여 그 안에서 〈향산별곡〉 을 비중 있게 논하였다. ; 전복규, 「조선후기가사의 근대의식 연구」, 경희대학교 대학원 박사학위논문, 1999. ; 채현석, 「조선후기 현실비판가사 연구」, 조선대학 교 대학원 박사학위논문, 2008. ; 이재준, 「가사문학에 나타난 현실비판의식의 전개와 의미」, 서울시립대학교 대학원 박사학위논문, 2017.

구식'라는 구절을 들어 '향산'을 '鄕山'으로 보는 것이 좋을 듯하다고 하여 제목을 〈鄕山別曲〉으로 보았다.[4] 그런데 강전섭은 국한문혼용 표기인 장암본을 소개하면서 제목이 '香山別曲'이라 분명히 기록되었고, 문헌 상 시골을 '鄕山'이라고 부른 실례를 별로 찾아볼 수 없다는 점을 들어 제목을 〈香山別曲〉이라 해야 함을 주장하였다[5]. 그런데 후술하겠지만 이 가사의 향유 상황을 살펴보면 북방 지역에서 창작되고 향유되다가 서울 지역으로까지 확대되었을 가능성이 많은 것으로 나타난다. 따라서 '향산'은 지명을 나타내는 '香山(묘향산)'일 개연성이 높다. 妙香山의 기행가인 〈香山別曲〉과 同題라서 혼동을 가져올 우려가 있으나 현재로는 〈香山別曲〉이라는 題名을 쓰는 것이 타당하다고 본다.

　작품 세계에 대한 이해는 작품 자체의 유기적 구조에 대한 면밀한 검토를 바탕으로 할 때 완전해진다. 이 연구에서는 〈향산별곡〉의 작품세계를 작품 전편의 흐름과 구조에 맞추어 면밀히 검토해 보고자 한다. 이러한 것을 바탕으로 할 때 〈향산별곡〉에 대한 문학적·역사적 성격의 진단이 가능하기 때문이다.

02 이본 상황

　현재까지 〈향산별곡〉의 이본으로 확인된 것은 총 5편이다. 5편의 이본을 간단하게 소개하면 다음과 같다.

4　정재호, 앞의 책, 119쪽.
5　강전섭, 「향산별곡의 이본에 대하여」, 앞의 논문, 2쪽.

1) 정재호본

김호연씨 소장본으로 정재호가 소개한 이본이다. 김호연씨는 이 가사의 필사본을 강원도 명주군 옥계면 일대에서 수집했다고 한다. 정재호가 이 가사만 소개한 것으로 보아 필사본의 명칭이 따로 적혀 있지 않았으며, 같이 실려 있는 직품도 없었던 것으로 보인다. 정재호에 의하면 순한글 표기법과 귀글체 형식의 기사 방식으로 실려 있었다고 한다[6]. 이본의 명칭은 이 이본이 실린 필사본의 제목이 없어 이 이본의 소개자를 넣어 '정재호본'이라 했다. 제목은 〈향산별곡〉이며, 4음보를 1구로 계산할 때 파손되어 식별키 어려운 2구를 포함하여 총 251구이다.

2) 강전섭본1

장암 지헌영선생 소장본으로 강전섭이 소개한 이본이다. 원래 어느 寫本의 일부분으로 轉寫되었던 것인데 고서 상인이 한글로 필사된 이 가사 부분만을 떼어서 가지고 온 것을 지헌영 선생이 사 놓으신 것이라고 한다[7]. 필사본 원문은 『역대가사문학전집』30권[8]에 영인 되어 있다. 국한문 혼용 표기법과 귀글체 2단 편집 형식의 기사 방식으로 실려 있다. 제목은 〈香山別曲〉이며, 4음보를 1구로 계산하여 총 249구이다.

---

6 정재호, 『韓國歌辭文學論』, 앞의 책, 119쪽.
7 강전섭, 「향산별곡의 이본에 대하여」, 앞의 논문, 2쪽. 책의 크기는 세로 20.5㎝, 가로 19.2㎝이며, 모두 8장 16면밖에 되지 않은 분량에 〈향산별곡〉만 필사되었다고 한다.
8 임기중 편, 『역대가사문학전집』30권, 여강출판사, 1992, 13~28쪽.

3) 강전섭본2

나손 김동욱선생 소장본으로 강전섭이 2)와 함께 소개한 이본이다. 현재는 연세대학교 도서관에 소장되어 있고 한국정신문화연구원에 마이크로필름으로도 되어 있다. 필사본 원문은 『역대가사문학전집』20권, 『한국가사자료집성』8권, 『(나손본) 필사본 고소설 자료총서』76권 등에 영인되어 있다[9]. 순한글 표기법과 줄글체 형식의 기사 방식으로 실려 있다. 제목은 〈향산별곡〉이고, 4음보를 1구로 계산하여 총 249구이다.

4) 가사소리본

필사본 『가사소리』에 실려 있는 이본으로 필사본 원문은 한국가사문학관 홈페이지에 jpg 파일로 올라와 있다. 전소장자는 박순호라고 한다. 순한글 표기법과 귀글체 1단 편집의 기사 방식으로 실려 있다. 필사본에는 '三~十九'라는 면 표시가 좌측 상단에 쓰여 있는데(일반적으로 볼 때 두 면인 것을 여기서는 한 면으로 기재했다), 내용의 앞 부분인 '一~二'면이 없다. jpg 파일로 만드는 과정에서 빚어진 실수라기보다는 원래의 필사본에 이 부분이 유실되었던 것으로 보인다. 그리하여 이 이본의 제목은 없으며, 4음보를 1구로 계산할 때 총 223구이다.

---

9 임기중 편, 『역대가사문학전집』20권, 여강출판사, 1988, 155~172쪽. ; 단국대 율곡기념도서관, 『한국가사자료집성』8권, 태학사, 1997, 565~582쪽. ; 박종수 편, 『(나손본) 필사본 고소설 자료총서』76권, 보경문화사, 1993.

5) 萬言詞本

서울대 도서관 가람문고에 소장되어 있는 필사본『만언ᄉ』에 실려 있는 이본으로 강전섭에 의해 소재가 언급된 적이 있다[10]. 필사본 원문은『역대가사문학전집』20권에 영인되어 있다.[11] 순한글 표기법과 귀글체 3단 형식외 기사 방식으로 실려 있다. 제목은 〈향산별곡〉이며, 4음보를 1구로 계산하여 총 101구로 다른 이본에 비해 짧다.

이상으로 〈향산별곡〉의 이본 다섯 편에 대해 간단하게 살펴보았다. 이 가운데 세 편의 이본이『역대가사문학전집』에 실려 있고, 한 편의 이본이 한국가사문학관 홈페이지에 실려 있으므로, 필사본 원문은 용이하게 볼 수 있는 편이다. 내용에 있어서 (1), (2), (3)은 거의 유사한데, 특히 (2)와 (3)은 서로 어구의 미세한 차이는 있지만 구절의 순서는 완벽하게 일치한다[12]. 그러나 (4)는 임병양란의 회고, 조정대신, 방백, 수령, 虐民하는 관장들에 대한 비판과 권고가 서술된 후, 학민하는 관장들에 대한 指路 방식의 처방이 내려지는 부분으로 이어져 백성의 말을 통한 민중현실의 전달과 과거제도의 비판 부분이 생략된 것이 특징이다. 이 이본은 향유자가 앞의 이본들을 저본으로 하여 일부 내용을 삭제한 것이라고 할 수 있다.

---

10 강전섭,「香山別曲의 작자에 대하여」,『한국고전문학연구』, 대왕사, 1982, 68쪽.
11 임기중 편,『역대가사문학전집』20권, 앞의 책, 173~178쪽.
12 장암본과 나손본을 대조하다 보면 갑자기 어느 지점에서 서로 틀려지기 시작한다. 그러나 자세히 살펴보면『역대가사문학전집』30권에 영인되어 있는 장암본의 14~15쪽과 16~17쪽이 뒤바뀌었기 때문임을 알 수 있다. 16~17쪽을 14~15쪽 앞으로 놓으면 나손본과 일치한다. 출판사에서 영인 작업을 할 때 생긴 오류로 보인다.

○3 작가층 및 향유 상황

A. 작가층

작가는 작품 내용 가운데 스스로를 '喬木世臣 後裔'로서 '鄕曲儒生'이라 밝히고 있어[13] 자료를 처음 소개한 정재호도 이 가사의 작자를 '鄕班으로 전형적인 儒學者'라고 추정하였다. 한편 강전섭은 정재호본이 강원도 명주군에서, 장암본이 安城에서, 나손본이 강원도 表訓寺에서 발견되었으므로 이러한 필사본의 유포 지역에 의거하여 작자를 추정해 본다면 한강 유역 또는 강원도 산간 지역에서 살고 있었던 향곡유생인 落鄕土班이었을 것으로 추정하였다[14]. 그러나 제목에 '좁山'으로 표기되어 있는 것이 있으므로 작가는 묘향산 자락의 어느 한 향촌에 거주했던 것으로 추정된다. 작가는 교목세신의 후예로서 묘향산 자락의 한 향촌에서 포의로 거주하고 있는 지방향촌사족층으로 추정할 수 있다.

그러면 구체적인 작가의 사회적 성격을 살피기 위해서 텍스트 자체를 면밀히 분석해 보도록 하겠다. 작가는 비록 향촌에 거주하는 포의의 신분이지만 臣子로서의 자의식을 강하게 지니고 있는 인물로 보인다. 작가는 하나님과 왕을 향해 기원과 당부의 말을 건네는데 자신을 '微臣'이라고 아뢰고, 말을 건널 때의 어조는 '나이다'

---

13 "향곡포의 참모국수 불가흔줄 나도아너 / 교목세신 후예로셔 간국수지 일비ㅎ고 / 일촌간장 모도셕어 슈짜가사 을펴너니 / 광망ㅎ다 마르시고 명촉시비 ㅎ오쇼셔"(강전섭본1)
14 정재호,『韓國歌辭文學論』, 앞의 책, 120쪽. ; 강전섭,「향산별곡의 이본에 대하여」, 앞의 논문, 24쪽.

체의 극존칭을 사용했다. 이어서 조정 대신과 외임들을 향한 발언
에서는 존칭을 사용하면서도 '나는보니 쓸듸업데'나 '나는듯도 못
ᄒ엿늬'와 같이 동등격으로서의 언사를 사용했다. 그리고 학민하
는 관장들을 향한 발언에서는 '늬 몰을가 ᄌ늬 일을 ᄌ늬 일을 나년
아늬'와 같이 하계체의 어조를 사용했다. 물론 학민하는 못된 관장
늘에게 '浚民膏澤 ᄒᄂ 놈을'에서와 같이 욕설까지 퍼붙는 마당에
원천적으로 존칭은 기대할 수 없는 상황이었다. 그러나 전체적으
로 보면 상하 위계질서에 따라 극존칭에서 동등격으로 다시 하계
체로 어조가 변하고 있는 것을 간파할 수 있다. 작가는 비록 '향산
초막'에 살고 있는 '유생'이지만 '교목세신의 후예'로서의 자의식
을 강하게 지니고 있는 인물임을 알 수 있다. 이러한 작가의 자기
정체성에 대한 인식은 대상인물에 대한 발언에서도 그대로 노출되
어 조정대신에 대해서는 동등체를, 수령들에 대해서는 하계체를
사용한 것으로 나타난 것이다.

가쇼가쇼 어셔가쇼 늬일점점 느껴가늬 / 어제그정 이젓고야 쏘흔
말을 이젓고야 / 죠명인들 ᄒᄂ중의 과거일절 한심ᄒ데 / 알성정시
조흔과거 글을낭은 아니보고 / 글시보고 령초보고 경향갈나 등을 쓰
니 / 무세향유 글ᄌᄒ들 참방ᄒ기 어들넌냐 / 식년증별 다더지고 공
도회도 ᄉ도회라 / 가련ᄒ다 향유들아 불신ᄒ넌 거동보쇼 / 삼경ᄉ셔
종종외와 댱쥬댱하 죠어급제 / 황각흑각 각각휘여 흥허복실 위력급
제 / 이두가지 아니러면 홍픠구경 어이홀고 / 위국튱졀 가지기야 셔
울시골 이실소냐 / 치국틱민 ᄒᄂ유는 경젼야슈 즁의잇늬 / 상벌분명
ᄒ게되면 현능진지 ᄒ리이다(장암본)

위에 인용한 부분은 작품의 후반부에 해당한다. 작가는 '가쇼가쇼 어셔가쇼 닉일점점 느져가닉 어졔그졍 이졋고야 또흔말을 이졋고야'라고 하는 데서 알 수 있듯이 직접적으로 어떤 한 청자를 향해 말하고 있다. 그런데 '내일이 늦어지니 어서 가라'고 하는 표현은 작가가 노동의 현장에 있는 것을 암시한다. 물론 현대적 의미에서의 '일'은 정신노동도 속하지만 당대의 관습에서 보면 여기서의 일은 해지기 전에 마쳐야 하는 농사일이 아닐까 추측이 간다. 이렇게 작가는 향촌에서 직접 농사일도 담당했었기 때문에 농민들의 현실을 핍진하게 알 수 있었고 그들의 편에서 이러한 가사를 지을 수 있었다고 할 수 있다.

위의 인용문에서 작가는 '또 한마디 잊은 말이 있다'고 하며 과거제도의 폐단을 이야기했다. 이 점은 작가가 향촌에 거주하면서 과거에도 관련이 있는 층임을 암시한다. 작가가 과거제도에 대해 문제 삼고 있는 것은 京鄕 간 차별로 집중된다. 그리고 '치국택민 하는 사람들은 경전야수 중에 있네'라는 서술도 작가가 실제로 '耕田野叟'인 점을 암시한다. '경전야수'는 마지막 구절에 들어 있기 때문에 문맥상 과거에서 차별 받는 시골 향유를 가리키는 것이면서도 문자 그대로 향촌에서 농사를 짓고 있는 한미한 사족층인 작가 자신을 가리키는 것이기도 하다. 문란한 당시의 과거제도에서 소외를 당하기만 하는 향유를 바라보는 작가의 자조적인 시각을 읽을 수 있다.

1800년 순조가 등극함으로써 중앙 정권은 내·외척 세력에 의한 세도정치가 확립된다. 조정과 궁중의 요직은 철저하게 세도가가 점령하고 있었고, 수령들은 완전히 세도가에게 지시를 받는 꼭두각시로 전락해 있었으며, 향촌사회의 여론과 움직임이 중앙 정계에 반영될 수 있는 통로가 거의 차단되어 있었다[15]. 그리고 거족적 벌열의 성장이 가속화되면 될수록 재야 山林들이 느끼는 정치적 단절감은 심화되어 가고 있었다.[16] 그리하여 농촌의 현실은 피폐해질 대로 피폐해져가 악화일로로 치닫게 되자, 중앙의 정치적 상황과 향촌사회의 피폐한 실정에 대한 위기의식이 조선인 모두에게 팽배해져 갔다. 〈향신별곡〉은 중앙정계에서 소외된 다수이 지방하층사족의 현실인식, 즉 중앙 정치와 향촌 현실에 대한 위기의식을 반영한다.

이상에서 살핀 바와 같이 〈향산별곡〉의 작가는 교목세신의 후예로서 臣子로서의 자의식을 당당하게 지니고 있었으나 부패한 과거 제도에서 탈락되어 권력에서 소외된 다수의 지방하층사족층의 한 사람으로 규정할 수 있다. 향촌에 거주하며 지방 유생들과의 교유를 유지하는 가운데 기본적인 생업은 농사일이었다고 보여지는데, 농민의 시각에서 현실을 바라보고 비판하는 현실인식을 지닐 수 있었던 조선후기 비판적 지식인의 한 인물로 보인다.

B. 향유 상황

정재호본의 표기상 특징은 'ㄷ'음의 표기이다.

　　① 슌환디리 잇다ᄒ고
　　② 눈물딧고 싱각ᄒ니

15　李離和, 「19세기 초기 제정치세력의 동향」, 『동양학 학술회의 강연초』, 단국대학교 동양학연구소, 1988, 73쪽.
16　유봉학, 「19세기 전반세도 정국의 동향과 연암일파」, 『동양학 학술회의 강연초』, 단국대학교 동양학 연구소, 1988, 58쪽.

③ 긔험슌쳔 밋디말고

①, ②, ③에서 나타나듯이 '구개음화의 역유추로 인한 교체현
상'[17]인 'ㄷ'음은 평안도 지역에서 지키고 있는 음운현상이다. 그러
므로 이 가사가 평안도를 중심으로 한 북방지역에서 창작되어 이
지역에서 가장 활발하게 향유되었던 사정을 알 수 있게 한다.

남북이 분단된 상황에서 평안도 지역에서 이 작품을 얼마나 소
장하고 있는지 전혀 사정을 알지 못한다. 반면 남한에서 이 가사의
필사본은 강원도와 경기도 지역에서 가장 많이 발견되었다. 정재
호본은 강원도 명주군 옥계면 일대에서 수집되었다고 한다.[18] 그리
고 강전섭본1이 수록된 필사본은 경기도 안성의 紙所에서 건져진
것이고, 강전섭본2가 수록된 필사본『향산별곡』은 금강산 표훈사
의 소장본이라고 한다.[19] 이들 필사본의 발견 지점은 묘향산 근처
에서 창작된 〈향산별곡〉이 향유 지역을 넓혀 경기도 지역을 하한선
으로 하여 왕성하게 유통되었다는 것을 말해준다.

한편 이 가사가 실려 있는 필사본에 같이 실려 전하고 있는 작품
의 실상은 〈향산별곡〉의 창작과 유통 지역을 추정하는 단서가 되기
도 한다. 강전섭본2가 실려 있는『향산별곡』에 같이 실린 작품은
〈향산별곡〉〈금강산완샹녹〉〈옥셜화담〉〈긔성별곡〉〈영낙헌가〉〈담
낭젼〉 등이다. 〈금강산완샹녹〉은 서울에 거주하는 작가가 서울을
출발하여 금강산을 유람하고 온 기행가사이다. 〈玉屑華談〉은 한양
이 작품의 배경이며, 〈귀성별곡〉은 古都 평양의 역사적 배경과 명승

---

17 劉昌淳,『李朝國語史研究』, 선명문화사, 1973, 94쪽.
18 정재호,『韓國歌辭文學論』, 앞의 책, 119쪽.
19 강전섭, 「향산별곡의 이본에 대하여」, 앞의 논문, 24쪽.

지를 읊은 것이다. 〈영낙헌가〉는 '뇌집이라 어딕믹니 됴션국 한양
셩의 돈의문 드릭드록 수십보 겨우지나 탕탕혼 대로방의 소슬딕문
제법일독'라 한 데서 알 수 있듯이 작가의 거주지가 한양 돈의문 안
으로 되어 있다. 만언사본이 실려 있는 필사본『만언ᄉ』에 같이 실
린 작품은 〈계민사〉, 〈권학가〉, 〈향산별곡〉, 〈농가〉, 〈샹져가〉, 〈만언
ᄉ〉, 〈사부모〉, 〈숑양별곡〉, 〈ᄉ빅부〉, 〈ᄉ져가〉, 〈사자〉, 〈만언납셔〉,
〈옥셜화답〉 등이다. 〈만언ᄉ〉는 한양에서 대전별감을 하다가 유배
를 당했던 안조원의 유배가사이다. 〈숑양별곡〉은 고도 개성을 찾아
본 기행가사이다. 이와 같이 두 문헌에 실린 작품들이 다루고 있는
話題의 성격은 전체적으로 볼 때 지역적으로 서울을 중심으로 하면
서 평양이나 개성 등 북방지역과 관련한 것들이라는 특징적 경향
을 지닌다.

한편 작품의 마지막 부분에 작가가 과거제도에 대한 폐단을 읊
은 대목이 있는데, 거기에서 작가의 관심은 京鄕 간 차별에 집중되
어 있다. '글시보고 정쵸보고 경향갈녀 등을쓰니 / 무셰향유 글즐흔
들 춤방ᄒ기 어들손가'나 '위국츙셩 가다기ᄂ 셔울시골 다를손가 /
애군택민 ᄒ는뉴는 경젼야유 듕의잇네'라는 어구에서 드러나듯이
서울의 선비만이 급제를 하고 지방의 鄕儒들은 아무리 해도 급제를
하지 못하는 현실을 개탄하고 있다. 작가의 거주지가 향촌일 가능
성이 높다고 할 수 있다.

이상으로 〈향산별곡〉은 첫째, 표기 형태에서 평안도 지역의 특성
을 보이는 이본이 존재한다는 점, 둘째, 가사를 발견한 지역이 대부
분 강원도와 경기도 지역이라는 점, 셋째, 같이 실려 있는 작품들의
경향이 서울을 중심으로 하면서 북방 지역과 관련한다는 점, 넷째,
과거제의 폐단을 경향 간 차별에 초점을 맞추고 있다는 점, 다섯째,

가사의 제목이 〈香山別曲〉이라는 점 등의 특징을 지니고 있음이 드러난다.

이 다섯 가지를 아울러 고려할 때 작품의 창작은 서울이 아닌 지방이고 지역적으로는 북방 지역일 것이고, 이 작품이 서울 지역을 중심으로 하는 강원도와 경기도 지역에서 활발히 향유되었다는 것을 알 수 있다. 그렇다고 할 때 다시 한 번 가사의 제목을 확정하는 것이 필요한데, 이 작품의 제목에서 '향산'은 '香山'일 가능성이 높다. 같이 실린 가사 작품들이 평양, 개성, 금강산 등과 같이 북방 지역의 화제를 공통적으로 지니고 있는 것들이라서 이 작품도 '묘향산'의 '향산'일 것이라고 추정할 수 있는 근거가 더 많아진 것이다. 일단 제목이 〈香山別曲〉이고 보면 이 작품은 평안북도와 평안남도의 경계까지 넓게 걸쳐져 있는 산인 묘향산 자락에 사는 어느 한 사람이 창작한 것이 된다. 묘향산 자락인 평안도 지역에서 창작되고 향유되던 사정은 정재호본의 'ㄷ'음 표기 형태의 이본이 말해준다. 같이 실려 있는 작품들의 성격은 이 작품이 서울 지역에서 활발히 향유되었던 사정도 말해준다.

이후 〈향산별곡〉은 점차 향유 지역을 확대해 나갔던 것으로 보이는데, 수도권과 강원도 지역을 거쳐 전라도 지역까지 확산되었을 것으로 추정된다. 가사소리본이 실려 있는 『가사소리』에는 〈가사소리〉, 〈합강정가〉, 〈연행별곡〉, 〈죽엽가〉, 〈어부사(퇴계)〉, 〈수양가〉, 〈반절풀이〉 등이 실려 있다. 〈합강정가〉와 함께 실려 있어 이 가사가 2차 향유지역인 경기도 지역을 넘어 남하하여 향유 반경을 전라도까지 넓혔을 가능성을 높혀 준다. 이와 같이 〈향산별곡〉은 평안도를 중심으로 하는 북방지역에서 창작되고 향유되다가 점차 전승 유포 지역을 확대하여 향유의 廣布性을 지닌다 하겠다.

〈향산별곡〉의 작가는 능숙한 한문구를 구사하고, 대구·열거·과장법을 화려하게 사용하며, 권선지로형 표현과 같은 가사문학적 관습구를 사용한 점 등으로 미루어 볼 때 가사문학을 적극적으로 창작하고 향유했던 층으로 보인다. 〈향산별곡〉의 향유층은 작가와 마찬가지로 향촌사족층이 주를 이루었다고 보여지며, 뒤에 살피겠지만 이세보의 시조에 〈향산별곡〉이 수용되어 있는 점으로 미루어 사족층에는 왕족 신분의 사대부도 포함되었다.

향유층의 의도에 의한 내용의 변화는 만언사본에서 알 수 있다. 만언사본에서 내용이 대폭 생략된 데에는 필사자 내지 향유층의 의도가 작용했을 것으로 보인다. 즉 민중현실을 구체적으로 나열하면서 비판하는 부분을 향유자에 따라서는 달가와하지 않았기에 그러한 개작이 이루어졌다고 보인다. 임병양란의 회고, 大明回復 의지의 고취, 그리고 조정대신·지방관·학민하는 관장들에 대한 비판만을 내용으로 할 때 그 성격은 우국가사와 별반 다를 바가 없어진다. 우국가사의 내용에 더 만족했던 층의 향유에 의해 변화가 일어난 것이라고 할 수 있다. 이와 같이 내용의 변용이 현실비판적 시각을 약화시키는 쪽으로 이루어진 것은 보수적인 사족층이 향유하는 과정 중에 발생했을 가능성이 높다.

04 이세보 시조와의 관련성

〈향산별곡〉이 특히 서울 지역에서 활발히 향유되었음을 앞서 살펴보았는데, 王族으로서 다수의 현실비판적 시조를 남긴 李世輔의 시조 몇 편이 〈향산별곡〉과 관련성이 있어 주목된다.

> 칠월졀리 다다르니 쇼지빅활 쎠 알왼다
>
> 빅골도 지원커든 일신양역 무샴일고
>
> 군정싴 요동이요 원님은 샹긔로다(292)[20]

이세보의 292번 시조는 칠팔월에 백골징포도 억울한데, 거기다가 일신양역까지 겹쳐서 원님에게 그 억울함을 호소하였지만 무시만 당하고 쫓겨나오고 말았다는 내용을 읊었다. 〈향산별곡〉은 백성의 말을 빌어 민중사실을 서술하는 것이 계절 별 순서를 따르고 있다. 그런데 칠팔월에 가서 군향미를 겨우 꾸려 내고 났더니 이제는 전삼세를 내라는 독촉이 오는데 백지징세였다. 아무래도 억울하다고 생각해 원님에게 訴紙를 올리지만 무시를 당하고 쫓겨나고 만다. 또다시 겨우 내고 이런저런 구실들이 많음을 서술한 후 다시 족징의 폐단이 있음을 서술하고 다시 원님에게 민망백활을 알외는 장면이 서술되었다. 이와 같이 이세보의 시조는 〈향산별곡〉에서 서술한 칠팔월 이후의 정황을 요약한 것이다.

> ① 져빅셩의 거동보쇼 지고싯고 드러와셔
>
> 한셤쌀를 밧치랴면 두셤쌀리 부독이라
>
> 약간농ᄉ 지엿슨들 그무엇슬 먹ᄌᄒ리(296)

> ② 풍셜빙졍 츰학흔대 디고실고 올나가니 / 크단말과 크단휘로 안

---

20 秦東赫,『注釋 李世輔 時調集』, 정음사, 1985. 번호는 이 책에 기재되어 있는 것을 그대로 따랐다.

되여 밧지ᄒ니 / 두말쑬을 밧더라면 셔말쑬이 나마든다

③ 불상홀ᄉ 백셩이여 잔잉홀ᄉ 백셩이여 / 빅셩의말 들어보소 목이메어 ᄒᄂᆞᆫ말이 / 대한소한 한치위에 벗고굼고 사라나셔 / 명이월이 다다르면 환상셩칙 감결보고 / ᄌ루망태 엽희ᄎ고 허위허위 들어가셔 / 너말나면 서말되고 서말타면 두밀되고 / 허다소ᄅᆞᆯ 실어나니 그 무어슬 먹ᄌᆞ말고 (정재호본)

①은 이세보의 296번 시조로 세금을 바칠 때의 정황을 서술했다. ②와 ③은 〈향산별곡〉의 구절로 칠팔월에 전삼세를 바치는 장면과 정이월 遷穀을 타는 장면을 서술했다. 296번 시조의 초장은 ②의 1행과 ③의 1,2행, 중장은 ②의 3행, 그리고 종장은 ③의 마지막 행과 거의 같다. 이세보의 296번 시조가 〈향산별곡〉의 구절을 조합하여 시상을 전개해 나간 것임을 알 수 있다.

① 탐학슈령 드러보소 입시날 칠ᄉ강을 쑷알고 ᄒᆞ엿쓴가
성밧글 쪄나셔면 어이그리 실진할고
져런병의 먹는약은 신농씨도 모르련이(297)

② 됴명의들 겨신분내 이내말슴 들어보소 / 나라의식 입고먹고 무슴이를 ᄒ시ᄂᆞᆫ가 / 청대입시 ᄒᆞ온날의 요순도덕 알외ᄂᆞᆫ가

③ 문남무변 목민등의 학민ᄒᄂᆞᆫ 관댱들아 / 이내말슴 배쳑말고 좀심ᄒᆞ여 들어보소 / 성듕의셔 들을졔ᄂᆞᆫ 총명인ᄌ ᄒᆞ다더니 / 도임들을 ᄒᆞ신후의 어이저리 달ᄂᆞᆫ고

④ 져런병의 먹는약을 심경듀의 낸법ᄒ니 / 인슌뫼의 키온약을 다 슈물의 씨셔내어(정재호본)

①은 이세보의 297번 시조로 〈향산별곡〉의 전체적인 시상의 전개와 관련이 드러난다. 〈향산별곡〉은 먼저 하나님을 향해 나라의 안위를 걱정한 후, ②와 같이 조정대신을 향해 권고를 한 후 ③과 같이 虐民하는 관장들을 향해 발언이 이어졌다. 그리고 백성의 말을 빌려 백성의 현실을 읊고 있는데, 마지막 즈음에 ④와 같이 학민하는 관장들을 위해 명약 처방을 내리는 것을 서술했다. 이렇게 〈향산별곡〉에서는 조정대신, 방백 수령, 학민하는 관장 등과 같이 臣下를 여러 층위로 나누어 이들을 향한 권고를 서술했다. 반면 이세보의 297번 시조는 탐학수령으로만 한정하였다. 그리고 ②, ③, ④의 구절들로 시조의 초장, 중장, 종장의 시상을 전개했다. 〈향산별곡〉에서는 탐학하는 수령이 병이 들었다고 생각하여 그 병에 드는 약을 가사문학에서 흔하게 보이는 指路 형식으로 가르쳐 주는데, 이세보의 시조에서는 신농씨도 모를 것이라는 것으로 바뀌었을 뿐이다.

① 가련ᄒ다 우리인싱 이싱이를 어이ᄒ리
칠월더위 공마모리 셧달치위 납토산영
그즁의 연호잡역은 몃가진고(306)

② ᄌ딜홀사 구실리야 어이그리 만토던고 / 뗴여덕의 동화즑이 배ᄃ지갑셰 댱목가의 / 시쵸됴강 티계들과 유텽디디 홰숀갑과 / 팁월더위 국마모리 셧달티위 납토슨영(정재호본)

①은 이세보의 306번 시조로 백성들이 여러 잡역에 동원되는 현실을 읊은 것이다. 이 부분은 〈향산별곡〉의 ②와 시상의 전개가 일치한다. ②는 더욱더 심해지는 각종 '구실', 즉 동원되는 잡역을 서술한 것이다. 시조의 중장은 ②의 마지막 구절과 그대로 일치하며, 초장과 종장은 ②의 시상을 종합적으로 서술한 것이다. 종장에서 말한 '연호집역'은 ②의 2행 및 3행에서 열거한 내용들을 가리킨다.

이세보의 시조에서 다루고 있는 내용은 원통함을 관아에 써서 올려 보는 일, 환곡 분배의 폐해, 탐학 수령에 대한 비판, 잡역의 폐해 등과 같이 당대 삼정의 문란과 관련한 민중사실들이다. 이러한 민중사실은 당대 조정 및 사대부들 사이에서도 끊임없이 문제시되어 왔던 것들이라서 이러한 배경 하에서 이세보 개인이 얼마든지 쓸 수 있는 시적 언어라고 볼 수도 있을 것이다. 그러나 위에서 살핀 바대로 위에 든 이세보의 시조들은 〈향산별곡〉과 구절이 같거나 의미의 맥락이 일치한다. 대체적으로 〈향산별곡〉에서 서술하고 있는 장면을 바탕으로 구절들을 일부 차용하면서 의미의 맥락을 일치시키는 방향으로 수용하고 있는 양상을 보인다. 이렇게 이세보의 시조와 〈향산별곡〉의 구절 간에 그 시상의 전개나 어구의 일치성이 드러난다는 것은 두 시가 사이에 밀접한 상관성이 있음을 의미한다. 이러한 일치성은 이세보가 〈향산별곡〉을 읽고 난 후 그것을 체화하여 시조의 시상으로 전개하였기 때문에 발생한 것이라고 추정할 수 있다. 〈향산별곡〉의 장면을 기반으로 하여 시조를 창작했기 때문에 부분적으로 어구의 일치가 노출되었을 것이다.

05 〈향산별곡〉의 작품세계

〈향산별곡〉의 서술구조를 크게 나누어 보면 다음과 같다.

① 하나님을 향한 발언
② 하나님과 왕을 향한 발언
③ 조정대신을 향한 발언
④ 방백 수령 외임을 향한 발언
⑤ 학민하는 관장을 향한 발언
⑥ 백성의 말
⑦ 학민하는 관장에 대한 명약 처방
⑧ 과거제도의 폐단
⑨ 결어

작품의 전반부에서 중반부에 걸친 서술단락 ①~⑤는 상당히 긴 분량인데, 작가가 차례로 하나님, 聖上님, 朝廷분들, 방백 수령 외임들, 그리고 虐民하는 관장들을 부르면서 그들을 향해 기원과 당부의 말을 건네는 내용을 담았다. 이어 서술단락 ⑥에서 백성의 말을 빌려 계절에 따라 백성의 피폐한 현실을 차례로 읊었다. 작가는 다시 서술단락 ⑦에서 학민하는 관장을 향해 명약 처방을 내리고, 서술단락 ⑧에서 과거제도의 폐단을 서술한 후 서술단락 ⑨의 결언으로 끝을 맺었다.

작가는 하나님, 왕, 조정대신, 외임, 그리고 탐학하는 수령을 향해서는 직접적으로 발언했다. 이어 백성의 현실을 나타내는 부분에서는 백성을 화자로 내세워 불특정 청자를 향해 발언하는 방식을 취하였다. 이어서 작가는 다시 화자가 되어 불특정 일반인을 청자로 하여 발언했다. 이와 같이 〈향산별곡〉은 화자와 청자를 자유롭게 변화하면서 전체 내용을 서술하고 있다. 이렇게 〈향산별곡〉은 백성의 발언을 중심으로 하여 작가의 발언이 감싸 안고 있는 구조를 지닌다. 한편 지방하층사족층인 작가가 작품의 전편에서 거론한 계층을 살펴보면 하나님, 왕, 조정대신, 수령, 백성, 無勢鄕儒로 구성된다. 계층적인 면에서 점층적으로 내려온 셈인데, 이 가운데서 작가는 맨마지막의 무세향유에 속하는 층이어서, 점층적으로 계층이 하강하면서 다시 자신의 계층으로 돌아온 구조를 지닌다. 작가가 이러한 구조 안에서 자신의 정체성을 백성에 제일 가까이 두고 있음을 알 수 있다.

A. 우국충정의 세계

작가는 먼저 서술단락 ①에서 목욕재계를 하고 하나님께 말을 올린다.

① 香山草幕 一儒生은 沐浴齋戒 再拜ᄒ고 / 뭇ᄂ이다 하나님긔 諄諄命敎 ᄒ오쇼셔 / 大明皇帝 엇더ᄒ여 大淸康熙 ᄂㅣ시닛가 / 循環之理 잇다ᄒ고 與之夷狄 ᄒ야잇가 / 一亂之時 민들야고 授之左袵 ᄒ니잇가 / 痛迫홀샤 時運이야 어이져리 되엿ᄂ고 / 이달올샤 我國이야 무슴일을 ᄒ다홀고 / 壬辰丙子 日記보고 눈물지고 싱각ᄒ니 / 우리 聖上 욕보심과 大明皇恩 져ᄇ림은 / 憤惋心腸 셜니ᄂ다 春秋義들 이즈릿가 / 大小强弱 不敵ᄒ야 復讐雪耻 無期ᄒ니 / 臣子몸이 되야나셔 慷慨之心 업ᄉ

릿가(강전섭본1)

작가는 하나님을 향해 靑나라와 倭를 왜 만들어냈느냐고 따지고, 나라의 '時運'을 애통해 했다. 임진왜란과 병자호란을 생각하면 심장이 떨리는데 복수할 때는 기약이 없으니 臣子로서 비분강개한다고 하였다. 서두부터 작가는 하나님을 향해 과거 조선에 있었던 치욕적인 두 차례 외침 사건을 말하면서 대명회복을 기원하고 그 의지를 피력한 것이다. 그러면 작가는 하나님에게 목욕재계까지 하고서 왜 이 말을 하고 있는 것일까. 그 진정한 의도가 무엇인지는 다음에 이어지는 서술단락 ②에서 드러난다.

② 無往不復 ᄒᆞᄂᆞᆫ일을 보아이다 하ᄂᆞ님긔 / 微臣所懷 알외ᄂᆞ다 聖上님은 살피쇼셔 / ᄉᆞ獵鬻과 事昆夷은 樂矢天命 올커니와 / 우리나라 저 섬김은 他日羞恥 잇ᄂᆞ이다 / 平定倭亂 保社稷은 뉘德이라 ᄒᆞ리잇가 / 百千萬事 쓰라치고 欲報之德 ᄒᆞ올진ᄃᆡ / 無難一策 잇ᄂᆞ이다 惻隱之心 베푸소셔 / 在德이요 不在險과 地利不如 人和란말 / 古聖賢의 遺戒오니 어이아니 미드릿가 / 他國形止 ᄇᆞ려두고 我國形勢 알외리라(강전섭본1)

서술단락 ②는 하나님을 향한 발언이지만 이것을 성상님이 살피시라고 했으므로 왕을 향한 간접적 발언이기도 하다. 우리나라가 청을 섬기는 것은 수치이다, 이를 타개하기 위해 자신에게 묘책이 하나 있는데 성상께서는 들어달라는 것이다. 우리나라의 지형이 아무리 험해도 그곳에서 막을 臣民이 없으면 소용이 없고, 아무리 오랑캐가 강성하다고 하더라도 四方民心이 그들에게 복종하는 마음이 없다면 그들을 물리칠 수 있다는 것이다. 결국 왕에게 백성이 동요하지 않고 편안하게 살게 해야 한다는 백성의 중요성을 일깨우고 仁政을 베풀 것을 강조하는 데에 이르게 된다. 백성이 얼마나 도탄에 빠져 있는가를 말하기 위해 백성의 중요성을 말하지 않을 수 없었고, 그것을 백성 없는 국방은 있을 수 없다는 논리로서 나타내고자 한 것이다. 백성의 현실에 관심을 기울여야 하는 그 중요성과 심각성을 강조하기 위힌 명분으로서 외침에 대항한 국토방위 및 대명회복 의지를 앞세운 것이라고 할 수 있다.

작가의 국토방위에 대한 우려와 위기의식은 뒤에 조정대신들에게 고국산천을 이별하고 청나라로 향하였던 삼학사의 뜻을 잊었냐고 꾸짖는 부분과, 백성들이 유리도망해 가 버리고 향촌에는 백성이 없어 백골징포와 황구첨정이 극에 달하고 있는 부분의 기술에서도 그대로 드러난다[21].

③ 朝廷의들 계신분닉 이닉말슴 드러보쇼 / 나라衣食 먹고닙고 무슴일들 ᄒ시는고 / 請對入侍 ᄒᄂ날의 堯舜道德 알외신가 / 흔가흔쩍 쩍를타셔 上疏닉계 ᄒᄂ쩍예 / 保民謀策 알오신가 爲國遠慮 못ᄒ신가 / 져黨戰을 져리익혀 南征北伐 가랴ᄂ가 / 傳子傳孫 힘서ᄒ되 병법잇다 못드를네 / 나ᄂ보니 쓸딕업데 貽害國家 쑨이로세

④ 方伯守令 外任들의 進封多小 칙망말고 / 浚民膏澤 ᄒᄂ놈을 鳴鼓功責 ᄒ여보소 / 民惟邦本 이란말슴 聖訓인쥴 모롤손가 / 本亂末治 어이본고 나ᄂ듯도 못ᄒ엿닉(강전섭본1)

　서술단락 ③과 ④에서 작가는 조정대신과 외임들을 향해 그들의 행태를 신랄하게 꼬집으면서 백성들을 위한 정치를 해 줄 것을 당부했다. 서술단락 ③에서는 조정대신들이 조정에 있으면서 당파로 나뉘어 이해만 챙기고 민유방본을 잊고 있다고 비판했다. '져 黨戰을 져리익혀 南征北伐 가랴는가 / 傳子傳孫 힘서호되 병법잇다 못드를네 / 나는보니 쓸듸업데 貽害國家 쑨이로세'라 하여 국가방위와는 전혀 상관없이 당론에만 골몰하고 있어 도리어 나라에 해가 되고 있음을 비아냥거렸다. 서술단락 ④에서는 방백수령 외임들에게 진봉의 다소만 따지지 말고 준민고택하는 놈들을 꾸짖어 내쫓으라고 했다. 그리고 백성이 나라의 근본임을 다시 한 번 일깨워주었다.

　　⑤ 文男武幷 牧民中의 학민호년 관댱니들 / 이니말숨 비쳑말고 刻心호여 들어보소 / 城中의서 들을제는 聰明仁慈 호다더니 / 到任들을 호신후의 어이져리 다르신고 / 느려갈제 路費흔가 드러갈제 浮費흔가 / 名妓生의 쌘졋는가 奸吏袖의 드럿는가 / 還燒酒의 삭아는가 珍膏粱의 막혓는가 / 잇던聰明 어듸가고 업던昏暗 닉엿는고 / 니몰을가 주니일을 주니일을 나넌 아니 / 天賦之性 일은속의 爲己之慾 김너니여(강전섭본1)

　이어 서술단락 ⑤에서 작가는 학민하는 관장들을 향해 발언했다. 도임들을 하면 이전의 총명함과 인자는 어디 가고 혼암과 포악만 낸다고 하면서 탐학정사·불인정사를 그만하라고 비판했다. '느려갈 제 路費흔가 드러갈 제 浮費흔가'와 같은 대구 표현과, '名妓生의 쌘졋는가 奸吏袖의 드럿는가 / 還燒酒의 삭아는가 珍膏粱의 막혓는가'와 같은 열거식 표현을 통해 탐학에 대한 비판적 정서를 강조해

105

서술했다. 이와 같이 서술단락 ①에서 ⑤에 이르는 전반·중반부는 나라의 근본이 백성임을 드러내고자 하는 도입부의 성격을 강하게 지닌다.

서술단락 ⑥은 다음 항에서 자세히 살피기로 한다. 서술단락 ⑥에서는 백성의 말을 빌어 발언하고 있는데, 중간 중간에 작가의 발언과 교차하는 부분도 있다. 유리도망하는 백성들이 도둑도 되고 명화적이 되기도 하니 이들에게 죄를 주더라도 경중을 살펴 주라고 당부하는 부분의 서술은 작가의 발언이 깊숙이 개입되었다. 그러면서 마지막 황구첨정의 폐단을 서술하는 부분에 가면 작가의 발언이 표면으로 확연히 드러나면서 서술단락 ⑦인 指路 형식의 명약 처분이 내려지게 된다.

⑦ 이군심을 두어거든 이민심을 몬져ᄒ소 / 신ᄌ도리 ᄒ랴거든 나라일을 힘써ᄒ소 / 무슴일노 병이드러 씨들을쥴 모ᄅᄂᄂ가 / 년구세심 고질되면 불치지증 갓가오리 / 명의들을 밧비ᄎᄌ 명약ᄒ여 속치ᄒ소 / 약을알나 가랴ᄒ면 지로ᄒ문 닉ᄒ오리 / 이쳔닉물 건너셔셔 명도길노 ᄎᄌ가면 / 회암선싱 경험방의 조목조목 붉혀시니 / 져런병의 먹넌약은 심경쥬의 닌법이니(강전섭본1)

위의 서술단락 ⑦에서 작가는 학민하는 관장들이 지금은 병이 든 것이니 자기가 명약을 처방해준다고 하면서 위민의식을 중심으로 하는 성리학적 이념의 회복을 피력하였다. 여기서 제시한 지로 형식의 처방은 교훈가사에서 勸善指路型 관습구로 흔히 사용하는 것이다. 백성들이 처한 처참한 생존현실에 견주어 볼 때 이러한 관념적이고 탁상공론에 불과한 대안은 공허하기 짝이 없는 것임에는 틀림이 없다. 그러나 애초부터 수령들을 향해 무언가를 말해야 했다면 이와 같은 도덕 교과서식 훈계 이외에는 더 이상 나올 수 없는 것이었다.

서술단락 ⑧에서는 과거제도를 비판했다. 과거장의 부정부패 속에서 결국 권세 없는 시골의 무명 선비가 소외되는 현실을 말했는데, '애군택민' 하는 사람은 오히려 농사를 짓고 사는 향유 가운데 있다고 항변하였다. 북방 지역의 한 향촌에 기거하는 유생으로서 작가는 중앙의 권문세도가가 뇌물로 사람을 뽑아 목민관으로 내보내는 현실에서 권세 없는 시골 선비의 처지가 어떠한 것인지 잘 알고 있었다. 권력에서 소외된 다수의 양심적인 인재들이 '耕田野類(叟)'로 포진하게 되고, 이들의 누적된 정치적 소외감이 현실을 비판하고 개혁하고자 하는 의식을 지니는 데로 나아갔던 당시의 사정을 짐작하게 하는 구절이다.

이어서 서술단락 ⑨는 가사를 보고 시비를 가리라는 마지막 결어로 끝을 맺었다.

B. 민중사실의 세계

서술단락 ⑥에서는 백성의 말로 백성의 현실을 서술했다. 작가는 정작 민중현실을 말하고자 할 때 백성의 말을 빌리는 방식을 취했다. 백성의 말을 직접 인용함으로써 문체도 일상적, 구어적 문체를 이루어 앞서 작가 자신의 직접적 발화에서 보여준 한문투식 문체와는 다른 문체를 보인다. 예를 들어 강전섭본1의 경우 국한문혼용 표기법으로 기사가 되었는데, 서술단락 ①~⑤까지는 국한문혼용 표기법이 분명하게 드러나는 반면, 서술단락 ⑥에 이르면 한

문이 적어 순한글 표기법인 것으로 혼동될 정도이다. 작가의 어조
는 자신을 백성과 동일시하여 억울하고 분하고 처참한 현실에서
오는 분개심을 그대로 표출했다. 작가가 백성의 현실에 핍진하게
다가서 있는 것을 가사의 어조가 보여주고 있는 것이다. 이것은 작
가가 사족이지만 백성과의 연대의식을 강하게 지니고 있었기 때문
에 나타날 수 있었다.

　백성의 말은 계절을 따라서 행해지는데 발언의 중심은 가혹한
官의 착취에 있다. 서술단락 ⑥은 다시 다음과 같은 서술구조를 이
룬다.

　　　가) 정이월 還上 → 나) 삼사월 軍丁役事 → 다) 칠팔월 軍餉米 → 라)
　　　칠팔월 백지징세 → 마) 잔구실 → 바) 族徵 → 사) 流離逃亡 → 아) 백
　　　골징포·황구첨정

　위에서 알 수 있듯이 백성은 정이월의 환곡타기에서부터 계절에
따라 행해졌던 관아의 수탈 현실을 상세히 고발하고, 결국 수탈을
견디다 못해 유리도망하기까지를 차례로 말한 것이다. 〈향산별곡〉
에서 문제 삼고 있는 것은 田政·軍政·還政 등 三政의 전영역과 잡
역을 총망라한 것이었다. 가)는 환정, 나), 다), 바), 아)은 군정, 라)
는 전정에 해당하며, 마)는 잡역에 해당한다. 19세기에 이르면 환곡
문제가 농민을 수탈하는 대표적인 문제로 대두되게 된다. 순조 7년
에는 환곡이 장부상 최고치에 이르게 되고, 순조년 간의 실록에는
상투적인 문구와도 같이 '환곡의 弊政'이라는 말이 나타난다.[22] 이

22　鶴園裕, 「평안도 농민전쟁의 참가층」, 『전통시대의 농민운동』上, 풀빛사, 1981,
　　246~247쪽. ; 金容燮, 「還穀制의 釐整과 社會法」, 『한국근대농업사연구』上, 일조

와 같이 〈향산별곡〉은 환정을 포함한 三政의 전영역이 총체적으로 문란해지고 이에 관한 우려의 목소리가 높은 19세기 전반의 현실을 반영한다. 〈향산별곡〉보다 앞서 나온 현실비판가사 〈갑민가〉와 〈합강정가〉의 경우, 족징이나 백지징세, 감사의 잔치를 위한 무작위 수취 등 田政과 軍政을 중심으로 비교적 단일한 사안을 문제 삼았다. 반면 19세기 전반에 생산된 〈향산별곡〉은 삼정의 전 영역 및 잡세, 借地, 잡역 등에 이르기까지 농민에 대한 수탈적 제반 사항을 전반적으로 문제 삼았다.

백성의 말을 통해 드러나는 착취의 참상은 당대 보편적인 민중 사실을 구성한다. 관아가 행하는 수탈 행위는 백성의 사정을 고려하지 않고 각종 세금을 징수하고 부역을 부과하는 데다가 이러한 매 건수마다 중간 투식, 호랑이보다 더한 가혹 행위, 그리고 收略가 이루어진다는 것으로 요약될 수 있다. 가)에서 '너말 타면 서말 되고' 하는 현실[23]과 다)에서 '통인 뜨고 방자 뜨고 고직 먹고 장색 먹고' 하는 현실[24]은 전형적인 중간 투식에 해당한다. 나)에서 '큰 매 들고 두드리'는 행위[25]와 다)에서 '동아줄에 얽어 가'는 행위[26]는 백

각, 1984.

23 "불상홀수 백성이여 잔잉할수 백성이여 / 빅성의말 들어보소 목이메어 ᄒᆞᄂᆞ말이 / 대한소한 한치위에 벗고굼고 사라나셔 / 뎡이월이 다다르면 환상셩칙 감결보고 / ᄌᆞ루망태 엽희차고 허위허위 들어가셔 / 너말타면 서말되고 셔말타면 두말되고 / 허다소슬 살어나니 그무어슬 먹ᄌᆞ말고 / 무쥬공산 삽뒤취야 너아니면 연명ᄒᆞ랴"(정재호본)

24 "아므려도 군향미야 아니ᄒᆞ고 견딜손가 / 평셕훑듸 완셕ᄒᆞ고 겨우구러 들어가니 / 통인쓰고 방ᄌᆞ쓰고 고딕먹고 댱식먹고 / 다투어 쎄여가니 미슈절노 나ᄂᆞ구나 / 미슈쎄여 쥬패노아 독령댱고 내여노아 / 가가호호 들싸면서 욕딜매딜 둘부며 / ᄎᆞ디내라 호통ᄒᆞ여 동아들의 얼거가니 / 부졍인들 걸녀시며 계견인들 견딜손가"(정재호본)

25 "사오나온 색니안젼 큰매들고 두다리며 / 밧비가ᄌᆞ 직촉ᄒᆞ니 쉴ᄉᆞ인들 이슬손가 / 업더디며 졉바디며 겨우굴어 맛틴후의 / 집이라고 들어오니 업던병이 졀노ᄂᆞᆫ다 / ᄒᆞᆫ달의도 두세번식 이런역ᄉᆞ ᄒᆞ노라니 / 쎡릴임의 일어시니 무슴농ᄉᆞ ᄒᆞ

성들의 고통을 아랑곳하지 않고 착취에만 열을 올리는 가혹 행위에 해당한다. 바)에서 옥의 간수가 억울하게 잡혀 들어온 백성들을 상대로 뇌물이나 등쳐 먹는 것은 수뢰의 현실[27]에 해당한다. 이러한 총체적 부정부패를 행하는 주체는 고을을 관장하는 수령과 그에 속하는 아전들이다. 백성의 발언을 통한 이러한 사실의 고발은 향촌사회 지배층에 대한 백성들의 십단석인 저항의 목소리에 다름 아니다.

백성들은 이러한 관아의 가렴주구에 항거를 하기도 했는데 관아에 소를 올리거나 원님을 찾아가 직접 소원을 아뢰기도 했다. 〈향산별곡〉에서 백성은 두 번 원님을 찾아가 억울함을 호소했다.

　　라) 주리업는 허복구슬 저되도록 내엿는고 / 아모러도 원억호다 이룰어이 호준말고 / 댱의거셔 됴희스셔 글호는되 겨우비러 / 원통소디 써가디고 관문밧긔 다다르니 / 문덕수령 마죠셔셔 댱목지쵹 무슴일고 / 갓가스로 틈을타서 소디빅활 쎠알외니 / 관가님 보시더가 앙텬되소 호시면서 / 서원알디 내아나냐 물러셔라 호령호니 / 급댱수령 내달려셔 듀댱으로 쏙뒤질러 / 독불이디 내쳐주니 헐일인들 이실손가

　　바) 내목일도 이러혼대 빅골도망 딩포들은 / 삼독사독 원근간의 두셰벌노 날어내여 / 젹신들만 남아셔라 그무어슬 주준말고 / 모진마암 도시먹고 관문안의 쮜여들어 / 명젼혼신 수도님긔 민망백활 알외

준말고"(정재호본)

26　주 24) 참조
27　"긔상욱의 슈두놈이 고채들고 내다라셔 / 술갑내라 디져고며 발딧는양 딕의업다 / 단의버셔 쇄댱듀며 젼당호고 술을바다 / 형방쇄댱 머긴후의 술어디라 애걸호니 / 형방놈이 들어가셔 무어시라 샤랴던디 / 옥슈불너 졍일호고 방숑호라 분부호니"(정재호본)

오니 / 마른남긔 물이날가 일족물것 업ᄂ이다 / 원님얼굴 내아던가
형방놈이 내달아서 / 쇄댱불러 큰칼씨여 하옥하라 직촉ᄒ니 / 슌식간
이 못되여서 옥문안의 들어가니 / 긔상욱의 슈두놈이 고채들고 내다
라셔(정재호본)

라)에서는 칠팔월 백지징세가 내려질 때 관아에 읍소한 일을 서
술했다. 관아에서는 전삼세를 독촉하는데, 그것도 있지도 않는 땅
에 세금이 내려지는 백지징세였다. 그리하여 백성은 원님에게 원
통하다는 소를 써서 올렸다. 글을 쓸 줄 아는 사람의 도움을 겨우
받아 원통함을 피력했지만 원님은 앙천대소만 하고 서원 쪽으로
책임을 전가하고 말았다는 것이다. 원님의 처분에 대한 서술에서
수령에 대한 작가의 냉소적인 시선을 느낄 수가 있다.

바)에서는 족징이 가해졌을 때 다시 한번 모진 마음을 먹고 원님
을 찾아가 원통함을 호소해 본 일을 서술하였다. 직접 원통함을 원
님에게 아뢴 것인데, 이제는 설상가상으로 옥에 갇히는 수모를 당
하였다. 향촌사회에서 벌어지는 제반 정치의 실질적인 책임자는
고을 수령이었기 때문에 백성들은 억울한 것이 있으면 그 호소를
수령에게 할 수밖에 없다. 그러나 수령이야말로 당시 수탈의 장본
인이었다. 그리하여 백성들의 호소에 대해 무시, 책임 회피, 혹은
핍박으로 대응하는 것이 보통이었다. 관아는 합법적으로 관아에
소를 올리거나 억울함을 호소하는 향민을 말썽만 일으키는 사람으
로 취급하여 옥에 가두는 핍박으로 일관했다.

이렇게 〈향산별곡〉의 백성은 거듭되는 수탈 현실과 그에 맞선 시
정의 호소가 전혀 무위로 돌아가고 옥고까지 겪게 되자 유리도망
을 하지 않을 수 없게 되었다. 유리민의 문제는 어제 오늘에 거론된

문제는 아니었지만 특히 19세기에 이르면 도시와 상업의 발달로 인해 더욱 복잡한 양상으로 나타나게 되었다. 도성 주변에는 유리민이 모여들어 걸인, 일용 고용자, 난전민 등이 들끓게 되는 문제를 불러일으켰다고 한다. 유리민은 도시 주변에서 火賊, 도둑, 수적 등으로 변모되기도 하였는데 이들의 세력과 행동은 광범위하고 지속적인 것이었디.[28] 〈항산별곡〉은 당대의 이러한 사회현상도 충신히 반영한다고 하겠다.

> 사) 가흔정수 맹어회라 아니가고 견딀손가 / 늘근놈은 거스되고 졀믄놈은 즁이되고 / 그도저도 못된놈은 헌누덕이 딜머지고 / 계집ㅈ식 압세우고 뉴리ㅅ방 개걸타가 / 늘근이와 어린거슨 구학송댱 졀노되고 / 댱졍덜은 ㅅ라나셔 목슴도모 ㅎ랴ㅎ고 / 당겨그면 셔졀구투 당마ㄴ면 명화젹의 / 져일들이 뉘타시랴 제죄ㅼ뿐도 아니로다 / 티젹ㅎㄴ 영댱들아 포젹ㅎ라 갈디라도 / 주뢰란댱 급피말고 경듕슬퍼 뒤쥬어라 / 민무흥ㅅ 흐여시니 함어기뒤 고이홀라 / 저도만일 개과ㅎ면 동시아국 젹지로다(정재호본)

위에서 백성의 일상적, 구어적 문체가 그대로 노출됨으로써 적나라한 민중의 삶이 서사성을 획득하며 사실적으로 그려지고 있다. '늙은 놈은 거사가 되고 젊은 놈은 중이 되고 / 그도 저도 못된 놈은 헌누덕이 짊어지고 / 계집자식 앞세우고 유리사방 개걸타가 / 늙은 이와 어린 것은 구학송장이 절로 되었다'고 하는 구절에서는 민중의 처참상이 생생하게 전달된다. 삶의 터전인 고향을 떠나 유리도망을 한 백성들은 굶어 죽는 사람들이 태반이고 그나마 살아

---

28 이이화, 「19세기 초기 제정치 세력의 동향」, 앞의 논문.

남은 사람들은 굶어 죽지 않기 위해 도적들이 된다는 것이다. 이렇게 작가는 능숙한 대구, 자세한 열거, 핍진한 과장 표현을 사용하여 백성의 구체적이고 사실적인 삶을 전달하는데 조금도 주저하지 않았다. 유학적 용어를 사용하여 典雅함을 유지했던 이전의 표현에서 한침 벗어나 있다고 할 수 있는데, 작가는 백싱의 말을 빌려 생활적이고 생동감 있는 표현을 그대로 서술함으로써 아름답지 못한 민중의 처참상까지도 사실적으로 드러내고자 한 것이다.

　작가는 도적들이 악해서 그리 된 것이 아니니 벌을 함부로 주지 말 것을 당부했다. '티적ᄒᄂᆫ 영당들아 포적ᄒᆞ라 갈디라도 주뢰란댱 급피말고 경듕슬퍼 뢰쥬어라'라는 서술에 오면 발화의 주체가 백성인지 작가인지가 불분명해진다. 그런데 어조로 보아 작가가 청자를 향해 직접적으로 견해를 개진하는 것으로 보는 편이 좋을 듯하다. 도적들에 대한 작가의 이러한 시각은 백성에 대한 애정, 즉 애민의식에서 우러나온 것이다. 작가는 도적들도 조선의 백성이며 이들의 비합법적이고 비도덕적인 폭력 행위조차도 그 원인과 결과의 측면에서 본다면 용서해야 할 몫이 있다는 태도를 보인다. 작가의 이러한 태도는 이념, 도덕, 규범 등을 초월한 인간적 휴머니즘이 바탕하고 있을 때 가능한 것이다.

　　아) 그렁져렁 ᄒᆞ노라니 나믄백성 얼매되랴 / 조셔이들 슬퍼보소 뷔여가내 군안티부 / --- (중략) --- / 뢰의가나 들의가나 당졍백성 만테그려 / 무슴일노 군안의ᄂᆞ 백골유티 쑨일런가 / 강보군졸 어린댱슈 녜로부터 못들을네 / ᄉᆞ쳔디형 긔험ᄒᆞ나 눌다리고 막ᄌᆞ말고 / 셩곽쥬회 견고ᄒᆞᆫ들 눌다리고 딕힐손가(정재호본)

아)에서는 백골징포와 황구첨정의 현실을 읊었다. 백성들이 살던 고을 떠나 유리도망해 버리면 향촌에 남아 있는 백성들이 없게 된다. 그리하여 다시 군안 작성에 문제가 생기게 되면서 죽은 사람이나 강보에 싸인 어린아이들까지도 군안에 올라 군포가 내려지는 악순환이 되풀이된다. 앞서에서 백성의 직접적인 발언을 통해 구체적인 백성의 현실을 전달한 것과는 달리 아)에서는 작가가 바라보는 군안의 실태를 적고 있다. 그런데 백골징포와 황구첨정의 현실을 서술한 것이 사) 유리도망의 현실을 서술한 다음에 온 것이 조금은 이상하다. 그런데, 가)~바)의 현실로 인해 사) 유리도망의 현실이 필연적으로 따라오게 되고 그렇기 때문에 남은 백성이 없어 아) 백골징포와 황구첨정이 뒤따르는 악순환이 계속된다는 작가의 시상 전개를 이해할 필요가 있다.

아)는 4음보를 1구로 계산하여 총 26구나 되는 분량으로 작가가 이 부분을 매우 중요하게 생각하고 있었음을 보여준다. 작가는 빈 군안을 억지로 보충하려 죽은 자와 어린아이들을 군안에 올려 놓아버렸으니 누구를 데리고 국토를 방위하겠느냐고 힘주어 말했다. 이 점은 서두에서 작가가 국토방위에 대한 위기의식과 우려를 표명한 것과 연결된다. 청나라를 섬길 수 없고 대명회복의 의지를 지켜야 하는데, 그렇게 하려면 국토방위를 해야 할 軍丁이 엄정히 정비되고 유지되어야 한다. 그런데 작금의 현실은 군안에 죽은 자와 어린아이만이 올라와 있으니 큰일이 아니고 무엇이냐는 것이다. 서두에서 명분으로 내세웠던 국토방위와 대명회복의 의지가 군정의 문란으로 군안이 비어가는 문제와 연결된 것이라고 할 수 있다.

06 현실인식의 역사적 성격

교목세신의 후예이자 향유인 작가는 작품 내에서 '地利不如人和, 民惟邦本, 行仁政事, 爲國雪恥, 四端之目, 字牧百姓' 등과 같은 유학적 용어를 빈번하게 사용했다. 〈향산별곡〉에서 작품 전편을 통해 관통하고 있는 핵심적인 주제도 '민유방본'으로, 性理學을 중심으로 하는 유학사상에 근원을 두는 것이었다. 이러한 유학적 사고에 입각한 작가의 목소리는 왕과 목민관을 향해 위민의식을 강조하는 데에서는 당당하고 위엄이 느껴져 正道를 걷고 있는 양심적 지식인의 면모를 충분히 보여준다. 하지만 수령을 향해 권선지로 방식의 명약 처방을 내리는 데에 가면 관념적인 공론에 불과하다는 느낌을 지울 수가 없다. 향민이 겪고 있는 현실의 무게에 비추어 볼 때 작가의 유학적 발언이 교과서식 훈계를 일삼는 고지식한 지식인의 면모를 보이고 있는 것으로 이해되기 때문이다.

공론에 불과하고 현실성이 없는 것처럼 느껴지는 것은 대명회복의 의지를 서술하는 데에서도 엿보인다. 왜침 때 조선을 도와 준 明의 은혜를 갚아야 한다는 사대의식과, 굴욕적으로 국왕이 항복했던 기억을 간직한 오랑캐 청에 대한 반감은 명분에 투철한 조선후기 조선 유생들이 일반적으로 지니고 있었던 보편적 사고였다. 〈大明復讐歌〉나 〈한양가〉와 같은 역사서술 가사에서 대부분 청에 대한 입장은 반감과 복수의 의지로 일관하고 있다. 이러한 가사의 창작과 향유는 조선후기에 비교적 지속적으로 광범위하게 이루어져 청에 대한 복수와 대명회복의 의지는 확대 재생산되었다. 청과 왜를 접하고 있는 조선으로서 외침이란 바로 이 두 나라로부터 있을 수

115

밖에 없는데 과거 두 나라로부터 치욕적으로 침략을 당한 역사를
갖고 있었으므로 나라의 안존과 관련하여 반청·반일은 민족적 애
국심을 결집하는 요소로 작용하였던 것으로 보인다.

　19세기 들어 정치·사회적 현실이 부정적·비관적으로 치닫게
되자 나라의 안존에 대한 위기의식이 커져 가고 이로부터 '대명복
수' 의식이 조선인의 대중정서로 팽배해 질 수 있었던 것으로 보인
다. 그러나 앞서 살펴보았듯이 〈향산별곡〉에서 청에 대한 복수와
대명회복의 의지는 그 자체가 '작품을 관통하는 주제'[29]로 기능한
것은 아니었다. 청에 대한 복수와 대명회복의 의지는 백성이 없는
국방은 있을 수 없으니 백성의 현실에 관심을 가져야 한다는 것, 즉
백성의 중요성과 현실의 심각성을 강조하기 위해 내세운 명분에
해당한다. 〈향산별곡〉의 작가는 연역적 논리의 힘을 빌어 일반적·
보편적 정서로 자리하고 있었던 '대명회복'을 대전제로 내세운 것
뿐이라고 생각된다.

　그러면 작가가 사회를 바라보는 세계관적 구조는 어떠한가. 작
가는 왕, 조정대신, 수령, 그리고 백성으로 이루어진 봉건체제를 현
실로 받아들였다. 그리고 조정대신과 지방의 목민관을 통렬히 비
판하면서도 백성을 위한 선치를 주장함으로써 신하의 존재와 도리
를 부정하지 않았다. 특히 절대 권력자로서의 왕의 존재를 분명히
인식하는 가운데 외침에 대항한 국토방위 및 대명회복 의지를 앞
세워 백성의 중요성을 일깨웠다. '자네 일을 하는 거동 우리 성상
아시면'에서와 같이 작가는 수령들의 탐학 행위를 만약 왕이 알게
되면 유배나 감옥행의 벌을 내리게 될 것이라고 믿어 절대 권력자
로서의 왕에 대한 인식을 분명히 지니고 있었다. 그런데 이 서술의

29　정홍모, 「향산별곡을 통해 본 19세기 초 민란가사의 한 양상」, 앞의 논문, 511쪽.

의미를 왕만 아신다면 모든 문제가 해결될 것이라고 본 안이한 현실인식으로 볼 수는 없을 것이다. 봉건체제 안에서 살고 있는 당대인이 현실에 뿌리를 내리고 있다면 최고 권력자인 왕의 존재에 대한 부정은 있을 수 없는 것이다. 따라서 이 서술은 수령들에게 벌받을 짓을 하고 있음을 경고하는 표현으로서의 의미가 있다. 학민하는 관장들에게 왕을 끌어다 대서 경고를 한 것이라고 할 수 있다.

작가는 19세기 전반의 사회 상황을 백성의 구체적 삶에 수렴하여 그것을 총체적으로 보여주고자 했다. 따라서 작가의 현실인식은 철저하게 현실주의에 근거하고 있다. 작가가 백성의 말을 빌려 전달한 백성의 현실이란 당대의 민중사실을 총망라한 것이다. 작가는 정이월의 환곡타기에서부터 계절의 진전에 따라 점진적으로 가중되는 백성들에 대한 가렴주구 현실, 몇 번의 저항적 의송행위의 실패, 그리고 결국 유리도망해 처참하게 살아야 했던 백성들의 삶을 총체적이고도 체계적으로 서술했다. 이렇게 해서 작가가 보여준 민중사실은 개별적이라기보다는 개개의 사실들을 총체적으로 집합한 집단적 민중사실을 구성한다. 그리하여 〈향산별곡〉은 백성의 현실을 총체적·체계적으로 반영한 백서 형식의 고발문학이라고 할 수 있다. 이러한 고발문학은 지배층에 대한 민중의 집단적 저항 목소리에 다름 아니다.

〈향산별곡〉의 역사적 성격을 진단함에 있어서 지배층에 대한 민중의 집단적 저항 목소리를 총체적·체계적으로 담아 서술했다는 점은 매우 중요한 요소로 작용한다. 민중의 집단적 저항 목소리로 가사의 작품세계를 구성한 것은 작가가 유생으로서 지니고 있었던 유학적 위민의식만으로는 불가능한 것이다. 백서 형식의 고발문학으로 한 편의 가사를 창작한 근본적인 동력은 작가가 지닌 백성과

117

의 연대의식에서 나온 것이라고 할 수 있다. 작가가 지니고 있는 여러 봉건적인 현실인식의 외피에도 불구하고 근본적으로 작가의 현실인식이 봉건사회로의 회귀를 지향하는 데 있지 않다고 보아야 하는 이유가 바로 여기에 있다. 작가는 유리도망해 나와 도적이 되는 백성들의 현실을 근본적으로 가렴주구로 인한 농촌사회의 붕괴와 연결지어 생각했다. 그리고 비합법적이고 비도덕적인 폭력 행위인 강도질조차 죽지 못해 하는 것이므로 그 원인과 결과의 측면에서 본다면 용서해야 할 몫이 있다는 포용적 · 휴머니즘적 시각을 보였다. 19세기 봉건사회의 해체기에 향촌사회를 중심으로 근대를 향한 자생적 노력이 활발히 진행되어 갔고, 그 담당 주체가 민중뿐만이 아니라 당대 지식인도 포괄하고 있음을 보여준다.

한편 〈향산별곡〉이 계층적인 위계 질서 안에서 맨 첫머리에 '하나님'을 설정하고 있는 점은 주목할 만하다. 작가가 목욕재계까지 하고 하나님을 찾은 것은 나라의 '時運'을 걱정하는 절박감에서이다. 인격체로서의 하나님을 시운과 연결하는 것은 박인로의 〈태평사〉에 '天運 循環을 아옵게다 하ᄂ님아 佑我 邦國ᄒ샤 萬世無疆 눌리소셔'라는 구절에서도 나타나는 것으로, '하나님'은 유학자들 보편의 사고와 맞닿아 있는 자연발화적인 성격을 지닌 존재이다. 그런데 〈향산별곡〉에서는 앞서 살펴보았듯이 계층적인 위계질서 안에서 왕보다 앞서 하나님을 내세우고 이어 체계적으로 하강하여 백성에까지 이르고 있다. 이것은 이전의 가사문학에서의 '하나님'이 지니고 있던 의미와 〈향산별곡〉에서의 하나님이 지닌 의미가 달라져 있음을 반영하는 것으로 보인다. 나라의 안존에 대한 걱정이 왕, 조정대신, 목민관을 향한 발언을 하게 만들었지만 그것으로도 충족될 수 없는 현실에 대한 절박감이나 절망감이 있었기 때문에 하나님을 끌어내 전면에 서게 만든 것이 아닌가 한다. 체제를 부정할 수는 없었지만 그 체제 안에 머물 때 가지는 위기의식, 즉 봉건체제에 대한 한계 의식이 '하나님'을 통해 표출되었다고 할 수 있다. 체제를 전면적으로 부정하지도 못하고 새로운 체제에 대한 전망도 전혀 가지고 있지 못한 상태에서 하나님의 가호를 바라는 절망적인 현실인식을 반영한다고 하겠다.

〈향산별곡〉에서 보이는 명약 처방과 같은 유학적 사고, 대명복수 의지, 왕을 중심으로 하는 봉건적 사회 계층 구조에 대한 인정 등 봉건적 사고의 요소들은 당대인이 지니고 있었던 사고의 한 부분이지 그것이 사고의 전부를 구성한다고 보는 것은 무리이다. 즉 〈향산별곡〉에서 보이는 왕에 대한 지향, 선치에 대한 기대감, 명분론적 사고 등이 봉건적 요소라 해서 곧바로 이 작품이 봉건체제로의 회귀를 지향하고 있는 것은 아니라는 것이다. 작가가 이 가사를 통해 궁극적으로 말하고자 한 것은 백성의 처참한 현실을 사실적으로 전달하여 보다 나은 사회로 나아가야 함을 주장한 데 있다. 〈향산별곡〉의 작품 세계가 지니고 있는 봉건적인 제요소에도 불구하고 이 가사가 지향하고 있는 것은 앞으로 닥쳐올 새로운 사회인 근대라고 보인다. 〈향산별곡〉의 현실인식은 봉건사회의 체제 자체를 부정한다거나, 봉건 체제가 아닌 또다른 체제에 대한 비젼이나 전망을 지니고 있지 않음은 분명하다. 그럼에도 불구하고 〈향산별곡〉의 현실인식은 하나님의 가호를 바랄 정도로 절망적인데도 백성의 보다 나은 삶을 추구함으로써 근대를 향한 역사 발전의 추진력을 일으켜 세우는 데 기여했다는 역사적 성격을 지닌다.

〈향산별곡〉에서 당대 민중사실을 체계적, 총체적으로 나타낸 방식은 구체적이고 사실적인 것이었다. 그렇기 때문에 가사에서 그려진 세계는 처참하거나 부정적인 현실로 가득 차 있다. 시가 문학의 하나인 가사문학에서 전아하지 못한 표현과 부정적인 세계를 작품 안에 수용한 것 그 자체가 봉건적 틀을 깬 근대성을 담보하는 것이라고 본다. 시가 문학의 관습적인 틀을 깨고 백성의 생생하고도 처참한 모습을 나타내려 한 것은 문학사적인 면에서도 근대적 의미를 지닌다고 하겠다.

이 가사가 '안악작변과 비슷한 수준의 작변시에 양반 지식층을 포섭하기 위한 의도에서 창작'된 '민란가사'라고 규정한 논의[30]가 있다. 동시기에 변란이나 민란의 논의 과정 중 가담자를 모으기 위해 지은 가사로 〈長淵歌〉, 〈豊德歌〉, 〈晋州歌〉 등이 있고, 〈거창가〉도 거창 내 향촌반란운동과 관련하여 창작되어 유통되었다. 그러나 〈향산별곡〉은 그 향유 상황으로 볼 때 북방 지역에서 창작되고 향유되는 가운데 주로 가사문학 담당층인 사족층에 의해 활발히 향유되었던 것으로 추정된다. 왕족인 이세보도 자신의 시조에 이 가사의 구절을 수용할 정도로 적극적으로 향유하였던 점을 감안한다면 〈향산별곡〉이 구체적인 어떤 민란의 현장과 관련하여 창작되었다고 보는 것은 무리라고 할 수 있다. 민중과 연대한 당대 지식인의 현실 대응은 여러 양상으로 나타날 수 있고, 그 다양함이 모여 총체를 구성한다. 당대에 구체적인 변란이나 민란을 모의하는 과정에서 가담자를 모으기 위해 가사를 창작했던 지식인도 있었지만 난을 모의하는 대신 가사 창작이라는 행위 자체로 현실에 대응했던 지식인도 있었다. 〈향산별곡〉의 작가는 후자에 해당하는 조선후기 한 비판적 지식인이었다고 할 수 있다.

---

30 정홍모, 「향산별곡을 통해 본 19세기 초 민란가사의 한 양상」, 앞의 논문.

07 나가며

이 연구에서는 〈향산별곡〉의 작품론을 총체적으로 시도해 보았다. 이 작품을 최초로 소개할 당시에 한문 제목으로 〈鄕山別曲〉이 제시되어 아직도 이 제목의 위력이 센 편이다. 하지만 남아 전하는 이본이나 향유 상황을 종합해 볼 때 이제는 이 가사의 한문 제목을 〈香山別曲〉으로 해야 할 필요성이 있다. 그리고 이 가사가 민란을 선동할 목적으로 창작되었다는 논의도 있지만, 아직까지 이 가사가 민란과 관련하여 창작되었다는 결정적인 증거는 없다. 작가가 문제 삼고 있는 삼정의 문란상 및 과중한 잡세 등은 당대 보편적인 사회문제로 부각되었던 것이다. 특히 민란과 관련해서 창작되었다면 특정 지역이 부각되면서 그 지역의 가렴주구 현실이 서술되어야 하는데, 이 가사는 지역의 특정화가 전혀 나타나지 않는다. 다만 범박하게 경향 간 선비의 차별만이 드러날 뿐이었다. 따라서 〈향산별곡〉은 구체적인 민란과 연관하여 창작된 가사는 아니라고 할 수 있다.

현실비판가사 연구

제4장
居昌歌

01 들어가며

〈거창가〉는 1841년 경에 창작된 작품이다. 김준영에 의해 〈井邑郡
民亂時閭巷聽謠〉가, 김일근에 의해 〈거창가(일명 한양가)〉가 처음으
로 소개된 후[1], 다양한 이본의 존재가 확인되었다[2]. 이후 〈거창가〉를

---

1 김준영, 「정읍군민란시여항청요」, 『국어국문학』29호, 국어국문학회, 1965, 129~
   150쪽. ; 김일근, 「가사 거창가(일명 한양가)」, 『국어국문학』39·40 합병호, 국어
   국문학회, 1968, 201~209쪽.
2 이정진, 「嘉山平賊歌攷」, 『국어교육연구』제 5집, 원광대학교 사범대학 국어교육
   과, 1986. 이 논문은 〈거창가〉를 대상으로 한 논문은 아니지만 〈가산평적가〉가 실
   려 있는 『娥林』에 같이 실린 작품들을 밝혀놓았는데, 거기에서 〈거창가〉의 존재
   가 확인되었다. 필자는 박순호 교수님의 배려로 이 이본을 구해 볼 수 있었다. 고
   순희, 「19세기 현실비판가사연구」, 이화여자대학교 박사학위논문, 1990. ; 홍재
   휴, 「居昌歌 攷異」, 『연구논문집』제 55집, 대구효성가톨릭대학교, 1997. ; 이재식,
   「거창가 이본고」, 『어문연구』99호, 한국어문교육연구회, 1998, 184~196쪽. ; 조
   규익, 「원본에 가까운 또 하나의 〈거창가〉 선본-멱남본 〈아림별곡〉에 대하여」,
   『한국문학과 예술』제18집, 숭실대학교 한국문학과 예술연구소, 2016, 375~447

독립적으로 다루거나 현실비판가사 유형의 중요한 작품으로 다루는 논의가 다양하게 이루어졌다[3]. 특히 조규익은 〈거창가〉의 13편에 달하는 이본들을 서로 대교할 수 있도록 지면을 배정하여 소개함은 물론이고 이본 간의 상호 관계에 대해서도 자세히 분석하여 계통을 조직화하였다. 그리고 〈거창가〉와 관련 있는 〈居昌府弊狀抄〉, 〈取翁政記〉, 〈四哭序〉 등을 번역, 소개하고 〈기창기〉외의 관련성을 자세히 논의하여 〈거창가〉와 관련한 의문점을 상당히 해소해주는 성과를 거두었다[4].

〈거창가〉는 거창 지방의 가렴주구 현실을 총체적으로 고발하고 비판한 비교적 장편에 해당하는 가사이다. 1841년 당시 거창지방 내에서 수령권에 도전하는 향민의 저항적 움직임이 있었는데, 이

쪽. ; 조규익, 「거창 현지에서 만들어진 충실한 내용의 〈거창가〉 이본-김현구본 〈아림별곡〉에 대하여」, 『한국문학과 예술』제23집, 숭실대학교 한국문학과 예술연구소, 2017, 355~407쪽.

3 유탁일, 「조선후기 가사에 나타난 서민의 의향」, 『연민 이가원박사 육질송수기념 논총』, 범학도서, 1977. ; 김문기, 『서민가사연구』, 형설출판사, 1983. ; 진경환, 「거창가와 정읍군민란시여항청요의 관계」, 『어문논집』제 27집, 고려대학교 국어국문학회, 1987. ; 고순희, 「19세기 현실비판가사연구」, 이화여자대학교 박사학위논문, 1990. ; 최미정, 「1800년대의 민란과 국문시가」, 『성곡논총』24, 1993. ; 전복규, 「조선후기가사의 근대의식 연구」, 경희대학교 대학원 박사학위논문, 1999. ; 육민수, 「〈거창가〉 서술 구조의 특성」, 『어문연구』제33집, 한국어문교육연구회, 2005, 131~153쪽. 채현석, 「조선후기 현실비파가사 연구」, 조선대학교 대학원 박사학위논문, 2008. ; 이재준, 「〈거창가〉와 〈향산별곡〉의 대비적 고찰-현실인식과 대응양상을 중심으로」, 『온지논총』제40집, 온지학회, 2014, 97~134쪽. ; 허윤섭, 「새로운 민중사의 시각과 19세기 현실비판가사 연구사에 대한 비판적 검토와 새로운 독법의 마련」, 『민족문학사연구』제61집, 민족문학사연구소, 2016, 39~70쪽. ; 이재준, 「가사문학에 나타난 현실비판의식의 전개와 의미」, 서울시립대학교 대학원 박사학위논문, 2017.

4 조규익, 「〈거창가〉론 (1)」, 『고전문학연구』제17집, 한국고전문학회, 2000, 123~154쪽. ; 조규익, 『봉건시대 민중의 저항과 고발문학 거창가』, 월인, 2000. ; 조규익, 「원본에 가까운 또 하나의 〈거창가〉 선본-면남본 〈아림별곡〉에 대하여」, 앞의 논문. ; 조규익, 「거창 현지에서 만들어진 충실한 내용의 〈거창가〉 이본-김현구본 〈아림별곡〉에 대하여」, 앞의 논문.

가사는 이 현장에서 창작되고 유통되었음이 확인된다. 거창뿐만 아니라 정읍의 민란에서도 이 가사가 유통되었던 것을 〈정읍군민 란사여항청요〉는 보여준다. 19세기 각 향촌사회를 중심으로 전개 되었던 초기 향촌반란운동과 관련하여 생산된 현실비판가사 〈거창 가〉(1941년)를 살펴보는 것은 한국인의 사생적인 근대로의 이행 과 정을 추적하고 한국인의 역사적 정체성을 확인하는 데에 도움을 줄 것으로 보인다.

　이 연구는 〈거창가〉를 총체적으로 살펴보는 작품론을 목적으로 한다. 2장에서는 지금까지 확인된 총 22편의 〈거창가〉 이본을 살펴 보고, 향유 상황도 점검한다. 3장에서는 무명씨작으로 전하는 〈거 창가〉의 작가층을 추정해본다. 4장에서는 〈거창가〉의 작품세계를 '수탈의 현실과 민중사실', '향회와 향촌민의 저항', '비현실 세계의 개입', '〈태평사〉의 차용' 등 네 가지 측면에서 살핀다. 마지막으로 5 장에서는 앞서의 논의를 바탕으로 〈거창가〉의 역사적 성격을 규명 하고자 한다.

02　이본 및 향유 상황

A. 이본

〈거창가〉는 전반부의 〈태평사〉와 후반부의 본사설로 이루어져 있다. 〈거창가〉의 이본 중에는 〈태평사〉 부분만 남아 있는 것이 있 어 이것을 이본으로 보아야 할지 문제가 된다. 여기서는 일단 거창가, 아림가 등과 같은 제목을 지니고 있는 것들을 이본에 포함시켰다. 〈태평사〉의 내용만 남아 있는 경우라 하더라도 제목이 거창가로 되어 있는 것들은 원래는 〈거창가〉였던 것인데 의도적이든 아니든 간에 향유, 필사하는 과정에서 중간에 그만둔 경우이기 때문에 〈거창가〉의 이본으로 다루고자 한다.

거창가, 아림가 등의 제목으로 남아 전하는 이본으로 확인된 것은 총 22편이다. 조규익은 총 13편의 이본을 소개했는데, 여기서는 조규익의 이본 정리와 혼돈을 피하기 위해 13편에 대하여 조규익의 명명 및 순서를 그대로 따랐다. 다만 조규익이 명명한 임기중본은 또 하나의 임기중본이 추가되어 임기중본A로 고쳤다. 확인된 이본들을 간단하게 정리하면 다음과 같다.

1) 이현조본A

원래 이현조 소장본으로 필사본 원문이 조규익의 『봉건시대 민중의 저항과 고발문학 거창가』[5]에 영인되어 있다. 국한문혼용 표기법과 귀글체 3단 편집의 기사 방식으로 실려 있다. 원문 시작 전에 따로 제목은 적혀 있지 않지만, 원문 시작 전에 "居昌府使李在稼在邑四年一境塗炭故居人有此居昌別曲"이라는 기록이 있어 제목이 〈居昌別曲〉임을 알 수 있다. 가사의 말미에는 "丙子重陽 栗支抄刊"라는 기록이 덧붙여 있다. 4음보를 1구로 계산하여 총 387구이다.

---

5 조규익, 『봉건시대 민중의 저항과 고발문학 거창가』, 월인, 2000, 343~366쪽.

2) 이현조본B

원래 이현조 소장본인데 필사본 원문은 한국가사문학관 홈페이지에 jpg 파일로 올라 있다. 순한글 표기법과 귀글체 2단 편집의 기사 방식으로 실려 있다. 앞과 뒤의 부분이 낙장되어 제목은 알 수 없다. 4음보를 1구로 계산하여 총 320구이다.

3) 임기중본A

임기중이 소장하고 있는 이본으로 필사본 원문은 『역대가사문학전집』6권에 영인되어 있다[6]. 국한문 혼용 표기법과 줄글체 형식의 기사 방식으로 실려 있다. 가사 원문이 끝나고 그 다음 쪽에 같은 필체로 서한 한편이 기재되어 있으나 영인시 일정 부분이 가려졌다. 제목은 〈거창가〉이며, 4음보를 1구로 계산하여 총 388구이다.

4) 김준영본

김준영이 『국어국문학』에 소개한 이본이다.[7] 필사자는 전북 정읍군에 살았던 孫樂會(1867~1943)씨라고 하며, 원문에 적혀 있는 '거창'에 '정읍'을 덮어 썼다고 한다. 원래는 순한글 표기법으로 적혀 있는 것을 김준영이 편의상 일부를 한자로 바꾸어 놓고 고어나 방언은 그대로 두되 맞춤법과 띄어쓰기를 현대적으로 고쳐 실었다. 제목은 〈井邑郡民亂時間巷聽謠〉이며, 4음보를 1구로 계산하여

---

6 임기중편,『역대가사문학전집』제6권, 동서문화원, 1987, 71~98쪽.
7 김준영, 「정읍군민란시여항청요」, 앞의 논문.

총 390구이다.

5) 유탁일본A

유탁일이 소장하고 있는 필사집 『居昌歌』에 실려 있는 이본이다. 순한글 표기법과 귀글체 이단 편집의 기사 방식으로 실려 있다. 〈거창가〉와 〈남가호걸가〉에 이어 작가의 신상과 관련이 있을 것으로 보이는 〈안틱정벅시그동싱셩복후치졔졔문이라〉와 〈사친가〉가 기사되어 있다. 〈사친가〉 말미에 '昭和七年壬申五月六日畢謄'이라는 기록이 기재되어 있다. 제목은 〈거창가〉이며, 4음보를 1구로 계산하여 총 382구이다.

6) 김일근본A

필사집 『ㄱᄉ集』에 실려 있는 이본으로 김일근이 『국어국문학』[8]에 소개한 이본이다. 거창군 가조면 변씨댁 문중에서 필사된 것으로 김일근의 문중(함양)으로 출가해온 분이 가지고 온 것이라고 한다. 원래 순한글 표기법으로 기사되었는데, 김일근이 한자어에 괄호를 하여 한자를 기재하였다. 제목은 〈거창ㄱ〉이며[9], 4음보를 1구로 계산하여 총 215구이다.

8　김일근, 「가사 거창가(일명 한양가)」, 앞의 논문, 201~209쪽.
9　김일근, 앞의 논문. 필사본 〈ㄱᄉ集〉에는 수편의 규방가사, 서한, 제문 등이 실려 있는데, 대부분 서부 경남을 무대로 해서 규방에서 지어지고 유행했던 것들이라고 한다.

7) 김일근본B

김일근이 소장한 이본으로 국한문혼용 표기법과 귀글체 3단 편집의 형식으로 기사되었다. 필사본 원문이 종이가 파손되거나 낙장되기도 하여 구절이 완진하지는 못하다. 남아 있는 구절의 내부분이 〈거창가〉 본사설 부분인 것이 특징이다. 제목은 알 수 없고, 남아 있는 구절은 4음보를 1구로 계산하여 총 184구이다.

8) 박순호본

원광대 도서관에 소장되어 있는 가사집 『娥林』에 실려 있는 이본으로 제목과 소재 문헌만이 언급된 적이 있다[10]. 가사집의 제명인 '娥林'은 '거창'의 옛 異名이다. 국한문 혼용 표기법과 귀글체 이단 편집의 기사 방식으로 실려 있다. 제목 바로 밑에 '辛丑八月日 滯囚中 鄭子育所作'이라는 기록이, 가사의 말미에 '歲在癸酉二月二十六日 良村書堂始謄'이라는 기록이 기재되어 있다. 제목은 표지 다음 장에는 〈○林歌〉로 되어 있으나 본문에서는 〈居昌歌〉로 기록되어 있다. 4음보를 1구로 계산하여 총 309구이다.

9) 김현구본

김현구 소장본으로 조규익이 『봉건시대 민중의 저항과 고발문

---

10 이정진, 「嘉山平賊歌攷」, 『국어교육연구』제5집, 원광대학교 사범대학 국어교육과, 1986. 가사집 『娥林』은 가로 21㎝, 세로 23㎝의 크기로 총 41장 82면에 10편의 가사 작품이 실려 있다. 이 논문을 통해 〈거창가〉의 소재를 확인한 필자는 박순호 교수님의 배려로 이 가사집을 구해 볼 수 있었다.

학 - 거창가』에서 소개한 이본이다[11]. 순한글 표기법으로 기사되었다. 제목은 〈아림별곡〉이며, 4음보를 1구로 계산하여 총 417구이다.

10) 소창본

동경대학 小倉進平 문고에 소장되어 있는 이본으로 조규익이 『봉건시대 민중의 저항과 고발문학 거창가』[12]에서 소개한 이본이다. 국한문혼용 표기법으로 기사되었다. 제목은 알 수 없으며, 4음보를 1구로 계산하여 총 175구이다. 〈거창가〉 본사설 부분은 4음보를 1구로 계산하여 7구에 불과하다.

11) 연세대본

연세대학교 중앙도서관에 소장되어 있는 이본이다. 순한글 표기법과 귀글체 2단 편집의 기사 방식으로 실려 있다. 제목은 〈거창가〉이며, 4음보를 1구로 계산하여 총 384구이다.

12) 청낭결본

경상북도 문경시 홍종환씨가 소장하고 있던 필사집 『靑囊訣』에 실려 있는 이본으로 홍재휴에 의해 소개되었다.[13] 국한문혼용 표기법과 귀글체 3단 편집의 기사 방식으로 실려 있다. 제목 밑에 "李進

---

11 조규익, 『봉건시대 민중의 저항과 고발문학 - 거창가』, 앞의 책, 270~293쪽.
12 조규익, 『봉건시대 민중의 저항과 고발문학 거창가』, 앞의 책, 294~303쪽.
13 홍재휴, 「居昌歌 攷異」, 『연구논문집』제 55집, 대구효성가톨릭대학교, 1997.

士所作"이라는 기록이 덧붙여 있다. 제목은 〈居昌歌〉이며, 4음보를 1구로 계산하여 총 212구이다. 〈거창가〉 본사설 부분은 49구에 불과하다.

13) 창악대강본

『唱樂大綱』의 판소리 단가 사설 모음에 수록되어 있는 이본이다[14]. 〈거창가〉의 도입 부분만을 판소리 단가로 수용했으므로 매우 짧다. 한자어는 괄호 안에 한자를 기재했다. 제목은 〈민원가〉이며, 4음보를 1구로 계산하여 총 32구이다.

14) 한국가사문학관본A

한국가사문학관에 소장되어 있는 이본으로 필사본 원문은 한국가사문학관 홈페이지에 jpg 파일로 올라와 있다. 서두에만 잠간 국한문 혼용체이고 전체는 순한글 표기법과 귀글체 2단 편집의 기사 방식으로 실려 있다. 마지막 부분에 줄글체로 "아림은 거창 고호니 거창수 이직가 학미니 즈심한 고로 신츅연 팔월에 톄수 즁에 이 글을 지엿시되 글 지은 사람의 성명은 블긔ㅎ엿긔로 이칙의도 블긔ㅎ노라"라는 관련 기록이 덧붙여 있다. 김현구본과 일부 글자만 차이가 있을 뿐 구절은 동일하다. 제목은 〈娥林歌〉이며, 4음보를 1구로 계산하여 총 417구이다.

---

14 박헌봉, 『창악대강』, 국악예술학교 출판부, 1966, 531~532쪽.

15) 한국가사문학관본B

한국가사문학관에 소장되어 있는 이본으로 필사본 원문은 한국 가사문학관 홈페이지에 jpg 파일로 올라와 있다. 국한문 혼용 표기 법과 귀글체 2단 편집의 방식으로 기사되었다. 제목은 〈居昌歌〉이 며, 4음보를 1구로 계산하여 총 412구이다.

16) 한국가사문학관본C

한국가사문학관에 소장되어 있는 이본으로 필사본 원문은 한 국가사문학관 홈페이지에 jpg 파일로 올라와 있다. 순한글 표기 법과 귀글체 2단 편집의 기사 방식으로 실려 있다. 가사의 말미에 "慶尙道居昌郡西一面竹田里鄭某辛丑八月日滯囚中作"라는 기록이 덧붙여 있다. 제목은 〈거창가라〉이며, 4음보를 1구로 계산하여 총 258구이다.

17) 한국가사문학관본D

한국가사문학관에 소장되어 있는 이본으로, 필사본 원문은 한국 가사문학관 홈페이지에 jpg 파일로 올라와 있다. 국한문 혼용 표기 법과 귀글체 2단 편집의 방식으로 기사되었다. 제목 밑에 "鄭子育" 이라는 기록이 덧붙여 있다. 대부분의 내용이 〈태평사〉 부분이고 〈거창가〉 부분은 30여구만 남아 있다. 제목은 〈居昌歌〉며, 4음보를 1 구로 계산하여 총 152구이다.

18) 한국가사문학관본E

한국가사문학관에 소장되어 있는 이본으로, 필사본 원문은 한국 가사문학관 홈페이지에 jpg 파일로 올라와 있다. 내용의 거의 전부가 〈태평사〉(112구)이고 〈거창가〉 부분은 4음보를 1구로 계산하여 단 3구 뿐이다. 제목은 〈거층가〉이다.

19) 한국가사문학관본F

한국가사문학관에 소장되어 있는 이본으로, 필사본 원문은 한국 가사문학관 홈페이지에 jpg 파일로 올라와 있다. 내용은 〈태평사〉 (150구)로만 이루어져 있다. 제목은 〈거천가라〉이다.

20) 한국가사문학관본G

한국가사문학관에 소장되어 있는 이본으로, 필사본 원문은 한국 가사문학관 홈페이지에 jpg 파일로 올라와 있다. 내용은 〈태평사〉 (82구)로만 이루어져 있다. 제목은 〈것창가라〉이다.

21) 유탁일본B

유탁일이 소장하고 있는 이본이다. 순한글 표기법과 줄글체의 기사 방식으로 실려 있다. 내용은 〈태평사〉(156구)로만 이루어져 있다. 제목은 〈거청기라〉이다.

22) 임기중본B

임기중이 소장하고 있는 필사본『가사집』에 실려 있는 이본으로 필사본 원문은『역대가사문학전집』27권에 영인되어 있다[15]. 순한글 표기법과 귀글체 3단 편집의 기사 방식으로 실려 있다. 내용은 〈태평사〉(165구)로만 이루어져 있다. 제목은 〈이조거창가〉이다.

위에서 살펴본 바와 같이 22편의 이본 가운데 1)~17)번까지는 〈거창가〉의 본사설이 들어 있는 이본이고, 18)~22)번까지는 〈태평사〉 부분만 남아 있고 〈거창가〉의 본사설은 들어 있지 않은 이본이다. 위에서 제시한 총 22편의 이본 가운데 jpg 파일로 볼 수 있는 것이 8편, 영인되어 있는 것이 3편에 불과하여 필사본 원문을 볼 수 있는 사정은 그리 좋은 편이 아니라고 할 수 있다.

22편 이본 가운데 〈거창가〉의 본사설이 들어 있는 17편의 이본만을 정리해보면 다음과 같다.

번호	이본명	제명	구수	비고
1)	이현조본A	居昌別曲	387	
2)	이현조본B		320	앞뒤 낙장본
3)	임기중본A	거창가	388	
4)	김준영본	井邑郡民亂時閭巷聽謠[16]	390	
5)	류탁일본A	거창가(居昌歌)[17]	382	
6)	김일근본A	거창ㄱ[18]	215	
7)	김일근본B		184	앞뒤 낙장본
8)	박순호본	居昌歌(○林歌)[19]	309	

15 임기중 편,『역대가사문학전집』제27권, 여강출판사, 1992년, 98~107쪽.
16 김준영이 소개한 이 이본은 전문이 순한글 표기법으로 실려 있다고 한다. 그런

번호	이본명	제명	구수	비고
9)	김현구본	아림별곡	417	
10)	소창본		175	
11)	연세대본	거창가	384	
12)	청낭결본	居昌歌	212	
13)	창악대강본	민원기	32	
14)	한국가사문학관본A	娥林歌	417	
15)	한국가사문학관본B	居昌歌	412	
16)	한국가사문학관본C	거창가라	258	
17)	한국가사문학관본D	居昌歌	152	

위에서 알 수 있듯이 작품의 제명은 거창가, 거창별곡, 아림가, 아림별곡 등 다양하지만, 가장 많은 제명은 〈거창가〉이며, 〈아림가〉가 뒤를 잇는다. '娥林'은 거창의 옛이름이다. 〈정읍군민란시여항청

데 순한글 표기의 원문을 편의상 일부를 한자로 바꾸어 놓고 고어나 방언은 그대로 두되 맞춤법과 띄어쓰기를 현대적으로 고쳐서 소개하였다. 김준영은 '이 가사의 제목만은 본문과 같은 필체로 "井邑郡 民亂時 閻巷聽謠"로 되어 있다'라고 하였으므로 일단은 제명이 한문으로 표기된 것으로 보았다. 그런데 한글을 한문으로 고쳐서 소개했던 점을 감안하면 원래 한글 표기인 것을 이해를 쉽게 하기 위해서 한문으로 제시했을 가능성은 있다. 그러나 현재로서는 확인할 수 없다.

17 필사집의 제목은 한문인 『居昌歌』로 되어 있으면서 그 안의 작품명은 한글인 〈거창가〉이다.

18 김일근은 논문의 모두에서 '이 가사는 세칭에는 거창가라 불리는데 기록에는 한양가로 되어 있다. 노래의 주제는 이조 국말 거창부의 학정과 민생이 도탄에 빠짐을 통탄하여 당시의 임장을 저주하는 것이다. 노래의 후반부에서 상기 주제를 읊고 있으나, 전반부에서 한양가(이조오백년가)식으로 역대의 사적과 한성의 지리적 서술로 본가를 도출하였기 때문에, 한양가라는 이명이 붙은 것이다'라고 하여 〈한양가〉라는 제목으로 실려 있는 것으로 오해할 소지를 주고 있다. 그런데 작품의 원문을 소개하면서는 제목을 〈거창ㄱ〉라 기재하고 있다. 모두의 발언은 이 가사의 제목에 대한 일반적인 사실을 말하고 있는 것으로 보인다.

19 원광대 도서관에 소장되어 있는 가사집 『娥林』에 실려 있는 이본으로 표지 다음 장에 간단한 목록과 券首題를 적어 놓은 곳에서는 '娥' 자가 뜯겨 나가고 〈○林歌〉로 되어 있으나 본문에서는 〈居昌歌〉로 제목이 기록되어 있다.

요)는 원문의 '거창'을 지우고 그 위에 '정읍'이라 써넣은 이본으로 이 가사가 거창을 떠나 정읍에까지 유통됨으로써 붙여진 것이다. 〈민원가〉는 판소리 단가의 사설로 〈거창가〉의 일부가 편입됨으로써 그 내용의 핵심을 나타내는 보편적인 제명을 붙인 것으로 보인다.

위의 표에 나타나듯이 17편의 이본 가운데 구수가 길어서 풍부한 내용을 포함하고 있는 이본으로는 이현조본A, 임기중본A, 김준영본, 류탁일본A, 김현구본, 연세대본, 한국가사문학관본A, 한국가사문학관본B 등 총 8편을 들 수 있다. 조규익은 총 13편에 달하는 이본을 자세히 분석한 결과 크게 '문불서양계'와 '비문불서양계'로 나누고, 문불서양계는 다시 '청주목사계'와 '비청주목사계'로 나눈 바 있다. 다음은 〈태평사〉가 끝나고 본사설이 시작되는 부분이다.

①이려흔 틱평성세 아니로든 못흐리라 / <u>조선삼빅 육십일쥬 간곳마당 틱평이되</u> / ②엇지타 우리거창 읍운이 불힝흐야 / 일경이 도탄되고 만민이 구갈흐니 / ---(중략)--- / 거창이 폐창되니 직기가 망기흐리 / 제이가 갈이되고 틱슈가 원슈로다 / 칙방이 취방되고 진사가 다사흐다 ③어회셰상 사신님네 우리거창폐단 들어보쇼 / 직기기 닉러온휴의 온갖폐단 지어닉이 / 구중철니 멸고멸어 이련민정 모로시고 / 증청각 놉픈집의 광풍찰속 우이순상 / 읍보만 쥰신흐니 <u>문불서양 아닐넌가</u> / ④이포 만여석을 빅성이 무삼쬐고 / 너돈식 분식흐고 전석으로 몰우닉여(김현구본)

문불서양계 이본들은 모두 "문불서양 아닐넌가"를 포함한 ③의 내용을 지니고 있으면서 동시에 ①의 밑줄친 구절로 본사설을 시작하고 있는 것이 특징이다. 〈태평사〉의 사설에 이어 본사설로 이어지는데, '이렇게 조선 삼백 육십일주에 간 곳마다 태평인데 어찌하여 우리 거창은 읍운이 불행하여'로 연결구를 삼은 것이다. 풍부한 내용을 지니고 있는 8편의 이본 중 문불서양세는 김현구본, 김준영본, 류탁일본A, 연세대본, 한국가사문학관본A, 한국가사문학관본B 등 6편이다.

반면 비문불서양계 이본들은 ③이 없이 ②에서 바로 ④로 이어지는 것이 특징이다. 그리고 ① 부분은 '이러한 태평세에 아니 놀지 못하리라'라는 〈태평사〉의 결구에 이어, '이런져런 쟝흔風物 莫非聖上 德化로다 / 엇지타 우리居昌 邑運니 不幸ᄒ여(임기중본A)'로 연결구를 삼고 있다. 풍부한 내용을 지니고 있는 8편의 이본 중 비문불서양계는 이현조본A와 임기중본A 등 2편이다.

그런데 류탁일본A와 연세대본은 문불서양계 이본으로서 ③의 내용을 지니고 있으면서 ①의 내용에 비문불서양계의 구절이 합쳐져 있는 것이 특징이다.

> 이러흔 성셰승평 병쵹야유 ᄒ올지라 / ㉠죠션삼빅 이십팔쥬 간곳마다 틱평이라 / ㉡이령져령 쟝흔품뮬 막비성상 덕화로다 / 엇지타 우리거창 업운이 불힝ᄒ야(류탁일본A)

㉠은 문불서양계의 서두 구절이고, ㉡은 비문불서양계의 서두 구절이다. 류탁일본A가 이 두 구절을 모두 지니고 있음을 알 수 있다. 그러다 보니 원래 ㉠의 마지막이 '태평이되'인데 '태평이라'로 고쳐져 있다. 이렇게 본사설을 시작한 류탁일본A와 연세대본은 이후

서술의 내용과 순서가 거의 동일하고, 도산서원 추향사에 대해 3구
만 서술하며 가사를 마치고 있는 것도 동일하다. 그러나 두 이본이
교합본의 성격을 지닌 것은 아니고, 다만 이 부분의 구절만 합쳐져
있다. 따라서 이 두 이본은 문불서양계 중에서도 따로 동일 계열로
묶을 수 있다.

문불서양계는 이새가의 청주목사 이전 사실[20]을 담고 있느냐의
여부에 따라 다시 청주목사계와 비청주목사계로 나뉜다. 청주목사
계는 김현구본, 한국가사문학관본A, 한국가사문학관본B 등 3편이
며, 비청주목사계는 김준영본(769), 류탁일본A(765), 연세대본
(761) 등 3편이다.

한편 청주목사계 이본 3편과 비문불서양계 2편의 이본들은 모두
마지막에 議送을 썼다가 감옥에 간 鄭子育과 弊狀을 썼다가 유배를
간 尹致光에 대한 서술과 기러기를 향한 기원을 서술했다[21]. 다만
임기중본의 경우는 '尹致光'의 성명이 '鄭致光'으로 바뀌어 있는데,
정치광은 대부분의 이본에서 관아에서 매를 맞아 죽은 사람들 중
한 사람으로 거론하고 있으므로[22] 이 부분의 '정치광'은 향유자 내
지 필사자의 오류에 의한 것이라고 할 수 있다. 주목할만한 점은 이

---

20 "아틱우 긔운인가 청주목사 이빅로쇠 / 학민탐지 ᄒ여다가 사상ᄒ기 일삼으이
  / 불상타 청쥬빅셩 네의골도 불항ᄒ다"(김현구본) ; "학민탐지 ᄒ여다가 ᄉ상ᄒ
  기 일삼으니 / 아딕부의 지림인가 청주목ᄉ 이빅로쇠 / 불상타 청쥬빅셩 네고을
  도 불힝ᄒ다"(한국가사문학관본A)

21 반면 문불서양계 가운데 비청주목사계 이본 3편은 마지막에 정자육과 윤치광
  에 관련한 사실 및 기러기를 향한 기원이 서술되지 않았다. 김준영본(769)은 총
  51구에 달하는 정자육 및 윤치광과 기러기를 향한 기원이 서술되지 않았으며,
  류탁일본A(765)과 연세대본(761)은 거기에다가 그 직전의 내용인 도산서원 추
  향제 사실을 다만 3만 기술하고 있다.

22 임기중본A에서도 '韓有宅 鄭致光과 金夫大 너의等니 / 무삼罪 重하건디 杖下의
  쥭단말가 / 홀달만의 쥭은사남 보름만의 쥭은百姓 / 五六人 되어시니 그 積冤 엇
  더할고'라고 서술하고 있어서 앞뒤가 맞지 않은 점이 있다.

들 이본들 대부분에는 윤치광이 썼을 것으로 추정되는 한문기록이
나 창작배경에 관한 관련기록이 덧붙여 있다는 것이다. 이현조본A
는 〈居昌府弊狀 抄〉, 〈取翁政記〉, 〈四哭序〉와 함께 실려 전하며, 김현
구본은 〈거창가서〉 및 〈사곡〉과 함께 실려 전한다. 조규익이 상세히
논술한 바에 의하면 〈居昌府弊狀 抄〉, 〈取翁政記〉, 〈四哭序〉는 모두 거
창의 현실을 직접적으로 문제 삼아 쓴 의송문과 한문문학 작품이
다[23]. 임기중본A는 그 내용을 필사해 내려가는 중에 '(一弊), (二弊),
(三弊), (一痛), (二痛), (又一 弊)'를 삽입해 써 넣고 있어서 〈居昌府弊
狀 抄〉의 내용 중에 있는 六弊와 三痛을 고려해 표기해 놓았음이 분
명하다. 한국가사문학관본A는 마지막 부분에 "아림은 거창 고호니
거창수 이직가 학미니 즈심한 고로 신츅연 팔월에 톄수 즁에 이 글
을 지엿시되 글 지은 사람의 성명은 블긔ᄒ엿긔로 이칙의도 블기
ᄒ노라"라는 관련 기록이 덧붙여 있다. 이 이본들이 〈거창가〉를 창
작할 당시의 정황을 가장 많이 담고 있는 것만은 분명한데, 작가 추
정과 관련하여 복잡한 문제를 안고 있다고 할 수 있다.

　이상에서 살펴본 바와 같이 〈거창가〉 이본들의 계통은 매우 복잡
하게 나타나 〈거창가〉의 이본이 매우 복잡한 경로로 형성되어 갔음
을 알 수 있다. 내용이 충실한 8편의 이본만을 계통적으로 크게 대
별해 보면 다음과 같다.

23　조규익, 『봉건시대 민중의 저항과 고발문학 거창가』, 앞의 책, 60~61쪽, 342~390
　　쪽.

내용이 충실한 8편의 이본			비고
문불서양계	청주목사계	김현구본 한국가사문학관본A 한국가사문학관본B	정자육·윤치광 서술
	비청주목사계	김준영본	
		류탁일본A 연세대본	
비문불서양계	비청주목사계	이현조본A, 임기중본A	정자육·윤치광 서술

B. 향유 상황

〈거창가〉는 창작의 본거지인 거창 지역을 중심으로 활발히 향유되면서 경상도와 전라도 전역으로까지 향유가 확산되었다. 우선 김일근본A는 거창군 가조면 변씨댁 문중에서 필사된 것으로 김일근의 문중(함양)으로 출가해온 분이 가지고 온 것이라고 한다. 김현구본은 거창에 거주하는 김현구씨 소장으로 증조인 金完鉉 선생이 필사했다고 한다. 청낭결본은 경상북도 문경시 연순면 말응리에 살던 洪宗煥씨가 소장했다. 김준영본은 정읍군에 사는 孫樂會 (1867~1943)씨가 필사했다. 창악대강본은 판소리의 고장 전라도에서 판소리 단가로 수용된 것이다. 전라도 지역에서 필사된 이본이 상대적으로 적은 것은 사실이지만, 특히 김준영본과 창악대강본의 존재는 〈거창가〉의 향유가 얼마나 광범위했는지를 보여준다는 매우 중요한 의미를 지닌다. 거창에서 〈거창가〉가 활발히 향유되는 가운데 어떤 향유자가 이 가사를 소지하고 전라도 지역으로 가서 이 가사를 유통시키고, 급기야 정읍으로 가서는 정읍의 현실과 대응한 〈정읍군민란시여항청요〉라는 이본을 만들기까지 했다. 이렇게 하여 남도지방 전역에 이 가사가 유통되어 읽히자 판소리 광대들의 눈에 띄어 판소리 단가로도 수용되었던 것이다. 많은 이본의 수가 단적으로 알려주듯이 〈거창가〉는 비록 거창이라고 하는 특수한 지역의 문제를 읊은 것이지만 그 문제의식의 보편성으로 말미암아 그 향유가 광범위하게 이루어질 수 있었다고 하겠다[24].

후술하겠지만 가사의 창작은 거창 지역의 하층사족에 의해 이루어졌을 것으로 추정되는데, 가사의 일차적인 향유층은 작자층과 마찬가지로 전라도와 경상도 지역의 하층사족층이었을 것이라고 본다. 〈정읍군민란시여항청요〉의 필사자 孫樂會씨는 한학자이자 정읍의 폐단을 시정코자 노력했던 인물이다. 박순호본은 작품 말미에 '癸酉二月二十六日 良村書堂始謄'이라는 기록이 있다. 良村書堂이 어디인지는 모르지만, 이 이본의 필사 및 향유가 서당과 관련한 층, 즉 지방하층사족층에 의해 이루어졌음을 시사한다. 김현구본을 필사한 김완현 선생은 효행으로 추천을 받아 통훈대부, 사헌부 감찰 등의 직품을 받았던 인물이기도 하다.

한편 이현조본A는 〈居昌府弊狀 抄〉, 〈取翁政記〉, 〈四哭序〉와 함께 실려 전하며, 김현구본은 〈취옹정기〉의 결말 부분을 그대로 옮겨 놓은 〈거창가서〉 및 〈사곡〉과 함께 실려 전한다. 따라서 이들 이본의 향유는 한문기록을 해독할 수 있는 식자층이었을 것이다. 박순호본이 실려 있는 『娥林』에는 〈老人歌〉, 〈五倫歌〉, 〈金剛山遊山錄〉, 〈頌德歌〉, 〈處士歌〉, 〈嘉山平蹟歌〉, 〈英宗大皇勸學家〉, 〈退溪宮墻歌〉, 〈瀟湘

---

24 이현조본A인 〈거창별곡〉이 끝난 다음 쪽에 '丙子重陽 / 栗支抄刊'이라는 기록이 있다. '율지'라는 지명은 담양, 부안, 제천 등 전국에서 많이 발견되기 때문에 구체적으로 어느 곳인지를 특정할 수 없다. 박순호본의 소장처는 원광대학교이지만 어디에서 발견된 것인지는 알 수 없다.

八景歌〉등이 같이 실려 있다. 이들 작품은 대체적으로 儒者的 세계관을 담은 것들이어서 사족층이 향유했을 것으로 보인다. 청낭결본이 실린『靑囊訣』에는〈조왕경〉등의 呪文,〈病書〉·〈一年身數吉凶法〉등,〈道德歌〉·〈居昌歌〉·〈漁樵歌〉등의 歌辭 세 편,〈當年身數觀吉凶法〉·〈月建數法〉·〈日甲數〉·〈論日(占卦)〉·〈作名法(一·二)〉·〈當年生日以二十八宿知吉凶法〉·〈男女宮合觀法〉·〈六十花甲子〉등이 실려 있다. 주로 占書에 관련한 것들인 것으로 보아서 이러한 것들로 생계를 유지했던 몰락한 지방하층사족층이 향유했던 것으로 보인다.

한편 김일근본A는 이 가사의 향유가 양반 부녀자들에게도 이루어졌음을 보여준다.『ㄱㅅ集』에는 이 가사 외에도 규방가사, 서한 그리고 祭文 등이 실려 있는데 대부분 서부 경남을 무대로 해서 규방에서 지어지고 유행했던 것들이라고 한다. 이 이본의 내용이 백골징포에 우는 청상과부의 사연과 김일광 부인의 자살 사건 등 여성의 사연에 집중하고 있는 것은 여성이 향유함으로써 그들이 관심이 반영된 결과라 할 수 있다.

〈民怨歌〉는〈거창가〉의 향유층이 지방하층사족층을 넘어서 판소리 광대 및 일반 민중에게까지 향유되었던 사실을 말해준다. 단가로 부를 수 있는 분량으로 되어야 해서〈거창가〉의 내용 중 극히 일부만 수용되었기 때문에 단가를 듣는 많은 사람들은 거의 대부분〈민원가〉가〈거창가〉에서 온 것임을 몰랐을 것이다. 하지만〈거창가〉의 내용 일부가 단가 사설로 수용되는 과정에는〈거창가〉의 유행과 판소리 광대의 향유가 필수적인 전제로 있어야 한다. 이미 거창 읍내 반관적 움직임이라는 가사의 창작 배경에 민중의 참여가 필수적이었을 것이지만,〈민원가〉와 같은 가사의 이본을 통해서

〈거창가〉의 향유에 민중의 참여가 광범위하게 이루어졌음을 알 수
있다.

각 이본은 향유자에 따른 내용의 변개를 보여준다. 마지막 부분
에 議送을 썼다가 감옥에 간 鄭子育과 弊狀을 썼다가 유배를 간 尹致
光에 대한 서술을 간직히고 있는 이본은 5편이나 된다. 이들 이본
의 향유자들은 〈거창가〉가 거창 지역의 특수하고 구체적인 사안을
문제 삼고 거창 내 구체적인 실명을 여러 군데에서 보이고 있음에
도 불구하고 있는 이러한 사실을 끝까지 유지하며 향유함으로써
적극적인 향유자의 면모를 보인다. 김준영본의 향유자는 거창의
비판적 현실을 정읍의 비판적 현실에 구체적으로 대응시킴으로써
보다 적극적인 향유자의 면모를 보여준다. 거창을 정읍으로 고치
는 것에 그치지 않고 거창의 인명이나 지명을 다른 인명이나 정읍
의 지명으로 고치기도 했다. 그러나 김준영본은 정자육과 윤치광
에 대한 서술이 없이 "前後弊端 헤아리니 一筆로 難記로다"에 이어
본사설의 도입부에서 이미 서술한 "千里九重 멀고깊어 民間疾痛 알
길없고 / 澄淸閣의 우리巡相 邑報만 導信하니 / 문불서양 아닐런가"
라는 구절을 반복하는 것으로 가사를 마감했다. 이렇게 향유자가
정자육과 윤치광에 대한 서술 대신 앞서 서술한 구절을 반복하는
것으로 가사를 마감한 것은 의도적인 것으로 보인다. 거창의 현실
을 정읍의 현실에 구체적으로 대응시키고자 한 의도로 가사를 필
사・향유했는데, 마지막에 가서는 정자육이나 윤치광에 상응할 수
있는 정읍 내 인물이 없었기 때문에 의도적으로 이 부분을 생략하
고 다른 구절로 대신한 것이라고 할 수 있다.

향유자 내지 필사자가 의도적으로 일부 내용을 축약하거나 나름
의 부연 구를 덧붙이는 등의 개작 행위가 이루어진 이본도 있다. 대

표적인 예가 박순호본이다. 이우석의 모친이 아들의 죽음을 볼 수
없어 먼저 결항치사했다는 내용을 서술한 후 곧바로 결구로 이어
지는데, 필사자 내지 향유자가 의도적으로 내용을 변개시켜 주목
된다.

① 靑天의 외길억아 어디로 向ᄒ난냐 / 瀟湘江을 바라난냐 洞庭湖를
向ᄒ난냐 / 北海上 노피올나 上林苑을 向ᄒ거든 / 靑天 一張저에 細細
民情 긔려다가 / 仁政殿 龍床압희 나난다시 올여다가 / 우리聖上 보신
後의 別般處分 나리소셔 / 더듸도다 더듸도다 暗行御史 더듸도다 / 바
리고 바리난니 禁府都使 나리난니 / 수듸샴의 자바다가 노돌의 바리
소셔 / 어와 百姓들아 然後의 太平世界 / 萬壽萬壽 億萬壽로 與民同樂
ᄒ오리라(임기중본A)

② 上言가즈 上言가즈 聖上前의 上言가즈 / 발그시다 발그시다 우리
聖上 발그시다 / 居昌百姓 흔上言의 우리殿下 軫怒ᄒ사 / 날여온다 날
여온다 禁府都使 날여온다 / 禁錮終身 흔然後의 遠竄島의 安置ᄒ니 /
너망ᄒ여도 恨을말고 너죽어도 怨을마라 / 昭昭天道 神明ᄒ사 福善禍
淫 ᄒᄂ거실 / 너도應當 들어쎠든 善道을 닥가셔라 / 作之不已 ᄒᄂ거든
면 乃成君子 ᄒᄂ이라 / 부디부디 늬말듯고 惡흔일 다시마라 / 善人行
步 ᄒᄂ곳의 션흔鬼神 쌀어가고 / 惡人行步 ᄒᄂ곳의 惡흔鬼神 가ᄂ이
라 / (중략) / 부듸惡흔일 ᄒ지말고 부듸善道을 닥그라(박순호본)

①은 임기중본A의 결구로 정자육과 윤치광을 서술한 이본에서
모두 보이는 구절이다. 외기러기를 향해 거창민의 세세한 사정을
성상에게 알려 달라고 기원했다. 이어 성상이 거창읍의 사정을 알

게 되어 암행어사를 파견하고, 암행어사의 조사에 의해 수령을 잡아들일 금부도사가 내려오기를 간절한 바램으로 서술했다. ②는 박순호본의 결구이다. ①과 의미의 맥락이 일치하면서도 ①에서 간절한 바램의 형태로 서술한 것이 여기에서는 실제로 일어난 것처럼 기술하고 있는가 하면, 현읍 수령에 대해서는 福善禍淫的 권고를 덧붙였다. 바라는 현실을 실제로 일어난 것처럼 하는 것도 기원문의 한 형태이긴 하다. 그렇긴 하지만 ①이 절망적 현실에 깊숙이 개입되어 있어서 여유가 없는 심리적 상태를 보여준다면 ②는 당시의 현실과 다소 거리감을 가져 여유가 있는 심리적 상태를 보여준다. 그리고 이어서 서술하고 있는 수령에 대한 복선화음적 권고는 현실의 긴박함과 절망감에 비추어 볼 때 현실감이 떨어져 공허하다는 느낌을 지울 수가 없다.

많은 이본들은 향유자 내지 필사자가 〈거창가〉의 원사설을 저본으로 하여 본사설의 내용을 선택하여 서술하거나, 본사설의 내용을 축약하여 서술하거나, 임의로 중도에서 그만둔 형태를 지니고 있다. 그리하여 전반부의 〈태평사〉는 그대로 있는 채 본사설이 아주 짧거나 아예 없는 기형적 형태를 보이는 이본이 많게 되었다. 김일근본A는 거창부내 많은 현실이 생략된 채 백골징포에 우는 청상과부의 사연과 김일광 부인의 자살 사건 등 여성의 사연을 선택해 서술하고 濫殺人命한 사실을 간단히 서술했다. 청낭결본은 본사설의 내용이 49구에 불과한데, 거창 내 사실을 축약하여 읊다가 마지막 8구를 외기러기를 향한 기원[25]으로 끝을 맺어 의도적인 내용의

---

25 "靑天의 외그려리 瀟湘江을 向한는야 / 洞庭湖을 바릭난야 上林園中 갈야는야 / 靑天一張 큰조우의 細細民情 그러닉여 / 仁政殿 龍床압페 펄떡날야 올이셔라 / 바릭난이 바릭난이 暗行御史 바릭난이 / 비리소셔 비리소셔 부듸쌈의 御命으로 비리소셔 / 어와탐탐 百姓더라 然後太平 다시보자 / 萬歲萬歲 壽萬歲로 與人同樂 하올

축약을 보여준다. 소창본은 본사설이 7구에 불과한데, 전혀 새로운 은일가사의 내용을 덧붙이면서 끝을 맺고 있어 아예 거창의 현실에 무관심하다는 것을 노골적으로 드러냈다. 이외 많은 이본들은 향유자 내지 필사자가 전체 내용 중 임의로 중도에서 그만두고 있는데, 그러다보니 18)~22)번까지 이본은 '거창가'라는 제목에도 불구하고 〈태평사〉 부분만 남아 있게 되었다. 이와 같이 많은 이본들은 〈거창가〉가 문제의 발상지인 거창을 떠나면서, 혹은 문제가 발생한 시점에서 시간이 흐르면서 거창 내 현실과 관련한 집약적인 문제의식과 긴장감이 떨어지는 방향으로 향유되었음을 알 수 있게 한다.

03 작가 추정

작품의 이본이 얼마 소개되지 않았을 당시에는 이 작품의 작가로 정읍의 한학자인 손락회, 거창부내 어느 양반집 부녀 등으로 추정되기도 했다.[26] 이후 진경환은 텍스트 자체의 분석을 통해 작자층을 추정하여 '문란한 정치 경제적 현실에 불만을 품거나 어느 정

이라"

26 김준영은 〈정읍군민란시여항청요〉를 소개하면서 이 가사의 작자가 한학자이자 필사자인 孫樂會일 가능성이 있다고 하였다(김준영,「정읍군민란시여항청요」, 앞의 논문, 129~130쪽). 그러나 손낙회는 필사자 내지 향유전승자일 뿐이지 작자는 아니라는 사실이 다른 이본 상황에서 드러난다. 김일근은 '哲宗代 居昌府內의 어느 양반집 婦人'으로 추정하였는데(김일근,「가사 거창가(일명 한양가)」, 앞의 논문, 201쪽), 이 이본이 특히 규방에서 발견되고 여인에 관한 사실을 서술하는 데서 그치고 있기 때문에 빚어진 오류로 보여진다.

도 그 피해를 입고 있는 몰락 양반이나 殘班破落者'라고 결론지었
다.[27] 텍스트 자체만을 분석해 봐도 〈거창가〉의 작가는 거창에 사는
지방하층사족층인 것은 분명한 것같다. 그러나 〈거창가〉는 많은 이
본이 전하면서 작가에 관한 관련기록도 풍부함에도 불구하고 〈거
창가〉의 작가를 구체적으로 특정할 수 없는 문제점을 지니고 있다.
현시점에서는 작가를 특정할 수 없지만 작가와 관련한 문제점들을
되짚어보는 선에서 논의를 이어가고자 한다.

〈거창가〉의 구체적인 작가로 논의 선상에 오를 수 있는 사람은
정자육, 윤치광, 이진사이다. 작가일 가능성이 희박한 순서대로 역
순으로 살펴보도록 하겠다. 우선 '이진사'를 작가로 기록한 것은 청
낭결본 한 편 뿐인데, 제명 아래에 '李進士所作'이라고 기록했다. 그
런데 청낭결본은 본사설이 98구에 불과한데다가 그 내용도 향유자
내지 필사자가 의도적으로 본사설의 내용을 축소하고 선택한 흔적
을 보이고 있다. 청낭결본은 이본의 충실성과 신뢰도 면에서 다른
이본에는 못미친다고 할 수 있다. 가사문학 작품은 보통 향유하는
과정에서 작가나 창작 배경에 대해 향유자의 오류가 빈번하게 일
어난다. 이 이본의 경우 〈거창가〉가 작가를 알 수 없는 무명씨작으
로 유통되다가 이본의 내용을 개작한 사람을 작가로 오인한 것이

---

27 진경환, 「거창가와 정읍군민란시여항청요의 관계」, 앞의 논문, 458~459쪽. 이 논
  문에서 든 7가지 근거를 요약, 정리하면 다음과 같다. ① 吏胥를 욕하면서 班常의
  명분을 내세우거나 자신보다 아래의 신분으로 본다는 점. ② '우거양반 김일광'
  이라 하여 선무포를 당한 이를 불러 '김일광'이라 했고 양반의 군포 부담에 대해
  피부적으로 반대, 상층의 관심이 투영되었다는 점. ③ 회곡향회의 소집과 운영
  에 참여할 수 있는 층은 향촌 내에서 영향력이 있는 士民 내지 父老들이라는 점.
  ④ 감사비판과 타읍과의 비교 등과 같이 광범위한 시각으로 비판을 객관화시킬
  수 있는 계층이라는 점. ⑤ 묘소에 관한 관심은 상층의 것이라는 점. ⑥ '우리입든
  유건도포'라 하여 공부하는 계층이라는 점. ⑦ 사건을 기록할 수 있는 계층이라
  는 점.

아닌가 추정된다. 따라서 이진사는 작가라기보다는 어느 향유자라고 보는 편이 합리적이다.

　한편 윤치광은 〈거창부폐장 초〉를 쓴 인물로, 조규익의 분석에서 밝혀졌듯이 〈거창가〉가 〈거창부폐장 초〉를 저본으로 하여 창작된 가사 작품이므로 〈거창가〉의 작가로 추정할만한 근거는 지니고 있다. 〈거창부폐장 초〉의 내용은 신축년 추향사까지 기술하고 있는데, 〈거창가〉의 서술 내용과 순서는 〈거창부폐장 초〉와 거의 일치하지만 완전히는 아니다. 폐장의 내용 가운데서 일부를 빼거나 확장하고, 폐장에는 없는 새로운 내용을 첨가하기도 했다. 일단 〈거창별곡〉(이현조본A)이 윤치광이 쓴 것이 확실한 〈거창부폐장 초〉와, 또 썼을 것으로 추정되는 〈취옹정기〉 및 〈사곡서〉와 함께 실려 전하고 있는 것은 윤치광이 작가일 가능성을 높여준다.

　윤치광에 대한 자세한 기록은 없고, 다만 『海平尹氏世譜』에 짧은 기록만이 있을 뿐이다. 이 족보에 의하면 그의 부친 福烈은 字가 君産으로 1790년(庚戌)에 태어났으며, 그의 모친은 仁同張氏로 1801(辛酉)년에 태어나 1834(甲午)년에 사망해 대구 하북면에 묘소가 있다. 윤치광은 이들의 외아들인데, 그에 관한 족보의 기록은 '字華甫 辛巳生'이 전부이다.[28] 족보에는 윤치광 및 그의 부친의 출생년도만 있고 사망 일자가 적혀 있지 않다. 〈거창부폐장 초〉가 신축년 추향사까지 기술하고 있으므로 윤치광은 1841년까지는 살아 있었던 것으로 보인다. 〈거창부폐장 초〉를 쓴 당시 윤치광의 나이는 약관 20세 즈음인 것으로 나타난다. 그리고 윤치광은 1821년 생으로 결혼한 기록이 없

28　"福烈 字君産庚戌生 娶仁同張○○女辛酉生忌甲午十二月十二日 墓大邱河北面新枝洞長坐"
　　"子致光 字華甫辛巳生"『海平尹氏世譜』卷之十六 中三 文翼公派, 한국정신문화연구원 마이크로필름.

으므로 소생은 없었다고 보여진다. 아마도 부자가 모두 1841년 이후 형배를 당하여 사망했지만 모친[1834년 사망]이나 처자식 등 연고자가 없었던 관계로 그들의 죽음을 아무도 제대로 알지 못했기 때문에 사망 날짜를 기재하지 못했던 것이라고 추정된다.

그런데 윤치광이 작가라고 하기에는 문제가 있다. 〈거창부폐장초〉, 〈취옹정기〉, 〈사곡서〉가 끝나고 〈거창별곡〉이 시작되는 사이에는 '居昌府使李在稼在邑四年一境塗炭 / 故居人有此居昌別曲'이라는 기록이 있다. 윤치광이 이 〈거창별곡〉을 지은 것이라면 굳이 이런 기록을 다시 붙일 필요가 없을 것이다. 따라서 윤치광은 〈거창별곡〉의 작가가 아니고 기록 그대로 다른 '거창인'이 작가라고 보아야 한다.

작가일 가능성이 있는 인물로 이제 남은 사람은 정자육이다. 실제로 많은 이본에서 〈거창가〉의 작가를 정자육이라고 적고 있다. 이본 가운데 작가와 관련한 관련기록을 지니고 있는 것들을 정리해보면 다음과 같다.

이본명	작가와 관련한 기록
이현조본A	"居昌府使李在稼在邑四年一境塗炭故居人有此居昌別曲"
박순호본	'辛丑八月日滯囚中鄭子育所作'
한국가사문학관본A	"아림은 거창 고호니 거창수 이직가 학미니 주심한 고로 신축연 팔월에 톄수 중에 이 글을 지엇시되 글 지은 사람의 성명은 블긔ᄒ 엿긔로 이칙의도 블기ᄒ 노라"
한국가사문학관본C	"慶尙道居昌郡西一面竹田里鄭某辛丑八月日滯囚中作"
한국가사문학관본D	"鄭子育"
청낭결본	"李進士所作"

위에서 알 수 있듯이 작가와 관련한 기록은 청낭결본 외에 대부분이 〈거창가〉의 작가로 정자육을 가리키고 있다. 특히 대부분의 기록은 '신축(1841)년 팔월에 감옥에 갇혀 있던 정자육'을 작가로 적었다. 가사의 마지막에 서술되어 있는 "의송쓴 뎡자뉵을 구타이 잡단말가 / 잡긔도 실슴케든 의송초을 아사다가" 등의 구절로 볼 때 정자육이 신축년 팔월에 옥에 갇혀 있었던 것은 사실일 것으로 판단된다.

그러면 정자육은 과연 어떤 사람일까. 5편 이본의 마지막에 정자육과 윤치광에 대한 서술이 있다.

> 議送씬 鄭子育을 굿틔여 잡단말가 / 잡기도 심흐거든 八痛狀草 아
> 수들여 / 범가치 썽닌官員 그暴虐이 오직홀가 / 아모리 惡刑흐며 千百
> 番 鞠問흔들 / 鐵石가치 구든마음 秋毫나 亂招홀가 / 居昌一境 모든百
> 姓 上下男女 老少업시 / 비누이다 비누이다 하늘임끠 비누이다 / 議送
> 신 져수름을 自獄放送 뇌여쥬쇼 / 살피소수 살피소수 日月星辰 살피쇼
> 수 / 萬百姓 위흔수름 무슴죄 잇단말가 / 丈夫의 初年苦傷 예로부터 이
> 서는니 / 불상흐다 尹致光아 구세다 尹致光아 / 一邑弊端 고치즈고 年
> 年定配 무슴일고(이현조본A)

위에 의하면 정자육은 八痛狀草인 議送을 쓴 죄로 옥에 갇히고, 의송을 보고 분노한 관원들의 모진 고문을 받지만 철석같은 마음으로 동료를 배신하는 것과 같은 '亂招'를 하지 않고 버티고 있는 인물이다. 그의 이러한 행동을 보고 거창민들은 모두 그를 걱정하여 무사 放送을 기원하고 있는 상황임을 알 수 있다. 다음으로 윤치광이 서술되어 있다. 윤치광은 거창 내 폐단을 고치려고 나서서 일

을 하다 해마다 정배를 당하는 인물이다. '丈夫의 初年苦傷'이라는
구절로 보아 윤치광은 젊은 나이인 것으로 보이는데, 앞서 살펴보
았듯이 윤치광이 〈거창부폐장 초〉를 쓴 나이가 20세 즈음이었으므
로 사실에 부합한다. '年年定配'를 당하였다고 한 것으로 보아서 이
전에 정배를 당했다가 풀려나서 다시 〈거창부폐장 초〉를 씨시 징배
를 당한 것으로 보인다. 〈거창부폐장 초〉에 의하면 거창부 내의 폐
단을 시정하고자 사족과 향민들이 營門에 의송을 올리는 일을 거듭
했는데, '억울함을 씻으려는 장민들은 모두 형배에 처해졌다'[29]고
한다. 정자육과 윤치광은 바로 '억울함을 씻으려는 장민'들 중 한
사람으로 가사를 서술하고 있는 현재 감옥에 갇혀 있거나 정배에
처해진 상황이었다.

임기중본A가 필사된 뒤 다음 쪽에 같은 필체로 다음과 같은 서
한이 필사되어 있는데, 작가에 대한 정보를 담고 있다고 보여진다.

> 吾不孝不敬하야 拘事於窮峽하니 親友愛歡之德과 兩親倚閭之懷를 其
> 將오 事非尋常例料라 沮戲聊生이오 今舌乾神昏하야 無所懷를 一筆難
> 記라 悠悠萬事○ 寄託於君하니 君은 絕世英才오 超人智略이라 踪跡○
> ○ 於草野나 名號旣顯於鄉道하니 代我而總等○○○ ○凱歌而歸故鄉하
> 야 以慰君親ᄒ야 使○○○○○非로 減 其一分이면 此는 不負平生○○
> ○…人生이 自來如此하니 君은 勿須過○○○…天地日에 更諺此生未書
> ○○○…[30]

---

29 '狀民箇箇刑配' 조규익, 『봉건시대 민중의 저항과 고발문학 거창가』, 앞의 책,
   172쪽.
30 이 기록은 『역대가사문학전집』제6권에 〈거창가〉의 사설이 다 끝난 뒤, 그 뒷면
   에 영인되어 있는 것이다. …표시는 잘려져 나가 알 수 없는 부분이다.

위 기록을 적은 이는 '拘事於窮峽'이라 했으므로 정자육이 옥에 갇혀 있는[滯囚中] 사실과 관련시킬 수 있다. 그리고 이 글을 적은 이는 받는 이에게 '悠悠萬事'를 기탁한다고 하면서, 이 글을 받는 이가 英才요 超人智略을 겸비해 비록 草野에 머물고 있지만 이름이 이미 鄕道에 나 있는 인물이라고 했다. 그리하여 이 글을 적은 이는 받는 이가 자신을 대신하여 못 다한 일을 헤줄 것을 당부하고 있다. 여기서 이글을 적은 이는 받는 이에게 '君'이라는 호칭을 쓰고 있어 받는 이보다 나이가 많음을 알 수 있다. 따라서 추정을 해보면 이글을 적은 이가 바로 정자육이고 이 글을 받은 이는 전집본의 결구를 덧붙여 쓴 이본의 제작자, 혹은 폐장을 쓴 윤치광이 아닐까 추측할 수 있다.

유탁일본A가 실려 있는 필사집 『居昌歌』에는 〈거창가〉, 〈남가호걸가〉, 〈안틱정비시그동싱성복후치제제문이라〉, 〈思親歌 사친가〉 등이 실려 있다. 〈안틱정비시그동싱성복후치제제문이라〉는 '안틱'에 유배중인 한 인물이 그 동생이 죽어 집에 와 동생을 위해 쓴 순한글 제문이며, 〈思親歌 사친가〉는 유배 중인 작가가 어머니를 생각하며 쓴 가사이다. 제문과 가사를 차례로 인용해본다.

나믄 왕화 오히려 맛지 못ㅎ야 늬 쏘흔 귀양가ㄴ니 너죽어 모형쳐 자를 바리고 늬 귀양가 모슈쳐즈를 바린니 자식업난 노모 뉘을 의지 ㅎ시며 형 업난 어린 동싱과 아비업난 어린 자질을 뉘 잇셔 교훈ㅎ리요. 우리 부모 깁푼 원혜와 워지시무로 엇지ㅎ야 너을 길이지 못ㅎ시며 슈씨의 착흔 덕성으로 청년과부을 면치 못ㅎ야시니 이론 바 천지도 헤아릴 기리 업고 복션화음도 아지못ㅎ리로다. 네 제상이 빅탈키도여시니 무슴 년고로 밤싸이의 죽어난지 네 분명 자ㅅ흘 스람은 안

이라. 네 죽기 전의 무비원통ᄒ며 셔름인니 네 나의 이려타시 원원ᄒ
믈 아난다 모로난다. 왕정이환 잇시민 장ᄎ 익주로 향ᄒ나니 인정이
이에 이런 즉 닉 목셕간장 안이라. 엇지 눈이 마려며 창ᄌ 쓴어지지
안어리요. 네의 효성이 민몰치 안어시니 모형쳐슈 자질을 기리 목우
ᄒ야 쥬른이와 익주로 귀양가난 ᄌ난 반다시 사라가셔 죽어오리니
다 못원ᄒ난 바자난 후싱에 다시 형제 되야 ᄎ싱에 다치 못혼 인연을
바릭난니 --[31]

　사십이 못도야셔 엄친이 긔셰ᄒ옵시고 / ᄌ당을 뫼시고 셩효를 ᄒ
랴다가 / 동싱이 죽엇스니 불효지양 틀어난 / 동싱의게 미더시며 신
혼 졍셩을 / 분녀어게 맛겨시니 원결 종양의 / 졍셩이 부족ᄒ고 일박
셔산 희거널에 모로낫듯 / 만리의 젹긱되여 이웃만 ᄉ괴스니 / 익익
ᄒ신 우리부모 무컷ᄒ리 기뉘신고 / (중략) / 병환이 나옵신들 뉘라셔
위약ᄒ리 / 문안이나 종종드려 마음이나 이로고져 / 아히들은 미겨ᄒ
고 도로좃차 절원ᄒ니 / 종의닉왕 돈절ᄒ다 견신이야 쉬올소냐

　제문과 가사가 같이 실려 있는데다가 유배를 당한 상황에서 동
생을 잃은 것이 동일하여 두 작품의 작가는 한 사람인 것이 분명하
다. 작가는 나이가 40 즈음으로 안태에 유배당했다가 애주로 이배
를 당했다. 안태에 유배 중일 때 억울하게 동생을 잃은 사연을 지니
고 있다. 동생은 어떤 연고로 죄의 혐의를 받고 있었으나, 형인 작
자는 동생의 무죄가 확실하다고 믿고 있어 씌워진 죄상이 모두 벗
어지게 되었다고 하였다. 그런데 그 동생이 밤사이에 죽고 말았는

31　원문은 띄어쓰기가 되어 있지 않다. 편의상 이 연구에서는 띄어쓰기를 하여 제
　시하였다.

데 작가는 동생은 자살할 사람이 아니라고 하면서 원통하다고 말하고 있다. 자세한 정황을 담고 있지 않아 무슨 사연인지는 잘 알 수 없지만, 혹시 형인 작가 자신의 옥사와 관련하여 동생도 같은 혐의를 받고 있었던 것이 아닌가 한다. 〈사친가〉에서 홀로 남은 어머니에게 종조차도 내왕이 끊겼다고 하는 것으로 보아 작가의 집안은 사족으로서 최소한의 경제력을 유지하고 있었던 듯하다. 그러나 작가 형제의 정배 및 죽음으로 말미암아 집안이 몰락하게 되었음을 알 수 있다.

여기서 위의 제문과 〈사친가〉를 쓴 작가가 〈거창가〉를 썼다고 하는 정자육이지 않을까 추정할 수 있다. 〈사친가〉에 의하면 작가의 나이는 40 즈음이고, 앞서 인용한 편지글에서 작가는 받는 이에게 '君'이라고 호칭했다. 이러한 것들을 종합해보면 다소 나이가 있는 제문과 〈사친가〉의 작가가 〈거창가〉를 쓴 정자육이고, 정자육이 유배를 당해 있을 때 젊은 윤치광에게 후일을 부탁한다는 편지글을 쓴 것이 아닌가 생각할 수 있다.

이상으로 〈거창가〉의 작가로 추정되는 정자육에 대해 살펴보았다. 정자육은 의송을 쓸 정도로 문필력을 지닌 식자층이었다. 그리고 읍민을 위해 거창 내 폐단을 시정하고자 나서서 활동하는 지도자의 위치를 지녔으며, 감옥에 갇혀 고문까지도 감내한 향촌 내 비판적 향촌사족이었다. 노비를 둘 정도의 경제력을 갖추고 있었지만 향촌반란운동의 지도자로 활동하면서 형제가 옥에 갇히거나 사망함으로써 가문이 더욱 몰락의 길로 접어들게 되었다고 보여진다.

그런데 문제는 이 정자육이 가사의 내용에서 3인칭으로 서술되고 있다는 점이다. 이 사실만을 놓고 볼 때는 〈거창가〉의 작가는 정자육이 될 수 없다. 이렇다고 할 때 〈거창가〉의 작가는 작품 내용에 등장하는 정자육이나 윤치광과 함께 거창내 폐단을 시정하고자 투쟁했던 거창 내 사족의 한 사람일 것이다. 그러나 만약 정자육과 윤치광에 대한 서술 부분이 원래의 〈거창가〉에다가 나중에 덧붙여진 구절이라면 작가는 여전히 정자육일 가능성이 있다고 하겠다.

04 〈거창가〉의 작품세계

A. 수탈의 현실과 민중사실

〈거창가〉는 19세기 중엽 삼정의 총체적 문란이라는 역사적 시기를 충실히 반영한다. 〈향산별곡〉과 마찬가지로 수취제도의 전 영역을 문제 삼으면서 거창읍의 제반사항을 깊숙이 다루었다. 거창에 수령 李在稼가 도임한 이후 발생한 삼정의 전영역에 걸친 폐단을 조목조목 열거했으며, 거창 내의 각종 행사와 관련한 폐단도 총망라해 서술했다. 감사, 수령, 그리고 이서로 이어지는 향촌 내 지배층의 부패상을 직접적으로 비판하고, 지배층에 의해 희생되는 향민들의 처참상과 저항 움직임을 사실 그대로 전달했다.

〈거창가〉의 본사설은 이재가가 부임한 이래 거창민이 도탄에 빠져 시름한다는 현실의 진단으로부터 시작하여 실재로 있었던 상황이나 사건들을 낱낱이 고발하여 비판했다. 전체적으로는 이재가가 내려온 이후의 거창 내 현실을 시간적 추이에 맞추어 읊고 있는데, 읍내의 각종 폐단을 서술함에 있어서는 작가가 알고 있는 읍내 사건들을 공간적으로 확대해 나가면서 조목조목 나열해 나갔다. 고발하고 있는 것이 추호도 거짓이 아니고 지어낸 이야기도 아니며 실재로 벌어진 일이었기 때문에 어조도 비분강개조로 일관했다. 기왕에 일어났던 일을 빠짐없이 적고자 한 고발의식은 '前後 弊端 헤아리면 一筆로 難記로다'라고 한 데서도 잘 드러난다. 이렇게 〈거창가〉는 철저하게 현실성을 바탕으로 전개되었다.

전반에서 중반에 이르는 상당히 긴 부분은 수취제도의 전영역에 걸친 부패상을 고발하는 데에 할애하였다. 結當 五六兩씩을 타읍보다 더 내고 국가에서 내주는 災結을 아전이 중간에서 偸食하는 등의 田政 상의 문제, 황구첨정·백골징포의 폐단에다가 樂生布·宣撫布다 하여 마구 거두어들이는 軍政 상의 문제, 재인·광대를 불러다가 놀게 한 후 밤이 되어서야 허각·공각을 분배하는 還政 상의 문제 등 삼정 전반에 걸친 문란상을 열거하였다. 여기에다가 감사의 순시라도 나오게 되면 農牛을 앗아가는가 하면 나물반찬 한 가지를 몇백리까지 가서 구해 오게 하는 등의 무작위 수취행위까지 겹쳐 뜯기고 뜯기다 결국 유리민으로 전락하게 되는 거창민의 처참한 현실을 드러냈다.

① (一弊)吏奴逋 萬餘石을 百姓니 무슴죈고 / 四戔式 分給ᄒ고 全石으로 부치닉니 / 數千石 逋欠衙前 미흔개 안니치고 / 斗升穀 물이장코 百姓만 물녀닉니 / 大典通篇 條目中의 이런法니 잇단말가 / (二弊)二千四百 放債錢니 이도또흔 吏逋어든 / 結卜의 부쳐닉야 民間의 寃徵ᄒ니 / 王稅가 所重커든 么麼흔 衙前逋欠 / 奉命흔 王臣으로 任意로 作奸ᄒ다

② (우일폐)春秋監司 巡到時예 擧行니 쟈룩ᄒ다 / 民間遮日 바다들려 官家四面 둘너치니 / 勅使行次 아니어든 白布帳니 무슴일고 / 本邑

三百 六十洞의 三十洞은 遮日밧고 / 三百洞은 遮日贖바드니 合흔돈니
五六百兩 / 册房의 分食ᄒ고 工房衙前 ᄉᆞᆯ지거다 / 大次喫 小次喫니 나라
會減 잇것마난 / 大小次喫 들린後의 別擇으로 內外進支 / 五百里 奉化縣
의 覺花寺가 어듸마뇨 / 산갓沈茱 求ᄒ다가 進支床의 別饌ᄒ니 / 査頓
八寸 不當ᄒᆞᆫ듸 內衙進支 무ᄉᆞᆷ일고 / 이리ᄒᆞᆫ 禮義邦의 男女 有別커든

③ 山頭廣大 논니던가 망셕즁은 무ᄉᆞᆷ일고 / 웃쥴웃쥴 ᄒ난거동 논
릴듸로 노라쥰다 / 이샤람 ᄒᆡᆼ실보소 위수온일 ᄯᅩ잇도다 / 倉庭의 還上
쥴셕 才人廣大 불너들려 / 노릭ᄒ고 직죠넘계 온갓작난 다시ᄒ고 / 前
瞻後顧 둘너보니 하하죠타 웃난거동 / 天陰雨濕 樹陰中의 魑魅魍魎 방
샤ᄒ다 / 이런져런 作亂後의 月落西山 黃昏이라 / 官奴使令 眩亂中의 衙
前將校 督促할계 / 三四十里 먼듸百姓 終日굴머 빅곱파라 / 還上일코
우난百姓 열에일곱 ᄯᅩ셔이라(임기중본A)

위에서 '일폐' '이폐' 등의 표기는 임기중본A의 필사자가 '八痛狀
草'를 보고 그에 해당하는 항목에 표를 한 것으로 보인다. ①은 향
촌내 가장 큰 民怨이자 고질적인 폐단이었던 아전들의 중간투식을
서술했다. 吏奴들이 逋欠한 만여석을 백성들에게 나누어 4전씩 물
리게 하고, 아전들이 포흠한 것이 수천석이나 되는데 아전들에게
는 매 한 대 징벌을 내리거나 한되·말의 곡식을 받아내지도 않고
백성에게만 물려내게 했다고 고발했다. ②는 감사의 순시에 따른
민폐를 고발했다. 감사의 순시 때 향민들에게 遮日을 받아들이는데
반은 실제로 차일을 거두어 들였다. 그리고 반은 차일 대신 돈으로
받아내어 아전들이 다 나누어 가졌다고 하였다. 나물반찬을 얻기
위해 각화사까지 가서 구해 오게 하고, 진지상을 내정에서 들게 하

여 예의에 맞지 않는 대접을 했다고 비판하였다. ③은 환곡 분급 시 벌어진 비리를 고발했다. 하루 종일 재인과 광대들을 불러다가 놀게 한 후 어둑어둑하여 잘 안보일 때 허각과 공각을 섞어서 대충 쳐서 황급히 환곡을 나누어 주었다. 하루종일 구경을 하느라 배고프기도 하고 3~4십리를 걸어서 집에 가야하는 향민들은 어쩔 수 없이 이렇게 주는 환곡을 받아가지 않을 수 없었다고 고발한 것이다.

〈거창가〉에서는 수령인 이재가를 통렬하게 비판했다. 수령의 이름인 '李在稼'를 가지고 '이재가 어인 재며 저재가 어인 재인가'라고 빈정거리면서 '거창이 폐창이 되고 在稼가 망가이며 태수가 원수'라고 꼬집었다. 수령에 대한 비판은 무소불위하게 행해진 개인적인 비행에까지 이어졌다. 이재가는 자기 아들이 京試를 보러 갈 때 學宮 폐단을 일으켰다. 色掌이나 庫子를 잡아들여 유건과 도포를 빼앗은 다음 官奴와 使令들에게 입혀 노선비를 꾸며 과거장에 들여보내, 유리한 자리를 잡는데 이용했다. 그리고 도산서원 8월 추향 시에는 제물로 쓸 대구를 奉物하기도 했다고 자세하게 고발했다.

작가는 서두에서 '登淸閣 높은 집'에서 '觀風察俗'하는 감사는 '邑報만 遵信'한다고 했다. 그리하여 작가는 읍보만 보고 하는 감사는 마치 '부처님을 서양에 묻는' 것과 같다고 하여 체질화된 감사의 직무유기를 냉소적으로 비판한 바 있다. 그리고 작품의 중간에서는 구체적으로 순시에 즈음한 민폐를 들어 감사를 비판하였다.

한편 작가는 작품 전편을 통해 아전층에 대해서 극도의 반감을 가지고 비판했다. 주로 아전층의 양반 부녀자의 두발을 끌어낸다든가 짜던 베를 끊어 간다든가 하는 등 패륜적 행위에 초점을 두고 비판했다.

어와世上 션빈님네 글工夫 ᄒ지말고 / 進士及第 求치말아 父母妻子 苦傷ᄒ다 / 버셔노코 衙前되면 萬鍾祿이 계잇난니 / 쥘쌈지 아니어든 샤미의 드단말가 (임기중본A)

작가는 선비들을 향해 진사급제를 하려 하지 말고 아전이 되라고 했다. 글공부를 하느라 부모처자를 고생시키는 선비와 중간투식으로 부를 축적해 나가는 아전을 대비하면서 선비층에 대해서는 자조적인 동정을, 아전층에 대해서는 냉소적인 반감을 표한 것이다. 선비층의 자의식이 드러난 지점이라고 할 수 있는데, 치부를 통해 계층적으로 성장해 나가는 아전층에 대해 자신들이 지닌 도덕적인 우월의식을 강조하고 있는 것이다.

〈거창가〉는 여러 민중사실을 서술하는 가운데 특히 여인들의 수난상을 집중적으로 서술했다.

① 靑山의 우난寡婦 不詳ᄒ고 可憐ᄒ다 / 前生緣分 이싱언약 날바리고 어듸갓요 / 嚴冬雪寒 진진밤의 獨宿空房 무슴일고 / 家長싱각 셔른즁의 죽은家長 價布란다 / 엽엽히 누은子息 빈곱파 셔른中의 / 凶惡홀사 主人놈아 纖纖玉手 쓰어내여 / 價布돈 더져두고 差使前例 몬져차쟈 / 疋疋리 쨔난빈를 奪取ᄒ야 가단말가--- ② (一痛)赤火面 任掌輩가 公納收刷 ᄒ올짜기 / 兩班內庭 突入ᄒ야 靑春婦女 쓰어늬여 / 班常名分 重ᄒ中의 男女有別 至嚴커든 / 狂言悖說 何敢으로 頭髮扶曳 ᄒ단말가 / 壯ᄒ다 져婦女여 이런辱 當ᄒ後의 / 아니죽고 쓸듸업셔 自結ᄒ야 卽死ᄒ니 / 白日니 無光ᄒ고 靑山니 欲裂리라 (임기중본A)

①에서는 백골징포의 참상을 서술했다. 남편을 잃은 과부는 독

수공방으로 서러운데다가 어린 자식들은 옆에서 배가 고프다고 보채는 등 생활고까지 겹쳤다. 그런데 느닷없이 죽은 남편에게 가포가 내려졌다. 어느날 主人놈이 들이 닥쳐 과부가 밤새 짠 베를 탈취해 가 버렸다는 것이다. 작가는 자신의 일인양 이 여인의 서럽고 기막힌 심정에 촛점을 맞추어 서술했다. 그러다보니 진술양식도 서정적으로 변하였다. ②에서는 한 양반 부녀의 죽음을 서술했다. 寓居양반 金一光에게 선무포가 내려졌으나 그것을 제때에 내지 못하고 있었다. 그러던 어느날 김일광이 출타한 집에 海面 任長이 들이 닥쳤다. 임장은 內庭에 들어가 김일광 부인의 머리채를 잡아 끌어내며 욕설을 퍼부었다. 그런데 이 모욕을 당한 그 부인이 그만 손목을 끊고 즉사하고 말았다는 것이다. 한편 뒤에 서술하겠지만 결항치사한 이우석의 모친 사건도 여성의 사연에 해당한다. 이와 같이 〈거창가〉는 여성과 같이 약한 자의 수난과 희생을 강조하여 서술함으로써 읍민 전체의 수난상을 극대화하여 보여주고자 했다.

B. 鄕會와 향촌민의 저항

〈거창가〉는 거창 내 향촌민의 움직임이 이미 향촌반란의 분위기 즉, 수령권에 점차 저항하고 도전하고 있는 상황을 보여준다. 이러한 상황을 단적으로 나타내고 있는 것은 가사의 내용에 서술되어 있는 '鄕會'이다. 〈정읍군민란시여항청요〉에서 향회와 관련한 서술을 인용해 보면 다음과 같다.

　　昨年회곡 行會판의 通文首昌 査實하야 / 이우석 잡아들여 죽일計巧 차릴적의 / 그어마님 거동보소 靑孀寡宅 기린子息 / 惡刑함을 보기싫어 結項致死 몬저하니 / 古今事蹟 내리본덜 이러한변 또있을까 / 弊端 없이 治民하면 회곡行會 擧條할가 / 改過遷善 아니하고 無罪百姓 죽게 한다 (김준영본)[32]

위는 이우석의 모친이 자살한 사건을 서술한 것이다. 자살한 사연은 다음과 같다. 1년 전에 회곡에서 향회(行會)판이 열렸다. 그 이전에 향회소집을 알리고 아마도 논의할 내용도 포함되었을 通文을 돌렸다. 작가가 '폐단없이 治民하면 회곡行會를 擧條했을 것인가'라고 읊고 있는 것으로 보아 향회에서 논의된 바와 결정은 반관적 성격을 띤 것이었던 듯하다. 그러자 거창관아에서는 향회와 관련한 주모자와 가담자를 색출하고 잡아들이기 시작했다. 그리하여 통문을 首唱한 이우석을 잡아들여 사형을 선고했다. 그러자 이우석의 모친이 아들이 사형당하는 것을 볼 수 없어 먼저 결항치사했다는 것이다. 여기서 거창 내 반관적 움직임의 구심점이 '향회'라는 공론의 장이었으며, 향민의 향회를 통한 반관적 움직임에 대한 관의 대응이 주모자를 즉각적으로 사형시킬 정도로 악랄했음을 알 수 있다. 그리고 작가가 이우석의 모친을 '무죄백성'이라고 표현한 데서 알 수 있듯이 관아와 향민의 대결이 극한적 국면으로 치닫고 있었음을 알 수 있다.

향회는 18세기 중엽까지는 대체적으로 지방민의 통제를 위해 이용되던 지배층 중심의 조직이었다. 의제도 주로 향촌사회의 교화와 관련한 것을 다루었다. 그러나 18세기 중엽 이후로 가면 향회가

---

32 김준영은 이 가사를 처음 소개할 때 원텍스트는 순한글 표기이지만 이해를 돕기 위해 한문을 섞고, 현대어 표기로 고쳐서 소개하였다. 여기에서는 김준영의 활자본을 그대로 인용하였다.

지방 사회를 중심으로 한 여러 사회문제를 처리하게 됨에 따라 그 성격이 이전과는 크게 달라지게 되었다. 향회는 차츰 賦稅收取를 포함한 향촌 내 주요 안건을 모두 다루게 되었다. 구성원도 儒鄕 뿐 아니라 향임층, 부호층, 평민층이 대거 참여함으로써 향회는 새로운 자치조직으로 변화하게 되었다. 점차 논의하는 의제가 수령권에 대립적인 방향으로 변하게 되었으며 그 기능이 관권을 대변하고 보조해 주는 것이 아닌 민의를 집약하고 대변하는 맥락으로 바뀌게 되었다.[33]

19세기 전반기에 이르면 도처에서 반관적 성격의 향회가 열리게 되는데 영천향회(1837년), 충주향회(1845년), 음성향회(1946) 등의 예가 그것이다. 영천향회는 軍政의 문제를 해결하기 위해 수령의 요구로 열렸지만 결과적으로는 田稅, 大同稅를 拒納할 것을 논의하기에 이르고 말았으므로 주모자급의 처벌이 수반되고만 모임이었다. 충주향회는 읍막과 吏胥의 부정 문제를 논의하기 위해 유생들이 주동하여 열렸으며, 음성향회는 향민들이 주동하여 열리게 되었으나 결국 反官的 성격으로 말미암아 주모자가 체포되고 형에 처해지는 등 핍박이 수반되었던 모임이었다.

반관적 성격의 향회가 여러 지역에서 열린 것은 〈거창가〉 이본에서도 확인할 수 있다.

---

33 安秉旭,「조선후기 自治와 抵抗組織으로서의 鄕會」,『성심여자대학교 논문집』제 18집, 성심여자대학교, 1986. 향회에 대한 여기서의 논의는 위의 논문에 많이 의 존하였다. 그 외 향회에 대한 체계적이고 밀도 있는 논의는 다음의 논문들에서 찾아볼 수 있어 참고하였다. 안병욱,「19세기 壬戌民亂에 있어서 鄕會와 饒戶」, 『한국사론』14, 1986. ; 김인걸,「조선후기 향촌사회 통제책의 위기」,『진단학보』 58. 진단학회, 1984. ; 김준형,「18세기 里定法의 전개」,『진단학보』58, 진단학회, 1984.

① 작년향회 공의시에 통문슈창 ᄉᆞ실하여 / 리우셕 잡아드려 죽일 거조 시작ᄒᆞ니 / 그어머임 거동보쇼 청상과ᄐᆡᆨ 길인자식 / 악형ᄒᆞ믈 보기실혀 결황치사 하여시니 / 고금사적 ᄂᆡ여보니 이런변이 쏘잇난가 (유탁일본A)

② 昨年會哭 鄕會판의 狀頭百姓 査問할제 / 李彦碩의 어린同生 쥐길 거조 시작ᄒᆞ니 / 그어모님 거동보고 靑孀寡婦 기룬子息 / 惡刑ᄒᆞ물 보기실타 結項致死 몬져ᄒᆞ니(임기중본A)

③ 昨年會哭 留鄕會예 通文狀頭 査實ᄒᆞ야 / 우리狀頭 沈全仲을 죽일 거죠 시작ᄒᆞᆫ다 / 그엄멈 擧動보쇼 靑孀寡婦 키운子息 / 惡刑함을 보긔 실어 結項致死 면져ᄒᆞᆫ다(박순호본)

위에 인용한 ①, ②, ③의 밑줄 친 부분에서 드러나듯이 각 이본에서 향회의 통문 수창자로 서술된 이름이 달리 나타난다. ①에서는 대부분의 이본에서 향회의 통문 수창자로 나오는 이우석으로 되어 있다. ②에서는 '이언석의 어린 동생'으로 서술되어 있는데, 아마도 이우석이 이언석의 동생이었기 때문에 나온 인명이었을 것으로 보인다. 그런데 ③에서는 통문수창자가 '심전중'으로 나온다. 심전중으로의 변화는 단순히 기억의 오류에 의한 변화라기보다는 향유자 내지 필사자의 의도에 의한 변화로 보인다. 당시 여러 지역에서 반관적 성격을 지닌 향회가 열리고 그에 따른 관의 핍박도 전개되었기 때문에, ③의 이본이 향유된 지역에서 실제로 통문 수창자로 관에 잡혀 들어온 심전중이라는 인물이 있었던 것으로 보인다. 그렇기 때문에 이우석 대신에 심전중이라는 구체적인 성명을 고쳐 적어 넣을 수 있었다고 보인다.

이와 같이 19세기 전반에서 중엽에 이르는 시기에 가면 각 향촌 사회내부에서는 향회와 같은 '里中公論의 場'이 자주 펼쳐지고 그러한 모임을 통하여 지역의 일을 논의하고 수령권에 저항하는 움직임이 활발히 진행되어졌음을 알 수 있다. 〈거창가〉는 향촌사회 내부에서 수령권에 대한 저항적 움직임이 향회를 중심으로 활성화되었던 19세기 전반에서 중엽에 이르는 시기의 현실을 반영한다. 〈거창가〉가 그대로 읍명만 지워진 채 〈정읍군민란시여항청요〉로 바뀌어 질 수 있었던 것은 〈거창가〉에서 읊어진 현실이 당대의 보편적인 사회현실이었기 때문에 가능했던 것이다.

이외에도 〈거창가〉는 관권에 저항하는 거창민의 집단적 움직임도 서술했다. 유리도망이나 의송행위는 농민들이 흔히 선택한 관에 대한 소극적인 저항행위였다. 〈거창가〉는 이러한 소극적인 저항행위 외에도 적극적으로 관권에 저항하는 집단적인 움직임을 보여준다.

①虐政도 하거니와 濫殺人命 어인일고 / 한일택 정치익과 김부담 강일선아 / 너의등 무삼죄로 杖下의 죽단말가 / 한달만의 죽은사람 보름만의 죽은백셩 / 五六人이 되었으니 그積寃이 어떠한고(김준영본)

②議送쓰 鄭子育을 굿티히 잡단말가 / 잡기도 심흐거든 八痛狀草 아샤드려 / 범갓치 셩닌官員 그暴怒 오죽할가 / 아모리 惡刑흐며 千百 番 窮問흔들 / 鐵石갓치 구든마암 秋毫나 난草할가(임기중본A)

①에서 한일택·정치익·김부남·강일선 등은 매를 맞다가 죽

어갔다고 했다. 이들은 거창읍을 위한 일에 나섰다가 잡혀 들어와 관아의 모진 고문으로 죽어간 것으로 보인다. 관아와 향촌민들 사이의 감정적 대립이 폭발 일보 직전의 상태였음은 이들을 보고 '무슨 죄가 있어서 맞아 죽느냐'고 한탄하는 데서 잘 알 수 있다. ②에서는 邑弊의 실정을 낱낱이 들어 시정을 건의한 八痛狀草를 썼고 이 가사의 원작자일 것으로 보이는 정자육을 잡아들여 모진 고문을 가한 사실을 서술했다. 관에서는 정자육에게서 가담자의 이름을 얻어 내려 고문을 가한 것으로 보인다. 작가의 '철석 같이 굳은 마음'이라는 표현에서 읍민을 위해 나서서 관에 저항하는 정자육과 같은 사람에게 향민이 강한 연대의식을 지니고 있었음이 드러난다.

C. 비현실 세계의 개입

〈거창가〉는 있어서는 안될 일들을 조목조목 고발했으므로 작가의 어조는 울분에 찬 비분강개조로 일관했다. 비판적 현실과 민중 사실을 서술하는 작가의 태도는 시종일관 감정적이어서 급기야는 비현실세계의 개입을 불러 일으켰다.

① 凶惡하다 面任놈아 너도또한 사람이라 / 女慕貞烈 굳은節慨 네라 감히 陵侮할가 / 萬頃蒼波 물을길어 이내분함 시치고져 / 南山綠竹 數를둔덜 네罪目을 當할소냐 / 烈女旌門 고사하고 代殺도 못시키니 / 杜鵑聲 細雨중의 靈魂인들 아니울랴 / 그년四月 本邑雨捕 泣血寃痛 아닐런가(김준영본)

② 나라의 會減祭物 封物中의 드단말가 / 주네마네 詰難타가 日落黃

昏 도라올제 / 疾風暴雨 山峽질에 祭物院僕 죽계ᄒ니 / 會減祭物 封物ᄒ
물 蒼天니 震怒ᄒ샤 / 쯧○기 風雨로셔 祭物院僕 쥭단말가 / 怒甲移乙
ᄒ온빈라 죠심ᄒ고 두려워라 / 斯文의 어든罪을 伸寃할 고지업다(임
기중본A)

①은 우거양반 김일광의 처가 면임에게 당한 모욕을 참지 못하
고 손목을 끊어 자살한 사건을 다룬 대목의 끝부분이다. 작가는 양
반집 아녀자가 任長에게 머리채를 잡혀 끌려나온 욕을 당하자 그
수치심을 못이겨 자살한 것으로 서술하고 그것을 '장하다'고 칭송
했다. 그리고 작가는 '놈'자를 붙여가며 면임의 패륜 행위를 힐난함
으로써 양반집 아녀자의 분노에 철저히 공감했다. 이어 작가는 죽
은 여인의 貞烈을 기린 다음에 또다시 분한 마음을 바다물에 씻고
싶다고 하고, 죽은 여인과 심정적인 동일시가 일어나 두견새가 되
어 영혼이 울 것이라고 했다. 이어서 작가는 그해 4월에 내린 우박
이 그 여인의 영혼이 원통하여 우는 탓이 아니겠느냐고 서술했다.
우박이라는 자연현상을 죽은 원혼에 자연의 섭리가 감응해서 일어
난 일이라고 끌어다 붙인 것이다. 현실에 대한 울분이 비현실적 세
계를 끌어들인 것이라고 할 수 있는데, 그 결과 이 부분의 서술은
매우 선동적인 효과를 자아냈다. ②는 도산서원 秋享 시 대구 제물
이 없어진 사건을 다룬 끝부분이다. 역시 여기서도 작가는 우연히
일어난 제물원 노비의 죽음을 죄에 대한 하늘의 응징으로 해석하
고 있다. '怒甲移乙'이라 하여 엉뚱한 사람에게 화가 미친 것임을 인
정하면서도 제물원 노비의 죽음을 '斯文에 얻은 죄' 때문에 '蒼天이
震怒'하여 일어난 일이라고 해석하였다.
한편 작가는 향촌을 위한 일을 하다가 붙잡혀 와 매를 맞고 죽은

사람들에 대해 서술한 후 다음과 같이 염라대왕을 끌어들였다.

불상하다 저귀신아 可憐하다 저귀신아 / 龍泉劍 빗겨들고 日傘앞혀 前陪셔며 / 아적저녁 開閉門의 鼓角聲의 울어주니 / 空山片月 쪼각달과 白楊青絲 떨기중의 / 寃痛타 우난소래 재개身命 온 전할기 / 非命의 죽 은寃情 閻羅國에 上疏하니 / 閻羅大王 批答하되 너의情狀 可矜하다 / 아 즉물러 苦待하면 別般嚴治 내하리라 / 夜叉羅叉 쇠사슬로 뉘吩咐라 거 역하리 / 우리冥府 十殿중의 鐵山獄이 第一重타 / 진지조와 송진회가 다그곳에 갇혔으니 / 예로부터 貪官汚吏 鐵山獄을 免할소냐(김준영본)

작가는 비명에 죽은 원혼들이 귀신이 되어 처량히 울어대니 이 재가의 목숨도 온전치 못할 것이라고 하였다. 그리고 원혼들이 염 라대왕에게 상소를 올리니 염라대왕은 수령과 아전들을 철산옥에 내쳤다고 하였다. 작가는 마치 실제로 일어난 일인 것처럼 이 장면 을 생생하게 묘사했다. 죄 없는 사람들을 잡아다 죽인 것은 잘못된 일이 분명하기에 작가의 상상도 확신에 차 있다. 원혼에 자신의 감 정을 투사하는 것에서 더 나아가 가상적 사후세계를 설정하여 그 곳에서 탐관오리를 완전히 몰락하게 만들었다고 할 수 있다. 현실 에 대한 분풀이를 비현실적 공간을 빌어 하고자 한 보상심리가 적 나라하게 나타난다.

비현실세계는 꿈으로도 나타나는데 이재가 아들의 과거시험 비 리를 서술한 부분의 끝에서 나타난다.

前後所爲 생각하니 분한마음 둘대없어 / 初二更 못든잠을 四五更 겨 우드니 / 非夢인듯 似夢인듯 有形한듯 無形한듯 / 영금하다 우리夫子

大成殿의 殿座하야 / 三千弟子 侍衛한데 顔曾思孟 前陪되고 / 明道伊川 後陪되니 禮樂文物 彬彬하다 / 子游子貢 請事하고 子路의 擧行보소 / 斯文亂賊 잡아들여 高聲大책 하난말삼 / 우리입든 儒巾道袍 老선배 當한 말가 / 秦始皇 坑儒焚書 네罪目의 더할소냐 / 首足異處 나죄하고 우선 鳴鼓 出送하라(김준영본)

작가는 분한 마음에 잠을 못 이루다가 새벽녘에야 겨우 잠이 들었다. 그런데 꿈속에서 공자 일행이 거하는 대성전엘 가게 되었다. 그곳에서는 수령 이재가가 사문난적한 죄로 잡혀와 "首足異處"는 나중에 하고 우선 "出送하라"는 치죄를 당하고 있었다. 이 부분은 몽유록의 작품세계를 그대로 보여준다. 몽유록에서 몽유자인 작가는 '성격이 강직·호방하여 현실과 타협하려 하지 않고, 慨世的인 悲忿과 不平의 소유자'이며, 작품세계는 '개인적인 영달의 구현이 아니고 사회상의 단면에 대한 비평과 작가의 이상의 시도'[34]를 이루고 있다. 목유록은 꿈을 통해 허구의 세계를 설정하지만 문제 삼고 있는 것은 현실이다. 기존사실을 지식으로 하여 사실을 확인함으로써 현실을 비판하고 반성하며 이상적 사회를 실현하고자 한다.[35] 〈거창가〉에서도 작가가 꿈의 세계에서 문제 삼고 있는 것은 이재가의 학궁 폐단이다. 그리하여 작가는 현실에서 확인하지 못하는 善의 세계를 꿈을 통해 구현하고자 한 것이다. 앞서 염라대왕이 있는 세계나 마찬가지로 꿈속의 대성전은 현실에 대한 울분이 끌어들인 비현실세계라고 할 수 있다.

<hr />

34 차용주, 「몽유록과 몽자류소설의 同異에 대한 고찰」, 『청주여자사범대학 논문집』 제3집, 청주여자대학교, 1974, 20쪽.
35 서대석, 「몽류록의 장르적 성격과 문학사적 의의」, 『한국학논집』 제3집, 1975, 129~160쪽.

한편 〈거창가〉는 '하나님'과 '日月星辰'을 불러들여 현실의 문제를 호소하기도 했다.

居昌一境 모든百姓 上下男女 老少업시 / 비난이다 비난이다 하나님
긔 비ᄂ이다 / 議送쓴 져샤람을 自獄放送 뉘여쥬소 / 살피소셔 살피소
셔 日月星辰 살피소셔 / 萬百性 爲흔샤람 무삼罪 잇단말가(임기중본A)

작가는 거창 백성들 모두가 소원하고 있는 것처럼 자신의 소원을 서술했다. 의송을 쓴 죄로 감옥에 들어간 정자육이 감옥에서 풀려나게 해달라고 간절한 마음으로 하나님과 일월성신에게 기원했다. 만백성을 위한 것이 죄가 되지 않기 때문에 백성들의 이 기원은 터무니없는 것이 아니라 정당한 것이 된다. 정자육의 방송을 바라는 간절한 마음이 자연발생적으로 절대자인 하나님과 일월성신을 찾게 된 것이라고 할 수 있다.

이와같이 〈거창가〉는 귀신, 자연의 섭리, 사후세계, 꿈, 하나님, 그리고 일월성신과 같은 초월자 내지 비현실세계를 끌어들이고 있다. 비현실세계의 원조를 통해 현실의 문제를 해결하고 울분을 보상받고자 한 것이다. 귀신·우박·폭우·염라대왕·하나님·일월성신이 민중정서에 맞닿아 있는 것이라면, 몽유세계는 사대부적 정서에 맞닿아 있는 것이다. 민중정서와 사대부적 정서 모두를 총망라하는 비현실세계를 끌어들였다고 할 수 있다. 작가가 이러한 비현실세계를 끌어들인 순간은 감정적으로 격하고 울분에 차 있는 상태였다. 이 순간 작가의 심리적·정신적 상태는 할 수만 있다면 어떤 세계라도 끌어들여 현실의 울분을 보상받고 현실에서 이루지 못한 것을 실현해보고자 하는 불안정성을 지닌다. 그렇기 때문에

비현실세계의 도입은 순간적 · 감정적 · 일회적인 성격을 지닌다. 현실에서 벌어지는 일들이 결코 있어서는 안되고 옳지 않은 일임을 강조하기 위하여, 즉 현실비판을 강화하기 위하여 비현실세계를 도입한 것이라고 할 수 있다.

이렇게 비현실세계를 끌어들여 현실을 강화해 나타내고자 한 것은 작가의 현실에 대한 절망적 인식의 반영으로 해석할 수 있다. 현실 안에서 뚜렷한 해결책을 찾을 수 없었으므로, 즉 현실을 수용할 수 있는 새로운 사회상이나 체제 혹은 새로운 사회상에 대한 전망을 지니지 못한 채 분노스러운 현실만을 마주 대하여야 했기 때문에 자연스럽게 비현실세계로의 도피가 필요했던 것이라고 해석된다. 현실의 울분을 보상받고, 현실에서 이루지 못하는 꿈도 실현시켜보고, 현실에서의 소원을 빌어도 보고 하는 중첩된 사고행위는 현실에서의 한계상황에 부닥친 좌절감 · 절망감에서 비롯된다. 현실 안에서는 다만 그 현실을 충실히 고발하는 데에 머무를 수밖에 없고 현실에서의 해결이 불가능했으므로 비현실세계를 통해서라도 해결을 시도해 본 것이다. 민중과 사대부의 정서 내부에 관습적 · 문학적으로 존재해 있었던 비현실세계를 총동원해 문학적으로 해결해 보는 것만으로 만족할 수밖에 없었다.

D. 〈太平詞〉의 借用

〈거창가〉는 전반부의 〈태평사〉와 본사설과 구성되어 있다. 〈태평사〉는 金大妃가 1841년경에 지은 가사로 따로 이본을 지니며 유통되었다.[36] 현재 〈거창가〉의 이본으로 확인된 22편 가운데 판소리 단

---

36 〈태평사〉에 대한 자세한 사항은 이 책의 부록에 실려 있는 논문 「〈태평사〉」를 참

가로 수용된 〈민원가〉를 제외한 모든 이본에서 이 〈태평사〉를 유지
하고 있다. 이렇게 〈태평사〉는 작품세계가 본사설의 작품세계와 매
우 이질적이고, 따로 이본을 지니며 유통되고 있었던 가사이므로
〈거창가〉에서 〈태평사〉 부분은 따로 떨어져 나갈 소지가 많았다. 그
럼에도 불구하고 〈태평사〉는 따로 떨어져 나가지 않고 〈거창가〉의
앞부분으로 존재하고 있었기 때문에 이 점에 대한 적극적인 의미
파악이 요구된다.

〈태평사〉는 조선의 지리·예악문물의 흥성함, 순조의 승하와 헌
종의 즉위식에 이어 역대 인물들의 고사를 나열해 덧없는 인생임
을 역설한 후 그러니 우리 실컷 놀아보자는 내용을 담고 있다.

　　① 어와친구 벗님네야 이내말삼 들어보소 / 逆旅같안 天地間의 부
유같안 우리人生 / 朝露같이 스러지니 아니놀고 무엇하리 / 宇宙의 빗
겨셔서 八道江山 굽어보니 / 白頭山 一枝脈의 三角山이 생겨있고 / 大
關嶺 흐른물이 漢江水 되여셔라(김준영본)

　　② 家給人足 하거니와 國泰民安 좋을시고 / 이바烝民 百姓들아 어서
가고 바삐가자 / 敦化門의 걸린윤흠 漢文帝의 詔書신가 / 草木群生 질
거움은 이도또한 聖恩이라 / 長安靑春 少年들아 挾彈飛鷹 하려니와 /
太平曲 擊壤歌를 이내노래 들어보소 / 어제靑春 오날白髮 넨들아니 모
를소냐 / 滄海一粟 우리人生 後悔한들 어이하리 / 東海로 흐른물이 다
시오기 어렵도다(김준영본)

①은 〈태평사〉의 시작 부분으로 아침 이슬 같은 인생이니 아니 놀

　　조하기 바란다.

고 무엇하겠느냐고 서두를 꺼낸 것이다. 이후의 서술은 조선이 한
양에 도읍을 정한 이래 400여년 간 문물이 흥성함을 이룬 것을 읊
었는데 향토한양가계의 내용성과 일치한다. 이본 가운데 김일근본
A의 경우 그 제목을 〈한양가〉로 부르기도 한다고 한 것은 앞부분의
이러한 내용성 때문이다. 헌종의 즉위식을 서술한 중반 이후로 가
면 ②로 시작하는 인생의 덧없음에 관한 서술이 계속된다. 중국 역
대 명인들 모두가 죽음을 면치 못했고 우리 인생들이야 천만년 살
것도 아니니 왕이 즉위한 태평세에 맘껏 놀아보자고 한 것이다.

이렇게 '태평세이니 혹은 죽으면 그만이니 후회하지 말고 실컷
놀아보자'는 내용성은 당시 대중문화에서 광범위하게 발견된다.
일반적으로 〈태평가〉는 '태평세이니 아니 놀고 무엇하리'라는 내용
을 지녀 태평세가 전제된 향락을 노래했다. 반면 많은 노래에서는
인생무상을 전제로 향락을 노래하고 있다. 판소리 단가의 내용은
대부분 인생무상적·향락적 내용을 지닌다. 〈將進酒辭〉와 같은 권
주가도 인생무상을 전제로 술을 권하는 내용을 지닌다. 歌詞인 〈首
陽山歌〉, 〈勸酒歌〉 등에서도 인생의 허무를 들어 풍류를 즐겨보자는
내용을 노래한다. 이렇게 당대 노래에는 두 가지 관습적 내용이 있
었다고 할 수 있는데, 〈태평사〉는 이 두 가지 관습적 내용을 합친 내
용을 지니고 있다. 헌종이 즉위한 태평세에 인생무상을 깨닫고 즐
겨보자는 것이다. 이러한 태평적·인생무상적·향락적 분위기에
서 본사설이 다음과 같이 이어진다.

春花紅 秋葉落의 歲月이 덧없난듸 / 이러한 太平歲의 아니놀고 무엇
하리 / 朝鮮八百 二十八州 간곳마다 太平이되 / 어찌타 우리井邑 邑運
이 不幸하야 / 一境이 塗炭하고 萬民이 俱蕩이라 / 堯舜의 聖德으로 四

凶이 있었으며 / 齊威王의 明鑑으로 阿太傅가 있단말가 / 日月이 밝다한들 覆盆의 難照하고 / 春陽이 布德한들 陰崖에 미칠소냐 / 이제가 어느제며 저제가 어인젠고(김준영본)

위에서 알 수 있듯이 〈거창가〉의 본사설은 인생은 덧없는데 이러한 태평세에 아니놀 수 없다는 〈태평사〉의 사설이 끝나고, 조선팔도가 태평인데 거창만은 그렇지 못하다는 것으로 시작한다. 〈태평사〉는 '이바烝民 백성들아 어서가고 바삐가자 돈화문의 걸린 윤음 한문제의 조서신가'라는 구절에서 드러나듯이 한양에서 실제로 있었던 헌종의 즉위식을 가까이 접한 화자가 그 축하 분위기에 젖어서 작품을 창작한 것이다. 그리하여 엄격히 말해 태평세 운운하는 것은 한양에 국한한 일일 뿐이었다. 그런데 〈거창가〉의 작가는 이것을 받아 본사설로 잇는 과정에서 조선팔도 모두가 태평세인 것으로 일반화하였다. 다른 곳은 이렇게 모두 태평한데 유독 거창만은 읍운이 불행하여 백성이 도탄에 빠져 신음하고 있다. 그것은 요순의 성덕이 있음에도 불구하고 四凶이 있고, 日月의 밝음과 따뜻함이 있다 하더라도 항아리 밑에는 미치는 못하는 것과 같다. 거창에는 이재가라는 수령이 부임하여 학정을 하므로 왕의 성덕이 미치지 못하는 꼴이 되었다는 것이다.

이 부분은 당대의 현실을 일시적·국면적인 현상으로 파악하고 있는 작가의식의 표출인 것처럼 보인다. 그런데 이 부분의 의미는 이본의 유통과 관련하여 생각할 필요가 있다. 예를 들어 이 가사는 정읍으로 유통되어 〈정읍군민란시여항청요〉라는 이본을 만들게 되는데, 이 이본의 향유층은 이 부분에 별로 주의를 기울이지 않고 다만 한양의 태평세와 대조적인 한 읍의 현실에 주목한 것으로 보

173

인다. 거창읍의 현실이야말로 자신이 거하는 읍의 현실과 일치한 다고 생각한 것이다. 그렇다고 할 때 거창 읍의 현실은 더이상 일시 적·국면적인 현상에 머무르지 않게 된다. 이렇게 한 작품은 적극 적인 향유자에 의해 그 의미를 확대해 나갈 수 있는 것이다.

〈태평사〉에서 〈거창가〉로 이어지는 연결구는 작가가 거창읍의 현실을 일시적이고 국면적인 현상으로 인시해서 나온 것이라기보 다는 작가에게 중요한 것은 바로 거창읍의 현실이었기 때문에 그 현실을 보다 강조하여 고발하고자 한 의도에서 나온 것이다. 작가 는 의도적으로 두 대조적인 현실을 배치함으로써 현실의 아이러니 를 창출하여 거창읍의 현실을 보다 설득력 있게 전달하고자 한 것 이다. 이렇게 작가가 〈태평사〉의 조선 전역이 태평세를 구가하고 있는 작품세계를 앞부분에 배치한 것은 거창읍의 불행한 현실을 강조하기 위한 의도에서였다고 할 수 있다.

그럼에도 불구하고 〈태평사〉 수용과 관련하여 한 가지 의문은 여 전히 남아 있다. 분노에 차 있을 정도로 거창읍의 현실에 밀착되어 비판적이었던 작가가 〈태평사〉의 향락적·인생무상적 분위기를 어 떻게 수용할 수 있었을까?라는 의문이다. 이러한 의문의 답으로 우 선 생각할 수 있는 것은 작가가 본사설의 현실비판적 내용을 위장 하기 위해 의도적으로 앞부분에 당대를 즐기는 〈태평사〉를 배치했 을 것이라는 것이다. 한편 작가가 대조적인 상황의 배치에 골몰하 여 아예 이 부분에 별다른 관심을 기울이지 않았던 것도 생각할 수 있다. 그런데 작가가 〈태평사〉를 가사의 전반부에 전폭적으로 배치 한 것은 작가가 〈태평사〉의 작품세계를 인정하고 받아들이고 있음 을 의미한다. 따라서 〈태평사〉의 수용은 단순히 위장용 혹은 무관 심에 의한 것이라기보다는 작가의식과 관련한다고 할 수 있다. 작가는 당대의 인생무상적 · 향락적 문화 분위기에 어떤 위기의식이나 거부감을 느끼지 않았던 것같다. 오히려 만약에 태평세라면 인생은 무상하니 실컷 즐기다가 죽으면 그만이라고 하는 당대의 인생무상적 · 향락적 문화 분위기에 심정적으로 동조한 것이 아닌가 한다. 이렇게 〈거창가〉는 한 작가의 자가의식 안에 치열한 현실개혁 의지를 지니고 있으면서도 인생무상적 · 향락적 의식도 아울러 지닐 수 있음을 보여준다.

〈거창가〉는 유통되면서 본사설 부분에서 〈민원가〉가 따로 설정되어 판소리 단가로 수용되었는데, 사실 〈태평사〉 부분에서는 더 많은 부분이 쪼개져서 〈불수빈〉, 〈역려가〉 등과 같이 판소리 단가로 수용되었다. 〈거창가〉의 내용 중에 〈태평사〉 부분과 본사설 부분이 모두 판소리 단가로 수용된 점은 시사하는 바가 있다. 즉 당대 19세기 중엽의 사회 문화 분위기가 인생문상적 · 향락적 분위기와 현실비판적 분위기가 양극화되어 양립하고 있었음을 시사한다. 물론 전자는 서울을 중심으로 한 도회지의 대중문화에서, 후자는 향촌을 중심으로 한 향촌반란운동에서 보다 더 우세했을 것이지만, 이 두 분위기는 당대인의 정신세계를 구성하고 있었던 커다란 두 축이었다고 할 수 있다. 그런데 당대인의 사고를 지배한 이 두 문화 분위기는 서로 배타적인 관계로만 있었던 것이 아니고 동전의 양면처럼 상보적인 관계로 존재해 있었다고 보인다. 〈거창가〉의 작가는 현실비판적 의식을 강하게 지니고 있으면서도 당대의 문화 분위기를 지배하고 있었던 인생무상적 · 향락적 의식도 잠재적으로 지니고 있었던 것이라고 할 수 있다.

05 현실 인식의 역사적 성격

〈거창가〉는 거창 내 비판적 현실을 집중적으로 문제 삼았다. 거창 내 비판적 현실을 만든 장본인은 아전·수령·감사로 이어지는 지배층인데, 작가는 이들에 대해 극도의 반감을 가지고 비판했다. 중간투식과 패륜행위를 일삼는 아전을 신랄하게 꼬집고 있으며, 수령 및 아전이 순시를 빙자해 향민에게 가렴주구를 일삼는 것을 모르는 척하는 감사를 비판했다. 특히 작가는 수령에 대해서 특별히 실명을 써가며 극도의 반감을 가지고 비판했다. 그리하여 "아림은 거창 고호니 거창수 이직가 학미니 ᄌᆞ심한 고로 신츅연 팔월에 뎨수 즁에 이 글을 지엿시되"와 같은 관련기록이 적혀 있는 이본이 버젓이 유통될 정도였다[37].

작가는 거창 수령을 중심으로 하는 지배층의 탐학에 분노하면서 한 가닥 희망으로 권력의 정점에 있는 왕을 지향했다.

> 靑天의 외길억아 어듸로 向ᄒ난냐 / 瀟湘江을 바라난냐 洞庭湖를 向ᄒ난냐 / 北海上 노피올나 上林苑을 향ᄒ거든 / 靑天 一張紙에 細細民情 기려다가 / 仁政殿 龍床압희 나난다시 올여다가 / 우리聖上 보신後의 別般處分 나리소셔 / 더듸도다 도듸도다 暗行御史 더듸도다 / 바리고 바리난니 禁府都使 나리난니 / 수듸쌈을 자바다가 노돌의 바리소

셔 (임기중본A)

위의 구절에서 작가 내지 향유자는 북으로 날아가는 기러기에게 자신들을 대신하여 큰 종이에 거창읍의 사정을 자세히 그려 인정전에 계시는 용상 앞에 올려달라고 했다. 그러면 욍이 보시고 별반 처분을 내리실 텐데, 거창읍의 사정을 감사해야 할 암행어사가 오지 않는다고 했으며, 그러니 탐관오리를 잡아들일 금부도사가 빨리 오기를 바란다고 했다. 위의 진술은 기러기를 향하여 자신의 소원을 말하는 것으로 시작했다. 그런데 기러기에게 소원을 말하다가 성상에 이르러서는 '나리소셔'라고 하여 성상이 소원을 들어주길 바라는 투로 바뀌고 암행어사에 이르러서는 '더디온다'고 하여 암행어사가 오지 않는 현재의 상황을 말하고 금부도사에 이르러서는 금부도사를 향해 소원을 말하는 것으로 바뀌고 있다. 이렇게 발언 대상의 교체는 거의 티가 나지 않을 정도로 자연스럽게 이루어져 있는데, 먼저 호명한 기러기는 왕을 떠올리는 매개체에 불과하고, 암행어사와 금부도사는 왕의 결정 여부에 따라 올 수도 있고 오지 않을 수도 있기 때문이다. 그러므로 위의 서술에서 핵심적 인물은 왕이라고 할 수 있다.

위에서 작가가 생각한 왕의 형상은 봉건적인 절대군주의 형상을 유지하고 있다. 그리하여 작가는 왕이 거창읍의 현실을 해결해줄지 모른다는 일말의 희망을 지니고 있었다. 그러나 기러기가 날아가 거창읍의 사정을 그려 왕 앞에다 올리는 것은 불가능한 것이었다. 그렇기 때문에 왕이 거창읍의 사정을 알고 암행어사와 금부도사를 파견하는 것도 불가능한 일이 된다. 발언 대상을 수시로 교체하면서 발언하는 불안정성을 노출한 것은 이 소원이 애당초 불가능한 것을 알고 있었기 때문이었다. 박순호본에서는 이 부분이 '上言가자 上言가자 聖上前의 上言가자'라고 시작하여 실재로 왕이 거창읍의 사정을 알고 금부도사를 내려 보내는 것으로 변용되어 있다. 이 이본의 향유자가 원래 텍스트에서 보이고 있는 해결의 불가능성을 해소하고자 절대 권력을 소유한 왕의 권위를 부각시켜 해결이 가능한 것으로 변용한 것이라고 할 수 있다.

작가의 왕에 대한 인식은 "日月이 발가시되 伏盆의 難照ᄒ고 春陽의 布德인들 陰崖의 밋칠소냐"와 "九重天里 멀고머러 이런民情 모르신다"라는 구절에 잘 나타나 있다. 해와 달이 아무리 밝게 비춰도 엎어진 항아리 속에는 비추지 않은 것처럼 왕은 구중궁궐에 갇혀 있어 백성들의 질고를 전혀 모른다는 것이다. 이렇게 작가는 절대 권력자인 왕의 존재를 인정하고 있기는 하지만, 절대 권력을 지니고 있음에도 불구하고 왕은 백성의 현실적인 문제를 해결하는 데에는 무능력하다는 인식을 지니고 있다. 이러한 왕에 대한 인식은 〈갑민가〉의 '나라님긔 알외ᄌ니 九重天門 머러잇고 堯舜갓튼 우리 聖主 日月갓티 발그신들 불沾聖化 이극邊의 覆盆下라 빗칠소냐'라는 구절에서도 그대로 나타난다. 삼정문란기에 향촌사회에 거주한 현실비판적 지식인이 지니고 있었던 왕에 대한 인식이 위와 같은 구절로 표현되어 거의 관습구가 되어 버린 것이라고 할 수 있다.

한편 작가는 현읍 수령의 치세를 비판적으로 고발하고 수령의 교체, 즉 선치자의 도래를 고대했다. 그리고 위에 인용한 결구에서 드러나듯이 암행어사나 금부도사와 같이 현체제 내에서 제도적으로 보장된 선치자의 보장 시스템이 작동되기를 고대했다. 이렇게 작가가 왕을 지향하고 선치자의 도래를 소원한 것은 그 세계관적 기초가 현 봉건체제 내에 한정되어 있었기 때문이다. 작가의 세계

관적 기초가 봉건체제 내에만 머물러 있어 새로운 체제에 대한 전
망은 지니고 있지 못했던 것이다.

작가의 세계관적 기초가 봉건체제에 한정되어 있음은 다른 곳에
서도 발견할 수 있다. 작가는 〈거창가〉에서 향민들의 입장을 대변
하여 여러 수탈현실을 고발하고 있음에도 불구하고 대지주화한 사
족의 수탈현실에 대해서는 관심을 기울이지 않았다. 물론 향민들
의 고통 현실을 서술하는 자리에서 지주에게 바치는 농민의 '도지'
부담을 언급하긴 했지만 그것이 수령의 수탈 현실에 묻혀 버려 그
리 중요하게 다루어지지는 못했다.

한편 작가는 아전층이 양반부녀자를 능욕한 사건의 부당함을 서
술하는 자리에서 명분으로 '班常名分'과 '男女有別'을 내세웠다. 그
리고 과거장의 폐단을 일으킨 사건의 부당함을 서술하는 자리에서
는 명분으로 '斯文亂賊'을 내세웠다. 수령과 아전들의 행태는 분명
히 잘못된 것으로 향민들의 분노를 사기에 충분한 것이었다. 그런
데 작가는 수령과 아전의 부당한 행태를 비판하는 명분으로 고식
적이고 관습적인 유교적 명분을 내세워 비판의 권위를 지키고자
했다. 그리하여 비판적 현실을 강조하기 위해 내세우고 있는 유교
적 명분이 분노스러운 현실의 무게감에 비해 공허하게 들리고 있
음을 부인할 수 없다. 이러한 점은 작가의 현실인식 부분에서 한계
로 지적될 수 있는 것으로 변화하는 사회에 대응해 새로운 세계관
적 기초가 마련되어야 할 터인데 그렇지 못한 것을 보여준다.

그렇다고 해서 작가가 현실인식은 거창읍의 폐단을 일시적인 것
으로 인식하고 다른 수령만 부임해 오면 모든 문제가 해결될 것이
라고 생각한 것은 아니라고 보인다. 작가가 선치자의 도래를 소원
한 것을 두고 봉건체제의 이상적인 질서의 회복을 꿈꾼 것이라고

해석할 수는 없다는 것이다. 〈거창가〉에 나타나는 향민의 성격이 더이상 봉건적인 성격의 향민이 아니었기 때문이다. 작가는 현실 세계의 비판을 통해서 다양한 민중사실을 보여주었다. 이러한 민중사실에서 알 수 있는 바는 작가가 바라보는 향민은 수령과 아전 층에 정면으로 도전하여 적극적이고 능동적인 움직임을 벌이는 집단적 향민이었다. 〈거창가〉의 향민은 지배층의 지배를 수동적으로 받아들이는 정태적인 집단의 모습이 아니라 자신들의 생존권을 보장받기 위해 적극적으로 움직이는 동태적인 집단의 모습으로 나타난다. 향민은 지배층의 善治를 바라며 은덕을 받아들이는 자세에서 벗어나 지배층의 선치와 은덕을 요구하고 그 요구를 관철시키고자 행동하는 자세를 지닌다. 물론 관에 저항하는 향민의 동태적 움직임은 〈거창가〉의 작가와 같은 의식 있는 지식인과의 연대를 통해서 가능할 수 있었다. 향민은 지식인과의 연대를 통해 자신들의 문제를 해결하려는 주체적 역량이 전에 없이 커진 것만은 분명하다. 이렇게 〈거창가〉에 나타난 향민은 보다 성장된 민중의식을 지닌다.

따라서 〈거창가〉에서 작가가 꿈꾸는 세상은 성장된 민중의식을 있는 그대로 수용할 수 있는 세상을 의미한다. 작가는 향회라고 하는 읍내 공론의 장이 상징적으로 보여주듯이 향촌사회 내에서 향민의 현실적인 요구를 존중할 줄 아는 사회를 꿈꾼 것이다. 작가가 꿈꾼 새로운 세계에서 '民'은 더이상 '愚民'이 아니며, 治者 또한 더이상 과거의 치자가 아니었다고 할 수 있다. 작가는 향민의 요구가 수용되는 사회가 봉건체제 내에서 가능할 것인지에 관한 진지한 탐색은 없었으므로 봉건체제 내에서 왕을 지향하며 선치자를 기대했다. 그러나 이렇게 표면적으로 왕을 지향하며 선치자를 기대했다 하더라도 그 이면의 내용성은 민중의 요구가 받아들여지는 세계를 꿈꾼 것으로 바뀐 것이라고 할 수 있다. 따라서 작가가 거창읍의 현실을 집요하게 비판함으로써 얻고자 했던 것은 기존의 질서 있는 봉건사회로의 회귀는 아니었다고 할 수 있다.

그러므로 작가가 작품세계에서 보여주고 있는 봉건적인 현실인식의 면모들은 작가가 궁극적으로 지향하고 있는 것이라기보다는 대안으로서 새로운 체제에 대한 전망이 없었기 때문에 나타난 것이라고 할 수 있다. 〈거창가〉의 역사적 성격은 조화로운 봉건사회로의 회귀를 꿈꾸는 봉건지향적 성격을 지닌 것이 아니라, 민중의 생존권이 보장되고 성장된 힘이 수용될 수 있는 근대사회로의 진입을 꿈꾸는 근대지향적 성격을 지닌다.

그러나 작가는 봉건체제를 대신할 수 있는 새로운 체제에 대한 전망은 전혀 지니고 있지 않았기 때문에 현실인식은 매우 절망적일 수밖에 없었다. 다시 한 번 결구 부분을 인용해본다.

> 居昌一境 모든百姓 上下男女 老少업시 / 비난이다 비난이다 하나넚긔 비ᄂ이다 / 議送쓰 져샤람을 自獄放送 뇌여쥬소 / 살피소셔 살피소셔 日月星辰 살피소셔 / 萬百姓 爲흔샤람 무삼罪 잇단말가 〈임기중본A〉

위에서 작가 내지 향유자는 의송을 써서 감옥에 들어간 정자육을 걱정하여 하나님에게는 출감을 기원하고 일월성신에게는 정자육을 보살펴달라고 부탁하고 있다. 만백성을 위하다가 잡혀 들어가 모진 고문을 받고 있는 정자육이었기 때문에 그의 무사 안전을 바라는 간절한 마음이 자연발생적으로 절대자인 하나님과 초월적 존재인 일월성신을 찾게 된 것이다. 앞서 '초월적 세계의 개입'에서 살펴보았듯이 〈거창가〉는 귀신, 자연의 섭리, 사후세계, 꿈, 하나님,

및 일월성신과 같은 비현실세계와 초월자의 원조를 통해 현실의 울분을 보상받고자 하는 작품세계를 보인다. 민중정서와 사대부적 정서 모두를 총망라하는 비현실세계를 끌어들였다고 할 수 있는데, 할 수만 있다면 어떤 세계라도 끌어들여 현실의 울분을 보상받고 현실에서 이루지 못하는 것을 실현하고자 하는 심리적·정신적 상태를 보여준다.

　작가의 이러한 정신적 상태는 현실은 비판적인데 새로운 체제·철학·사상·가치관·세계관적 기초를 발견하지는 못한 인식의 혼란상태 내지 공백상태를 말해준다. 이러한 인식의 혼란상태 내지 공백상태는 새로운 세계관적 기초를 형성할 수 있는 잠재적 상태로 존재했을 것으로 보인다. 그러나 현재로서는 현실 안에서 뚜렷한 해결책을 찾을 수 없었는데, 그렇다고 현실의 문제가 해결될 수 있는 새로운 사회상이나 체제에 대한 전망은 지니지 있지를 못했다. 그러므로 작가는 분노스러운 현실만을 마주 대하여야 했기 때문에 절망적인 현실인식에 머무르고 자연스럽게 비현실세계로의 도피가 필요했던 것이라고 해석된다. 현실의 울분을 보상받고, 현실에서 이루지 못하는 꿈도 실현시켜보고, 현실에서의 소원을 빌어도 보고 하는 중첩된 사고행위는 현실에서의 한계상황에 부닥친 좌절감·절망감에서 비롯된다. 이렇게 절대자인 '하나님'을 찾고 비현실세계를 끌어들여 현실의 문제를 보상받고자 한 것은 작가의 현실에 대한 절망적 인식의 반영으로 해석할 수 있다.

　현전하고 있는 삼정문란기 현실비판가사인 〈갑민가〉, 〈합강정가〉, 〈향산별곡〉, 〈거창가〉 등에는 공통으로 '하나님'에 대한 간절한 기원이 등장한다[38]. 현실비판가사에서 '하나님'이 등장하고 있는 것은

38　'비닉이다 비닉이다 하나님게 비닉이다/忠君愛民 北靑원님 우리고을 빌이시면/

삼정문란기에 바람직하지 않은 현실을 마주 대하고 있는 비판적 지식인의 절망적 현실인식을 반영하고 있다는 의미를 지닌다. 19세기 중반 이후에 가면 東學이라는 새로운 세계관을 담은 종교나 사상이 형성되고, 민란 혹은 농민전쟁이 발발하게 된다. 이러한 근대적 사고의 출현과 역사적 사건의 발생은 어느 시기에 갑자기 돌출한 것이 아니고 바로 이전 시기의 〈거창가〉에서 보이고 있는 비판적이고 절망적인 현실인식이 있었기에 가능했던 것이라고 할 수 있다.

06 나가며

〈거창가〉는 현실비판가사 중에서 이본을 가장 많이 지니고 있는 작품이다. 이본의 수는 그 만큼 19세기를 거치면서 〈거창가〉가 많은 사람들에게 향유되었음을 말해준다. 〈거창가〉는 창작의 배경, 작품의 내용과 역사적 성격, 향유 및 전승 등 모든 측면에서 의미가 깊은 가사 작품이다. 특히 〈거창가〉의 작품세계는 당대를 역동적으로 살아간 거창민의 삶과 역사를 담고 있다. 〈거창가〉를 수많은 가사 작품 중에 한 작품으로만 볼 수 없는 이유가 여기에 있다. 그런데 정작 현재 거창의 지역민은 〈거창가〉에 대하여 전혀 모르고 있다. 〈거창가〉가 거창의 훌륭한 문화유산으로 대접받는 날이 오기를 기대한다.

軍丁塗炭 그려다가 軒陛上의 올이리라'(갑민가) ; '비나이다 비나이다 上帝님께 비나이다 / 우리聖主 仁愛心이 明觀燭불 되게하사'(합강정가) ; '향순초막 일유싱은 목욕직계 스배호고 / 문느니다 ᄒᆞᄂᆞ님긔 순슌명교 ᄒᆞ옵소셔 / --- / 무왕불복 ᄒᆞᄂᆞ일을 뵈와디라 ᄒᆞᄂᆞ님긔 / 이신소회 알외ᄂᆞ니 셩상님 살피쇼셔'(향산별곡)

현실비판가사 연구

제5장

民歎歌

01 머리말

가사문학은 수천 편에 달하는 필사본이 전한다. 가사문학이 양반가의 생활문학으로 정착되어 쏟아져 나온 필사본의 대부분은 19세기 중엽 이후의 작품이다. 그런데 이들 필사본 가사 작품은 시기적으로 최근의 것인데다가 천편일률적인 작품세계를 지니고 있을 것이라는 선입관 때문에 상대적으로 이전 시기의 가사 작품보다 주목을 덜 받았다. 더군다나 이들 필사본은 악필이 많아 읽기가 쉽지 않았기 때문에 읽혀지지 않은 채 방치되어 있다고 해도 과언이 아니다. 그러나 이들 필사본 가사 작품들 중에는 당대의 역사, 사회를 수용하여 의미 있는 작품세계를 펼친 작품이 많다. 따라서 읽기가 어렵기는 하지만 이들 필사본들을 하나하나 읽어 내어 의미 있는 작품들을 발굴해낼 필요가 있다. 이들 필사본 가사 작품들의 구체적인 실상이 집적될 때 19세기 중엽 이후 가사문학의 전모와 역사적 전개도 밝혀질 수 있기 때문이다.

이 논문에서는 아주 최근에 알려진 가사 작품 〈민탄가〉를 다루고자 한다. 〈민탄가〉는 4음보를 1구로 계산하여 총 132구[1]이다. 삼정의 문란상을 고발하고 지배층을 비판하는 내용을 담고 있어 현실비판가사에 속한다. 특히 〈민탄가〉는 1859년에 진주 지역에서 창작되어 임술년 진주농민항쟁과 밀접한 연관이 있는 것으로 추정된다. 민중의 삶을 중심에 두고 삼정의 문란상을 고발하고 지배층을 비판한 현실비판가사를 계승한 가사 작품으로 연구의 필요성이 큰 작품이다.

〈민탄가〉의 필사본은 한국가사문학관에 소장되어 있다. 한국가사문학관 홈페이지 상에 필사본 텍스트의 jpg 파일, DB화한 원텍스트, 해제를 포함한 현대어 텍스트 등이 올라와 있으며, 가사문학 전문 계간지인 『오늘의 가사』 가사문학관 소식난에도 해제와 현대역이 실려 있다[2]. 그런데 한국가사문학관과 『오늘의 가사』에 실려 있는 DB 자료와 해제는 필사본 텍스트의 글자를 잘못 읽거나, 연대나 인명에 대한 추정을 잘못 하거나, 해제를 하지 못한 부분도 많거나 하여 수정해야 할 부분이 많이 있다. 더욱이 자구 해석에만 치중하여 구절의 맥락적 의미가 파악되지 못한 부분도 많다. 비록 완

---

1 〈민탄가〉의 필사본은 국한문혼용체와 2단 귀글체 방식으로 기사되었다. 상단에 귀글체로 4음보 1행을, 그리고 하단에 귀글체로 4음보 1행을 기사하고 좌측으로 채워 나갔다. 제목 밑에 '晉州'라고 기록되어 있고, 그 밑 하단 우측에 2~3 글자가 쓰여 있으나 무슨 글자인지 식별할 수가 없었다. 현실비판가사 가운데 〈합강정가〉(80구 안팎)나 〈갑민가〉(113구)보다는 길고 〈향산별곡〉(240구 안팎)보다는 짧은 길이이다.

2 한국가사문학관 www.gasa.go.kr ; 한국가사문학학술진흥위원회, 『오늘의 가사 문학』 제11호, 담양군, 2016, 288~301면.

벽하지는 못할지라도 가능한 한 텍스트의 의미를 제대로 파악하는 작업을 서둘러야 할 때이다.

〈민탄가〉는 사용한 용어가 매우 낯설어 서술한 내용이 전체적으로 매우 어렵다. 상대적으로 이전의 현실비판가사에서 쓰인 용어가 일반적인 것이라고 느껴질 정도로 당대 진주 지역에서 사용한 수취제도 상의 용어를 많이 쓰고 있기 때문이다. 그런데다가 〈민탄가〉는 식별이 불분명한 필사본 글자도 많아 이 둘이 결합하여 앞뒤의 문맥적 이해가 어려운 부분이 매우 많다. 따라서 당대 진주지역의 수취제도의 운영과 그로부터 빚어진 각종 폐단 등을 면밀하게 조사하고, 그것을 바탕으로 상호보완적으로 텍스트의 자구를 정확하게 다시 읽어내야 한다. 이러한 상호보완적인 방법을 통해 각 구절의 의미를 온전하게 파악하는 작업이 무엇보다 절실히 필요하다고 하겠다[3].

한편 〈민탄가〉는 이전의 현실비판가사와 비교할 때 삼정의 문란상을 고발하고 지배층을 비판한 것은 동일하지만, 폐단의 구체적

---

3 이 연구에서 〈민탄가〉의 내용을 파악하기 위해 참고한 사학 논문을 일일이 주를 달기에는 애매한 지점이 있었다. 그리하여 일일이 주를 달지 않고 여기에 참고한 문헌을 한꺼번에 제시하고자 한다. 참고한 논저는 다음과 같다. 안병욱, 「19세기 임술민란에 있어서의 향회와 요호」, 『한국사론』제14권, 서울대학교 국사학과, 1986, 181~205면. ; 이영호, 「1862년 진주농민항쟁의 연구」, 『한국사론』제19권, 서울대학교 국사학과, 1988, 411~477면. ; 망원한국사연구실 19세기 농민항쟁분과, 「경상도의 농민항쟁」, 『1862년 농민항쟁-중세말기 전국 농민들의 반봉건투쟁』, 동녘, 1988, 93~245면. ; 송찬섭, 「1862년 진주농민항쟁의 조직과 활동」, 『한국사론』제21권, 서울대학교 국사학과, 1989, 317~370면. ; 권내현, 「18·19세기 진주지방의 향촌세력변동과 임술농민항쟁」, 『한국사연구』제89호, 한국사연구회, 1995, 117~144면. ; 김용섭, 「철종조의 민란발생과 그 지향-진주민란 안핵문건의 분석」, 『동방학지』제94권 0호, 연세대학교 국학연구원, 1996, 49~109면. ; 김준형, 『1862년 진주농민항쟁』, 지식산업사, 2001, 1~155면. ; 송양섭, 「임술민란기 부세문제 인식과 삼정개혁의 방향」, 『한국사학보』제49집, 고려사학회, 2012, 7~53면.

양상이나 작가가 요구하는 사항은 다르게 나타난다. 가사가 전하는 마지막 현실비판가사는 〈거창가〉로 1841년경에 창작되었다. 이후 18년이 지나서 창작된 〈민탄가〉에서 이전과 다른 양상을 나타내는 것은 너무나 당연한 일일 것이다. 따라서 〈민탄가〉가 이전 현실비판가사의 전통을 이어 받으면서도 변화한 양상은 무엇인지를 파악하여 그 가사문학사적 의의를 규명할 필요가 있다.

이 논문의 목적은 〈민탄가〉의 창작시기 및 작가를 추정하고, 작품세계를 면밀하게 살핀 후, 역사적 성격과 가사문학사적 의의를 규명하는 데 있다. 먼저 2장에서는 작품의 창작시기와 작가를 살핀다. 이어 3장에서는 작품세계를 살핀다. 작품세계의 이해를 위해서는 구절의 의미 파악이 선결되어야 하므로 이 장에서의 작업은 구절의 해석과 관련한 사실의 고증 작업이기도 할 것이다[4]. 마지막으로 4장에서는 앞서의 논의를 바탕으로 작품의 역사적 성격과 가사문학사적 의의를 규명하고자 한다.

02 〈민탄가〉의 창작시기 및 작가

〈민탄가〉의 창작 시기는 다음의 인용구에서 추정할 수 있다.

　　四十年前 己卯年의 保國爲民 徐政丞이 / 민폐거방 씌여닉여 邑保도

---

4 〈민탄가〉에 나오는 어려운 용어들은 고전용어사전의 개념 정의와 사학계 논문에서 쓰인 개념 등을 종합적으로 참고했으므로 개별적으로 참고문헌을 표시하지 않았다. 그리고 용어의 개념 정의가 너무 많아 용어 하나하나에 주를 달기보다는 인용구를 설명하는 단락 단위로 주를 달았다.

계 연풍하니 / 純宗大王 判下公事 ㅎ늘가튼 聖恩이라 / 九兩五錢 結이
요 二兩五錢 軍錢이라 / 인정雜費 一倂하야 約錢으로 上納ㅎ니 / 堯舜禹
湯 世上인가 살거고나 살거고나 百姓니 살거고나 / 거록하다 朝鮮天地
이런聖德 쏘인난가 / 亂臣賊子 만타한들 判下公事 고칠소냐 / 不幸하
다 不幸하나 이近年을 當하어서

　　위의 구절은 "이근년을 당하여" 자행되고 있는 진주의 비판적 현
실과 대비하여 과거 40년 전에 올바르게 시행된 적이 있는 수취제
도에 대하여 서술한 것이다. 40년 전인 기묘년에 서정승이 민폐를
제거하는 방도를 내니 邑報와 道啓에는 연이어 풍년의 소식만 전해
졌다. 그리하여 결당은 9냥 5전, 군전은 2냥 5전을 냈으며, 뇌물과
잡비는 모두 합쳐도 약간의 돈으로 상납이 가능했다. 작가는 이 모
든 것이 순종대왕의 성덕으로 보고 찬양하고 있는 것이다.[5]
　　여기서 "四十年前 己卯年"에 "徐政丞"이 낸 방도를 "純宗大王"이
윤허하여 시행했다고 했다. 그런데 순종대왕의 재위 시기는 1907
년에서 1910년이다. 〈민탄가〉는 삼정의 문란상을 고발하는 데 집중
하고 있기 때문에 아무래도 20세기 초 순종대왕 대의 작품으로 보
이지 않는다. 그리하여 일단 기묘년과 서정승의 조합을 가지고 가
능한 연대를 추정해보았다. 그 결과 1819년 기묘년에 영의정 徐龍
輔가 田政의 문란한 폐단을 시정하기 위해 量田의 실시를 건의하여
삼남지방에서 양전이 실시된 사실을 찾아낼 수 있었다.[6] 이렇게 볼

5　민폐거방(民弊去方)은 민폐를 제거하는 방도라는 뜻이다 ; 邑保는 邑報의 잘못
　　기사로 보인다. ; 도계(道啓)는 감사가 왕에게 바친 글이다 ; 判下公事는 왕이 판
　　단하여 처리한다는 뜻이다.
6　"호군(護軍) 이지연(李止淵)이 상소하여 전정(田政)의 문란한 폐단을 상세히 진
　　달하고, 이어 말하기를, '온 나라를 통틀어서 전정에 대한 병폐는 호남보다 심한
　　곳이 없습니다. 기사년 · 갑술년의 흉년을 치르면서부터 근거없이 조세를 징수

때 "純宗大王"은 '순조대왕'이 잘못 기사된 것으로, 40년 전 기묘년
은 1819년을, 그리고 서정승은 영의정 서용보가 되어 앞뒤가 딱 들
어맞게 된다. 따라서 〈민탄가〉의 창작 시기는 1819년의 40년 후인
1859년이 된다.

〈민탄가〉의 작가는 분명하게 알 수는 없지만 가사의 내용 중에
작가를 추정할만한 단서는 있다.

> 皮裡春秋 다잇나니 公論이야 업슬소야 / 義氣잇다 李晋豊이 一邑事
> 을 擔當하야 / 結布名色 씌이랴고 모邑모營 比局가지 / 京鄕으로 단이
> 면서 費盡心力 四年만의 / 結布色名 씌여시나 우리聖君 判下되로 / 못
> 될쏜 안이오라 軍錢千兩 도로무니 / 소경의잠 자나마나 朝三暮四 公事
> 로다 / 이리하나 저리하나 만만한게 百姓일다 百姓인들 몰을소야

위에서 '겉으로는 말하지 않아도 속으로는 분별이 다 있으니 公
論이야 없었겠느냐'라 하여 읍민이 참여한 공론의 장이 펼쳐지고
李晋豊이라는 인물이 대표로 나서서 읍민들을 위해 "結布名色 씌이
랴고" 애를 쓴 사실을 서술했다. 이진풍은 읍과 영에 정소하는 것
은 물론 備局에까지 소를 올리는 등 경향을 다니면서 4년을 노력한
끝에 결국 "結布色名"을 "씌는데" 성공했다. 그러나 이후 임금의 판
결대로 일이 처리되지도 못했을 뿐만 아니라 '군전 천냥'을 도로 물

하는 원망이 일로(一路)에 번지고, 지금 또 요즘 호서(湖西)의 수재는 치우치게
혹독하여 전답이 침수되어 허실(虛實)에 대한 근거가 없으니, 양전(量田) 문제는
목전의 가장 급선무입니다. 특별히 재능있는 신하를 선발하여 먼저 양호(兩湖)
로부터 서둘러 개량(改量)을 시행하소서.' 하였습니다. 20년에 한 번 개량함은
곧 《경국대전(經國大典)》에 실려 있는 바입니다. --- "『순조실록』 22권, 순조
19(1819)년 9월 10일 1번째 기사. 〈영의정 서용보가 이지연의 전정 상소에 대하
여 말하다〉

게 되었다고 했다. 그리하여 작가는 '소경이 잠을 자나마나'나 '조
삼모사' 격이 되었다고 한탄한 것이다[7].

그러면 여기서 이진풍이란 사람이 4년 간 노력 끝에 비변사에 소
를 올린 사실은 무엇이며, 이들이 목적으로 하고 있는 "結布色名 씬
이라고"와 "軍錢千兩 도로무니"는 무엇을 말하는 것일까. 이 사건
은 진주읍민이 집단 상경하여 비변사에 소를 올린 사건을 말한다.
『비변사등록』에 의하면 1859년 "진주의 대소 백성들이 연명으로"
장계를 올린 일이 있었다.

> 비변사에서 아뢰기를 "진주의 대소 백성들이 연명으로 올린 장계
> 를 보니 '온 경내가 지금 매우 위급한 지경에 이르게 된 것은 명색 없
> 는 결렴 때문입니다. 관에서 돈을 쓸 데가 있으면 문득 민전 1결당 2
> 냥씩 더 징수하여 처음에는 1년에 한 번 징수하더니 지금은 한 달 건
> 너씩, 혹은 서너달 연이어 징수합니다. 을묘년(1855)부터 올해에 이
> 르기까지 봉납한 것이 18만 3천 9백여 냥이며, 완전히 결딴 나서 떠
> 돌아 다니는 토호가 작년과 올해 두 해 동안 3천 3백여 호가 되었으
> 니, 한 경내가 텅 비게 되는 것은 조석간의 일입니다. 지극히 원통하
> 여 이렇게 上司에 호소합니다' 하였습니다. --- 이런 뜻으로 해도의
> 도신에게 분부하여 결렴이 시작된 해와 사용된 곳 및 장계 내의 여러

---

7 皮裡春秋는 皮裏春秋의 잘못이다. 겉으로는 말하지 않아도 마음속으로는 셈속
   과 분별이 다 있다는 뜻이다. ; 원래 결포란 군역을 대신하고자 한 제도로 1년에
   포 두 필을 납부해야 하는 良丁의 과중한 부담을 덜어주기 위해 田結을 단위로 포
   를 징수하고자 했던 세법이었으나 면역의 혜택을 받고 있던 양반층에게까지 역
   을 부과하고 부과 대상이 토지였기 때문에 양반층과 대토지 소유자가 불만스러
   워하여 결국 실시되지는 못한 제도이다. 그런데 이 가사에서 말하는 결포는 환
   곡제도의 폐해로 지적되고 있는 것으로 앞서 말한 제도적 '결포'와는 다른 것이
   다. ; 色은 보통 한 조직의 하부 단위를 칭할 때 많이 쓰인다. ; 比局은 備局의 잘못
   기사이다. 비국은 조선시대에 군국의 사무를 맡아보던 관아이다.

조목을 상세히 갖추어 보고하여 품처하게 하는 것이 어떻겠습니까?"
하니 윤허한다고 답하였다[8].

사건의 발단은 진주읍에서 結斂[都結]을 실시한 데서 출발한다.
결렴은 여러 이유로 징수할 수 없게 된 환곡과 군역세를 田結에 징
수함으로써 고액의 선결세를 받아내는 것을 말한다. 진주읍에서는
1855년부터 逋欠을 채우려는 목적으로 결당 세를 물리는 結斂을 시
행했다. 읍민의 장계에 의하면 시도 때도 없이 거두어 들이는 결렴
으로 인해 읍민의 부담은 5년간 183,900 여냥이나 된다고 했다. 읍
민의 저항은 거세질 수밖에 없었는데, 특히 토지를 상대적으로 많
이 가진 사족층은 토지 당 세금을 물리는 이 수취방식이 자신들에
게 불리했기 때문에 결렴의 폐지에 적극적으로 참여했다. 그리하
여 위에서 보고한 바와 같이 1859년에 읍민들이 집단상경하여 비
변사에 연명으로 장계를 올리게 된 것이다. 철종은 비변사에 진주
읍의 결렴 조사와 품처를 윤허함으로써 진주읍에서는 일시적으로
결렴의 시행이 중지되기에 이르렀다[9].

따라서 "結布色名 씌이랴고"는 이서들이 갖은 농간으로 착복한
逋欠을 채우려고 부족분을 결당 나누어 거두려고 한 결포, 즉 결렴
의 폐지를 의미한다. 그리고 위에서 말한 이진풍의 4년간 노력은
진주목에서 결렴이 시행된 1855년부터 1859년까지 4년간 결렴의
폐지를 위해 노력한 것을 의미한다.

그런데 이 연명 장계로 진주읍의 결렴 문제가 해결되었다 하더

8　『비변사등록』철종 10년 6월 19일.〈진주의 결렴의 폐단에 대해 道臣이 자세히 조
　사하여 보고하게 할 것을 청하는 비변사의 啓〉
9　진주읍에서는 이후에도 결렴은 사라지지 않았다. 수령의 입장에서는 포흠에 의
　한 부족분을 보충해야 했는데, 결렴이 가장 손쉬운 방법이었기 때문이다.

라도 진주읍의 세금 문제가 전적으로 해결된 것은 아니었다. 진주
목의 우병영에서는 포흠으로 인해 모자라는 재정의 확보를 위해
거두어들여야 할 세금을 이미 정해놓고 있었기 때문이다. 따라서
'군전 천냥'이란 진주읍에 이미 할당된 세금의 총액수를 말한다. 결
렴이 폐지되었으면 호당 세금이 감해져야 마땅하지만, 이미 거둘
세금인 '군전 천냥'이 정해져 있었으므로 변한 것은 아무 것도 없게
되었다는 것이다.

그렇다면 '이진풍'은 누구일까? 임술 진주농민항쟁의 주역으로
거론되는 인물들 중에 이진풍이라는 이름은 들어 있지 않다. 임술
진주농민항쟁과 관련한 어느 기록에도 이 이름이 등장하지 않은
것으로 보아 이 이름은 가명이지 않을까 생각된다. 그렇다고 할 때
이진풍은 1862년 진주농민항쟁의 주역인 柳繼春으로 추정된다.
『壬戌錄』의 '呈邑呈營 作爲生涯'라는 기록에 나타나듯이 유계춘은
진주읍민을 대신하여 진주읍의 폐해를 시정하기 위해 다년 간 적
극적으로 나서 일을 해왔다. 그러므로 1859년에 읍민들이 집단상
경하여 비변사에 연명으로 장계를 올린 사건도 유계춘이 주도했을
것으로 사학계에서는 보고 있다. 가사에 '이진풍'으로 기재된 것은
실제 유계춘의 신상을 보호하기 위해 실명이 아닌 가명을 쓴 것으
로 추정할 수 있다.

그렇다면 〈민탄가〉의 작가는 누구일까? 일단 유계춘과 같이 진주
읍민을 위한 일을 하며 그를 '의기 있다'고 따르는 인물이다. 임술
진주농민항쟁의 초기 주모자이면서 유계춘과 마찬가지로 축곡리
에 기거한 인물 중에 이계열, 이명윤, 박수익 등 사족층이 있다. 이
계열은 신분상 확실히 양반이었지만 글을 몰랐다고 하므로 일단
가사의 작가 추정에서 제외될 수 있다. 이명윤은 朝官 출신의 양반

으로 가사를 충분히 창작할 수 있는 능력이 있었다고 할 수 있다. 하지만 이명윤은 수곡도회에서 유계춘이 정소가 아닌 撤市라는 보다 적극적인 투쟁의 방식을 선택하자 자리에서 일어나 나간 인물이었다. 〈민탄가〉의 작가는 가사의 마지막에서 "이런일을 ᄒᆞᄂᆞᆫ놈들 / 우리몬저 [주]겨보식"라 하여 폭력적인 투쟁을 호소했다. 이렇게 가사에서 세시하는 투쟁 방식은 정소로 해결하고자 한 이명윤의 투쟁 방식과 일치하지 않아 작가 추정에서 역시 제외해야 할 것같다[10].

한편 〈민탄가〉의 작가 추정에서 박수익이라는 인물은 주목을 요한다. 박수익은 1862년 진주농민항쟁 초기 주모자들의 모임에 외방객실을 여러 차례 제공하여 체포 후 중벌을 받은 인물이다. 초기 주모자들의 최초 모의가 박수익의 외방객실에서 1월 중에 있었으며, 이후 초군을 모집하기 위한 諺榜[가사체 회문]을 작성할 때도 그의 객실이 이용되었다[11]. 그런데 박수익은 1850년에는 환곡의 양이 늘어서 빈호가 감당할 수 없게 되자 격쟁의 방법으로 호소한 적이 있었다. 격쟁이란 억울한 일을 당한 사람이 왕이 거동하는 길거

---

10 이명윤은 조관 출신임에도 불구하고 도결·통환이 그에게까지 부과되자 매우 못마땅했다. 이 때문에 이 문제를 거론하면서 유계춘과 자주 접촉했다. 이명윤은 향촌 내에서 사족 및 농민들에게 미치는 영향력이 대단했으며, 향회 개최 과정에서 관의 개입을 막는 데 상당한 역할을 했다. 1862년 1월부터 축곡리에서 여러 차례의 모임이 있었다. 2월 6일 수곡도회를 예정하고 2월 2일 박숙연의 집에서 모의가 열렸는데, 여기서 유계춘과 이명윤의 노선의 차이가 극명하게 드러났다. 이날 새벽 유계춘은 장날을 이용하여 이명윤과 상의 없이 한글 통문을 돌렸다. 그 내용은 철시를 하자는 주장을 담고 있었다. 이명윤은 이러한 내용의 통문을 보고 놀라서 하루 빨리 불 태울 것을 말했다. 그러나 유계춘은 죽어도 내가 죽고 살아도 내가 사는 것이니 상관 말라고 했다. 이명윤은 '여기는 내가 잠깐이라도 더 앉아 있지 못할 곳일세'라 하며 집으로 돌아갔다. 이 사건 이후 이명윤은 유계춘을 멀리했다(망원한국사연구실 19세기 농민항쟁분과, 「경상도의 농민항쟁」, 『1862년 농민항쟁-중세말기 전국 농민들의 반봉건투쟁』, 앞의 책, 140~143면).

11 앞의 책, 141면.

리에서 징이나 꽹과리를 쳐 왕에게 호소하는 일이다. 이로 볼 때 박수익이 폐단의 시정을 위해 서울에 올라가 왕 앞에서 격쟁을 할 정도로 읍민을 대표하는 지도자적 위치에도 있었던 것으로 추정된다. 1850년은 유계춘이 축곡리에 들어온 해이다. 따라서 박수익은 임술년 농민항쟁 이전부터 유계춘을 옆에서 지켜보면서 그와 함께 읍민을 위한 격쟁과 정소의 투쟁에 참여했던 것으로 보인다.

그리하여 〈민탄가〉의 작가는 진주읍에서 지도자적 위치에 있어 격쟁의 방식으로 왕에게 호소한 적도 있는 박수익이지 않을까 조심스럽게 추정해본다. 그런데 현재로선 〈민탄가〉의 작가가 이제까지 전혀 알려지지 않은 인물이거나 민중항쟁의 다른 가담자 중 한 사람일 가능성을 배제할 수는 없다. 박수익이 아니라고 할 때 작가는 최소한 유계춘과 동지 관계로 임술 농민항쟁의 초기 주모자의 한 사람이었던 지방하층사족층이었을 것이다.

03 〈민탄가〉의 작품세계

〈민탄가〉의 서술단락은 크게 세 부분으로 나눌 수 있는데, 다음과 같다.

> 서언(1~13구) : 왕과 수령에 대한 바람과 권고
> 본사(14~123구) : 삼정의 폐해 고발(14~69구)
> 　　　　　　　　지배층 비판과 폐해의 시정 노력(70~123구)
> 결사(124~132구) : 투쟁에의 동참 호소

서언은 왕과 수령에 대한 바람과 권고로 시작했다. 국가의 근본은 백성이다. 우리 임금이 종종 윤음을 내려 환곡을 탕감해주고 상납을 정확하게 받으시곤 했으니, 官廳에 간 父老들이 바라기는 特느뿐이다. 그리고 수령과 방백은 봉명지신으로서 해민지심은 없을 것이지만 奸吏에게 너무 속으니, 치민지도를 유념하라는 것이다. 본사의 전반부에서는 진주읍에서 벌어진 전정, 군정, 환정 등 삼정의 문란상을 차례로 고발했다. 삼정의 문란상을 조목조목 고발하는 과정에서 삼정을 말단에서 시행했던 이방과 서원이 신랄하게 비판되었다. 후반부는 아전→수령→감사→세도가→왕으로 이어지는 지배층 전체를 비판하고, 그간 진주읍에서 폐해를 시정하기 위한 읍민의 노력들을 서술했다. 결사는 죽기를 각오하고 폐해의 시정을 위한 싸움에 동참하기를 호소했다.

A. 삼정의 폐해 고발

〈민탄가〉는 삼정의 문란상 중 먼저 전정의 폐해를 고발하고 비판했다.

> ① 慢慢한게 百姓일다 極惡하다 奸吏덜아 / 蒙頉니며 未蒙頉을 디정마감 표지로다 / 戶曹災減 몃萬結의 한무시나 百姓쥬나 / ② 本無陳處 査起條는 百姓의게 疊徵일세 / 査陳하라 廟堂公事 年復年來 蒙頉條라 / ③ 每年作夫 結價닐제 年事豊凶 보건만난 / 田税太同 餘事되고 人情雜費 첫저삼어 / 上京色吏 路資까지 넉넉한게 마련하여 / 時價보단 五六兩을 每結의서 더증하야 / ④ 十一條 죠지쵀 每名下의 입닉條난 / 元結의서 加結이고 各面書員 兒錄이라 / 木花動鈴 南草善物 年分聚斂 뉘안

물고 / 이것저것 분수하면 구실한먹 정한금에 / 十四兩式 더무너니 그
도그러 하거니와 / ⑤ 虛名虛卜 出秩하야 當年치로 돈을밧고 / ⑥ 酒餐
床의 頉을치녀 後年書員 또나오면 / 案表보고 卽頉하네 官家呈訴 하랴
하고 / 外村百姓 邑內오면 / 食債酒債 白紙잡이 구실몃짐 虛費하네 / 千
辛萬苦 모체너니 官家題辭 明案하다 / 査案移定 書員맷계 물에불탄 公
事로다

①은 災結의 폐단을 고발했다. 간리들은 탈이 난 논인지 아직 탈
이 없는 논인지를 대강 표지만 해 놓고, 戶曹에서 재해를 당한 논에
세금을 감해주라고 한 災減은 한 畝도 백성에게 배정하지 않았다고
했다. ②는 査陳의 문제를 고발했다. 농사를 짓지 않은 땅인 陳田과
진전 중 농사를 짓기 시작한 땅인 起耕을 조사하는 것은 그에 따라
세금을 매기기 때문이었다. 그런데 원래 진전이라고는 없는 곳에
기경을 조사하면 간리들은 반드시 없는 기경을 만들어서라도 세금
을 매겼기 때문에 백성에게는 세금의 중첩이 일어날 가능성이 많
았다. 그리하여 작가는 조정에서 해마다 사진하라 하니 탈을 불러
일으키고 있다고 한 것이다. ③은 結價 시 간리들에게 들어가는 각
종 뇌물의 폐단을 고발했다. 농사의 풍흉에 따라 결당 내는 세금인
결가가 정해진다. 그런데 결가의 책정은 아전들의 손에 달려 있어
그들이 요구하는 것을 들어줄 수밖에 없었다. 그리하여 뇌물·잡
비·상경색리의 노자돈 등이 결당 내는 田稅 및 貢物 대신 쌀로 내
는 大同米를 합친 금액보다 많이 들어, 결당 시가보다 5~6냥을 더
물었다는 것이다[12].

---

12 蒙頉은 탈이 난다는 것으로 재해를 입는다는 뜻이다. 따라서 未蒙頉은 재해를 입
   지 않았다는 뜻이다 ; 査陳는 진전을 조사한다는 뜻이다. 陳田은 경작하지 않고

197

④~⑥까지는 특별히 세금 거두는 업무를 담당한 書員과 관련한 폐단을 고발했다. ④는 각종 부가세의 폐단을 서술했다. "十一條 쵸지쵀 每名下의 입뉘條"는 정확하진 않지만 각종 부가세인 것으로 보인다. 십분의 일을 내는 "쵸지쵀"와 매 사람마다 내는 "입뉘條"를 元結에 加結해서 내도록 했다고 했다. 이어서 각면 서원을 위한 兒錄의 폐단을 서술했다. 조선후기에는 관리의 임기가 만료되면 실무를 맡지 않는 체아직과 체아록을 주어 신분과 생활을 보장해 주었다. 따라서 여기서 兒錄은 체아직에 충당하는 세금인 遞兒金을 말한다. 작가는 목화를 동냥하고 남초도 선물 받고 하는 등 연중 때때로 거두어들이니 어느 백성이 물지 않을 수 있겠느냐고 했다. 그리하여 이것저것을 다 합치면 결당 정해진 금액보다 14량씩이나 더 낸다고 한 것이다. ⑤는 땅을 가지지 않은 사람에게도 땅의 등급을 정해 세금을 매기고 당년치로 받아내기도 한 사실을 고발했다[13]. ⑥은 사실 관계는 정확하게 알 수 없지만 주찬상에도 탈을 만들어 수탈하고 후임은 案表만 보고 그대로 이어서 또 수탈하는 서원의 비리를 고발했다. 이러한 서원의 비리를 참지 못한 읍민들은 관가에 정소도 해보았다. 그런데 呈邑 차 읍내에 나와 밥값에 술값도 들고 백지값도 들어 구실 몇 짐은 축내는 돈이 들었는데, 소를 올리고 받은 題辭에는 비리 당사자인 서원에게 일의 조사를 맡긴다는 것이었

묵히는 땅이다. 이 진전을 조사하여 진전에게는 세금을 물리지 않고, 진전 중 다시 농사를 시작한 땅인 起耕에게는 세금을 물렸다. ; 本無陳處 査起條는 본래부터 진전이 없는 곳에서 기경을 조사한다는 뜻이다. 진전이 있어야 기경도 있는 법인데, 원래 진전이라고는 없는 곳이었기 때문에 문제가 일어날 수밖에 없다. ; 結價는 결당 세금을 매기는 것을 말한다. ; 人情은 뇌물을 말한다.

13 遞兒金은 체아직에게 주는 녹봉이다. 관리의 임기가 만료되면 실무를 맡지 않는 체아직과 체아록을 주어 신분과 생활을 보장해주었다 ; 動鈴은 동냥의 원말이다 ; 구실은 세금을 말한다 ; 出秩은 땅의 등급을 정하는 것이다 ; 虛名虛卜은 땅을 가지지 않은 사람에게도 세금을 매기는 것이다.

다. 작가는 이러한 관아의 소 처리가 "물에 불탄 것"이라고 어처구 니없어 한 것이다.

다음으로 〈민탄가〉는 군정의 폐단을 고발했는데, 3구에 걸쳐 백 골징포의 폐단만을 짧게 서술했다[14].

이어 〈민탄가〉는 환곡의 폐단을 고발했다. 먼저 아전의 逋欠 문제 를 고발했다. 1석 환곡을 줄 때 "베雜色"을 3~4두나 섞는 "휘키", 庫 案에 거짓으로 기재하는 "分石秩", 환곡을 돈으로 받아 돈놀이를 하 는 "私作錢"과 장사질로 아전은 막대한 이득을 취했다. 이렇게 천 석이나 관곡을 빼먹으면 사형으로 다스리지만, 아전놈들은 세도가 에 청탁을 하여 묶은 朱黃도 풀고 빠져나간다고 했다[15]. 이어서 鬼 錄條와 臥還의 문제를 서술했는데, 다음과 같다.

① 부자형제 각명하의 만은포음 나나믹고 / 죽은사름 이름녜러 鬼 錄條라 文書쑴에 / 저진포음 죽거이와 업든미한 쏘믈이녀 / 半祖半米 六斗米로 粗還한섬 불충한다 / ② 일곱돈의 還子한섬 臥還條로 出秩한 다 京使作錢 營作錢 還穀充數 磨鍊하여 / 每石의서 一二斗식 都合믹여 멧百石을 / 巡營甘結 나러온들 百姓이야 듯나보나 / 逋吏의게 물리기 ᄂ 每石닷돈 常定이오 / 百姓들은 한섬의서 五六斗식 分排하여 / 作錢 傳令 돌린後에 刑吏將校 열이엿다 / 팔잘나서 튄나노코 面主人놈 쥬란

---

14 "軍丁으로 일너서난 隨闕充隊 國典이라 / 동뇌마다 白骨徵布 各邑마다 邑保도계 / 爲國乎아 爲民호아 法外事를 어이하리"

15 逋欠은 관청의 물건을 사사로이 써 버리는 것, 혹은 조세를 내지 않은 것이라는 뜻이다. ; "휘키"는 벼잡색을 3~4두나 섞어 1석을 실제로는 6~7두밖에 되지 않 게 주는 것을 말한다. ; "庫案의 分石秩"은 "휘키"로 환곡을 줌으로써 창고에 저장 되어 있는 쌀 양을 기록한 고안에 2석을 3석으로 만들어[분석질] 기재해 놓은 것 을 말한다. ; 作錢은 환곡을 쌀로 받지 않고 돈으로 받는 것이다. ; 창색놈들은 환 곡을 돈으로 받아 사사로이 돈놀이도 했기 때문에 "장사질"이라고 했다. ; 朱黃 은 죄인을 묶는 포승줄을 말한다.

됴다 / 抉之囚之 星火가치 不留時刻 卽納한네

①은 귀록조의 폐단을 서술했다. 백성들 개개인에게 아전들이 빼먹은 포흠을 나누어 내게 하는 것도 모자라서, 죽은 사람에게도 "귀록조"라는 문서를 꾸며 내게 만들었다. 지난번의 포흠으로 죽은 사람한테 다시 세금을 매신 것이다. 그리하여 삭가는 뉘가 많이 섞인 六斗米를 받고서 환곡 한 석을 갚기는 어림도 없다고 한 것이다. ②는 와환의 문제를 서술했다. 臥還이란 환곡을 가을에 거두어들일 때 원곡은 받지 않고 이자만을 받아들이는 것으로 이자는 돈으로 作錢하여 한 섬당 7돈을 냈다. 京使와 營에 낼 환곡을 모두 채워 作錢하니 석당 1~2두씩 도합 몇백석이나 들었다. 이런 폐단을 시정하라는 관찰사의 문서가 내려온다한들 백성들에게 베풀어지는 것은 아무 것도 없었다. 포리에게 포흠분으로 물린 것은 매 석 당 닷돈이었지만 실제로 백성들에게는 그 10배에 달하는 5~6두를 물렸다. 그리고 그것을 돈으로 내라고 전령을 돌린 후 형리 장교들을 시켜 태를 칠 형틀을 미리 만들어 놓고 면주인놈이 성화 같이 장을 치고 가두고 하니 백성들은 지체 없이 납부하지 않을 수 없었다는 것이다[16].

작가는 아전들의 여타 民斂의 비리도 고발했다. 아전들은 신구 수령의 부임과 이임 시 지급하는 여비인 刷馬錢, 감사가 임지에 부임할 때 드는 경비인 倒界錢 등을 받아냈다. 그리고 재상댁 초상 시

---

16 半租半米는 쌀이 반 뉘가 반이라는 뜻으로 쌀에 뉘가 많이 섞여 있음을 과장하여 이른 말이다.; 1돈은 10푼으로 10돈이 1냥이다.; 臥還은 환곡을 가을에 거두어들일 때 원곡은 받지 않고 이자만을 받아들이는 것인데, 받지 않은 원곡 분에 대해 다시 이자놀이를 했기 때문에 이 와환은 대표적인 간리의 작폐였다.; "出秧한다"는 "出殃한다"의 잘못이다.; 還穀充數는 갚을 환곡의 양을 채운다는 뜻이다.; 巡營甘結은 관찰사가 관하읍에 내린 문서이다.

[鬱 陶時]에 조의금에 들어가는 금액이 2~3백금에 불과한데도 3~4천금이나 불려 받아들였다는 것이다.

B. 지배층 비판과 폐해의 시정 노력

작가는 가사의 서두에서 수령과 왕을 직접적으로는 비판하지 않았다. 그러나 아전들이 자행하는 삼정의 문란상을 고발하고 난 이후에는 격한 감정으로 아전, 수령, 감사, 세도가, 왕으로 이어지는 당대 지배층을 통렬하게 비판하기에 이른다.

① 目不識丁 愚氓들은 文書쏙을 모르나니 / 有識하온 守令들아 한난 일이 무어시오 / 글러요티 살피시오 / 牌子傳令 세울어면 보도안코 手訣두네 / 마르시오 마르시오 그러하고 百姓살가

② 不幸하다 不幸하다 이近年을 當하여서 / 害民民賊 그뉘런고 세도 方伯 守令奸吏로다 / 聖朝判下 忌揮업서 加結하여 결포하네 / 軍錢 千兩의서 移錢十兩 쏘어더서 / 用之無處 ○을하니 祛弊生弊 그아닌가 / 구실금을 더브드며 大同무면 어닌일고 / 漢陽城中 기리게신 聖君니나 고지듯제 / 至愚且愚 百姓들은 거뉘라서 소계블가

③ 고쳐주소 고쳐주소 晋州客舍 고쳐주소 / 天上의난 細雨와도 殿牌前의 大水지니 / 虛事로다 虛事로다 殿牌집도 虛事로다 / 壯洞金氏 書院이면 時刻인들 머믈소야

①에서는 수령을 비판했다. 무식한 백성들은 문서의 내용을 모

르니 유식한 수령이 글의 要治를 잘 살펴 일을 해야 하지만, 수령은 위임문서의 전령을 자세히 보지도 않고 수결을 놓아 버리고 말았다[17]. 작가는 수령이 이러니 백성이 살 수가 없다고 통렬하게 비판하고 있는 것이다.

②에서는 아전, 수령, 감사, 세도가, 왕으로 이어지는 지배층 전제를 비판했다. 작가는 근래에 이르러 폐난을 사행하는 "害民民賊"으로 "세도方伯 守令奸吏"를 지목했다. 근래에 이르러 왕의 명령조차 전혀 거리끼지 않고 전답에 가결하여 포를 거두어 들이고, 軍錢 천 냥에서 십 냥을 또 꺼내 마구 써 대니 폐단을 없애려다 도리어 새로운 폐단이 생긴 격이라고 했다. 세금은 더 받으면서도 대동미의 모자란 분량이 생겨나는 것은 어인 일인가라고 통탄함으로써 "세도方伯 守令奸吏"의 세금수취 상의 속임수를 비판했다. 이어 작가는 이들이 '聖'君이나 속이지 '어리석은' 백성들은 속이지 못한다고 했다. '성'과 '어리석음'을 대조시켜 비아냥거림으로써 왕의 '어리석음'이 더욱 강조되었다. "세도方伯 守令奸吏"으로 이어지는 지배구조의 최정점에 있는 왕이 속고 있기만 한다고 하여 그 무능함을 비판하고 있는 것이다[18].

그런데 여기서 작가는 아전, 수령, 방백으로 이어지는 기존 봉건체제 하의 지배 구조 외에 '세도' 하나를 더 넣고 있다. 작가가 말하

17　牌子는 조선시대 고문서 가운데 '패지, 패자, 배지, 배자, 빅즈' 등으로 지칭되는 문서이다. 패지는 조선시대에 사용된 문서의 일종으로서 전답 등을 매매할 때 위임장 역할을 했던 패지, 궁방에서 발급한 도서패자, 관이나 서원 등에서 어떤 사안에 대한 처리를 지시하면서 발급한 패자 등이 있었다. 이상의 패자들은 문서의 작성 양식이 대동소이하고, 위계상 고위에 있는 사람이나 기관이 하위에 있는 사람에게 어떤 일에 대한 이행을 지시하다는 점에서 동일한 특징을 갖고 있다.

18　祛弊生弊는 去弊生弊로 폐단을 없애려다 도리어 새로운 폐단이 생긴다는 뜻이다. ; 大同무면은 大同無面으로 대동미의 모자라는 분량이라는 뜻이다.

는 '세도가'는 ③에 등장하는 당대의 세도가인 壯洞金氏이다. 이 ③
은 가사가 거의 끝나가는 후반부에 뜬금없이 나오는 구절이다. 비
가 새는 진주 객사를 고쳐 달라는 것인데, 비가 오면 왕을 상징하는
殿牌 앞에도 물이 크게 지는데, 장동김씨 서원이었다면 벌써 고쳤
을 깃이라는 깃이다. "虛事로다 虛事로다 殿牌집도 虛事로다"라고
하여 무능한 왕을 은근히 조롱하고 왕의 권력을 능가하는 장동김
씨의 막강한 세도를 비판한 것이다.[19]

〈민탄가〉의 작가는 삼정의 문란상을 시정하고자 그 동안 해온 읍
민의 노력도 서술했다. 앞서 살펴본 바와 같이 작가는 이진풍이 읍
폐의 시정을 위해 4년간이나 경향을 오고가며 비변사에 연명 장계
를 올린 사실, 서원의 비리를 시정하기 위해 정읍한 사실 등을 서술
한 바 있다. 이 외에도 폐해를 시정하려는 읍민의 의송 활동이 있었
으며, 이러한 움직임의 결과는 옥에 갇히는 것이었다.

　① 흐느님아 흐느님아 죽을일이 쏘싱기네 / 神將廳과 掾吏廳의 돈
을들여 請囑하고 / 살름사서 議送하야 大小民人 所願이라하니 / 可笑
롭다 사름덜아 이런말을 드러보소 / 兩班名色 하느이가 軍布믈기 됴
와하며 / 九兩五錢 어렵거든 加結하야 三十兩 / 어뉘百姓 됴타하야 自
願하고 늬달를가 / 三十兩 적다하여 三十五兩 도두라네 / 어이하여 도
두느고 祛弊生弊 한다하여 / 무슨祛弊 한다던고 三十餘件 이리하데 /
② 一邑百姓 다주거도 吏奴遄나 볏겨주소 / 아전吏老 경자수리 頹落함
안 鄕校修理 / 百姓가둘 옥고치지 허다事業 한다하데 / 奸吏놈들 浮動
하고 일하기는 됴커이와 / 주거가는 百姓이야 아조죽지 불상하다

비변사의 연명 장계도 소용이 없게 되었으나 읍민은 포기하지 않았다. ①에서와 같이 읍민들은 비장청과 연리청에 돈으로 청탁하고, 글 잘 하는 사람을 사서 다시 議訟을 올려 "大小民人 所願이라"는 뜻을 전한 것이다. 여기서 '대소민인 소원'이란 당시 진주읍민의 소원, 즉 비변사의 연명 장계에서 말한 결렴의 폐지를 말한다. '내소민인'이라고 한 이유는 읍민은 물론 사족층도 포함되있기 때문이다. 위에서 '명색이 양반이 군포 물기를 좋아할 리 없지만' 이라는 구절이 나온다. 당시 진주읍에서 사족층도 "九兩五錢"에 加結하여 三十兩"씩 군포를 물었던 사정을 알게 한다. 그러나 의송의 결과는 웃음밖에 나오지 않을 정도로 엉뚱했다. 삼십냥에서 더 올려 삼십오냥씩을 물렸다는 것이다. 작가는 이렇게 폐단을 폐지하기는 커녕 폐단을 만드는 것이 삼십 여 건이나 된다고 한탄하고 있는 것이다.

②는 백성들의 옥고에 대하여 서술했다. "아전吏老"의 "경자"와 퇴락한 함안의 鄕校를 수리하는데, 이곳을 수리하는 목적은 백성들을 잡아 가둘 감옥으로 쓰려는 것이었다. 작가는 간리들은 부화뇌동하여 일을 하지만 백성들만 죽어나가게 되었다고 한탄한 것이다[20].

① 儒會한단 말은됴타 晋州一邑 鄕願인가 / 各下人의 수교로다 大小民人 며잇고나 / 다른선비 쓸듸업서 別經綸 꿈여닉니 / 方何僧도 別有司라 掌議色掌 입명으로 ② 議訟참에 안이갈가 등장가식 등장가식 / 儒會所의 등장가식 儒會所의 안니되니 / 營門으로 議訟가식 近來營門 쓸듸업다 / 議訟가기 무엇할고 神將먹일 돈이업다 / 比局인들 못할손

---

20 '아전吏老의 경자'는 미상이지만, '아전 출신 노인들의 경로당' 정도가 아닐까 추정해본다.

가 比局의도 안이되면 / 上言이나 하여보식 그도저도 안이되면 / 죽을 박가 할일업네 죽음터니 되거더면 / 아물하면 오직할가 이런일을 ᄒ 는놈들 / 우리몬저 겨보식 이노릭를 돌려듯고 / 可否間의 말들하소

위는 〈민란가〉의 마지막 부분이다. ①은 허울뿐인 儒會를 비판했다. 유회한다는 말은 좋지만 막상 유회하는 자리에 가보면 하인들만 수고하고 있고, 大小民人 몇만 나와 있을 뿐이었다. 다른 선비는 오히려 방해가 되는지 직책들을 꾸며 放下僧을 別有司로 꾸며 놓았으며, 掌議와 色掌도 꾸며냈다는 것이다[21].

②는 이 가사의 결사이다. 먼저 儒會所→營門→備局→왕궁 등 합법적인 소청체계를 단계적으로 나열하여 이곳들에 하는 議訟, 上言 등이 아무 소용이 없을 것임을 서술했다. 정작 작가가 하고 싶은 말은 마지막에 나타난다. 그도 저도 안된다면 죽을 수밖에 없을 터인데, 그렇다고 할 때 무슨 일인들 못하겠냐는 것이다. 그리하여 "이런일을 ᄒ는놈들 / 우리몬저 [주?로 추정]겨보식"라고 선언한 후 '이 노래를 돌려들 듣고 가부간의 말을 해달라'고 당부하는 것으로 끝을 맺었다. 작가는 고질적인 지배층의 가렴주구를 시정하기 위해서는 이제 읍민과 사족층이 힘을 합쳐 대규모 항쟁에 나서야 한다고 믿고, 이 항쟁에 죽음을 각오하고 모두 동참해줄 것을 호소한 것이다.

---

21 別經綸은 직책을 말하고 있는 것으로 보인다.; 方何僧은 放下僧의 잘못 기재이다. 절의 경내나 항구거리에서 곡예와 幻戲를 연행하던 법사를 세속의 방하승이라고 불렀다. 후에는 출가하지 않은 속인도 포함되었다.; 有司는 단체의 사무를 밭아보는 관리이다.; 掌議와 色掌은 조선시대 성균관 소속의 임원으로 학생 간부에 해당하는 직책이다.

04 〈민탄가〉의 역사적 성격과 가사문학사적 의의

〈민탄가〉는 1862년 임술 농민항쟁이 일어나기 3년 전인 1859년에 진주에서 창작된 현실비판가사이다. 그런데 이 가사는 임술 진주농민항쟁사와 판련한 어느 논문에서도 이세까시 존재가 알려신 적이 없다. 임술농민항쟁의 본격적인 모의 과정에서 유계춘이 1862년 2월에 지었다는 실전가사가 있는데, 이 실전가사도 현실비판가사로 추정된다.[22] 하지만 유계춘이 지은 실전가사와 〈민탄가〉는 서로 다른 가사라고 보아야 한다. 〈민탄가〉의 내용에 창작 시기가 1859년으로 분명하게 드러나 있고 유계춘이라는 인물이 객관적인 시선으로 묘사되어 있기 때문이다.

〈민탄가〉의 작가는 임술 진주농민항쟁의 주모자인 유계춘과 매우 가까운 인물임에 틀림이 없다. 작가는 유계춘의 정소 활동을 옆에서 지켜보았으며, 아마도 임술 농민항쟁에도 참여했을 것으로 보인다. 구체적으로 추정해볼 때 박수익일 가능성이 충분히 있지만, 최소한 유계춘과 동지 관계로 임술 농민항쟁의 초기 주모자의 한 사람이었던 사족층이었을 것으로 추정된다. 이렇게 〈민탄가〉는 진주민중항쟁의 초기 주모자인 한 사족층이 민중항쟁을 준비하면서 진주읍민의 입장을 대변하여 쓴 현실비판가사이다. 〈민탄가〉는 진주농민항쟁의 초창기 모의가 이미 임술년의 3년 전에도 이루어진 적이 있음을 보여주는 가사이다.

---

22 『壬戌錄』에 의하면 난의 토벌과 징벌에서 진주지방 읍민에게서 압수·제시된 증거물로 回文五張, 通文一張, 樵軍謗書榜目一張 등이 있다. 여기서 '回文五張'이 가사체로 쓰여졌다고 했으므로 현실비판가사로 추정된다. 고순희, 「민란과 실전 현실비판가사」, 『한국고전연구』제5집, 한국고전연구학회, 1999, 235~267면.

작가는 〈민탄가〉를 통해 임술 진주농민항쟁이 발발하기 3년 전 진주읍의 상황을 자세히 서술했다. 먼저 진주읍민을 괴롭힌 각종 수취제도의 문란상을 고발했다. 災結·査陳·각종 뇌물·각종 부과세·체아록·주찬상의 탈 등의 문제와 관련한 전정의 폐해, 백골 징포로 인한 군정의 폐해, 아전의 포흠·귀록조·와환 등의 문제와 관련한 환정의 폐해, 쇄마전·도계전·조의금 등과 관련한 여타 민렴의 폐해 등을 조목조목 들어가며 삼정의 문란상을 고발했다. 그런데 본격적으로 임술년 진주농민항쟁기로 가면 항쟁의 직접적인 원인이 진주 관아의 도결 결정과 우병영의 통환[23] 결정으로 나타난다. 농민항쟁이 일어나기 3년 전에 창작한 〈민탄가〉에서도 도결의 문제가 드러나며, 병영의 통환 문제도 어느 정도는 드러난다. 〈민탄가〉에서 문제 삼고 있는 수취제도 상의 문제가 도결과 통환으로 완

---

23 진주민중항쟁의 직접적인 원인은 진주 관아의 도결 결정과 우병영의 통환 결정이었다. 원래 군현의 창고에 보관된 환곡은 원곡 가운데 반은 창고에 두고 나머지 반은 농민에게 분배하는 것이 원칙이었다. 그런데 여러 가지 이유로 창고 안의 곡식은 남아 있지 않았다. 창고의 곡식이 비게 된 가장 결정적인 요인은 아전층의 중간 횡령이었다. 그들은 농민으로부터 받은 환곡으로 자기 배를 채우고 장부 위에만 받은 것으로 기록하여 '포흠'을 자행했다. 그런데 국가의 지속적인 적발 사업으로 이미 비어 있는 군현 창고의 곡식을 다시 채워 넣어야 했다. 그래서 시행한 것이 '도결'이다. 도결이란 관의 각종 재정이나 부세의 모자라는 부분을 충당하기 위해, 원래 그 징수권을 행사해오던 戶首로부터 결가(토지 1결당 매겨지는 부과액) 책정권을 빼앗아 관에서 직접 행사하는 것을 말한다. 관이 결가를 높이 책정하여 부세액과의 차액을 그 부족분에 충당했던 것이다. 진주지역에서 환곡의 포흠분이 민간의 토지에 전가되어 징수되기 시작한 것은 1855년부터였다. 한편 진주목에는 우병영이 있었다. 조선후기에 이르면 병영은 재정 확보를 위해 환곡을 운영했는데, 점차 이 환곡이 병영의 중요한 재정 기반이 되었다. 그런데 우병영의 환곡은 19세기 중반 들어 그 총량이 현저히 줄어들게 되었다. 그리고 환곡 총량이 줄어들었을 뿐 아니라 아전의 포흠이 심각하게 자행되어 병영의 재정은 심각한 상황에 놓이게 되었다. 마침 관아에서 도결을 실시한 것을 기화로 이 문제를 해결하려 했는데, 바로 1862년 1월에 실시한 통환이었다. 통환이란 원래 호적에 기재된 統戶를 중심으로 환곡을 분급하는 방식을 말한다. 환곡 분급을 위해서가 아니라 포흠분을 민간에게 전가하는 수단으로 사용되었던 것이다. 김준형, 『1862년 진주농민항쟁』, 앞의 책, 15~24면.

전하게 집약되지는 못했지만, 도결과 통환의 문제로 가는 과정의
단계를 보여준다.

한편 〈민탄가〉는 아전에서부터 시작하여 수령, 감사, 세도가, 왕
으로 이어지는 지배층 전체를 비판했다. 〈민탄가〉에서 가장 집중적
으로 고발하고 비판한 것은 읍민과 직접적으로 대면하여 가렴주구
의 패익을 일삼는 아전의 행태였다. 이어서 수령과 삼사의 무사안
일적 근무 태도와 탐욕적 수취를 직접적으로 비판했다. 권력의 정
점에 있는 왕에 대해서는 직접적으로 비판하지는 않았으나 궁에서
멀리 떨어진 진주읍민의 疾苦에 대해서 전혀 모르고 있었으므로 그
무능력에 대하여 은근히 비판했다. 덧붙여 철종대 정치의 고질적
인 병폐를 일으킨 장동김씨 세도가[24]와 향촌사회에서 지배세력으
로 군림하던 유회의 구성원들도 강력하게 비판했다.

〈민탄가〉의 작가는 그 동안 읍폐의 시정을 위해 해왔던 읍민의
노력도 서술했다. 읍에 정소하고, 비변사에 연명 장계를 올리고, 영
문에 의송을 하는 등 읍민들의 정소 활동은 수차례 있어 왔다. 이러
한 읍폐를 시정하기 위한 읍민의 노력은 합법적 소청 활동으로 요
약할 수 있다. 그런데 작가는 그 동안 이러한 활동의 결과가 매번
실패로 끝나고 말았음도 서술했다. 읍민의 일을 진지하게 논의하
는 공론의 장이 되어야 할 유회도 관의 입장만 대변하는 어용적 기

---

24 "철종 대 집권 관인층은 안동 김문[장동 김씨]을 대표로 하였다. 철종 1기부터 집
   권 기반을 마련하였던 안동 김문은 김홍근과 김좌근이 중심이 되어 의정부를 장
   악하였다. 또한 안동 김문은 비변사에 당상으로 참여하는 비중이 점점 증가하여
   이 시기 실제 최고의 관서였던 비변사를 주도하였다. 철종 즉위 당시 5.8%의 비
   율이 철종 14년에는 24.4%로 늘어났다. 안동 김문은 비변사의 전임 당상을 차지
   하여 실제 정치를 주도하였다. 그리고 관료를 임명하는 의천에 참여하는 비중도
   높았다. 여기에 각종 사건·사안을 통해 반대세력, 위협인물들을 제거하면서 안
   동 김문은 철종대 정국을 주도하였다"(임혜련, 「철종대 정국과 권력 집중 양상」,
   『한국사학보』제49집, 고려사학회, 2012, 153~154면)

구로 전락해 있음을 적시했다. 작가는 마지막에서 儒會所→營門→備局→왕궁 등 합법적인 소청체계 안에서의 단계적 정소 활동을 서술하긴 했지만, 그 서술의 태도는 비웃음에 가까운 것이었다. 작가가 그간의 경험에 비추어볼 때 이러한 소청 활동의 한계를 절실히 깨닫고 있있기 때문이다.

그리하여 작가는 읍민과 사족층이 합심하여 이전과는 다른 식으로 읍폐를 시정해야 한다고 생각했다. 다른 식의 투쟁이 어떤 것인지는 '그런 일을 하는 놈들을 모두 죽여보자'는 극단적인 발언 속에 잘 드러난다. 읍민과 사족층이 총출동한 힘으로 읍폐를 시정하는 민중항쟁을 제시한 것이다. '이 가사를 돌려들 읽고 가부간 결정해 달라'는 결연한 발언에는 죽음을 불사한 작가의 민중항쟁에의 참여 의지와 읍민과 사족층에의 동참 호소가 들어 있다. 이렇게 〈민탄가〉에서 주목할만한 점은 삼정의 문란상과 아전의 행태를 고발하고 지배층 전체를 비판하는 데서 더 나아가 죽음을 불사한 대규모 민중항쟁에의 참여를 호소했다는 것이다. 이 점은 가렴주구에 시달리는 민중의 현실을 구할 수 있는 방도는 바로 민중의 힘밖에 없음을 사족층이 인식하게 되었다는 것을 의미한다. 민중과 연대하는 사족층이 성장하고 있는 민중의 힘을 이끌어내 함께 싸울 때 모순과 폐해로 점철된 봉건체제의 현실이 변혁을 이룰 수 있다는 자각에 이른 것이라고 할 수 있다.

이와 같이 〈민탄가〉는 진주농민항쟁의 초기 주모자인 사족층이 농민항쟁에 읍민과 사족층의 참여를 유도하기 위한 직접적인 의도를 가지고 창작된 현실비판가사이다. 그리하여 〈민탄가〉는 당대 현실을 고발하고 지배층을 비판하는 현실인식에 머무르지 않고 당대 현실을 전폭적으로 변혁하려는 현실인식을 담았다. 따라서 〈민탄가)의 작가의식은 합법적인 저항 단계를 넘어서 투쟁적인 민중항쟁의 단계로 들어서고 있다는 역사적 성격을 지닌다.

다음으로 〈민탄가〉의 가사문학사적 의의를 규명할 차례이다. 〈민탄가〉의 가사문학사적 의의는 민중의 삶을 중심에 두고 현실을 비판한 현실비판가사와의 관련성 속에서 찾아질 수 있다. 먼저 〈민탄가〉 이전에 장작된 삼정문란기 현실비판가사와의 관련성을 살펴보기로 한다. 삼정문란기 현실비판가사로는 〈갑민가〉, 〈합강정가〉, 〈향산별곡〉, 〈거창가〉 등이 있다[25]. 18세기 최말에 창작된 〈갑민가〉와 〈합강정가〉에서 전정, 군정, 잡세 등 비교적 단일한 사안을 문제 삼았던 반면, 19세기 들어 창작된 〈향산별곡〉과 〈거창가〉에서는 삼정 및 각종 잡세 등 수취제도의 전영역을 문제 삼았다. 창작 시기가 뒤로 올수록 문제 삼고 있는 것이 삼정의 전 영역으로 확대되면서 특히 환정의 문란상과 각종 잡세의 증가로 나아가는 추세를 보인다[26]. 이러한 추세를 이어 받아 〈민탄가〉도 삼정의 문란상 및 각종 잡세 전체를 문제 삼았다. 한편 19세기 중엽 진주읍에서 수취제도상 가장 문제시되었던 것은 환곡의 문제에서 출발했다. 그리하여 〈민탄가〉는 당대 진주읍의 문제를 반영하여 환곡과 관련한 여러 폐해를 집중적으로 서술한 특징을 보인다.

네 편의 삼정문란기 현실비판가사는 모두 아전, 수령, 감사, 왕으

---

25 고순희, 「19세기 현실비판가사 연구」, 이화여자대학교 대학원 박사학위논문, 1990, 1~164면.

26 〈갑민가〉(1792년 작)에서는 군정의 폐해를 집중적으로 다루었다. 〈합강정가〉(1792년 작)에서는 감사의 순시에 즈음하여 읍민에게 가해지는 각종 수취와 가렴주구 행태를 조목조목 고발하고 비판했다. 19세기 전반에 창작된 〈향산별곡〉에서는 삼정의 문란상을 총체적으로 고발, 비판했는데, 특히 환곡의 폐해에 대한 고발이 처음으로 등장했다. 1841년 경에 창작된 〈거창가〉는 환곡은 물론 각종 잡세의 수취 행태를 조목조목 고발하고 비판했다.

로 이어지는 지배층을 비판했다. 〈민탄가〉에서도 이와 마찬가지로 아전, 수령, 감사, 왕으로 이어지는 지배층을 비판했다. 덧붙여 당시 정치를 주무르고 있었던 장동김씨 세도가도 아울러 비판했는데, 장동 김씨의 세도가 단지 중앙정치의 문제로 국한하지 않고 조선 전체의 문제로 확산되어 향촌사족층의 정치적 상실감을 키우고 있었던 사정을 반영해준다.

네 편의 삼정문란기 현실비판가사에서는 선정을 베푸는 이웃 수령, 義人一士, 성상, 암행어사와 금부도사에 대한 기대를 서술하기는 했다[27]. 하지만 작가들의 현실 인식은 절망적인 것이었으므로 모두 '하느님'을 찾았다. 반면 〈민탄가〉에서는 암행어사나 왕에 대한 기대는 애초 나타나지 않는다. 다만 작품 내용에 이전의 현실비판가사와 마찬가지로 '하느님'이 등장하고 있다[28]. 여러 번의 합법적인 의송의 실패로 인해 역시 절망적인 현실 인식을 지니고 있었던 것이라고 할 수 있다. 이러한 절망적인 현실인식 속에서 〈갑민가〉, 〈합강정가〉, 〈향산별곡〉 등에서의 저항은 소극적인 농민의 저항 형태인 유리도망 행위로 나타났다. 그리고 〈거창가〉에 이르면 옥에 갇혀 맞아 죽거나 의송을 써 감옥에 가거나 통문수창으로 사형을 당하거나 하는 등에서 알 수 있듯이 향촌반란운동으로 나타났다. 반면 〈민탄가〉에서는 전폭적으로 민중의 성장하는 힘과 민중과 연대하는 사족층이 함께 내뿜는 변혁적 에너지를 중시한 민중항쟁으로 나타난다. 삼정문란기 현실비판가사의 역사적 성격이 유

---

27 〈갑민가〉에서는 선정을 베푸는 이웃 수령에, 〈합강정가〉에서는 義人一士에, 〈향산별곡〉에서는 성상에, 그리고 〈거창가〉에서는 암행어사와 금부도사에 대한 기대를 서술하기는 했다.
28 "이리하나 저리하나 만만한게 百姓일다 / 百姓인들 몰을소야 흐느님아 흐느님아 / 죽을일이 또싱기네"

리도망→향촌반란운동으로 변화되고 〈민탄가〉에 이르러 농민항쟁
으로 전화되어 간 것이라고 할 수 있다.

한편 네 편의 삼정문란기 현실비판가사는 당대의 민중사실을 다
양하게 서술했다. 이러한 민중사실들은 집단적 민중사실에 머무르
고 만 경우도 있지만, 서사적 편폭을 지닌 장면으로 묘사되어 서사
적 민중사실이 된 경우도 있다[29]. 특히 이들 현실비판가사에서는
여성의 사연을 클로즈업해서 묘사하곤 했다[30]. 약한 여성의 처참한
현실을 부각함으로써 민중 일반의 처참상을 극대화하여 나타내고
자 한 서술이라고 할 수 있다. 반면 〈민탄가〉에서는 여러 번에 걸친
의송의 실패 외에 수탈에 시달리는 읍민의 형상이나 옥에 갇히는
읍민의 형상 등이 집단적 민중형상으로만 매우 간단하게 서술되었
다. 수취제도상의 문제적 사실 그 자체에만 몰두하여 상대적으로
민중사실은 서사적으로 클로즈업되어 생생하게 전개되지 못한 것
이다. 이전의 현실비판가사가 감성적 서술 전략에 비중을 많이 둔
반면 〈민탄가〉는 이성적 서술 전략을 채택한 것이라고 할 수 있다.

---

29 〈갑민가〉에서는 의송의 실패, 결항치사한 아내의 사연, 군포 납입을 위해 입산하
   여 발가락을 잃은 사연, 결국 유리도망해 가는 사연 등 갑산민과 관련한 다양한
   민중사실이 나타난다. 〈합강정가〉에서도 감사 및 인근 수령들의 합강정 선유를
   위해 읍민이 총동원되어 횃불을 든 사연, 공출로 그릇이 없어 부엌에서 우는 아
   낙네의 사연, 한 가족의 유리도망 형상 등 다양한 민중 사실들이 나타난다. 〈향산
   별곡〉에서도 두 번 의송의 실패, 환곡 분급 시의 사연, 서주 역사 시 시달리는 백
   성의 형상, 군향미 납부시 아전의 가학 행위, 군정과 관련한 학정 사연, 유리민의
   처참한 형상 등 다양한 민중사실이 나타난다. 〈거창가〉에서는 재인광대 불러다
   환곡을 분급한 사연, 의송을 쓴 정자육을 고문한 사연, 곤장을 맞아 5~6인이 죽
   은 사연, 짜던 베를 끊어가자 서러움에 빠진 여인의 사연, 면임에게 능욕을 당해
   손목을 끊고 자살한 김일광의 처 사연, 통문수창한 아들의 죽음을 보기 싫어 먼
   저 결항치사한 이우석의 모친 사연 등 실로 다양한 민중사실이 나타난다.
30 결항치사한 아내의 사연, 부엌에서 우는 아낙네의 사연, 서러움에 빠진 여인의
   사연, 손목을 끊고 자살한 김일광의 처 사연, 아들의 죽음을 보기 싫어 먼저 결항
   치사한 이우석의 모친 사연 등을 들 수 있다.

그런데 〈민탄가〉의 마지막에 나오는 '그런 일을 하는 놈들을 죽여 보자'라는 어구는 폭력적인 언사로 매우 감정적으로 받아들여질 수 있는 지점이다. 그러나 이 발언은 후에 전개된 임술농민항쟁을 염두에 두고 볼 때 작가가 이성에 기반하여 적극적인 투쟁의 전선 구축에 보다 심혈을 기울였기 때문에 나온 구절이라고 할 수 있다.

다음으로 〈민탄가〉 이후에 창작된 현실비판가사와의 관련성을 살펴보기로 한다. 〈민탄가〉 이후 민중의 삶을 중심에 두고 현실을 비판한 현실비판가사로 확인된 것은 1898년에 丁益煥이 창작한 〈심심가〉와 1942년 경에 창작된 〈만주가〉가 있다. 〈심심가〉는 1차 갑오개혁으로 당대 들불처럼 번지고 있던 '賭稅' 저항운동을 배경으로 한다. 남해지역, 특히 창선목장에 내려온 감관 및 관속의 비리를 신랄하게 고발하고, 그간의 시정 노력, 신관찰사를 향한 시정 호소, 지역민을 향한 투쟁에의 참여 호소 등을 서술한 현실비판가사이다. 〈만주가〉는 일제에 의한 강제 한인동원, 만주강제이민정책, 그리고 태평양전쟁을 배경으로 한다. 일제의 한인 강제 동원 현실과 한인의 참상을 중점적으로 서술하고, 한인을 향해 당부하고 일본을 향해 비판과 저주를 퍼부은 현실비판가사이다[31]. 삼정문란기 현실비판가사에서 비판의 대상이 지배층이었다면 〈심심가〉에서는 토지 조사를 나온 감관과 그 관속들이고 〈만주가〉에서는 일제일 뿐, 민중의 삶을 중심에 두고 현실을 비판했다는 점은 동일하여 두 가사 작품은 현실비판가사의 전통을 계승한 작품이라고 할 수 있다.

이상의 논의를 종합하여 〈민탄가〉의 가사문학사적 의의를 규명

---

31 고순희, 「19세기말 도세저항운동 : 가사문학 〈심심가〉 연구」, 『제61회 국어국문학회 국제학술대회 발표논문집』, 국어국문학회, 2017년 5월 26일, 247~262면. ; 고순희, 「일제강점기말 현실비판가사 〈만주가〉 연구」, 『동북아문화연구』제49집, 동북아시아문화학회, 2016, 79~94면.

하고자 한다. 삼정문란기 현실비판가사의 역사적 성격은 유리도망
→향촌반란운동을 거쳐 〈민탄가〉에 이르러 농민항쟁으로 전화되어
간 것을 보여준다. 그리하여 〈민탄가〉는 삼정문란기 현실비판가사
를 계승하여 마지막 삼정문란기 현실비판가사라는 가사문학사적
의의를 지닌다. 이전 시기의 현실비판가사의 내용과 현실인식을
계승하면서도 더 나아가 19세기 중엽 진수읍의 역사적, 사회적 현
실을 전폭적으로 수용한 19세기 중엽 진주농민중항쟁기의 현실비
판가사라는 가사문학사적 의의를 지닌다. 그리고 이러한 〈민탄가〉
는 뒤에 창작된 현실비판가사인 〈심심가〉나 〈만주가〉의 가교 역할
을 했다는 가사문학사적 의의도 지닌다. 〈민탄가〉를 포함한 삼정문
란기 현실비판가사와 〈심심가〉 및 〈만주가〉의 작가는 모두 지방하
층사족층으로 추정된다. 이들 가사 작품을 통해 민중의 삶을 중심
에 두고 현실을 비판하는 작가의식을 지닌 사족층이 삼정문란기는
물론 근대전환기와 일제강점기에까지 꾸준히 있어온 점을 확인할
수 있다. 그런 의미에서 〈민탄가〉는 현실비판가사의 전통이 후대에
까지 이어져갈 수 있도록 하는 가교 역할을 수행했다고 할 수 있다.

05 맺음말

이 논문에서는 〈민탄가〉를 처음으로 연구하는 자리인만치 〈민탄
가〉의 작가를 추정하고, 작품세계를 면밀하게 살피는 한편, 역사적
성격과 가사문학사적 의의를 규명하는 작업을 총체적으로 수행하
였다. 이 연구에서는 무엇보다도 〈민탄가〉 필사본 텍스트의 성격

상 자구를 정확하게 파악하여 그 의미를 해석해내는 것이 필요했
다. 그리고 역사적 성격이나 가사문학사적 의의를 규명해야 했기
때문에 작품의 내용적 측면에 치중하여 논의함으로써 상대적으로
작품의 문학적 측면에 대한 논의는 소홀했다고 할 수 있다. 추후 이
전의 삼정문란기 현실비판가사와 이후의 〈심심가〉 및 〈만주가〉와
의 비교 논의 속에서 각 작품이 채택하고 있는 서술 전략이나 표현
방식 등의 문학적 연구가 이루어지기를 기대한다.

현실비판가사 연구

제6장
矢傳 현실비판가사

01 머리말

삼정문란기에 창작된 현실비판가사 가운데는 향촌반란운동이
나 민란의 현장에서 유통되었던 흔적이 나타나는 작품이 있다.
1941년경에 창작된 〈居昌歌〉는 향회를 중심으로 하는 향촌사회 내
반관적 움직임의 현장에서 창작되었다. 작품 내용에 의하면 거창
관아는 관에 저항하는 향민을 옥에 가두거나 고문하여 죽이는 등
극심하게 탄압했다. 그리고 〈거창가〉의 이본 가운데 〈井邑郡民亂時
閭巷聽謠〉라는 제목을 지닌 것도 있어 이 가사가 거창을 떠나 다른
지방으로 유통되어 민란의 현장에서 기능을 발휘하기도 했음을 보
여준다[1].

1 민란과 가사문학의 관련성을 보여주는 논문으로는 다음과 같은 것이 있다. 최미

19세기에 들어서면 크고 작은 향촌반란운동이 전국적으로 활발하게 일어났다. 향촌반란운동은 단순한 소요로 끝나기도 했지만, 난을 모의하는 과정에서 발각되어 '변란' 혹은 '역모사건'으로 끝나버린 것들도 있었다. 그리고 특정의 향촌사회를 벗어나 광범위하게 지역을 넓혀 민란의 규모로 확대된 것도 있게 되었다. 그리하여 19세기 민란은 기본적으로 '촌락반란운동'[2]의 성격을 지닌다. 그러나 이 연구에서는 향촌반란운동, 변란, 역모사건 등 일련의 반관적 움직임 모두를 '민란'이라는 용어로 통칭하기로 하겠다.

그런데 민란의 현장에서 주모자에 의해 창작되어 민란에서 일정한 기능을 담당했던 가사가 있었다. 민란 자체가 모의 단계에서 발각되거나 혹은 난이 발발하고 관군의 토벌로 주모자가 처형됨으로써 증거물로 압수된 가사가 있었다. 따라서 이들 가사는 주모자를 심문한 기록에만 그 존재가 드러나고 가사 자체는 전해지지 않게 되었다. 이와 같이 민란의 현장에서 창작되었으나 내용은 유실되어 전하지 않고 기록으로만 적혀 있는 失傳歌詞[3]들이 있는데, 기록에는 '歌詞'로 되어 있으나 〈거창가〉와 마찬가지로 가사문학일 것으로 추정된다. 그리하여 이들 가사를 '실전 현실비판가사'로 유형화할 수 있는데, 실전 현실비판가사로 확인된 것은 〈長淵歌〉, 〈豊德歌〉 4편, 〈晉州歌〉 등이다.

정, 「1800년대의 민란과 국문시가」, 『성곡논총』제24집, 성곡학술문화재단, 1993.; 정흥모, 「향산별곡을 통해 본 19세기 초 민란 가사의 한 양상」, 『한국시가연구』창간호, 한국시가학회, 1997.

2 고승제, 「이조말기 촌락운동과 농촌사회의 구조적 변화」, 『한국촌락사회사연구』, 일지사, 1977.

3 문헌기록상 모두 "歌詞"로 되어 있어 그대로 따랐다. 그리고 이들 失傳歌詞는 본래 제명은 없으나 편의상 사학계에서 공인된 민란의 명칭이나 이들 가사에서 작가가 문제 삼고 있는 지명을 따라 붙였다.

19세기는 봉건사회에서 근대사회로 이행해 가는 전환기이다. 그런데 이 시기의 성격은 정치적으로는 보수반동의 시기이고, 사회적으로는 민란의 시기여서 매우 이질적인 두 요소가 혼재되어 있는 양상을 보인다. 우리 사회가 근대로 전환한 과정을 이해하기 위해서는 이 두 요소를 종합적으로 이해할 필요가 있다. 특히 우리 민족이 봉건사회에서 벗어나 근대사회로 이행해 갔던 19세기의 근대성을 규명하기 위해서는 민중의 성장된 힘을 바탕으로 활발히 전개된 민란에 대한 이해가 필수적이다.

민란은 각 향촌사회의 구체적이고 현실적인 문제를 구심점으로 하여 전개되었다. 이렇게 민란이 자생적으로 팔도 각지의 향촌에서 각자의 향촌 문제를 안고 빈번하게 발생하였지만, 이 모든 민란의 공통점은 당대 사회의 보편적인 모순인 삼정의 문란 현실과 지배층의 탐학 현실을 문제 삼았다는 것이다. 이러한 19세기 민란의 실질적인 원동력은 민중의 성장된 힘이었다. 그러나 민중의 성장된 힘만으로 당시 빈번하게 일어난 민란을 제대로 설명할 수는 없다. 각 향촌사회 내 민란의 현장에서 지도력을 발휘하거나 구심점 역할을 했던 지식인의 참여가 없었다면 민란의 시발이 불가능했기 때문이다. 그리고 향촌 사회를 중심으로 한 민란이 전국적으로 발생한 데에는 타지역의 민란 경험을 서로 공유한 진보적 지식인의 역할도 무시할 수 없다.

이 연구에서 민란의 현장에서 창작된 실전가사에 주목하는 이유는 19세기 근대로의 전환기에 민중과 연대한 층의 존재와 활동을 구체적으로 알 수 있기 때문이다. 그리고 이러한 근대를 향한 역사적 현장에서 가사장르가 일정한 기능을 발휘했다고 하는 점은 가사문학사적인 면에서도 큰 의의를 지니기 때문이다.

19세기 실전 현실비판가사는 고순희[4]에 의해 다루어진 바가 있다. 그러나 이 논문에서는 19세기 현실비판가사를 유형적으로 접근하는 가운데 현전 가사를 중심으로 논의했기 때문에 실전가사 작품들에 대한 접근이 구체적이거나 집약적이지 못한 한계가 있었다. 실전가사는 비록 가사의 내용은 전하고 있지 않으나 관련 기록이 비교적 풍부하게 남아 있다. 실전가사는 가사문학이 당대의 역사·정치·사회와 어떤 관련성을 지니고 있었는지를 알 수 있게 하는 자료라서 자세히 살펴볼 필요가 있다.

먼저 2장에서는 남아 있는 관련 기록들을 통하여 민란 시 유통된 '歌詞'가 '歌辭文學'임을 밝히고, 그 내용을 추정해 본다. 3장에서는 민란의 현장에서 의도성을 지니고 창작된 가사의 향유, 전승과 가사 장르와의 관련성을 살핀다. 4장에서는 실전 현실비판가사의 작가층을 추정하고 역사적 성격을 규명한다. 그리고 마지막 5장에서는 실전 현실비판가사의 가사문학사적 의의를 규명하고자 한다.

02 19세기 민란과 失傳 현실비판가사

A. 長淵作變과 〈長淵歌〉

"長淵作變"[5]은 1804년 황해도 長淵을 중심으로 주모자인 李達宇,

---

4 고순희, 「19세기 현실비판가사 연구」, 이화여자대학교 대학원 박사학위논문, 1990.
5 이 사건의 전말은 『推案及鞫案』(한국학문헌연구소편, 아세아문화사, 1980) 弟二十六券〈罪人達宇義綱等推案單〉에 상세히 기록되어 있어 작자의 사회적 계층, 대강의 내용 및 유통 과정을 알 수 있다.

張義綱 등이 모여 난을 모의하다가 포교의 고발로 발각된 사건으로 19세기 초기 민란의 하나이다[6]. 난은 사전에 발각되어 그 주모자들과 연루자들을 조사하고 색출하는 심문이 있게 되었다. 죄인을 심문하는 과정에서 증거자료로 채택된 "窮凶絶悖之歌詞"가 있었다. 공초문에는 "歌詞"라 되어 있으나, '歌詞中多有危言覇論'이라는 기록에서도 알 수 있듯이 많은 내용을 담고 있는 것이 분명하므로 긴 형식의 시가인 歌辭였으리라고 본다. 『純祖實錄』의 이달우에 대한 기록에서도 '네 글자의 不道한 말로 歌詞를 지었고, 이어 阿保機의 일을 끌어다 조정을 비방하고 인심을 선동 미혹케 하였으며'[7]라고 적고 있다. 여기서 '네 글자의 歌詞'가 '歌辭'임은 의심할 여지가 없을 듯하다.

李達宇는 1799년에 이 가사를 짓게 된 배경과 대강의 내용을 다음과 같이 말하고 있다.

> (이달우)왈, 가사 중에는 危言覇論이 많은 까닭에 朝家에서 이를 들으면 필시 나를 잡아들일 것이니 이때에 나의 方略을 전하려 하였습니다.
>
> (問)왈, 방략이란 무엇인가.
>
> (李)왈, 근래 민생이 澗悴하고 人心이 不淑합니다. 富者는 兼倂之利

---

6 이이화의 「19세기 전기의 민란연구」(『한국학보』제35호, 일지사, 1984)에 이 사건에 대한 언급이 있다. 이 외 장연작변에 관한 언급은 조광의 「19세기 민란의 사회적 배경」(『19세기 한국 전통사회의 변모와 민중의식』, 진덕규외 저, 고려대학교 민족문화연구소, 1982)에서도 찾아 볼 수 있다.

7 『순조실록』순조 4년 9월 5일 〈이달우·장의강을 대역으로 결안하여 본도에서 정형하게 하다. 박효원 등은 형신한 뒤 작처하다〉(『증보판 CD-ROM 국역 조선왕조실록』제3집, 서울시스템, 한국학데이타베이스연구소) 이 연구에서 실록의 자료를 인용하는 경우 한문 원전은 생략하기로 한다.

를 취하고 貧者는 먹을 것조차 없어 고리대를 빌어쓰거나 걸식에 나서거나 심지어 도적이 되는 지경에 이르렀습니다. 이는 위로 制産之治를 잃은 탓입니다. 周나라는 井田之法을 써서 成京之治를, 唐나라는 均田之制를 써서 貞觀之化를 이루었습니다. 지금 이 제도를 모방하여 每戶에 田 七十負를 分給하고 田頭가 家를 이루어 농사를 짓는다면 사오 식구의 집은 족히 먹고 남을 것입니다. 이 방략을 上達할 길이 없어 부득이 歌詞를 지었습니다.

(問)왈, 너는 草野人으로 만약 상달할 방략이 있으면 上疏를 하지 어찌 가사를 지어 전파했는가. 이른바 危言覇論은 과연 무엇을 가리키며 隱喩하는지 이실직고 하라.

(李)왈, 歌詞 가운데 나의 재간을 과장한 것도 危言입니다. 또 危言은 국가에서 인재를 收攬할 것을 생각치 않고 小人이 총애를 받으며 오로지 酒色宴樂의 일에만 급급한다 운운한 것입니다.

(問)왈, 이 不道之凶言을 누구와 더불어 수작했고 누구누구에게 베껴졌는지 숨김없이 이실직고하라.[8]

이달우는 토지제도에 관한 자신의 방략을 왕에게 진언하기 위해 일부러 위언패론으로 가득찬 가사를 지어 유포시켰다고 하였다.

---

8 "歌詞中多有危言覇論 故朝家聞此之後必捉致 矣身欲因此時而仰達方略矣 問日所謂方略果是何許方略是喩爲先直告 供日方略則矣身以爲近來民生澗췌人心不淑 富者取兼并之利貧者無所就食 或債貸行乞甚至於爲盜賊之境 此盖由於上失制産之致 矣身之意則以爲周行井田之法致成京之治 唐行均田之制成貞觀之化 今若略倣此制 每戶給田七十負田頭作家以治其田 則四五口之家足以裕食 此矣身所謂方略 而無路上達不得已爲此歌詞矣 問日矣身以草野人 若欲以方欲上達則以上疏爲之 何所不可而必以歌詞如是傳播果何心腸是於矣身所謂危言覈論果指何語是隱喩一一直告 供日歌詞中誇張矣身之才幹者此是危言 而且以爲國家不思收攬人才之道小人以因寵之計專以酒色宴樂之事勤之云云者此皆危言矣 問日似此不道之凶言與誰酬酌而至膽歌詞是隱喩從實直告" 『推案及鞠案』第二十六卷, 602~603쪽.

즉 도탄에 빠진 백성들을 구제할 방도를 왕에게 알리고 싶은데 길은 없고 해서 붙잡혀서라도 왕 앞에 가려고 일부러 이 가사를 지은 것이라고 진술했다. 그러나 이 진술은 그럴듯하게 꾸민 발뺌의 발언으로 보인다. 진술이 맞다면 실제로 가사를 지은 본인이나 가담자는 왕이 있는 한양으로 이 가사를 유포시키려고 노력했을 터인데 누구도 이런 노력을 하지 않았기 때문이다. 그러면 구체적으로 가사의 내용은 무엇이었을까. 이달우가 토지제도에 관해 가지고 있었던 방략이라고 하는 것은 가사의 직접적인 내용은 아니었던 것 같다. 가사의 직접적인 내용으로 볼 수 있는 것은 위에서 '危言'이라고 지적을 당한 "국가에서 인재를 收攬할 것을 생각지 않고 소인이 총애를 받으며 오로지 酒色宴樂의 일에만 급급한다"는 것이다.

> 내가 밖에 나갔다 돌아온 즉 宗煥(이달우)과 宗璧[9]이 내 집 外房에서 큰 종이를 들고 있었습니다. 그 종이에는 글씨가 가득 씌어져 있었는데 나는 文이 짧아 그 뜻을 잘 해석할 수 없었습니다. 대체로 본 즉 上言과 中言은 監司와 本官의 不善 및 本邑吏鄕 諸人에 관한 비방이 나열되어 써 있었습니다.[10]

위는 訓練習讀官이자 이 사건에 연루되어 체포되어온 朴孝源(당시 56세)의 공술 내용이다. 역시 박효원도 이달우와의 연루를 부정하고자 발뺌을 하는 말을 주로 했는데, 위의 공술 내용은 그런 가운

---

9 이종환은 李達宇의 異名인 것으로 보이며 李宗璧은 이달우의 육촌형이다.
10 "前日之夕矣身自外入來則宗煥與宗璧在矣身家外房持一大紙兩紙書上言 而矣身文短不能領會其旨意是乃大體見之則上言中言監司本官之不善而本邑吏鄕諸人之疵謗無不列書"『推案及鞫案』, 第二十六卷, 657쪽.

데 나온 발언이다. 朴孝源이 나갔다가 집에 돌아왔을 때 이달우와 이종벽이 찾아와 있었다. 그들은 큰 종이에 쓴 글을 펼쳐 보고 있었다. 큰 종이에 쓴 글이 바로 〈장연가〉였는지는 확실하지 않다. 이것이 漢文章이었고 다음에 그것을 〈장연가〉로 가사화하였을 가능성도 있다. '나는 文이 짧아 그 뜻을 잘 해석할 수가 없었다'고 한 발언이 그러한 의문을 품게 한다. 그러나 징효원은 증거물로 압수된 기사가 자신이 사건에 연루되었는지 아닌지 판단하는데 중요하게 작용한다는 점을 잘 알고 있었다. 그렇기 때문에 보기는 했어도 그 뜻을 잘 모른다고 답변한 것이다. 그렇다고 할 때 박효원이 본 장문의 글은 가사 〈장연가〉일 가능성은 여전히 있게 된다. 어쨌든 그 큰 종이에는 '上言과 中言이 監司와 本官의 不善 및 本邑吏鄕 諸人들에 관한 비방이 나열되어 있었'다고 하였다.

　　歌詞 중에 阿保機에 관한 사실을 말한 까닭을 孝源에게 말하였습니다. 아보기는 형제가 많았는데 그 시절 역신들이 아보기의 아우를 끌어들여 역모를 한 즉, 아보기는 다만 그 신하만을 베고 그 아우는 베지 않았다는 것입니다.[11]

위에서 말한 阿保機는 遼나라 태조 完顔阿保機로 '僭僞之君'에 속하는 인물이다. 역신들이 아보기의 아우를 끌어들여 역모를 꾀하여 왕실과 관련한 부분이 있었기 때문에 조정에서는 특히 아보기와 관련한 가사의 내용에 신경질적으로 반응하였다. 그리하여 아보기와 관련한 서술을 '危言覇論'으로 계속 지목하면서 역모임을

11 　"歌詞中言阿保機之事盖 以阿保機多有兄弟 而其時逆臣輩多引保機之弟而爲逆 則保機只誅其臣不誅其弟"『推案及鞫案』, 第二十六卷, 605쪽.

입증하고자 강하게 추궁한 것이다. 그러나 이 부분은 官에서 중요하게 생각하는 것만큼 가사에서 그리 큰 비중을 차지하지는 않았으리라고 본다.

이상 '危言覇論'과 '不道之凶言'으로 요약할 수 있는 〈장연가〉의 내용을 추정해본다면 "국가에서 인재를 收攬할 것을 생각지 않고 소인이 총애를 받으며 오로지 酒色宴樂의 일에만 급급한다"는 것, '上言과 中言이 監司와 本官의 不善 및 本邑吏鄉 諸人들에 관한 비방이 나열되어 있'는 것, 그리고 '阿保機'를 인용하여 역모를 암시한 것 등이 될 것이다. 다시 말해 〈장연가〉는 民苦는 아랑곳하지 않고 호사를 누리는 조정대신의 타락, 인재등용의 문란을 포함한 과거제의 폐단, 감사·수령·아전으로 이어지는 향촌사회 지배층의 부패상을 구체적으로 나열하여 비판하는 내용을 지녔다고 보인다. 이 가운데 '上言과 中言'이 '監司와 本官의 不善 및 本邑吏鄉 諸人들에 관한 비방'을 담았다고 했으므로 가사의 주 내용은 황해도 장연 지역의 수령을 중심으로 한 지배층의 부패상을 고발하면서 그에 따른 향촌민의 피폐상을 서술했을 것으로 보인다.

B. 畿湖간 소요·작변과 〈豐德歌〉 4편

『純祖實錄』1823년(순조 23년) 7월 25일자 기록에 의하면 풍덕부를 송도에 합병하는 일이 일어나는데, 그 이유는 송도의 재정문제가 심각하여 한 고을을 떼어서 합쳐주는 방도밖에 없기 때문이었다[12]. 하지만 이 조처는 예상외로 반발이 심해 그 후유증이 그 어느

---

12 "다만 생각건대, 송도의 피폐가 이 지경에 이르렀으나 달리 변통할 길이 없으니, 오직 고을을 떼어서 합쳐 주는 방도 밖에 없습니다." 『순조실록』 순조 23년 7월

때보다 컸다. 합병 사건 이후 곧바로 풍덕읍 유생들의 소요가 일어
나고, 이 소요는 경기·호남 지역의 유생들에게까지 확산되어 申綱
輩의 悖擧로 이어지게 되었으며, 1826년에는 金致奎·李昌坤의 변
란과 朴亨瑞·鄭尚采의 옥사 등의 역모 사건으로 치닫게 되었다[13].

> 풍덕(豊德)을 송경(松京)에 합속(合屬)시킨 것은 바로 조가에서 변
> 통하는 정사로 구적(舊蹟)을 따르고 편리함을 따른 것입니다. 저 풍
> 덕 고을의 향교 유생들이 송도에 부속되기를 원하지 않아서 감히 저
> 지할 계책을 하여 --(중략)-- 또 백지(白地)에 염극(鹽棘)의 흉악한 말
> 을 지어 내어 언요(諺謠)를 만들어서 원근에 퍼뜨렸으니, 그 계책은
> 남을 모함하는데 급해서 스스로 성묘(聖廟)를 모욕하고 더럽히는 죄
> 과에 빠지는 것을 알지 못했습니다. 참으로 불쌍하지 않습니까?[14]

위는 순조 25년 6월 2일자의 기록인 〈풍덕 유생들의 뿌리를 뽑을
것에 관한 관학유생(館學儒生) 생원(生員) 오우상(吳羽常) 등의 상소
문)이다. 풍덕이 송도에 합병되자 풍덕 유생들이 들고 일어나 이것
을 반대하고, 설상가상으로 향교를 폐하고 그 신주를 묻는 과정에
서 문제가 발생하기까지 하자 유생들이 따로 사사로운 제사를 올
린 사건을 말하고 있다. 여기서 풍덕 유생들이 '흉악한 말을 지어
내어 諺謠'를 지어 향촌에 유포하였다고 하였다. 여기서 말한 '諺謠'
가 정확히 어떤 형식의 노래인지는 분명히 드러나지는 않는다. 그

25일 〈송도의 재정 문제에 관해 영의정 남공철이 아뢰다〉. 『순조실록』의 번역은
『국역 조선왕조실록 CD롬』(앞의 자료)을 따랐다. 이후 원문은 생략하기로 한다.
13 『純祖實錄』의 순조 24년 4월 4일부터 34년 9월 20에 이르기까지 조정에서 이 건
이 자주 거론되곤 하였다.
14 『순조실록』권27. 순조 25년 6월 2일.

러나 향교의 유생들이 지어 향촌에 유포했던 점으로 미루어 보건
대 그 형식은 순수한 우리말 노래라기보다는 '歌辭'였으리라고 추
정된다.

 이후 1926년에 발생한 '淸州掛書' 사건의 국문과정에서 풍덕읍의
힙병과 관련한 소요에서 가사 3편이 유동되었나는 사실이 밝혀지
게 된다. '청주괘서' 사건은 19세기 전반기 민란의 하나로 자세한
내용은 『純祖實錄』 권28 순조 26년 10월 15일 기록에서부터 11월 9
일 기록까지와 『推案及鞫案』의 〈罪人亨瑞尙采季良推案〉에서 찾아볼
수 있다. 淸州牧 掛書事件은 장연작변이나 마찬가지로 민란의 전초
단계인 모의 과정이나 준비 단계에서 불발로 그친 사건이었다.
1926년 5월에 청주의 충청감영 앞과 북문에 민란을 선동하는 榜書
와 함께 그 주동자의 실명을 열록한 문서가 나붙었다. 주동자인 金
致奎는 성인 · 도사 · 장군 · 원수라 칭하면서 강화도나 태백산에 산
다고 하며 홍경래가 죽지 않았다는 허황된 말을 퍼뜨리며 민심을
선동하여 동조자들을 모아 소요를 일으키려 하였다. 동조자들의
이름을 적어 책자를 만들어 지니고 있었으며 豊德에 있는 申綱과
연락하여 그곳의 兵卒을 동원하려는 계획을 세우기도 하였다. 연루
자들은 도망갔다가 6개월 후인 11월에 재차 거사를 도모했다가 朴
亨瑞 · 鄭尙采 · 辛宜柱 · 申季亮 등이 체포되어 난은 일단락되었다.
推鞫이 파하고 조정은 충청도를 公忠道로, 청주목을 西原縣으로 개
칭하고 사건이 마무리되기에 이른다[15].

 순조 26년 11월 20일에 護軍 尹命烈은 이 사건에 대한 상소를 올
리는데 여기서 '歌詞 三篇'이 언급된다.

---

15 이이화, 「19세기 전기의 민란연구」, 앞의 논문, 62~63쪽.

　　신은 포도청의 죄수 한경악(韓慶岳)의 일에 대해서는 그 이상 더 근심스럽고 의심스러울 데가 없습니다. 송도(松都)와 풍덕(豊德)이 합병(合幷)된 뒤로부터 기호(畿湖) 사이의 패려한 사유(士儒)들이 근거 없는 일을 속이고 선동하여, 심지어는 신강(申綱) 무리의 패려한 거조가 있었는가 하면, 김치규(金致奎)·이창곤(李昌坤)의 변고와 박형서(朴亨瑞)·정상채(鄭尙采)의 옥사(獄事)가 서로 잇달아 일어나서 난서와 맥락이 접하여 연결되지 않음이 없었습니다.--(중략)--신은 듣건대, 이번 이규여(李奎汝)의 구문(究問)에서 이른바 오촌(鰲村)에 주었다는 글의 한 안건에 있어서는, 곧 유현(儒賢)에게 권하여 풍덕읍을 혁파한 잘못을 논하게 하였는데, 말이 몹시 위험하고 패악스러웠으니 그 글을 지은 자는 곧 한경악입니다. 한경악의 초사에 이르기를, '풍덕에 관한 일로써 3편(篇)의 가사(歌詞)가 있는데 기록하지 않은 집이 없고 외우지 않는 사람이 없으니, 이는 분노에서 발로(發露)된 것이다.'고 하였습니다. 무릇 이른 바 3편의 가사라는 것은 곧 터무니없는 말을 지어내어 선동한 이야기 거리가 되었고, 이 가사를 만든 자는 곧 터무니없는 말을 지어내어 선동한 근본 와굴(窩窟)입니다[16]

　　윤명렬은 먼저 1823년 풍덕읍 합병 사건, 기호간 소요, 1826년의 김치규(金致奎)·이창곤(李昌坤)의 변고(청주괘서변란) 등이 서로 밀접히 연결이 되어 있다고 보았다. 그리고 1826년에 있은 청주괘서 사건의 연루자로 잡혀 들어와 포도청에서 究問을 받은 韓慶岳이라는 사람을 왕부로 잡아들여 추문할 것을 말하였다. 그 이유는 한경악이 공초에서 '풍덕에 관한 일로써 三篇의 歌詞가 있는데 기록

16　『純祖實錄』28권. 순조 26년 11월 20일. 〈호군 윤명렬이 죄수 한경악을 왕부에서 잡아들여 국문할 것을 상소하다〉

하지 않은 집이 없고 외우지 않는 사람이 없으니, 이는 분노에서 발로된 것이다'라고 말하였기 때문이다. 윤명렬은 이 '가사 3편'이야말로 '터무니 없는 말을 지어내어 선동한 이야기 거리'이고, 이 가사의 작가야말로 '터무니 없는 말을 지어내어 선동한 근본 와굴'이라고 주상하며 삭사를 색출해야 한다고 상소하고 있는 것이다. 그러나 왕은 한경악이 본인이 쓴 것을 부인했으므로 작가는 다른 사람일 것이라고 말함으로써 결국 작가의 문제는 미결로 넘겨지고 말았다[17].

그런데 위의 상소문에서 한 가지 의문점이 등장하게 된다. 앞서 순조 25년에 관학유생들이 상소문에서 풍덕 향교 유생인 이철희(李徹熙)와 유현(柳絢)이 지었다고 말한 '諺謠'와 한경악이 진술한 '3편의 가사'가 서로 다른 작품인가?, 아니면 3편의 가사 중 하나가 '언요'인가? 일단은 한경악이 진술한 3편 가사의 작가를 규명해야 한다고 주장하는 상소의 내용으로 보아서 '언요'와 '3편 가사'는 서로 다른 작품이라고 할 수 있을 것이다. 따라서 풍덕읍의 현실과 관련한 가사 〈풍덕가〉는 언요와 3편 가사를 합해 4편이 되는 셈이다. 풍덕읍이 1923년에 합병되고 그 이듬해 풍덕읍 유생들의 소요가 본격적으로 시작되었던 1924년 경에 〈언요〉가 지어지고 이후 소요가 기호간으로 확산되면서 나머지 3편의 가사가 지어진 것으로 추정할 수 있다.

그러면 〈풍덕가〉의 내용은 어떤 것이었을까. 〈풍덕가〉의 내용은

---

17 "포청문안을 얻어 본 즉, 소위 삼편 가사는 애초 포청의 發問이 아니다. 그리고 韓慶岳은 이로써 대질해 본 즉 그 가사가 人心을 선동하고 미혹했던 근본이라 진실로 宰臣의 말과 같았다. 당연히 엄벌에 처해야 마땅하나 慶岳은 자신의 작이라고 말하지 않았으니 지은 자는 필시 달리 있을 것이다."『순조실록』권 28. 순조 26년 11월 24일. 〈한경악을 구문하지 않는 이유를 하교하다〉

단순히 읍을 합병하고 향교를 혁파한 것과 관련한 데에만 국한하지 않고, 당대 향촌사회의 현실을 광범위하게 논의하는 데까지 나아갔을 가능성이 많다. 왜냐하면 합병 이후 경기・호남 유생들의 소행에 대해 조정에서는 '국가와 승부를 겨루[18]'는 '亂民[19]'으로 규정하고 있기 때문이다. 유생들의 강경한 집단행동은 단순히 읍을 합병하고 향교를 폐한 것만을 문제 삼았다기보다는 보다 큰 명분을 내건 행동일 가능성이 많다고 보인다. 그 이후 수년간에 걸쳐 기호 간에 발생한 변란의 과정에서 3편의 가사가 '인심을 선동하는 근본 와굴'로서 '사람마다 전하지 않음이 없었다[20]'고 한 것으로 미루어 이 가사의 내용이 당대 사회의 폐단을 광범위하게 논하는 수준이었을 것으로 추정이 된다.

신강의 재물모금 사건이 있은 직후 延安의 黃允中이라는 한 유생이 과거 시험장에 와서 과거체는 쓰지 않고 상소문을 지어 바쳤는데, 그 끝에 풍덕 향교의 일을 언급하여 벌을 받은 사건이 발생했

---

18 "그러나 저 신강의 무리는 향곡(鄕曲)의 미천한 무리에 불과한데, 어찌 감히 이런 일을 혼자서 꾸몄겠습니까? 반드시 불량(不良)하고 화 꾸미기를 좋아하는 무리가 몰래 사주(使嗾)하여 <u>감히 국가와 승부를 겨루어</u> 조정에 화를 끼치려 한 것입니다" 『순조실록』권 27. 순조 25년 4월 19일. 〈풍덕 향교의 일로 패악을 부린 유생 신강 등을 엄벌하라는 서장보의 상소문〉

19 "凶誣를 거짓으로 주장한 자 및 사사로이 제사를 지낸 무리는 모두 용서할 수 없는 죄를 범한 것이니 바로 亂民이다" 『순조실록』27권 순조24년 4월 4일. 〈풍덕을 송도에 합병한 후 구 풍덕 유생들 중 사사로이 제사를 지낸 자들을 엄벌하다〉

20 "아! 여러 역적의 공초에, '풍덕(豊德)의 일로 혼란을 빚어냈다.'고 하고, '신강(申綱)도 또한 우리의 당이라'고 하였으며, '<u>3편(篇)의 가사(歌詞)는 사람마다 전하지 않음이 없었다.</u>'고 하였으니, 이로 말미암아 보건대 조정(朝廷)에서 송도(松都)와 풍덕을 합병(合并)한 것은 흉도를 위하여 새를 몰아 넣는 격(格)이 되었고, 신강이 무함을 창도(倡導)하여 선동하고 유혹한 것은 흉도를 위하여 효시(嚆矢)가 되는 것이며, 그 3편의 가사는 흉도를 위하여 신강과 김치규・이창곤이 기괄(機栝)을 꾸며내었고, 박형서・정상채의 흉모(凶謀)와 패도(悖圖)는 곧 그의 우익(右翼)이 된 것입니다". 『순조실록』권 28. 순조 26년 12월 29일. 〈흉도들을 문초하여 발본하지 않는 이유를 묻는 관학 유생들의 상소〉

다. 순조 25년 4월 26일 실록의 기사에 의하면 이 사건을 두고 조정
에서는 죄인 신강과 관련이 있으므로 다시 국문을 해야 한다는 반
응을 보였다[21]. 이러한 반응에서 유추해 볼 때 이 상소의 내용이 바
로 신강을 비롯한 호우의 유생들이 올리려 한 상소의 내용과 맥을
같이 하는 것이 아닌가 한다. 따라서 황윤중의 싱소 내용에서 가사
〈풍덕가〉의 내용을 짐작할 수 있을 것이다.

　　알성 시사(謁聖試士) 날에 연안(延安) 사람 황윤중(黃允中)이 올린
시권(試券)이 과거(科擧)의 체제(體制)가 아닌 상언(上言)이었는데, 끝
에 풍덕(豊德) 향교의 일을 언급하면서 이치에 어긋나고 패악한 말이
많으므로 형조에서 잡아다가 조사하니, 공초에 이르기를,
　　"시골에 살면서 매양 백성들을 위해 폐단을 말하고자 하는 뜻이
있었으나 구중 궁궐이 너무 깊고 엄하여 임금께 호소할 길이 없었습
니다. 그러다 알성 시사(試士)의 영이 있다는 말을 듣고는 비로소 서
울로 들어와 상언을 지어내 장전(帳殿)에 올렸는데, 열 두 조목 가운
데 시부(詩賦)로 사람을 뽑는 일, 세록(世祿)을 받는 남행(南行), 공사
(公私)의 사치(奢侈)와 백지(白地)의 징세(徵稅), 백골 징포(白骨徵布),
이액(吏額)을 많이 두는 일, 양주(釀酒)로 곡식을 허비하는 일, 환상
(還上)을 많이 두는 일 등은 오로지 백성과 고을을 위하여 폐단을 구

21　"청컨대 충군한 죄인 신강과 원배한 죄인 황윤중을 빨리 왕부(王府)로 하여금 나
　　국(拿鞫)하여 엄문해 자세히 밝혀 실정을 알아내어서 쾌히 전형(典刑)을 펴게 하
　　소서"『순조실록』권 27. 순조 25년 6월 6일.〈사간원에서 죄인 신강과 황윤중을
　　왕부에서 나국하자 하나 허락치 않다〉; 그러나 앞 기록의 끝에 가서 "설령 가모
　　충언(嘉謨忠言)이라 하더라도 주어(奏御)를 제 방도로 하지 않으면 문득 익명서
　　(匿名書)와 같다. 하물며 이는 신강(申綱)의 무리와 같은 부류이니, 어찌 깊이 따
　　질 것이 있겠는가? 그 글은 불태우고 엄형한 후 먼 곳에 충군(充軍)토록 하라."는
　　것으로 매듭을 짓고 있다.

하고자 하는 뜻이었지 결단코 다른 뜻은 없었습니다. 구 풍덕(舊豊德)
의 일에 이르러서는 제가 먼 고장에 살아서 단지 고을을 합칠 때 위
판(位版)을 묻었다는 말을 들었을 뿐이고, 당초의 처분이 엄한 것과
이번 대소(臺疏)의 비지(批旨)에서 분명하게 변석하여 통유(洞諭)하
신 것은 제가 바닷가에 있어서 과연 들어서 알지 못하였습니다."[22]

황윤중은 '시골에 살면서 매양 백성들을 위해 폐단을 말하고자
하는 뜻이 있었으나 구중 궁궐이 너무 깊고 엄하여 임금께 호소할
길이 없'던 차에 과거가 있어 올라와 과거문을 쓰는 대신 상소문을
썼다고 하였다. 총 12조목이나 되는 상소문의 내용은 '시부(詩賦)로
사람을 뽑는 일, 세록(世祿)을 받는 남행(南行), 공사(公私)의 사치
(奢侈)와 백지(白地)의 징세(徵稅), 백골징포(白骨徵布), 이액(吏額)
을 많이 두는 일, 양주(釀酒)로 곡식을 허비하는 일, 환상(還上)을 많
이 두는 일' 등을 포함했다. 그리고 이 내용을 요약하면 '오로지 백
성과 고을을 위하여 폐단을 구하고자 하는' 것이라고 했다. 이로써
보건대 신강을 포함한 기호간 유생들과 황윤중이 상소한 내용은
대체로 과거제의 폐단과 삼정의 문란 현실을 포함한 당대의 총체
적인 부패 현실을 비판한 내용이었던 것으로 보인다.

따라서 〈풍덕가〉의 내용도 황윤중의 상소 내용과 마찬가지로 '오
로지 백성과 고을을 위하여 폐단을 구하고자 하는' 내용, 즉 과거제
의 폐단과 삼정의 문란현실을 포함한 당대의 총체적인 부패현실을
비판한 내용이었을 것으로 보인다. 이에 덧붙여 상소는 풍덕 향교
의 일을 거론한 것인데, 풍덕 향교의 폐함이 당대 유생들에게 여타

---

22 『순조실록』순조 25년 4월 26일 〈알성 시사에 패악 무도한 글을 올린 황윤중을 벌
하다〉

부정적 현실을 빚어낸 장본인인 당대 지배권력층의 천단행위의 하나로 인식되었던 것을 알 수 있다. 풍덕읍의 합병과 향교의 폐함에서 비롯한 지배권력층에 대한 저항이 당대 사회의 총체적인 부패현실에 대한 불만과 저항으로 확대되기에 이르러 향촌 유생과 향촌민의 소요와 변란이 연달이 일이나게 된 것이다.

이상에서 살펴본 바와 같이 〈풍덕가〉는 풍덕읍에서 시작하여 기호간 지방 전체에 걸쳐 유통되었던 것으로 보인다. 그리고 〈풍덕가〉 네 편이 포함한 내용은 서로 편차가 있었을 것으로 보인다. '언요'는 '松都와 豊德邑을 合併한 사건'과 향교의 철폐라고 하는 특수한 향촌의 사안을 주로 문제 삼았을 것이다. 그리고 합병의 과정 및 합병 후 읍내에서 벌어진 사태를 서술하였을 것으로 추정된다. 이후 이 언요는 상소 사건을 주도한 申綱을 매개로 하여 기호지방에 전승되고, 문제가 확대되면서 새로운 〈풍덕가〉 세 편이 생산되었을 것이다.

따라서 3편 가사는 향촌 사회 내의 부패현실도 고발하고 비판하는 내용으로 확대되어 당대 비판적 현실의 전형성을 획득하는 보편적인 내용을 담고 있었을 것으로 추정된다. '三篇 歌詞라고 하는 것이야말로 민심을 선동하는 칼자루이고, 이 가사를 위하는 자들이야말로 주장·선동의 소굴'이라고 하는 발언이 가능할 수 있었던 것은 가사의 내용이 기호간 읍유와 향민의 민심을 선동할 수 있는 보편적인 내용을 지니고 있었기 때문이다. 향교의 철폐가 향촌사회 내 유생들의 반감을 불러일으키고 이것이 계기가 되어 향촌사회 내의 향민과 이해를 같이 하는 여러 문제들을 함께 비판하는 내용으로 진전될 수 있었을 것이다.

C. 晋州民亂과 〈晋州歌〉

〈진주가〉는 1862년 晋州民亂이 본격적으로 전개되기 2개월 전에 난을 준비하는 과정에서 창작되었다. 『壬戌錄』에 의하면 난을 토벌하고 징벌하는 과정에서 진주지방 읍민을 수색하여 압수된 증거물이 제시되었나. 그것은 回文五張, 通文一張, 그리고 樵軍諺書榜目一張이었다[23]. 여기서 '回文五張'이 다음에 논의하겠지만 '歌辭'이다. 기록에는 '歌詞'라는 한문용어로 표기되었으나, '回文'이 '五張'이나 되었으므로 그 길이가 다섯 장에 걸칠 정도로 제법 장형의 형식이었을 것으로 추정된다. 유계춘은 이외에도 朴承然의 집에서 '撤市'를 호소하는 한글 통문을 작성하기도 하였다.[24] 따라서 회문이니 통문이니 방서니 하는 것들은 '난민들이 무리들을 불러 모아 모임을 기약하는 것'[25]으로서, 대부분 언문으로 작성되었다.

신경림은 『민요기행』에서 진주 지역민의 증언을 들어 '농민군이 시위하고 행진할 때 부른 유계춘이 지었다는 언가'가 '전국적으로 퍼져 있는 다리뽑기노래'라고 했다. 다음은 신경림이 인용한 〈다리뽑기노래〉이다.[26]

> 이걸이 저걸이 갓걸이 / 진주망건 또 망건 / 짝발이 회양건 / 도래
> 줌치 장독간

---

23 "所謂回文五張通文一張 樵軍諺書榜目一張 搜得於民間者"『壬戌錄』,〈晋州按覈使查啓跋辭〉, 34쪽.

24 原田環,「진주민란과 박규수」,『봉건사회 해체기의 사회경제구조』, 강재언 외, 청아출판사, 1982, 346쪽.

25 "其日回文 其日通文 其日榜書者 亂民之所嘯聚爲之期會者也"『壬戌錄』〈晋州按覈使查啓跋辭〉, 23쪽.

26 신경림,『민요기행 ①』, 한길사, 1985, 243~245쪽.

머구밭에 덕서리 / 칠팔월에 무서리 / 동지섣달 대서리

그런데 임술민란의 현장에서 위의 〈다리뽑기노래〉를 불렀던 사실과는 별도로 민란의 모의 과정과 집회에서 回文 내지 倡義歌로 기능했던 가사가 있었던 사실이 확인된다. 다음의 기록은 이 동요와 〈진주가〉가 별개의 것임을 알려준다.

> 李啓烈은 柳繼春이 말한 바 李校理의 六寸으로 樵軍의 座上이다. 유계춘으로 하여금 樵軍 回文을 짓게 하였으며, ---(중략)--- 만약 유계춘의 교활함과 같이 他人과 더불은 공모가 없었더라면 다만 이 사람은 명을 따르는 우매한 常漢과 같은 사람이다. 常情으로 보건데 반드시 다른 이치는 없고, 이는 悖說에 어지러이 얽혀 든 것이다. 公論을 만들고, 繼春에게 道를 전하고, 弄으로 樵歌를 만들어냈다. 水谷 市會에 나갔으며, 亂民이 邑에 들어올 때도 나갔다[27].

위는 임술민란의 가담자인 이계열의 죄상을 기록한 것이다. 이 기록에 의하면 이계열이 '유계춘으로 하여금 초군 회문을 짓게 하였다'고 했으며, '弄으로 樵歌를 만들어냈다'고도 했다. 따라서 '초군 회문'과 '초가'는 별개의 것임을 알 수 있는데, 전자가 '歌辭 〈진주가〉이고, 후자가 민요 〈다리뽑기노래〉가 아닐까 추측된다.

歌辭 〈진주가〉는 壬戌民亂의 주모자인 柳繼春이 짓고 鄭之愚 · 鄭之九 · 鄭順季 등이 옆에서 고치고 다듬는 일을 했다고 한다. 따라

---

27 "李啓烈股 柳繼春所謂校理之六寸 樵軍之座上也 使繼春而製出樵軍回文 ------以若繼春之狡猾 別無他人之與謀 只是聽命於如此愚昧之漢 求之常情 必無此理是自乎所是不過紛紜悖說 認作公論 傳道繼春 弄出樵歌 而水谷市會則赴焉 亂民入邑則赴焉"『壬戌錄』,〈晋州按覈使査啓跋辭〉, 24~25쪽.

서 〈진주가〉의 작가는 유계춘이지만 공동창작의 성격을 아울러 지닌다.

> ① 本里의 李啓烈은 李校理(李命允)의 六村되며 樵軍들의 座上이다. 날짜는 알 수 없지만 二月 初쯤 나에게 와서 말하기를 '樵軍 回文을 지이 本洞에 돌려보게 히면 아마 應하고 따름이 있을 것이다. 그런 내가 무식하여 지을 수 없으니 네가 借述하여 주면 그것을 돌려보게 하겠다'고 하였다. 그래서 내가 諺書로서 歌詞體에 의거하여 지었다. 그리고 鄭之愚, 鄭之九 및 鄭順季가 始終 講磨하여 각각 도왔으나 李敎理는 자주 왕래하여 참여하지 않았다.[28]

> ② 鄭順季가 첫 번째 공초문에서 말하기를 '날짜는 알 수 없지만 二月 初쯤 지팡이를 짚고 이웃집에를 가니 李啓春, 李啓烈, 鄭致會, 姜承白, 朴水見, 姜快, 李校理 등 여러 사람들이 함께 모여 앉아 있었다. 이 교리는 먼저 가고, 유계춘이 回文을 필사하였다.'[29]

①은 임술민란의 주모자인 柳繼春의 공술 내용인데, 이를 통해 가사를 짓게 된 동기와 작가를 알 수 있다. 난의 주모자들은 거사를 앞두고 치밀하게 모의하고 준비를 했던 것으로 보인다. 주모자들은 수곡도회를 앞두고 난에 가담하는 읍민들을 모집하기 위한 효

---

28 "本里李啓烈 卽校理之六寸 而樵軍之座上也 日不記二月初 來言曰 作樵軍回文 輪示本洞 則似有應從之望 而吾旣無識 不能自爲 汝其借述以給云 故矣身 果以諺書 依歌詞體作之 而鄭之愚鄭之九鄭順季段 始終講磨 各自贊助 李敎理段 頻數往來 亦無參涉云云"『壬戌錄』,〈晋州按覈使査啓跋辭〉, 32쪽.

29 "鄭順季初招日 日不記二月初 扶杖往隣家 則李啓春, 李啓烈, 鄭致會, 姜承白, 朴水見, 姜快, 李校理諸人 俱爲會坐 李校理則先去 繼春 方寫回文云云"『壬戌錄』,〈晋州按覈使査啓跋辭〉, 32~33쪽.

과적인 전술을 생각하지 않을 수 없었다. '樵軍'이라는 이름의 일반 백성들을 선동하고 격려하기 위해서는 어려운 한문으로 된 문장은 효과가 없었고, 언문으로 된 쉬운 형식의 언가가 필요하였다. 초군의 두목격이었던 이계열은 이러한 필요성을 먼저 깨닫고 문필력이 있는 유계춘을 찾아와서 초군들에게 돌려 볼 회문을 지어주기를 요청했다. 이계열의 요청이 있자 문장력이 있는 柳繼春 자신이 초군들에게 돌려 볼 回文을 지었는데, 그것이 '依歌詞體'인 歌辭였다. ①에서는 정지우 · 정지구 · 정순계가 시종 옆에서 자구를 수정 보완하였다고 하였는데, ②의 내용으로 볼 때는 여러 사람들의 열람과 교정을 거쳐 완성한 것임을 알 수 있다. 이렇게 〈진주가〉는 공동 창작의 과정을 거쳤다고 할 수 있다. 난의 주모자들은 향촌 내 반관적 움직임이 난으로 변하는 과정에서 대규모 초군의 참여가 필수적이라고 판단했는데, 그 초군을 모집하는데 언문가사가 중요한 역할을 할 수 있다고 인식했다. 그리하여 언문으로 된 가사를 잘 짓기 위해 많은 사람들이 참여한 가운데 공들여서 창작하였음을 알 수 있다.

〈진주가〉는 난의 과정에서 매우 중요한 기능을 한 것으로 나타난다. 따라서 〈진주가〉의 내용은 난의 전개 과정에서 핵심적인 문제로 삼았던 삼정의 문란 현실에 집중되었을 것으로 추정된다. 壬戌民亂이 三政의 극심한 문란에 대해 반기를 들고 일어선 사건인 만큼 〈진주가〉의 내용도 삼정의 문란상을 포함한 읍내의 각종 폐해 사항을 고발하고 수령권을 비판하는 내용이었음은 의심할 나위가 없을 것이다.

03 향유·전승과 가사장르

〈장연가〉의 작가 이달우는 황해도와 평안도 일대의 인사를 끌어
모아 〈장연작변〉에 참여시키기 위해서 가사를 지은 것으로 보인다.

義鋼은 제가 지은 가사를 지니고 평양으로 들어 가 사람들을 소집
할 계획를 세웠습니다. 光彦은 瑞興,豊川,海州,新溪,松禾로 향하여 사
람들을 선동하고 모으는 계획을 세웠습니다. 의강은 載寧을 가다가
자기 집이 폭우에 떠내려 갔다는 소식을 듣고 집으로 돌아와 버렸습
니다. 광언은 여러 곳을 두루 돌아 동참자를 수십여명 수록해 왔습니
다. 이외에도 또 모집한 자가 많다고 합니다.[30]

위는 이달우의 공술 내용이다. 張義綱(당시 31세)은 가사 〈장연
가〉를 지니고 평양 쪽으로 동조자를 모집하기 위해 길을 떠났으나
재령에서 돌아와 버렸다고 했다. 그리고 崔光彦(당시 40세)은 〈장연
가〉를 품고 서흥, 풍천 등지 쪽으로 동조자를 모집하기 위해 길을
떠나 동참자를 수십여명이나 수록해 오는 상당한 성과를 거두었다
고 하였다. 이달우는 〈장연가〉를 1799년경에 지었다. 그러므로 〈장
연가〉는 1799년경부터 1804년에 난이 발각될 때까지 평안도와 함
경도에서 유통되면서 사람들을 소집하여 작변을 모의하고 난의 분
위기를 조성하는 기능을 하였음을 알 수 있다.

---

30 "義綱持矣身所作歌詞入平壤爲召募之計　光彦向瑞興豊川海州新溪松禾爲煽動收聚
計矣　義綱往載寧聞其家舍爲霖雨漂頹卽還歸　光彦歷往諸處收錄以來者爲數十餘名
而此外又多募得者云矣"『推案及鞫案』卷二十六卷, 606쪽.

그런데 〈장연가〉는 작가 이달우의 애초 의도와는 상관없이 유통
되는 과정에서 난에 직접적으로 가담한 자들뿐만 아니라 학식이
높지 않은 학동이나 일반 향민에게도 두루 향유되었던 것으로 보
인다. 〈장연가〉가 학교 훈장이자 '鄕班中儒族'인 郭憲儀(당시 35세)
의 私齊에서 발견되어 그 소지 과정을 문초하게 되는데 곽헌의는
다음과 같이 답하고 있다.

> 問曰, 네가 이미 이 가사가 狂言妄說인 줄 알면서 어찌 집에 베껴 두
> 었느냐.
> 供曰, 누가 베껴 두었는지를 따지기에 앞서 이미 저의 집에 가사가
> 있는 것은 마땅히 저의 죄입니다. 북방의 이곳 학동배들이 이 가사를
> 듣고 좋다고 여겨 베껴둔 것입니다. 제가 훈장으로서 학동들을 가르
> 치지 못하여 이 凶悖 가사를 베껴 서당에 두게 하였으므로 이 또한 저
> 의 죄입니다.[31]

관아는 곽헌의에게 이 가사가 광언망설인줄 알면서도 베껴서 집
에 지니고 있었던 이유를 물었다. 곽헌의는 자신이 베낀 것이 아니
라 '학동배들이 가사를 듣고 좋다고 여겨 가사를 베껴' 서당에 둔
것이라고 진술했다. 이 곽헌의의 진술은 자신의 연루를 벗어나기
위해 한 말일 수 있기 때문에 액면 그대로 이것이 사실인지는 알 수
없다. 그런데 누가 베꼈든지 간에 위의 진술에서 사실로 받아들일
수 있는 점은 '듣고 좋다고 여겨 베낀 가사'라는 것이다. 〈장연가〉는

---

31 "問曰矢身旣知狂言妄說則何爲謄置可家中乎 供曰毋論某人謄置旣在矢身家中則矢
身當其罪矣 而第邊方學童輩旣聞稱以歌詞者必以爲如似是謄置 而矢身爲訓長學童
倍不盖敎飾 有此凶悖歌詞之謄在書堂 則此亦矢身之罪也"『推案及鞫案』卷二十六
卷, 615~616쪽.

4음보 연속의 운문으로 된 가사였기 때문에 여러 사람들이 있는 데서 누군가 소리를 내어 읽었다면 그 소리를 '듣고 '좋다고 여겨' 적극적으로 '베껴' 두었던 학동이 있었을 것이다. 〈장연가〉가 작변에 적극적으로 참여할 가담자를 모집하기 위한 의도로 창작되었지만, 유통과정에서 향민이나 학동의 향유도 광범위하게 이루어졌음을 일 수 있다.

〈풍덕가〉의 작가는 풍덕읍의 현실을 알리기 위해 가사를 지어 일부러 풍덕읍에 유포시킨 것으로 보인다. 그리하여 〈풍덕가〉는 풍덕읍민 가운데 '기록하지 않은 집이 없고 외우지 않는 사람이 없다'고 했다. 그리고 변란의 현장에서 '3편(篇)의 가사(歌詞)는 사람마다 전하지 않음이 없었다'고도 했다. 작가가 읍민의 동조를 이끌어 내기 위해 공들여서 가사를 창작하고 유통시킴으로써 가사가 타지방으로까지 전승이 활발하게 이루어졌음을 알 수 있다.

〈진주가〉의 유계춘도 '樵軍 回文을 지어 本洞에 돌려보게 하면 아마 應하고 따름이 있을 것'이라는 취지 하에 의도적으로 가사를 창작하고 공동으로 교열까지 하는 성의를 보였다. 한문자를 잘 모르는 읍민들을 위하여 의식적으로 가사체를 사용하였다고 했는데 비판적 지식인에 의해 가사가 읍민과 소통할 수 있는 한 수단으로 이용되었음을 보여준다. 난의 발발 2개월 전에 거의 모든 준비를 마쳐 놓고서 결정적인 때를 기다리던 유계춘을 포함한 난의 주모자들이 초군들을 선동하고 공동의식을 고취하기 위해 가사를 이용한 것이다. 그리하여 이 가사는 초군들 사이에 널리 유통되어 난이 진압된 후에 다른 것들과 함께 증거물로 채택되기에 이른 것이다.

변란이나 민란의 현장에서는 詩, 書, 案 등 한문학 양식은 물론

諺文, 歌辭, 민요도 유통되었다. 그 가운데 특히 歌辭는 난의 주모 자들이 난에 동조할 土民을 회유하고 의식의 공유를 꾀할 목적으로 지어졌다. 이런 목적의 가사는 난의 전개과정에서 매우 중요하게 작용할 수 있기 때문에 경우에 따라서는 공동 창작의 과정을 거치기도 하였다. 난에 동조하여 가담할 지식인 사족층을 회유하기 위해서는 한문장으로 된 回文・通文・書・案만으로도 족하였을 것이다. 그러나 난이 성공하려면 반드시 향민의 참가나 동조가 필수적이었다. 이렇게 한문장에 익숙하지 못한 일반 향촌민을 회유하고 선동하기 위해서는 언문과 한문으로 이루어진 우리말 가사체가 적절했을 것이다. 실제로 실전 현실비판가사의 작가들은 가사 장르가 지닌 상하를 아우르는 소통성과 선동성을 염두에 두고 가사를 창작했다. 그리고 작가의 의도대로 가사는 일반 향민에게 활발히 유통되었다. 가사 장르의 4음보 연속의 문체는 향촌사회 내의 비판적인 현실을 선언적・선동적・사실적으로 서술하기에 매우 효과적이었으며, 언문이 섞인 문체는 쉽게 향민에게 다가갈 수 있었던 것이다.

이와 같이 가사 장르는 19세기 변란과 민란의 현장에서 가담자를 모으고 의식의 확산을 꾀하는 데에 효율적인 기능성을 지니고 있었다. 〈장연가〉, 〈풍덕가〉 4편, 〈진주가〉 등이 광범위하게 향유되었던 것은 가사 장르이기에 가능한 것이었다. 19세기 향촌사회의 역사・사회 현실은 상하 의사소통을 가능케 하는 장르를 요구하는 시기였다. 그때 가사 장르가 그 역할을 수행한 것이고, 향유의 즉시적 광범위성으로 나타난 것이라고 할 수 있다.

04 작가층과 역사적 성격

실전가사의 창작연대는 1799년(장연가), 1824년 경(풍덕가), 1962년(진주가) 등으로 이들 실전가사가 삼정문란기의 역사적 현실과 대응하여 장작된 것임을 알 수 있다.

그러면 실전가사를 쓴 작가들의 신분을 포함한 사회적 계층성은 어떠했을까? 〈장연가〉, 〈풍덕가〉, 〈진주가〉 등의 실전가사는 가사의 원문은 전해지고 있지 않으나 다행히 관련 기록이 남아 있어서 그 작가의 사회적 계층성을 대강 짐작할 수 있다. 먼저 기록을 통해 각 작가들의 구체적 면모를 살펴보기로 하겠다.

〈장연가〉의 작가는 이달우로 신분 상 常民으로 나타난다. 공초문에서는 그를 '鄕曲無賴之流'나 '安岳倉洞之常漢'으로 호칭하여 발각 당시의 신분은 상민이었음을 알 수 있다.[32]

> 朴漢이 와서 은밀히 말하기를 소위 瑞興 李書房은 瑞興 사람이 아닙니다. 만약 이 사람과 친하게 지내면 반드시 큰 낭패를 볼 것입니다. 이 사람은 본래 安岳 倉洞의 常漢입니다. 그 부모를 배신하고 誤入者가 되어 개와 소를 도살하는 등 하지 않은 일이 없었습니다. 읽은 책은 周易입니다 云云하였습니다. 고용 노비 朴漢이 일찌기 이 李哥의 고용 노비로 같이 2년을 살았기에 그 사람의 所爲를 익히 잘 알고 있습니다.[33]

---

32 조광(「19세기 민란의 사회적 배경」, 앞의 논문)은 18C 후반기에 이르러 民人도 토지개혁을 주장하기에 이르렀다고 하면서 이달우의 예를 들고 있다. 따라서 조광은 이달우의 신분을 일반 상민으로 파악하고 있는 것이다.

33 "朴漢言內以爲 所爲瑞興李書房非瑞興人 若與此人相親則必致大敗 此人本以安岳倉

위는 이달우와 가깝게 지냈던 이한원의 진술이다. 이한원은 이 달우의 고용 노비로 2년간을 살았던 朴漢이라는 사람으로부터 이 달우의 과거를 들었다고 했다. 이달우는 서흥 사람이 아니라 安岳 사람인데, 부모를 배신하고 고향을 떠나 오입자가 되어 도살도 하 면서 하지 않은 일이 없었다고 했다. 박한은 이달우를 점잖지 못한 불한당으로 말하고 있지만, 이 말을 액면 그대로 믿기는 어려울 것 같다. 다만 집을 나와 여기저기를 돌아다니면서 자신의 과거를 숨 기고 이것저것을 마다하지 않고 다하며 생활한 예사롭지 않은 과 거를 지닌 인물로 보는 것이 좋을 듯하다. 그리고 박한의 말에서 이 달우가 난이 발각될 당시에는 경제적으로 매우 빈한했으나 지난날 에는 고용노비를 거느릴 정도로 어느 정도의 경제력을 지닌 가정 에서 생활했던 사정을 알 수 있다.

그런데 이달우는 士農工商에 종사하는 단순한 상민은 아니었다. 예사롭지 않은 과거를 지녔으면서 과거를 응시하기도 하며 文才도 뛰어나 여기저기를 다니면서 先生의 칭호를 들으며 대접을 받았던 것으로 보인다.

① 宗煥(이달우)은 解占理를 칭하고, 文에 능통했으며, 文科를 겸하 여 치고자 한다고 하였습니다.

② 瑞興 李哥는 두루 地形을 잘 알았습니다.

③ 제가 張義鋼의 말의 들으니 이달우가 異人으로 여겨져 先生으로

洞之常韓 背其父母爲誤入者而屠狗椎牛無所不爲 所讀者是果周易云云 盖雇奴朴漢 曾爲此李哥之雇奴同居二年 故習知其所爲 『推案及鞫案』, 第二十六卷, 618~619쪽.

243

칭한다고 하여 저도 역시 그를 先生으로 칭하였습니다.[34]

①은 박효원이 진술한 내용이다. 이달우가 해점리직을 가졌으며, '文'에 능통했으며, 문·무과를 동시에 응시했다고 한다. 앞서 이한원의 진술에서도 나온 것처럼 이달우는 주역을 공부했다. 그리고 이달우는 가사를 지은 전해(1798년)에 상성하여 武科에 응시했나가 낙방한 적이 있었다. 이달우는 주역을 두루 읽어 문에 능통했기 때문에 문과에도 응시하려 한 선비이기도 했음을 알 수 있다. ②는 장의강이 진술한 내용으로 이달우가 지형을 두루 잘 알았다고 했다. 이달우가 해점리직으로 생활을 영위했으므로 지형에 대해서 누구보다 잘 알았을 것이다. ③은 최광원이 진술한 내용이다. 이달우는 張義綱(선달), 郭憲義(향반 중 儒族), 李漢源(생원, 당시 35세) 등의 그 지방 사족층과도 교유하며 지냈다. 최광원은 이달우와 교유하며 지낸 장의강이 이달우를 異人으로 여겨 先生으로 칭했다는 말을 듣고 자신도 이달우를 선생으로 칭했다고 했다.

이상에서 살핀 것을 종합하면 이달우는 상민의 신분으로 解占理職을 갖고 사방을 떠돌아다니며 생활하던 인물이었다. 그런데 문무과에 응시하고자 했으며, 선생의 칭호도 받을 수 있을만큼 문에 능통한 향촌 지식인이었음을 알 수 있다.

임술민란의 주모자이자 〈晋州歌〉를 지은 柳繼春은 신분 상 '민'으로 기록되어 있지만 몰락양반이었을 것으로 추정된다. 유계춘은 난이 일어나기 10년 전에 진주에 들어와 살기 시작한 빈민으로 토

---

34 "宗煥則稱以解占理又能文而兼觀文科云故"『推案及鞫案』第二十六卷, 656쪽. ; "瑞興李哥則遍知地形" 640쪽. ; "矣身聞義綱之言則以爲達宇是人而稱以先生故矣身亦稱先生" 660쪽.

지를 전혀 소유하지 못하였다. 그러나 진주에서 그의 생활은 농사에 충실한 상민 일반의 생활은 아니었다.

> 柳繼春은 본래 일 벌이기를 좋아하는 무리로 鄕吏의 論을 주장하고 邑弊와 民막을 입에 담는다. 사사로이 財物을 속여 이득을 취하고 鄕會와 里會를 能事로 하였다. 邑訴와 營訴를 쓰는 것으로 생애를 보냈으며 필경은 民에게 惡習으로 남는 폐단을 일으켰다. 大事에 나서며 發文에 앞장섰다. 場市에 무리들을 모아 놓고 몰래 諺歌를 지어 邑村의 樵軍들을 선동하였다. 그 安排하여 지은 바가 지극히 險悖하였다[35].

위는 유계춘이 진주에 들어와 어떤 생활을 했는지를 잘 보여주는 기록이다. 유계춘이 鄕會와 里會를 能事로 하였으며, 邑訴와 營訴를 쓰는 것으로 생애를 보냈고, 大事에 나서며 發文에 앞장섰다고 하였다. 삼정의 문란 현실에서 가중되는 수탈을 견딜 수 없었던 농민들은 소극적 저항의 한 형태로서 우선 邑訴와 營訴를 택하곤 하였다. 그런데 일반 농민은 글을 모르기 때문에 억울한 일이 있어 소나 의송을 올리려면 향촌 사회 내에 글을 잘 하는 인물을 찾아가 부탁을 하는 경우가 많았다. 그리하여 향촌사회 내에는 향민들을 대신해서 읍소나 영소로 올릴 글을 써주던 인물들이 있었다. 이들은 농민의 처지에 공감하며 농민과의 연대의식을 지니고 향촌의 폐단을 시정하기 위해 나서서 일을 하기 시작했다. 유계춘도 향촌의 폐단을 시정하기 위해 적극적으로 나서서 일을 했던 인물들 중

---

35 "柳繼春段 本以喜事之徒 主張鄕里之論 籍口於邑弊民 營私於騙財取利鄕會里會卽 其能事 邑訴營訴作爲生涯 畢竟弊民惡習 弄出大事 挺身發文 會亂類於場市 潛製諺歌 倡樵軍於邑村 其所安排作爲 罔非至險絶悖"『壬戌錄』,〈晋州按覈使査啓跋辭〉, 24쪽.

의 한 사람이었다. 유계춘은 민란이 일어나기 일 년 전에도 서울까
지 올라가 중앙에 탄원하려 했으며 이 일로 붙들려 처벌을 받기도
하였다[36].

한편 〈居昌歌〉에서 보이는 향회가 임술민란에서도 빈번하게 개
최되었음을 알 수 있는데, 유계춘은 향촌 내 문제를 공론화하고 해
결책을 찾으려 모였던 이 향회를 주도했던 인물이었다. 里會 · 都會
라는 이름으로 누차 열린 향회는 '난민들이 무리들을 모아 일을 도
모했던 것[37]'으로 반관적 성격을 뚜렷이 지녔다[38].

이상에서 살펴본 바와 같이 유계춘은 신분은 이미 상민으로 전
락했지만 글을 잘 하는 지식인으로서 향촌 내에서 읍민들을 위하
는 일에 적극적으로 나서서 행동하고 향회 등의 소집과 운영을 주
도했던 인물이었다. 그리고 향촌사회에서 일정한 영향력이 있는
士民 내지 父老들[39]과도 교유하면서 이를 바탕으로 난을 주도할 수
있었던 인물이었다.

〈풍덕가〉 가운데 '언요'의 작가는 풍덕 향교의 유생인 이철희(李

36　안병욱, 「19세기 임술민란에 있어서의 향회와 요호」, 『한국사론』제14집, 서울
　　대학교 국사학과, 1986.

37　"其日里會 其日都會者 亂民之所群聚而謀事者也"『壬戌錄』〈晉州按覈使査啓跋辭〉,
　　23쪽.

38　진주에서는 민란이 일어나기 전부터 수령이 소집한 향회와 수령권에 도전하는
　　반관적 성격의 향회가 누차 소집되었다. 弊政을 성토하고 守令 · 監司에게 시정
　　을 호소해 보았으며 왕에게 직접 탄원하려고까지 하였다. 그러나 결과는 대표로
　　지목된 사람이 처벌당하고 수령의 가렴주구는 오히려 더할 뿐이었다. 1862년 이
　　향회는 모든 주민이 참여하게 되는 '都會'라는 이름으로 열리게 되었다. 사전에
　　通文 · 回文을 돌리고 榜書를 場市에 내걸어 적극적인 선전활동을 펼쳤다. 관가
　　에서도 이러한 사실을 알고 있었으나 제지를 할 수 없었다. 丹城縣에서 처음 시
　　작한 진주민란은 단성현의 향회가 회합 도중 관권과의 물리적 충돌로 나아가 난
　　으로 번지게 된다. 향회가 민란으로 전환되게 된 것이다.(안병욱, 앞의 논문,
　　183~194쪽)

39　崔珍玉, 「1860년대 민란에 관한 연구」, 『전통시대의 민중운동』下, 풀빛, 1981,
　　397쪽.

徽熙)와 유현(柳絢)이다.

> 그때 일에 참여한 여러 유생이 사실에 의거해서 명변(明卞)한 것으로 인하여 태학(太學)에 통문을 보내왔고 이에 조사해 다스리라는 명이 있었습니다. 밀을 꾸미고 노래를 지은 이철희(李徹熙)의 유현(柳絢) 두 죄수가 그 죄를 자복하였는데도 형배(刑配)에 그친 것은 또한 관대한 은전이었습니다.[40]

위에 의하면 '말을 꾸미고 노래를 지은', 즉 '언요를 지은' 이철희와 유현을 형배에 처했다고 했다. 언요를 지은 이철희와 유현은 향교의 유생이라고 했으므로 신분상 향촌사족층에 해당한다.

한편 나머지 3편의 가사는 널리 유포되었음에도 불구하고 그 작가를 밝혀내지 못하고 넘어가고 말았다. 따라서 이 3편 가사는 풍덕에서 시작하여 기호간 소요 및 변란으로 이어지는 와중에 누군가에 의해 익명으로, 혹은 집단 창작에 의해 창작된 것으로 추정된다.

> 대개 저 패악한 무리들의 흉악한 마음이 전후로 번갈아 나와 노래를 만들고 통문(通文)을 지으며 소(疏)를 만들고 권(券)을 만드는 것이 일관되게 내려와 마치 만초(蔓草)와 같아서 뽑아도 다시 생기고 모닥불을 꺼도 다시 일어난 것은 다름이 아니라, 뿌리가 그대로 있기 때문입니다. 이철희(李徹熙)·유현(柳絢)·이명규(李明奎)·신강(申綱)·황윤중(黃允中) 등의 이미 작처(酌處)한 자는 단지 어리석고 망령되어 사주(使嗾)를 받아 앞장을 선 것에 불과하니, 본디 유명(儒名)

---

40 『순조실록』 권 27. 순조 25년 6월 2일. (풍덕 유생들의 뿌리를 뽑을 것에 관한 관학 유생 생원 오우상 등의 상소문)

이라고 말하기에 부족합니다[41].

위는 풍덕 유생들에 대한 관학유생들의 상소문이다. 상소자는 '패악한 무리들이 지은' '노래'와 '통문'과 '상소'가 서로 연결이 되어 있다고 했다. 그리고 '이철희·유현·이명규·신강·황윤중' 등은 모두 사주를 받아 일을 벌인 것에 불과하여, '儒名'이라고 말하기에는 부족하다고 하였다. 한편 상소 모금 사건에 가담한 신강[42] 등의 무리에 대해『순조실록』의 기록에서는 '鄕曲의 미천한 무리', '圭蓽의 외롭고 한미한 무리', '儒名을 무릅쓴 무식한 무리' 등[43]으로 표현하고 있다. 따라서 '언요' 및 가사 3편의 작가는 '儒名'에 들지 못하는 한미한 향촌사족층임을 알 수 있다.

〈풍덕가〉를 지은 향촌사족층의 경제적 처지가 어떠했는지 구체적으로 알 수 있는 자료는 거의 없다. 그런데 이들을 '향곡의 미천한 무리'라 했으므로 경제적 처지에 있어서도 열악했으리라는 점은 충분히 짐작이 간다. 그렇다고 해서 〈풍덕가〉의 작가층이 경제적으로 몰락한 층에 국한하지는 않았던 것으로 보이는데, 신강에 대한 언급 가운데 '신강은 글에 능하고 잘 살으니 함께 더불어 일할

41 『순조실록』27. 순조 25년 6월 2일.〈구 풍덕 패유들의 뿌리를 뽑을 것에 관한 관학 유생들의 상소문과 그 비답〉

42 재물 모금 사건의 주모자인 신강은 그것이 발각되어 '充軍'의 형을 받게 되는데, 이후 조정에서는 신강을 업벌해야 한다는 상소가 끊이지 않다가 1826년의 '청주패서' 사건에서 '오촌서별안'과 가사 3편의 존재가 다시 언급되자 '신강 무리의 패악한 거조와 맥락이 서로 통'한다 하여 재차 심문해야 한다는 요구가 있을 정도로 중요하게 인식되었던 인물이다. 신강은 향교를 복구하자는 취지 하에 상소를 올리기 위한 재물을 모으고자 뜻을 같이 하는 인물들에게 통문을 돌리다가 발각이 나고 말았다.

43 『순조실록』권 27. 순조 25년 4월 19일.〈풍덕 향교의 일로 패악을 부린 유생 신강 등을 엄벌하라는 서장보의 상소문〉;『순조실록』27. 순조 25년 6월 2일.〈구 풍덕 패유들의 뿌리를 뽑을 것에 관한 관학 유생들의 상소문과 그 비답〉

만하다[44]'고 진술한 데서 그 일면을 엿볼 수 있다. 신강이 기금모금 사건을 주도할 수 있었던 것은 그가 경제적으로 여유가 있어 스스로 나설 수 있었기 때문이었다. 기호간 유생들의 소요를 주도한 층에 부유한 향촌사족층의 참가를 보여주는 한 구체적인 예라고 할 수 있다.

이상으로 살펴 본 바에 의하면 〈장연가〉를 쓴 이달우와 〈진주가〉를 쓴 유계춘은 사회적 신분은 상민이었으나 문필력을 지닌 식자층이고, 〈풍덕가〉를 쓴 것으로 추정되는 '이철희·유현·이명규·신강·황윤중' 등은 한미한 향촌사족이었다. 따라서 실전 현실비판가사의 작가층은 글을 잘 알아 지도력을 겸비한 지방하층사족층이라고 규정할 수 있다. 이들은 대부분 경제적으로 열악한 처지였을 것으로 추정되지만, 신강과 같이 비교적 경제적인 여유가 있는 예외적인 경우도 있었다.

19세기에는 각 향촌사회를 중심으로 크고 작은 향촌반란운동, 변란, 민란 등이 빈번하게 일어나 봉건사회 해체기의 모습을 보여준다. 이러한 역사적 움직임은 근대를 향한 우리 역사의 필연적 과정이었다고 할 수 있다. 19세기는 신분제가 붕괴되고 새로운 자본주의적 생산 양식이 출현했으며, 그에 따른 제반 생산관계의 변화가 일어났다. 향촌사회 내 구성 집단도 분화가 가속화되어 다양한 형태의 삶을 살아가는 인물군상을 출현시켰다. 신분적으로 '양반'하면 '지식인'이었던 등식은 신분제의 붕괴와 지식 보급의 확대로

---

44 "이창곤이 그(김치규)에게 이르기를 '지난번 신강이 상소하여 풍덕의 일을 논한 것은 혼란을 빚을 수 있다'고 하였고, 또 이르기를 '신강은 글에 능하고 잘 살으니 함께 더불어 일할 만하다' 하였으며, 또 이르기를 '신강은 또한 우리 당이다'라고 하였다" 『순조실록』28. 26년 5월 5일. 〈역적 김치규의 일로 신강을 재국문하자는 정언 김우근의 상소를 허락하지 않다〉

무너지기 시작했으며, 사회의 각 구성원은 변화하는 사회현상에 다양하게 대응하여 다기하게 분화되어 나갔다.

이 시기에 향촌사회를 중심으로 빈번하게 발생했던 크고 작은 향촌반란운동 및 민란과 같은 역사적 움직임은 기본적으로 민중의 성장된 힘을 바탕으로 하고 있는 것만은 분명하다. 그러나 당시 대다수 민중의 현실은 貧農의 수준에 머무른 상태에서 三政의 문란 현실에 그 어느 때보다도 극심하게 수탈을 당하여 생존권을 위협 받고 있었다. 이렇게 일반 민중이 피폐한 현실 속에서 수탈이 가중되면 될수록 이러한 현실을 문제 삼고 향민을 대변하는 지식인층, 즉 민중과 연대하는 지식인층의 역할이 커질 수밖에 없었다. 역사적 변혁기인 19세기 봉건사회 해체기에 민중과 연대하여 행동했던 계층의 구체적 모습은 민란을 적극적으로 주동한 민란 주도자들에게서 찾을 수 있다. 실전 현실비판가사의 작가는 바로 당대에 민중의 처참한 현실을 직시하고 그들의 이해를 대변하고 그들과 연대하고자 한 계층이 존재했음을 보여주는 구체적인 한 실상이라고 하겠다.

19세기 향촌사회를 중심으로 빈번하게 발생한 향촌반란운동과 민란은 각도 각지에서 자연발생적으로 일어났지만 그 문제의식은 대체적으로 동일한 것으로 나타난다. 향촌반란운동과 민란에서 문제 삼고 있는 것들은 대부분 향촌사회 내의 수령과 아전층에 대한 비판으로 수렴되는 경향을 지닌다. 그렇다고 해서 향촌반란운동과 민란의 주모자나 참가자가 지니고 있는 현실인식이 자기 향촌사회 문제를 벗어나지 못하는 한계성을 지닌다고 논의할 수는 없을 것이다. 19세기에 들어서 거의 동시다발적으로 각 지역에서 현실개혁 의지를 지닌 역사적 움직임이 벌어졌기 때문이다. 당대를 살아간 인물들 가운데 그러한 인식의 확산을 위해 기여한 층이 존재했다는 것을 충분히 생각할 수 있다. 19세기 향촌사회를 중심으로 향촌반란운동이나 민란이 일어나고 다른 지역으로까지 확산될 수 있도록 하는 연결 계층의 존재를 우리는 생각할 수 있다는 것이다.

실진 현실비판가사의 작가는 비로 이러한 연결 계층의 구체적 실상이라고 할 수 있다. 이달우는 해점리직을 하면서 이곳저곳을 떠돌아 다녔다고 한다. 유계춘은 다른 것에서 살다가 진주 지방에 10년 전에 들어와 살았으며, 들어오자마자 향민들을 위한 일에 적극적으로 나서서 반관적 행동을 한 지식인이었다. 비판적 현실인식의 연결 계층은 대체적으로 향촌사족층에 많았지만 글을 배워 지식 수준이 상당한 일반 상민에도 있었다. 그리고 이들은 향촌사회 내에 비교적 광범위하게 존재했으리라고 보여진다. 이미 다산 정약용과 같은 지식인의 존재가 말해주듯이 상층 지식인층의 민중을 지향하는 진보적 사고는 상당히 성숙해 있었다. 그리고 이러한 지도자적 지식인층의 영향을 받아 향촌사회 내에도 민중을 지향한 진보적 사고를 지닌 지식인이 광범위하게 존재하고 있었다고 볼 수 있다. 이러한 민중과 연대하는 진보적 향촌지식인의 사고는 19세기 정신사의 한 축을 형성하고 있던 것이다.

05 맺음말 : 가사문학사적 의의

이상에서 살핀 바와 같이 작변이나 민란의 현장에서 유통되었던 '歌詞'(장연가), '諺謠, 歌詞'(풍덕가), '諺歌, 回文'(진주가) 등은 언문으로 된 비교적 긴 형태의 '歌辭文學'으로 실전 현실비판가사임을 알 수 있었다.

실전 현실비판가사는 삼정문란기의 민중현실을 담으면서 지배층을 비판하는 내용을 지녔을 것으로 추정된다. 〈장연가〉는 중앙정치 현실의 타락상과 감사·수령·아전으로 이어지는 향촌사회 지배층의 부패상을 구체적으로 나열하고 비판하였다. '本官'과 '本邑 吏鄕 諸人'을 비방함으로써 북방 향촌민의 피폐상도 아울러 수용하였을 것으로 추정된다. 따라서 現傳하는 현실비판가사와 마찬가지로 지배층을 비판함과 동시에 향촌사회 내 當代的 삶을 사실적·서사적으로 수용하였을 것이다. 〈풍덕가〉 중 '언요'는 '향교의 철폐'라는 특수한 사안을 문제 삼으면서 합병을 전후하여 읍내에서 벌어진 사태를 비판적으로 서술했을 것으로 추정된다. 이후 3편의 가사는 향촌 사회 내의 부패 현실까지를 고발하고 비판하는 내용으로 확대되어 당대 비판적 현실의 전형성을 획득하는 보편적인 내용을 담고 있었을 것으로 추정된다. 〈진주가〉는 임술민란이 삼정의 극심한 문란에 대해 반기를 들고 일어선 사건인 만큼 가사의 내용도 삼정의 문란상을 포함한 읍내의 각종 폐해 사항을 고발하고 수령권을 비판하는 내용이었을 것임은 의심할 나위가 없다.

이러한 실전 현실비판가사의 내용은 현전 현실비판가사와 그 유형을 같이 한다. 〈갑민가〉, 〈합강정가〉, 〈향산별곡〉, 〈거창가〉, 〈민탄가〉 등의 현전 현실비판가사는 모두 향촌사회 내에서 감사·수령·아전으로 이어지는 지배층을 비판하고, 삼정의 문란으로 핍박받는 민중의 현실을 서술한 유형적 특질을 보여준다. 한편 실전 현실비판가사는 각각 장연, 풍덕, 진주 등의 향촌사회를 배경으로 한다. 현전 현실비판가사가 각각 갑산, 순창, 묘향산 부근, 거창, 진주 등의 향촌사회를 배경으로 하고 있는 것과 마찬가지이다. 그리고 각각의 실전 현실비판가사는 향촌사회를 중심으로 향유되다 점차 확산되어 광범위한 향유를 거친 것으로 나타나는데, 현전 현실비판가사도 이러한 점이 동일하게 확인된다. 따라서 실전 현실비판가사는 현전하는 다섯 편의 현실비판가사와 너불어 '현실비판가사'라는 유형을 형성할 수 있다.

한편 실전 현실비판가사의 창작년대는 1799년(장연가), 1824년 경(풍덕가), 1962년(진주가) 등이고, 현전 현실비판가사의 창작년대는 1792년 경(〈갑민가〉·〈합강정가〉), 19세기 전반경(〈향산별곡〉), 1841년경(〈거창가〉), 1859년(〈민탄가〉) 등이어서 두 현실비판가사는 창작시기 면에서도 거의 일치한다. 따라서 실전 현실비판가사는 현전 현실비판가사와 더불어 '삼정문란기의 현실비판가사'라는 유형을 형성한다고 하겠다.

이와 같이 실전 현실비판가사는 삼정문란기 현실비판가사라는 유형을 형성하면서 역사현실에 대응한 가사문학 장르의 성격을 가장 선명히 보여주고 있다는 점에서 가사문학사적인 의의를 지닌다. 가사문학은 개화기와 일제강점기를 거치면서 적극적으로 역사 사회의 현실에 대응한 성격을 보여준다. 실전 현실비판가사는 현전 현실비판가사와 함께 봉건사회에서 근대사회로 이행해가는 역사적 시기를 반영하고 있다는 가사문학사적 의의를 지닌다고 하겠다.

현실비판가사 연구

제2부

현실비판가사의
유형적 특질

현실비판가사 연구

제1장
현실비판가사의 개념, 시기, 유전상황

01 현실비판가사의 개념 및 범주

문학 논의에서 '현실'이라는 용어는 '작품 내 화자나 작중 인물이 처한 상황' 모두를 가리키는 광의의 개념을 지닌다. 시의 경우 '화자의 삶을 규정하는 내·외적 제조건' 모두를 가리키기도 한다. 그런데 가사문학사에서는 '현실'과 '비판'을 합쳐서 쓸 경우 '현실'은 '역사·사회적 조건하의 상황'을 의미하는 경향이 있었다. 가사문학사에서는 관행적으로 '현실'이라는 용어는 개인이 처한 내적 조건보다는 개인이 처한 외적 조건인 역사·사회적 상황을 뜻하는 것으로 사용해 왔다고 할 수 있다.

가사문학사에서 역사·사회적 조건 하에서 현실비판적인 내용을 지니고 있는 유형은 꾸준히 있어왔다. 임란왜란 이후에 창작된 우국가사는 무능한 목민관을 비판한 가운데 백성에 대한 지향을 나타내고 있다. 그러나 이 시기에 창작된 가사는 문제 삼고 있는 것이 왕을 중심으로 하는 국가의 안존이지 기층민인 농민의 삶 자체는 아니었다. 그런 점에서 이 시기에 창작된 가사는 '우국가사'로 명명될 수 있다. 한편 가사가 전하고 있지는 않지만 조정의 현실과 백성들의 고통을 읊었으리라고 추정되는 18세기 직전에서부터 18세지 중엽까지에 창작된 가사 작품이 있다. 이들 가사 작품은 당대의 정치적 상황과 밀접하게 연관이 있는 작가층에 의해 지어졌을 가능성이 많다. 따라서 이들 가사 작품에서 문제 삼고 있는 것은 왕을 중심으로 하는 국가의 현실에 있을 것으로 추정된다[1]. 그리고 근대전환기에 창작된 동학가사, 의병가사, 개화가사 등에서도 '역사·사회적 조건하'의 현실을 비판하는 내용을 지니고 있다. 그러나 동학가사, 의병가사, 개화가사 등 각각의 가사 유형은 시기를 달리 하여 창작되었으면서 문제 삼고 있는 것이 대체적으로 국가의 위기상황에 있었다. 그리고 이들 가사 유형은 이미 독립된 유형의 명칭이 정착되어 사용되고 있기도 하다.

이렇게 임란 이후 우국가사, 18세기 직전부터 중반까지에 창작된 변란과 관련하거나 조정을 비방하는 실전 가사문학, 그리고 19세기 중엽 이후의 동학가사, 의병가사 및 개화가사 등의 가사 유형은 모두 '역사·사회적 조건하'의 현실을 문제 삼고 있는 가운데 작가의식의 지향점이 국가의 안존에 있었다고 할 수 있다.

그런데 조선후기에 삼정의 문란이라고 하는 '역사·사회적 조건하'에서 향촌사회를 중심으로 창작된 가사 작품들이 있다. 이들 가

---

1 이 시기 가사작품에 대한 논의는 고순희의 「18세기 정치현실과 가사문학 - 〈별사미인곡〉과 〈속사미인곡〉을 중심으로」(『어문학』제78집, 한국어문학회, 2002년, 205쪽)에 간단하게 소개되어 있어 참조할 수 있다.

사 작품들은 관료의 수탈 행위를 고발하고 당대 농민의 피폐한 현실을 서술한 내용을 지니고 있다. 〈甲民歌〉, 〈合江亭歌〉, 〈香山別曲〉, 〈居昌歌〉, 〈民歎歌〉 및 텍스트가 전하지 않는 〈長淵歌〉, 〈豊德歌〉 4편, 〈晋州歌〉 등이 그것이다. 이들 가사 작품은 18세기 최말에서 19세기 중엽이라는 동일한 시기에 동일한 사회적 계층의 작가에 의해 창작되었으며, 동일한 주제를 문제 삼아 동일한 역사적 성격을 지니고 있다. 특히 이들 가사 작품은 다루고 있는 주제가 '지배층의 착취에 고통 받고 있는 민중의 현실을 서술함으로써 민중의 생존권이 보장된 보다 나은 세상을 꿈꾸는 데'에 있다. 즉 앞서 살펴본 우국가사, 18세기에 창작된 변란과 관련한 실전가사, 근대전환기의 동학가사 · 의병가사 · 개화가사 등이 국가의 안존에 작가의식의 지향점이 있는 것과 달리 이들 가사 작품들은 민중의 삶에 작가의식의 지향점이 있다.

이렇게 '역사 · 사회적 조건하에서 기층민인 민중의 삶을 중심에 놓고 지배층의 착취를 문제 삼아 현실을 비판한 가사'를 '현실비판가사'라고 유형화할 수 있다. '현실비판가사'는 대부분 삼정문란기, 즉 18세기 말에서 19세기 중엽이라는 특정 시기에 집중적으로 창작되었으며, 특정의 담당 주체가 당대 농민의 삶을 중심에 놓고 각 향촌사회 내의 비판적 현실을 문제 삼았다. 따라서 '현실비판가사' 유형은 대부분 조선후기 삼정문란기라는 특정 시기의 가사문학적 대응물로서 그 개념에 역사적 개념을 포함한다.

현실비판가사 유형을 하나의 역사적 유형으로 설정하여 본격적으로 논의하게 된 것은 그리 오래 되지 않았다. 현실비판가사를 유형화하여 독립적으로 논의하지 않았던 것은 무엇보다도 전하고 있는 작품 편수가 수천에 달하는 가사문학의 유산에 비추어 볼 때 상대적으로 적은 편이었다는 데 이유가 있었다. 그리고 한편으로는 이 유형의 가사 작품들이 작가를 알 수 없었기 때문에 그 창작 시기를 확정할 수 없었던 데에도 이유가 있었다.

현실비판가사 가운데는 19세기 향촌반란운동이나 민란에서 일정한 기능과 역할을 담당했던 작품도 있다. 그리하여 최근에는 이들 가사를 '민란가사'로 명명하기도 하였다. 정흥모는 조선후기는 민란의 시기이며, '난의 유발 혹은 확대를 위해, 즉 민란의 과정에서 일정한 역할을 기대하고 창작된 작품'을 '민란가사'라 규정했다.[2] 실제로 〈거창가〉가 향촌반란운동의 현장에서 유통되었고, 〈민탄가〉와 실전 현실비판가사인 〈진주가〉가 임술민란의 모의과정에서 창작된 것이었으며, 〈거창가〉의 이본인 〈정읍군민란시여항청요〉는 그 제명에 '민란'이라는 용어가 들어가 있어 현실비판가사가 민란과 일정 정도 관련했음은 분명하다.

그러나 역사적 개념으로서의 '민란'의 개념을 염두에 두고 보면 과연 '민란가사'라는 용어가 합당한지 복잡해진다. 18세기 말에서 19세기에 걸쳐 각 향촌사회를 중심으로 크고 작은 향촌반란운동이 빈번하게 일어났다. 역사적으로 이것들을 민란으로 규정하는 하는 것은 일정 규모의 농민 참여와 지역 확대가 전제되어야 한다. 그러나 19세기 초 향촌사회를 중심으로 빈번하게 빌어났던 많은 농민들의 향촌반란운동은 민란의 단계로까지 확산되지 못하고 각 향촌에만 한정된 성격을 지녔다. 그리고 주모자들이 민란을 의도했음에도 불구하고 그것이 사전에 발각되어 민란으로까지 전화되지 못하고 다만 변란으로 끝나고 만 사례도 많았다. 민란의 현장에서 그 기능

---

2 정흥모, 「향산별곡을 통해본 19세기 초 민란가사의 한 양상」, 『한국시가연구』 창간호, 한국시가학회, 1997.

을 발휘한 가사 작품들의 경우, '민란가사'라는 용어가 분명 타당하다고 할 수 있다. 하지만 이들 가사 작품들 가운데는 향촌반란운동이나 변란의 현장에서 기능을 발휘한 작품도 있고, 민란의 현장에서 기능을 발휘했다는 증거가 전혀 없는 작품도 있다. 이렇게 '민란가사'라는 용어는 '민란'이라는 용어가 규정하는 역사적 개념에 구속받을 수밖에 없다. 따라서 이들 가사 작품들을 모두 아우르는 유형 용어로는 '현실비판가사'라는 용어가 더 적합하다는 판단이다.

한편 현실비판가사 유형이 생산된 시기와 거의 동시기에 활동하였던 한시 작가로 丁茶山이 있다. 다산의 한시는 집요하게 민중의 삶을 중심에 놓고 지배층을 비판하고 있다. 18세기 후반에서 19세기 중엽에 이르는 시기에 공시적으로 한시 장르와 가사 장르에서 현실비판적인 내용과 주제를 담고 있는 것이다. 이러한 다산의 현실비판적 한시를 가리켜 '社會詩'라는 용어를 사용하기도 한다.[3] 그런데 당시의 농촌문제는 단지 사회문제에 불과한 것이 아니고 봉건사회의 해체와 관련한 역사적 문제였다. '사회시'라는 용어는 당시 농촌문제의 역사적 의미를 포괄하는 데에는 미흡하다고 본다.

가사문학 가운데 현실비판적 내용을 담고 있는 가사로 〈기음노래〉, 〈덴동어미花煎歌〉 등이 있다. 이 중 〈기음노래〉[4]는 세금에 시달리는 농민의 삶을 서술하고 있어 현실비판적 내용을 지닌다. 그런데 이 가사는 농부가류의 전형적 내용을 그대로 지니고 있는 가운데 다만 뒷부분에만 세금에 시달리는 농민의 실상을 수용하고 있을 뿐이다. 따라서 〈기음노래〉는 작품 전체에 걸쳐 농민의 삶을 중심에 놓고

---

3 宋載邵, 『茶山詩研究』, 창작사, 1986. '諸社會 問題를 다룬 시'라는 개념으로 사용하였다.
4 이병기, 『국문학개론』, 일지사, 1965, 137~39쪽.

지배층을 비판한 현실비판가사와는 주제와 작가의식의 면에서 거리가 있다고 할 수 있다. 그리고 작품의 내용에 덴동어미의 파란만장한 생애를 서술하기도 한 〈덴동어미화전가〉도 터전을 잃은 한 여인의 굴곡진 생애의 서술에서 현실비판적 요소를 발견할 수 있다. 그러나 이 가사는 유형적으로 규방가사 가운데 화전가류에 속하면서 그 안에서 내용이 변용된 가사라는 점에서 현실비판가사 유형에 다시 편입해 논하기는 곤란하다고 할 수 있다. 따라서 현실비판가사 유형에서 〈기음노래〉와 〈덴동어미화전가〉는 제외된다.

한편 민중의 삶을 중심에 놓고 지배층을 비판한 가사문학 작품으로 최근에 소개된 〈임계탄〉과 『聾齋雜詞』 소재 가사 작품이 있다. 〈임계탄〉은 현실비판가사의 연장선 상에서 볼 수 있는 내용과 역사적 성격을 지니고 있는 작품이서 주목된다. 〈임계탄〉은 〈갑민가〉보다 60년 가까이 앞선 1733년 경에 장흥 지역에 살았던 한 양심적인 향촌 사족이 창작한 작품으로 추정된다. 〈임계탄〉은 18세기 전반 3년에 걸친 자연재해의 실상, 관가의 수탈상, 자연재해와 폭정으로 시달리던 장흥 지역의 참담한 농민 현실을 생생하게 담았다. 그런데 작품 전체를 관통하는 장중한 어조로 보아 작가가 애초부터 익명성을 의도해서 창작한 것은 아니라고 추정되어 작가성 면에서 애초부터 익명성을 의도해서 창작한 현실비판가사와는 일정한 거리가 있다. 이 형대도 지적하였듯이 〈임계탄〉는 19세기 현실비판가사와 일정하게 구분되면서도 또한 맥락이 닿는 작품으로서 의의를 지닌다[5].

그리고 聾齋 張信綱(1779~1856)이 저술한 『聾齋雜詞』에 실려 있는 〈樂憂記〉(74구), 〈還摸詞〉(61구), 〈作錢還別曲〉(50구), 실제가사 2

---

5 이형대, 「18세기 전반의 농민현실과 임계탄(任癸歎)」, 『민족문학사연구』 제22집, 민족문학사학회, 2003, 34~57쪽.

편(81구, 49구) 등은 '거듭되는 흉년등의 자연재해와 수취제도의 모순으로 인한 가족 이산의 참상과 유민의 발생 등을 고발한 현실비판적 성격을 띤' 가사들이다. 농재는 몰락사족으로 농사일에 종사했기 때문에 농민의 입장을 잘 알아 특히 당대 가장 문제시되고 있었던 환곡의 폐해를 신랄하게 비판했다. 따라서 농재의 가사의 내용성은 현실비판가사의 것과 일치한다. 농재의 현실비판가사는 당대 향촌사회에 현실비판적 의식을 지닌 향촌사족층이 널리 포진하고 있었음을 반영한다. 그런데『농재잡사』에 실려 있는 다른 가사 작품들을 함께 고려할 때『농재잡사』는 농재가 가문의 결속을 다지고 향촌사회의 질서를 유지하기 위해 제작했음을 알 수 있다[6]. 이렇게 농재의 현실비판가사는 농재가 금릉의 농민들에게 유포하여 비판적 의식의 공유를 꾀하려는 의도를 가지고 창작했다고 보이지는 않는다. 그리하여 현실비판가사의 창작 의도와는 일정하게 거리가 있는 작품이라고 할 수 있다.

이 연구에서는 삼정문란기라는 특수한 역사적 상황에서 각 향촌사회 내의 삼정의 문란상을 고발하고 지배층을 비판하여 향민 및 사족층과 공유하기 위해 창작한 현실비판가사를 대상으로 하고자 한다.

02 현실비판가사의 시기 설정

현실비판가사는 그 동안 시기적으로 '조선후기' 가사로 통칭하여

---

6 이동찬, 「〈농재잡사〉 소재 가사고」,『한국문학논총』제26집, 한국문학회, 2000, 523~540쪽.

논의되었다. 그러나 조선후기란 17세기에서부터 19세기에 이르는 광범위한 시기를 가리킨다. 그런데 현실비판가사는 시기적으로 조선후기 가운데서도 어떤 특정한 시기에 집중적으로 생산되었다는 특징이 드러난다. 따라서 각 가사 작품의 창작시기를 면밀하게 검토하여 그 시대적 위상을 좀 더 구체화할 필요가 있다. 특히 현실비판가사의 작가의식과 역사적 성격을 규명하는데 있어서 현실비판가사의 창작시기는 중요한 요소로 작용할 수 있다. 현실비판가사의 창작연대를 각 작품별로 살펴보도록 하겠다.

1) 〈甲民歌〉

해동가곡본 〈갑민가〉는 작품 말미에 '右靑城公莅北靑時甲山民所作歌'라는 기록을 덧붙이고 있다. 이 기록으로 보아 〈갑민가〉는 靑城 成大中(1732~1812)이 북청부사로 재직하고 있던 시기에 지어진 것으로 보인다. 실제 성대중은 1792년에 북청부사로 재직하였으며 그 이듬해에는 渭原郡守에 品階되어 通政大夫로 加資되었다.[7] 그러므로 〈갑민가〉의 창작연대는 1792년으로 추정된다.

2) 〈合江亭歌〉

윤성근본에는 "全羅監司 鄭民始, 嘗以壬子九月二十三日(國忌), 大設合江亭船遊, --- 因流入九重 仍施流配之律耳"라는 관계 기록이 덧붙여 있다. 그리고 작품 내용 중에 "時維九月 甘三日이 吉日인가 佳節인가"라는 구절이 들어 있다. 이것들은 〈합강정가〉의 창작 연대

---

7 桑谷公派譜 간행추진위원회, 『昌寧成氏文獻誌』, 1985, 83쪽.

추정에 단서를 제공해준다. 일단 〈합강정가〉의 창작 연대는 "壬子九月 二十三日" 이후이다. 壬子년 9월 23일은 1792(정조16)년 9월 23일로서 인평대군의 墓致祭를 행한 날이다. 가사에서 문제 삼고 있는 전라감사 鄭民始(1745~1800)는 9월 23일의 인평대군 享事를 소홀히 한 죄로 그 해 11월에 削職되었다.[8] "因流入九重"되어 11월에 "仍施流配之律耳"라고 했으므로 〈합강정가〉가 창작된 후 곧바로 서울까지 유통됨으로써 그것을 왕이나 왕의 측근이 보고 즉시 정민시가 삭직된 것임을 알 수 있다. 따라서 〈합강정가〉의 창작 연대는 1792년으로 추정할 수 있으며, 좀더 압축하면 1792년 9월 23일에서 11월 사이라고 할 수 있다.[9]

3) 〈香山別曲〉

정재호는 〈향산별곡〉이 三政의 문란상을 철저히 지적하는 내용으로 보아 순조 이후에 지어졌으리라 보고 특히 기사된 사본이 철종시의 책력을 쓴 것이므로 純·憲 연간으로 추정하였다. 강전섭도 첫째, 내용 중에 1784년에 간행된 『大典通編』에 대한 언급이 있고, 둘째, 정재호본의 경우 壬子年時憲書册曆(1852년)을 뒤집은 백지에 필사되었으므로 이 가사가 1784년에서 1872년 사이에 지어진 것으

---

8 "命江原道觀察使尹師國加資 全羅道觀察使鄭民始削職" 『正祖實錄』 卷三十六, 十六年壬子十一月, 355쪽.

9 이종출은 이 가사의 창작연대를 위백규가 옥과 현감으로 재직하던 시기인 정조21년(1797년)으로 추정하였다. 그러나 위백규가 옥과 현감으로 재직하던 때에 순찰사가 도임을 했었던 사실이 있었다 하더라도 작품 내용에 '壬子秋九月'이라는 시기가 분명히 기록되어 있고, 정민시의 삭탈관직 사유가 1972년 享事사건과 관계된 것도 사실이므로 〈합가엉가〉의 창작 연대는 1792년 봄이 타당하다.(이종출, 「합강정선유가보유」, 『한국고시가연구』, 태학사, 1989, 486쪽).

로 보고, 좀 더 압축해 본다면 19세기 초엽인 순조 년간에 지어졌다고 보아 결코 무리가 아닐 것이라고 하였다.[10]

〈향산별곡〉의 작품 내용에서 주목할 만한 점은 三政의 전 영역을 고루 문제 삼고 있다는 것이다. 19세기에 이르면 삼정의 문란상은 고질적인 사회문제로 정형화되는데 특히 환곡의 문제가 전면으로 부각되어 문제시되는 경향을 보인다. 실제로 18세기 최말에 창작된 〈갑민가〉와 〈합강정가〉에서는 군정의 문제 혹은 감사와 수령의 가렴주구 등과 같이 어느 한 문제에 국한하여 문제 삼는 경향을 보였다. 반면 〈향산별곡〉은 삼정의 문란상을 모두 다루면서 특히 환곡의 문제가 처음으로 등장한다. 이렇게 〈향산별곡〉은 삼정문란기의 변화 단계를 반영하고 있어 19세기 전반기의 역사적 대응물로 추정된다. 따라서 〈향산별곡〉의 창작시기는 19세기 전반기로 추정된다.

4) 〈居昌歌〉

〈거창가〉는 전반부에 〈太平詞〉를 차용하고 있다. 홍재휴는 〈태평사〉를 소개하면서 작품의 창작연대를 1843년 경으로 보았다. 홍재휴는 '天無烈風 淫雨하고 海不揚波 三年이라'라는 구절을 근거로 들었다. 憲宗이 親政한 삼년 동안에 國泰民安하였음을 말한 것이니 헌종이 친정을 시작한 3년 후인 1843년을 창작연대로 추정한 것이다[11]. 그러나 '海不揚波 三年이라'이라는 구절은 31편이나 되는 〈태평사〉 이본 가운데 〈거창가〉 서두 계열의 류탁일본A, 연세대본, 청

---

10 정재호, 「鄕山別曲攷」, 『韓國歌辭文學論』, 집문당, 1982. ; 강전섭, 「향산별곡의 이본에 대하여」, 『語文學』, 제 50집, 한국어문학회, 1989, 1~28쪽.
11 홍재휴, 「태평사고」, 『한남어문학』 제13집, 한남대 국어국문학회, 1987, 135쪽.

낭결본, 한국가사문학관본D와 독립완본 계열의 홍재휴본 등 5편 뿐이다. 반면 대부분의 이본에는 이 구절이 '海不揚波 하겠구나'로 서술되어 있다. 따라서 1843년 창작시기설은 신빙성이 떨어진다고 할 수 있다.

〈거창가〉의 창작연대는 작품의 내용 안에서 추정할 수 있다. 〈대평사〉는 신축년(1841) 윤삼월에 있었던 헌종의 즉위를 축하하는 데까지 읊고 있다. 〈태평사〉에 이어 서술한 본사설은 신축년 팔월에 있었던 서원의 秋享事를 다루는 것으로 끝맺고 있다. 1841년 윤삼월에서 8월 사이에 〈태평사〉가 제작되고 이어서 〈태평사〉를 본 〈거창가〉의 작가가 〈거창가〉를 지으면서 그 〈태평사〉를 전반부에 넣은 것인데, 따라서 〈거창가〉의 창작연대는 1841년 8월 이후가 분명하다. 박순호 본에는 "辛丑年 八月日 滯囚中 鄭子育所作"이라는 기록이 덧붙여 있기도 하다. 이러한 여러 정황들을 종합해 보면, 〈태평사〉와 〈거창가〉의 제작은 불과 몇 달 사이를 두지 않고 거의 동시에 이루어졌음을 알 수 있다. 그리하여 〈거창가〉의 창작 연대는 1841년 경으로 추정된다. 秦京換도 일곱 항에 이르는 상세한 검토를 통하여 〈거창가〉의 창작 시기가 1841년 직후일 것으로 결론을 내리고 있다.[12]

5) 〈民歎歌〉

〈민탄가〉의 창작 시기를 추정할 단서는 작품의 내용에 있다. 〈민탄가〉의 내용 중에 "四十年前 己卯年의 保國爲民 徐政丞이 / 민폐거방 씌여닉여 邑保도계 연풍하니 / 純宗大王 判下公事 흐늘가튼 聖恩

---

12 진경환, 「거창가와 정읍군민란시여항청요의 관계」, 『어문논집』 제27집, 고려대학교 국어국문학회, 1987, 457~458쪽.

이라"라는 구절이 나온다. 이 구절에서 "四十年前 己卯年"에 "徐政丞"이 낸 방도를 "純宗大王"이 윤허하여 시행했다고 했다. 그런데 〈민탄가〉는 삼정의 문란상을 고발하는 내용이고, 순종대왕의 재위 시기는 1907년에서 1910년이어서 서로 연결이 되지 않는다. 그리하여 일단 기묘년과 서정승에 주목하여 사실을 조사해본 결과 1819년 기묘년에 영의정 徐龍輔가 田政의 문란한 폐단을 시정하기 위해 量田의 실시를 건의하여 삼남지방에서 양전이 실시된 사실을 찾아낼 수 있었다[13]. 이렇다고 할 때 "純宗大王"은 '순조대왕'이 잘 못 기사된 것으로 파악된다. 그리하여 위에 인용한 구절의 '40년 전 기묘년'은 1819년을, 그리고 '서정승'은 영의정 서용보를 말하는 것이 된다. 따라서 〈민탄가〉의 창작 시기는 1819년의 40년 후인 1859년이 된다.

6) 실전 현실비판가사

① 〈長淵歌〉

〈장연가〉는 1804년에 일어난 '장연작변'에서 증거자료로 채택된 "窮凶絕悖之歌詞"이다. 난의 주모자인 李達宇(당시 31세)는 공초를

---

13 "호군(護軍) 이지연(李止淵)이 상소하여 전정(田政)의 문란한 폐단을 상세히 진달하고, 이어 말하기를, '온 나라를 통틀어서 전정에 대한 병폐는 호남보다 심한 곳이 없습니다. 기사년·갑술년의 흉년을 치르면서부터 근거없이 조세를 징수하는 원망이 일로(一路)에 번지고, 지금 또 요즘 호서(湖西)의 수재는 치우치게 혹독하여 전답이 침수되어 허실(虛實)에 대한 근거가 없으니, 양전(量田) 문제는 목전의 가장 급선무입니다. 특별히 재능있는 신하를 선발하여 먼저 양호(兩湖)로부터 서둘러 개량(改量)을 시행하소서.' 하였습니다. 20년에 한 번 개량함은 곧 《경국대전(經國大典)》에 실려 있는 바입니다. --- "『순조실록』 22권, 순조 19(1819)년 9월 10일 1번째 기사. 〈영의정 서용보가 이지연의 전정 상소에 대하여 말하다〉

받는 가운데 '이 가사는 제가 己未(1799년)년에 지은 것입니다[14]'라고 진술했다. 그러므로 이 가사가 문제된 것은 1804년이지만 실제로 가사를 창작한 연대는 1799년임을 알 수 있다. 이 가사가 1804년까지 작변을 모의하고 사람들을 소집하며 분위기를 조성하고자 유통되었음을 알 수 있다.

② 〈豊德歌〉 4편

조정에서는 1823년(순조 23년) 7월 25일에 풍덕부를 송도에 합병하는 조처를 시행하였다. 그러자 이 조처에 반발한 풍덕 유생들의 소요가 일어나게 되는데, 풍덕 유생들이 '흉악한 말을 지어 내어 諺謠'를 지어 향촌에 유포하였다고 한다. 여기서 향교의 유생들이 지은 '諺謠'는 순수한 우리말 노래라기보다는 '歌辭'였으리라고 추정된다.

이후 경기 · 호남 지역에서도 풍덕 합병과 관련한 소요가 빈번하게 일어났다. 그 가운데 1826년에 발생한 '清州掛書' 사건의 관련자를 치죄하는 과정에서 '풍덕에 관한 일로써 三篇의 歌詞가 있는데, 기록하지 않은 집이 없고 외우지 않는 사람이 없으니, 이는 분노에서 발로된 것이다'라는 진술이 나오게 된다.

이로써 풍덕 합병과 관련하여 풍덕의 소요와 기호간 소요 · 작변에서 유통된 가사 4편의 존재가 확인된다. 따라서 〈풍덕가〉 4편은 창작 연대가 1823년에서 1826년 사이로 추정된다.

③ 〈晋州歌〉

임술민란은 1862년에 있었다. 난이 진압되어 민란의 가담자를

---

14 "歌詞是矣身己未年所作"『推案及鞫案』卷二十六卷, 602쪽.

문초하는 과정에서 난의 준비 과정에서 지어진 가사의 존재가 있었음이 확인된다. 유계춘은 공술에서 "날짜는 알 수 없지만 二月 初쯤 나에게 와서 말하기를 '樵軍 回文을 지어 本洞에 돌려보게 하면 아마 應하고 따름이 있을 것이다. 그런 내가 무식하여 지을 수 없으니 네가 借述하여 주면 그것을 돌려보게 하겠다'고 하였다. 그래서 내가 諺書로서 歌詞體에 의거하여 지었다[15]."라고 했다. 그러므로 밑줄 친 바에서 드러나듯이 〈진주가〉의 창작연대는 1862년 2월 경으로 추정된다.

이상으로 현실비판가사의 창작연대를 각 작품별로 검토해보았다. 현실비판가사의 창작연대는 1792년(갑민가, 합강정가), 1799년(장연가), 1823~6년(풍덕가 4편), 19세기 전반(향산별곡), 1841년(거창가), 1859년(민탄가), 1862년(진주가) 등으로 나타난다. 창작 시기의 상한은 18세기 최말이고 하한은 19세기 중엽 개항 이전까지이다. 이와 같이 현실비판가사는 조선후기 전체에 걸쳐 창작되었다기보다는 18세기 最末에서 19세기 중엽에 이르는 시기에 집중적으로 창작되었음이 드러난다. 그러면 이 시기를 역사적인 시기로 구분할 때 어디에 귀속시킬 수 있을까? 18세기 후반부터 개항 이전의 시기는 역사적으로 삼정의 문란기와 일치한다. 이렇게 현실비판가사 유형은 창작시기와 관련해 시기적으로 구체화하여 표현하면 '삼정문란기 현실비판가사'라고 할 수 있을 것이다.

그런데 현실비판가사가 조선후기 삼정문란기의 역사·사회적

---

15 "本里李啓烈 卽校理之六寸 而樵軍之座上也 日不記二月初 來言曰 作樵軍回文 輪示 本洞 則似有應從之望 而吾旣無識 不能自爲 汝其借述以給云 故矣身 果以諺書 依歌詞 體作之" 『壬戌錄』, 〈晉州按覈使査啓跋辭〉, 32쪽.

현실을 집중적으로 문제 삼고 있음에도 불구하고 '삼정문란기 현실비판가사'라고 용어화하는 것에는 문제가 있다. 첫 번째 문제는 가사문학의 유전 상황에 있다. 가사문학은 아직까지도 꾸준히 새로운 작품이 발견되고 있다. 현실비판가사의 개념이 '역사·사회적 조건하에서 기층민인 민중의 삶을 중심에 놓고 지배층의 착취를 문제 삼아 현실을 비판한 가사'라고 할 때, 현실비판가사의 작가층인 지방하층사족층이 향촌사회에 존재하는 한 삼정문란기가 아니더라도 현실비판가사는 창작될 수 있기 때문이다. 〈민탄가〉가 최근에 발견된 것처럼 아직 발견되지 못한 현실비판가사 작품이 있을 수 있고, 그 작품의 창작 시기가 삼정문란기가 아닐 수도 있기 때문이다.

두 번째 문제는 '삼정문란기'라는 용어 자체에 있다. 흔히들 '삼정문란기'라는 용어를 많이 사용하고 있기 때문에 '삼정문란기 현실비판가사'라는 용어는 현재 확인 가능한 현실비판가사의 주제와 역사적 성격을 분명하게 드러나게 해주는 것이 사실이다. 하지만 이 용어가 역사적·문학적 시대 구분의 용어로 적절한 지 생각해 볼 문제이다. 사학계에서도 '삼정문란기'라는 용어가 의미하는 바가 한 시대를 지나치게 한 방향으로만 규정하기 때문에 이 용어의 사용에 대한 반성적 논의가 있었다. 즉 조선후기 사회에 삼정이 극도로 문란해졌고, 그것이 대다수 농민의 생활을 억압하고, 그것이 지배 구조의 모순을 심화 확대한 사실이 엄연함에도 불구하고 그것만이 이 시기를 규정하는 것은 아니라고 하는 반성적 시각이 대두한 것이다. 이 시기는 삼정의 문란이라는 부정적인 역사적 현실을 인식하고 거기에 대응하여 근대를 향한 역사적인 움직임이 그 어느 때보다도 활발하였던 시기였던 점을 간과했다는 것이다. 그

271

리고 고전문학사적 측면에서 볼 때도 조선후기는 한시, 소설, 판소리, 사설시조, 가사, 잡가 등 제장르가 각각 발전하여 다양한 문화양상들이 펼쳐진 르네상스의 시기이기도 했다.

이와 같이 현실비판가사가 삼정문란기가 아니더라도 창작될 가능성이 있다는 점과 삼정문란기라는 용어가 부정적인 편향성을 지니고 있다는 점에서 이 연구에서는 현실비판가사의 시기 설정을 '삼정문란기'로 국한하지 않는 것이 합리적이라는 판단이다.

03 현실비판가사의 유전 상황

현실비판가사는 향유가 비교적 활발하여 이본을 풍성하게 남기고 있는 편이다. 여기서는 각 작품의 이본을 요약하여 표로 정리하고 간략하게만 설명하고자 한다. 각 작품의 이본에 관한 보다 자세한 사항은 이 책의 Ⅰ부에 실린 각 작품의 작품론을 참조하기 바란다. 제시한 표에서 참조 사항은 다음과 같다.

* 표에서 구수는 4음보를 1구로 계산한 것이다.
* 제명이 없는 것은 빈 칸으로 남겨 두었다.
* 소재지는 대표적인 것만 적었다.
* 소재지는 영인본, jpg 파일 등 쉽게 볼 수 있는 것을 위주로 적었다.
* jpg 파일은 한국가사문학관 홈페이지에 올라 있는 필사본 파일을 말한다.
* '필사본' 혹은 '필사집'은 개인 소장을 말한다.

1) 〈갑민가〉

〈갑민가〉의 이본은 2편이 확인된다.

번호	이본명	제명	구수	소재지
1	해동가곡본	甲갑民민歌가	113	『역대가사문학전집』제6권
2	청성잡기본	甲民歌	113	고려대학교 도서관 소장 『靑城雜記』3책

위의 표에서 드러나듯이 두 이본은 제목이나 구수의 차이가 거의 나지 않는다. 成大中(1732~1812)의 저서인 『청성잡기』에 〈갑민가〉가 실려 있는 것은 〈갑민가〉가 당시 북청부사였던 성대중을 찬양하는 내용을 지니고 있기 때문이다.

2) 〈합강정가〉

〈합강정가〉의 이본은 10편이 확인된다.

번호	이본명	제명	구수	소재지
1	윤성근본	合江亭歌	76	윤성근, 「合江亭歌硏究」, 『어문학』제18호
2	아악부가집본	合江亭歌	83	『校合 雅樂部歌集』
3	가집본	合江亭歌	83	『역대가사문학전집』20권
4	악부본	合江亭歌	24	『역대가사문학전집』20권
5	삼족당본	합강정선뉴가라	80	『역대가사문학전집』49권

번호	이본명	제명	구수	소재지
6	전가보장본	합강정선유가	73	『역대가사문학전집』49권
7	홍길동전본	호남가	83	필사집『홍길동전』
8	목동가본	합강정	76	『역대가사문학전집』38권
9	가사소리본	合江亭歌	76	jpg 파일
10	쌍녀록본	합강졍션유개라	82	jpg 파일

위의 표에서 드러나듯이 7편의 이본이 『역대가사문학전집』에 영인되어 있거나 한국가사문학관 홈페이지에 jpg 파일로 올라와 있어 필사본 원문은 비교적 쉽게 볼 수 있다. 이본의 제목은 대부분 '합강정가'를 따르고 있으나 한 편만은 '호남가'로 되어 있다. 이본 간 구절의 넘나듦이 있으며, 구수도 다소 차이가 난다. 음악의 사설로 부른 것으로 추정되는 악부본의 경우 24구로 매우 짧다.

10편의 이본은 결구 처리에 따라 두 계열로 나눌 수 있다. A유형은 과거제의 비판에 이어 一人義士에 대한 기대를 서술한 후, 감사에 대한 저주를 서술한 것으로 삼족당본·아악부가집본·가집본·전가보장본·목동가본·가사소리본·쌍녀록본 등이 여기에 속한다. B유형은 과거제의 비판에 이어 감사에 대한 저주를 서술한 후 一人義士에 대한 기대와 저주를 서술한 것으로 윤성근본·홍길동전본 등이 여기에 속한다. 그런데 B유형에서 과거제 비판, 감사에 대한 저주, 선비들에 대한 기대와 저주로 이어지는 의미의 전개가 아무래도 어색하여 이본의 대부분이 속한 A유형이 원형일 가능성이 많다.

3) 〈향산별곡〉

〈향산별곡〉은 5편의 이본이 확인된다.

민호	이본명	세밍	구수	소새시
1	정재호본	향산별곡	251	정재호, 「향산별곡고」, 『한국가사문학론』
2	강전섭본1	香山別曲	249	『역대가사문학전집』30권
3	강전섭본2	향산별곡	249	『역대가사문학전집』20권
4	가사소리본		223	jpg 파일
5	만언사본	향산별곡	101	『역대가사문학전집』20권

위의 표에서 드러나듯이 5편의 이본 가운데 네 편의 이본이 『역대가사문학전집』에 영인되어 있거나 한국가사문학관 홈페이지에 jpg 파일로 올라와 있어 필사본 원문은 용이하게 볼 수 있는 편이다. 제목은 모두 한글로 '향산별곡'으로 되어 있으나 한 편의 이본에서 한문으로 '香山別曲'이라고 되어 있다.

내용은 1~3은 거의 유사하다. 4와 5는 백성의 말을 통해 민중현실을 전달하는 내용이 생략되어 상대적으로 짧다.

4) 〈거창가〉

〈거창가〉는 22편의 이본이 확인된다. 아래 표에 적혀 있는 구수는 〈태평사〉를 포함한 총구수를 말한다.

번호	이본명	제명	구수	소재지
1	이현조본A	居昌別曲	387	조규익, 『봉건시대 민중의 저항과 고발문학 거창가』
2	이현조본B		320	jpg 파일
3	임기중본A	거창가	388	『역대가사문학전집』6권
4	김준영본	井邑郡民亂時 閭巷聽謠	390	김준영, 「정읍군민란시여항 청요」, 『국어국문학』29호
5	류탁일본A	거창가(居昌歌)	382	필사집 『居昌歌』
6	김일근본A	거창ㄱ	215	김일근, 「가사 거창가(일명 한양가)」, 『국어국문학』39·40 합병호
7	김일근본B		184	필사본
8	박순호본	居昌歌(○林歌)	309	원광대 도서관 소장 『娥林』
9	김현구본	아림별곡	417	조규익, 『봉건시대 민중의 저항과 고발문학 거창가』
10	소창본		175	조규익, 『봉건시대 민중의 저항과 고발문학 거창가』
11	연세대본	거창가	384	연세대학교 중앙도서관 소장 필사본
12	청낭결본	居昌歌	212	필사집 『靑囊訣』
13	창악대강본	민원가	32	박헌봉, 『唱樂大綱』
14	한국가사문학관본A	娥林歌	417	jpg 파일
15	한국가사문학관본B	居昌歌	412	jpg 파일
16	한국가사문학관본C	거창가라	258	jpg 파일
17	한국가사문학관본D	居昌歌	152	jpg 파일
18	한국가사문학관본E	거충가	112	본사설 떨어져 나감
19	한국가사문학관본F	거천가라	150	본사설 떨어져 나감
20	한국가사문학관본G	겻창가라	82	본사설 떨어져 나감
21	유탁일본B	거청기라	156	본사설 떨어져 나감
22	임기중본B	이조거창가	165	본사설 떨어져 나감

위의 표에서 드러나듯이 '거창가'나 '아림가'와 관련한 제명으로 유통된 이본은 총 22편이나 된다. 그런데 18번에서 22번까지의 이본들은 '거창가'라는 제명에도 불구하고 본사설은 떨어져 나가고 〈태평사〉 부분만 남아 있다. 〈거창가〉라는 제명으로 유통된 것이 확실하므로 이본에 포함시켰다.

22편의 이본 가운데 한국가사문학관 홈페이지에 jpg 파일로 올라와 있는 것이 8편, 『역대가사문학전집』에 영인되어 있는 것이 3편에 불과하여 필사본 원문을 볼 수 있는 사정은 그리 좋은 편은 아니다. 제명은 '거창가' 계열이 제일 많으며, '아림가' 계열이 뒤를 잇는다. 〈정읍군민란시여항청요〉는 〈거창가〉가 정읍에서 향유되면서 붙여진 제명이고, 〈민원가〉는 〈거창가〉의 내용 일부를 판소리 단가로 수용하면서 붙여진 제명이다.

〈거창가〉의 이본은 먼저 문불서양계와 비문불서양계로 나눌 수 있다. 전자는 "문불서양 아닐넌가"라는 구절을 포함하면서 '이렇게 조선 삼백 육십일주에 간 곳마다 태평인데 어찌하여 우리 거창은 읍운이 불행하여'라는 구절로 〈태평사〉와 본사설의 연결구를 삼은 것이다. 후자는 '이러한 태평세에 아니 놀지 못하리라'라는 〈태평사〉의 결구에 이어, '이런겨런 쟝흔風物 莫非聖上 德化로다 / 엇지타 우리居昌 邑運니 不幸ᄒ여'라는 구절로 본사설을 시작한 것이다. 그리고 〈거창가〉의 이본은 이재가의 청주목사 이전 사실을 담고 있느냐의 여부에 따라 청주목사계와 비청주목사계로 나눌 수 있다. 한편 이본 가운데는 마지막에 議送을 썼다가 감옥에 간 鄭子育과 弊狀을 썼다가 유배를 간 尹致光에 대한 서술을 담고 있는 것이 있다.

내용이 충실한 8편의 이본을 계통적으로 대별해 보면 다음과 같다.

내용이 충실한 8편의 이본			비고
문불 서양계	청주목사계	김현구본 한국가사문학관본A 한국가사문학관본B	정자육·윤치광 서술
	비청주목사계	김준영본	
		류탁일본A 연세대본	
비문불 서양계	비청주목사계	이현조본A, 임기중본A	정자육·윤치광 서술

5) 〈민탄가〉

〈민탄가〉는 유일본만 남아 전한다.

번호	이본명	제명	구수	소재지
1	유일본	民歎歌	132	jpg 파일

〈민탄가〉는 유일본만 전하는데, 다행히 필사본 원문은 한국가사문학관 홈페이지에 jpg 파일로 올라와 있어 쉽게 볼 수가 있다. 가사의 내용 중에 수취제도 상의 낯선 용어를 많이 쓴데다가 식별이 불분명한 필사본 글자도 많아 앞뒤의 문맥적 이해가 어려운 부분이 매우 많다.

제2장
현실비판가사의 작가층과 향유층

　현실비판가사를 연구하기 시작한 연구의 초창기에는 삼정의 문란상을 고발하고 지배층을 비판하는 현실비판가사의 내용성만 주목하여 현실비판가사의 작가가 서민층일 것이라는 가정 하에 연구가 진행되어온 경향이 있었다. 그러나 현실비판가사의 텍스트를 전체적으로 통독하여 보면, 그 작품 세계가 서민층에 의해 지어진 것이라고 볼 수 없는 면을 지니고 있음을 쉽게 발견할 수 있다. 그간 현실비판가사에 대한 연구에서 부분적으로 이점이 지적된 경우가 있었지만 대체적으로는 현실비판가사의 해석과 설명에서 이점은 간과되어 온 실정이었다. 작가 문제는 접어 둔 채 작품에 드러나는 '서민적 사고'를 추출하고자 한 것[1]은 현실비판가사의 부분적

1　유탁일은 '서민성 가사'라는 유형을 설정하고 그 안에 나타나는 서민의 의향을 추출해 내고 있다. 또한 김문기는 양반적 사고와 대립되는 서민적 사고를 설정하고 서민적 사고란 서민의 다양한 사고 자체에서 추출되어 귀납된 공통적인 경향을 뜻한다고 하였다. 그러나 서민적 사고는 사고의 주체인 인간이 서민이냐 아니냐에 구애받지 않는다고 하였다. 유탁일, 「조선후기가사에 나타난 서민의 의향」,『연민이가원박사육질송수기념논총』, 범학도서, 1977, 14~20쪽.; 김문기,

의미를 전체적 의미로 확대 해석하는 오류를 범할 우려가 있다.

작가층의 문제를 덮어둔 채 작품을 해석한다는 것은 개별 작품을 이해하고 설명하는 차원에서뿐만 아니라 가사문학사적 방향을 이해하는 데도 문제점을 지닌다. 무명씨의 작으로 전하고 있는 현실비판가사 유형의 작가층이 서민이냐 아니면 사족층이냐 하는 계층성에 대한 엄정한 규명이 요청된다. 현실비판가사 유형이 '어떤 계층의 작가에 의해' 지어졌는가를 검토하는 것은 이 유형의 역사적 성격이나 가사문학사적 위상을 정립하는 데 필수적으로 요청되는 작업이 된다.

현실비판가사에 대한 초창기 연구에서부터 작가층의 문제가 그리 간단히 귀결될 수 없음을 인정하고 고민한 흔적이 나타난다. 유탁일은 조선후기 서민의 의향이 투영된 일련의 가사작품을 '서민성 가사'라 명명했다. 그리고 그 까닭을 '서민들이 향유했던 가사들이 서민 또는 서민 신분에 가깝거나 그들을 대변하는 士들에 의해 쓰여진 것이 많기' 때문이라고 밝히고 있다. 김문기도 '서민가사'의 개념을 정의하면서 '서민이 짓거나 서민적 사고방식, 즉 서민의식을 바탕으로 이룩된 가사'[2]라고 했다. 현실비판가사의 내용이나 내용에서 담고 있는 '서민성'이 곧 서민 작가로 이어지지 않는다는 점을 염두에 두고 있는 것이다. 그러나 현실비판가사의 작가 문제에 대한 이러한 고민에도 불구하고 실제의 작품 논의에서는 양반의식과 대조적인 '서민의식'의 추출에 주력한 것도 사실이다.

여기서는 현실비판가사의 작가층과 향유층을 추정하고자 한다. 현실비판가사의 작가층과 향유층을 추정하기 위해서는 무엇보다

『서민가사연구』, 형설출판사, 1983.
2 유탁일,「조선후기가사에 나타난 서민의 의향」, 앞의 책, 64쪽. ; 김문기,『서민가사연구』, 앞의 책, 14쪽.

도 작품별로 추정하는 일이 선행하여야 할 것이다. 각 작품의 작가
와 향유층이 어떤 계층에 속할까를 면밀하게 검토한 후 이를 바탕
으로 현실비판가사 유형의 작가층과 향유층을 종합적으로 규명할
수 있을 것이다.

01 작품별 작가층의 추정

1) 〈갑민가〉

해동가곡본 〈갑민가〉에는 작품 말미에 '右靑城公莅北靑時甲山民
所作歌'라는 기록이 덧붙여 있다. 이 기록만 보면 〈갑민가〉의 작가
는 '갑산민', 즉 상민이 된다. 그러나 이 관계 기록은 작가의 익명성
에 의하여 향유층이 덧붙인 것일 수 있기 때문에 문자 그대로 작가
를 '민'이라고 할 수 없는 측면이 있다.

〈갑민가〉에는 갑산민과 생원, 두 화자가 등장하는데, 작품세계의
중심은 갑산민의 생애에 있다. 그렇기 때문에 이 가사를 향유하는
층이 작품세계를 이끌고 나갔던 갑산민을 작가라고 보았을 가능성
이 크다. 작품세계를 객관적으로 바라다보면 갑산민은 생원과 마
찬가지로 작중 내 한 화자일 뿐이다. 따라서 갑산민은 작가라기보
다는 작가에 의해 창조된 인물로 보는 것이 타당하다.

〈갑민가〉에서 작품 내 화자인 갑산민도 면밀히 따져보면 순수한
상민이 아니다. 작품 내용에서 갑산민은 자신을 향반의 후예라고
밝히고 있다. "우리祖上 南中兩班 進士及第 運綿ᄒ여 ---猜忌人의 참

소입어 全家徙邊 ᄒ온후의 ---드러ᄀ면 座首別監 나ᄀ셔ᄂ 風憲監
官 ---애슬푸다 내시졀의 怨讐人의 謀害로서 / 軍士降定 되단말ᄀ"
라는 구절에서 알 수 있듯이 갑산민의 문중은 본래 남쪽지방의 양
반이었으나 시기인의 참소를 입어 갑산으로 이주해 온 후 갑산에
서 대대로 鄕案에 기재될 수 있었던 향반이었다. 그런데 갑산민 당
대에 와서 원수의 모험으로 군정에 올랐다는 것이다.

〈갑민가〉의 작가는 작품 내의 두 화자를 향반이었으나 군안에 오
른 갑산민과 생원으로 설정하고 있다. 그리고 〈갑민가〉의 작가는
이렇게 사족층과 관련한 두 인물을 화자로 내세워 농민의 삶을 말
하고 있는 것이다. 따라서 〈갑민가〉의 작가는 갑산민이나 생원과
같은 층, 즉 일반 농민과 마찬가지의 생활을 영위하고 있으나 신분
적으로는 사족층인 지방하층사족층일 것이라고 추정할 수 있다.

2) 〈합강정가〉

〈합강정가〉의 창작 배경인 "전라감사 鄭民始가 일찍이 임자년 9
월 23일 國忌일에 합강정에서 크게 잔치를 벌이고 배를 타고 놀았
다. ---호남 사람이 그 폐단을 차마 볼 수 없어 익명의 글을 써 내었
는데, 걸작이었다."라는 기록만 보면 〈합강정가〉의 작가는 한 '호남
사람(湖民)', 즉 상민이 된다. 그러나 이 기록은 작가의 익명성 때문
에 '호민'이라는 범칭이 붙여졌을 가능성이 많다.

〈합강정가〉는 문체상 漢字造語를 현저히 사용하고 있어 작가가 漢
學에 능숙한 식자층임을 나타낸다. 한편 작가는 감사의 순시에 맞춰
열린 과거장에 대해 비판하고 있어 과거 제도와 현실적으로 관련이
있는 층임을 알 수 있다. 그리고 작가는 감사의 순시에 奉命하러 온

수령들의 구체적인 신상 정보를 매우 잘 알고 있었다. '中貶을 맞았다'는 나주목사나 '名家의 후예'라는 남평현감 등에 대한 서술[3]에서 알 수 있듯이 작가는 이들 수령들에 관한 정보를 알 수 있는 인맥을 가지고 있었던 층이었다. 특히 작가는 감사의 잔치가 인평대군의 묘치제를 행하는 國忌日에 벌어졌음을 내세워 그 부당성을 강조하고 있다. 작가가 지배층의 행동양식에도 익숙한 층임을 알 수 있다.

이러한 것들을 종합하면 〈합강정가〉의 작가는 식자층으로서 향촌사회 내 지배층과의 교유가 직간접으로 가능했던 지방하층사족층일 것으로 추정된다.

3) 〈향산별곡〉

작가는 작품 내용 가운데 스스로를 '喬木世臣 後裔'로서 '鄕曲儒生'이라고 밝히고 있다[4]. 한 이본에서 제목을 '香山'으로 표기하고 있으므로 작가는 묘향산 자락의 어느 한 향촌에 거주했던 것으로 추정된다. 작품 내용에 의하면 작가는 왕을 향해서 자신을 '微臣'이라고 칭하고, 조정대신을 향해서는 동등체의 어조로 말하고, 수령들에게는 하계체의 어조로 발언을 하고 있다. 작가가 교목세신의 후예인 유생으로서의 자의식을 강하게 지니고 있었음을 알 수 있다.

---

3 "潭陽府使 昌平縣監 妓生領擧 勤幹하다 / 中貶마즌 羅州牧使 阿함으로 와계신가 / 名家後裔 南平縣監 追隨承風 무삼일고 / 酒祖高風 싱각하면 貽羞山林 그지업다" (아악부가집본) 감사는 매년 두 차례 지방관의 성적을 조사하여 등급을 정하는데 열 번 중 세 번이 中이면 파면된다. 그러니 이미 中을 맞은 적이 있는 나주목사는 적극적으로 아첨을 할 수밖에 없다. 그리고 남평 현감의 행동은 조상의 고아한 풍도에 비추어 볼 때 부끄럽기 짝이 없는 것이라고 하였다.

4 "향곡포의 참모국소 불가흔줄 나도아닉 / 교목세신 후예로셔 간국소지 일비흐고 / 일촌간장 모도셕어슈짜가사 을펴닉니 / 광망흐다 마르 시고 명촉시비 흐오쇼셔"(강전섭본1)

작가는 작품의 후반부에서 "가쇼가쇼 어셔가쇼 닉일점점 느껴가
닉 어제그정 이젓고야 쏘흔말을 이젓고야"라고 하며 당시의 과거제
를 비판하였다. 위의 구절에서 작가는 '자기의 일'이 늦어진다고 했
는데, 이때 '일'이란 아마도 농사일이었을 것으로 보인다. 작가가 가
사의 마지막 즈음에서 서술한 "치국택민 하는 사람들은 경전야수 중
에 있네"라는 구절에서 '耕田野叟'는 과거에서 차별 받는 시골의 향
유를 가리키기도 하지만 작가 자신을 가리키는 것이기도 하다.

이와 같이 〈향산별곡〉의 작가는 교목세신의 후예이지만 묘향산
자락의 향촌에서 농사일에 종사하는 한미한 지방하층사족층으로
추정된다.

4) 〈거창가〉

〈거창가〉의 이본 가운데 작가와 관련한 관련기록을 정리해보면
다음과 같다.

이본명	작가와 관련한 기록
이현조본A	"居昌府使李在稼在邑四年一境塗炭故居人有此居昌別曲"
박순호본	'辛丑八月日滯囚中鄭子育所作'
한국가사문학관본A	"아림은 거창 고호니 거창수 이직가 학미니 ᄌ심한 고로 신츅연 팔월에 톄수 즁에 이 글을 지엿시되 글 지은 사람의 성명은 블긔ᄒ엿긔로 이칙의도 블기ᄒ 노라"
한국가사문학관본C	"慶尙道居昌郡西一面竹田里鄭某辛丑八月日滯囚中作"
한국가사문학관본D	"鄭子育"
청낭결본	"李進士所作"

위에서 알 수 있듯이 작가와 관련한 기록은 청낭결본 외에 대부분이 〈거창가〉의 작가로 '신축(1841)년 팔월에 감옥에 갇혀 있던 정자육'을 가리키고 있다.

그러면 정자육은 어떤 사람일까? 〈거창가〉의 내용 가운데 정자육에 대한 서술이 나온다.

> 議送씬 鄭子育을 굿티여 잡단말가 / 잡기도 심ᄒ거든 八痛狀草 아수들여 / 범가치 썽닌官員 그暴虐이 오직홀가 / 아모리 惡刑ᄒ며 千百番 鞠問ᄒᆫ들 / 鐵石가치 구든마음 秋毫나 亂招홀가 / 居昌一境 모든百姓 上下男女 老少업시 / 비ᄂ이다 비ᄂ이다 하늘임씌 비ᄂ이다 / 議送신 져ᄉ름을 自獄放送 뇌여쥬쇼

위의 구절로 볼 때 정자육이 신축년 팔월에 옥에 갇혀 있었던 것은 사실일 것으로 판단된다. 정자육은 八痛狀草인 議送을 쓴 죄로 옥에 갇혔다. 그는 의송을 보고 분노한 관원들이 모질게 고문했지만 철석같은 마음으로 동료를 배신하는 것과 같은 '亂招'를 하지 않고 버티고 있었다. 그리고 정자육의 이러한 행동을 보고 거창민 모두가 그의 무사 放送을 기원하고 있었다. 이렇게 정자육은 거창민을 위해 의송을 쓰는 일에 앞장 선 인물로 거창 향민과 사족층의 신망을 받고 있던 인물임을 알 수 있다.

> 吾不孝不敬하야 拘事於窮峽하니 親友愛歡之德과 兩親倚閭之懷를 其將오 事非尋常例料라 沮戲聊生이오 今舌乾神昏하야 無所懷를 一筆難記라 悠悠萬事○ 寄託於君하니 君은 絶世英才오 超人智略이라 踪跡○○ 於草野나 名號旣顯於鄕道하니 代我而總等○○○ ○凱歌而歸故鄕하야

以慰君親ᄒ야 使○○○○○非로 減 其一分이면 此ᄂ 不負平生○○○…人
生이 自來如此하니 君은 勿須過○○○…天地日에 更諺此生未書○○○…[5]

위는 임기중본A가 필사된 뒤 다음 쪽에 같은 필체로 필사된 서
한이다. 위 기록을 적은 이는 '拘事於窮峽'이라 했으므로 정자육이
옥에 갇혀 있는[滯囚中] 사실과 관련시킬 수 있나. 그리고 이 글을
적은 이는 받는 이에게 '悠悠萬事'를 기탁한다고 하면서, 이 글을
받는 이가 英才요 超人智略을 겸비해 비록 草野에 머물고 있지만
이름이 이미 鄕道에 나 있는 인물이라고 했다. 그리하여 이 글을
적은 이는 받는 이가 자신을 대신하여 못 다한 일을 해줄 것을 당
부하고 있다. 여기서 이글을 적은 이는 받는 이에게 '君'이라는 호
칭을 쓰고 있어 받는 이보다 나이가 많음을 알 수 있다. 따라서 이
글을 적은 이가 바로 정자육이고 이 글을 받은 이는 전집본의 결구
를 덧붙여 쓴 이본의 제작자나 폐장을 쓴 윤치광이 아닐까 추정해
볼 수 있다.

한편 유탁일본A는 〈안틱정븨시그동싱성복후치제제문이라〉와
〈思親歌 사친가〉와 함께 실려 있다. 〈안틱정븨시그동싱성복후치제
제문이라〉는 '안틱'에 유배중인 한 인물이 그 동생이 죽어 집에 와
동생을 위해 쓴 순한글 제문이다. 작가는 나이가 40 즈음으로 안태
에 유배당했다가 애주로 이배를 당했다. 작가가 안태에 유배 중일
때 억울하게 동생을 잃게 되었다. 작가의 동생은 죄의 혐의를 받고
있었으나, 형인 작자는 동생이 무죄가 확실하다고 믿고 있었다. 그
런데 그 동생이 밤사이에 사망하는 일이 발생하자 작가는 동생은

---

5 이 기록은 『역대가사문학전집』제6권에 〈거창가〉의 사설이 다 끝난 뒤, 그 뒷면
에 영인되어 있는 것이다. …표시는 잘려져 나가 알 수 없는 부분이다.

자살할 사람이 아니라고 하면서 원통하다고 말하고 있다. 여기서 동생에게 무슨 사연이 있었는지는 잘 알 수 없지만, 혹시 형인 작가의 옥사와 관련하여 동생도 같은 혐의를 받고 있었던 것이 아닌가 추측이 간다. 〈思親歌 사친가〉는 유배 중인 작가가 어머니를 생각하며 쓴 가사이다. 이 가사에는 홀로 남은 어머니에게 종조차도 내왕이 끊겼다는 내용도 들어 있다. 작가의 집안이 사족으로서 최소한의 경제력은 유지하고 있었지만, 작가 형제의 정배 및 죽음으로 말미암아 집안이 몰락하게 되었음을 알 수 있다. 여기서 같은 사람이 제문과 〈사친가〉를 쓴 것같고, 이 제문과 〈사친가〉를 쓴 작가가 〈거창가〉를 썼다고 하는 정자육이지 않을까 조심스럽게 추정해본다.

이상으로 〈거창가〉의 작가로 추정되는 정자육에 대해 살펴보았다. 정자육은 의송을 쓸 정도로 문필력을 지닌 식자층이었다. 그리고 읍민을 위해 거창 내 폐단을 시정하고자 나서서 활동하는 지도자의 위치를 지녔으며, 감옥에 갇혀 고문까지도 감내한 향촌 내 비판적 향촌사족이었다. 노비를 둘 정도의 경제력을 갖추고 있었지만 향촌반란운동의 지도자로 활동하면서 형제가 옥에 갇히거나 사망함으로써 가문이 더욱 몰락의 길로 접어들게 된 것이 아닌가 추정된다.

그런데 문제는 이 정자육이 가사의 내용에서 3인칭으로 서술되고 있다는 점이다. 이 사실만을 놓고 볼 때 〈거창가〉의 작가는 정자육이 될 수 없다. 이렇다고 할 때 〈거창가〉의 작가는 작품 내용에 등장하는 정자육이나 윤치광과 함께 거창내 폐단을 시정하고자 투쟁했던 거창 내 사족의 한 사람일 것이다. 그러나 만약 정자육과 윤치광에 대한 서술 부분이 원래의 〈거창가〉에다가 나중에 덧붙여진 구절이라면 작가는 여전히 정자육일 가능성이 있다고 하겠다.

5) 〈민탄가〉

〈민탄가〉의 작가는 분명하게 알 수는 없지만 가사의 내용 중에
작가를 추정할만한 단서는 있다.

> 皮裡春秋 다잇나니 公論이야 업슬소야 / 義氣잇다 李晋豊이 一邑事
> 을 擔當하야 / 結布名色 씻이랴고 모읍모영 比局가지 / 京鄉으로 단이
> 면서 費盡心力 四年만의 / 結布色名 씻여시나 우리聖君 判下되로 / 못
> 될쏜 안이오라 軍錢千兩 도로무니 / 소경의잠 자나마나 朝三暮四 公事
> 로다 / 이리하나 저리하나 만만한게 百姓일다 百姓인들 몰을소야

위에서 읍민이 참여한 공론의 장이 펼쳐지고 李晋豊이라는 인물
이 대표로 나서서 읍민들을 위해 "結布名色 씻이랴고" 애를 쓴 사실
을 서술했다. 이진풍은 읍과 영에 정소하는 것은 물론 備局에까지
장계를 올리는 등 경향을 다니면서 4년을 노력한 끝에 결국 "結布
色名"을 "씻는데" 성공했다. 그러나 이후 임금의 판결대로 일이 처
리되지는 않았는데, '군전 천냥'을 도로 물게 되었다고 했다. 그리
하여 작가는 '소경이 잠을 자나마나'나 '조삼모사' 격이 되었다고
한탄한 것이다[6]. 여기서 서술하고 있는 비변사 장계의 일은 『비변

6　皮裡春秋는 皮裏春秋의 잘못이다. 겉으로는 말하지 않아도 마음속으로는 셈속
　　과 분별이 다 있다는 뜻이다. ; 원래 결포란 군역을 대신하고자 한 제도로 1년에
　　포 두 필을 납부해야 하는 良丁의 과중한 부담을 덜어주기 위해 田結을 단위로 포
　　를 징수하고자 했던 세법이었으나 면역의 혜택을 받고 있던 양반층에게까지 역
　　을 부과하고 부과 대상이 토지였기 때문에 양반층과 대토지 소유자가 불만스러
　　워하여 결국 실시되지는 못한 제도이다. 그런데 이 가사에서 말하는 결포는 환
　　곡제도의 폐해로 지적되고 있는 것으로 앞서 말한 제도적 '결포'와는 다른 것이
　　다. ; 色은 보통 한 조직의 하부 단위를 칭할 때 많이 쓰인다. ; 比局은 備局의 잘못
　　기사이다. 비국은 조선시대에 군국의 사무를 맡아보던 관아이다.

사등록』에 기록되어 있다. 『비변사등록』에 의하면 1859년에 "진주의 대소 백성들이 연명으로" 비변사에 장계를 올렸다고 한다.

그렇다면 진주읍민이 집단 상경하여 비변사에 장계를 올린 사건을 주도한 '이진풍'은 누구일까? 진주농민항쟁과 관련한 어느 기록에도 이진풍의 이름은 등장하지 않는다. 따라서 이진풍이라는 이름은 가명이지 않을까 추정된다. 그렇다고 할 때 이진풍은 진주농민항쟁의 주역인 柳繼春으로 추정된다. 위에서 서술한 읍민의 집단 비변사 장계 사건의 주도자는 유계춘이었다. 그리고 『壬戌錄』의 '물邑물營 作爲生涯'라는 기록에 나타나듯이 유계춘은 진주읍민을 대신하여 읍과 감영에 소와 의송을 쓰는 일에 적극적이었다.

그렇다면 〈민탄가〉의 작가는 누구일까? 일단 유계춘과 같이 진주읍민을 위한 일을 하며 그를 '의기 있다'고 따르는 인물이다. 임술진주농민항쟁의 초기 주모자이면서 유계춘과 마찬가지로 축곡리에 기거한 인물 중에 이계열, 이명윤, 박수익 등 사족층이 있다. 이계열은 신분상 확실히 양반이었지만 글을 몰랐다고 했고, 이명윤은 朝官 출신의 양반으로 가사를 충분히 창작할 수 있는 능력이 있었지만 유계춘이 정소가 아닌 撤市라는 보다 적극적인 투쟁의 방식을 선택하자 유계춘을 멀리한 인물이었기[7] 때문에 이계열과 이명

---

7 이명윤은 조관 출신임에도 불구하고 도결·통환이 그에게까지 부과되자 매우 못마땅했다. 이 때문에 이 문제를 거론하면서 유계춘과 자주 접촉했다. 이명윤은 향촌 내에서 사족 및 농민들에게 미치는 영향력이 대단했으며, 향회 개최 과정에서 관의 개입을 막는 데 상당한 역할을 했다. 1862년 1월부터 축곡리에서 여러 차례의 모임이 있었다. 2월 6일 수곡도회를 예정하고 2월 2일 박숙연의 집에서 모의가 열렸는데, 여기서 유계춘과 이명윤의 노선의 차이가 극명하게 드러났다. 이날 새벽 유계춘은 장날을 이용하여 이명윤과 상의 없이 한글 통문을 돌렸다. 그 내용은 철시를 하자는 주장을 담고 있었다. 이명윤은 이러한 내용의 통문을 보고 놀라서 하루 빨리 불 태울 것을 말했다. 그러나 유계춘은 죽어도 내가 죽고 살아도 내가 사는 것이니 상관 말라고 했다. 이명윤은 '여기는 내가 잠깐이라도 더 앉아 있지 못할 곳일세'라 하며 집으로 돌아갔다. 이 사건 이후 이명윤은

윤은 작가에서 제외될 수 있다.

한편 박수익은 1862년 진주농민항쟁 초기 주모자들의 모임에 외방객실을 여러 차례 제공하여 체포 후 중벌을 받은 인물이다. 그리고 박수익은 1850년에는 환곡의 양이 늘어서 빈호가 감당할 수 없게 되자 격쟁[8]의 방법으로 왕에게 호소한 적이 있었다. 이로 볼 때 박수익은 읍민을 대표하는 지도자직 위치에도 있있딘 깃으로 추징된다. 1850년은 유계춘이 축곡리에 들어온 해이다. 따라서 박수익은 임술년 농민항쟁 이전부터 유계춘을 옆에서 지켜보면서 그와 함께 읍민을 위한 격쟁과 정소의 투쟁에 동참했던 것으로 보인다.

그리하여 〈민탄가〉의 작가는 진주읍에서 지도자적 위치에 있어 격쟁의 방식으로 왕에게 호소한 적도 있는 박수익이지 않을까 조심스럽게 추정해본다. 그런데 현재로선 〈민탄가〉의 작가가 이제까지 전혀 알려지지 않은 인물이거나 민중항쟁의 다른 가담자 중 한 사람일 가능성을 배제할 수는 없다. 박수익이 아니라고 할 때 작가는 최소한 유계춘과 동지 관계로 임술 농민항쟁의 초기 주모자의 한 사람이었던 지방하층사족층일 것으로 추정된다.

6) 실전 현실비판가사

① 〈장연가〉

〈장연가〉의 작가는 李達宇로 신분 상 常民으로 나타난다. 공초문

유계춘을 멀리했다(망원한국사연구실 19세기 농민항쟁분과, 『경상도의 농민항쟁』, 『1862년 농민항쟁-중세말기 전국 농민들의 반봉건투쟁』, 동녘, 1988, 140~143쪽).

8 격쟁이란 억울한 일을 당한 사람이 왕이 거동하는 길거리에서 징이나 꽹과리를 쳐 왕에게 호소하는 일이다.

에서는 그를 '鄕曲無賴之流'나 '安岳倉洞之常漢'으로 호칭하여 발각 당시의 신분은 상민이었음을 알 수 있다.[9]

그런데 이달우는 士農工商에 종사하는 단순한 상민은 아니었다. 예사롭지 않은 과거를 지녔으면서 과거를 응시하기도 하며 文才도 뛰어나 어기저기를 나니면서 先生의 칭호를 들으며 내접을 받았던 것으로 보인다.

① 宗煥[이달우]은 解占理를 칭하고, 文에 능통했으며, 文科를 겸하여 치고자 한다고 하였습니다.

② 瑞興 李哥는 두루 地形을 잘 알았습니다.

③ 제가 張義鋼의 말의 들으니 이달우가 異人으로 여겨져 先生으로 칭한다고 하여 저도 역시 그를 先生으로 칭하였습니다.[10]

①은 박효원이 잡혀와 진술한 내용이다. 이달우가 해점리직을 가졌으며, '文'에 능통하여 문·무과를 동시에 응시했다고 한다. 이달우는 가사를 지은 전해(1798년)에 상경하여 武科에 응시했다가 낙방한 적이 있었다. 그런데 이달우는 주역을 두루 읽어 문에 능통하기도 했기 때문에 문과에도 응시하려 한 선비이기도 했음을

---

9 조광은 18C 후반기에 이르러 民人도 토지개혁을 주장하기에 이르렀다고 하면서 이달우의 예를 들고 있다. 따라서 조광은 이달우의 신분을 일반 상민으로 파악하고 있는 것이다. 조광, 「19세기 민란의 사회적 배경」, 『19세기 한국 전통사회의 변모와 민중의식』, 진덕규 외저, 고려대학교 민족문화연구소, 1982.

10 "宗煥則稱以解占理又能文而兼觀文科云故"『推案及鞫案』第二十六卷, 656쪽. ; "瑞興李哥則遍知地形" 640쪽. ; "矣身聞義綱之言則以爲達宇是人而稱以先生故矣身亦稱先生" 660쪽.

알 수 있다. ②는 장의강이 잡혀와 진술한 내용으로 이달우가 지형을 두루 잘 알았다고 했다. 이달우가 해점리직으로 생활을 영위했으므로 지형에 대해서 누구보다 잘 알았을 것이다. ③은 최광원이 잡혀와 진술한 내용이다. 이달우는 張義綱(선달), 郭憲義(향반 중 儒族), 李漢源(생원, 당시 35세) 등의 그 지방 사족층과도 교유하며 지냈다고 한다. 최광원은 이달우와 교유하며 지낸 장의강이 이달우를 異人으로 여겨 先生으로 칭했다는 말을 듣고 자신도 이달우를 선생으로 칭했다는 것이다.

이상에서 살핀 것을 종합하면 이달우는 상민의 신분으로 解占理職을 갖고 사방을 떠돌아다니며 생활하던 인물이었다. 그런데 문무과에 응시하고자 한 지식인이었으며, 선생의 칭호를 받을 만큼 문에 능통했음을 알 수 있다.

② 〈풍덕가〉 4편

〈풍덕가〉 가운데 '언요'의 작가는 풍덕 향교의 유생인 이철희(李徹熙)와 유현(柳絢)으로 향촌사족층에 해당한다.

한편 〈풍덕가〉의 나머지 3편은 작가를 끝내 밝혀내지 못하고 말았다. 따라서 이 3편 가사는 풍덕에서 시작한 소요가 기호간 소요 및 변란으로 확산되는 와중에 누군가에 의해 익명으로 창작된 것으로 추정된다.

> 대개 저 패악한 무리들의 흉악한 마음이 전후로 번갈아 나와 노래를 만들고 통문(通文)을 지으며 소(疏)를 만들고 권(券)을 만드는 것이 일관되게 내려와 마치 만초(蔓草)와 같아서 뽑아도 다시 생기고 모닥불을 꺼도 다시 일어난 것은 다름이 아니라, 뿌리가 그대로 있기 때문

입니다. 이철희(李徹熙)·유현(柳絢)·이명규(李明奎)·신강(申綱)·
황윤중(黃允中) 등의 이미 작처(酌處)한 자는 단지 어리석고 망령되
어 사주(使嗾)를 받아 앞장을 선 것에 불과하니, 본디 유명(儒名)이라
고 말하기에 부족합니다[11].

　위는 풍덕 유생들에 대한 관학유생들의 상소문이다. 상소자는
'패악한 무리들이 지은' '노래'와 '통문'과 '상소'가 서로 연결이 되
어 있다고 했다. 그리고 '이철희·유현·이명규·신강·황윤중' 등
은 모두 사주를 받아 일을 벌인 것에 불과하여, '儒名'이라고 말하
기에는 부족하다고 하였다. 여기서 상소자가 거론하고 있는 인물
가운데 신강[12] 등에 대해『순조실록』의 기록에서는 '鄕曲의 미천한
무리', '圭蓽의 외롭고 한미한 무리', '儒名을 무릅쓴 무식한 무리'
등[13]으로 표현하고 있다.

　이와 같이 〈풍덕가〉 4편, 즉 '언요' 및 가사 3편의 작가는 대부분
'儒名'에 들지 못하는 한미한 향촌사족층으로 추정된다[14].

11　『순조실록』27. 순조 25년 6월 2일. 〈구 풍덕 패유들의 뿌리를 뽑을 것에 관한 관
　　학 유생들의 상소문과 그 비답〉
12　신강은 상소를 올리기 위해 재물을 모금한 사건의 주모자이다. 향교를 복구하자
　　는 취지 하에 상소를 올리기 위한 재물을 모으고자 뜻을 같이 하는 인물들에게
　　통문을 돌리다가 발각이 나고 말았다. 신강은 이 일이 발각되어 '充軍'의 형을 받
　　게 되는데, 이후 조정에서는 신강을 업벌해야 한다는 상소가 끊이지 않았다. 그
　　러다가 1826년의 '청주괘서' 사건에서 '오촌서별안'과 가사 3편의 존재가 다시
　　언급되자 '신강 무리의 패악한 거조와 맥락이 서로 통'한다 하여 재차 심문해야
　　한다는 요구가 있을 정도로 중요하게 인식되었던 인물이다.
13　『순조실록』권 27. 순조 25년 4월 19일. 〈풍덕 향교의 일로 패악을 부린 유생 신강
　　등을 엄벌하라는 서장보의 상소문〉;『순조실록』27. 순조 25년 6월 2일. 〈구 풍덕
　　패유들의 뿌리를 뽑을 것에 관한 관학 유생들의 상소문과 그 비답〉
14　그런데 〈풍덕가〉의 작가층이 경제적으로 몰락한 층에 국한하지는 않았던 것은
　　신강에 대해 '신강은 글에 능하고 잘 사니 함께 더불어 일할 만하다'고 언급한
　　데서 알 수 있다. "이창곤이 그(김치규)에게 이르기를 '지난번 신강이 상소하여
　　풍덕의 일을 논한 것은 혼란을 빚을 수 있다'고 하였고, 또 이르기를 신강은 글

③ 〈진주가〉

임술민란의 주모자이자 〈晋州歌〉를 지은 柳繼春은 신분 상 '민'으로 기록되어 있지만 몰락양반이었을 것으로 추정된다. 그는 난이 일어나기 10년 전에 진주에 들어와 살기 시작한 빈민으로 토지를 전혀 소유하지 못하였다.

그러나 진주에서 그의 생활은 농사에 충실한 상민 일반의 생활은 아니었다. 그에 관한 기록에 의하면 그는 "邑訴와 營訴를 쓰는 것으로 생애를 보냈으며 필경은 民에게 惡習으로 남는 폐단을 일으켰"으며, "場市에 무리들을 모아 놓고 몰래 諺歌를 지어 邑村의 樵軍들을 선동하였다"[15]고 한다. 한편 유계춘은 민란이 일어나기 일 년 전에도 서울까지 올라가 중앙에 탄원하려 했으며 이 일로 붙들려 처벌을 받기도 하였다[16]. 그리고 유계춘은 향촌 내 문제를 공론화하고 해결책을 찾으려 모였던 향회를 주도했던 인물이었다. 里會·都會라는 이름으로 누차 열린 향회는 '난민들이 무리들을 모아 일을 도모했던'[17] 모임으로 반관적 성격을 뚜렷이 지녔다[18].

에 능하고 잘 살으니 함께 더불어 일할 만하다' 하였으며, 또 이르기를 '신강은 또한 우리 당이다'라고 하였다"『순조실록』28. 26년 5월 5일. 〈역적 김치규의 일로 신강을 재국문하자는 정언 김우근의 상소를 허락하지 않다〉

15 "柳繼春은 본래 일 벌이기를 좋아하는 무리로 鄕吏의 論을 주장하고 邑弊와 民막을 입에 담는다. 사사로이 財物을 속여 이득을 취하고 鄕會와 里會를 能事로 하였다. 邑訴와 營訴를 쓰는 것으로 생애를 보냈으며 필경은 民에게 惡習으로 남는 폐단을 일으켰다. 大事에 나서며 發文에 앞장섰다. 場市에 무리들을 모아 놓고 몰래 諺歌를 지어 邑村의 樵軍들을 선동하였다. 그 安排하여 지은 바가 지극히 險悖하였다.(柳繼春段 本以喜事之徒 主張鄕里之論 籍口於邑弊民 營私於騙財取利鄕會里會卽其能事 邑訴營訴作爲生涯 畢竟弊民惡習 弄出大事 挺身發文 會亂類於場市 潛製諺歌 倡樵軍於邑村 其所安排作爲 罔非至險絕悖)"『壬戌錄』,〈晋州按覈使査啓跋辭〉, 24쪽.

16 안병욱,「19세기 임술민란에 있어서의 향회와 요호」,『한국사론』제14집, 서울대학교 국사학과, 1986.

17 "其曰里會 其曰都會者 亂民之所群聚而謀事者也"『壬戌錄』〈晋州按覈使査啓跋辭〉, 23쪽.

이와 같이 유계춘은 신분은 이미 상민으로 전락했지만 글을 잘하는 지식인이었다. 그리고 향촌 내에서 읍민들을 위하는 일에 적극적으로 나서 邑訴와 營訴를 썼으며 향회의 소집과 운영을 주도했던 인물이었다. 향촌사회에서 일정한 영향력이 있는 士民 내지 父老들[19]과도 교유하면서 이를 바탕으로 난을 주도할 수 있있던 인물로 지방하층사족층에 해당한다고 할 수 있다.

02 작가층의 역사·사회적 성격

이상으로 살펴본 현실비판가사의 작가층을 종합적으로 정리하면 다음과 같다.

첫째, 향촌 거주자이다.

둘째, 문필력을 갖춘 식자층으로서 향촌 내 현실을 능숙하게 가사화할 수 있는 층이다.

---

18 진주에서는 민란이 일어나기 전부터 수령이 소집한 향회와 수령권에 도전하는 반관적 성격의 향회가 누차 소집되었다. 弊政을 성토하고 守令 · 監司에게 시정을 호소해 보았으며 왕에게 직접 탄원하려고까지 하였다. 그러나 결과는 대표로 지목된 사람이 처벌당하고 수령의 가렴주구는 오히려 더할 뿐이었다. 1862년 이 향회는 모든 주민이 참여하게 되는 '都會'라는 이름으로 열리게 되었다. 사전에 通文 · 回文을 돌리고 榜書를 場市에 내걸어 적극적인 선전활동을 펼쳤다. 관가에서도 이러한 사실을 알고 있었으나 제지를 할 수 없었다. 丹城縣에서 처음 시작한 진주민란은 단성현의 향회가 회합 도중 관권과의 물리적 충돌로 나아가 난으로 번지게 된다. 향회가 민란으로 전환되게 된 것이다.(안병욱, 「19세기 임술민란에 있어서의 향회와 요호」, 앞의 논문, 183~194쪽)

19 崔珍玉, 「1860년대 민란에 관한 연구」, 『전통시대의 민중운동』下, 풀빛, 1981, 397쪽.

셋째, 향촌사회 내에서 사회적 지배력을 어느 정도 유지하고 있는 층이다.

넷째, 경제적인 처지가 농민의 이해와 상통하는 층이다.

다섯째, 향촌반란운동이나 민란에 지도급으로 참여한 진보적 의식을 지닌 층이다.

실전하는 현실비판가사 작품의 작가를 개별적으로 살펴본 결과 모두 지방하층사족층으로 추정되었다. 그리고 〈풍덕가〉 4편의 작가도 대부분 지방하층사족층으로 추정되었다. 〈진주가〉의 작가 유계춘은 상민 신분으로 나타나지만 사학계에서는 몰락양반층이었을 것으로 추정하고 있다. 〈장연가〉의 작가 이달우는 상민 신분으로 나타나지만 향촌 사족층과의 교유, 과거응시, 그리고 뛰어난 문필력 등으로 미루어 향촌 사족층 안에 편입되어 있었던 식자층임이 드러났다. 이와 같이 현실비판가사의 작가층은 위와 같은 다섯 가지의 조건을 충족할 수 있는 층으로 '지방하층사족층'이라고 용어화할 수 있을 것이다.

이 계층에 대해서 일반적으로 '몰락양반층'이라는 용어가 널리 통용되고 있다. 그런데 '몰락양반층'이라는 용어는 그 의미에 있어서 경제적 처지의 영락성 뿐만 아니라 사회적 위치의 영락성도 강하게 내포한다. 현실비판가사의 작가는 향촌사회 내에서의 사회적 위치가 영락해버린 것은 아니었고, 향촌 사족층과 교유하며 자신의 영향력을 어느 정도 발휘하고 있었던 것으로 보인다. 따라서 '몰락양반층'이라는 용어보다는 '지방하층사족층'이라는 용어가 더 적합하다는 판단이다.

조선후기사회에 이르면 사족층의 양극화 현상은 심화되고 대다

수 사족층이 하층사족층화 하는 경향을 보인다. 특히 조선후기사회에서 지방하층사족층은 사회적 위치나 경제적 처지가 조선전기사회의 지방하층사족층과 현격한 차이를 보이게 되었다. 조선후기 향촌사회 안에서 일반적으로 유생, 진사, 생원 등으로 호명되던 사족층은 그 경제적 수준이 농민의 것보다는 약간 웃도는 수준에 불과하였다. 대다수 지방하층사족층은 차츰 농사일에 직접 참여하게 되었으며, 따라서 이들의 경제적 처지는 일반 농민과 별반 다를 바가 없었다. 지방하층사족층 가운데는 아주 몰락하여 訓丈으로 생계를 근근히 유지하며 살아가거나, 혹은 향촌을 떠나 유랑지식인화되어 떠돌이 훈장이나 地師, 風水師가 되는 사례도 있게 되었다.[20] 이렇게 하여 향촌사회를 중심으로 지방하층사족층은 광범위하게 존재하게 되었다.

지방하층사족층은 비록 경제적으로 영락했지만 사족으로서의 자의식을 버리지는 않았다. 전통적으로 유교국가인 조선에서 사족층은 지식인으로서 '위민의식'을 투철하게 지니고 있어야 한다는 '선비의식'을 지니고 있었다. 조선후기 향촌사회를 중심으로 삼정의 문란상이 심화되어 향민의 생존권이 심각하게 위협을 당하게 되자 향촌의 사족층 가운데서는 선비 본래의 의무이자 사명인 위민의식을 다잡는 이들이 있게 되었다. 빈한한 자신들의 처지가 향민과 별반 다를 바 없었기 때문에 이미 삼정의 문란은 자신들의 이해와 맞닿는 일이 되어 버리기도 했다.

---

20 정석종은 조선후기 士의 流浪知識人化 현상과 地師의 존재에 관해 간단히 언급하고 있다. 정석종, 「조선후기 사회신분제의 변화」, 『조선후기 사회변동 연구』, 일조각, 1983, 278쪽. ; 임형택은 조선조말 지식인의 분화와 流落 현상을 상세하게 검토하고 있다. 임형택, 「이조말 지식인의 분화와 문학의 희작화 경향」, 『전환기의 동아시아 문학』, 임형택·최원식 편, 창작과 비평사, 1985, 24~29쪽.

지방하층사족층의 현실인식도 새롭게 구성되어 나갔다고 할 수 있는데, 그것을 촉발한 것은 조선후기 향촌사회 내부의 구조적 변화였다. 조선후기 향촌사회의 뚜렷한 변화로 들 수 있는 것은 공납화의 전개와 향회와 같은 향촌 내 모임의 활성화였다. 조선후기에 각 향촌사회는 面·里 단위로 良役 부과상의 문제를 자치적으로 처리하지 않으면 안되었다. 그러자 각 향촌사회는 내부의 논의를 통해 공동납을 강화하는 방향으로 나가게 되었다. 특히 아전과 수령의 포흠 부분을 향민에게 거두어 채워 넣기 위해서 관에서는 향회를 소집하기도 했다. 이렇게 조선후기사회에서는 향촌 내 공동납의 처리를 위해서 향회와 같은 公論의 場을 자주 열게 된 것이다.

조선후기사회에서 납세의 당사자는 향민이었다. 따라서 차츰 향민이 이러한 공론의 장에 참여하게 되는 것은 필수적이었다. 그리고 조선후기사회가 차츰 사족층도 납세를 하게 되는 방향으로 나아가자 공동납의 문제는 사족층의 문제이기도 했다. 특히 경제적 지위가 일반민과 별반 다를 바 없는 지방하층사족층은 그들의 이해와 직접적인 관련을 맺고 있는 향회에 필수적으로 참여하게 되었다. 그리하여 향회는 향촌민 모두의 이해와 관련한 중요한 모임이 되었다. 향촌사회 내부의 이러한 변화 속에서 지방하층사족층은 향촌 내에서 벌어지고 있는 부당한 향촌민의 조세부담과 향촌민의 피폐한 현실에 대한 정보를 총체적으로 알 수 있게 되었다. 그리고 이러한 향촌 내 현실을 아는 데 그치지 않고 향민과 연대하여 관권에 대항하는 움직임에 앞장서게 된 것이다.

그런데 현실비판가사는 18세기 최말에서부터 창작되기 시작했다. 지방하층사족층이 향민과의 연대의식을 잠재적으로 지니고 있다가 어떤 계기로 인해 18세기 최말에야 바깥으로 표출했다고 할

수 있다. 바로 그 한 계기가 정조조 최말기에 반포된 〈勸農政救農書
綸音〉이 아닌가 한다. 정조는 심각해질 대로 심각해진 농촌 문제를
해결하기 위해 전국에 농서를 지어 올리라는 綸音를 내렸다. 이에
응하여 전국에서는 應旨上疏文을 잇달아 제출하였다. 그리하여 이
시기는 역사상 유례없이 많은 농서와 농학이 논해지는 시기를 이
루게 되었다. 이때에 농서를 지어 올린 대부분의 사람은 향촌사회
내에서 사족층을 구성하는 幼學과 生員, 그리고 進士들이었다.[21] 정
조조 최말은 농촌 문제가 국왕은 물론 朝·野의 사족층 모두의 관
심과 우려 속에 부단히 거론되던 시기였던 것이다.

이렇게 정조로부터 촉발된 농촌 문제에 대한 거국적인 관심의
고조 속에서 지방하층사족층은 그들이 피부로 느끼고 있었던 향촌
사회의 문제가 곧 국가적 최대 중대사임을 인식하고 이를 구체적
으로 표출하는 전기를 마련하게 되었던 것이 아닌가 생각된다. 이
런 면에서 정조의 윤음은 지방하층사족층이 농촌의 현실을 문제
삼아 현실비판적 내용의 가사를 짓게 하는 데 하나의 계기를 마련
해준 사건이었다고 할 수 있다. 이후 농촌 문제에 대한 관심과 우려
에도 불구하고 사정은 나아지기는커녕 더욱 악화일로로 치닫게 되
자 지방하층사족층의 위기의식은 고조될 대로 고조된 상태가 된
것이다.

그리하여 지방하층사족은 향민을 대신하여 소나 의송을 써서 올
리고, 향민을 대신하여 서울에까지 올라가 장계를 올리기도 하고,
통문을 써서 향회를 열어 관권에 대항하는 공론을 이끌어내기도

---

21 총 69명의 농서 송부인 가운데 幼學이 39명, 생원·진사가 8명이었다. 김용섭,
『조선후기농업사연구 Ⅰ』, 일조각, 1974. ; 김용섭, 『조선후기농학사연구』, 일조
각, 1988.

하고, 혹은 인사들을 대규모로 모아 민란을 도모하기도 했다. 물론 지방하층사족층이 반관적 움직임에서 적극적으로 활동할 수 있었던 것은 향촌사회 내에서 이들이 지닌 사회적 위치와 지도력이 작용했기 때문이었다. 그리고 지방하층사족층이 가사를 통해 현실에서 자행되고 있는 수취상 모순을 고발하고 지배층의 가렴주구를 비판한 것은 향민은 물론 향촌사족층과의 연대를 통해서 이루어질 수 있었다.

18세기 조선후기사회는 실학자의 등장으로 봉건사회의 해체가 가속화되었다. 이용후생의 사고는 민중 지향성을 심화시켰으며, 청의 신문물을 편견 없이 수용하는 사고는 근대로의 발걸음을 가속화시켰다. 이러한 근대로의 진전이 이루어지는 가운데 18세기 말에서 19세기 초엽에 활동한 정약용은 철저한 민중 지향적 사고로 조선후기 봉건사회의 고질적인 병폐를 역사의 표면으로 드러내 주었다. 정약용은 비록 장기간 유배를 당한 처지였지만 많은 향촌의 유생들이 찾아와 그를 스승으로 섬겼다. 많은 향촌의 유생들이 그를 스승으로 섬겼던 것은 정약용이 중앙정치권에서 활동했던 상층 사족층이었기 때문이기도 했지만, 무엇보다도 당대 향촌사회의 시대적 사고가 정약용을 받아들일 만큼 성숙해 있었기 때문이었다. 이렇게 정약용과 마찬가지로 철저하게 민중을 지향하면서 봉건사회의 고질적인 병폐를 뼈저리게 인식한 많은 지식인 사족층이 당시 향촌사회에 다수가 포진해 있었을 것으로 추정된다.

현실비판가사의 출현은 정약용의 활동 시기와 맞아 떨어진다. 정약용이 철저하게 민중 지향적인 한시를 지을 무렵 현실비판가사도 지어지기 시작한 것이다. 정약용이 유배를 당하고 난 19세기 정치사회는 암흑기인 반동의 시기로 접어들었지만 전국의 향촌사회는 그와는 반대로 근대를 향한 향촌반란운동이나 민란의 시기로 접어들었다. 19세기 향촌사회의 내부적 본질은 향민과 수령권이 팽팽하게 긴장관계를 이루고 있는 것이어서 크고 작은 소요, 향촌 반란운동, 민란이 끊임없이 이어진 것이다. 이러한 크고 작은 향촌 반란운동이나 민란의 원동력은 성장한 민중의 힘이었다. 그러나 민중의 힘을 엮어 변혁의 에너지로 변화시키는 또다른 동력, 즉 민중적 사고를 지닌 지식인 사족층이 없었더라면 불가능했을 것이다. 향촌사회를 중심으로 민중적 사고를 지닌 지식인 사족층과 민중이 연대하여 근대로의 이행이 이루어지고 있었던 것이다.

현실비판가사의 작가층은 통치제제의 최말단인 향촌사회에 민중과 연대하며 관에 저항하고자 한 지식인 사족층이 광범위하게 존재하고 있었음을 단적으로 보여주는 예라고 할 수 있다.

03 향유층과 향유 상황

먼저 각 작품별로 향유층을 살펴보도록 하겠다.

1) 〈갑민가〉

〈갑민가〉의 일차적 향유는 갑산과 북청을 중심으로 하는 북방 지역에서 이루어졌을 것이다. 그런데 〈갑민가〉는 현재 북한 쪽 가사 자료집에서는 발견되지 않는다. 다만 작품 내에서 북청부사로 나오는 成大中(1732~1812)의 저서인 『청성잡기』와 가사집인 『해동가곡』에만 실려 전할 뿐이다. 〈갑민가〉가 당시 북청부사였던 성대중을 찬양하는 내용을 지니고 있었기 때문에 성대중의 문중에 전해져 서울 지역에서 보다 활발하게 향유되었던 사정을 쉽게 짐작할 수 있다. 이 가사가 갑산이라는 특정 지역의 문제를 담고 있긴 하지만 군정의 문란이라는 보편적인 주제를 다루어 타지역의 사족층에게도 충분한 공감대를 형성할 수 있있을 것이다.

〈갑민가〉가 실려 있는 『해동가곡』은 가사문학사에서 전통적인 정전으로 인정한 사미인곡계 가사를 모아 실었다. 수록된 다른 작품들과 작품의 성격이 다른 〈갑민가〉 한 편을 뒤에 실은 것은 이 책의 편집자가 〈갑민가〉를 의미 있는 작품으로 인식했기 때문이다. 이렇게 〈갑민가〉가 상층 문화의 전형이라 할 수 있는 사미인곡계 가사와 함께 실려 전하고 있는 점은 이 가사의 향유가 상층 사족층 사이에서도 이루어졌음을 말해준다.

2) 〈합강정가〉

〈합강정가〉는 총 10편에 달하는 이본이 현재 전하고 있어 지역적으로 광범위하게, 그리고 시대적으로 오래도록 향유되었음을 짐작할 수 있다. 삼족당본은 전라남도 장흥의 전형적인 사족동족촌락인 魏氏 종가에서 발견된 것이다. 삼종당본이 실려 있는 〈三足堂家帖〉에는 모두 전남 장흥과 영암 지역에 은거했던 사족층이 지은 가사 작품이 실려 있다[22]. 〈합강정가〉가 호남 지역의 사족층에 의해

22　三足堂 魏世寶(1669~1707)의 〈金塘別曲〉, 그의 손자인 존재 위백규의 〈自悔歌〉와 시조 〈農歌〉, 李商啓(1758~1822)의 〈草堂歌〉와 〈人日歌〉(장흥), 朴履和(1739~1783)의 〈萬古歌〉(영암), 盧明善(1647~1715)의 〈天風歌〉(장흥)를 싣고 그 뒤에 무명씨작인 〈합강정선뉴가〉와 〈권학가〉를 실었다.

활발하게 향유되었음을 말해 준다. 한편 경북 若木面의 申弘燮氏 소장인『속기아』에는 주로 영남 지방의 사족층이 지은 작품을 실으면서 〈합강정가〉도 싣고 있어[23] 이 가사의 향유가 영남 지역 사족층에 의해서도 이루어졌음을 보여준다. 이와 같이 〈합강정가〉는 호남 및 영남, 즉 남도 지역의 사족층에 의해 향유되었다[24].

가사와 함께 실려 있는 관계 기록에서는 '누군지 모르는 전라도 사람이 가사를 지었다'고 하거나 '어느 호남 사람이 익명서를 지었고, 그것을 백성들이 읽어 인구에 회자되다가, 어떤 이가 번역하여 베껴서[飜謄] 남대문에 걸었다'고 하였다[25]. 이렇게 〈합강정가〉는 창작 이후 빠른 속도로 전파되어 궁중에까지 유입되었다. 이후 순창 내 향민과 사족층에게 지속적으로 향유되면서 영남지역으로까지 전파되어 유포성이 광범위하게 이루어지게 되었다.

한편 가창되었을 것으로 보이는 악부본의 존재는 이 가사가 향민과 사족층에 의해 활발하게 향유되어 인구에 회자될 정도가 되

---

23 『續箕雅』를 편찬한 申意均은 퇴계 가문과 서로 출입을 하고 있었던 사족으로 역사가이며 고증학자였다. 이 시가집에 같이 실려 전하는 작품으로는 退溪의 〈陶山六曲〉, 聾巖의 〈漁父歌〉 九章과 〈漁父短歌〉 三章, 〈樂貧歌〉, 永川慈川 趙進士의 〈大明復讐歌〉, 〈踏山歌〉, 〈朱子賦〉, 退溪의 〈勸善指路歌〉와 〈琴譜歌〉 등이라고 한다.

24 그 외 홍길동전본이 실려 있는『홍길동전』에는 국문 한시 2편, 〈난초가〉〈낙빈가〉〈영남칠십일주가〉〈호남가〉〈홍길동전〉이 실려 있다. (강전섭,『한국고전문학연구』, 대왕사, 1982, 156쪽.) 그리고 전가보장본이 실려 있는『전가보장』에는 〈천하행록〉 2편, 〈궁합법〉〈승가〉 4편〈합강정선유가〉〈심어수〉가 실려 전한다. (이상보,『한국고전시가 연구·속』, 태학사, 1984, 163쪽.) 이렇게 함께 실려 전하고 있는 가사의 실상을 볼 때 이 두 문집은 사족층이 향유하였던 것으로 보인다.

25 이 '飜謄'에서 무엇을 무엇으로 '번역했느냐' 하는 것이 문제가 될 수 있다. 아무래도 애초 전라도 사람이 지은 '익명서'가 한문 기록이고 이것을 가사로 번역해 남대문에 걸어두었다고 보기에는 무리가 있다. 원래 가사로 지어진 것이 인구에 회자되다가 어느 서울 人士가 이 가사를 보고 그 내용을 한문기록으로 번역하여 남대문에 걸어둔 것으로 보는 것이 보다 합리적이다. 정민시는 국기일에 잔치를 벌였으므로 정민시와 정치적으로 반대편에 있었던 어느 인사가 그 사실을 조정과 왕에게 알리기 위해 가사의 내용을 한문으로 번역해 걸어놓았던 것이 아닐까 추정할 수 있다.

었음을 반영한다. 합강정에서 벌어진 잔치를 둘러싸고 지배층과 피지배층의 대립적인 상황은 일차적으로 흥미를 갖게 하는 소재이다. 소재 자체가 흥미로운 데다가 당시 이 가사가 널리 유행했기 때문에 가객들은 이 가사를 채택하여 그들의 음악 가사로 삼았다고 할 수 있다[26].

3) 〈향산별곡〉

〈향산별곡〉에서 '香山'은 묘향산을 가리킨다. 그런데 이 가사의 필사본은 강원도와 경기도 지역에서 가장 많이 발견되었다[27]. 따라서 〈향산별곡〉은 창작 지역인 평안도를 중심으로 한 북방지역에서 일차적으로 향유되다가 향유 지역을 넓혀 경기도 지역을 하한선으로 하여 왕성하게 유통되었음을 알 수 있다.

한편 강전섭본2가 실려 있는『향산별곡』과 만언사본이 실려 있는『만언亽』에 같이 실린 작품들은 지역적으로 서울을 중심으로 하면서 평양이나 개성 등 북방지역과 관련한 내용을 서술한 특징을 지닌다[28]. 그리고 가사소리본이 실려 있는『가사소리』에는 〈합

---

26 악부본에는 '晋員南江'이라는 細筆 기록이 제목 아래 덧붙여져 있는데, 감사를 위한 잔치와 수령들의 아첨 행각을 중심으로 가사가 채워지다 보니 원래의 가사가 지녔던 근거나 구속력이 희박해지며 빚어진 오류로 보인다.

27 남북이 분단된 상황에서 평안도 지역에서 이 작품을 얼마나 소장하고 있는지 전혀 사정을 알지 못한다. 반면 남한에서는 정재호본은 강원도 명주군 옥계면 일대에서 수집되었다고 한다. 그리고 강전섭본1이 수록된 필사본은 경기도 안성의 紙所에서 건져진 것이고, 강전섭본2가 수록된 필사본『향산별곡』은 금강산 표훈사의 소장본이라고 한다.

28 강전섭본2가 실려 있는『향산별곡』에 같이 실린 작품은 〈향산별곡〉〈금강산완상녹〉〈옥셜화담〉〈긔셩별곡〉〈영낙헌가〉〈담낭젼〉 등이다. 〈금강산완상녹〉은 서울에 거주하는 작가가 서울을 출발하여 금강산을 유람하고 온 기행가사이다. 〈玉屑華談〉은 한양이 작품의 배경이며, 〈귀셩별곡〉은 古都 평양의 역사적 배경과 명승지를 읊은 것이다. 〈영낙헌가〉는 '닉집이라 어딕민니 됴션국 한양셩의 돈의문

강정가)도 실려 있어 이 가사가 2차 향유지역인 강원, 경기 지역을 넘어 남쪽지방으로까지 향유 반경을 넓혔을 가능성을 말해준다[29].

이와 같이 〈향산별곡〉은 향유 지역의 廣布性을 지닌다. 〈향산별곡〉은 평안북도와 평안남도의 경계까지 넓게 걸쳐져 있는 묘향산 자락에 사는 어느 한 사림이 창작했다. 묘향산 사락인 평안노 지역에서 창작되고 향유되던 사정은 정재호본의 'ㄷ'음 표기 형태의 이본이 말해준다. 이후 이 가사는 점차 향유 지역을 확대해 나가 수도권과 강원도 지역을 거쳐 전라도 지역까지 확산되었을 것으로 추정된다.

〈향산별곡〉의 향유층은 작가와 마찬가지로 향촌사족층이 주를 이루었다고 보여진다. 그런데 이세보의 시조에 〈향산별곡〉이 수용되어 있는 점으로 미루어 사족층에는 왕족 신분의 사대부도 포함되었다. 그리고 만언사본에서 민중현실을 구체적으로 서술한 현실비판적 내용이 생략된 것으로 보아[30] 보수적 사족층의 향유도 이루어졌던 것으로 보인다.

드리드르 수십보 겨우지나 탕탕흔 대로방의 소슬딕문 제법일드'라 한 데서 알 수 있듯이 작가의 거주지가 한양 돈의문 안으로 되어 있다. 만언사본이 실려 있는 필사본 『만언ᄉ』에 같이 실린 작품은 〈계민사〉〈권학가〉〈향산별곡〉〈농가〉〈샹겨가〉〈만언ᄉ〉〈사부모〉〈숑양별곡〉〈ᄉ빅부〉〈ᄉ쳐가〉〈사자〉〈만언답셔〉〈옥셜화답〉 등이다. 〈만언ᄉ〉는 한양에서 대전별감을 하다가 유배를 당했던 안조원의 유배가사이다. 〈숑양별곡〉은 고도 개성을 찾아 본 기행가사이다.

29 가사소리본이 실려 있는 『가사소리』에는 〈가사소리〉〈합강정가〉〈연행별곡〉〈죽엽가〉〈어부사(퇴계)〉〈수양가〉〈반절풀이〉 등이 실려 있다.

30 만언사본은 내용이 대폭 생략되어 있는데 이것은 필사자 내지 향유층의 의도가 작용한 결과로 보인다. 즉 민중현실을 구체적으로 나열하면서 비판하는 부분을 향유자에 따라서는 달가와 하지 않았기에 그러한 개작이 이루어졌다고 할 수 있다. 임병양란의 회고, 大明回復 의지의 고취, 그리고 조정대신·지방관·학민하는 관장들에 대한 비판만을 내용으로 할 때 그 성격은 우국가사와 별반 다를 바가 없어지는데, 그러한 내용에 더 만족했던 층의 향유에 의해 변화가 일어난 것이라고 할 수 있다.

4) 〈거창가〉

〈거창가〉는 22편의 이본이 단적으로 말해주듯이 거창이라고 하는 특수한 지역의 문제를 읊은 것이지만 그 문제의식의 보편성으로 말미암아 그 향유가 매우 활발했다. 창작의 본거지인 거창 지역을 중심으로 활발히 향유되면서 경상도와 전라도 전역으로 향유가 확산되었다[31]. 전라도 지역에서 필사된 이본이 상대적으로 적은 것은 사실이지만, 김준영본과 창악대강본의 존재는 〈거창가〉의 향유가 얼마나 광범위했는지를 보여준다는 중요한 의미를 지닌다. 거창에서 〈거창가〉가 활발히 향유되는 가운데 어떤 향유자가 이 가사를 소지하고 전라도 지역으로 가서 이 가사를 유통시키고, 급기야 정읍으로 가서는 정읍의 현실과 대응한 〈정읍군민란시여항청요〉라는 이본을 만들기까지 했다. 이렇게 하여 남도지방 전역에 이 가사가 유통되어 읽히자 판소리 광대들의 눈에 띄어 판소리 단가로도 수용되었던 것이다.

〈거창가〉의 일차적인 향유층은 작가층과 마찬가지로 전라도와 경상도 지역의 하층사족층이었을 것이다[32]. 그러나 〈거창가〉는 작

---

31 우선 김일근본A는 거창군 가조면 변씨댁 문중에서 필사된 것으로 김일근의 문중(함양)으로 출가해온 분이 가지고 온 것이라고 한다. 김현구본은 거창에 거주하는 김현구씨 소장으로 증조인 金完鉉 선생이 필사했다고 한다. 청낭결본은 경상북도 문경시 연순면 말응리에 살던 洪宗煥씨가 소장했다. 김준영본은 정읍군에 사는 孫樂會(1867~1943)씨가 필사했다. 창악대강본은 판소리의 고장 전라도에서 판소리 단가로 수용된 것이다.

32 〈정읍군민란시여항청요〉의 필사자 孫樂會씨는 한학자이자 정읍의 폐단을 시정코자 노력했던 인물이다. 박순호본은 작품 말미에 '癸酉二月二十六日 良村書堂 始謄'이라는 기록이 있다. 良村書堂이 어디인지는 모르지만, 이 이본의 필사 및 향유가 서당과 관련한 층, 즉 지방하층사족층에 의해 이루어졌음을 시사한다. 김현구본을 필사한 김완현 선생은 효행으로 추천을 받아 통훈대부, 사헌부 감찰 등의 직품을 받았던 인물이기도 하다. 한편 이현조본A는 〈居昌府弊狀抄〉, 〈取翁政記〉, 〈四哭序〉와 함께 실려 전하며, 김현구본은 〈취옹정기〉의 결말 부분을 그대

가가 거창의 폐단을 향민에게 알리고 현실인식을 공유하려는 의도로 창작한 것이기 때문에 문자를 아는 향민의 향유도 활발하게 이루어졌을 것으로 보인다. 창악대강본〈民怨歌〉는〈거창가〉의 향유층이 지방하층사족층을 넘어서 판소리 광대 및 일반 민중에게까지 향유되었던 사실을 말해준다. 〈거창가〉의 내용 일부가 난가 사설로 수용되는 과정에는〈거창가〉의 유행과 판소리 광대의 향유가 필수적인 전제로 있어야 하기 때문이다. 그리고 김일근본A는 규방가사집인『ㄱㅅ集』에 실려 있고, 내용이 백골징포에 우는 청상과부의 사연과 김일광 부인의 자살 사건 등 여성의 사연에 집중하고 있어, 이 가사의 향유가 양반 부녀자들에게도 이루어졌음을 보여준다[33].

5)〈민탄가〉

〈민탄가〉는 임술진주농민항쟁이 일어나기 3년 전에 창작된 가사로 유일본만 남아 있다. 그리고 이 가사가 어떤 경로를 통해 한국가

로 옮겨 놓은〈거창가서〉및〈사곡〉과 함께 실려 전한다. 따라서 이들 이본의 향유는 한문기록을 해독할 수 있는 식자층이었을 것이다. 박순호본이 실려 있는『娥林』에는〈老人歌〉,〈五倫歌〉,〈金剛山遊山錄〉,〈頌德歌〉,〈處士歌〉,〈嘉山平蹟歌〉,〈英宗大皇勸學家〉,〈退溪宮墻歌〉,〈瀟湘八景歌〉등이 같이 실려 있다. 이들 작품은 대체적으로 儒者的 세계관을 담은 것들이어서 사족층이 향유했을 것으로 보인다. 청낭결본이 실린『靑囊訣』에는〈조왕경〉등의 呪文,〈病書〉·〈一年身數吉凶法〉등,〈道德歌〉·〈居昌歌〉·〈漁樵歌〉등의 歌辭 세 편,〈當年身數觀吉凶法〉·〈月建數法〉·〈日甲數〉·〈論日(占卦)〉·〈作名法(一·二)〉·〈當年生日以二十八宿知吉凶法〉·〈男女宮合觀法〉·〈六十花甲子〉등이 실려 있다. 주로 占書에 관련한 것들인 것으로 보아서 이러한 것들로 생계를 유지했던 몰락한 지방하층사족층이 향유했던 것으로 보인다.

33 『ㄱㅅ集』에는 이 가사 외에도 규방가사, 서한 그리고 祭文 등이 실려 있는데 대부분 서부 경남을 무대로 해서 규방에서 지어지고 유행했던 것들이라고 한다. 이 이본의 내용이 백골징포에 우는 청상과부의 사연과 김일광 부인의 자살 사건 등 여성의 사연에 집중하고 있는 것은 여성이 향유함으로써 그들이 관심이 반영된 결과라 할 수 있다.

사문학관에 소장되게 되었는지는 알 수 없다.

작품의 마지막에는 "이런일을 ㅎㄴ놈들 / 우리몬저 [주?로 추정] 겨보ㅅ"라고 선언한 후 '이 노래를 돌려들 듣고 가부간의 말을 해 달라'고 당부하는 구절이 있다. 여기서 작가가 '가부간 말을 해달 라'고 요청하는 1차적인 대상은 가사의 작가와 마찬가지로 난에 가 담할 진수지역 하층사족층이라고 보인다. 난과 관련하므로 이 가 사는 비밀리에 유동되었을 것으로 보이며, 3년 후 임술진주농민항 쟁이 진압되자 불온한 글로 취급되어 더 이상 유통되지 못했던 것 이 아닌가 한다. 그러나 작가는 읍민과 사족층이 힘을 합쳐 대규모 항쟁에 나서야 한다고 믿었으므로 문자를 아는 향민의 향유도 수 반했을 것으로 보인다.

6) 실전 현실비판가사

〈장연가〉는 장연작변을 모의하는 초창기인 1799년에 이달우가 황해도와 평안도 일대의 인사를 난에 끌어 들이기 위해서 지었다. "義鋼은 제가 지은 가사를 지니고 평양으로 들어 가 사람들을 소집 할 계획을 세웠습니다"라는 공초문[34]에서 알 수 있듯이 〈장연가〉는 1804년에 난이 발각될 때까지 평안도와 함경도에 유통되면서 사람

---

34 "義鋼은 제가 지은 가사를 지니고 평양으로 들어 가 사람들을 소집할 계획을 세 웠습니다. 光彦은 瑞興,豊川,海州,新溪,松禾로 향하여 사람들을 선동하고 모으는 계획을 세웠습니다. 의강은 載寧을 가다가 자기 집이 폭우에 떠내려 갔다는 소식 을 듣고 집으로 돌아와 버렸습니다. 광언은 여러 곳을 두루 돌아 동참자를 수십 여명 수록해 왔습니다. 이외에도 또 모집한 자가 많다고 합니다.(義綱持矣身所作 歌詞入平壤爲召募之計光彦向瑞興豊川海州新溪松禾爲煽動收聚계矣 義綱往載寧 聞其家舍爲霖雨漂頹卽還歸 光彦歷往諸處收錄以來者爲數十餘名 而此外又多募得 者云矣)"『推案及鞠案』卷二十六卷, 606쪽.

들을 소집하여 난의 분위기를 조성하는 기능을 하였다. 작가 이달
우가 가사를 전달한 대상은 평안도와 함경도의 하층사족층이었을
것으로 추정된다.

　그런데 〈장연가〉는 여러 지역으로 유통되는 과정에서 학식이 높
지 않은 학동이나 일반 향민에게도 두루 향유되었던 것으로 보인
다. 학교 훈장이자 '鄕班中儒族'인 郭憲儀의 私齊에서 〈장연가〉가 발
견되어 그 소지 과정을 문초하자 곽헌의는 "북방의 이곳 학동배들
이 이 가사를 듣고 좋다고 여겨 베껴둔 것입니다"라고 답했다[35]. 이
와 같이 〈장연가〉의 향유층은 작가가 난의 가담자로 끌어들이려 한
지방하층사족층이었지만, 유통과정에서 향민이나 학동도 포함되
게 되었음을 알 수 있다.

　〈풍덕가〉 4편의 작가들은 풍덕읍의 현실을 알리기 위해 가사를
지어 일부러 유포시킨 것으로 보인다. 그리하여 〈풍덕가〉는 풍덕
읍민 가운데 '기록하지 않은 집이 없고 외우지 않는 사람이 없다'고
했다. 그리고 경기·호남지역 변란의 현장에서 '3편의 가사(歌詞)
는 사람마다 전하지 않음이 없었다'고도 했다. 이렇게 〈풍덕가〉 4편
의 향유층은 사족층 및 향민이었으며, 향유 지역은 풍덕, 경기지역,
호남지역 등으로 매우 광범위했음을 알 수 있다.

　임술진주농민항쟁의 주모자인 유계춘은 난이 발발하기 2개월

35　"問日, 네가 이미 이 가사가 狂言妄說인 줄 알면서 어찌 집에 베껴 두었느냐. 供日,
　　누가 베껴 두었는지를 따지기에 앞서 이미 저의 집에 가사가 있는 것은 마땅히
　　저의 죄입니다. 북방의 이곳 학동배들이 이 가사를 듣고 좋다고 여겨 베껴둔 것
　　입니다. 제가 훈장으로서 학동들을 가르치지 못하여 이 凶悖 가사를 베껴 서당에
　　두게 하였으므로 이 또한 저의 죄입니다.(門日矣身旣知狂言妄說則何爲謄置可家
　　中乎 供日毋論某人謄置旣在矣身家中則矣身當其罪矣 而第遐方學童輩旣聞稱以歌
　　詞者必以爲如似是謄置 而矣身爲訓長學童倍不盖教飾 有此凶悖歌詞之謄在書堂 則
　　此亦矣身之罪也)"『推案及鞫案』卷二十六卷, 615~616쪽.

전에 거의 모든 준비를 마쳐 놓고 결정적인 때를 기다리던 중 초군
들을 선동하고 공동의식을 고취하기 위한 방도가 필요했다. 그리
하여 유계춘을 포함한 난의 주모자들은 '樵軍 回文을 지어 本洞에
돌려보게 하면 아마 應하고 따름이 있을 것이'라는 취지하에 의도
적으로 〈진주가〉를 창작하고 공동으로 교열까지 하는 성의를 보였
다. 한문자를 잘 모르는 읍민들을 위하여 의도적으로 가사체를 사
용했음을 알 수 있다. 그리하여 이 가사의 향유층은 난의 적극적인
가담자인 진주지역 하층사족층은 물론 초군을 포함한다고 하겠다.

  이상으로 현실비판가사의 향유층과 향유지역을 개별 작품별로
살펴보았다. 현실비판가사의 향유는 대부분 창작지역을 중심으로
하여 이루어지다가 점차 인근 지역으로 확산되어 갔다. 〈갑민가〉와
〈향산별곡〉은 북방 지역에서 창작되어 그 향유가 강원도와 수도권
에서 활발하게 이루어졌다. 〈합강정가〉와 〈거창가〉는 각각 전라도
와 경상도에서 창작되어 남도 지역 전역에서 향유와 전승이 이루
어졌다. 특히 〈거창가〉는 남도지역 전역에서 광범위하게 향유되어
많은 이본을 남겼다. 변란의 모의 과정에서 창작된 〈장연가〉와 〈풍
덕가〉도 각각의 창작 지역에서 향유되면서 점차 인근 지역으로 전
승이 이루어졌다. 반면 진주농민항쟁과 관련하여 창작된 〈민탄가〉
와 〈진주가〉는 진주 지역을 벗어나 향유된 흔적은 보이지 않는다.
  현실비판가사의 적극적인 향유층은 지방하층사족층이었다. 향
촌사회 내에 광범위하게 존재했던 지방하층사족층 가운데는 현실
비판가사의 작자층과 현실인식을 공유했던 진보적, 비판적 사족층
이 많았던 것같다. 이러한 향촌사회 내 진보적, 비판적 사족층은 현
실비판가사를 당대의 가사 작품 중에서 의미 있는 작품으로 인정

하고 현실비판가사를 적극적으로 향유했다. 그리고 이들은 현실비판가사를 인근 지역으로 전승하는데도 적극적이었다. 〈거창가〉를 지니고 정읍으로 가서 〈정읍군민란시여항청요〉라는 이본을 만들기도 하고 현실비판가사를 매개로 하여 난의 가담자를 물색하기도 했다.

현실비판가사는 상당수가 각 향촌의 현실을 고발하여 향민과 연대감을 조성하기 위해서 지어졌기 때문에 향민의 향유가 반드시 뒤따랐음은 쉽게 짐작할 수 있다. 〈합강정가〉는 '이 가사를 백성들이 읽어 인구에 회자되었다'고 한 기록에서 알 수 있듯이 향민의 향유가 곧바로 뒤따랐다. 그리고 향촌반란운동이나 민란과 관련하여 창작된 〈거창가〉, 〈민탄가〉, 〈장연가〉, 〈풍덕가〉, 〈진주가〉 등은 각 가사가 창작된 지역의 향민들에게도 향유되었다. 〈진주가〉는 난에 가담한 초군들을 위해 특별히 창작되기도 했다. 그런데 이러한 향민의 향유는 대부분 즉시적 성격을 띠었을 것으로 보인다. 글을 아는 향민이나 학동은 가사를 필사하여 보존하기도 하였겠지만 문자문학에 익숙하지 않은 대부분의 향민은 소극적인 향유에 그치고 필사하여 가사를 전승하는 단계로까지는 가지 않았을 가능성이 많기 때문이다.

지방하층사족층은 전통적으로 가사문학의 창작층이자 향유층이었다. 가사문학의 향유 현장에서 현실비판가사가 향유될 수 있는 기반은 마련되어 있었다고 할 수 있다. 그리하여 현실비판가사의 향유는 사족층 일반에게까지 확산되기도 했다. 현실비판가사의 작품세계가 기본적으로 위민의식을 바탕으로 하는 보편적인 주제를 담고 있기 때문에 이러한 작품세계를 거부감 없이 향유하는 사족층 일반도 있게 되었고, 일부 왕족의 향유도 있게 되었다. 그런데 현실비판가사를 향유하는 사족층 가운데서는 자신의 구미에 맞게 가사의 현실비판적인 내용을 변용하여 가사의 진보적인 성격이 희석화되기도 했다.

한편 현실비판가사는 광범위하고 지속적인 향유와 전승에 힘입어 향유층이 주변으로 확산되기도 했다. 〈거창가〉가 영남지방의 양반 부녀자에게노 읽혀시고, 〈합강정가〉와 〈거창가〉가 가객들에게도 향유되어 노래의 사설로 채택되기도 한 것이다.

제3장
현실비판가사의 작품세계

01 현실비판가사의 창작배경

현실비판가사는 크게 보아 삼정문란기라는 역사적 현실을 배경으로 창작되었다. 그런데 삼정문란기 현실이라고 해도 18세기 말의 현실과 19세기 중엽 이후의 현실은 내용 면에서 매우 다르다. 여기서는 현실비판가사 각 작품별로 창작 배경을 살펴봄으로써 삼정문란기 현실의 변화 양상을 아울러 검토해보고자 한다.

한편 실전 현실비판가사의 경우 가사의 내용이 전하지 않아 작품세계의 유형적 특질을 논의하는 자리에서 함께 논의하기가 곤란한 면이 있다. 따라서 여기 창작 배경을 논의하는 자리에서 실전 현실비판가사의 창작배경과 추정되는 내용을 함께 살펴보고자 한다.

1) 〈갑민가〉와 족징

〈갑민가〉에서 갑산민은 향반이지만 당대에 와서 군정에 오르게 되었다. 그런데 갑산민은 군안에 올라 충군이 된 것도 모자라 급기야 도망을 가버린 문중인의 군포까지 대신 무는 '족징'까지 당하게 되었다[1]. 이와 같이 〈갑민가〉는 향빈도 군안에 오르게 되자 일반 상민이 당한 것처럼 족징을 당하기에 이른 사회 현실을 배경으로 하여 창작되었다.

2) 〈合江亭歌〉와 감사의 순시

〈합강정가〉는 전라감사 鄭民始가 순창 지역으로 순시를 온 실제 사실을 배경으로 창작되었다. 순창 지역에서는 감사를 위한 잔치를 위해 각종 명목으로 향민들로부터 재물을 거두고, 귀중한 농사의 시기도 놓칠 정도로 양역을 시키고, 國忌일임에도 불구하고 호화로운 잔치를 벌인 것이다.

감사는 수령의 직무와 행적을 감독하는 감찰자였다. 감사는 수령체제로 특징 지워지는 봉건사회에서 향촌사회와 중앙을 연결하는 감시 기능을 수행했다. 그런데 감사는 수령의 직속 상관으로서 수령들의 아첨이 끊이지 않았던 직책이었다. 점차 감사는 해야할 감사는 등한시하고 순시를 핑계로 수령의 접대를 받는 일에 골몰하기만 했다. 그리하여 감사의 순시가 있으면 으레 막대한 민폐가 뒤따랐으므로 감사에 대한 향민의 원성은 날로 쌓여가고 있었다. 이러한 감사에 대해 茶

---

1 "시름업슨 諸族人은 즛최업시 逃亡ᄒ고 / 여러ᄉ름 모든 身役 내혼몸의 모도무니 / 혼몸身役 三兩五爻 獤皮二張 依法이라"

山은 〈監司論〉에서 "감사가 바로 큰 도적"이라고 지적하기도 했다.

특히 농업사회를 근간으로 하는 전라도의 경우, 자연 재해와 수령의 탐학이 극심하여 수령에 대한 감독권을 지닌 감사에 대한 기대가 클 수밖에 없었다. 그러나 수령의 탐학이 심화되어갈수록 감시를 위한 진치도 성대해지는 일이 반복되자 감사의 무능에 대한 인식은 어느 지방보다 전라도에서 고질적으로 팽배해져 있었다. 전라도 민요 중에 주로 아이들의 놀이요에 "두껍아 두껍아 / 너 등허리가 왜 그런노 / 全羅監司 살 적에 / 妓生妻를 많이 해서 / 창이 올라 그렇다"에서처럼 '전라감사'가 자주 등장하는데[2], 주로 전라감사의 향락생활과 태만을 비판하는 내용이었다.

이와 같이 〈합강정가〉는 수령과 감사에 대한 불만이 누적되어 있던 전라도 순창 지역에서 또다시 감사의 순시가 민폐만 끼치게 된 일이 있게 되자 분노한 한 사람이 정면으로 그사실을 문제 삼아 가사화한 것이다. 감사에 대한 기대가 애초에 있었던 것은 아니지만, 피폐해질 대로 피폐해진 농촌현실에 대한 위기위식이 고조된 상태에서 실재 인물 정민시의 순시가 잔치로 흥청거림을 보고 가사를 통해 고발하려 한 것이다.

3) 〈香山別曲〉과 환곡을 포함한 三政의 문란

1800년 순조가 등극함으로써 중앙정권은 내·외척 세력에 의한

---

2 이외에도 다음과 같은 민요가 있다. "두껍아 두껍아 / 너 손바닥이 왜 그런노 / 全羅監司 살 적에 / 將棋 바둑을 많이 두어서 / 못이 백혀 그렇다"; "두껍아 두껍아 / 너 눈깔이 왜 그런노 / 전라감사 살 적에 / 울근불근 많이 먹어 / 붉힌 눈이 남아 있네"; "나도 나도 전라도 전라감사 유-지"; "정첨지 불○개 후닥닥닥 베껴서 / 장구메고 북매고 절라감사 낼을제 / 뚱-뗑 쳐봐라(鄭姓을 놀리며)"

세도정치가 확립되었다. 조정과 궁중은 철저하게 세도 정치의 문벌들이 요직과 권력을 독점하고 있었다. 그리하여 재야 사족층이 느끼는 정치적 단절감은 심화되어 가고 있었다. 그리고 수령들은 완전히 세도정치의 문벌들에게 지시를 받는 꼭두각시로 전락해 있었다. 향촌사회에 부임해온 수령들은 향민을 착취하여 치부를 하는 것에만 열을 올리고 있어 향민의 삶은 피폐해 실대로 피폐해져 갔나.

19세기로 접어들면 수취제도 상 문제점이 삼정의 전영역으로 확대된다. 특히 19세기에 이르면 환곡의 문제가 농민을 수탈하는 대표적인 문제로 대두되게 된다. 순조 7년에는 환곡이 장부상 최고치에 이르게 되고 순조 대의 실록에는 상투적인 문구와도 같이 '환곡의 弊政'라는 말이 나타난다[3].

19세기에 이르면 流離民의 문제도 도시와 상업의 발달로 인해 이전 시기보다 더욱 복잡한 양상으로 나타났다. 도성 주변에 농촌으로부터 유리민이 모여들어 걸인, 일용 고용자, 난전민 등이 들끓게 되는 문제를 불러일으켰다. 그리고 도시 주변에서 유리민이 火賊, 도둑, 水賊으로 변모되기도 하였는데 이들의 세력과 행동은 광범위하고 지속적인 것이었다.

이와 같이 〈향산별곡〉은 세도 정국 하에서 지방하층사족층의 정치적 소외감이 심화되고, 수취제도 상의 문제가 환곡을 포함한 삼정의 전영역으로 확대되었으며, 유리민의 문제가 날로 심각해진 19세기 전반 정치·사회적 현실을 배경으로 하여 창작되었다. 그리하여 환곡의 폐해에 대한 서술은 현실비판가사 중 〈향산별곡〉에서 처음으로 나타난다.

3　鶴園裕, 「평안도 농민전쟁의 참가층」, 『전통시대의 농민운동 上』, 풀빛사, 1981.; 金容燮, 「還穀制의 전正과 社會法」, 『한국근대농업사연구上』, 일조각, 1984.

4) 〈居昌歌〉와 鄕會

19세기에 이르면 각 향촌사회에서는 크고 작은 향촌반란운동이 활발하게 발생했다. 각 향촌을 단위로 하여 향촌 내 문제점에서 촉발한 반관적 움직임이 지속되어 경우에 따라서는 관아를 습격하거나 가렴주구를 일삼던 지배층을 공격하기도 했다. 그러나 이러한 향민의 반관적 움직임에도 불구하고 향민이 제기한 문제는 거의 시정이 되지 않았다.

이러한 향촌반란운동의 구심적 역할을 한 것은 '향회'였다. 대체적으로 향회는 18세기 중엽까지는 지방민의 통제를 위해 이용되던 지배층 중심의 조직이었다. 그러나 18세기 중엽 이후로 가면 지방 사회를 중심으로 한 여러 사회문제를 향회에서 처리하게 됨에 따라 그 성격이 그 전과는 크게 달라지게 되었다. 차츰 賦稅收取를 포함한 향촌 내 주요 안건을 모두 다루게 되고, 구성원도 儒鄕 뿐 아니라 향임층, 부호층, 평민층이 대거 참여하게 되는 새로운 자치조직으로 변화하게 되었다[4]. 19세기 전반에서 중엽에 이르는 시기에 가

---

4 그 당시 향회의 성격을 보여주는 몇 가지 예를 들어보기로 하겠다. 19세기 전반기에 이르면 도처에서 反官的 성격의 향회가 열리게 되는데 永川鄕會(1837년), 忠州鄕會(1845년), 陰城鄕會(1946) 등의 예가 그것이다. 영천향회는 軍政의 문제를 해결하기 위해 수령의 요구로 열렸지만 결과적으로는 田稅, 大同稅를 拒納할 것을 논의하기에 이르고 말았으므로 주모자급의 처벌이 수반되고만 모임이었다. 충주향회는 邑瘼과 吏胥의 부정 문제를 논의하기 위해 유생들이 주동하여 열렸으며, 음성향회는 향민들이 주동하여 열리게 되었으나 결국 反官的 성격으로 말미암아 주모자가 체포되고 형에 처해지는 등 핍박이 수반되었던 모임이었다. 향회에 대한 체계적이고 밀도 있는 논의는 다음의 논문들에서 찾아볼 수 있다. 김인걸, 「조선후기 향촌사회 통제책의 위기」, 『진단학보』제58호. 진단학회, 1984. ; 김준형, 「18세기 里定法의 전개」, 『진단학보』제58호, 진단학회, 1984. ; 안병욱, 「19세기 壬戌民亂에 있어서 鄕會와 饒戶」, 『한국사론』제14호, 1986. ; 安秉旭, 「조선후기 自治와 抵抗組織으로서의 鄕會」, 『성심여자대학교논문집』제18집, 성심여자대학교, 1986.

면 각 향촌 사회 내부에서는 향회와 같은 '里中公論의 場'이 자주 펼쳐지고 그러한 모임을 통하여 마을의 일을 논의하고 수령권에 저항하는 움직임이 활발히 진행되었다. 향회에서는 수취제도 상 전영역의 수탈과 폐해를 논의하고 반관적 성격의 의결을 이끌어내기도 했다.

이와 같이 〈거창가〉는 19세기 '향회'와 향촌반란운동으로 대표되는 향촌사회의 변화를 배경으로 창작되었다. 여기에 실제 인물인 수령 이재가가 부임해온 이후 수탈과 핍박이 더욱 심해졌기 때문에 거창 내 향회의 반관적 성격은 대폭 강화된 것으로 보인다. 향회의 반관적 성격이 강화되면 될수록 수령 이재가는 수령권에 저항하던 향민을 잡아가두고 죽이기를 서슴지 않고 자행했다. 〈거창가〉는 향회를 중심으로 하여 향민과 수령권의 대치가 극단적으로 치닫는 향촌 내 현실을 배경으로 하여 창작되었다.

〈거창가〉에서 향회와 관련한 서술을 인용해 보면 다음과 같다.

> 昨年회곡 行會판의 通文首昌 査實하야 / 이우석 잡아들여 죽일計巧
> 차릴적의 / --- / 弊端업시 治民하면 회곡行會 擧條한가

위의 인용 구절에서 알 수 있듯이 前年에 회곡에서 향회(行會)판이 열렸다. 향회의 소집을 알리고 논의할 내용도 포함되었을 通文이 나돌았다. 이 회곡 향회에서는 아마도 반관적인 성격의 의제를 논의하고 의결이 나왔던 것같다. 관에서는 향회의 소식을 듣고 통문을 首唱한 이가 누구인지를 조사하여 이우석이라는 이를 잡아들였다는 것이다. 그리고 작가는 "폐단없이 治民하면 회곡行會를 擧條했을 것인가"라고 서술했다. 향회를 중심으로 한 거창민의 반관적 움

직임이 이미 향촌반란운동으로 전개되었으며, 관에서는 이러한 향민의 움직임에 대해 핍박으로 일관하여 대응했음을 알 수 있다.

5) 실전 현실비판가사와 민란

실전 현실비판가사는 정치·사회적으로 문제시되던 크고 작은 변란 혹은 민란의 현장에서 창작되고 유통되었다. 변란이나 민란의 주모자는 난에 동조할 士民들을 선동하고 의식의 공유를 꾀할 목적으로 의도적으로 현실비판가사를 창작했다. 결국 실패로 끝나고만 변란이나 민란이었기 때문에 가사 자체는 일종의 필화사건의 증거물 같이 압수되고 유통이 금지되었다. 따라서 실전 현실비판가사의 내용은 알 수 없으나, 남아 있는 자료를 통해 볼 때 현전 현실비판가사와 유형적으로 내용적 특징을 공유했으리라고 추정된다. 남아 있는 관련 기록들을 통하여 각 가사의 창작 배경과 내용을 살펴보고자 한다.

① 〈長淵歌〉

장연작변의 주모자인 李達宇는 가사를 짓게 된 배경과 대강의 내용을 다음과 같이 진술했다.

> (이달우)왈, 가사 중에는 危言覇論이 많은 까닭에 朝家에서 이를 들으면 필시 나를 잡아들일 것이니 이 때에 나의 方略을 전하려 하였다. (問)왈, 방략이란 무엇인가. (李)왈, 근래 민생이 澗悴하고 人心이 不淑하다. 富者는 兼併之利를 취하고 貧者는 먹을 것조차 없어 고리대를 빌어 쓰거나 걸식에 나서거나 심지어 도적이 되는 지경에 이르렀다.

<u>이는 위로 制産之治를 잃은 탓이다</u>. 周나라는 井田之法을 써서 成京之
治를, 唐나라는 均田之制를 써서 貞觀之化를 이루었다. 지금 이 제도
를 모방하여 每戶에 田 七十負를 分給하고 田頭가 家를 이루어 농사를
짓는다면 사오 식구의 집은 족히 먹고 남을 것이다. 이 방략을 上達할
길이 없어 부득이 歌詞를 지었다. (問)왈, 너는 草野人으로 마약 상달
할 방략이 있으면 上疏를 하지 어찌 사가를 지어 전파했는가. 이른바
危言覇論은 과연 무엇을 가리키며 隱喩하는지 이실직고 하라. (李)왈,
歌詞 가운데 나의 재간을 과장한 것도 危言이다. 또 危言은 국가에서
인재를 收攬할 것을 생각치 않고 小人이 총애를 받으며 오로지 酒色宴
樂의 일에만 급급한다 운운한 것이다. (問)왈, 이 不道之凶言을 누구와
더불어 수작했고 누구누구에게 베껴졌는지 숨김없이 이실직고하
라.[5] 초췌

위에서 이달우는 토지제도에 관한 자신의 방략을 왕에게 진언하
기 위해 일부러 '危言覇論'이 많은 가사를 유포시켰다고 하였다. 그
러나 이달우가 가사를 지은 진짜 이유는 황해도와 평안도 일대의
인사를 난에 끌어 모으기 위해서였다.[6] 따라서 토지제도에 관한 방

---

5 "歌詞中多有危言覇論 故朝家聞此之後必捉致 矣身欲因此時而仰達方略矣 問日所謂
方略果是何許方略是喻爲先直告 供日方略則矣身以爲近來民生澗悴人心不淑 富者
取兼幷之利貧者無所就食 或債貸行乞甚至於爲盜賊之境 此盖由於上失制産之致 矣
身之意則以爲周行井田之法致成京之治 唐行均田之制成貞觀之化 今若略倣此制 每
戶給田七十負田頭作家以治其田 則四五口之家足以裕食 此矣身所謂方略 而無路上
達不得已爲此歌詞矣 問日矣身以草野人 若欲以方欲上達則以上疏爲之 何所不可而
必以歌詞如是 傳播果何心腸是於矣身所謂危言覇論果指何語是隱喩一一直告 供日歌
詞中誇張矣身之才幹者此是危言 而且以爲國家不思收攬人才之道小人以因寵之計專
以酒色宴樂之事勸之云云者此皆危言矣 問日似此不道之凶言與誰酬酌而至謄歌詞是
隱喩從實直告"『推案及鞫案』第二十六卷, 602~603쪽.

6 "義綱持矣身所作歌詞入平壤爲召募之計光彦向瑞興豊川海州新溪松禾爲煽動收聚
計矣 義綱往載寧聞其家舍爲霖雨漂頹卽邊歸 光彦歷往諸處收錄以來者爲數十餘名
而此外又多募得者云矣" 앞의 책, 606쪽.

략은 가사의 직접적인 내용은 아니라고 할 수 있다. 그런데 밑줄 친 부분은 주목을 요한다. '근래에 이르러 민생이 피폐해지고 인심이 사나워졌다. 부자는 겸병지리를 취하고 가난한 자는 먹을 것조차 없어 고리대를 빌거나 걸식에 나서거나 도적이 되는 지경에 이르렀다. 이것은 조정에서 制産之治를 잃었기 때문이다'라고 한 이달 우의 말은 변란을 일으키고 가사를 창작하게 된 배경인 것으로 보인다. 이 말의 요점은 '민생은 갈수록 피폐해지는데, 조정에서는 민생을 돌볼 방도를 찾지 못하고 있다'라는 것이다. 황해도 장연 지역의 백성들은 굶주리는데, 왕을 포함한 지배층은 전혀 이를 아랑곳하지 않는 데에 대한 불만으로 변란을 도모하고 가사를 창작한 것이라고 할 수 있다.

위의 공술 내용에서 〈장연가〉의 내용으로 볼 수 있는 것은 '危言覇論'인 "국가에서 인재를 收攬할 것을 생각지 않고 소인이 총애를 받으며 오로지 酒色宴樂의 일에만 급급한다"는 것이다.

다음은 訓練習讀官으로서 이 사건에 연루되어 체포되어온 朴孝源의 공술 내용이다.

　　내가 밖에 나갔다 돌아온 즉 宗煥(이달우)과 宗璧이 내 집 外房에서 큰 종이를 들고 있었다. 그 종이에는 글씨가 가득 씌어져 있었는데 나는 文이 짧아 그 뜻을 잘 해석할 수 없었다. 대체로 본 즉 上言과 中言은 監司와 本官의 不善 및 本邑吏鄕 諸人에 관한 비방이 나열되어 써 있었다.[7]

위에서 朴孝源이 집으로 돌아왔을 때 이달우와 이종벽이 큰 종이

7　앞의 책, 656~667쪽.

의 글을 펼쳐보고 있었다고 했다. 았다는 "큰 종이의 글"이 바로 가사였는지는 의문이다. 그러나 이달우가 난을 도모하면서 쓴 것은 분명하므로 〈장연가〉와 상통하는 내용을 지니고 있었을 가능성이 많다. 어쨌든 그 큰 종이에는 '上言과 中言이 監司와 本官의 不善 및 本邑吏鄕 諸人들에 관한 비방이 나열되어 있었다'고 했으므로 〈장연가〉의 내용도 이와 거의 같았을 것으로 추정된다.

> 歌詞 중에 阿保機에 관한 사실이 있다. 아보기는 형제가 많았는데 그 시절 역신들이 아보기의 아우를 끌어들여 역모를 한 즉, 아보기는 다만 그 신하만을 베고 그 아우는 베지 않았다는 것이다.[8]

위에 공술문에 의하면 가사의 내용에 '阿保機'에 관한 사실이 들어 있다고 했다. 아보기는 중국 역대 '僭僞之君'의 한 명으로 아보기와 관련한 이야기 속에는 왕족으로서 반란에 참여한 경우가 들어 있었다. 특히 이 부분이 전 공초문을 통하여 '危言覇論'으로 계속 지목되고 있는데 왕실과 관련한 부분이기에 조정에서 신경질적으로 반응하였던 것으로 보인다.

이상의 단편적인 사실들로 미루어 보건대 〈장연가〉는 장연 지역 향촌민의 피폐한 현실을 배경으로 창작된 것으로 보인다. 상언과 중언에 이르는 대부분의 내용이 "監司와 本官의 不善 및 本邑吏鄕 諸人에 관한 비방"의 "나열"인 것으로 추정된다. 이외 조정대신의 타락과 인재등용의 문란을 포함한 정치현실에 대한 비판, '阿保機'에 대한 사실 등을 서술했을 것으로 보인다. 감사, 수령, 향리로 이어

---

8 "歌詞中言阿保機之事盖 以阿保機多有兄弟 而其時逆臣輩多引保機之弟而爲逆 則保機只誅其臣不誅其弟" 『推案及鞫案』 第二十六卷, 605쪽.

지는 향촌 지배층의 탐학에 대한 고발과 비판이 주를 이루었으므로 현전하는 현실비판가사와 동일한 내용성과 문제의식을 지녔다고 할 수 있다.

② 〈豊德歌〉

〈풍덕가〉는 '언요' 한 편과 '가사 3편'으로 구성되어 있다. '언요'의 창작 배경은 풍덕이 송도에 합병된 일이다. 이 일로 풍덕의 유생들 간에 소요가 일어나 그 현장에서 '언요'가 창작되어 유통되었다. 그런데 소요는 풍덕에서 그치지 않고 기호간으로 확산되어 신강 무리의 소요가 있게 되고 청주괘서사건도 발생하게 되었다. 그리고 청주괘서사건의 국문과장에서 풍덕읍의 합병과 관련하여 '가사 3편'이 유통되었음이 밝혀졌다. 따라서 〈풍덕가〉의 직접적인 창작 배경은 풍덕읍이 송도에 합병된 사건이었다.

〈풍덕가〉의 내용은 단순히 읍을 합병하고 향교를 혁파한 것에만 국한하지 않은 것으로 보인다. 왜냐하면 합병 이후 경기·호남 유생들의 소행에 대해 조정에서는 '국가와 승부를 겨루'는 '亂民'으로 규정[9]하고, 수년간에 걸쳐 기호 간에 발생한 변란의 과정에서 3편의 가사가 '인심을 선동하는 근본 와굴'로서 '사람마다 전하지 않음이 없었다[10]'고 했기 때문이다.

9　"그러나 저 신강의 무리는 향곡(鄕曲)의 미천한 무리에 불과한데, 어찌 감히 이런 일을 혼자서 꾸몄겠습니까? 반드시 불량(不良)하고 화 꾸미기를 좋아하는 무리가 몰래 사주(使嗾)하여 감히 국가와 승부를 겨루어 조정에 화를 끼치려 한 것입니다"『순조실록』권 27. 순조 25년 4월 19일. 〈풍덕 향교의 일로 패악을 부린 유생 신강 등을 엄벌하라는 서장보의 상소문〉;"凶誣를 거짓으로 주장한 자 및 사사로이 제사를 지낸 무리는 모두 용서할 수 없는 죄를 범한 것이니 바로 亂民이다"『순조실록』27권 순조24년 4월 4일. 〈풍덕을 송도에 합병한 후 구 풍덕 유생들 중 사사로이 제사를 지낸 자들을 엄벌하다〉

10　"아! 여러 역적의 공초에, '풍덕(豊德)의 일로 혼란을 빚어냈다.'고 하고, '신강(申

신강의 재물모금 사건이 있은 직후 延安의 유생 黃允中이 상소문을 지어 바쳤는데, 상소문의 끝에 풍덕 향교의 일을 언급하여 벌을 받은 사건이 발생했다. 이 사건을 두고 조정에서는 죄인 신강과 관련이 있으므로 다시 국문을 해야 한다[11]는 반응을 보였다[12]. 이러한 반응에서 유추해 볼 때 이 상소의 내용이 바로 신강을 비롯한 호우의 유생들이 올리려 한 상소의 내용과 맥을 같이 하고, 따라서 〈풍덕가〉의 내용도 이와 맥을 같이 할 것으로 보인다.

알성 시사(謁聖試士) 날에 연안(延安) 사람 황윤중(黃允中)이 올린 시권(試券)이 과거(科擧)의 체제(體制)가 아닌 상언(上言)이었는데, 끝에 풍덕(豊德) 향교의 일을 언급하면서 이치에 어긋나고 패악한 말이 많으므로 형조에서 잡아다가 조사하니, 공초에 이르기를,

"시골에 살면서 매양 백성들을 위해 폐단을 말하고자 하는 뜻이 있었으나 구중 궁궐이 너무 깊고 엄하여 임금께 호소할 길이 없었습니다. 그러다 알성 시사(試士)의 영이 있다는 말을 듣고는 비로소 서

綱)도 또한 우리의 당이라'고 하였으며, '3편(篇)의 가사(歌詞)는 사람마다 전하지 않음이 없었다.'고 하였으니, 이로 말미암아 보건대 조정(朝廷)에서 송도(松都)와 풍덕을 합병(合幷)한 것은 흉도를 위하여 새를 몰아 넣는 격(格)이 되었고, 신강이 무함을 창도(倡導)하여 선동하고 유혹한 것은 흉도를 위하여 효시(嚆矢)가 되는 것이며, 그 3편의 가사는 흉도를 위하여 신강과 김치규·이창곤이 기괄(機栝)을 꾸며내었고, 박형서·정상채의 흉모(凶謀)와 패도(悖圖)는 곧 그의 우익(右翼)이 된 것입니다". 『순조실록』권 28. 순조 26년 12월 29일. 〈흉도들을 문초하여 발본하지 않는 이유를 묻는 관학 유생들의 상소〉

11 "청컨대 충군한 죄인 신강과 원배한 죄인 황윤중을 빨리 왕부(王府)로 하여금 나국(拿鞫)하여 엄문해 자세히 밝혀 실정을 알아내어서 쾌히 전형(典刑)을 펴게 하소서" 『순조실록』권 27. 순조 25년 6월 6일. 〈사간원에서 죄인 신강과 황윤중을 왕부에서 나국하자 하나 허락치 않다〉

12 그러나 앞 기록의 끝에 가서 "설령 가모 충언(嘉謨忠言)이라 하더라도 주어(奏御)를 제 방도로 하지 않으면 문득 익명서(匿名書)와 같다. 하물며 이는 신강(申綱)의 무리와 같은 부류이니, 어찌 깊이 따질 것이 있겠는가? 그 글은 불태우고 엄형한 후 먼 곳에 충군(充軍)토록 하라."는 것으로 매듭을 짓고 있다.

올로 들어와 상언을 지어내 장전(帳殿)에 올렸는데, 열 두 조목 가운데 <u>시부(詩賦)로 사람을 뽑는 일, 세록(世祿)을 받는 남행(南行), 공사 (公私)의 사치(奢侈)와 백지(白地)의 징세(徵稅), 백골 징포(白骨徵布), 이액(吏額)을 많이 두는 일, 양주(釀酒)로 곡식을 허비하는 일, 환상 (還上)을 많이 두는 일 등은 오로지 백성과 고을을 위하여 폐단을 구 하고자 하는</u> 뜻이었지 결단코 다른 뜻은 없었습니다. 구 풍덕(舊豊德) 의 일에 이르러서는 제가 먼 고장에 살아서 단지 고을을 합칠 때 위 판(位版)을 묻었다는 말을 들었을 뿐이고, 당초의 처분이 엄한 것과 이번 대소(臺疏)의 비지(批旨)에서 분명하게 변석하여 통유(洞諭)하 신 것은 제가 바닷가에 있어서 과연 들어서 알지 못하였습니다."[13]

황윤중이 쓴 총 12조목이나 되는 상소문의 내용은 밑줄 친 부분 에 잘 나타난다. 그 내용은 '시부로 사람을 뽑는 일, 세록을 받는 남 행, 공사의 사치와 백지의 징세, 백골징포, 이액을 많이 두는 일, 양 주로 곡식을 허비하는 일, 환상을 많이 두는 일' 등이다. 요약하면 '오로지 백성과 고을을 위하여 폐단을 구하고자 하는' 내용이라고 했다. 이로부터 보건대 신강을 포함한 기호간 유생들과 황윤중이 상소한 내용은 대체로 과거제의 폐단과 삼정의 문란현실을 포함한 당대의 총체적인 부패현실을 비판한 내용이었던 것으로 보인다.

따라서 〈풍덕가〉의 내용도 대부분 '오로지 백성과 고을을 위하여 폐단을 구하고자 하는' 내용이었을 것으로 추정된다. 풍덕의 합병 과 향교의 폐함을 비판하는 내용도 포함되었을 것이지만 과거제의 폐단, 환곡을 포함한 삼정의 문란 현실, 지배층의 사치와 탐학 등

---

13 『순조실록』순조 25년 4월 26일 〈알성 시사에 패악 무도한 글을 올린 황윤중을 벌 하다〉

당대의 총체적인 부패현실을 고발하고 비판한 내용이었을 것으로 보인다. 풍덕읍의 합병과 향교의 폐함에서 비롯한 지배 권력층에 대한 불만이 당대 사회의 총체적인 부패현실에 대한 비판으로 확대되기에 이르러 향촌 유생과 향촌민의 소요와 변란이 연달아 일어나게 된 것이다.

③〈晉州歌〉

〈진주가〉의 창작 배경은 진주농민항쟁이다. 진주농민항쟁의 주모자인 柳繼春은 가사를 짓게 된 동기를 다음과 같이 말하고 있다.

> 本里의 李啓烈은 校理의 六村으로 座上이다. 날짜는 알 수 없지만 二月 初쯤 나에게 와서 말하기를 '樵軍 回文을 지어 本洞에 돌려보게 하면 應從之望이 있을 것인데 내가 무식하여 지을 수 없으니 네가 借述하여 주면 그것을 돌려보게 하겠다'고 하였다. 그래서 내가 諺書로서 歌詞體를 지었다. 그리고 鄭之愚, 鄭之九 및 鄭順季등이 始終 講磨하여 각각 도왔으나 李教理는 자주 왕래하여 참여하지 않았다.[14]

유계춘은 진주농민항쟁에 가담할 초군을 모집하기 위해서 자신이 鄭之愚 등과 협력하여 〈진주가〉를 지었다고 했다. 진주농민항쟁에서 초군의 참여가 필수적이었기 때문에 초군이 볼 수 있도록 언서로 가사체를 지었다고 했다. 초군과 소통하기 위해 언문으로 된 〈진주가〉를 따로 창작한 것이다.

---

14 "本里李啓烈 卽校理之六寸 而樵軍之座上也 日不記二月初來言曰 作樵軍回文 輪示本洞 則似有應從之望 而吾旣無識 不能自爲 汝其借述 以給云故 矣身果以諺書 依歌詞體作之 而鄭之愚段之九鄭順季段 始終講磨 各自贊助 李教理段 頻教往來 亦無參涉云云"『壬戌錄』,〈晉州按覈使查啓跋辭〉, 32쪽.

『壬戌錄』의 〈晋州按覈使査啓跋辭〉에는 유계춘에 대해 "場市에 무리들을 모아 놓고 몰래 諺歌를 지어 邑村의 樵軍을 모았다. 그 安排하여 지은 바가 지극히 險悖하였다.[15]"라고 기술했다. 여기서 '언가'가 〈진주가〉인데, 그 내용은 '安排하여 지은 바가 지극히 險悖하다'는 것이었다. 이것만으로는 〈진주가〉의 내용을 짐작할 수 없지만, 진주농민항쟁이 삼정의 극심한 문란에 대해 반기를 들고 일어선 사건인 만큼 가사의 내용은 삼정의 문란상을 포함한 읍내의 각종 민생 폐해 사항을 고발하고 수령권을 비판하는 것이라고 추정할 수 있다.

이상으로 현실비판가사의 창작 배경을 작품별로 검토해보았다. 현전하는 현실비판가사를 대상으로 창작 배경을 살펴보면 창작시기가 이른 작품에서 늦은 작품으로 옮아가면서 뚜렷한 향촌사회 내 현실의 변화가 감지된다. 18세기 최말에 창작된 〈갑민가〉와 〈합강정가〉는 족징이나 감사의 잔치를 위한 무작위 수취 등 비교적 단일한 사안이 문제되는 사회적 상황을 배경으로 창작되었다. 반면 19세기 전반부에 창작된 〈향산별곡〉에 가면 환곡이 처음으로 문제로 등장하면서 삼정의 전영역을 문제 삼게 된 사회적 상황과 세도정국 하에서 지방하층사족층의 소외감이 심화된 정치적 상황을 배경으로 창작되었다. 이후 1941년경에 창작된 〈거창가〉로 가면 삼정의 문란 및 각종 수취제도상의 제반 사항이 총망라하여 문제되며 향회를 구심점으로 한 향촌반란운동을 배경으로 창작되었다. 이어

---

15 "柳繼春段 本以喜事之徒 主張鄕里之論 籍口於邑弊民瘼 營私於騙財取利 弄出大事 挺身發文 會亂類於場市 潛製諺歌 倡樵軍於邑村 莫所安排作爲 罔非至險絶悖" 앞의 책, 24쪽.

1959년에 창작된 〈민탄가〉로 가면 삼정의 문란 및 각종 수취제도상의 제반 사항을 문제시하여 일어난 진주농민항쟁을 배경으로 창작되었다.

　이렇게 현실비판가사는 지방하층사족층과 향민이 단일 사안을 문제 삼는 향촌사회를 배경에서 창작되다가 점차 삼정의 전영역을 문제 삼는 향촌사회를 배경으로 창작되었다. 이후 지방하층사족층과 향민이 삼정의 전영역을 문제 삼았지만 사정은 더욱 악화되어 향촌반란운동이 전개되기에 이른 향촌사회를 배경으로 가사가 창작되었으며, 급기야 민란이 전개되던 향촌사회를 배경으로 가사가 창작되기에 이른 것이다.

02　삼정의 문란과 수취제도의 비판

　현실비판가사는 갑산, 순창, 묘향산 부근, 거창, 진주 등 각 향촌사회를 중심으로 고질적으로 향민의 삶을 위협했던 병폐를 문제 삼았다. 문제 삼고 있는 것은 삼정의 문란상과 수취제도 상의 문제로 요약될 수 있다.

　〈갑민가〉는 족징의 폐단을 문제 삼았다.

　　① 左右前後 數多一家 次次充軍 되거고나 / 累代奉祀 이닉몸은 하일업시 미우잇고 /시름업슨 諸族人은 즈최업시 逃亡ᄒ고 /여러스룸 묘든 身役 닉혼몸이 모도무니 / 혼몸身役 三兩五娄 獀皮二張 依法이라 /十二人名 업ᄂ구실 合쳐보면 四十六兩 / 年復年의 맛타무니 石崇인들 當

홀소냐

② 八十當年 우리老母 마죠나와 일으던말숨 / 스라와다 늬즈식아
ᄉᆞ망업시 도라온들 / 모단身役 걱정ᄒᆞ랴 田土家庄 盡買ᄒᆞ여 / 四十六
兩 돈가지고 疤記所로 츠즈가니 / 中軍把摠 號令ᄒᆞ되 우리使道 分付內
의 / 各哨軍의 諸身役을 貂皮外예 / 官令如此 至嚴ᄒᆞ니 ᄒᆞ일업셔 퇴ᄒᆞ
놋다

①에 의하면 갑산민은 원래 향반으로 군안에 오르지 않았으나
자신 대에 와서 군안에 오르게 되었다. 제족인도 차차 충군이 되게
되자 군포를 감당하지 못한 족인 가운데는 고향을 떠나 도망을 가
는 사람들이 있게 되었다. 그러자 도망간 족인의 군포 몫을 갑산민
에게 무는 족징이 일어나게 된 것이다. 갑산민이 물게 된 족징분은
12인명 분이나 되었다. 한 사람당 무는 군포가 돈피 2장인데, 갑산
민은 해마다 이것을 돈으로 환산한 46냥을 냈다는 것이다. 한 사람
이 12인명 분을 내야 했던 기막힌 족징의 폐단을 서술한 것이다. 갑
산민은 올해도 군포를 내기 위해 채삼과 돈피산행을 갔으나 소득
없이 겨우 살아서 집으로 돌아왔다.

②에서는 그 이후 갑산민에게 일어난 사연을 서술했다. 갑산민
은 할 수 없이 집안 살림을 전부 팔아서 46냥을 마련하여 파기소에
갔다. 그런데 중군파총이 호령하며 말하기를 사또의 분부인데 돈
피 외로는 받지 말라고 했다는 것이다. 갑자기 돈이 아닌 돈피로 내
라는 것이었다. 이렇게 〈갑민가〉는 향민의 사정을 고려하지 않는
수취제도 상의 폐해도 고발하고 있는 것이다.

〈합강정가〉는 감사의 순시 때 감사에게 아첨하려는 수령들이 향

민을 착취하는 수취제도의 병폐를 문제 삼았다.

> 水旱의 傷한百姓 方伯秋巡 바리기난 / 補民不足 너겨더니 除道擧火 弊端일다 / 水田灾도 못엇겨던 綿田灾□ 擧論ᄒ랴 / 벌것한 져民田이 白地徵稅 ᄒ난고나 / 仁慈ᄒ신 우리巡相 일속복사 거렴커든 / 이지다 우리巡相 조분길을 닐니ᄂ고 / 春塘坮 첫딘帳幕 辱莫大焉 무심일고 / 四方ᄒ고 十里안이 鷄犬조추 滅種ᄒ니 / 이노림 다시ᄒ면 이百姓 못살 노싀 한사람 豪奢로셔 몃百姓이 이려한고 / 樂土宴堵 바리더이 할길업 시 못살깃다 / 列邑官人 젹기할졔 每戶이 取錢ᄒ니 / 大戶이 兩나남고 小戶이 六七錢가 / 富者도 어렵거던 可矜할ᄉ 貧者로다 / 이연일 쏘이 시면 두말없이 쥭으로다 / 젼도風聲 드러보니 치죄行人 한다거던 / 관 홀닌가 너겨더니 飮食道路 타시로다 / 좋을시고 좋을시고 常平通寶 조 흘시고 / 만니쥬면 無事하고 젹기쥬면 生梗ᄒ다

향민이 감사의 순시에 바라는 것은 "補民不足"이었다. 그러나 위에 인용한 구절에서 드러나듯이 각종 향민에 대한 착취만 일어났다. 먼저 "제도거화 폐단"이 일어났다. '제도'는 작가가 "조분길을 널니ᄂ고"라는 구절이나 "築石塞江 ᄒ올젹이 一月功力 되단말가 / 鑿山通道 ᄒ올젹이 夷人塚藪 ᄒ단말가"라는 구절을 통해 거듭 비판한 것이다. 감사가 순창으로 들어오는 편한 길을 내기 위해 한 달동안이나 향민을 동원하여 돌을 쌓고 강을 막고 산을 깎고 무덤도옮겼다고 했다. '거화'는 감사와 수령들의 "秉燭夜遊"를 위해 "長江去去 三十里에 萬民植炬"[16]을 한 것을 말한다. 또한 잔치에 필요한

---

16 "終日流連 不足ᄒ야 秉燭夜遊 ᄒ난고나 / 三邑民人 明松火은 水陸이 照耀ᄒ니 / 赤避江 連環船이 周郎의 헛틴불가 / 方口堡 나려갈져 十里長江 꼿밧치라 / 三更月 거

장막들을 향민에게 공출하고, 鷄犬을 모두 공출하여 십리 안의 닭과 개가 멸종할 지경이었다. 그런데다가 "每戶익 取錢"을 하기도 했는데, "大戶익 兩니남고 小戶익 六七錢"이나 되었다. 이외에도 〈합강정가〉에서는 "舟楫依幕"의 "온갖差備"와 "帳幕안"의 "酒肉"이 "浚民膏澤"임을 서술하고 있다[17].

한편 위의 인용문에서 작가는 災結에 대해 세금의 감면을 바랬으나 있지도 않는 田에 세금이 나오는 백지징세만 당하고 말았다고 했다. 정부는 흉년이 든 땅에 대해 면세조치를 취하는 것이 관례였다. 면세조치를 받은 농민은 이것을 '災結을 얻었다'고 한다. 그리고 그 해에 경작을 하지 않은 陣田에 대해서도 給災를 내리게 되어 있었다. 그런데 給災는 불평등 문제가 언제나 뒤따라 아전층의 농간이 집중되는 곳이었다. 특히 實結에서 稅를 징수하지 못하면 陣田에다가 부과하는 사례가 빈번하였는데, 이것을 '白地徵稅'라고 한다. 이런 사정이었기 때문에 給災 문제에서는 백지징세의 시정이 자주 거론되곤 하였다.

한편 당시의 綿農은 給災에서 제외되고 있었다. 그런데 면농사가 농가수입에서 차지하는 비중이 상당하여 당시 綿農이 給災 원칙에 들어가야 한다는 주장이 제기되곤 했다.[18] 순창민은 수한이 들어 추수가 부족하였기 때문에 감사의 순시에 즈음하여 災結을 얻어낼 수 있지 않을까 기대하였다. 그러나 綿田에 대한 災結은 커녕 "水田災"도 거론하지 못하였으며, 오히려 白地徵稅만 당하였던 것이다. 이렇게 〈합강정가〉에서는 田政의 문제 가운데 災結과 白地徵稅도 문

의갈제 水曲樓 도라드니 / 長江去去 三十里에 萬民植炬 호얏고나"

17 "舟楫依幕 온갖差備 밤갓으로 準備호여"; "五里芳洲 帳幕안익 浪藉한 져酒肉은 / 列邑官人 격기로다 浚民膏澤 안일넌가"

18 김용섭, 『조선후기농업사연구 Ⅰ』, 일조각, 1974, 37~40쪽.

제 삼고 있다.

〈향산별곡〉은 백성의 말을 빌려 삼정의 문란과 각종 수취제도를
고발했다.

　　① 正二月이 다드라면 還즈成冊 甘結보고 / 즈로망틱 엽희끼고 허
위허위 드러가셔 / 너말타면 서말되고 셔말타면 두말되니 / 許多所솔
스라나셔 그무어슬 먹즌말고

　　② 늬압일도 일어흐딕 빅골도망 증포들은 / 슘족일족 遠近間의 두
세번식 무러닉니 / 적신들만 나마세라 그무어슬 쥬단말고 ---져것들
의 거동보소 싱혈미건 강보ᄋ를 / 젓쥴물녀 가로안고 울며불며 들어
오니 / 그러여도 군정이라 각군빗츨 불너드려 / 안칙의도 치부ᄒ고
상스의도 보흔다네

　　③ 아모련들 군향미야 아니ᄒ고 견딜넌가 / 평셕흘딕 완석지고 계
유구러 드러가니 / 방즈쓰고 통인쓰고 고직먹고 싱니먹고 / 다드러서
써혀닉니 未收졀노 나노미라 / --- 東貸西乞 ᄒ여다가 계유畢納 ᄒ고
나니 / 전삼세를 밧치라고 파장긔가 닉닷거다 / 나라쥬신 지결이야
ᄇ라기도 못ᄒ려니 / 자리업ᄂ 허복속은 저딕도록 닉엿ᄂ고

위의 인용문 ①에서는 환곡의 폐해를 고발했다. 환곡을 탈 때 네
말을 타면 세 말밖에 되지 않고 세 말을 타면 두 말밖에 되지 않았
다고 했다. ②에서는 백골징포, 족징, 황구첨정 등 군정의 폐해를
고발했다. 삼족까지의 도망자분을 족징으로 물게 하고 막 젖줄을
물리는 강보아를 안책에 올려 놓았다고 했다. ③에서는 군향미 및

전정의 폐해를 고발했다. 군향미를 내지 않을 수 없어 완석을 지고 들어갔지만, 방자, 통인, 고직 등이 중간에서 착복하여 未收가 날 수밖에 없었다고 했다. 이런 미수분을 여기저기서 빌려다가 겨우 완납하고 나니 이제는 전삼세를 바치라고 호령이 떨어졌다. 나라에서 주는 災結은 바라지도 않았지만 있지도 잃은 전답에 세금을 내는 '許卜'은 너무하다고 했다.

> ① 三四月이 다드르면 西疇역수 호랴호고 / 男女老少 뇌다르셔 보야흐로 버을적의 / 철모로는 주뇌네는 軍丁役事 무슴일노 / 補土軍의 莎草軍의 發引軍의 石灰軍의 / 쥬인使令 팔잘나셔 星火拈束 牌주츠고 / 面任里任 眼同호여 밧비가자 지촉호니 --- 흔달의도 두세번식 이런역수 호노라니 / 쩌를임의 일어시니 무슴농수 호준말고

> ② 주질홀수 잔구실은 어이그리 만톳던고 / 쎄어적의 동아줄의 픠주갑세 장목갑세 / 시초조강 치계들과 유청디디 홰군갑세 / 칠월더위 국마모리 셧달치위 납토산양 / 錢錢兩兩 모화뉘여 三倍四倍 드러가니

위의 인용문 ①에서는 "軍丁役事"의 폐해를 고발했다. 관에서는 한 달에 두세번씩이나 "補土軍, 莎草軍, 發引軍, 石灰軍" 등의 명목으로 향민을 역사에 동원했다. 면임이나 이임들이 성화 같이 가자고 독촉하니 가지 않을 수 없었기 때문에 농민들은 농사의 때를 잃고 말았다고 했다. ②에서는 각종 잔구실로 들어가는 세금의 수취를 고발했다. 정확히 무엇을 말하는지는 모르겠지만 관에서는 "픠주갑, 장목갑, 홰군갑"의 명목으로 세금을 거두어 들였으며, "국마몰이"와 "납토산양"에 들어가는 비용도 세금으로 거두어 들였다. 이

렇게 각종 잔구실로 들어가는 비용이 점점 늘어나 삼배 사배가 들어가게 되었다고 했다.

이와 같이 〈향산별곡〉은 환정, 군정, 전정 등 삼정의 문란 및 역사·잔구실 등 각종 수취 제도를 고발했다.

〈거창가〉에서도 삼정의 문란 및 각종 수취제도를 비판했다.

> ① (一弊)吏奴連 萬餘石을 百姓니 무슴쥔고 / 四戔式 分給ᄒ고 全石으로 부치ᄂᆡ니 / 數千石 連欠衙前 미흔개 안니치고 / 斗升穀 물이장코 百姓만 물녀ᄂᆡ니 / 大典通篇 條目中의 이런法니 잇단말가 / (二弊)二千四百 放債錢니 이도쏘흔 吏連어든 / 結卜의 부쳐ᄂᆡ야 民間의 冤徵ᄒ니 / --- / ② 四邑中의 處ᄒ며셔 每年結卜 詳定할졔 / 他邑은 十一二兩 民間의 出秩ᄒ며 / 本邑은 十五六兩 年年 加斂ᄒ니 / 他邑도 木上納의 戶曹惠廳 밧직ᄒ고 / 다갓치 王民으로 王稅를 갓치ᄒ며 / 엇지타 우리고을 두셕양식 加斂ᄒ며 / 더구더나 冤痛할샤 白沙場의 結卜이라 / 近來의 落江成川 邱山갓치 싸여잇다 / 不詳ᄒ다 이ᄂᆡ百姓 災흔짐 못먹어라 / (三弊)災結의 會減ᄒ문 廟堂의 處分니라 / 廟堂會減 져災結을 그누긔가 偸食ᄒ고 / 價布中의 樂生布난 第一노푼 價布로다 / 三四年 나려오며 作弊가 無窮ᄒ다 / ③ 樂生布 흔當番을 一鄕의 遍侵ᄒ여 / 만으면 一二百兩 져그면 七八十兩 / 暮夜無知 넘모르계 冊房으로 드레가니 / 이價布 흔當番은 몃몃집니 蕩産ᄒ며 / 그나문 許多價布 水軍布與 陸軍布며 / 束伍城 丁馬軍이며 人吏保 奴令保며 / 各色다른 져價布을 百가지로 侵責ᄒ다

위의 인용문에서 알 수 있듯이 작가는 거창읍의 각종 세금을 장황하게 나열하며 비판했다. 먼저 ①에서는 아전의 포흠에 대하여

고발했다. 거창읍에서는 아전이 중간에서 착복한 吏奴逋가 만여석이나 되었다. 그런데 거창 관아에서는 이들에게 매 한 대 징벌을 주거나 물려내게 하지 않고, 이들이 착복한 포흠분을 거창읍민에게 분징시켰다. 그리고 2400 방채전도 아전이 포흠한 것인데, 이것을 민간에 결당 얼마씩 나누어 거뒤들였다. ②에서는 진징의 폐난을 고발했다. 전정은 결당 세금을 매긴다. 타읍은 보통 결당 11~12냥을 매기는데, 거창읍은 결당 15~16냥을 매겼다. 이러한 전세도 억울한데 백사장에 세금을 물리기까지 했다. 근래에 수해가 나 "落江成川"이 된 전답이 많은데 災結에 주는 세금 면제를 하나도 받지 못했다고 했다. ③에서는 "許多價布"를 고발했다. "樂生布"를 한 번 당하면 1~2백냥에서 7~8십냥을 물게 되었는데, 이렇게 향민이 낸 세금을 모두 책방에서 착복했다. 그 외 "水軍布, 陸軍布, 束伍城, 丁馬軍, 人吏保, 奴令保" 등 각각 다른 價布를 물렸다고 했다.

> 환상분급 ᄒᆞᆫ날의 지인광ᄃᆡ 불너드려 / 노리ᄒᆞ고 지죠시계 온갓 장난 다시긴이 / 젼쳠후고 ᄒᆞᆫ난거동 이미비양 방ᄉᆞᄒᆞ다 / 압갑쏘다 ᄉᆞ모관ᄃᆡ 우리임군 쥬신비라 / 이런장난 다ᄒᆞᆫ후의 일낙셔산 환혼이라 / 침침칠야 분급ᄒᆞᆫ이 허각공각 구별할가 / 아젼팔노 셜난즁의 굴노ᄉᆞ령 독촉ᄒᆞᆫ이 / ᄉᆞ오십이 먼ᄃᆡ빅셩 종일굴머 빈곱파라 / 환상일코 우난빅셩 열의일곱 쏘셔이라

위의 인용문에서는 환정의 폐단을 고발했다. 환곡을 분급하는 날에 관아에서는 일부러 재인 광대를 불러들여 환곡을 타러 온 향민들에게 하루 종일 공연을 보여주었다. 그리고 날이 저물 즈음에서야 환곡을 나누어 주는데, 허각이나 공각이 많이 섞여 있었다. 환

335

곡을 타러 온 향민들은 하루종일 굶어 배도 고픈데다가 사오십리
를 다시 걸어 집에 가야했기 때문에 어쩔 수 없이 주는대로 받아갈
수밖에 없었다고 했다.

> (又一弊)春秋監司 巡到時예 擧行니 쟈록ᄒ다 / 民間遮日 바다들려 官
> 家四面 둘너치니 / 勅使行次 아니어든 白布帳니 무슴일고 / 本邑三百
> 六十洞의 三十洞은 遮日밧고 / 三百洞은 遮日贖바든니 合흔돈니 五六
> 百兩 / 冊房의 分食ᄒ고 工房衙前 샬지거다

위의 인용문에서는 감사의 순시에 즈음하여 향민으로부터 각종
착취를 일삼은 것 중 차일을 받아낸 것을 고발했다. 관아에서는 감
사의 순시 때 민간에서 차일을 받아들여 화려한 백포장을 쳤다. 30
동에서는 차일로 직접 받아내고 그 외 200동에서는 차일 대신에 돈
을 받아냈는데, 합한 돈이 5~600냥이나 되었다. 그런데 이돈은 책
방과 공방의 아전들이 분식하고 말았다고 했다.

이외〈거창가〉에는 백골징포, 선무포(선문포, 현무포), 농우 탈취,
미리 받는 공납, 창역조 열말나락 등 관아의 각종 수취를 고발했다.
이렇게〈거창가〉는 거창읍 내에서 이루어진 삼정의 문란상은 물론
각종 착취행위를 총체적으로 나열하며 비판했다.

〈민탄가〉에서도 삼정의 문란상과 각종 세금 착취에 대해 고발했
다. 다음은 삼정의 문란상 중 전정의 폐해를 고발한 것이다.

> ① 慢慢한게 百姓일다 極惡하다 奸吏덜아 / 蒙頉니며 未蒙頉을 듸졍
> 마감 표징로다 / 戶曹災減 몃萬結의 한무시나 百姓쥬나 / ② 本無陳處
> 査起條ᄂ 百姓의게 疊徵일세 / 査陳하라 廟堂公事 年復年來 蒙頉條라 /

③ 每年作夫 結價닐제 年事豊凶 보건만난 / 田稅太同 餘事되고 人情雜費 첫저삼어 / 上京色吏 路資까지 넉넉한게 마련하여 / 時價보단 五六兩을 每結의서 더중하야 /

①에서는 災結의 폐단을 고발했다. 간리들은 탈이 난 논인지 아직 탈이 없는 논인지를 대강 표지만 해 놓고, 戸曹에서 허락한 災減은 한 畝도 백성에게 배정하지 않았다. ②에서는 査陳의 문제를 고발했다. '사진'이란 농사를 짓지 않은 땅인 陳田과 농사를 짓기 시작한 땅인 起耕을 조사하여 그에 따라 세금을 매기기 위한 것이었다. 그런데 원래 진전이라고는 없는 곳에 기경을 조사하면 간리들의 농간이 있게 마련이었다. 그리하여 작가는 조정에서 해마다 사진하라 하니 탈을 불러일으키고 있다고 한 것이다. ③에서는 전정의 핵심인 結價 시 간리들에게 들어가는 각종 뇌물의 폐단을 고발했다. 결가는 농사의 풍흉에 따라 결정되는데, 결가의 책정은 아전들의 손에 달려 있었다. 그리하여 뇌물·잡비·상경색리의 노자돈 등이 결당 내는 田稅 및 大同米(貢物 대신 쌀로 내는 것)를 합친 금액보다 많이 들었다고 했다.

19세기 중엽 환곡의 문제는 복잡하게 전개되었다. 그 중 가장 심각한 문제는 관아에서 비축하고 있는 환곡 분을 아전이 착복하는 포흠 문제였다. 〈민탄가〉에서는 당시 심각했던 환곡의 폐단을 다각도로 고발했다. 1석 환곡을 줄 때 "볘雜色"을 3~4두나 섞는 "휘키", 庫案에 거짓으로 기재하는 "分石秩", 환곡을 돈으로 받아 돈놀이를 하는 "私作錢", 환곡을 가지고 돈놀이를 하는 장사질 등으로 아전은 막대한 이득을 취했다. 이렇게 천석이나 관곡을 빼먹으면 사형으로 다스리지만, 아전놈은 세도가에 청탁을 하여 묶은 朱黄(포승

줄)도 풀고 빠져나간다고 고발했다. 환곡의 문제 중에는 鬼錄條와
臥還의 문제도 있었다.

> ① 부자형제 각명하의 만은포음 나나믜고 / 죽은사롬 이름녜러 鬼
> 錄條라 文書숨에 / 저진포음 죽거이와 업든미한 또믈이녀 / 半祖半米
> 六斗米로 粗還한섬 불충한다 / ② 일곱돈의 還子한섬 臥還條로 出秧한
> 다 / 京使作錢 營作錢 還穀充數 磨鍊하여 / 每石의서 一二斗식 都合미여
> 몃百石을 / 巡營甘結 나러온들 百姓이야 듯나보나 / 逋吏의게 물리기
> ᄂᆞ 每石닷돈 常定이오 / 百姓들은 한섬의서 五六斗식 分排하여 / 作錢
> 傳令 돌린後에 刑吏將校 열이엿다 / 팔잘나서 틱나노코 面主人놈 쥬란
> 됴다 / 扙之囚之 星火가치 不留時刻 卽納한네

①에서는 귀록조의 폐단을 서술했다. 백성들 개개인에게 아전들
이 빼먹은 포흠을 나누어 내게 하는 것도 모자라서, "귀록조"라 하
여 죽은 사람에게도 포흠분을 내게 만들었다. 그리하여 작가는 뉘
가 많이 섞인 六斗米를 받고서 환곡 한 석을 갚기가 어렵다고 했다.
②에서는 와환의 문제를 서술했다. 臥還이란 환곡을 가을에 거두어
들일 때 원곡은 받지 않고 이자만을 받아들이는 것이다. 당시 이자
는 돈으로 作錢하면 한 섬당 7돈이나 되었다. 京使와 營에 낼 환곡
을 모두 채워 作錢하니 석당 1~2두씩 도합 몇백석이나 들었다. 그
리고 포리에게 포흠분으로 물린 것은 매 석 당 닷돈이었지만 실제
로 백성들에게는 그 10배에 달하는 5~6두를 물렸다고 했다.

이외에도 〈민탄가〉는 일일이 거론할 수 없을 정도로 많은 수취제
도 상의 문제를 고발했다. 세금 거두는 업무를 담당한 書員과 관련
하여 십분의 일을 내는 "쵸지쵀"와 매 사람마다 내는 "입뉙條"를 元

結에 加結해서 내도록 한 폐단, 兒錄의 폐단, 땅을 소유하지 않은 사람에게도 세금을 받아낸 폐단, 주찬상의 폐단 등을 고발했다[19]. 백골징포의 폐단도 간단하게나마 고발했다. 그리고 아전들의 여타 民斂도 고발했다. 아전들은 신구 수령의 부임과 이임 시 지급하는 여비인 刷馬錢, 감사가 임지에 부인할 때 드는 경비인 倒界錢 등을 받아냈다. 그리고 재상댁의 조의금에 들어가는 금액이 2~3백금에 불과한데도 3~4천금이나 불려 받아내 착복했다고 했다.

03 민중사실의 수용

현실비판가사는 삼정의 문란상과 각종 수취제도 상의 문제를 고발하면서 그에 따라 고통 받거나 저항하는 향민의 생활상도 서술했다. 일반적으로 향민의 생활상은 '民生'이라는 용어로 말한다. 이러한 민생이라는 용어는 생활적이고 정태적인 의미를 내포한다. 그런데 현실비판가사에서 서술한 향민의 생활상은 일상적인 생활상이 아니라 극한의 지경에 이른 처참상이며, 그러한 현실을 타개하려는 움직임, 즉 저항의 행위도 포함하고 있다. 그리하여 이 연구

---

19 "十一條 쵸지채 每名下의 입닉條난 / 元結의서 加結이고 各面書員 兒錄이라 / 木花 動鈴 南草善物 年分聚斂 뉘안물고 / 이것저것 분수하면 구실한먹 정한금에 / 十四 兩式 더무너니 그도그러 하거니와 / 虛名虛卜 出秩하야 當年치로 돈을밧고 / 酒餐 床의 頉을치너 後年書員 쏘나오면 / 案表보고 即頉하네 官家呈訴 하랴하고 / 外村 百姓 邑內오면 / 食債酒債 白紙잡이 구실몃짐 虛費하네 / 千辛萬苦 몰체닉니 官家 題辭 明案하다 / 査案移定 書員맷게 물에불탄 公事로다" 兒錄은 체아직에 충당하는 세금인 遞兒金을 말한다. 조선후기에는 관리의 임기가 만료되면 실무를 맡지 않는 체아직과 체아록을 주어 신분과 생활을 보장해 주었다.

에서는 향민의 생활상이나 민생이라는 용어대신 향민의 처참상과
동태적인 움직임을 포괄할 수 있는 '민중사실'이라는 용어를 사용
하고자 한다. 민중사실은 '민중에 대한 사실'[20]이라는 개념을 지니
며 구체적으로는 민중이 처해 있는 정태적·동태적인 실상을 모두
포함한다.

　19세기 향민을 가리켜 민중이라고 할 수 있느냐 하는 점은 논란
의 여지가 있다[21]. 19세기 민란기에서조차 향민과 주모자층이 지닌
역사인식에 농민층이 역사의 주체자라거나 나라의 주인이라는 주
권의식이 들어 있었다고 보기는 어렵다. 그러나 당시의 향민이 현
실의 문제점을 인식하고 스스로 이것들을 해결하고자 집단적 형상
을 갖추고 대항하였다는 점에 주목한다면 '민중'이라는 용어를 사
용해도 무방할 것으로 보인다.

　현실비판가사에서 서술하고 있는 민중사실은 향민의 피폐상과
수탈상은 물론 핍박에 대항한 저항행위도 포함한다. 현실비판가사

20　허병섭, 「민중사실에 대한 연구」, 『공동체문화』제1집, 공동체, 1983. 여기에서
　　허병섭은 '민중에 관한 사실' '있는 그대로의 민중 사실들'이라는 의미로 '민중
　　사실'이란 용어를 설정하고 있다. 문집, 수기, 노래, 호소문, 성명서 및 진정서를
　　통하여 드러나는 구체적이면서 있는 그대로의 사실들이라는 의미로 개별적인
　　개인의 내력에 촛점을 맞추고 있다. 현실비판가사에 나타난 사실들은 개별적이
　　라기보다는 집단적인 형상을 띠고 있다.

21　'민중'의 개념에 대한 논의는 사회과학 분야에서 활발히 진행되었다. 특히 주목
　　되는 두 견해는 다음과 같다. 조동일, 「민중, 민중의식, 민중예술」, 『한국민중
　　론』, 한국신학연구소편, 1984. 여기에서 조동일은 민중의 개념에 관해 체계적으
　　로 다루었다. 민중을 '소수의 특권층과 구별되는 다수의 예사 사람을 한꺼번에
　　지칭하면서 그 주체적 성향과 집단적 행동을 부각시키는 용어'라고 정의했다.
　　그리고 '민이 오랫동안 이따금씩 민중이었다가 어느 단계에 와서는 민이 거의
　　다 민중으로 되었다고 보아 마땅한데 그 시기는 조선후기부터이다'라고 하였
　　다.; 정창렬, 「백성의식, 평민의식, 민중의식」, 『현상과 인식』겨울호, 1981. 여기
　　에서 정창렬은 '민중'을 역사적 개념으로 파악, 시대적으로 백성, 평민, 그리고
　　민중으로 성장해 왔다고 보고 있다. 개항 이전은 '인간으로서의 해방에 대한 지
　　향의식'은 우세하나 '스스로는 새로운 문화, 새로운 사회의 담당주체로 의식하
　　는 수준에까지 이르지 못하여 '평민의식'의 단계에 있다고 하였다.

에 수용된 민중사실을 '향민의 피폐상과 수탈상', '향민의 저항과 관의 핍박' 등 두 가지로 나누어 살펴보고자 한다.

A. 향민의 피폐상과 수탈상

당시 향민들의 피폐상을 초래했던 요인 중에는 자연재해도 빼놓을 수 없는 것이었다. 그러나 현실비판가사에서는 자연재해에 의한 향민의 피폐상은 거의 서술하지 않았으며, 모두 삼정의 문란상과 수취제도 상의 모순으로 발생한 人災를 서술했다.

〈갑민가〉에서는 갑산민의 파란만장한 사연이 펼쳐졌다. 갑산민의 생애는 북방지역에서 군정의 폐해로 고통 받은 향민의 현실을 전형적으로 보여주는 민중사실이라고 할 수 있다. 족징으로 많은 세금을 물어야 했던 갑산민은 돈을 벌기 위해 산삼을 구하러 산에 들어갔으나 빈손으로 돌아오고 말았다. 가을이 되자 이번에는 백두산 밑으로 돈피산행을 나섰다. 하나님께 축수까지 하고 멧돼지를 찾았으나 결국 삼지연 근처에서 빈손으로 돌아설 수밖에 없었다. 이미 날짜는 입동이 지났고 폭설로 한 걸음도 옮길 수 없었다. 양식은 떨어지고 입은 옷도 얇아 결국 집을 향해 발길을 돌렸다. 겨우 인가를 찾아 들어가 따뜻한 잠을 청할 수 있었으나 다음날 정신을 차리고 두 발을 보니 동상으로 열 발가락을 잃게 되었다. 간신히 조리를 하고 소에 실려 집에 돌아올 수 있었다.

이후 갑산민은 가산을 다 팔아 돈을 마련하여 관가로 찾아갔으나, 돈피로만 받는다는 관가의 명령이 떨어졌다. 갑산민은 삼수각진을 두루 돌아 26장 돈피를 살 수 있었다. 하지만 그것이 십여 일이나 걸려 돈피를 들고 집에 도착한 갑산민은 문전에서 아내의 사망 소식을 듣게 되었다. 갑산민이 돈피를 구하러 간 사이에 세금을 독촉하던 관아에서 그의 아내를 감옥에 가두자 그의 아내가 감옥에서 목을 매고 자살을 하고 말았던 것이다. 갑산민은 여러 신역을 바친 후 아내의 시신을 수습하여 장사를 지냈다. 이때 갑산민은 북청의 공정한 세금수취 소식을 듣고 북청과 같이 신역 제도를 고치자고 관아에 영문 의송을 올렸다. 그러나 오히려 곤장만 맞고 실패로 끝나자 드디어 유리도망을 단행하게 된 것이다.

〈갑민가〉에서와는 달리 다른 현실비판가사에서는 집단적인 민중사실이 드러난다. 〈합강정가〉에서는 감사가 순시를 오기 한 달 전부터 길을 닦는 일에 동원되고, 밤의 선유를 위해 십리나 되는 강가에서 횃불을 들고 서 있어야 했고, 공출로 해먹을 그릇이 없어 부엌에서 눈물 지어야 했던 향민의 민중사실을 서술했다.

> 이노름 다시하면 이百姓 못살겐네 / 樂土에 싱긴사람 太平聖代 죠타하여 / 安樂業樂工 하옵더니 할일업시 流離하네 / 한사람의 豪奢로셔 몃사람의 亂離된고 / 家庄田地 다팔고셔 어듸로 가잔말고

그리하여 위의 인용문에서와 같이 향민은 고향을 떠나 유리도망하는 신세로 전락할 수밖에 없었다. 단지 한 사람의 사치 때문에 착취를 견디지 못한 향민이 가장전지를 다 팔고 고향을 떠나 이곳저곳을 떠돌아다니게 되는 것이 당시의 전형적인 민중사실이었다고 할 수 있다.

〈향산별곡〉에서도 각종 세금과 부역에 시달리는 집단적인 민중사실이 서술되었다.

① 돈업산롬 면홀손가 어든소룰 도로쥬고 / 고을가셔 졈고맛고 역쳐으로 니다르니 / 亽오나온 싱니아젼 큰미들고 두다리며 / 밧비ᄒᆞᆯ 직촉ᄒᆞ니 숨쉴ᄉ이 잇슬손가 / 업더지며 잣바지며 겨유구러 마찬후의 / 집이르고 ᄎᆞᄌᆞ오니 업든병이 ᄂᆞ로미ᄅ

② 미슈쎄혀 쥬픠니여 검독장교 니혀로하 / 가가호호 들ᄲᅥ면셔 욕질미질 들부뷔며 / ᄎᆞ지ᄂᆞᆫ 혼동ᄒᆞ며 동ᄋᆞᆯ노 얼거가니 / 부졍인들 견멜손가 계견인들 남을소냐

③ 가합군졍 알어라고 엄히분부 ᄒᆞ오신들 / 쎡이라고 비겨내며 남긔라고 ᄭᅡ가낼가 / 그젹이랴 오쟉ᄒᆞ랴 원님위의 뵈려ᄒᆞ고 / 세살청탕 열쳐노코 젹근눈을 크게쓰고 / 형틀형댱 들여다가 업쳐매고 직쳐매고 / 뢰셩갓튼 대야쇠리 좌우로셔 이러나며 / 듀댱랑댱 도리태로 벽력갓티 쌔여쥬니 / 피가흘러 내가되고 술이쳐져 쌔가나네 / 어제난놈 그제난놈 일흠디어 고과ᄒᆞ니

①에서는 군졍역사에 동원된 향민의 참상을 서술했다. 돈이 없는 향민은 꼼짝 없이 군졍역사에 동원되었다. 고을에 가서 점고를 받고 일하는 곳으로 갔다. 사나운 아전들은 매를 들고 향민들에게 일을 재촉했다. 숨을 쉴 새도 없이 엎어지고 자빠지며 겨우 일을 마치고 집에 돌아오니 없던 병이 들고 말았다. ②에서는 군향미 재촉에 시달리는 향민의 참상을 서술했다. 검독 장교는 가가호호 다니면서 욕질과 매질을 해댔다. 군향미를 내지 못하는 향민을 동아줄로 묶어 가니 향민들에게는 한 푼도 남지 않게 되었다는 것이다. ③에서는 관아에서 향민을 고문하여 군안에 올릴 이름을 억지로 만

343

들어낸 일을 서술했다. 군안에 올릴 이름을 대라고 매를 쳐서 "피가흘러 내가되고 슬이쳐져 쎠가" 드러났다고 했다. 그러니 어제 난 놈이나 그제 난 놈을 모두 불어 군안에 올리게 되었다고 했다. 군정의 폐단으로 고문까지 당하는 참혹한 향민의 민중사실이라고 할 수 있다.

가흔졍수 맹어회라 아니가고 견딜손가 / 늘근놈은 거슨되고 졀믄놈은 즁이되고 / 그도져도 못된놈은 헌누덕이 딜머지고 / 계집ᄌ식 압셰우고 뉴리스방 개걸타가 / 늘근이와 어린거슨 구학송댱 졀노되고 / 댱졍덜은 ᄉ라나셔 목슘도모 ᄒ랴ᄒ고 / 당져그면 셔졀구투 당마ᄂ면 명화젹의 / 져일들이 뉘타시랴 제죄쑨도 아니로다

위의 인용문은 가렴주구에 시달리던 향민이 결국 유리민이 되기도 한 민중사실을 서술했다. 늙은이나 젊은이나 많은 이들이 거사나 중이 되었다. 그러나 그도 저도 못된 이는 헌 누더기를 짊어지고 계집과 자식을 앞세우고 사방을 떠돌며 거지가 되었다. 그러다가 늙은이와 어린 것은 죽어 구학의 송장이 되고, 장정은 살아나서 목숨을 도모하고자 도둑이나 명화적이 된다고 했다.

이와 같이 〈향산별곡〉은 군정에 동원되어 참혹하게 일을 하거나, 세금 재촉으로 매를 맞고 잡혀가기도 하거나, 고문을 당하여 군안에 거짓 이름을 올리거나, 유리도망하여 거지·도둑·명화적이 되는 참혹한 향민의 민중사실을 서술했다.

〈거창가〉도 다양한 민중사실을 서술했다. 수령 이재가와 아전층의 가혹한 수탈로 인해 고통 받는 향민의 다양한 피폐상을 서술했다.

民間收殺 遷延흐고 官家催督 星火갓다 / (遞)遞稧돈과 쟝邊利를 면면니 취히다가 / 急흔官辱 免흔後의 이달가고 져달가며 / 六房下人 討索흐문 閻羅國의 鬼卒이라 / 秋霜갓탄 져號令과 鐵石갓튼 져주먹을 / 이리치고 져리치니 三魂七魄 나라난다 / 쓰난거슨 財物이요 드난거슨 돈이로다 / 그年셧달 收殺파의 二三百金 連欠진니 / 家庄田地 다판後의 一家親戚 蕩盡흐니

위의 인용문은 관아의 세금 독촉으로 인한 향민의 피폐상을 서술했다. 시도 때도 없이 세금을 내라는 관가의 독촉이 성화와 같았다. 체계돈과 장변리를 빌려다가 급한 세금(관욕)만 겨우 면했다. 그러나 이달 가고 저달 가니 또 다른 세금 독촉이 있어 육방하인의 토색질이 마치 염라대왕과 같았다. 추상 같이 호령하고 철석 같이 주먹질을 이리 치고 저리 치니 혼백이 날아갈 정도였다. 그러니 임시로라도 이것을 면하게 위해 재물과 돈이 들었다. 그 해 말에 세금이 2~3백금이나 밀려 이것을 내느라 가장전지를 다 팔고 나니 일가친척 모두가 탕진하게 되었다고 했다.

이외에도 죽은 家長에게 家布가 내려지고 관인이 들이닥쳐 필필이 짜던 베를 탈취해 가 버린 청상과부의 사연, 남편이 출타한 사이 들이닥친 海面任長에게 頭髮扶曳를 당하자 손목을 끊고 즉사한 寓居 양반 金一光의 처에 관한 사연, 향회판의 通文을 首唱한 죄로 아들이 사형을 당하게 되자 자식이 죽는 것을 보기 싫어 먼저 結項致死해 버린 한 어머니의 사연 등 거창민의 다양한 민중사실을 서술했다.

〈민탄가〉는 읍민의 수탈상이나 핍박상을 매우 간단하게 서술했다. 수취제도상의 문제적 사실 자체를 서술하는 것에만 몰두하여

상대적으로 민중사실은 생생하게 전개되지 못했다.

　이상으로 현실비판가사에 서술된 민중사실 가운데 향민의 피폐상과 수탈상을 살펴보았다. 그런데 주목할 만한 점은 향민의 수탈상을 서술한 가운데 특히 여성이 당한 사연을 많이 서술하고 있다는 것이다.

　　① 불상할ㅅ 病든妻은 / 圄圄中의 더지여서 結項致死 ㅎ단말가 / 닉 집門前 들어오니 어미불너 우난소릭 / 九天의 ㅅ못ㅎ고 의지업산 老父母난 / 不省人事 누어시이 氣絶하온 타시로다

　　② 寒厨이 우난少婦 발구르며 ㅎ난말이 / 방이품 어든糧食 한두되난 닛겻마는 / 饌需을 어이ㅎ며 器血도 極貴ㅎ다 / 압되집이 엇자ㅎ니 歲時借甑 어렵도다

　　③-1) 靑山의 우난寡婦 不詳ㅎ고 可憐ㅎ다 / 前生緣分 이싱언약 날바리고 어듸갓요 / 嚴冬雪寒 진진밤의 獨宿空房 무솝일고 / 家長싱각 셔른즁의 죽은家長 價布란다 / 엽엽히 누은子息 빈곱파 셔른中의 / 凶惡홀사 主人놈아 纖纖玉手 쯔어내여 / 價布돈 더저두고 差使前例 몬져 차쟈 / 疋疋리 쨔난비를 奪取ㅎ야 가단말가

　　③-2) 赤火面 任掌輩가 公納收刷 ㅎ올짜기 / 兩班內庭 突入ㅎ야 靑春婦女 쯔어닉여 / 班常名分 重ㅎ中의 男女有別 至嚴커든 / 狂言悖說 何敢으로 頭髮扶曳 ㅎ단말가 / 壯ㅎ다 져婦女여 이런辱 當ㅎ後의 / 아니죽고 쓸듸업셔 自結ㅎ야 卽死ㅎ니 / 白日니 無光ㅎ고 靑山니 欲裂리라

③-3) 昨日會哭 鄕會판의 狀頭百姓 査問할제 / 李彦碩의 어린同生 쥐길거조 시작ㅎ니 / 그어모님 거동보고 靑孀寡婦 기룬子息 / 惡刑ㅎ물 보기실타 結項致死 몬져ㅎ니

위의 인용문에서 ①은 〈갑민가〉에 서술된 사연이다. 갑산민의 아내가 감옥에 갇히게 되자 감옥에서 결항치사를 하고 말았다는 사연이다. ②는 〈합강정가〉에 서술된 사연이다. 부엌에서 한 아낙이 울며 발을 동동 굴리고 있었다. 그 이유는 방아품을 팔아 한 두 되 양식을 겨우 얻을 수 있었지만, 감사의 잔치를 위해 그릇을 몽땅 공출 당하여 밥을 해먹을 수 없었기 때문이었다.

③-1)~③-3)은 〈거창가〉에 서술된 사연들이다. ③-1)에서는 백골징포의 폐단을 서술했다. 한 과부는 남편이 사망하여 독숙공방에 외로운 데다가 어린 자식들은 배가 고파 보채니 서럽기까지 했다. 그런데 죽은 가장에게 가포가 내려지는 백골징포를 당하게 되었다. 어느 날 주인놈이 달려들어 섬섬옥수를 끌어내고 짜던 베를 탈취해 나갔다고 했다. ③-2)에서는 한 양반 부녀의 자살 사연을 서술했다. 적화면 김일광에게 선무포가 내려졌다 마침 김일광이 출타 중이었는데, 임장배가 집에 들이닥쳐 내정으로 들어가 김일광의 부인을 두발부예하는 만행을 저질렀다. 그러자 이런 모욕을 당한 김일광의 부인이 자결하여 즉사했다는 것이다. ③-3)에서는 한 어머니의 자살 사연을 서술했다. 작년에 회곡에서 향회가 열렸다. 아마도 그 향회의 의제와 결의가 반관적 성격을 지녔던 모양이었다. 관에서는 통문을 수창한 이우석이라는 사람을 잡아다가 사형에 처하려 했다. 그러자 그 어머니가 어린 자식이 먼저 죽는 것을 보기 싫다고 하면서 결항치사를 하고 말았다고 했다.

이상에서 살펴본 바와 같이 현실비판가사에서 서술한 여성이 당한 사연은 여타 피폐상에 비해 특별히 극단적인 것을 알 수 있다. 여인의 죽음이 부조리한 현실에서 희생을 당한 극적인 형태로 나타난 것이다. 문학에서는 사회의 부조리한 현실을 드러내주고자 약한 여성이나 아동의 희생을 드는 것이 보편적으로 나타난다. 현실비판가사에서도 약한 부녀자의 희생을 들어 당시의 수탈상을 극대화시켜 보여 주고자 한 것이라고 할 수 있다. 빈한한 사족층의 부녀자가 이서층으로부터 당한 수모가 원인이 되어 자살한 것이었으므로 하물며 일반 농민에 있어서는 말해 무엇하겠느냐는 확산 심리에 기반한 서술에 해당한다.

이렇게 지배층의 가렴주구로 인해 희생을 당하는 여인의 사연은 당대에 삼정문란기라는 사회적 현실을 극적으로 보여주는 사례로 세간에 풍미했었던 것 같다. 〈甲民歌〉에서 갑산민의 아내 및 〈거창가〉에서 이우석 모친의 결항치사는 그 사연의 구체성은 다르지만 삼정문란기에 발생한 사회병리현상의 하나로서 기능했다는 점은 동일하다. 갑산민 부인의 자살은 갑산민 개인이 당한 개별적이고 특수한 불행이지만 다른 작품에서도 이와 유사한 유형의 사실이 기술되고 있는 것으로 보아 이미 당대 사회의 보편적인 사회 현상으로 인구에 회자되고 있었던 민중사실임을 알 수 있다. 이렇게 현실비판가사에서 서술한 민중사실은 작자가 직·간접인 경험을 통하여 알게 된 사건일 가능성이 많다. 따라서 현실비판가사에서 서술한 민중사실은 당대 사회현실의 모순을 나타내주는 전형성을 지니며 이와 같은 민중사실이 모여 당대 민중의 집단적 형상을 이룬다고 하겠다.

B. 향민의 저항과 관의 핍박

현실비판가사에는 부조리한 현실에 대응한 향민의 저항도 서술했다. 당시 향민이 할 수 있는 가장 소극적인 형태의 저항은 유리도망이었다. 향민의 유리행위는 향민을 근간으로 유지되는 수령체제를 근본적으로 와해시키는 것이었다. 그러나 살고 있는 곳에서 수탈의 현실이 계속되면 일단 수탈의 현장을 빠져나가는 유리행위가 향민이 선택할 수 있는 소극적 저항행위의 하나이기도 했다. 현실비판가사에서는 모두 향민의 유리행위를 서술하고 있어 농촌사회의 붕괴에 대한 작가의 위기의식을 단적으로 보여준다.

관의 핍박과 수탈에 대응하여 당대 향민이 취할 수 있었던 또다른 저항으로는 議送 행위가 있었다. 〈갑민가〉는 갑산민이 유리도망을 하기 전에 두 번이나 올린 소와 의송을 서술했다.

① 돈フ디고 물너ㄴ와 原情디어 발괄ㅎ니 / 勿위煩訴 題辭ㅎ고 軍奴將校 差使노아

② 나도쪼흔 이말듯고 우리고을 軍丁身役 / 北靑一例 ㅎ여디라 營門議送 못튼말가 / 本邑맛겨 題辭맛다 本官衙의 붓치온즉 / 불문시비 올여미고 형문일차 맛든말フ

①은 세금을 돈피 외에는 받지 말라고 한 처분에 대해 관아에 정소한 사실을 서술했다. 갑산민은 천신만고 끝에 마련한 돈을 가지고 군정 신역을 치르러 갔는데 관아는 돈피만 받겠다고 했다. 그러자 갑산민은 그 부당함과 억울함을 하소연하는 글을 관아에 올린

349

것이다. 그러나 관아에서는 번잡한 訴狀을 올리지 말라는 답변만
내놓아 아무 소득 없이 끝나 버리고 말았다.

　②는 갑산도 북청과 같이 군정신역을 실시해달라고 영문[감영]
에 의송을 올린 사실을 서술했다. 북청의 소식을 들은 갑산민은 이
번에는 營門을 찾아가 북청과 같이 제도를 고치자고 議訟을 올렸
다. 의송은 감사에게 올린 것이니, 제사도 감사에게 받아야 한다.
그런데 감사는 갑산읍에 제사를 맡겨 갑산민의 의송을 갑산 관아
에 내려보냈다. 결국 갑산민은 의송 건에 대한 심의는 커녕 매만 맞
고 풀려났다고 하였다.

　〈향산별곡〉에서도 두 번의 의송행위를 서술했다.

　　① 국가의셔 주신직결 바라디도 못ᄒ더니 / ᄌ리업는 허복구슬 져
　　디도록 내엿ᄂ고 / 아모러도 원억ᄒ다 이ᄅᆯ어이 ᄒ쥰말고 / 당의거셔
　　됴희ᄉ셔 글ᄒᄂ디 겨우비러 / 원통소디 써가디고 관문밧긔 다다르
　　니 / 문덕ᄉ령 마죠셔셔 당목직쵹 무ᄉᆷ일고 / 갓가스로 틈을타서 앙
　　텬디소 ᄒ시면서 / 서원알디 내아나냐 물리셔라 호령ᄒ니

　　② 모진마암 도시먹고 관문안의 ᄲᅱ여들어 / 명젼흔신 ᄉ도님긔 민
　　망백활 알외오니 / 마른남긔 물이날가 일족물것 업ᄂ이다 / 원님얼굴
　　내아던가 형방놈이 내달아서 / 쇄댱불너 큰칼씨여 하옥하라 직쵹ᄒ
　　니 / ᄉᆔᆫ식간이 못되어서 옥문안의 들어가니 / 긔상욱의 슈두놈이 고
　　채들고 내다라서 / 슐갑내라 디져고며 발덧ᄂᆫ양 디의업다(김호연본)

　①은 향민이 白地徵稅의 억울함을 하소연하는 소를 관아에 올린
사실을 서술했다. 향민은 재결은 바라지도 않았지만 없는 전답에

세금이 나온 것은 억울하기 짝이 없었다. 그리하여 '글하는 데를 겨우 빌어' 訴文을 썼다고 하였다. 글을 쓸 줄 아는 이들 중에는 향민의 사연을 대필해주는 경우가 있었음을 알 수 있다. 향민은 소를 써서 관문을 가까스로 들어가 원님에게 소를 올릴 수 있었다. 그런데 원님은 앙천대소를 하면서 '서원이 알지 내가 아느냐'며 물러가라고 호령했다고 했다. 서원의 유생도 향촌 내 구성원간의 세액 조정에 참여했음을 알 수 있다. 그러나 세금에 관한 것은 엄연히 관아의 책임 하에 있었음에도 불구하고 수령은 그 책임을 서원에 미룬 것이다.

②는 한 차례 실패한 경험에도 불구하고 향민이 또다시 族徵의 폐를 시정하기 위해 사또를 찾아간 사실을 서술했다. 향민은 첫 번째의 실패 경험이 있었기에 모진 마음을 다시 먹었다고 하였다. 그러나 '명전하신 사또님'은 안면도 없는 일개 향민의 말인지라 들을 것도 없이 향민을 감옥에 내쳐 버리고 말았다. 그런데 그렇게 해서 들어간 감옥은 감옥대로 부정부패가 만연해 있었다. 수두놈이 고채를 들고 달려 와서는 술값을 내라고 했다는 것이다.

이와 같이 현실비판가사는 향민에게 주어졌던 합법적인 저항행위인 소나 의송이 모두 좌절되었음을 서술했다. 불합리하고 부당한 수취 제도에 대한 시정의 건의가 향촌민들로부터 끊임없이 제기되었으나 이러한 건의 자체가 무성의하게 취급되거나 관권에 대한 도전으로 받아들여져 형법으로 다스려지는 핍박의 현실만 있게 되었음을 서술했다. 이와 같은 소와 의송도 아무런 소용이 없고 오히려 핍박만 받게 되자 향민은 마침내 향촌을 떠날 결심을 하고 만 것이다.

〈거창가〉는 거창 내 향촌민의 움직임이 수령권에 저항하고 도전하고 있는 상황, 즉 향촌반란운동의 단계로 들어가 있음을 보여준다. 이러한 상황을 단적으로 나타내고 있는 것은 가사의 내용에 서술되어 있는 '鄕會'이다. "昨年회곡 行會판의 通文首昌 査實하야 / 이우석 잡아들여 죽일計巧 차릴적의 / --- / 폐단없이 治民하면 회곡行會를 擧條했을 것인가"라는 구절에서 알 수 있듯이 거창 내 반관적 움직임의 구심점은 '향회'라는 공론의 장이었다. 그리고 향민의 향회를 통한 반관적 움직임에 대한 관의 대응은 통문을 수창한 주모자를 즉각적으로 사형시킬 정도로 악랄한 것이었다. 작가가 이우석의 모친을 '무죄백성'이라고 표현하고 '폐단 없이 치민하면 회곡 향회를 열었겠느냐'고 한 데서 관아와 향민의 대결이 극한적인 국면으로 치닫고 있었음을 알 수 있다. 이렇게 〈거창가〉의 작품세계가 반관적인 향민의 움직임을 지니고 있었기 때문에 〈거창가〉가 그대로 읍명만 지워진 채 〈정읍군민란시여항청요〉로 바뀌어 질 수 있었던 것이다.

〈거창가〉는 관의 핍박과 향촌민의 저항행위가 광범위하고 집단적으로 행해졌음을 보여준다.

　① 虐政도 하거니와 濫殺人命 어인일고 / 한일택 정치익과 김부담 강일선아 / 너의등 무삼죄로 杖下의 죽단말가 / 한달만의 죽은사람 보름만의 죽은백셩 / 五六人이 되었으니 그積冤이 어떠한고

　② 凶惡ᄒ다 李芳佑야 不測ᄒ다 李芳佑야 / 末別監 所任이며 五十兩이 千兩이랴 / 議訟씬 鄭子育을 굿틔여 잡단말가 / 잡기도 심ᄒ거든 八痛狀草 아스들여 / 범가치 썽닌官員 그暴虐이 오직홀가 / 아모리 惡刑ᄒ며 千萬番 鞠問흔들 / 鐵石가치 구든마음 秋毫나 亂招홀가 / 居昌一

境 모든百姓 上下男女 老少업시 / 비ᄂ이다 비ᄂ이다 하ᄂᆞᆯ임끠 비ᄂ이다 / 議訟신 겨ᄉ름을 自獄放送 뇌여쥬쇼 / 살피소ᄉ 살피소ᄉ 日月星辰 살피쇼ᄉ / 万百姓 위흔ᄉ름 무ᄉᆞ罪 잇단말가 / 丈夫의 初年苦傷 예로부터 이서ᄂ니 / 불상ᄒ다 尹致光아 구세다 尹致光아 / 一邑弊端 고치ᄌ고 年年定配 무ᄉ일고

①에 의하면 한일택·정치익·김부남·강일선 등이 매를 맞다가 죽어갔다고 했다. 이들은 향민의 반관적 움직임에 참여했다가 잡혀 들어와 관아의 모진 고문으로 죽어간 것으로 보인다. 이들은 매를 맞다가 한 달 만에 죽기도 하고 보름 만에 죽기도 했다. 관아와 향촌민 사이의 감정적 대립이 폭발 일보 직전의 상태였음은 작가가 이들을 보고 '무슨 죄가 있어서 맞아 죽느냐'고 한탄하는 데서 잘 알 수 있다.

②에서는 정자육과 윤치광에 대하여 서술했다. 정자육은 邑弊의 실정을 낱낱이 들어 시정을 건의한 八痛狀草와 〈거창가〉의 작가로 추정되는 인물이다. 관아에서는 의송을 쓴 정자육을 잡아들여 모진 고문을 가하고 있었는데, 아마도 정자육에게서 가담자의 이름을 얻어 내려고 고문을 가한 것으로 보인다. 다음으로 작가는 "一邑弊端 고치ᄌ고" "年年定配"를 당하고 있는 윤치광을 서술했다. 윤치광은 〈거창가〉와 관련이 깊은 〈居昌府弊狀抄〉를 쓴 인물이다. 작가는 정자육에 대해 '철석 같이 굳은 마음 추호나 난초할까'라고 하며 하느님을 향해 간절히 그가 풀려나기를 기원하고, 윤치광에 대해서는 '불쌍하고 굳세다'고 서술했다. 작가와 향민이 읍민을 위해 나서서 관에 저항하는 정자육과 윤치광에게 강한 신뢰와 연대의식을 지니고 있음이 드러난다.

1859년 진주농민항쟁과 관련하여 창작된 〈민탄가〉에도 향민의 의송 행위 및 반관적 움직임이 서술되었다. "義氣잇다 李晉豊이 一邑事을 擔當하야 / 結布名色 씨이랴고 呈邑呈營 比局가지 / 京鄕으로 단이면서 費盡心力 四年만의 / 結布色名 씨여시나"라는 구절에서 알 수 있듯이 유계춘(이진풍)은 진주지역의 결렴을 폐지하기 위해 4년간이나 경향을 오고 가며 "呈邑", "呈營", 그리고 "비변사 장계" 등을 올렸다. 이 외에도 〈민탄가〉에는 폐해를 시정하려는 읍민의 의송 활동과 이러한 움직임에 대응한 관의 핍박을 서술했다.

> ① 酒餐床의 頉을치녀 後年書員 또나오면 / 案表보고 卽頉하네 官家呈訴 하랴하고 / 外村百姓 邑內오면 / 食債酒債 白紙잡이 구실멋짐 虛費하네 / 千辛萬苦 呈체닛니 官家題辭 明案하다 / 査案移定 書員맷계 물에불탄 公事로다

> ② 흐느님아 흐느님아 죽을일이 쏘싱기네 / 裨將廳과 掾吏廳의 돈을들여 請囑하고 / 살롬사서 議送하야 大小民人 所願이라하니 / 可笑롭다 사룸덜아 이런말을 드러보소 / 兩班名色 하느이가 軍布믈기 됴와하며 / 九兩五錢 어렵거든 加結하야 三十兩 / 어뉘百姓 됴타하야 自願하고 닌달를가 / 三十兩 적다하여 三十五兩 도두라네 / 어이하여 도두느고 祛弊生弊 한다하여 / 무슨祛弊 한다던고 三十餘件 이리하데 / 一邑百姓 다주거도 吏奴連나 볏겨주소 / 아전吏老 경자수리 頹落함안 鄕校修理 / 百姓가둘 옥고치지 허다事業 한다하데 / 奸吏놈들 浮動하고 일하기는 됴커이와 / 주거가는 百姓이야 아조죽지 불상하다

①에서는 주찬상에도 탈을 만들어 수탈하고 후임은 案表만 보고

또 수탈하는 서원의 비리를 고발했다. 그리고 이러한 서원의 비리를 참지 못한 읍민이 관가에 정소를 올린 일을 서술했다. 향민이 뭇 邑 차 읍내에 나오면 밥값, 술값, 백지값 등 돈이 많이 들었다. 이런 비용을 감수하고 향민이 소를 올렸는데 그 답변으로 받은 題辭에는 비리 당사자인 서원에게 일의 조사를 맡겼다고 했다. 그래서 작가는 "물에 불탄 것"이라고 어처구니없어 한 것이다.

②에서는 향민이 비변사에 연명으로 장계를 올렸으나 별다르게 폐해가 시정되지 않자 다시 진주감영에 의송을 올린 사실과 향민의 옥고에 대하여 서술했다. 향민은 비장청과 연리청에 돈으로 청탁하고, 글 잘 하는 사람을 사서 다시 議訟을 올렸다. 향민이 올린 "大小民人 所願이라"는 당시 진주읍민의 소원, 즉 비변사의 연명 장계에서 말한 결렴의 폐지를 말한다. 그런데 의송의 결과는 엉뚱했다. 삽십냥에서 더 올려 삽십오냥씩을 물렸다는 것이다. 이어서 "아전吏老"의 "경자"와 퇴락한 함안의 鄕校를 수리한 것을 서술했다. 그런데 이곳을 수리하는 목적은 백성들을 잡아 가둘 감옥으로 쓰려는 것이었으므로 작가는 백성들만 죽어나가게 되었다고 한탄했다. 당시 향민을 가둘 감옥이 모자라 건물을 수리하여 감옥을 만들 정도로 관아의 향민에 대한 핍박이 극렬했음을 알 수 있다.

그리하여 〈민탄가〉에서는 가사의 마지막에 가서 이러한 의송 행위가 모두 소용이 없음을 말하고 대규모 민란을 제시했다.

議訟참에 안이갈가 등장가식 등장가식 / 儒會所의 등장가식 儒會所의 안니되니 / 營門으로 議訟가식 近來營門 쓸듸업다 / 議訟가기 무엇할고 神將먹일 돈이업다 / 比局인들 못할손가 比局의도 안이되면 / 上 듬이나 하여보식 그도저도 안이되면 / 죽을박가 할일업네 죽음터니

되거더면 / 아물하면 오직할가 이런일을 ᄒᄂᆞᆫ놈들 / 우리몬저 겨보싀
이노ᄅᆡ를 돌려듯고 / 可否間의 말들하소

먼저 작가는 儒會所→營門→備局→왕궁 등 합법적인 소청체계를
단계적으로 나열하여 이곳들에 하는 議訟, 上言 등이 아무 소용이
없을 것임을 서술했다. 이어 작가는 그도 저도 안된다면 죽을 수밖
에 없다고 했다. 그리하여 "이런일을 ᄒᄂᆞᆫ놈들 / 우리몬저 주겨보
싀"라고 선언한 후 '이 노래를 돌려들 듣고 가부간의 말을 해달라'
고 당부하는 것으로 끝을 맺었다. 고질적인 지배층의 가렴주구를
시정하기 위해 대규모 항쟁에 나서야 함을 제시한 것이다.

04 지배층 비판

현실비판가사는 아전, 수령, 감사로 이어지는 향촌사회의 지배
층 전체를 비판했다. 〈갑민가〉에서는 갑산민이 말한 사연에 지배층
에 대해 비판이 담겨 있다. 아전은 갑산민이 세금으로 낼 돈을 이미
구해 돈피를 사러 나갔음에도 불구하고 사정을 봐주지 않고 그의
아내를 옥에 가두어 결국 그의 아내가 자살하게 만들었다. 그리고
수령은 향민의 사정을 고려하지 않고 갑자기 세금을 돈피로 내라고
하고, 관아에 소를 올리면 서원이 알지 자신은 모른다고 회피하기
만 했다. 그리고 감사는 감영에 올라온 의송을 자신이 처리하지 않
고 관아에 보내 갑산민이 형문만 받게 했다. 이렇게 갑산민은 자신
이 당한 사연을 서술하는 가운데 아전, 수령, 감사를 비판한 셈이다.

〈합강정가〉에서는 수령과 감사를 집중적으로 비판했다. 작품 전체를 통해 작가는 순시에 즈음하여 수령이 마련한 향응에만 몰두하는 감사를 비판했다. 작가는 "한사람 豪奢로셔 몃百姓이 이려한고"라고 감사를 직접적으로 비판하기도 하고, "巡使의 勝景이요 萬民의 怨讐로다"나 "食祿조타 우리巡相 窟福조타 우리巡相 / 드리가면 六曹判書 나시면 八道監司 / 功名니 그지업고 富貴도 거록ᄒ다"와 같이 빈정거리는 어조로 감사를 비판했다.

> 아릿자운 潭陽妓生 무삼奉命 ᄒ얏관듸 / 兵曹驛馬 빗겨타고 意氣도 揚揚ᄒ다 / 承命上使 守令分늬 누뉘누뉘 와게신고 / 南原府使 淳昌守은 支供差使 汨沒ᄒ다 / 潭陽府使 昌平縣令 妓生領擧 勤幹ᄒ다 / 年近七十 綾城守은 百里驅馳 잇쓸시고 / 中貶마진 羅州牧은 阿諂으로 와겨신가 / 약지못한 咸悅縣監 恐喝은 무삼일고 / 名家後裔 南平縣監 奔走承風 무삼일고 / 乃祖高祖 도라보니 貽笑士林 그지업다 / 任實縣監 谷城倅은 吮癰咀痔 辭讓홀가 / 礪山府使 全州判官 脅肩諂笑 보기실타 / 哀殘한 和順同福 生心니나 落後할가

위는 〈합강정가〉에서 잔치에 모인 수령에 대해 서술한 것이다. 감사는 순창에 순시를 왔지만 인근의 수령급이 감사에게 잘 보이기 위해 각 지역의 기생들을 데리고 그곳으로 총집합했다. 작가는 남원부사, 순창수령, 담양부사, 창평현감, 능성수, 나주목사, 함열현감, 남평현감, 임실현감, 곡성수, 여산부사, 전주판관, 화순동복 등을 일일이 나열하면서 이들의 아첨행각을 서술했다. 이들의 행각은 잔치에 늦지 않으려고 고령의 나이도 불구하고 백리길을 말을 타고 달려오고, 감사를 위한 음식과 기생 지공에 골몰하고, 분주

하게 감사의 일거수일투족을 따라 다니고, 마치 고름이라도 짜 줄 듯이 어깨를 움츠리며 아첨을 일삼았다. 작가는 감사의 순시로 고통 받는 향민의 실정과는 대조적으로 감사에게 아첨하기만 바쁜 행각을 서술함으로써 수령을 통렬하게 비판한 것이다.

〈향산별곡〉은 전반부에서 상당히 긴 분량을 할애하여 하나님, 聖上, 조정분, 방백수령 외임, 그리고 虐民하는 관장에게 기원과 당부의 말을 건넸다. 특히 작가는 조정대신과 외임들을 향해 백성들을 위한 정치를 당부하는 가운데 하고 있는 행태를 신랄하게 꼬집으며 그들을 비판했다. "朝廷의들 계신분닉 이닉말슴 드러보쇼"라고 시작한 조정대신에게는 "나라衣食 먹고닙고 무슴일들 ㅎ시ㄴ고"라고 하여 조정에 있으면서 국가방위와는 전혀 상관없이 당론에만 골몰하고 있음을 비아냥거리며 비판했다[22]. 방백수령 외임에게는 백성이 나라의 근본임을 일깨워주면서[23] 특히 학민하는 관장에게는 다음과 같이 장황하게 비판했다.

> 文南武弁 牧民中의 학민ㅎ넌 관댱닉들 / 이닉말슴 비쳑말고 刻心ㅎ여 들어보소 / 城中의서 들을졔ㄴ 聰明仁慈 ㅎ다더니 / 到任들을 ㅎ신 후의 어이져러 다르신고 / ㄴ려갈졔 路費흔가 드러갈졔 浮費흔가 / 名妓生의 쌘졋ㄴ가 好吏袖의 드럿ㄴ가 / 還燒酒의 삭아ㄴ가 珍膏粱의 막혓ㄴ가 / 잇던聰明 어딕가고 업던昏暗 닉엿시며 / 잇던仁慈 어딕가고

---

22 "朝廷의들 계신분닉 이닉말슴 드러보쇼 / 나라衣食 먹고닙고 무숨일들 ㅎ시ㄴ고 / 請對入侍 ㅎ넌날의 堯舜道德 알외신가 / 흔가ㅎ셕 셕를타셔 上疏딕계 흔ㄴ셕예 / 保民謀策 알오신가 爲國遠慮 못ㅎ신가 / 져黨戰을 져리익혀 南征北伐 가랴ㄴ가 / 傳子傳孫 힘셔ㅎ되 병법잇다 못드를네 / 나ㄴ보니 쓸딕업데 貽害國家 쑨이로세"

23 "方伯守令 外任들의 進封多小 칙망말고 / 浚民膏澤 ㅎ넌놈을 鳴鼓功責 ㅎ여보소 / 民惟邦本 이란말숨 聖訓인줄 모롤손가 / 本亂末治 어이본고 나ㄴ듯도 못ㅎ엿닉"

업던暴惡 뉘엿는고 / 뉘몰을가 주뉘일을 주뉘일을 나넌아뉘 / 天賦之
性 일은속의 爲己之慾 길너뉘여 / 四端之目 다모르고 利慾之心 뿐이로
다 / 善事兩銓 그만ㅎ고 字牧百姓 ㅎ여보소 / 孜孜爲利 ㅎ시다가 無厭
之慾 뉘다르니 / 貪虐政事 그만ㅎ소 聽訟일졀 민망ㅎ외 / 염셩문의 드
는거시 布帛銀錢 션물이요 / 동헌방의 싼인거슨 大臣重臣 請簡이라 /
그러ㅎ고 公正處決 어듸로셔 낫단말고 / 官門밧긔 셧는숑민 무슴일노
와잇는다 / 左右手掌 뷔엿거든 시숑말고 이거셔라 / 大典通編 슉녹비
라 네문댱이 말ㅎ느냐 / 마쇼마쇼 뉘모롤가 不忍政事 너무마쇼 / 積善
積惡 ㅎ는즁의 殃慶各至 ㅎ다느니 / 好生惡死 ㅎ는ᄆᆞᆷ 尊卑貴賤 다를
손가 / 무죄빅셩 무슴일노 져듸도록 보치는고

위에서 작가는 학민하는 관장들을 장황하게 비판했다. 수령들이
도임들을 하면 이전의 총명함과 인자함은 어디 가고 혼암과 포악
만 낸다고 하면서, "무죄빅셩 무슴일노 져듸도록 보치는고"라고 신
랄하게 비판했다. 그리고 "민망"한 "聽訟" 처리문제도 서술했는데,
동헌에는 "大臣重臣"의 "請簡"만 쌓여 있고 "송민"은 오히려 "官門
밧긔" 서서 기다리고만 있다고 했다. "ᄂᆞ려갈 제 路費흔가 드러갈
제 浮費흔가"나 "名妓生의 쎈졋는가 奸吏袖의 드럿는가 / 還燒酒의
삭아는가 珍膏粱의 막혓는가"와 같은 대구와 열거식 표현을 통해
수령의 탐학에 대한 비판적 정서를 강조해 서술했다.

〈거창가〉도 아전·수령·감사로 이어지는 지배층을 극도의 반감
을 가지고 비판했다. 특히 작가는 수령에 대해서 특별히 실명을 써
가며 극도의 반감을 가지고 비판했다. 당시 수령의 이름인 '李在稼'
를 가지고 '이재가 어인 재며 저재가 어인 재인가'라고 빈정거리면
서 '거창이 폐창이 되고 在稼가 망가이며 태수가 원수'라고 꼬집었

다. 수령에 대한 비판은 무소불위하게 행해진 수령 개인의 비리 행위를 고발하는 데까지 이어졌다. 이재가는 자기 아들이 京試를 보러 갈 때 學宮 폐단을 일으켰다. 色掌이나 庫子를 잡아들여 유건과 도포를 빼앗은 다음 官奴와 使令들에게 입혀 노선비를 꾸며 과거장에 들여보냈다. 유리한 자리를 잡거나 대필을 위장하기 위해서 이들을 이용한 것이다. 그리고 도산서원에서 8월에 있는 추향시에는 이재가가 제물로 쓸 대구를 奉物하기도 했다고 자세하게 고발했다.

한편 작가는 감사도 비판했다. 가사의 서두에서 작가는 감사가 향민의 실정을 알려고 하지 않고 '登淸閣 높은 집'에서 '觀風察俗'을 하며 '邑報만 遵信'한다고 비판했다. 그래서 작가는 감사의 소행은 마치 '부처님을 서양에 묻는' 것과 같다고 꼬집었다. 고질적인 감사의 직무유기를 냉소적으로 비판한 것이다. 가사의 중간에서는 감사의 순시에 즈음하여 거창읍에서 자행한 각종 민폐를 구체적으로 들어 감사를 비판하였다.

한편 〈거창가〉의 작가는 작품 전편을 통해 '놈'자를 붙여 말할 정도로 아전층을 극도의 반감을 가지고 비판했다. 중간투식은 물론 양반 부녀자의 두발을 끌어낸다든가 짜던 베를 끊어 간다든가 하는 패륜적 행위도 비판했다.

> 어와世上 션비님네 글工夫 ᄒ지말고 / 進士及第 求치말아 父母妻子
> 苦傷ᄒ다 / 버셔노코 衙前되면 萬鍾祿이 계잇난니 / 쥘쌈지 아니어든
> 샤ᄆ의 드단말가

위에서 작가는 선비들을 향해 진사급제를 하려 하지 말고 아전이 되라고 했다. 선비 옷을 벗어놓고 아전이 되면 중간 투식으로 아

무도 모르게 소매에 들어오는 돈이 만종록은 될 것이라는 것이다. 글공부만을 하여 가난한 선비와 탐학을 일삼아 부유한 아전을 대비하면서 아전층을 냉소적으로 비판한 것이다.

〈민탄가〉에서 향민이 당하고 있는 폐해의 핵심은 아전층의 포흠에 있었다. 그리하여 작가는 "極惡하다 奸吏덜아"라는 구절에서 드러나듯이 아전층의 탐학을 강하게 비판했다. 작품 전체를 통해 아전층에 대해서는 "倉卒놈의 휘키와", "倉色놈의 쟝사질을", "衙前놈들 妙計보소" 등에서와 같이 '놈'자로 일관했다.

작가는 가사의 서두에서 수령과 왕을 직접적으로 비판하지는 않았다. 그러나 나중에는 격한 감정으로 아전, 수령, 감사, 세도가, 왕으로 이어지는 당대 지배층을 통렬하게 비판했다.

① 目不識丁 愚氓들은 文書쏙을 모르나니 / 有識하온 守令들아 한난 일이 무어시오 / 글러요티 살피시오 / 牌子傳令 세올어면 보도안코 手訣두네 / 마르시오 마르시오 그러하고 百姓살가

② 不幸하다 不幸하다 이近年을 當하여서 / 害民民賊 그뉘런고 세도 方伯 守令奸吏로다 / 聖朝判下 忌揮업서 加結하여 결포하네 / 軍錢 千兩의서 移錢十兩 쏘어더서 / 用之無處 ○을하니 祛弊生弊 그아닌가 / 구실금을 더부드며 大同무면 어닌일고 / 漢陽城中 기리게신 聖君니나 고지듯제 / 至愚且愚 百姓들은 거뉘라서 소계블가

③ 고처주소 고처주소 晋州客舍 고처주소 / 天上의난 細雨와도 殿牌前의 大水지니 / 虛事로다 虛事로다 殿牌집도 虛事로다 / 壯洞金氏 書院이면 時刻인들 머믈소야

①에서는 수령을 비판했다. 무식한 백성과 달리 유식한 수령이 올라오는 글을 찬찬히 읽어야 할 텐데, 수령은 위임문서의 전령을 자세히 보지도 않고 수결을 놓아 버린다고 비판한 것이다. ②에서 작가는 최근에 들어 "害民民賊"은 바로 "세도方伯 守令奸吏"이라고 하여 지배층 전체를 비판했다. 왕의 처분도 거리끼지 않고 결렴을 시행하고, 軍錢 천 냥에서 십 냥을 또 꺼내 마구 써 대고, 세금은 더 받으면서도 대동미의 모자란 분량이 생겨나게 하는 "세도方伯 守令奸吏"의 세금수취 상의 속임수를 비판했다. 이어서 작가는 이들이 '聖'君이나 속이지 '어리석은' 백성들은 속이지 못한다고 했다. "세도方伯 守令奸吏"으로 이어지는 지배구조의 최정점에 있는 왕이 속고 있기만 한다고 하여 그 무능함을 비판하고 있는 것이다.

그리고 작가는 지배계층을 비판할 때 아전, 수령, 감사에 '세도'를 첨가하고 있다. 이 '세도'의 정체는 ③에 등장하는 壯洞金氏이다. ③에서 작가는 비가 새는 진주 객사를 고쳐 달라고 했는데, 왜냐하면 비가 오면 왕을 상징하는 殿牌 앞에도 물이 크게 지기 때문이었다. 그런데 작가는 장동김씨 서원이었다면 벌써 고쳤을 것이라고 했다. "虛事로다 虛事로다 殿牌집도 虛事로다"라는 구절에는 무능한 왕에 대한 은근한 조롱과 장동김씨의 막강한 세도에 대한 비판이 들어있다. 이렇게 〈민탄가〉는 아전, 수령, 감사, 세도가, 왕으로 이어지는 지배층 전체를 비판하고 있다.

그러면 현실비판가사의 작가들은 지배층의 최정점에 있는 왕에 대해서 어떻게 생각하고 있었을까? 일단 현실비판가사의 작가들은 모두 왕의 절대 권력을 인정하고 있는 것으로 나타난다. 그리하여 작가들은 왕이 향민의 고충을 들어주기를 기원하기도 했다. 그러나 대부분의 현실비판가사에서는 왕이 절대 권력을 지니고 있음에

도 불구하고 백성의 현실적인 문제를 해결하는 데에는 무능력하다
는 왕에 대한 인식을 보여준다.

이러한 왕에 대한 인식은 〈갑민가〉에서는 '나라님긔 알외즈니 九
重天門 머러잇고 / 堯舜갓튼 우리聖主 日月갓티 발그신들 / 불沾聖化
이극邊의 覆盆下라 빗칄소냐'라는 구절로 나타난다. 〈기칭가〉에서
는 "日月이 발가시되 伏盆의 難照ᄒ고 春陽의 布德인들 陰崖의 밋칠
소냐"와 "九重天里 멀고머러 이런民情 모르신다"라는 구절로 나타
난다. 그리고 〈민탄가〉에서는 "漢陽城中 기리게신 聖君니나 고지듯
제 / 至愚且愚 百姓들은 거뉘라서 소계블가"라는 구절로 나타난다.
해와 달이 아무리 밝게 비춰도 엎어진 항아리 속에는 비추지 않은
것처럼 왕은 구중궁궐에 갇혀 있어 백성들의 질고를 전혀 모르며,
다만 관료의 말만 듣고 속고 있기만 하다는 것이다. 위와 같은 왕에
대한 구절은 삼정문란기에 향촌사회에 거주한 현실비판적 지식인
이 지니고 있었던 왕에 대한 인식을 표현하는 관습구로 있어 온 것
이라고 할 수 있다.

05 과거제도 비판

〈합강정가〉, 〈향산별곡〉, 〈거창가〉 등에서는 당대의 과거제도도
비판했다.

春塘臺에 치는帳幕 五木臺에 무삼일고 / 借濫한 荊闈中에 較藝하는
靑襟덜아 / 五十三洲 詩禮鄕에 一人義士 업단말가

위는 〈합강정가〉의 구절이다. 여기에서 작가는 '춘당대에 쳤던 장막'이 '오목대'에 쳐진 것을 들어 그 科場이 '僭濫'하다고 비판했다. 춘당대는 서울 창경궁 안에 있는 곳으로, 나라에 경사가 있을 때에 임금이 친림하여 문무과의 과거 시험을 실시했던 장소이다. 감사의 순시에 즈음하여 이 지역에서 과거장이 펼쳐진 것으로 보인다. '참람하다'고 한 것은 춘당대에나 치는 장막을 오목대에 쳤기 때문일 수도 있고 아니면 감사의 순시를 나라의 경사에 버금가는 것으로 여겨 과거장이 열려졌기 때문일 수도 있다. 어쨌든 작가는 분수에 넘치는 과거장이 못마땅했다. 그리하여 문란하게 펼쳐진 과거장에 대해 비판적인 시각을 지닌 작가는 과거를 보기 위해 모여든 과거응시자들에 대해서도 부정적인 시각으로 바라보게 된 것이다.

> 죠뎡인들 흐는즁의 과거일졀 한심흐데 / 알셩졍시 조흔과거 글을 낭은 아니보고 / 글시보고 명초보고 경향갈나 등을쓰니 / 무셰향유 글즈흔들 참방흐기 어들넌냐

위는 〈향산별곡〉의 구절이다. 작가는 조정에서 실시하는 과거가 한심하다고 비판했다. 알성정시에서 글은 보지 않고 글씨나 정초만 보고 경향을 갈라 등급을 매긴다고 했다. 그래서 세도가의 등을 업지 못한 향유는 글을 아무리 잘해도 참방 한 자리도 얻기 힘들다고 했다. 당시 중앙의 세도가나 문벌에 줄을 대지 못한 지방의 선비들은 아무리 문장이 뛰어나도 급제를 못하는 불공평한 과거제도를 비판한 것이다.

民間弊端 다못하야 學宮弊端 지어낸다 / 辛丑年 閏三月의 재개자식
京試볼제 / 황괴書院 學宮中의 色掌庫子 잡아들여 / 儒巾둘씩 道袍둘씩
차례차례 물려내니 / 없다하고 발명하면 贖錢석냥 물려내고 / 儒巾道
袍 받아다가 官奴使令 내어주어 / 場中의셔 정할제 老선배 꾸며내니 /
孔夫子 쓰든儒巾 鄒孟子 입든道袍 / 어찌타 우리井邑 老선배 쓰단말가

위는 〈거창가〉의 구절이다. 수령 이재가의 아들이 경시를 볼 때
벌어진 일을 고발하는 것을 통해 당시의 과거제도도 비판했다. 윤
삼월에 이재가의 아들이 경시를 볼 때였다. 서원의 색장과 고자들
에게 각각 유건 둘과 도포 둘을 받아냈는데, 만약 없다고 하면 유건
과 도포 대신 석냥 돈으로 받아냈다. 이렇게 마련한 유건과 도포를
관노와 사령들에게 나누어 입혔다. 노선비를 꾸며 낸 것인데, 이렇
게 꾸민 선비들은 과거장에 들어가 유리한 자리를 선점하여 응시
자 대신 대필을 하는 광경을 들키지 않게 인의 장막을 치는 데 이용
했다는 것이다. 여기서 서술한 과거장의 폐단은 19세기에 인구에
회자되던 전형적인 과거장의 폐단이었다. 작가는 이러한 전형적인
과거장의 폐단이 다름 아닌 수령 이재가에 의해 저질러졌음을 고
발하고 있는 것이다.

현실비판가사 연구

제4장
현실비판가사의 서술방식 및 장르간 교섭

01 현실비판가사의 서술 방식

가사는 4음보 연속체라는 형식을 지켜 나가는 것 이외에는 별다른 형식적 규제를 받지 않는다. 그러나 작가는 4음보 연속의 틀 안에서 작가 나름대로의 서술 방식을 택하여 개성적으로 자신의 주제를 서술했다. 현실비판가사에서도 각 작품의 작가는 현실비판적 주제를 효과적으로 드러내기 위해 각자의 서술방식을 채택하고 있다. 현실비판가사에서 특징적으로 드러나는 서술방식을 '대화체를 통한 생애 수용과 서사화의 가능성', '파노라마식 총체적 서술과 문체적 특성' 등 두 가지로 나누어 살펴보고자 한다.

A. 대화체를 통한 생애 수용과 서사화의 가능성

현실비판가사 가운데 〈갑민가〉와 〈향산별곡〉에서 대화체가 사용되었다.

〈갑민가〉에서 작가는 족징의 폐단을 고발하기 위해서 갑산민과 생원이라는 두 화자를 내세워 그들이 서로 이야기하는 대화체의 서술방식을 택했다. 〈갑민가〉는 생원의 말로 시작한다. 생원은 갑산민의 행색만 보고도 유리도망해 가는 것이 분명하다고 생각하고 갑산민 일행을 불러 세워 어딜 가든 군정은 면할 수 없으니 차라리 살던 곳에서 살라는 요지의 말을 건넨다. 그리고 생원은 산삼 캐기와 멧돼지가죽 사냥을 제시하면서 제고장에서의 현실적인 노력을 강조하였다.

이러한 생원의 말을 받아 갑산민은 자신의 유리도망이 생원이 말한 것처럼 쉽게 내린 결정이 아님을 보여주고자 자신의 그간 내력을 말했다. 갑산민은 생원이 제시한 채삼과 돈피산행을 이미 해볼대로 해보았으나 아무 소용이 없었다고 했다. 그리고 아내가 자살까지 하는 지경에 이르렀지만 그때까지도 유리도망을 결정하지 않았다고 했다. 그러나 영문에 의송을 올린 일로 옥에 갇혔다가 곤장만 맞은 사건이 있게 되자 결국 유리도망을 결심했다고 했다. 이렇게 갑산민의 말은 생원의 말에 정확히 대응되어 있다.

생원의 발언은 갑산민의 발언을 유도해내는 반대항으로 설정되어 있다. 그런데 처음 생원은 갑산민에게 유리도망의 절대적 불가론을 훈계조로 말하는 것은 아니었다. 생원의 발언은 당위를 전달한 것이라기보다는 의향을 떠본 것이어서 대화에 개방적으로 작용했다. 생원과 갑산민은 모두 갑산에 거주하는 하층사족이자 농민으로서 유리 행위에 대해 각자의 견해를 개진한 것이라고 할 수 있다. 생원은 조금은 먹고 살만한 것이 남았던지 아직은 낙관적인 미래를 버리지 않고 유리하지 말고 차라리 견뎌보자는 유리도망에 소극적 입장을 밝힌 것이라면, 갑산민은 더 이상 먹고 살 것이 남아 있지 않아 유리 행위를 선택한 자로서 논리적·적극적으로 유리도망이 필연성과 정낭성을 내세우는 입장을 밝힌 것이라고 할 수 있다.

이와 같이 〈갑민가〉에서 생원과 갑산민의 대화체는 당대 유리 행위의 당사자인 농민 및 하층사족층 사이에서 유리 문제에 대한 논쟁이 개진되고 있음을 객관적으로 보여준다는 의미를 지닌다. 〈갑민가〉의 작가는 당시 향촌사회 내에서 가렴주구로 인한 유리도망 행위에 대해서 논쟁의 현실이 있음을 포착하고 이러한 현실을 사실적·전형적으로 보여주고자 대화체라는 문학적 장치를 끌어들인 것이라고 할 수 있다.

한편 갑산민은 대화체를 통해 생원에게 자신이 살아온 내력을 말했다. 향반층, 족징의 폐해를 당함, 채삼과 돈피산행 실패, 돈으로의 세금 납부 거절, 정소 실패, 돈피 구함, 아내의 결항치사, 의송 실패와 관의 핍박, 유리도망 등으로 이어진 갑산민의 내력은 족징의 폐단으로 고통 받는 전형적인 민중사실이다. 갑산민의 생애는 작가가 사회의 핵심문제로 군정의 문란 현실과 유리도망을 포착하고, 그러한 현실을 고발하고 비판하기 위해 취택된 민중사실이다.

그런데 갑산민의 생애는 자술하는 형태를 띠었지만 기본적으로 유리도망하기까지의 과정을 말한 생애라서 개인의 일생을 서술한 자전적 생애와는 차이가 있다. 갑산민의 생애에는 족징의 폐단 현실에서 유리도망을 하느냐 마느냐 했던 갈등이 내재해 있었다. 이렇게 〈갑민가〉에서 갑산민의 입으로 말해진 갑산민의 생애는 가렴

주구 현실로 인해 개인의 삶이 왜곡되는 갈등 현실을 담고 있어 서
사화의 가능성을 지니고 있다. 그리고 이러한 갑산민의 생애는 당
대 민중사실의 하나로 서사 장르로의 변형이 가능한 소재라고 할
수 있다. 〈갑민가〉의 작가가 향촌사회 내 갈등 현실을 대화체의 서
술방식을 채택하여 드러냄으로써 서사성을 획득한 것이라고 할 수
있다.

　〈향산별곡〉은 대화체를 부분적으로 수용했다. 작품의 전반부에
서 작가는 하나님, 왕, 조정대신, 외임, 그리고 탐학하는 수령을 향
해서 자신이 하고자 하는 말을 직접적으로 진술했다. 그런데 백성
의 참상을 드러내 지배층을 비판하고자 한 부분에 이르러서는 갑
자기 백성을 화자로 내세워 백성이 말하는 대화체 방식을 채택했
다. 정작 민중현실을 서술하고자 할 때 백성의 사연이 실제로 벌어
지는 일이라는 점, 즉 작품의 현실성을 강조하기 위해 백성이 직접
말을 하는 대화체를 채택한 것이다. 그리하여 백성이 대화하는 부
분에 오면 갑자기 문체도 일상적, 구어적 문체로 바뀌어 앞서의 한
문투식 문체와는 천양지차로 다른 문체를 이루게 되었다.

　백성은 정월부터 시간적 순서를 밟아가면서 점진적으로 가중되
는 각종 조세부담을 낱낱이 말했다. 그리하여 수탈을 견디다 못해
결국 유리하게 되었다고 말했다. 정이월의 還上, 삼사월의 軍丁役
事, 칠팔월의 軍餉米, 칠팔월의 백지징세, 잔구실, 族徵, 백골징포·
황구첨정 등으로 인해 백성은 결국 처참한 유리민이 되었다고 말
한 것이다. 백성의 대화가 시간적 순서를 밟아가며 이루어지고, 문
체도 일상적, 구어적 문체를 이루고 있는 점은 〈갑민가〉와 일치한
다. 이렇게 백성의 대화를 통해 드러난 백성의 생애는 극심한 가렴
주구로 인해 삶의 터전을 잃은 당대 민중사실의 하나로서 서사화

의 가능성을 지닌 것이라고 할 수 있다.

그런데 〈향산별곡〉에서 백성의 대화를 통해 드러난 백성의 생애
는 한 개인의 생애라기보다는 집단적 민중의 형상을 지닌다. 작가
는 작품의 전편을 통해 하나님, 왕, 조정대신, 수령, 백성 등을 거론
했다. 계층적인 면에서 점층적으로 내려온 셈인데, 작기의 관심이
개인의 생애가 아니라 집단적인 백성의 삶에 가 있음을 알 수 있다.
따라서 작품 내 화자인 백성이 말한 처참한 삶은 향촌사회 내에서
동시다발적으로 발생한 사실들을 종합한 것으로 볼 수 있다. 이런
의미에서 〈향산별곡〉에서 대화체를 통해 백성의 삶을 수용하고 있
음에도 불구하고 백성의 삶이 지닌 서사적 성격은 제한적이라고
할 수 있다.

B. 파노라마식 총체적 서술과 문체적 특성

〈합강정가〉, 〈거창가〉, 〈민탄가〉 등의 현실비판가사는 각 향촌사
회를 중심으로 지배층의 가렴주구 현실과 향민의 처참상을 총체적
으로 서술했다. 각 작품의 작가는 일정 기간 동안 시간적 순서를 밟
아 가면서, 그리고 향촌사회 내의 각 지역을 공간적으로 이동해 가
면서 각 향촌사회 내에서 일어난 사건이나 사연을 하나하나 나열
해 가면서 하나도 빠짐없이 서술하려고 노력했다. 그리하여 각 작
품에서 작가가 서술한 지배층의 가렴주구 현실과 향민의 처참상이
너무나 많아지게 되었는데, 서술된 사건이나 사연은 개별적으로
모두 의미가 있어 그것들을 어느 하나로 요약할 수 없는 정도가 되
었다. 위의 세 현실비판가사의 작가는 각 향촌사회 내에서 벌어지
고 있는 부조리한 현실을 하나라도 빠질세라 총체적으로 고발하려

371

고 한 것이다.

이렇게 위의 세 현실비판가사의 작가가 시간적 순서와 공간적 이동을 교차하면서 각 향촌사회 내의 모순 현실을 총체적으로 고발하려고 노력함으로써 각 작품은 파노라마식 서술 구성을 이루게 되었다. 이 세 현실비판가사의 작품세계는 마치 작가가 지난 일들에 대한 온갖 정보를 비탕으로 카메라를 들고 향촌사회를 돌아다니면서 벌어진 사건이나 겪고 있는 사연을 하나하나 줌인하여 찍은 것과 마찬가지이다. 그리하여 지나치다 싶을 정도로 모든 삼정의 문란상을 돈의 액수나 세금의 명칭까지 적어가며 세세하게 고발했으며, 수령과 아전층의 패악적 소행도 생생하게 드러내 비판했다. 그리하여 위의 세 현실비판가사의 작품세계는 작가가 카메라를 들고 돌아다니며 벌어진 사건을 모두 기록한 편집하기 전의 다큐멘터리와도 같게 되었다.

〈합강정가〉, 〈거창가〉, 〈민탄가〉 등의 현실비판가사에서 작가는 각 향촌사회 내의 모순 현실을 차분한 태도로 바라볼 수 없었다. 작가들은 하나하나 포착한 개별 사안에 대하여 극도로 분노하거나 탄식하는 시선으로 바라보았다. 세금에 시달리고 핍박을 받는 향민의 심정에 작가가 철저하게 공감하며 가사를 서술하고 있기 때문이다. 내용 중에 '놈'자가 많이 등장하는 것은 작가의 분노 때문이라고 할 수 있다.

현실에 대한 작가의 분노는 독특한 서술방식을 이루었다. 현실비판가사는 향촌사회 내의 모순 현실을 객관적으로 보고한다기보다 벌어진 사실에 작가의 견해를 끊임없이 덧붙여 개진하고 여기에다 작가의 개탄적 어조까지 보태져 전체적인 서술을 이룬다는 특징을 보인다. 〈합강정가〉에서 민중현실을 서술한 방식을 살펴보기로 하겠다.

① 許多한 官人톡니 大小尺을 分定하여 / 四方附近 十里안에 鷄犬이 滅種하네 / 富者는 可커니와 可憐할사 貧者로다

② 夕陽은 나려가고 里正은 促飯할뎌 / 寒廚에 우는小婦 발구르며 하는말삼 / 방아품에 어든糧食 한두되 잇건만은 / 菜蔬도 잇건만은 器皿은 뉘게빌고 / 앞뒤집 도라보니 臘月甑 緣故로다

③ 一村鷄犬 蕩盡하고 戶收斂 하단말가 / 大戶에는 兩이넘고 小戶에 도 六七錢이라 / 이노름 다시하면 이백성 못살겐네

④ 樂土에 싱긴사람 太平盛代 조타하여 / 安業樂工 하옵더니 할 일 업시 流離하네 / 한사람의 豪奢로셔 몃사람의 亂離된고 / 家藏田地 다 팔고셔 어듸로 가잔말고

위의 ①~④ 모두에서 알 수 있듯이 작가는 향촌사회 내 문제를 개탄적인 어조로 전달하고 있다. '가련할사 빈자로다', '기명을 뉘 게빌고', '호수렴 하단말가', '어디로 가잔말고' 등에서와 같이 작가 는 반복적으로 탄식어조를 발하고 있어 매우 감정적인 상태임을 알 수 있다. ①의 첫 두 행은 촌내 鷄犬을 모조리 공출해간 사실을 서술했다. 이러한 사실의 서술에 이어 제3행에서 '富者는 可커니와 可憐할사 貧者로다' 라고 하여 그 사실에 관한 작가의 견해를 개진 했다. ②는 器皿 공출 때문에 우는 아낙에 관한 사실을 서술했다. 이 어서 '앞뒤집 돌아보니 臘月甑 緣故로다'라 하여 아낙의 말이자 곧

작가의 견해를 개진했다. ③은 戶收斂의 실상을 서술했다. 이어서 '이노름 다시하면 이백성 못살겠네'라 하여 그 사실에 관한 작가의 견해를 개진했다. ④는 유리민의 실상을 서술했다. 이어서 '樂土에 생긴사람 太平盛代 조타하여 安業樂工 하옵더니'라 하여 그 실상에 대한 작가의 견해를 개진했다. 이와 같이 〈합강정가〉는 개탄적인 어조로 향촌사회 내에서 벌어진 사실을 서술하고 이어 그에 관한 작가의 견해를 개진하는 특징을 보인다.

① 일신양역 원통중에 황구충정 가련하다

② 생민가포 더져두고 백골징포 무삼일고 / 황산고총 노방강시 네신세 불상하다 / 너죽은제 몇해관대 가포돈이 어인일고

③ 청상백수 우난과부 그대신세 처량하다 / 전생연분 이생언약 날바리고 어대간고 / 엄동설한 깊은밤의 독숙공방 더욱섧다 / 남산의 짓난밭을 어느대부 갈아주며 / 동원의 닉은술은 뉘다리고 권할소냐 / 어린자식 아비불너 어미간장 다녹인다 / 옆옆에 우난자식 배고파 설운사정 / 가장생각 설운중에 죽은가장 가포난다 / 흉악하다 저주인놈 과부홀목 끄어내어 / 가포돈 더져두고 채사절에 몬저찾아 / 필필히 짜낸베를 탈취하야 가단말가

위의 ①~③은 〈거창가〉의 구절이다. ①에서는 '황구충정'의 사실을 서술했는데, 그에 관해 '원통'이나 '가련하다'라는 어절로 작가의 견해를 개진했다. ②에서도 '백골징포'의 사실을 서술했는데, '무삼일고'라는 어절로 작가의 견해를 개진하고, 이어서 백골이 된

'노방강시'를 생각하며 '불상하다'나 '너죽은제 몇해관대 가포돈이 어인일고'라 하여 작가의 견해를 개진했다. 이와 같이 ①과 ②에서는 민중사실의 구체적 사항은 '황구첨정'이나 '백골징포'와 같은 용어로 간략화시키고 '원통', '가련하다', '무삼일고', '불상하다', '어인일고'와 같은 어절로 정감에 호소하는 작가의 견해를 개진한 것이 특징적으로 드러난다.

〈거창가〉의 이러한 특징은 다음 ③에서도 드러난다. 우선 작가는 청상과부를 들면서 '그대신세 처량하다'라고 자신의 견해를 개진했다. 이어 작가는 청상과부의 신세를 서술함과 동시에 청상과부의 심정을 서정적으로 전달하는데 주력했다. 그리하여 이 부분의 서술은 서정성과 서사성을 동시에 지니게 되었다. 이어 주인놈의 소행을 고발했는데, 작가는 '흉악하다'고 자신의 견해를 단도직입적으로 먼저 개진했다.

이와 같이 〈합강정가〉, 〈거창가〉, 〈민탄가〉 등 현실비판가사의 서술 방식은 향촌사회 내에서 벌어진 사실의 제시, 그에 관한 작가의 견해 개진, 그리고 그에 관한 작가의 개탄적 어조로 이루어졌음을 알 수 있다.

한편 가사문학에서는 병렬적 문체를 자주 사용한다[1]. 병렬적 문체는 4음보 연속의 지리한 흐름 속에서 순간적인 시적 긴장을 불러일으키기 때문에 가사문학에서는 서술의 평면성을 탈피하기 위해 별렬적 문체를 자주 애용하곤 했다. 현실비판가사에서도 병렬적 문체는 자주 사용되었다. 그 가운데서도 〈합강정가〉는 특별히 병렬

---

1 병렬은 서로 상충되는 반대 방향으로 의미가 전개되는 대립적 병렬, 동일한 방향으로 의미전개가 반복되는 점층적 병렬, 그리고 문자체나 문형 구조의 대응인 형태론적 병렬을 모두 포함한다.

적 문체를 많이 사용한 특징을 보인다.

〈合江亭歌〉의 작가는 합강정을 둘러싸고 감사의 잔치와 향민의 고통이 극단적으로 대비되는 현실을 포착하고 그 두 가지 현실을 대비하여 가사로 나타내려 했다. 이렇게 〈합강정가〉의 작가는 대조적인 두 상황을 인식하고 그것을 문체에 적극적으로 반영하고자 했다. 대립적 병렬, 점층적 병렬, 형태론적 병렬로 이루어진 〈합강정가〉의 문체를 살펴보도록 하겠다.

① 千秋聖節 질거우늬 蒼梧暮雲 悲感ᄒ다 / 北闕分憂 夢外事라 南州民瘼 늬알손가 / 飮酒船遊 조흘시고 秋事方劇 顧念ᄒ랴

② 水旱의 傷한百姓 方伯秋巡 바릭기난 / 補民不足 너겨더니 除道擧火 弊端일다 / 水田災도 못엇겨던 綿田災 擧論ᄒ랴 / 벌것한 져民田이 白地徵稅 ᄒ난고나 / 仁慈ᄒ신 우리巡相 일속복사 거렴커든 / 이지다 우리巡相 조분길을 널리늬고

①의 첫 번째 행에서 '天秋聖節'과 '蒼梧暮雲'이, '즐거움'과 '비감함'이 정확히 대립적 병렬을 이루었다[2]. 두 번째 행에서는 '北闕分憂 夢外事라'와 '南州民瘼 늬알손가'가 점층적 병렬을 이루고 있는 가운데, 다시 '북궐분우'와 '남주민막'이, '몽외사라'와 '내알손가'가 점층적 병렬을 이루고 있다[3]. 이러한 동일한 의미의 확장인 점층

---

2 9월 22일은 정조의 탄신일이고, 9월 23일은 인평대군의 묘치제일이므로 '천추성절'이 된다. '창오'는 중국 호남성에 있는 산 이름으로서 순임금이 이곳에서 붕어했다는 산이다. 그러므로 '창오모운'은 태평성대가 끝나 어두운 구름이 가득 덮인 현실을 말한다.
3 '북궐분우'는 나라 일에 걱정이 많은 왕과 조정의 현실을 말하는 것으로 순창과는 멀리 떨어진 현실이다. 그러므로 감사와 수령들은 이것을 꿈에도 생각하지

적 병렬은 대립적 병렬 못지 않게 〈합강정가〉에서 많이 사용되었다. 이어 세 번째 행에서 감사의 '음주선유'와 백성들의 '추사방극'이 대조되어 대립적 병렬을 형성했다.

②에서는 백성의 바람과 실제 현실이 대조를 이루었다. 기근에 고통 받던 읍민들은[4] 감사의 순시에 구휼 즉, '보민부족'을 기대했다. 그런네 백성들은 기대와는 달리 '길을 닦고 횃불을 밝히는(제도거화)' 고역을 해야만 했다. 이렇게 첫 번째와 두 번째 행부터 향민의 기대와 실제로 벌어진 현실이 정확히 대립적 병렬을 이루었다. 다음 두 행에서는 田政의 문제 가운데 給災와 白地徵稅의 현실을 대조하였다. 순창민은 수한이 들어 추수가 부족하였기 때문에 전라감사의 순시에 즈음하여 災結을 얻어낼 수 있지 않을까 기대하였다. 그러나 순창민은 災結은커녕 오히려 白地徵稅만 당했다. 여기서 '水田災'와 '綿田災'가 동일한 의미망에 해당하는 점층적 병렬 관계를, '수전재 및 면전재를 거론하다'와 '白地徵稅를 당하다'가 대립적 병렬 관계를 이루었다. 마지막 두 행에서는 '인자하신 우리 주상은 한 치의 땅이라도 모래에 덮이는 것(일속복사)을 우려한다'와 '우리 순상이 좁은 길을 넓힌다'가 대립적 병렬을 이루었다. 나라 법으로는 한 '束'의 땅이라도 없앨 수 없게 되어 있는데 감사는 길을 넓히느라고 백성의 밭에 모래를 덮어 길을 만들었기 때문이다. 그리고 여기서 소출이 나는 '땅'과 그것을 불가능하게 하는 '모래', '좁다'와 '넓다'가 대조를 이루며 대립적 병렬을 형성했다.

않는다(몽외사). 그렇다고 그들이 가까이 있는 '남도 지역민의 고통 현실(남주민막)'을 생각하냐면 그렇지도 않고 '나 몰라라' 한다는 것이다. 이것은 의미상 서로 대조를 보이는 것이 아니라, 동일한 의미의 확장에 해당한다.

4   실제로 1792년에는 호서지방과 관서지방에 사십 육만 명 이상의 飢民을 내는 기근이 있었다.

이와 같이 〈합강정가〉는 전편을 통해 각 구절에서 대립적 병렬을 특징적으로 많이 사용하고 있다. 피지배층의 고통과 피땀으로 지배층의 잔치가 벌어지는 현실은 분노를 촉발한다. 작가는 분노에 휩싸여 호흡이 빨라지게 됨으로써 낱낱의 사실을 힘 있고 빠르고 강한 필설인 병렬 문체로 고발하게 된 것이다. "巡使의 勝景이요 萬民의 怨讐로다", "民怨니 徹天한틱 風樂이 動地ᄒᄂᆡ", "한사람 豪奢로셔 몃百姓이 이려한고", "富者도 어렵거던 可矜할亽 貧者로다", "만니쥬면 無事하고 적기쥬면 生梗ᄒ다"등의 병렬적 문체는 〈합강정가〉의 현실비판적인 세계와 심층적으로 연결되어 작품 전체의 미학을 구성하는 가장 중요한 요인이라고 할 수 있다.

02 현실비판가사의 장르간 교섭

조선후기 예술사에서는 서로 다른 장르 간의 교섭 양상이 활발하게 진행되었다. 가사문학도 당대 예술사에서 여러 장르와 활발하게 교섭한 양상을 보여준다. 가창되었던 12歌詞가 거의 대부분의 사설을 이미 가사문학에서 가져다 썼고, 가객이 판소리를 부르기 전에 목을 풀기 위해 부르던 판소리 短歌도 거의 대부분의 사설을 가사문학에서 가져다 썼으며, 俗歌, 雜歌, 誦書 등에 사용되는 사설에 가사의 구절이 수용되기도 했다. 소설을 4음보 연속의 가사체로 구성하여 가사와 소설의 교섭양상이 나타나기도 하고, 가사가 시조 장르에, 시조가 가사 장르에, 시조가 민요 장르에, 민요가 시조 장르에 수용된 예도 있게 되었다. 이렇게 하여 19세기 예술사를 구성하고 있는 여러 장르에서는 서로 비슷한 구절들이 혼재해 있는 현상이 특징적으로 드러나게 되었다.

현실비판가사 가운데 〈合江亭歌〉·〈鄕山別曲〉·〈居昌歌〉는 현실비판적인 내용에도 불구하고 많은 이본을 남기고 있을 정도로 유행했던 것같다. 그리하여 향유 단계에서 현실비판가사의 구절이 다른 장르에 수용되는 장르간 교섭양상을 보여주고 있다. 한편 현실비판가사는 창작 단계에서 다른 장르, 혹은 다른 가사 작품의 구절이나 내용을 수용하기도 했다.

여기에서는 현실비판가사의 장르간 교섭 양상을 살펴보고자 한다. 먼저 창작 단계에서 현실비판가사가 다른 장르, 혹은 다른 가사 작품의 구절이나 내용을 수용한 교섭 양상을 살핀다. 〈거창가〉가 다른 가사 작품인 〈태평사〉를 통째로 수용하고 있기 때문에 장르간 교섭 양상을 살피는 이 자리에서 포함하여 다루고자 한다. 그리고 향유 단계에서 현실비판가사의 구절이 타장르에 수용된 교섭양상을 살피고자 한다. 마지막으로 현실비판가사의 장르간 교섭 양상이 지니고 있는 의미를 규명하고자 한다.

A. 창작 단계의 장르 교섭

1) 他 歌辭의 수용

〈거창가〉는 전반부에 〈태평사〉[5]를 통째로 수용했다. '거창가'나

---

5 홍재휴는 〈태평사〉의 제하에 '金大妃'라는 기록을 근거로 〈태평사〉는 1843년에 효현왕후 金氏가 지은 것으로 보았다. 그러나 〈태평사〉는 1841년에 창작된 것으로 확인된다. 작가는 연배가 있는 남성으로서 한양에 거주하며 문필력을 지닌 사족층일 것으로 추정된다. 창작시기와 작가에 대한 자세한 사항은 이 책의 Ⅲ.

'아림가' 등의 제목으로 유통된 〈거창가〉의 이본은 22편이나 되는데, 판소리 단가인 〈민원가〉를 제외하고 모든 이본에서 전반부를 〈태평사〉로 하고 있다. 이 가운데 5편의 이본은 '거창가'라는 제목에도 불구하고 정작 〈거창가〉의 본사설은 없고 〈태평사〉의 사설만 남아 있다. 가사문학에서 다른 가사의 구절을 부분적으로 차용하여 자신의 가사를 시술한 경우를 흔하게 발견할 수 있다. 그러나 이렇게 한 작품을 통째로 가사의 전반부에 배치한 것은 〈거창가〉가 유일하여 매우 특이한 경우라고 할 수 있다.

〈태평사〉의 내용은 거창의 피폐한 현실을 고발하고 지배층을 비판하는 본사설의 내용과 매우 이질적이다. 조선의 지리, 예악문물의 흥성함, 순조의 승하, 헌종의 즉위를 서술한 데 이어 역대 인물의 고사를 통한 인생의 덧없음을 역설한 후, 실컷 놀아 보자는 내용을 담았다.

〈거창가〉의 작가는 이 〈태평사〉를 의도적으로 〈거창가〉 본사설이 시작되기 전에 배치해놓았다. 〈태평사〉와 본사설은 "이러한 太平歲의 아니 놀고 무엇하리 / 朝鮮八百 二十八洲 간곳마다 太平이되 / 어찌타 우리井邑 邑運이 不幸하야 / 一境이 塗炭하고 萬民이 俱蕩이라"라는 구절로 연결되어 있다. 이 연결구는 한양을 포함한 조선 전역이 헌종의 즉위로 축하 분위기 속에서 태평세를 즐기며 있지만 한양과 멀고 먼 거창에서는 백성이 도탄에 빠져 신음하고 있다는 것을 대조적으로 서술한 것이다. 그러므로 〈거창가〉가 전반부에 〈태평사〉를 차용한 것은 〈거창가〉 본사설의 현실비판적 내용을 위장하기 위한 의도도 있었겠지만 무엇보다도 헌종의 즉위식에 즈음한 한양의 태평세 구가를 앞부분에 배치하여 대조적인 거창의 현실을

부록에 실려 있는 「태평사」에서 확인할 수 있을 것이다.

강조하고자 한 의도가 있었기 때문이다. 〈태평사〉를 통해 대조적인 상황을 배치함으로써 거창의 현실을 설득력 있게 전달하고자 한 것이다.

2) 漢文章과의 교섭

〈갑민가〉, 〈향산별곡〉, 〈거창가〉, 〈민탄가〉 등의 작품 내용에는 읍폐의 시정을 건의하는 정소나 의송을 올린 일이 서술되어 있다. 작품 내용에 의하면 향촌 사족층은 소나 의송을 직접 써서 올리기도 하고 읍민을 대신하여 써주기도 했다. 그리하여 현실비판가사의 작가층인 지방하층사족층은 향촌사회 내부에서 벌어진 일을 가사화할 때 그 동안 자신이나 뜻을 같이 하는 다른 사족층이 써왔던 소, 의송, 장계 등의 한문장과 밀접한 관련성을 지니며 창작했을 것이다.

실제로 〈거창가〉는 거창 내 폐단을 서술한 한문장을 근거로 창작되었음을 알 수 있다. 조규익이 상세히 논술한 바에 의하면 〈居昌府弊狀抄〉, 〈取翁政記〉, 〈四哭序〉 등은 거창의 현실을 직접적으로 문제 삼아 쓴 의송문과 한문문학 작품이다[6]. 특히 〈居昌府弊狀抄〉와 〈거창가〉는 매우 밀접한 관련성이 있다. 〈居昌府弊狀抄〉와 〈거창가〉의 내용은 거의 같다. 〈居昌府弊狀抄〉의 서두 부분, 환곡, 결환, 군정, 방채, 창역도, 차일, 남살인명, 부녀원사 및 명분의 문란, 우정, 명임 원징, 학궁 등 내용은 〈거창가〉에도 그대로 나타난다. 이렇게 〈거창가〉는 〈居昌府弊狀抄〉의 내용 중 상당 부분을 국문으로 번역하여 가사체로 서술한 것임을 알 수 있다.

---

6 조규익,『봉건시대 민중의 저항과 고발문학 거창가』, 월인, 2000.

이본 가운데 이현조본A는 〈弊狀〉, 〈取翁政記〉, 〈四哭序〉 등과 함께 실려 전하며, 김현구본은 〈거창가서〉 및 〈사곡〉과 함께 실려 전한다. 한편 임기중본A는 그 내용을 필사해 내려가는 중에 '(一弊), (二弊), (三弊), (一痛), (二痛), (遞), (又一弊)' 등을 기입하고 있어서 〈居昌府弊狀抄〉의 내용 중에 있는 '六弊'나 '三痛' 등을 고려해 표기해 놓았을 것으로 추정된다. 한편 〈거창가〉에는 의송을 썼다가 잡혀 들어간 정자육에 관한 서술[7]에서, 정자육이 썼다는 "八痛狀草"가 거론되었다. 따라서 윤치광이 쓴 것으로 추정되는 〈居昌府弊狀抄〉와 별도로 정자육이 쓴 〈팔통장초〉가 있었음을 알 수 있다. 앞서 살펴본 바와 같이 〈거창가〉와 〈居昌府弊狀抄〉의 내용이 거의 유사하므로 〈거창가〉가 이 폐장을 수용했음은 확실하지만, 〈거창가〉가 〈팔통장초〉도 수용하여 창작되었을 것으로 보여진다.

B. 향유 단계의 장르 교섭

1) 가창 장르와의 교섭

〈거창가〉의 내용은 부분 부분이 나누어서 판소리 단가에 수용되었다. 단가는 가창한다는 연행성을 제외하고 그 사설만 보면 4음보 연속의 형식을 지닌 가사문학의 범주에 속한다. 대부분의 단가가 가사문학에서 그 사설을 구했기 때문인 탓도 있고, 길게 이어지는

---

7 "凶惡ᄒ다 李芳佐야 不測ᄒ다 李芳佐야 / 末別監 所任이며 五十兩니 千兩난냐 / 議送쓰 鄭子育을 굿틱히 잡단말가 / 잡기도 심ᄒ거든 八痛狀草 아샤드려 / 범갓치 셩닌官員 그暴怒 오죽할가 / 아모리 惡刑ᄒ며 千百番 窮問흔들 / 鐵石갓치 구든마암 秋毫나 난草할가 / 居昌一境 모든百姓 上下男女 老少업시 / 비난이다 비난이다 하날났긔 비ᄂ이다 / 議送쓰 져샤람을 自獄放送 뇌여쥬소"

말 놓임이 결국 가사의 형식과 유사해지기 때문이기도 했다.

　판소리를 부르는 현장은 놀이공간이기 때문에 현실비판적인 내용은 단가로 편입될 가능성이 가장 적은 레파토리라고 할 수 있다. 그럼에도 불구하고 〈거창가〉는 판소리 단가로 수용되었다. 〈거창가〉와 관련한 단가를 『唱樂大綱』과 『韓國歌唱大系』[8]에서 뽑아보면 다음과 같다.

수록문헌	제목	순번
『창악대강』	〈太平歌〉	단가 1
	〈樂豊歌〉	단가 2
	〈逆旅歌〉	단가 13
	〈民怨歌〉	단가 14
『한국가창대계』	〈不須嘆〉	단가 4
	〈逆旅歌〉	단가 21

　『창악대강』에는 단가가 30편 실려 있다. 순서대로 단가 1에는 〈거창가〉(〈태평사〉) 맨 앞부분의 내용으로 구성된 〈태평가〉를 실었다. 단가 2에는 〈거창가〉(〈태평사〉) 중반 부분의 내용으로 구성된 〈낙풍가〉를, 단가 13에는 〈거창가〉 본사설의 직전 부분의 내용으로 구성된 〈역려가〉를, 그리고 단가 14에는 〈거창가〉 본사설이 시작하는 부분의 내용으로 구성된 〈민원가〉를 실었다. 〈민원가〉까지 실려 있는 것으로 보아 『창악대강』소재 단가 4편이 사설을 취한 취처는 〈태평사〉가 아니라 〈거창가〉임을 알 수 있다.

　『한국가창대계』에는 단가가 23편 수록되어 있다. 순서대로 단가

8　박헌봉, 『창악대강』, 국악예술학교 출판부, 1966. ; 이창배 편저, 『한국가창대계』, 홍인문화사, 1976.

4에는 〈불수빈〉을, 단가 21에는 〈역려가〉를 실었는데, 이 둘은 시작
하는 부분만 다르고 나머지는 거의 동일한 사설이다[9]. 그리고 단가
21의 〈역려가〉는 『창악대강』소재 〈역려가〉와 같은 것이다.

　『창악대강』에 실려 있는 단가를 중심으로 〈거창가〉와의 관련 양
상을 살펴보기로 하겠다. 단가 1번의 〈태평가〉와 〈거창가〉의 이본
중 하나인 〈정읍군민란시여항청요〉를 대조해 보면 다음과 같다.

　　어와친구 벗님네야 이내한말 들어보소 / 역려같은 천지간에 부유
같은 우리인생 / 초로같이 허황하다 / 우주에 빗겨서서 팔도강산 굽
어보니 / 백두산 일지맥은 삼각산이 되어있고 / 대관령 흐르는물 한
강수 되었서라 / 길맛재 백호되고 왕십리 청룡이라 / 천년산 만년수
에 거룩하다 우리왕기 / 인왕이 주산이요 만리재 외백호라 / --- / 오
영문 장한군병 황석공의 병법이며 / 훈련영 영문포수 오천칠백 칠십
이명 / 제갈무후 진법으로 낱낱이 조련할제 / 남산의 봉화소식 사방
을 밝힐세라 / 장하도다 우리왕기 태평성대 만만대 / 억만대 누리리
라〈태평가〉

　　어와친구 벗님네야 이내말삼 들어보소 / 逆旅같안 天地間의 蜉蝣같
안 우리人生 / 초로같이 스러지니 아니놀고 무엇하리 / 우주의 빗겨
서서 八道江山 굽어보니 / 白頭山 一肢脈의 三角山이 생겨있고 / 大關嶺
흐른물이 漢江水 되어셔라 / 千年山 萬年水의 거룩하다 우리 王基 / 仁
旺山이 主山이요 冠嶽山이 案對로다 / 질마재 白虎되고 往十里 靑龍이
라 / --- / 五營門 장한軍兵 黃石公의 陣法이며 / 訓練營 都監炮手 五天七

9　〈역려가〉는 서두에 단가 〈역대가〉의 일부 사설을 넣고 그 다음 '堯舜禹湯'부터는
　〈불수빈〉의 사설을 그대로 옮겨 놓았다.

百 이른 두명 / 諸葛武侯 八陣圖를 낱낱이 操鍊하니 / 南山의 烽火불은
四方이 要然ᄒ다〈정읍군민란시여항청요〉

앞에 인용한 것은 판소리 단가 〈태평가〉의 시작과 끝부분이다.
단가 〈태평가〉가 뒤에 인용한 가사 〈거창가〉(〈태평사〉)의 구절을 그
대로 끌어다 쓴 것을 한눈에 알 수 있다.
단가 2번의 〈낙풍가〉와 〈정읍군민란시여항청요〉를 대조해보면
다음과 같다.

임진왜란 병자호란 중간의 끼친근심 / 다일러 무엇하리 / 헌원씨
염제로도 치우의 난을당코 / 요순 성덕으로 사흉이 났었으며 / 탕무
의 지치라도 정벌이 있었으니 / 그남은 서절구도 어찌다 기록하리 /
창오산 저믄날에 옥연승천 하시거다 / 하늘같은 대왕대비 일월같은
직성전하 / 태조의 덕이신가 자인왕후 법을 받아 / --- / 서산에 지는
해를 그뉘라서 금지하며 / 동해로 흐르는물 다시오기 어려워라 / 낙
양성 십리허에 높고낮은 저무덤에 / 영웅호걸이 몇몇이며 절대가인
누구누구 / 우락중분 미백년에 소년행락 편시춘이라 / 하물며 태평성
세 아니놀고 무엇하리〈낙풍가〉

壬辰倭亂 丙子胡亂 中間의 지친群心 / 軒猿氏 靈帝로대 蚩尤의 亂을
當코 / 湯武의 聖德으로 征伐이 있었으니 / 그남은 鼠竊狗偸 어찌다 記
錄할가 / 원수로다 원수로다 甲午年 동짓달 / 十三日이 원수로다 / 蒼
梧山 저문날의 玉輦昇天 하시겄다 / 如喪考妣 하난悲懷 深山窮谷 일반
이라 / 하날같은 大王大妃 日月같은 慈聖殿下 / 동해로 흐른물이 다시
오기 어렵도다 / 뒷동산 지난꽃은 明年三月 다시피되 / 우리인생 늙은

後의 다시오기 어렵도다 / 洛陽城 十里許의 높고낮은 저무덤의 / 英雄
豪傑 몇몇이며 絕代佳人 뉘뉘신고 / 憂樂中分 未百年의 少年行樂 片時
春이라〈정읍군민란시여항청요〉

앞에 인용한 것은 판소리 단가 〈낙풍가〉의 시작과 끝부분이다.
단가 〈낙풍가〉가 역시 뒤에 인용한 가사 〈거창가〉(〈태평사〉)의 구절
을 그대로 끌어다 쓴 것을 한눈에 알 수 있다.

『한국가창대계』에 실려 있는 〈불수빈〉과 〈거창가〉를 대조해보도
록 하겠다. 〈불수빈〉의 시작 부분의 사설은 다음과 같다[10].

　　1) 여보아라 소년들아 이내말을 들어보소 / 어제청춘 오늘백발 그
아니 가련한가 / 뒷동산 피는꽃은 명년삼월 다시피되 / 우리인생 늙
어지면 다시청춘 어려워라 2) 개벽후에 내린사적 역력히 들어보소 /
요순우탕 문무주공 공맹안중 정주자는 / 도덕이 관천하사 만고성현
일렀거만 / 미미한 인생들이 저어이 알아보리 3) 강태공과 황석공 사
마양저 손빈오기 / 전필승 공필취는 만공명장 일렀건만 / 한번죽음
못면했네 4) 멱라수 맑은물은 굴삼려의 충혼이요 / 상강수 성긴비는
오자서의 정령이라[11]

위에서 인용한 단가 〈불수빈〉의 구절이 〈거창가〉에는 위에서와

10　〈丈夫歌〉라고도 하는 〈불수빈〉은 첫머리가 '어와 청춘 소년님네 장부가를 들어
　　보소 국내 청년 모아다가 교육계에 넣어두고 각종 학문 교수하여 ---장부가로
　　노래하니 뜻이 깊고 애가 타서 가슴이 답답 목마르다'로 시작한다. 그런데 본래
　　이 첫 대목은 '여보아라 소년들아 이내 말을 들어보소 어제 청춘 오늘 백발 그 아
　　니 가련한가'라고 하던 것을 申在孝가 고친 것이라고 한다. 이창배 편저, 앞의 책,
　　634쪽.
11　이창배 편저, 앞의 책, 633~638쪽.

같이 1)~4)의 순서대로 서술되지는 않았다. 그러나 〈거창가〉에는 1)~4)의 구절이 모두 들어 있기는 하다. 〈거창가〉에 들어 있는 1)~4) 에 해당하는 구절은 다음과 같이 나타난다.

1) 장안유협 소연들아 협탁유락 하련이와 / 틔평곡 격양가이 아동 노래 들오보소 / 오날청춘 늬일백발 낸들어이 모를손야 / 창희일속 우리인싱 후회한들 엇지하리 / 장틔예 고온녀자 네쏫곱다 자랑마라 / 서산이 지는희을 뉘라서 금지하며 / 창희유슈 허른물을 다시오기 뉘 라하리 / 뒷동산천 지은쏫은 명연삼월 다시피되 / 우리인싱 늘근후이 갱소연이 어려워라

2) 게벽호 나린사적 역역히 들어보소 / 요순우탕 문무주공 공명안 증 졔부자은 / 도덕이 관천하사 만고성현 일너시니 / 오만한 우리후 싱 이론말삼 안이로싀

3) 강틔공 황석공은 사마양저 손민오기 / 전필승 고필취이 용병이 며 신하되 / 모치나니 지부풍도 한변죽음 못면ᄒ고

4) 오호이 날인조슈 오자서의 신령이요 / 명나수 창파중이 굴삼여 의 충혼이라

위에서 알 수 있듯이 단가 〈불수빈〉은 〈거창가〉(〈태평사〉)에서 선 택적으로 구절을 채택하여 연결함으로써 사설을 엮었다. 19세기에 인생무상의 주제를 중국의 고사를 인용하여 나타내는 표현은 일종 의 관습적 표현으로 公式性을 띈다. 그러나 단가 〈불수빈〉과 〈거창

가)의 표현은 옛 인물들을 엮어 말을 놓아간 방식에서 거의 일치에 가까운 유사성을 보인다. 따라서 단가 〈불수빈〉이 〈태평사〉의 구절을 따다가 사설을 만든 것이 분명하다고 할 수 있다. 약간씩의 표현 차이는 〈거창가〉의 이본들 사이에서 빚어지는 차이에 준하는 것이다.

『창악대강』에 실려 있는 단가 14의 〈민원가〉는 〈거창가〉의 본사설이 시작되는 부분을 63구의 길이로 축약하여 수용한 것이다. 〈민원가〉의 시작과 마지막 부분을 인용해 보면 다음과 같다.

> 어이타 우리거창 읍운이 불행하여 / 일경이 도탄되고 만민이 구갈
> 하니 / 요순의 성덕으로 사흉이 있었으며 / 제위왕 명감으로 아대부
> 났단말가 / 일월이 밝았건만 복분에 난조로다 / 양춘의 포덕으로 음
> 애에 미칠소냐 / 두승곡 몰수코저 백성만을 예란하니 / 이재가 어인
> 잰가 저자가 재가되고 / 거창이 폐창되고 자개가 망개로다 / 향리가
> 간리되고 태수가 원수로다 / 책방이 취방되고 진사가 자사로다 / 어
> 와세상 사신님네 우리거창 폐단보소 / 자개가 나린후에 온갖폐단 지
> 어내되 / 구중궁궐 멀고멀어 이런민정 모르시니 / --- / 가포중에 낙
> 상포는 가포중의 된가포라 / 많으면 일이백량 적으면 팔십량을 / 해
> 마다 가중하니 이가포 한당번에 / 몇몇집이 파산하뇨 우거양반 김일
> 광은 / 선문포 무삼일고 삼가합천 안의칠곡 / 인읍의 태상납은 열두
> 석량 납금하나 / 본읍의 태상납은 스무량씩 받자하니 / 다같은 왕민
> 으로 국세어이 같지아뇨[12]

위에서 알 수 있듯이 〈민원가〉의 사설은 〈거창가〉의 본사설이 시작하는 부분을 따오면서 시작했다. 그리고 이어지는 〈거창가〉의 내

---

12 박헌봉, 앞의 책, 531~532쪽.

용을 축소하여 수용한 후 낙상포·선문포·태상납 등 거창 내의 가렴주구 현실을 열거하여 개탄하는 것으로 끝을 맺고 있다. 우거 양반 김일광과 그 아내의 자살 사건은 〈거창가〉에서는 자세하게 기록하여 극적 효과를 자아내고 있는 부분이다[13]. 그런데 위의 단가 〈민원가〉에서는 '우거양반 김일광은 선문포 무삼일고'라고 간단하게만 서술했다.

〈거창가〉의 본사설을 수용하고 있는 〈민원가〉는 〈거창가〉의 이본 가운데 가장 짧은 형태의 이본이다. 백성들의 원망을 다룬 내용은 놀이판에 해당하는 판소리 구연현장에서는 어울리지 않는 소재이다. 그럼에도 불구하고 이 사설이 단가에 수용된 것은 앞서 〈거창가〉의 사설이 단가 〈태평가〉, 〈낙풍가〉, 〈역려가〉, 〈불수빈〉 등의 사설로 수용된 덕이라고 해야 할 듯하다. 〈거창가〉가 남도 전역에서 널리 향유되고 특히 호남지방에 전승되어 유행함으로써 판소리 단가의 사설로 내용이 편입된 것으로 보인다.

이상에서 살펴 본 바와 같이 〈거창가〉의 내용은 부분적으로 쪼개져서 여러 편의 단가 사설로 수용되었다. 단가로 부를 수 있는 분량으로 되어야 했기 때문에 〈거창가〉의 내용 중 일부를 떼어내어 각각의 사설로 수용했다. 긴 내용을 갖추고 있는 〈거창가〉가 단가 사

---

13 "凶惡하고 慎한 말을 또다시 들어보소 / 丁酉年 十月달의 적화면의 變이 났네 / 寓居양반 김일광이 宣撫布 당한말가 / 김일광 나간후의 海面任長 收刷판의 / 兩班內庭 달려들어 靑春婦女 끄어내여 / 班常名分 重한 중의 男女有別 至嚴커든 / 狂言悖說 何憾으로 頭髮扶曳 하단말가 / 장하다 저부인이 그 辱을 당한 後의 / 아니죽고 쓸데 없어 손목 끊고 卽死하니 / 白日이 無光하고 靑山이 欲裂이라 / 百年期約 三生緣分 뜬 구름이 되었으며 / 萬里前程 젊은 몸이 一劍下의 죽단말가 / 凶惡하다 面任놈아 너도 또한 사람이라 / 女慕貞烈 굳은 節槪 네라 감히 陵蔑할가 / 萬頃蒼波 물을 길어 이내 분함 시치고져 / 南山綠竹 數를 둔덜 네 罪目을 當할소냐 / 烈女旌門 고사하고 代殺도 못시키니 / 杜鵑聲 細雨 중의 靈魂인들 아니올랴 / 그년 四月 本邑 雨雹 泣血寃痛 아닐런가"〈정읍군민란시여항청요〉

설의 원천으로 기능하고 있음을 알 수 있다.

　한편 〈거창가〉의 본사설은 아니지만 〈태평사〉의 구절 중에서 민
요와의 교섭을 보여주는 부분이 있다.

　　① 公道라니 백발이요 면치못할 죽음이라 / 堯舜禹湯 文武周公 孔孟
顔曾 程朱子는 / 道德이 貫天하여 萬古聖人 일렀건만 / 미미한 人生들
이 저어이 알아보리 / 姜太公 黃石公과 司馬穰苴 孫臏吳起 / 戰必勝 功
必取는 萬古名將 일렀건만 / 한번죽음 못면했네 / 泊羅水 맑은물은 屈
三閭의 충혼이요 / 湘江水 성긴비는 伍子胥의 精靈이라

　　② 統一天下 秦始皇은 阿房宮을 높이짓고 / 萬里長城 쌓은후에 六國
諸侯 朝貢받고 / 三千宮女 시위할제 동남동녀 오백인을 / 三神山 不死
藥을 구하려고 보낸후에 / 소식조차 頓絕하고 砂丘平臺 저문날에 / 驪
山荒草 뿐이로다 아서라 쓸데없다 / 富貴功名 뜬구름이니 아니놀고
어이하리[14]

　　③ 공도라니 백발이요 못면할손 죽음이라 / 천황지황 인황후에 요
순우탕 문무주공 / 성덕없어 붕하시며 어리도다 진시황은 / 만리장성
굳이쌓고 아방궁을 높이짓고 / 육국제후 조공받고 삼천궁녀 시위할
제 / 동남동녀 오백인을 삼신산 불사약을 / 구하려고 보낸후에 소식
조차 돈절하고 / 사구평대 저문날에 여산황초 뿐이로구나[15]

　　④ 낙양성 십리허에 높고낮은 저무덤에 / 영웅호걸이 몇몇이며 절

14　이창배 편저, 앞의 책, 766쪽.
15　앞의 책, 849쪽.

대가인이 누구누구냐 / 우리도 아차 죽어지면 저모양이 될터이니 /
살아생전 먹고쓰고 거드럭거리고 놀아보자[16]

위에서 인용한 ①과 ②는 『한국가창대계』에 실려 있는 〈창부타
령〉의 일련번호 27)과 28)번 사설이다. 〈창부타령〉의 사설은 대부분
가사에서 따다가 쓴 것으로 나타난다. 〈창부타령〉의 27)과 28)번 사
설은 가사 〈거창가〉(〈태평사〉)의 내용과 일치한다. 노래의 창곡에
맞게 사설을 얹었으므로 정확한 4·4조 연속이 깨지는 경우도 생
기게 되었다. 다음에 인용한 ③은 『한국가창대계』에 실려 있는 평
안도 민요 〈엮음수심가〉의 24)번 사설이다. 사설의 주제는 인생무
상으로 〈거창가〉(〈태평사〉)의 구절을 적당히 선택하여 사설을 구성
했다. 마지막으로 인용한 ④는 『한국가창대계』에 실려 있는 경상도
민요 〈성주풀이〉의 6)번 사설이다. 전반부의 사설에 〈거창가〉(〈태평
사〉)의 구절이 수용되어 있음을 알 수 있다.

노동요가 아닌 대중적인 민요의 사설에는 특징적으로 인생무
상·향락의 주제를 담은 구절이 많이 들어 있다. 위에서 살펴본 바
와 같이 이러한 민요의 사설 중 일부가 〈거창가〉(〈태평사〉)의 구절
을 수용한 것으로 나타난다. 이것을 가사 〈태평사〉를 창작할 때 당
시 유행한 민요의 사설을 수용하여 빚어진 것이라고 볼 수도 있다.
그러나 앞서 살펴본 바와 같이 단가에서 〈거창가〉(〈태평사〉)의 내용
을 쪼개서 사설을 구성한 것처럼 대중적 민요의 창자가 당시의 가
사문학에서 사설을 선택적으로 취함으로써 동일한 구절이 있게 된
것이라고 보는 것이 더 합리적이다. 그리하여 19세기 예술사에서
전반적으로 인생무상·향락적 주제가 풍미하게 된 것이라고 할 수

16 앞의 책, 871쪽.

있다.

한편 〈합강정가〉도 노래의 레파토리로 채택되어 가창되었던 것으로 보인다. 〈합강정가〉의 이본 가운데 아악부가집본, 가집본, 악부본은 가집에 수록되어 있는 것으로 가창되었음을 알 수 있다. 특히 악부본은 24구의 짧은 형태를 지녀, 〈합강정가〉를 가창하기 좋게 짧은 형태로 변형했음을 말해준다. 내용은 〈합강정가〉의 전반부만을 발췌하여 수용했다. 가창하였던 형식이 판소리 단가였는지, 아니면 歌詞나 雜歌였는지는 알 수 없다. 다만 〈居昌歌〉의 구절들이 쪼개져서 〈민원가〉, 〈불수빈〉 등의 판소리 단가로 채택되었던 점을 감안한다면 악부본은 판소리 단가로 가창되었을 가능성이 크다. 이 작품이 판소리의 고장인 전라도 순창 지역에서 창작된 작품이므로 이 가능성은 더 높아진다고 하겠다.

2) 時調와의 교섭

李世輔(1832~1895)는 『風雅』, 『詩歌』 등의 시조집에 458수의 시조를 남긴 시조 작가이다. 양적으로 엄청난 수의 시조를 남기고 있을 뿐만 아니라 현실비판적인 시조도 다수 지어 시조문학사에서 중요한 전환점을 이루어 놓은 시조 작가이다[17]. 『風雅』에 400여수의 시조를 싣고 있는데 가곡에 따라 분류하지 않고 내용 및 주제에 따라 엮어 놓아 작가 스스로 시조의 의미에 상당한 관심을 두었음을 보여준다.[18] 그의 시조 가운데 관료나 三政의 문란을 비판하고 농민의 고통을 그린 시조 작품은 60여수를 넘는다. 숫자상으로는 그의 전

---

17 진동혁, 『이세보시조연구』, 집문당, 1983.
18 나정순, 「시조장르의 시대적 변모와 그 의미」, 이화여대 박사학위논문, 1989, 95쪽.

체 작품 가운데 15%에 지나지 않는다고 할 수도 있으나 왕족이라고 하는 그의 신분에 비추어 볼 때, 그리고 여타의 시조 작가의 작품 양상과 대비해 볼 때 상당한 분량이며, 또 그 작품 세계는 이런 수치 이상의 의미를 갖는다고 할 수 있다.

그런데 주목할 만한 점은 〈향산별곡〉이 이세보의 현실비판적인 시조 안에 수용되어 있다는 것이다.

> ① 져빅셩의 거동보쇼 지고싯고 드러와셔
> 한셤쑬을 밧치랴면 두셤쑬리 부득이라
> 약간농ᄉ 지엿슨들 그무엇슬 먹ᄌᄒ리 (296)[19]

> ② 불상홀ᄉ 백셩이여 잔잉할ᄉ 백셩이여 / 빅셩의말 들어보소 목이메어 ᄒᄂ말이 / 대한소한 한치위에 벗고굼고 사라나셔 / 뎡이월이 다다르면 환상셩칙 감결보고 / ᄌ루망태 엽희ᄎ고 허위허위 들어가셔 / 너말타면 셔말되고 셔말타면 두말되고 / 허다소슬 살어나니 그무어슬 먹ᄌ말고

①은 『주석 이세보 시조집』에 실려 있는 296번 시조로 추수 후 환곡을 갚는 백성들의 현실을 노래했다. ②는 〈향산별곡〉의 구절로 정이월 환곡을 타는 백성들의 참상을 서술했다. 이렇게 이세보의 시조에서는 환곡을 갚을 때, 〈향산별곡〉에서는 환곡을 탈 때의 장면을 담고 있지만, 환곡과 관련한 시상의 전개가 일치한다. 특히 ①에서 "져빅셩의 거동보쇼"와 ②에서 "빅셩의말 들어보소"가, ①에서 "지고싯

19　秦東赫, 『注釋 李世輔 時調集』, 정음사, 1985. 번호는 이 책에 기재되어 있는 것을 그대로 따랐다.

고 드러와셔"와 ②에서 "ᄌ루망태 엽희ᄎ고 허위허위 들어가셔"가, ①에서 "그무엇슬 먹ᄌᄒ리"와 ②에서 "그무어슬 먹ᄌ말고"가 구절이 거의 같게 나타난다. 그리고 ①에서 "한셤쏠을 밧치랴면 두셤쏠리 부독이라"와 ②에서 "너말타면 셔말되고 셔말타면 두말되고"가 시기적으로는 서로 다르지만, 구문의 형태와 시상의 전개가 일치하고 있다. 비교적 긴 장면의 묘사가 가능한 가사의 어느 한 대목을 시조라는 짧은 형식에 맞게 변형시켜 수용하였음을 알 수 있다.

> ① 가련ᄒ다 우리인싱 이싱이를 어이ᄒ리
> 칠월더위 공마모리 섣달치위 납토산영
> 그중의 연호잡역은 몃가진고(306)

> ② ᄌ딜홀사 구실리야 어이그리 만토던고 / 뗴여덕의 동화쥴이 배
> 지갑셰 댱목가의 / 시쵸료강 티계들과 유텽디디 홰쇼갑과 / 틸월더위
> 국마모리 셧달티위 납토손영

①은 『주석 이세보 시조집』에 실려 있는 306번 시조이고, ②는 〈향산별곡〉의 구절이다. "칠월더위 공마모리 셧달치위 납토산영"이라는 구절이 ①과 ②에 모두 나온다. 그리고 ①의 종장이 ②의 첫째 행과 유사하다. 이세보의 시조가 〈향산별곡〉을 본 후 그 시상의 전개를 염두에 두고 사설을 엮으면서 한 구절은 그대로 따다가 쓰기도 한 것임을 알 수 있다.

> ① 칠월결리 다다르니 쇼지빅활 쎠알왼다
> 빅골도 지원커든 일신양역 무삼일고

군정식 요통이요 원님은 샹긔로다(292)

② 당의거셔 됴희ᄉ셔 글ᄒᄂ디 겨우비러 / 원통소디 써가디고 관
문밧긔 다다르니 / 문득ᄉ령 마죠셔셔 당목지쵹 무솜일고 / 갓가스로
틈을타셔 소지빅활 써알외니 / 관가님 보시더가 앙텬디소 ᄒ시면셔 /
셔원알디 내아나냐 믈러셔라 호령ᄒ니 / 급당ᄉ령 내달려셔 듀당으
로 쏙뒤질러 / 독불이디 내쳐주니 헐일인들 이실손가

①은 『주석 이세보 시조집』에 실려 있는 292번 시조이고, ②는
〈향산별곡〉의 구절이다. ①과 ②는 모두 칠팔월에 각종세에 시달리
다 억울하여 원님에게 '소지백활 써알외'지만 무시만 당하고 쫓겨
나오고 말았다는 내용을 담고 있다. ①에서 '군정식 요통이요'이라
는 구절은 ②의 '급당ᄉ령 내달려셔 듀당으로 쏙뒤질러 / 독불이디
내쳐주니 헐일인들 이실손가'라는 구절의 요약 표현이고, ①에서
'원님은 샹긔로다'라는 구절은 ②의 '관가님 보시더가 앙텬디소 ᄒ
시면셔 / 셔원알디 내아나냐 믈러셔라 호령ᄒ니'라는 구절의 요약
표현이라고 할 수 있다. 역시 〈향산별곡〉의 구절을 기반으로 하여
시조를 창작한 것임을 충분히 짐작할 수 있다.

탐학슈령 드러보소 입시날 칠ᄉ강을 뜻알고 ᄒ엿쓴가
셩밧글 써나셔면 어이그리 실진할고
져런병의 먹는약은 신농씨도 모르련이(297)

위는 『주석 이세보 시조집』에 실려 있는 297번 시조이다. 이 시조
는 〈향산별곡〉의 구절을 직접적으로 수용한 흔적이 없어 〈향산별곡〉

과의 관련성이 쉽게 드러나지 않는다. 그러나 '셩밧글 쩌나셔면 어이그리 실진한고'에 이어 '져런병의 먹는약은'으로 진행되는 의미의 맥락은 〈향산별곡〉에서 '도임들을 ㅎ신후의 어이저리 달ᄂᆫ고'에 이어 그러한 병에 쓰는 약을 指路형식으로 가르쳐 주는 것과 일치한다. 시상의 전개가 〈향산별곡〉의 것을 수용했다고 할 수 있다.

이와 같이 이세보의 시조 가운데 현실비판적 내용을 담은 시조 몇 편에서 〈향산별곡〉의 구절을 직접적으로 수용하거나 시상의 전개를 본따고 있음이 드러난다. 이와 같은 이세보의 시조는 대체적으로 〈향산별곡〉에서 서술하고 있는 장면을 바탕으로 구절들을 차용하면서 의미의 맥락을 일치시키는 방향으로 수용하고 있는 양상을 보인다.

시조와 가사의 장르 교섭이 일어나면서 이세보의 시조는 형식면에서 변화도 일어나게 되었다. 〈향산별곡〉은 형식상 4·4조를 엄격히 지킨 점이 특징이다. 위에서 살펴본 이세보의 시조에서도 4·4조의 음수율에서 그리 벗어나지 않고 있는 점이 발견된다. 296번 시조는 정확히 4·4조 형식으로만 이루어져 있고, 306번 시조는 종장에서만 4·4조에서 벗어나고 있다. 297번의 시조는 거의 대부분이 4·4조의 음수율 형태를 지니고 있는 가운데, 초장이 비정상적으로 길어졌다. 여기서 초장은 〈향산별곡〉의 내용을 그대로 살리기 위해 평시조의 음수율에서 비정상적으로 길어진 형태를 취하게 되었다고 할 수 있다.

C. 장르간 교섭의 의미

이상으로 현실비판가사의 장르 간 교섭 양상을 살펴보았다. 현실비판가사 가운데 장르간 교섭 양상이 활발하게 일어난 작품은 〈거창가〉와 〈향산별곡〉으로 나타난다. 특히 〈거창가〉가 장르 간 교섭양상을 활발히 보여준 것으로 나타난다. 현실비판가사의 장르간 교섭 양상이 의미하는 바를 정리하면 다음과 같다.

첫째, 현실비판가사의 장르 간 교섭 양상이 단계적, 중층적으로 이루어졌다는 것이다. 〈거창가〉는 한문장, 의송, 그리고 통문과 연관하여 창작되어 지식인과 향촌민 사이의 소통 역할을 수행하였다. 그리고 〈거창가〉는 전혀 다른 가사 작품인 〈태평사〉를 통째로 앞에다 배치하여 본사설에서 전하고자 하는 내용의 설득적 효과를 노리기도 했다. 이후 〈거창가〉는 향유가 계속되면서 남도지역에서 유행하게 되어 단가의 사설로 수용되기도 했으며, 민요의 사설에도 구절의 일부가 편입해 들어가게 되었다. 이렇게 현실비판가사와 한문장 및 다른 가사와의 교섭은 창작의 일차적 단계에서 의도적으로 이루어졌고, 시조나 단가와의 교섭은 유통의 2차적 단계에서 역시 의도적으로 이루어졌으며, 민요와의 교섭은 유통의 3차적 단계에서 무작위적으로 이루어졌다. 〈거창가〉의 유통에 의해 직접적으로 장르 교섭이 이루어지기도 했고, 단가와 같은 2차적 단계의 교섭에 힘입어 3차적 교섭이 이루어지기도 했다. 이렇게 〈거창가〉의 장르간 교섭 양상은 단계적, 중층적으로 이루어졌다고 할 수 있다.

둘째, 장르간 교섭의 원동력은 현실비판가사 자체가 창작 지역을 중심으로 적극적으로 향유되고 유행한데에 있다는 것이다. 현실비판가사가 향촌 내 가렴주구 현실을 고발하는 비판적인 내용에도 불구하고 다른 장르와의 교섭이 가능했던 것은 19세기 당대인들에게 현실비판가사가 적극적으로 향유되고 유행되었기 때문이었다. 〈거창가〉는 총 22편의 이본이 남아 있을 정도로 향유가 활발

하여, 경상도에서 생산된 〈거창가〉가 전라도로 가서 〈정읍군민란시
여항청요〉라는 이본을 생성하기도 하면서 남도전역에서 유행했다.
〈合江亭歌〉도 전라도 지역을 중심으로 하여 향유가 매우 활발했다.
그리하여 항상 레파토리를 바꾸는 판소리 단가에서는 당시에 남도
지방에서 유행하던 〈거창가〉나 〈합강정가〉를 포착하고 그 사설을
따와 사설로 구성했다. 〈향산별곡〉은 북방지역에서 창작되어 강원
도와 수도권 지역에서도 활발하게 향유되었다. 이세보는 왕족으로
서울에서 환로를 거쳐 29세 때인 1860년에 전라도 강진에 유배되
어 이 시조들을 지었다. 그런데 이세보가 전라도에 유배를 당해서
야 비로소 〈향산별곡〉을 처음 접했을 것 같지는 않고, 그의 생활 근
거지였던 서울에서부터 〈향산별곡〉을 접해 보았다고 함이 타당할
듯하다. 이렇게 〈향산별곡〉이 넓게 향유되는 과정에서 상층사족인
이세보도 향유하게 됨으로써 구절의 일부, 혹은 시상의 전개가 그
의 시조에 수용되었던 것이다.

　이와 같이 〈거창가〉와 〈합강정가〉는 남도지역에서 활발하게 향
유됨으로써 단가에 수용될 수 있게 되었고, 〈향산별곡〉은 수도권에
서 활발하게 향유됨으로써 이세보의 시조에 수용될 수 있었다고
할 수 있다. 이렇게 현실비판가사의 장르간 교섭은 현실비판가사
가 창작 지역을 중심으로 적극적으로 향유되고 유행함으로써 이루
어질 수 있었다.

　셋째, 현실비판가사의 장르 교섭 양상에서 주목할 만한 점은 교
섭이 이루어진 내용이 인생무상적·향락적인 주제에 치우친다는
것이다. 이러한 점은 〈거창가〉의 교섭 양상에서 두드러지게 드러난
다. 〈거창가〉에서 차례로 단가로 수용된 것이 4편인데, 이 가운데 3
편이 전반부 〈태평사〉의 사설로 구성되었다. 〈태평사〉는 체제 비판

적이고 현실 개혁적인 본사설과 달리 체제 수호적이고 향락적·인생무상적이다. 그리고 민요의 사설에 수용된 〈거창가〉의 사설도 〈태평사〉 부분의 것, 즉 향락적·인생무상적인 것만 있다. 이렇게 현실비판가사의 장르 교섭 양상에서 주로 향락적·인생무상적인 주제만 교섭이 일어난 현상은 19세기 예술사에서 대중문화의 흥성과 관련한다. 당시 판소리, 잡가, 민요 등 대중문화의 공연현장에서 인생은 무상하니 놀아 보자는 향락적·인생무상적 분위기가 팽배해 있었기 때문에 이러한 주제를 중심으로 이들 장르에 수용될 수 있었다고 할 수 있다.

넷째, 조선후기 예술사에서 장르 교섭이 활발하게 전개되었는데, 가사문학이 문학적 원천의 역할을 수행했다는 것이다. 조선후기 가사문학은 실로 다양한 양상으로 전개되었다. 무명씨작이 엄청나게 쏟아져 나오면서 서민 지향의 가사들도 나오게 되었다. 자연가사, 기행가사, 유배가사, 교훈가사, 농부가사, 풍속가사, 역사가사, 애정가사, 규방가사, 현실비판가사, 불교가사 등의 유형이 양산됨으로써 표현의 보고라고 할 수 있을 정도로 많은 관습구가 축적되게 되었다. 이러한 가사문학의 관습구는 당대 장르 교섭에서 문학적 표현 구절의 원천으로 작용했던 것같다. 작가를 알 수 없는 다수의 가사작품은 원작에 대한 구속력도 희박했기 때문에 쉽게 다른 장르에서 사용할 수 있기도 했다. 19세기 가사문학은 당대의 관습적 표현들을 총망라해 지니고 있음으로써 다른 장르가 언제든지 꺼내어 쓸 수 있는 문학적 기층으로 작용한 것이라고 할 수 있다.

현실비판가사 연구

제5장

역사적 성격과 가사문학사적 의의

01 현실비판가사의 역사적 성격

A. 현실인식의 의미

현실비판가사에서 작가의 현실인식은 일정 정도 통일적인 세계관[1]에 기초한다. 그리고 작품에 따라서 특별히 다른 세계관적 기초를 보이고 있는 양상을 지닌다. 현실비판가사의 작가층인 지방하층사족층이 지니고 있었던 현실 인식의 의미를 차례로 살펴보도록 하겠다.

---

[1] 골드만은 세계관을 '한 그룹의 구성원들을 결합시키고 그들을 다른 그룹과 대립시켜 주는 동경, 감정, 사상의 총체'라고 규정하였다. 이 연구에서도 '개념적 감성적인 최대한도의 명확성을 얻은 집단의식의 형상'이라는 측면에서 현실인식, 역사인식, 정치의식을 포괄하는 개념으로 사용하였다. 루시앙 골드만, 『숨은 神』, 송기형·정과리 옮김, 인동, 1980.

三政의 문란으로 대표되는 19세기의 농촌 현실은 극한적 상황에 치닫고 있었다. 그리고 국왕은 물론 朝·野의 지식인 모두가 이러한 농촌의 현실에 대해 문제의식을 지니고 있었던 때이기도 하였다. 농촌의 문제가 곧 국가적 문제로 인식되어져 우려의 목소리가 높아 있었고, 농촌사회 붕괴에 대한 위기의식이 고조될 대로 고조되어 있었다. 그러나 당시의 농촌현실에 대한 거국적인 관심과 우려에도 불구하고 이에 관한 지배층 내부의 근본적인 대책 수립은 지극히 미온적이었으며, 농촌사회 전반에 걸쳐서 자행되던 농민 수탈은 더욱 더 심각해져만 가고 있었다. 당시 농촌사회가 안고 있는 문제를 해결하는 것은 그리 간단한 것이 아니었다. 사회신분제의 붕괴, 상업 자본주의의 침투, 농업기술의 발전, 그리고 도회지의 형성 등과 같은 봉건사회 해체기의 제반 사회 현상과 얽혀져 있는 것이기도 하였다. 그리하여 농촌문제에 대한 해결책도 이러한 사회구조의 변화를 고려한 근본적인 대책이어야만 했다.

현실비판가사의 작가층인 지방하층사족층은 일단 각 향촌사회를 중심으로 수탈 현실을 고발하고 지배층을 비판하는 것으로 해결의 실마리를 찾고자 했다. 그런데 이들이 농민 수탈의 현실을 고발하는 사고의 바탕에는 전통적이고 원칙론적인 農本主義의 틀이 유지되고 있었다. 작가층의 현실인식은 농촌사회 안에만 머물러 있었다. 예를 들어 작가는 유리민의 참상을 서술하고, 유리민이 향촌을 이탈함으로써 초래하는 사회 병리적 현상에 대하여 대단한 우려를 표명했다. 조선후기 자본주의의 맹아와 관련하여 농촌사회와 도회지가 어떠한 모습으로 탈바꿈해나가야 할지에 관한 구조적 시각은 가지지 못하고, 농업을 중심으로 하는 향촌사회 중심 시각이 견고하게 작용하여 농촌사회의 붕괴를 심각하게 우려하는 인식을 드러내고 있다. 이러한 향촌사회를 중심으로 한 농본주의적 현실인식은 작가층의 관심이 농업 중심사회인 각 향촌사회 내부에 국한되어 있었기 때문에 나온 결과라고 할 수 있다.

한편 지방하층사족층은 가사에서 유교적 명분을 내세워 지배층을 비판하곤 했다. 작가층이 내세우고 있는 것 가운데 가장 중심을 이루고 있는 것은 위민의식이라고 할 수 있다. 작가층은 목민관의 위민의식에 반하여 탐학만 하는 지배층에 대해 노골적으로 반감을 표명했다. 위민의식은 봉건사회에서 가장 기본적인 통치 원리였지만, 이러한 통치 원리가 잊혀진지 오래되었으므로 작가층은 순수한 정의감을 가지고 이들의 탐학을 비판하고 있는 것이다. 수령과 아전층의 수탈 행위는 근본적으로 자본논리의 침투나 경제 가치의 우선 논리에 따라 벌어졌던 인간행위의 제반 현상이기도 했다. 특히 아전층의 경우 경제 가치를 최우선으로 추구하여 새로운 사회 계층으로 성장하는 층이었다. 수령과 아전층은 농민 수탈을 통한 치부를 바탕으로 계층적으로 성장해가고 있었다. 조선후기 경제가치가 급부상하면서 사회 계층 간의 변화가 급속하게 이루어지는 가운데 작가층은 선비의 정의감으로 자신들이 지켜온 가장 순수한 이념인 위민의식을 내세우고 있었던 것이다.

그런데 이외 지배층의 소행을 비판하는 가운데 내세우는 유교적 명분들이 있다. 〈합강정가〉에서 작가는 감사의 잔치가 國忌日에 벌어졌음을 개탄했다. 작가가 이것을 내세운 것은 감사의 순시가 국기일에 벌어졌으므로 비판의 호재가 되었기 때문이라고 이해할 수 있다. 그리고 해면 임장이 우거 양반 김일광의 내정에 달려들어 부녀를 끌어내는 사실의 서술에서 '班常名分 重한 중의 男女有別 至嚴 거든'과 같이 유교적 윤리를 앞세운 경우도 있다. 작가는 욕을 당하자 손목을 끊고 即死한 부인에 대해서 '장하다'고 부인의 貞烈을 칭송하고, 任長에 대해서는 '임장놈'이라 하여 노골적으로 비난을 가했다. 이러한 아전층의 행위가 패륜적이었음은 분명하다. 그런데 내세우고 있는 '班常名分', '男女有別'등의 명분과 자살한 부인에 대한 '장하다'는 표현은 사건의 심각성이나 현실의 무게에 비한다면 다소 공허하게 들림은 부인할 수 없다. 치부에만 몰두하는 아전층이 세력 없고 가난한 양반을 능욕하는 단계에까지 이른 사회의 변화 상황에 지방하층사족층이 얼마나 당황하고 있었는가를 단적으로 보여준다.

이러한 현실비판가사의 작가층이 내세운 유교적 명분의 주장은 봉건적인 의미만을 지니지 않는다. 물론 유교적 명분이 비판의 근거로 이용된 경우도 있고 현실상황에 비추어 볼 때 공허하게 느껴질 정도로 그 주장이 타당성을 잃은 경우도 있었다. 그리고 원칙론적으로 위민의식의 회복을 주장하고 있는 점도 인식의 단순성으로 비추어질 수 있다. 그러나 위민의식은 현재도 긍정적인 가치로 정의로 통한다. 이들의 위민의식이 유교적 표피를 입고 있는 것은 사실이지만 그렇다고 해서 봉건사회를 수구하는 것이라고 할 수는 없다. 춘향의 烈이 봉건적 의미의 烈이 아니라 '내부적으로는 다른 내용을 담고 있는 것'[2]처럼, 그리고 동학가사에서의 유교적 교훈성이 봉건적 질서로의 회귀를 의미하지 않는 것처럼 현실비판가사에서 주장하는 위민의식도 봉건적 의미로만 볼 수는 없다. 治者의 윤리의식과 도덕성을 회복하자는 것에는 향민을 위하는 사회를 건설하자는 의지가 들어 있다. 현실비판가사의 작가층은 농민들의 생

---

2 박희병, 「춘향전의 역사적 성격 분석」, 『전환기의 동아시아 문학』, 창작과 비평사, 1985.

존권이 보장되고, 농민들의 저항행위가 묵살되지 않는 보다 낳은 세계로의 진입을 위해서는 위민의식의 회복이 무엇보다 절실한 것이라고 파악한 것이다.

한편 현실비판가사의 작자층은 작품에서 자신이 속하는 향반층에 대해서는 거의 비판을 하지 않았다. 당시 향민들은 소작농이 대부분이어서 지주에게 소작료를 내야 하는 고통도 수반하고 있었다. 그런데 현실비판가사의 작가층은 향민에 대한 양반층의 횡포에 대해서는 거의 언급을 하지 않았다. 이 점을 두고 지방하층사족층이 지닌 현실인식의 한계로 곧바로 지적할 수는 없는데, 이 점은 당대 향반층이 처한 상황과 연관하여 살펴볼 필요가 있다.

조선후기로 가면 각 향촌사회 내에서는 공납화가 전개되었다. 즉 수령과 아전층이 포흠한 것이 많아지면 각 향촌사회에서는 그 부족분을 향민들에게 나누어 내개 하는 일이 잦아졌다. 그리고 향회와 같은 공론의 장을 통해 공납화의 문제가 논의되는데 향민과 사족층의 참여가 필수적이었다. 그런데 조선후기 향촌사회 내의 상황은 차츰 사족층도 공납화의 세금을 내는 방향으로 나아갔다. 따라서 향촌사회 내 사족층의 경우 수령과 아전층의 포흠 부분을 나누어 분담해야 하는 사정이 향민과 마찬가지였다. 그리하여 이 시기에 향민과 연대하여 반관적 향촌반란운동이나 대규모 민란에 참여한 사족층이 많게 되었던 것이다. 이와 같이 현실비판가사의 작가층인 지방하층사족은 수탈을 자행하는 관권에 저항하기 위해서는 향민과의 연대뿐만 아니라 향촌 내 사족층과의 연대가 필요했기 때문에 향반층에 대한 비판을 하지 않았던 것이라고 할 수 있다.

현실비판가사의 작가층은 현읍 수령의 통치 행위를 비판하면서 궁극적으로 그러한 통치행위와 폐단정치를 하지 않는 善治者가 도래하기를 기대했다. 〈갑민가〉에서 갑산민은 북청부사와 같은 善治者를 찾아 유리도망을 선택했다. 성대중과 같은 善治者는 작가의 정치철학을 말해 주고자 제시된 인물로 보인다. 북청부사의 존재는 유리행위 당사자들이 건전한 향촌민으로서 사회적 책임을 담당하려는 자세가 있음을 보여주어 유리행위가 정당화될 수 있다는 한 근거로써 설정된 인물이다. 그리고 이러한 선치자가 있을 때 사회는 다시 안정을 찾을 수 있을 것이라는 작가의 정치철학을 보여주기 위해 설정된 선치자이다. 〈합강정가〉에서는 '一人義士'를 기대했다. 작가가 '일인의사'를 기대하는 대목은 과거장에 대한 비판이나 감사에 대한 빈정거림 속에서 서술되어 있다. 그리하여 '일인의사'에 덧붙여져 있는 '일인'의 의미는 '한 사람의 선치자도 없단 말인가'라는 한탄적 의미를 지닌다. 따라서 백성의 고혈을 빨아가며 잔치를 벌이고 즐기는 현재의 목민관과는 다른 선치자를 의미한다.

이러한 작가의 선치자에 대한 기대도 봉건사회로의 복귀를 의미하지는 않는다고 판단된다. 우선 선치자는 현재도 가장 중요하게 생각하는 가치이다. 그리고 현읍 수령에 대한 비판을 전제로 하여 그렇지 않은 선치자를 기대하는 것이기 때문에 선치자의 형상에는 당대 변화하는 향촌사회의 현실에 대응하여 자신들의 요구를 관철시키고 관에 저항하는 향민을 수용하는 형상이 포함되어 있다. 이렇게 현실비판가사의 작가층이 생각하는 선치자가 성장된 민중의 힘을 인정하는 형상을 지니고 있으므로 선치자에 대한 기대는 봉건사회로의 회귀를 의미하지는 않는다.

이러한 선치자에 대한 기대는 왕에 대한 지향과 맞물려 있다. 현실비판가사의 작가층은 善治者를 기대하는데, 그러한 기대를 실현

시켜 줄 수 있는 사람으로 왕을 설정하고 있다. 현실비판가사에서
는 농민의 현실을 고발하고 비판하는데 치중하였으므로 왕에 대한
지향은 상대적으로 약화된 형태로 나타났지만, 간단한 언급 속에
서나마 왕에 대한 지향을 드러내고 있다. 현실비판가사에서 작가
의 왕에 대한 인식은 봉건적 절대군주로서의 모습을 여전히 유지
하고 있다. 〈합강정가〉에서 '인자할사 우리主上 一束履沙 爲念커든'
이라는 구절이나 〈향산별곡〉에서 '자내일들 하는거동 우리성상 아
르시면 원찬들도 하려니와'라는 구절에서 보이듯이 왕은 위민의
절대선과 절대 권력을 소유한 봉건적 군주의 모습으로 나타난다.
〈거창가〉에서도 암행어사와 금부도사를 내려보내 주기를 북향하
는 기러기를 매개로 하여 왕에게 기대했다. 그런데 현실비판가사
의 작가층은 동시에 왕이 현실적 문제를 타개하는데 있어서는 무
능한 존재라는 인식을 지니고 있었다. 이러한 점은 '나라님긔 알외
지니 九重千門 머러잇고 堯舜 갓듯 우리 聖主 日月갓티 밝그신들 불
沾聖化 이극邊의 覆盆下라 빗췰소냐'라는 관습구적 표현에서 익히
알 수 있다.

왕에 대한 먼 존재로서의 인식은 비단 현실비판가사에만 보이고
있는 것이 아니었다. 당대 농민의 현실을 다루고 있는 한시[3]에서도
보편적으로 나타나는 것이다. 수령체제로 운영되던 봉건사회에서
향촌 내 부조리한 현실을 경험하게 될 때 당대인이 보편적으로 지
니고 있었던 왕에 대한 인식이었다. 이렇게 왕의 권력을 인정한 인

---

3 다산의 〈奉旨廉察 到績城村舍作〉에도 먼 존재로서의 왕에대한 인식이 서술되어
   있다. "나졸놈들 오는 것만 겁날 뿐이지/관가 곧장 맞을 일 두려워 않네/오호라
   이런 집이 천지에 가득한데/구중궁궐 깊고 멀어 어찌 다 살펴보랴/漢나라 벼슬
   인 直指使者는/三千石 관리라도 마음대로 처분했네/" (…只邏卒到門扉 不愁縣閣
   受笞撻 嗚呼此屋滿天地 九重如海那盡察 直指使者漢時官 吏二千石專黜殺…) 송재
   소 역주, 『다산시선』, 창작과비평사, 1981, 63~65쪽.

식은 봉건체제 하 지식인이 모두가 지니고 있었던 것으로 20세기 초반 대한제국기까지 변함없이 유지되어온 것이었다. 새로운 체제에 대한 전망이 없는 가운데 권력의 최정점인 왕의 권력을 부정하는 것은 쉽지 않았던 것이다.

현실비판가사의 작가층은 각각 자신의 향촌사회에서 벌어지고 있는 문제만을 다루었다. 그리하여 작가층이 문제 삼고 있는 폐단을 부분적·국면적인 것으로 인식하고 조선후기 향촌사회의 보편적 현상이라는 인식을 지니고 있지 않았다고 볼 수도 있을 것이다. 그러나 이 점은 지방하층 사족층이 이러한 농촌사회의 문제를 국면적 현상이라고 인식해서는 아니었다고 판단된다. 특히 이들 작품이 타지방으로도 유통되어 활발히 향유되었던 것으로 보아 작자층 내지 향유층의 인식 자체가 이것들을 국면적 현상이라고 본 것은 아니었다고 할 수 있다. 가사에서 현읍 수령을 비판하고 선치하는 수령이 오기를 기대함으로써 향촌사회의 문제가 한 수령의 治世에 따라 개선될 수 있다는 것, 즉 국면적 현상으로 처리된 것은 무엇보다 가사를 통하여 작가가 주장하고자 한 중심이 자기 향촌의 문제였기 때문이다. 자기 향촌사회를 중심으로 한 현실적 문제들을 극명하게 보여주고자 했기 때문이라고 할 수 있다.

이와 같이 현실비판가사의 작가층이 지닌 선치자에 대한 기대, 왕에 대한 지향, 부분적·국면적 현상으로의 인식 등이 봉건적인 인식의 한계로 지적되기도 했다. 유탁일은 현실비판가사에 나타난 서민의 저항성이 '현실적 문제만 고발할 뿐 한 걸음 나아가 체제를 부정하는 의지를 보이지 않는다'고 했다. 그리고 서민의 의향이 "새로운 체제혁명을 바라는 것이 아니라 평형 잃은 질서에 대한 정상상태의 회복이요 직접 당하고 있는 비정상적인 치정의 문란에 대한 민생의 고발이었고, 그 해결의 방법은 임금님이 아니면 의사 즉 영웅에 기대하는 것이다.[4]'라고 한계를 지적했다. 김문기도 '현실인식의 二元性'을 지적하면서 현실비판가사가 '삼정을 둘러싼 양반관료의 수탈과 부정·부패를 신랄히 폭로, 비판하면서도 이러한 현상을 일시적이요 개별적인 것으로 인식'하고, '보편적인 사회현상으로 보지 않고 있다'고 하였다. 그리고 '봉건적 현실의 타개를 임금에게 기대하거나 양심적 관료 또는 義士가 출현하여 현실적 고난을 해결해 주기를 회원'하여, '현실인식과 현실부정의 정신은 한결같이 수구적이며 전통적인 유교이념에서 이탈되지 않고 있음'을 지적했다.[5] 정재호도 〈香山別曲〉이 '정치의 타락상을 극복하는 방법으로 성리학을 중심으로 한 유교사상의 철저를 주장'하여 '유교 일방적인 학문만을 숭상하고 교육한 조선조 시대의 한계를 드러낸 것'이라고 지적했다.[6]

그러나 현실비판가사의 현실인식은 현상적으로는 봉건적인 요소들로 나타나지만, 봉건사회로의 회귀를 지향하고 있는 것으로 해석할 수는 없다. 앞서 살펴보았듯이 작가층이 기대하는 선치자가 성장된 민중의 힘을 인정하는 형상을 지니고 있다는 점, 새로운 체제에 대한 전망이 없는 가운데 권력의 최정점인 왕의 권력을 부정하는 것은 어느 누구도 쉽지 않았던 점, 각 향촌사회를 중심으로 비판적인 현실을 극명하게 보여주고자 한 점 등으로 미루어 단순하게 작가층이 지닌 인식의 봉건적인 한계로 볼 수는 없다. 현실비판가사의 작가층이 지닌 현실인식은 당대적 의미를 지니고 있는

---

4 유탁일, 「조선후기가사에 나타난 서민의 의향」, 『연민이가원박사육질송수기념논총』, 범학도서, 1977, 71쪽.
5 김문기, 『서민가사연구』, 형설출판사, 1983, 134~35쪽.
6 정재호, 「鄕山別曲攷」, 『韓國歌辭文學論』, 집문당, 1982, 123쪽.

것으로 봉건적인 의미를 지니고 있지 않음을 지적할 필요가 있다
고 하겠다.

B. 하나님의 의미

현실비판가사의 현실인식에서 보다 중요한 것은 작가가 봉건체
제의 중심을 이루고 있는 지방 지배층을 통렬하게 비판하고 있다
는 것과 향민의 입장에서 향촌사회의 현실을 서술하고 있다는 점
이다. 그리고 작가의 현실인식은 이러한 고발과 비판에도 불구하
고 이러한 현실이 타개될 수 있는지에 대해서는 매우 절망적이었
다는 점이다. 작가층이 지닌 현실에 대한 절망감은 작품 가운데 등
장하는 '하나님'에서 찾아질 수 있다.

현실비판가사에서 '하나님'이 등장하는 구절을 인용하면 다음과
같다.

    비닉이다 비닉이다 하나님게 비닉이다 / 忠君愛民 北靑원님 우리고
을 빌이시면 / 軍丁塗炭 그려다가 軒陛上의 올이리라　　　〈갑민가〉

    비나이다 비나이다 上帝님께 비나이다 / 우리聖主 仁愛心이 明觀燭
불 되게하사　　　〈합강정가〉

    향순초막 일유싱은 목욕직계 수배ᄒ고 / 문ᄂ니다 ᄒᄂ님긔 슌슌
명교 ᄒ옵소셔 / --- / 무왕불복 ᄒᄂ일을 뵈와디라 ᄒᄂ님긔 / 이신
소회 알외ᄂ니 셩상님 살피쇼셔　　　〈향산별곡〉

비난이다 비난이다 하날님 비ᄂᆞᆫ이다 / 議送쓰 져샤람을 自獄放送
뇌여쥬소 / 살피소셔 살피소셔 日月星辰 살피소셔 / 萬百姓 爲ᄒᆞᆫ샤람
무삼罪 잇단말가   〈거창가〉

이리하나 저리하나 만만한게 百姓일다 / 百姓인들 몰을소야 ᄒᆞᄂ
님아 ᄒᆞ느님아 / 죽을일이 쏘싱기네   〈민탄가〉

〈갑민가〉에서는 忠君愛民하는 북청원님을 甲山에 부임하게 해 달
라고 하나님께 빌었다. 〈합강정가〉에서는 '上帝님'께 聖上의 仁愛心
이 밝게 해 달라고 하나님께 빌었다. 〈향산별곡〉에서는 하나님께
올리는 기도문 형식으로 時運이 좋아지기를 빌고 이제까지 벌어진
사실들을 알왼다고 하였다. 〈거창가〉에서는 하나님과 日月星辰에게
감옥에 갇힌 鄭子育이 풀려나게 해 달라고 빌었다. 〈민탄가〉에서는
기가 막힌 일이 또 있다는 것을 말하기 위해 하나님을 찾았다.

이와 같이 현실비판가사에서는 작가가 모두 하나님을 찾고 있
다. 따라서 이 하나님은 작가층의 현실인식을 구성하는 중요한 요
소로 적극적으로 그 의미를 파악할 필요가 있다고 본다.

흔히 가장 절박한 순간이나 가장 소원하는 것이 있을 때 자연발
화적으로 절대자 '하나님'을 찾는다. 이럴 때의 하나님은 말 그대로
인격체로서의 하나님이다. 가사문학사에서 자연발화적 형태의 하
나님, 즉 인격체로서의 하나님은 종종 등장하곤 했다. "天運循環을
아옵게다 하ᄂᆞ님아/ 佑我 邦國ᄒᆞ샤 萬歲無疆 눌리소셔〈太平歌〉", "비
옵ᄂᆞ다 하ᄂᆞ님아 山平 海渴토록 / 우리聖主 萬歲소셔〈蘆溪歌〉", "비
나이다 하느님께 일삼기라하고 비나이다〈想思別曲〉" 등의 구절에
하나님이 등장한다. 그리고 한시에서 하나님은 일반적으로 '天'으

로 표현되어 나타나는 경향을 보인다.[7] 가사문학에서도 인격체로
서의 '하나님'이 아닌 단지 '하날'로 표현되는 경우도 흔하게 발견
된다.[8]

이렇게 가사나 한시에 등장하는 하나님은 간절한 바람이 있을
때나 절박한 순간에 자연발화적으로 찾는 인격체로서의 창조주이
자 절대지이다. 이러한 하나님은 샤머니즘과 고등종교의 신이 아
니라 조선인 모두가 보편적으로 찾고 있는 절대자이다.[9] 애국가에
서 '하나님이 보우하사 우리나라 만세'라는 가사의 하나님도 종교
적인 신이 아니라 우리 민족 모두가 보편적으로 인식하고 있었던
절대자로서의 하나님이다. 하나님은 조선시대 사대부가 감성적 인
순간에 찾은 존재로 한국인의 보편적인 정서와 맞닿아 있었던것이
다. 언문을 사용한 가사문학은 한국인의 보편적인 정서의 표현에
보다 가까워질 수 있었으므로 하나님이 자주 등장할 수 있었다.

7　예를 들어 鄭民僑의〈軍丁歎〉은 "朔風蕭瑟塞日落 孤村有女呼天哭"으로 시작하여
　　"爾婦且莫呼哭天 呼天從來天下職 不如早從黃泉去 更與爾夫爲行樂"이라 끝맺고
　　있다. 여기서도 '呼天'은 울음의 간절한 정서와 관련되어 나타난다. 한국한문학
　　연구회편, 『詩選』, 아세아문화사, 1988, 51쪽.
8　예를 들어 정철의〈思美人曲〉에 "이몸 삼기실제 님을 조차 삼기시니 흔싱 연분이
　　며 하늘 모를 일이런가"나 송주석의〈北關曲〉에 '하늘을 원망홀가 사룸을 탓홀손
　　가'등으로 표현된다.
9　하늘을 뜻하는 우리의 고어가 '한울'이다. 우리 민족에게 한울은 몸을 지니고 님
　　이 되는 존재로서 이것이 하나의 기층형을 형성하고 있었다. 이러한 기층형에
　　중국에서 시대의 변천에 따라 유행된 갖가지 천사상이 융합되어 여러 양상을 띠
　　기도 하였다. 예를 들어 天啓之威의 존재로서 권력적인 天사상을 들 수 있다. 또
　　하나는 天命사상이다. 이것은 천계사상을 거부하는 것으로, 천은 인간의 이성적
　　사유의 대상이고 이성인들의 자각이 된다. '天卽理 心卽理 天卽心'이라는 논리에
　　서 天은 종교적인 한울과는 달리 내면적인 도덕원리가 된다. 그리하여 천자(군
　　주)는 天이 내리는 명의 대행자가 되고, 윤리도덕의 실천자이며 治者라고 보는
　　것이다. 또 하나는 천을 자연의 운행으로 보는 사상을 들 수 있다. 장병길, 「祭
　　天 · 祭政에 대한 思想」, 『한국사상의 심층연구』, 이을호 외저, 우석, 1982. 이렇게
　　볼 때 현실비판가사의 '하나님'은 우리민족의 한울에 대한 기층형에 天啓사상,
　　天命사상이 복합된 의미를 지니고 있다고 하겠다.

현실비판가사의 각 편에 등장하는 하나님은 가사나 한시에서 종종 등장하는 하나님과 동일하다. 모두 소원이나 기도의 대상으로서 자연발화적으로 찾아진 인격체이며 절대자이다. 그런데 하나님이 현실비판가사 유형군 전체의 현상이라고 할 때 작자층의 세계관을 구성하는 한 요소로서 시대적 의미를 지니기에 충분한 것이라고 생각된다.

먼저 현실비판가사에서의 하나님을 천주교의 세계관에서 비롯된 것으로 볼 수는 없을 것 같다. 『天主實義』가 조선에 전래된 이래 사족층 내부에서는 '上帝卽天主'라는 것에 대한 긍정과 부정의 논의가 활발히 전개되었다. 본래 '上帝卽天主'의 개념은 마테오 릿치가 중국고전을 성경에 가까운 것으로 해석하고자 했던 補儒論的 해석이었다. '상제와 천주는 그 명칭만이 다르다'고 하여 天主의 수용에 대한 거부감을 줄이고자 한 것이었다.[10]

그러나 사족층 안에서 '上帝卽天主'를 긍정하고 부정하는 것이 곧 천주교의 세계관을 받아들이고 부정하는 것으로 곧바로 이어진 것은 아니었다. 오히려 천주교의 '천주'와 대등하게 '상제'를 인정하려 했던 것이 일반적인 경향이었다.

> ① 내가 천주교의 그 설에 의하여 이것을 풀이한다면, 나는 말하겠다. 저들이 天主가 있다면 나역시 天主가 있다고 말하겠다. 天主는 곧 上帝이다.[11]

---

10 최상우, 「丁茶山의 西學思想」, 『丁茶山과 그 時代』, 강만길 외저, 민음사, 1986.
11 『順菴集』卷6.〈與權旣明書甲辰〉 "餘衣其說而解之日 彼日有天主 吾亦日有天主 天主卽上帝也" 河聲來, 「天主歌辭의 史的研究」, 고려대학교 대학원 박사학위논문, 1984, 89쪽에서 재인용.

② 與天地 무궁ᄒ여 上帝가 주장ᄒ니 / 上帝는 至公ᄒᄉ 일분도 私情업셔 / 제道理 졔ᄒ오면 福祿을 ᄂ리오고 / 제도리 졔못ᄒ면 殃禍를 주시나니 / --- / 우리上帝 늙으신지 싀련쥬 ᄒᆞ단말가

①은 安鼎福이 權哲身에게 천주와 상제를 말한 것이다. 안정복은 유교에도 상제가 있는데 왜 하필 서학에서 말하는 천주를 믿느냐고 했다. 천주교에서 말하는 천주에 대응하여 원시유교에서 말하는 상제 개념을 적극 내세운 것이라고 할 수 있다. ②는 李基慶의 벽위가사인 〈尋眞曲〉의 구절이다. 천지를 상제가 주장한다고 하면서 복선화음의 우주질서를 하나님이 주재한다고 했다. 이어서 세상의 일을 주재하는 상제가 엄연히 있는데 새 천주가 있을 수 있겠느냐고 서술했다. 천주에 대항하여 인격체로서의 상제를 인정하고 있는 것이다.

이와 같이 서학 전래 이후 서학에서 말하는 천주의 존재에 대해 조선 사대부들이 상당히 관심을 기울였으며, 이에 대응하여 인격체로서의 상제 개념을 인정하려 했던 것을 알 수 있다. 이런 의미에서 인격체로서의 하나님에 대한 인정이 천주교적 세계관의 인정에서 비롯된 것은 아니었다고 판단된다.

이렇게 인격체로서의 상제를 인정하는 분위기가 성숙되어 갔던 것이 18세기 이후의 사정이었다. 이후 茶山은 상제 개념을 철학적·사상적 체계로 흡수·정리했는데, 이렇게 다산의 천사상은 시대적 요청에 의한 것이기도 하였다. 丁茶山에게 天은 '靈明主宰하는 上帝'로서 인격체로 나타난다. 다산의 모든 것을 주재하는 인격체로서의 하나님 개념은 윤리적 필요성에 의해 상제를 찾지 않으면 안되었던 시대적 요청에 의해 체계화된 것이다. 당시가 '修己와 治

人의 실천적 측면'에서 인격적 주재자가 절실히 요청되던 시대였기 때문이다. 당시는 삼정의 문란이 극에 달하고 그러한 현실을 초래하는 장본인으로서 타락한 목민관이 지목되던 현실상황에서 도덕적인 인간상과 그러한 인간상을 이끌어 줄 수 있는 감시자가 절실히 요청되었다. 선과 악을 구별하여 선택하게 하는 감시자, 그리고 그 선택에 대한 상과 벌을 내리시는 절대적인 능력을 소유한 주재자가 필요했던 것이다[12].

다산과 동시기에 창작된 현실비판가사에 등장하는 하나님은 다산의 天思想과 무관하지 않다. 그리하여 현실비판가사의 하나님도 시대적 사고의 한 단면으로 이해할 필요가 있다. 타락한 목민관이 자행하는 삼정의 문란상이 극에 달한 현실 상황에서 도덕적인 인간상과 그러한 인간상을 이끌어 줄 수 있는 감시자가 절실히 요청되었던 것이다. 현실비판가사에서 작가층은 각 향촌사회 내에서 각종 착취를 자행하는 지배층의 소행을 목도하고 이들을 벌하여 문제를 해결해줄 하나님을 자연스럽게 찾은 것이라고 할 수 있다. 다산이 상제의 개념을 사상적·철학적으로 체계적인 논리위에 수립하고 전개시킨 반면, 현실비판가사에서는 하나님을 자연발화적인 형태로 찾은 차이를 보이고 있을 뿐이다.

이와 같이 18세기 말과 19세기 전반기의 시대적 분위기는 타락

---

12 成泰鏞,「茶山의 明善論에 대한 一考察」,『태동고전연구』창간호, 태동고전연구회, 1984, 17~23쪽.; 감사자로서의 上帝에 대한 다산의 견해는 다음에서 알 수 있다. "우리 心性에 부여된 것은 선을 지향하고 악을 싫어하게 하니 원래가 天命이다. 그것은 날로 감시하고 늘 여기에 계신다 하였으니 선함에 복은 주시고 음악함에 화를 내리시니 또한 天命이다" 유명종,『한국사상사』, 이문사, 1981, 489쪽에서 재인용.; 또 다음과 같은 진술에서 治者의 윤리성 회복을 위해 上帝가 요청되었음을 알 수 있다. "君子가 어두운 방 가운데 있을 때도 두려워하여 감히 악을 행하지 못하는 것은 上帝가 照臨하고 있음을 알기 때문이다" 성태용,「茶山의 明善論에 대한 一考察」, 앞의 논문, 18쪽에서 재인용.

한 지배층을 응징하고 현실의 문제를 구원할 수 있는 인격체로서의 하나님을 인정하는 경향이 짙었음을 알 수 있다. 하나님의 등장과 인정은 그만큼 당시의 시대 상황이 절망적이었다는 것을 말해준다. 현실비판가사의 하나님도 마주하고 있는 현실이 절망적 상황에서 좀처럼 벗어나지 못하자 자연스럽게 찾은 절대자이자 구원자였다. 현실비판가사에서 작가층의 절망적인 현실 인식은 현재의 비판적 현실에서 벗어나서 새로운 세계로 나아가기를 꿈꾸고 있었지만 새로운 체제에 대한 전망이나 구상은 지니고 있지 않은 상태를 반영한다. 현실비판가사의 작가층이 당면한 현실에서 하나님을 찾은 것은 그들이 지닌 현실 인식이 절망적이었기 때문이었다. 현실비판가사가 모두 울분에 차 있는 어조를 취하고 있거나, 〈합강정가〉에서 가렴주구를 일삼는 감사에게 복선화음적인 저주를 퍼붓거나, 〈거창가〉에서 우박, 철산옥, 꿈 등의 비현실적 세계에 의존했던 것도 작가층의 절망적인 현실 인식에서 비롯된 것이라고 할 수 있다.

이와 같이 하나님을 찾는 현실비판가사의 현실 인식은 동학사상과 연결될 때 그 역사적 성격을 분명히 드러낼 수 있다. 동학은 '사회적 모순에 대한 비판적 인식'과 '인간본성에 대한 도덕률을 통한 인식'[13]을 포함함으로써 역사·사회사상이자 종교의 형태를 지니고 있다. '侍天主' 사상은 동학 창도의 핵심적 사상이라고 할 수 있는 것이다.[14] '만인이 각기 자기 몸에 천주를 모셨다'고 하는 것, 즉 '시천주'의 주체로서의 자각은 양반과 서민의 차등은 물론 남녀의 차등까지 철폐하고 '만민은 평등하다'는 사상을 낳게 된 중요한 사

---

13 尹錫山,『龍潭遺詞 研究』, 민족문화사, 1987, 87쪽.
14 金敬宰,「崔水雲의 侍天主와 歷史理解」,『한국사상총서』四. 태광문화사, 1975.

상이었다.

이러한 동학의 '시천주' 사상은 당대 개항기의 역사·사회적 현실에 대한 비판적 인식에서 출발하여 그러한 역사·사회적 현상을 포함한 타락한 세상의 궁극적 원인이 '한울님'을 공경하고 두려워하는 마음, 즉 '敬畏之心'을 잃어 버렸기 때문이라는 자각에 이르게 되었다[15]. 최제우의 『龍潭遺詞』에 실린 〈몽중노소문답가〉에서는 역사·사회적 상황의 타락을 지적하였고, 〈도덕가〉에서는 '敬畏之心'을 잃어 버린 인간 본성의 타락을 지적하였다. 〈교훈가〉에서는 이러한 타락의 원인이 '畏敬之心' 즉 한울님을 내 몸안에 모시고 있지 않음이라고 하였다[16].

이와 같이 동학의 '한울님'을 정점으로 한 새로운 세계관과 현실비판가사의 '하나님'을 찾는 절망적인 현실인식이 전혀 관련성이 없는 것처럼 보일 수 있다. 그러나 앞서 살펴본 바와 같이 현실비판가사의 '하나님'은 현실의 절망적 상황에 대한 인식의 표현임과 동시에 시대적 경향성을 지니고 있는 것이기도 하였다. 따라서 시대적 요청에 의해 나올 수밖에 없었던 현실의 절망적 표현으로서의 '하나님'은 동학의 세계관이 형성될 수 있었던 모태로 작용했을 가능성이 있다고 판단된다.

동학사상은 최제우 개인의 득도로 얻어진 것이라고 하지만, 당대 사회의 세계관적 기초의 변화가 바탕이 되지 않으면 나올 수 없는 것이었다. 최제우는 19세기 중반기를 자신의 향촌사회에서 살

---

15 윤석산, 『龍潭遺詞 硏究』, 앞의 책, 88~90쪽.
16 아서라 이세상은 堯舜之治라도 不足施요 / 孔孟之德이라도 不足言이라〈夢中老少問答歌〉 ; 無知한 세상사람 아는바 天之라도 / 畏敬之心 없었으니 아는것이 무엇이며〈道德歌〉 ; 하염없는 이것들아 날로믿고 그러한가 / 나는도시 믿지말고 한울님만 믿었어라 / 네몸에 모셨으니 捨近取遠 하단말가〈敎訓歌〉

아간 인물이었다. 그리고 그는 비록 서자이기는 하였지만 몰락한 지방사족 가문에서 태어나 한학을 익힌 향촌의 선비였다. 그러므로 그가 동학사상을 전개한 것은 당대 향촌사회 내부의 현실에서 비롯된 현실인식과 세계관의 변모가 바탕으로 작용하였으리라는 것은 쉽게 짐작할 수 있다. 이와 같이 19세기 전반기에 향촌사회 내 지방하층사족층이 지녔던 하나님에의 지향과 절망적 현실인식은 동학사상으로 가는 가교 역할을 했다고 할 수 있다. 동학사상이 향민에게 급속히 확산될 수 있었던 것도 이러한 현실비판가사에서의 절망적 현실인식이 향촌사회 내부에 만연하게 깔려 있었기 때문이었다.

C. 현실비판가사의 역사적 성격

현실비판가사의 작가층이 지닌 현실인식에는 유교적 명분의 제시, 향반층에 대한 무비판, 선치자에 대한 기대, 왕에 대한 지향, 부분적·국면적 현상으로의 인식 등 현상적으로는 봉건적인 요소들이 나타난다. 그러나 이러한 현실인식을 봉건사회로의 회귀를 지향하고 있는 것으로 해석할 수는 없다. 앞서 살펴보았듯이 작가층이 기대하는 선치자가 성장된 민중의 힘을 인정하는 형상을 지니고 있다는 점, 새로운 체제에 대한 전망이 없는 가운데 권력의 최정점인 왕의 권력을 부정하는 것은 어느 누구도 쉽지 않았던 점, 각 향촌사회를 중심으로 비판적 문제를 극명하게 보여주고자 한 점 등으로 미루어 작가층이 지닌 현실인식은 봉건적인 한계에 갇혀 있는 것은 아니었다.

현실비판가사의 작가층이 지닌 현실인식에서 중요한 점은 착취 현실을 고발하고 지배층을 비판했음에도 불구하고 현실에서 문제가 해결될 수 있는 지에 대해서는 절망적인 인식을 보여주고 있다는 것이다. 이러한 절망적인 현실인식은 작품에서 하나님으로 나타났다. 현실비판가사의 하나님은 타락한 목민관이 자행하는 삼정의 문란상이 극에 달한 현실 상황에서 도덕적인 인간상과 그러한 인간상을 이끌어 줄 수 있는 감시자가 절실히 필요했던 시대의 요구에 의해 나타난 것으로 다산의 천사상과도 그 배경을 같이 하는 것이다. 하나님은 마주하고 있는 현실에 대한 절망적인 인식에서 비롯한 것으로 현재의 비판적 현실에서 벗어나서 새로운 세계로 나아가기를 꿈꾸었지만 새로운 체제에 대한 전망이나 구상은 지니고 있지 않은 상태를 반영한다. 이러한 현실비판가사의 절망적인 현실인식은 동학의 세계관이 형성될 수 있는 가교의 역할을 했다. 이런 의미에서 현실비판가사의 현실인식은 근대로 나아가는 잠재적인 상태를 보여준다고 하겠다.

무엇보다도 현실비판가사의 역사적 성격은 향민을 위해 향촌사회 내의 착취 현실을 고발하고 지배층을 비판한 데에서 찾을 수 있다. 현실비판가사는 18세기 최말에서 1860년 즈음까지에 이르는 삼정문란기에 창작되었다. 삼정문란기에 갑산, 순창, 묘향산 부근, 거창, 진주 등 각 향촌사회에 거주하는 지방하층사족층은 자신이 거주하는 각 향촌사회의 고질적인 문제를 향민을 대신하여 현실비판가사로 서술했다. 그리하여 현실비판가사의 작품세계는 삼정의 문란을 포함한 각종 수취제도상의 문란으로 착취를 당하다 결국 유리민이 되고 말았던 처참한 향민의 삶을 서술하고, 동시에 각종 명목으로 향민을 착취하여 중간 착복에만 몰두하고 향민을 핍박했던 아전 및 수령과 이들의 가렴주구를 감시하기는커녕 이들의 향응을 당연하게 받기만 하던 감사를 비판하는 데 중심이 있었다. 이 외 현실비판가사의 작품세계는 조정대신을 비판하기도 하고 과거 제도의 문란상을 비판하기도 했다.

이렇게 현실비판가사는 크게 보아 삼정문란기 각 향촌사회의 현실을 향민의 삶을 중심에 놓고 문제 삼은 것은 동일하였다. 관료층의 착취나 부정부패에 대한 인식과 그로 인한 백성들의 피폐한 삶에 대한 애민적 관심은 조선후기사회를 걸쳐 꾸준히 제기되어 온 문제였다. 현실비판가사의 작품세계는 봉건사회를 해체하여 근대사회로 나아가게 촉진한 반봉건적 의미를 지니게 된다.

그런데 향촌사회에서 문제 삼고 있는 삼정의 문란상과 이에 대응한 향민의 움직임이 시기적으로 변화함에 따라 작품세계도 변화한 양상을 보여준다. 〈갑민가〉(1792년 작)에서는 족징이라는 군정의 폐해를 당하는 향민의 삶을 다루었다. 향민은 두 차례의 소와 의송을 올리지만 받아들이지 않자 인근 향촌사회로 유리도망을 선택했다. 〈합강정가〉(1792년 작)에서는 감사의 순시에 즈음하여 동원되는 역사와 각종 가렴주구로 고통 받는 순창민의 삶을 다루었다. 향민은 한 번의 감사 잔치를 위한 착취에 어쩔 수 없는 유리민이 되어야 했다.

반면 19세기 전반에 창작된 〈향산별곡〉에서는 환곡의 폐해를 포함한 삼정의 총체적인 문란상으로 고통 받는 향민의 삶을 다루었다. 향민은 두 번의 의송을 올리지만 실패하고 결국 유리민이 되어 거지나 화적이 되고 말았다. 〈거창가〉(1841년경)도 환곡의 폐해를 포함한 삼정의 총체적 문란상은 물론 감사의 잔치를 위한 잡세 등으로 고통 받는 거창민의 삶을 담았다. 그런데 거창민의 이에 대한 저항은 의송 행위뿐만이 아니었다. 관의 가렴주구에 향회를 중심으로 한 향촌반란운동으로 대응했으며, 관은 이에 대해 폭력적인 탄압으로 대응했다. 〈민탄가〉(1859년)도 환곡을 포함한 총체적인 삼정의 문란상 및 각종 잡세로 고통 받는 진주민의 삶을 담았다. 특히 〈진주가〉는 다각도로 자행된 환곡의 폐해로 고통 받는 진주민의 고통을 담았다. 그런데 이러한 관의 착취에 향민은 민란으로 대응하고자 한 양상을 보여준다.

이렇게 18세기 최말에 창작된 〈갑민가〉와 〈합강정가〉에서는 군정 및 役事·잡세와 같이 비교적 단일한 사안으로 고통 받는 향민의 삶을 다루었다. 그러던 것이 19세기 들어 창작된 〈향산별곡〉, 〈거창가〉, 〈민탄가〉에서는 환곡의 문제를 포함한 삼정의 정영역 및 각종 잡세 로 고통 받는 향민의 삶을 다루었다. 창작 시기가 뒤로 올수록 문제 삼고 있는 것이 삼정의 전 영역으로 확대되는데, 환곡의 문제는 〈향산별곡〉에서 처음으로 나타나고, 〈민탄가〉에 가면 각종 환곡의 폐해로 확대되었다. 환곡과 관련한 결렴 문제는 진주농민항쟁의 원인으로 작용한 것이기도 했다.

그리고 지배층의 착취에 대한 향민의 대응도 변화한 양상을 보인다. 〈갑민가〉, 〈합강정가〉, 〈향산별곡〉에서는 지배층의 착취에 대한 향민의 대응은 의송이나 유리 행위와 같이 소극적인 저항 행위로 그치고 말았다. 그런데 〈거창가〉에 이르면 향민은 옥에 갇혀 맞아 죽거나 의송을 써 감옥에 가거나 통문수창으로 사형을 당하거나 하는 등 관의 폭력적 탄압에도 굴하지 않고 관아에 저항하는 향촌반란운동의 움직임을 보인다. 그리고 〈민탄가〉에 가면 향민은 성장하는 힘을 배경으로 사족층과 연대하여 변혁적 에너지를 뿜을 수 있는 민중항쟁의 움직임을 보인다.

이렇게 삼정문란기 현실비판가사의 작품세계는 당시 향촌사회의 변화와 이에 대응한 향민의 인식에 맞추어 의송 및 유리도망→ 향촌반란운동→ 농민항쟁으로 전화되어 간 양상으로 나타난다. 이렇게 현실비판가사는 삼정문란기 향촌사회 내부의 변화 단계를 보여준다는 역사적 의미를 지닌다. 그리하여 현실비판가사의 역사적 성격은 향민의 성격이 봉건사회를 벗어나 근대로 이행해가는 과정을 담고 있다는 점에서 근대적 성격을 지닌다고 할 수 있다.

한편 현실비판가사의 작가층은 19세기 향촌사회 내에 향민과 연대하는 진보적인 지식인층의 존재가 포진해 있었음을 말해준다. 현실비판가사가 처음으로 창작된 시기는 우연히도 다산 정약용의 활동시기와 일치한다. 정조의 등극 이후 정약용은 정조의 총애 아래 관직 생활과 저술 활동을 했다. 그의 한시 세계는 당대 농민층의 참상을 담고 관료들의 수탈 행위를 비판하는 것에 심혈을 기울였다. 이 시기에 많은 지식인층이 삼정의 문란상, 농촌의 피폐 현실, 관리들의 수탈 행위 등을 역사·사회적인 과제로 인식하고 문제의 해결에 고심하고 있었음을 반영한다. 현실비판의 세계를 정약용을 포함한 중앙의 지식인이 한시를 통해서 표현한 반면, 향촌사회의 지방하층사족층은 가사를 통해 표현하게 된 것이다.

그런데 정약용이 사망한 후 현실비판적인 진보적 지식인의 존재는 어떻게 되었을까? 19세기 전반기에 이르면 한시를 통한 현실비판적 세계의 표현은 상대적으로 적어진다. 반면 현실비판가사의 창작은 상대적으로 많아지고 그 성격도 향민과의 연대가 강화되는 근대적 성격을 보인다. 이 점은 민중을 위한 현실비판적인 시각을 지닌 지식인층이 향촌사회로 내려갔음을 의미한다. 이들은 대부분 향촌사회 내에 포진해 있으면서 뚜렷한 관직도 지니지 못했다. 그리고 이들은 중앙의 정치에서 소외되었기 때문에 역사상 이름을 남기지도 못한 사람이 대부분이었다. 이와 같이 현실비판가사의 작가층은 19세기에 민중의 성장해 가는 힘의 잠재력을 뒷받침하고 연대하고자 한 현실비판적이고 진보적인 지식인 집단이 향촌사회 내에 포진하고 있었음을 말해준다는 의미를 지닌다고 하겠다.

02 현실비판가사의 가사문학사적 의의

A. 향민의 삶과 가사문학사적 의의

지방하층사족층이 한시를 택하지 않고 가사 장르를 택한 것은 향민과의 소통을 꾀하고자 했기 때문이다. 그리고 언문 시가 장르인 가사문학의 향촌사회 지향적 성격을 재인식했기 때문이다. 가사문학은 전통적으로 향촌사회 지향적 성격을 지니고 있었다. 가사의 작가가 상층사대부인 경우도 있었지만, 대부분의 작가는 향촌사회에 기거하는 사족층이었다. 향촌에 기거하는 사족층은 애초부터 향민을 염두에 두고 가사를 창작하기도 하고, 향촌사회 내 사족층의 권위에 의해 창작 이후 향민의 향유가 따르기도 했다.

조선 전기의 가사문학은 '개성적 정서의 환기'를 특징적으로 보여주는 작품군과 '집단적 정서의 환기'[17]를 목적으로 하는 작품군으로 대별된다. 전자는 자연가사와 연군가사로, 그리고 후자는 교훈가사로 대표된다. 자연에서의 은일이나 자연 경관을 읊은 자연

---

17 박영주, 「가사의 갈래규정과 체계화 방안」, 『성대문학』 제25집, 성균관대학교 국어국문학과, 1987.

가사들은 '개성적 정서의 환기'를 목적으로 창작되었지만, 결국 향촌사회의 자연을 예찬함으로써 각 향촌사회에 대한 애향심을 고취하는 기능을 담당하게 된다. 이렇게 자연가사는 향민과의 소통이 가능한 언문을 섞어 씀으로써 향촌민의 공동체적 일체감을 조성하여 향촌사회 지향적 성격을 보여준다. 가사문학의 향촌사회 지향석 성격을 가장 극명하게 보여주고 있는 것은 교훈가사이다. 교훈가사는 대부분 "아해, 학동, 세상사람, 백성' 등을 대상으로 하여 서술했다. 향촌사회 내의 공동운명체적 결속을 다지기 위해 교훈가사를 창작한 것이다. 17세기경부터 창작된 권농가사는 향민의 농사를 중점적으로 서술하여 향촌사회 지향적 성격을 단적으로 드러냈다. 김기홍의 〈농부사〉, 작암의 〈농부가〉 등으로 창작되기 시작한 권농가사는 농본을 주장하고 농경의 근면함을 훈계하여 농촌사회의 안정을 추구함으로써 향촌사회 지향적 성격을 지닌다. 이러한 자연가사, 교훈가사, 권농가사 등은 조선후기에 들어서도 꾸준히 창작되어 가사문학의 향촌사회 지향적 성격은 계속 발현되었다고 할 수 있다.

삼정문란기의 농촌 현실에 대응하여 현실비판가사와 동시기에 창작된 가사로 〈농가월령가〉가 있다. 이 작품도 조선후기 농촌사회의 변화에 위기의식을 지니고 창작되었으며 당대의 농촌 현실을 상당히 수용하려는 작가의 노력이 엿보인다. 그러나 이 작품은 향민의 삶을 수용하고 있음에도 불구하고 농민의 근면성과 동요 없는 농촌사회의 안정을 강조함으로써 향민에 대한 훈계를 기본으로 하고 있다. 〈농가월령가〉가 향민과의 공동체적 결속을 다지고자 한 점은 현실비판가사와 동일하지만 향민과 연대하는 자세가 아니라 향민을 교화하는 자세에서 가사를 서술하고 있다는 점에서 현실비판가사와 차이가 있다.

현실비판가사의 작가층인 지방하층사족층은 가사문학의 담당층이기도 했기 때문에 가사문학이 지니고 있는 향촌사회 지향적 성격을 잘 알고 있었다. 많은 향민이 가사문학을 향유할 수 있다는 점을 활용하여 현실비판가사를 창작한 것이다. 그런데 현실비판가사는 각 향촌사회 내에서 벌어진 각종 착취 현실과 지배층을 비판하는 가운데 향민의 삶을 작품에서 가장 중심에 놓고 있다. 향민과의 소통을 꾀하고자 한 것에서 더 나아가 향민과 연대하고 향민을 대신하여 향민의 삶을 작품의 중심에 놓은 것이다. 지배층을 비판하고 있기 때문에 작가의 신변 보호를 위해 익명으로 유통시킬 수밖에 없었겠지만, 익명성으로 말미암아 향민과의 소통이 더욱 쉬워질 수 있었다.

조선후기에 농민의 처참한 삶의 형상은 한시를 통해 꾸준하게 형상화되었다. 하지만 가사문학에서는 농민의 처참한 삶의 형상을 표현한 작품이 나오지 않고 있었다. 임란이후 〈龍蛇吟〉을 필두로 하여 〈爲君爲親痛哭歌〉, 〈丙子亂離歌〉, 〈時歎詞〉 등의 우국가사에서 민생에 대한 지향이 나타나긴 했지만, 왕을 중심으로 하는 국가의 安存에 보다 관심이 집중되었다. 여기서 民生에 대한 지향은 사족층의 자기반성적 표현의 일환으로 나온 것으로 부분적이며 관념적인 성격을 띠고 있는 것이었다. 전란과 당쟁의 충격이 가신 이후에 李邦翊의 〈鴻羅歌〉나 조두의 〈愁州曲〉 등에서는 유배지나 부임지에 도착하여 그곳 향민의 생활고를 잠깐 언급하는 것에 그치고 말았다. 향민의 처참한 삶을 중심에 놓은 가사 작품은 18세기 전반에 이르러서야 나타났다. 〈임계탄〉은 18세기 전반 3년에 걸친 자연재해의 실상, 관가의 수탈상, 자연재해와 폭정 등으로 시달리던 장흥 지역

425

의 참담한 향민의 삶을 생생하게 담았다. 그러나 이 가사를 지은 작가는 향민과의 소통을 위해 가사를 적극적으로 유통시키지 않은 한계를 지닌다. 그리고 더 이상 이러한 현실비판적인 작품세계를 담은 다른 가사 작품이 이어 창작되지 못했다.

이렇게 18세기 最末부터 19세기 중엽까지 삼정문란기의 역사·사회적 현실에서 창작된 현실비판가사는 향민의 처참한 삶을 중심에 놓아 향민과 연대하여 지배층의 착취 현실을 비판하고 있는 유일한 유형이라는 점에서 가사문학사적 의의를 지닌다. 현실비판가사는 당대 농민의 현실을 수용하고 현실을 비판하여 가사문학의 내용과 주제의 관습성을 탈피하고 그 폭을 넓혔다는 가사문학사적 의의를 지닌다.

B. 역사·사회 현실의 대응과 가사문학사적 의의

가사문학사에는 역사·사회의 현실에 대응하여 창작된 가사 작품이 하나의 큰 흐름을 형성하고 있다. 가사는 형식의 개방성으로 인해 무엇이든지 담을 수 있었기 때문에 작가가 처해 있는 역사·사회의 현실이 작품에 수용되는 경우가 많았다. 최현의 〈용사음〉이나 박인로의 〈선상탄〉은 임진왜란의 역사적 현실을 작품에 수용했다. 임란왜란 이후에 창작된 우국가사는 임진왜란의 책임 소재를 따지는 가운데 무능한 목민관을 비판하고 지배층의 반성적 시각에서 백성에 대한 지향을 나타냈다. 무명씨의 〈병자난리가〉는 병자호란의 경험을 작품에서 서술했다. 17세기 후반에 창작된 무명씨의 〈시탄사〉나 18세기 전반에 유배가사로 창작된 김춘택의 〈별사미인곡〉 및 이진유의 〈속사미인곡〉 등은 당쟁의 역사적 현실에서 창작되었다. 조선후기에 꾸준하게 창작된 〈연행가〉류는 중국과의 외교인 연행사행과 관련하여, 그리고 〈일동장유가〉와 같은 작품은 일본과의 외교인 통신사행과 관련하여 창작되었다. 19세기 전반에 창작된 〈정주가〉는 홍경래난이라는 역사적 사건에 대응하여 창작되었다.

일반적으로 가사문학은 근대기에 이르러 그 생명력을 다한 것으로 알려져 있다. 하지만 근대전환기에 가사문학은 그 어느 때보다도 역사·사회 현실에 대응하여 작품을 많이 생산했다. 근대전환기가 일제 강점이 노골화되면서 갑오농민전쟁, 갑오개혁, 민비시해, 의병전쟁, 을사늑약, 병술국치 등 충격적인 역사적 사건이 계속하여 이어진 변혁기였기 때문이었다. 가사문학의 전통적인 담당층이었던 양반가 남성과 여성은 변혁적인 근대전환기의 역사적 전개와 일제의 강점에 대응하여 가사를 창작했다.

근대전환기의 역사·사회 현실에 대응해 창작된 가사문학은 많이 전한다. 최제우의 동학가사가 일제의 강점 야욕에 대응하여 창작되었으며, 정학래의 〈경난가〉[18]는 동학농민전쟁의 2차 봉기의 현실에 대응하여 창작되었다. 유홍석의 〈고병정가사〉, 민용호의 〈회심가〉, 전수용의 〈격가〉, 이석용의 〈격중가〉 등의 의병가사가 일제의 강점과 민비시해에 대응하여 창작되었다. 무명씨의 〈시절가〉는 19세기말의 시국을 한탄했으며, 丁益煥의 〈심심가〉는 남해 지역 도세저항운동에 대응하여 창작되었다[19]. 한편 『대한매일신보』와 같

---

18 여기에서 거론하고 있는 모든 작품에 주를 일일이 달 수는 없었다. 주로 최근에 소개되어 낯선 작품의 경우 관련 사항을 제시하고자 한다. 고순희, 「동학농민군 지도자의 가사문학 〈경난가〉 연구」, 『한국시가연구』제41집, 한국시가학회, 2016, 197~227쪽.

19 고순희, 「19세기말 도세저항운동 : 가사문학 〈심심가〉 연구」, 『제61회 국어국문학회 국제학술대회 발표논문집』, 국어국문학회, 2017년 5월 26일, 247~262면.

은 신문매체에 실린 수많은 가사가 애국계몽기의 역사적 현실에 대응하여 창작되었다. 윤정하의 〈일본유학가〉는 을사늑약의 충격으로 창작되었다.

일제강점기에도 역사·사회 현실에 대응한 가사문학의 창작은 계속되었다. 〈憤痛歌〉, 〈원별가라〉, 〈위모사〉, 〈조손별서〉, 〈신세타령〉, 〈눈물 뿌린 이별가〉 등의 만주망명가사와 〈감회가〉, 〈단심곡〉, 〈답사친가〉, 〈별한가〉, 〈사친가〉, 〈송교행〉 등의 만주망명인을 둔 고국인의 가사가 만주망명 독립운동과 관련하여 창작되었다[20]. 〈사향곡〉, 〈망향가〉, 〈사향가〉, 〈원별회곡이라〉, 〈부녀자탄가〉 등의 가사가 일제강점기 일본 경험과 관련하여 창작되었다[21]. 〈망부가〉, 〈사제곡〉, 〈원망가〉, 〈자탄가〉, 〈춘풍감회록〉, 〈신세자탄가〉 등의 가사와 〈만주가〉는 일제강점기 말 징병의 현실에 대응하여 창작되었다[22].

해방 후에도 역사·사회 현실에 대응한 가사문학의 창작은 계속되었다. 〈일오전쟁회고가〉는 해방 후 동포의 귀환 현실과 관련하여 창작되었다[23]. 〈회심수〉 〈원한가〉 〈고향 써난 회심곡〉 〈피란사〉 〈나라의 비극〉 〈추월감〉 〈셋태비감〉 등은 한국전쟁의 현실에 대응하여 창작되었다[24].

이와 같이 가사문학사에서 역사·사회 현실에 대응한 가사 작품

---

20 고순희, 『만주망명과 가사문학 연구』, 박문사, 2014. ; 고순희, 『만주망명과 가사문학 자료』, 박문사, 2014.

21 고순희, 「일제강점기 일본경험과 규방가사」, 『동북아문화연구』제39집, 동북아시아문화학회, 2014, 141~155쪽.

22 고순희, 「일제강점기 징병과 가사문학의 양상」, 『국어국문학』제168집, 국어국문학회, 2014, 179~202쪽. ; 고순희, 「일제강점기말 현실비판가사 〈만주가〉 연구」, 『동북아문화연구』제49집, 동북아시아문화학회, 2016, 79~94면.

23 고순희, 「만주 동포 귀환기: 〈일오전쟁회고가〉 연구」, 『한국시가연구』제26집, 한국시가학회, 2009, 187~213쪽.

24 고순희, 「한국전쟁과 가사문학」, 『한국고시가문화연구』제34집, 한국고시가문화학회, 2014, 5~32쪽.

은 꾸준하게 창작되어 그것이 통시적으로 큰 흐름을 형성하고 있음을 알 수 있다. 현실비판가사는 삼정문란기라고 하는 역사적으로 매우 중요한 시기에 대응하여 창작되었다. 가사문학사에서 역사·사회 현실에 대응한 가사 작품이 하나의 큰 흐름을 형성하고 있었는데, 현실비판가사는 삼정문란기라는 역사적으로 중요한 시기의 현실에 대응한 작품들로서 흐름의 연속성을 이어주고 있다는 가사문학사적 의의를 지닌다고 하겠다.

C. 현실비판가사의 문학사적 의의

현실비판가사의 문학사적 의의는 작가층이 언문으로 된 가사 장르를 선택하여 향민과의 소통을 꾀하고자 했다는 점에서 찾을 수 있다. 당대 쏟아져 나온 현실주의적 한시는 민족문학사적 의의에도 불구하고 한자로 창작되어 향민과의 소통에는 한계를 지녔다. 그런데 가사문학은 그 서술의 나열성과 평면성에도 불구하고 우리말을 섞어 서술했기 때문에 향민과의 소통이 용이했다. 이렇게 현실비판가사는 작가층이 향민과의 소통을 위해 우리말을 섞어 쓰는 가사 장르를 선택했다는 점에서 민족문학사적인 의의를 지닌다.

조선시대에 국문문학의 위상은 한문학의 부수적 위치에 있었다. 18세기 이후 소설의 발달, 판소리의 성행, 상업적 가창물의 애호와 더불어 국문문학은 차츰 활기를 띠어 갔지만 시적 장르에서는 여전히 한시가 지배적인 장르로 존재했다. 향민의 편에 선 현실비판과 같은 진지한 주제는 여전히 한시를 통하여 표현하곤 했다. 그런 의미에서 현실비판가사는 한시와의 경쟁관계 속에서 국문문학의 위상을 높여주었다는 의미를 지녀 문학사적 의의로 평가될 수 있을 것이다.

한편 현실비판가사는 19세기 문학의 구체적인 한 양상을 보여주고 있다는 점에서 문학사적 의의를 지닌다. 동학사상의 출현과 개항기 이전의 시기인 19세기 전반기는 세도정치라는 정치사적인 암흑기기 주는 인상이 있어서인지 그 시기의 독립적인 의미를 부여받지 못하고 소홀히 취급당해 온 경향이 없지 않다. 그런데 19세기 전반기는 18세기 문예부흥기와 다르면서 개항기 이후 근대전환기와도 차별성을 지닌 시기이다. 정치사와 문화사가 반드시 일치해야 할 필요는 없지만, 19세기 전반기는 정치적으로는 반동적 세도정치로, 사회적으로는 三政문란기와 민란기라는 독특한 시대적 상황을 이루고 있었기 때문에 그에 대응한 문학적 표현의 특수성에 대한 접근노력은 필요하다고 본다.

19세기 문학사는 '소박하고 건강하던 18세기 평민문학이 근대적인 민중문학으로서는 상당한 정도 후퇴하여 봉건적 양반문학과 일정하게 타협하는 기간'[25]이었다는 평가와 '서민적(민중적) 표현 형태가 부상된 시대'[26]라는 평가가 엇갈려 제시되고 있는 시기이다. 이러한 엇갈린 평가는 19세기 문학 양상의 총체적인 외형의 인상을 중시했거나, 아니면 양상의 어느 한 측면만을 주목해 보았거나 하는 차이에서 연유한 결과로 판단된다.

19세기 전반기의 한시문학은 실학파 문학이 퇴조한 가운데 중앙·관료 문단에서는 김정희, 신위 등의 '인간내면 세계의 탐구'[27]

---

25 염무웅, 「식민지 문학관의 극복문제」, 『한국근대문학사론』, 임형택, 최원식 편, 한길사, 1982, 28쪽.
26 임형택, 「19세기 문학예술사 연구현황과 문제점」, 『한국근대사 각부문별 연구현황과 문제점을 위한 학술강연회』, 1986년 6월 21일, 한국학술진흥재단 강당.

를 특징으로 하는 예술 지향적 한시가 주류를 이루었다. 그러나 향촌사회 내에서는 정약용, 이학규 등의 현실비판적인 한시가 꾸준하게 창작되었다. 19세기 전반기의 시조문학은 시조집의 편찬이 왕성하게 이루어지는 가운데 창악적 발달이 급진전하게 되었으며, 점차 상층의 예능으로 재편입하는 경향을 보이고 있었다[28]. 한편 19세기는 가창문학이 성행하던 시기였다. 전문가객의 활동을 통하여 상업예술과 대중예술이 활성화되었는데, 가창문학의 사설에서 뚜렷하게 드러나는 주제는 향락적ㆍ인생무상적인 것이었다. 특히 이 시기에 판소리 문학이 성행하게 되는데, 이것은 이 시기가 '서민적(대중적) 표현 형태가 부상된 시대'[29]임을 단적으로 보여준다.

19세기 전반기의 가사문학은 작품이 폭발적으로 증가하여 가사문학이 생활문학으로 정착하게 되었다. 규방가사가 대거 창작되어 양반가 여성들 사이에 유통되었으며, 무명씨작 가사도 쏟아져 나왔다. 그리하여 19세기 전반의 가사문학은 다양한 유형의 다양한 작품세계를 보여준다. 이러한 다양한 작품세계 가운데 19세기 가사문학에서 특징적으로 나타나는 양상으로는 현실비판가사가 창작된 점과 인생무상을 담은 가사가 부쩍 늘고 있다는 점을 들 수 있다. 18세기 말경에 지어져 19세기에 활발한 향유를 거친 것으로 보이는 〈옥설화담〉은 장부의 일생을 통하여 인생무상을 말하고 있으며, 1816년경에 지어진 金相誠의 〈西湖別曲〉도 어부사의 일종으로 서경과 은일을 읊고 있음에도 불구하고 서두에서 인생무상적인 분위기를 드러냈다. 작자 미상의 〈白髮歌〉, 〈老人歌〉, 〈심어스〉 등의 가

---

27 정원표, 「자하 신위의 한시연구」 서울대학교 대학원 박사학위논문, 1987, 21쪽.
28 고미숙, 「조선후기 평민가객의 문학적 지향과 작품세계의 변모양상」, 고려대학교 대학원 석사학위논문, 1986, 73~83쪽.
29 임형택, 「19세기 문학예술사 연구 현황과 문제점」, 앞의 논문.

사가 활발하게 향유되었는데, 여기서는 죽음을 들어 인생무상을
읊었다.

　이와 같이 19세기 전반기의 문학에서 뚜렷하게 드러나는 하나의
양상은 한시에서 예술지상주의적 성격, 가사에서 인생무상적 성
격, 그리고 가창문학에서 향락적·인생무상적 성격이 두드러졌다
는 점이다. 그리고 또하나의 양상은 한시에서 현실비판적 성격, 가
사에서 현실비판적 성격, 그리고 판소리에서 서민적 성격이 두드
러졌다는 점이다. 이렇게 19세기 전반기 문학의 구체적인 실상은
예술지상주의적, 인생무상적, 향락적인 성격의 작품과 아울러 현
실 비판적, 서민적 성격의 작품이 공존해 있었다고 할 수 있다.

　이러한 19세기 전반기의 문학에서 상이한 두 주제가 공존하고
있는 점은 19세기의 역사·사회적 현실과 대응된다고 생각한다. 19
세기 전반기는 정치적으로는 세도정치로 대표되는 반동기였으며,
사회적으로는 三政문란에 저항한 민란기였다. 우리가 암흑기라고
부르고 있는 19세기 전반기의 정치적 상황에 대응하는 것이 예술
지상주의적, 인생무상적, 향락적인 성격의 작품이라고 할 수 있으
며, 사회적으로 三政문란에 저항한 민란기의 현실에 대응하는 것이
현실비판적, 서민적 성격의 작품이라고 할 수 있다.

　한편 19세기 전반기 문학의 상이한 두 주제는 자본주의의 맹아
와 관련한 도회지와 농촌의 현실과 대응한다고 생각된다. 당시 상
업·광업의 발달이나 부정한 방법으로 치부하는 층의 증가로 인해
자본이 도시로 흘러들었다. 이러한 도시로 흘러들어온 자본은 대
중예술과 상업예술의 발달을 촉진했다. 그리하여 도회지를 중심으
로 예술지상주의적, 인생무상적, 향락적인 성격의 작품이 성행할
수 있었다. 반면 당시의 농촌은 농본주의의 이념이 여전히 공고한

가운데 삼정의 문란으로 인해 극심한 착취의 현실에 처해 있었다. 그리하여 농촌을 중심으로 현실비판적 성격의 작품이 창작될 수 있었다.

'근대문학으로의 이행과정은 순탄한 연속적 발전의 과정일 수만은 없으며 격심한 변동과 때로는 역류조차 포함한 변증법적 양상을 띠는 것이다.'[30]라는 문학사적 시각에서 '역류'는 암묵적으로 19세기 전반기의 문학 양상을 가리키는 것이었다. 그러나 19세기 전반기는 정치적 암흑기이면서 동시에 민란의 시대였던 만큼 양면적인 성격을 지니고 있는 시기였다. 이 시기는 봉건사회를 해체하고 근대로 나아가는 향민의 활발한 움직임이 있었던 시기였던 점은 역사적인 의의를 지니기에 충분한 것이었다.

따라서 三政문란에 저항한 민란기의 현실에 대응하여 창작된 현실비판가사는 19세기 문학사의 작품 양상에서 현실비판적, 서민적 성격의 작품 양상이라는 한 축의 구체적 실상을 풍부하게 해주고 있다. 이렇게 현실비판가사가 19세기 문학사의 구체적인 작품 실상을 풍부하게 해준다는 점에서 문학사적인 의의를 지니기에 충분하다고 생각된다. 현실비판가사는 19세기 문학사가 예술지상주의적, 인생무상적, 향락적인 성격의 작품으로만 구성되지 않게 균형을 맞추어주는 역할을 담당했다는 의의를 지닌다고 하겠다.

---

30 김명호, 「근대문학론의 기본쟁점」, 『근대문학의 형성과정』, 고전문학연구회편, 문학과 지성사, 1983, 98쪽.

현실비판가사 연구

제3부

부록

제1장 태평사

현실비판가사 연구

제1장
태평사

01 머리말

〈태평사〉는 19세기 중엽에 김대비가 지었다고 알려진 가사 작품이다. 한양의 지세와 문물을 찬양하고, 순조의 승하·헌종의 親政·태평성대의 구가를 서술하고, 이어 인생 향락을 강조하면서 역대 인물들의 치적과 인생무상을 차례로 읊었다.

이 작품은 홍재휴에 의해 〈太平詞〉라는 제목으로 처음 소개가 되어 학계에 알려지게 되었다. 홍재휴는 이 작품이 김대비(孝顯王后)의 작품으로서 김대비(純元王后)의 〈훈민가〉와 더불어 壺廷歌辭를 이룬다고 보았다[1]. 그러나 수많은 가사 작품의 대부분이 그렇듯이 작품의 소개가 이루어진 이후에 이 작품에 대한 학계의 관심은 그리 많지 않았으며, 독립된 작품론도 아직 이루어지지 않았다. 실정

---

1 홍재휴, 「太平詞攷」, 『한남어문학』 제13집, 한남대 국어국문학회, 1987.

이 이러하다 보니 〈태평사〉를 소개할 당시의 작품 정보가 학계에 그대로 비판없이 수용되고 있다. 〈태평사〉가 『韓國歌辭文學史』에서는 1843년에 순원왕후가 쓴 가사 작품으로 언급되고, 『한국고전여성작가연구』에서는 최상층부 여성이 쓴 가사문학 작품의 하나로 거론되고 있다².

그런데 한 가지 주목할만한 점은 〈태평사〉가 현실비판가사 〈거창가〉의 전반부 내용을 이루고 있다는 것이다. 〈거창가〉는 거창읍의 가렴주구 현실을 낱낱이 들추어 고발하고 아전, 수령, 감사 등의 지배층을 비판한 대표적인 현실비판가사이다. 〈태평사〉는 '태평사'라는 제목으로 따로 유통된 이본들도 있지만, 현재 남아 전하고 있는 〈거창가〉가 모두 〈태평사〉로 시작하고 있어 '거창가'라는 제목으로 유통된 이본이 더 많다.

이렇게 〈태평사〉는 〈거창가〉와 매우 밀접한 연관성을 지니고 있는 가사인데, 〈거창가〉와의 연관성을 염두에 두고 볼 때 한 가지 의문이 들지 않을 수 없다. 그것은 과연 〈태평사〉의 작가가 김대비라는 왕후의 작품인가, 그리하여 곤정가사문학의 하나로 볼 수 있는가 하는 점이다. 현재 전하고 있는 수많은 이본들을 종합적으로 살펴 볼 때 기왕의 〈태평사〉에 관한 제반 정보는 수정되어야 하는 점들이 있게 되었다. 이본의 상황, 가사의 내용, 그리고 관련기록을 통해서 〈태평사〉의 작가로 알려져 있는 김대비가 과연 작가로서 타당한지를 면밀히 검토해야 할 필요성이 있게 되었다.

이 연구의 목적은 기존에 알려진대로 과연 김대비가 작가인지를 검토하고, 김대비가 작가가 아니라고 할 때 작가층을 추정해보는

---

2 류연석, 『한국가사문학사』, 국학자료원, 1994, 278쪽. ; 이혜순 外, 『한국고전여
　　성작가연구』, 태학사, 1999, 144쪽.

데 있다. 이 연구의 목적을 위해 우선 2장에서는 〈태평사〉의 이본들을 살펴본다. 이어 3장에서는 김대비가 과연 작가가 될 수 있는가를 이본, 김대비의 생애, 그리고 제작연대의 측면에서 차례로 검토해 본다. 4장에서는 3장의 검토 결과를 바탕으로 과연 작가층은 어떤 층일지를 추정하고자 한다.

02 〈태평사〉이본의 양상

현재 확인된 〈태평사〉의 이본을 보면 제목, 총구수, 수록 양상 등에 있어서 상당한 편차를 지니고 있다. 이러한 〈태평사〉의 이본은 크게 세 분류로 정리할 수 있다. 첫째는 현실비판가사인 〈居昌歌〉의 전반부 내용으로 수록된 〈거창가〉 서두 계열이며, 둘째는 이 가사가 독립적으로 전승·유통되어 이루어진 독립완본 계열이며, 그리고 셋째는 작품의 내용이 쪼개져서 판소리 短歌로 수용된 短歌 계열이다.

A. 〈居昌歌〉서두 계열

현재 '거창가' 혹은 '아림가' 등 〈거창가〉와 관련한 제목으로 남아 전하는 이본은 모두 본사설을 시작하기 전에 〈태평사〉를 적고 있다. 이 이본들의 이본명, 제목, 총구수를 정리해보면 다음과 같다. 여기서 이본명은 〈거창가〉의 작품론에서 정리한 이본명을 그대로 따랐으며, 총구수란 〈태평사〉와 본사설을 포함한 구수를 말한다[3].

---

3 각 이본의 소재지나 표기 형태 등 자세한 사항은 이 책의 I -4 〈거창가〉 작품론을

번호	이본명	제명	총구수
1)	이현조본A	居昌別曲	387
2)	이현조본B		320
3)	임기중본A	거창가	388
4)	김준영본	井邑郡民亂時閭巷聽謠	390
5)	류탁일본A	거창가(居昌歌)	382
6)	김일근본A	거창ㄱ	215
7)	김일근본B		184
8)	박순호본	居昌歌(○林歌)	309
9)	김현구본	아림별곡	417
10)	소창본		175
11)	연세대본	거창가	384
12)	청낭결본	居昌歌	212
13)	한국가사문학관본A	娥林歌	417
14)	한국가사문학관본B	居昌歌	412
15)	한국가사문학관본C	거창가라	258
16)	한국가사문학관본D	居昌歌	152
17)	한국가사문학관본E	거충가	112
18)	한국가사문학관본F	거천가라	150
19)	한국가사문학관본G	것창가라	82
20)	유탁일본B	거청기라	156
21)	임기중본B	이조거창가	165

총구수에서 〈태평사〉가 차지하는 분량은 대체적으로 160구 전후로, 구수의 차이가 심하지 않다[4]. 위의 표에서 뒷 번호로 갈수록 총

참고하기 바란다. 여기서는 4음보를 1구로 계산했다.

4 그런데 전체 분량에서 〈태평사〉가 차지하는 비율은 ¾에 이르는 것에서부터 ½, ⅓에 이르는 것까지 다양하게 나타난다. 이러한 이유는 〈거창가〉의 본사설의 분량이 차이가 나기 때문인데, 필사자마다 덧붙이거나 빼먹는 부분이 심하고, 때로는 중도에서 필사를 멈추는 데서 기인한 결과이다. 예를 들어 〈거창가〉의 본사설이 시작하고 한 과부의 사연을 서술하는 데에서 필사를 멈추어 버리면 전체

구수에서 〈거창가〉의 본사설이 남아 있는 정도가 작아지는 경향을 지닌다. 16)번에서 〈거창가〉의 본사설은 30구에 불과하고, 17)번에서 〈거창가〉의 본사설은 3구에 불과하며, 18)~21)번까지는 아예 〈거창가〉의 본사설은 없고 〈태평사〉 부분만 남아 있다. 20)번 이본은 '시화세풍 이런씌예 아니놀고 어이ᄒ라 조션습빅 이십팔쥬 간곳마ᄃ 틔이라'로 끝맺고 있다. 〈거창가〉 서두 계열의 이본들에서 〈태평사〉와 〈거창가〉 본사설의 연결 부분은 '일어흔 太平聖世 아니놀고 무엇ᄒ리 朝鮮三百 六十州의 各邑마당 太平ᄒ되 엇지타 우리 居昌 時運이 不幸ᄒ야(아림본)'가 대부분이다. 20)번 이본의 필사자가 의도적으로 〈거창가〉 본사설의 첫구절을 마지막 구로 삼아 끝맺은 것을 짐작할 수 있다. 거창읍에 관한 사실이 하나도 기술되지 않았음에도 불구하고 제목이 그대로 〈거청기라〉가 된 것은 바로 이 이본의 저본이 〈거창가〉였기 때문이라고 할 수 있다. 이와 같이 〈태평사〉의 이본 중 〈거창가〉 서두계열은 '거창가'나 '아림가'라는 제목으로 유통되었던 것으로 18)~21)번처럼 〈거창가〉의 본사설을 손상하는 경우는 있어도 앞부분인 〈태평사〉는 고스란히 남겨 두었기 때문에 〈태평사〉의 이본이 남아 있게 되었다. 이렇게 〈태평사〉는 〈거창가〉의 전반부를 구성함으로써 〈거창가〉의 활발한 향유·전승에 힘입어 풍부한 이본을 지닐 수 있게 된 것이다.

〈거창가〉 서두 계열의 이본은 〈태평사〉가 〈거창가〉의 내용에서 제외할 수 없는 중요한 부분을 차지하고 있음을 보여준다. 〈거창가〉의 작가는 지금 한양을 포함한 조선 전역이 헌종의 즉위로 축하 분위기 속에서 태평세를 즐기고 있는데 한양과 멀고 먼 향촌 거창에서는 한 수령의 학정으로 읍민이 도탄에 빠져 신음하고 있음을 대

_____

작품에서 〈태평사〉가 차지하는 비중이 높아지게 된다.

조적으로 보여주고자 했다. 그리하여 의도적으로 〈태평사〉를 서두
로 차용한 것이라고 할 수 있다. 한양의 현실을 조선팔도 전역의 태
평세로 일반화시키고 거창의 현실과 대조시킴으로써 거창읍의 현
실을 보다 강조하여 고발하고자 한 것이다.

B. 독립완본 계열

〈태평사〉의 이본 중에서는 〈거창가〉의 전반부 사설로서가 아니
라 독립적으로 향유되고 전승된 것들이 있는데, 이것들을 독립완
본 계열이라고 할 수 있다. 확인된 독립완본 계열의 이본을 차례로
정리하면 다음과 같다.

번호	이본명	제명	총구수
22)	홍재휴본	太平詞	130
23)	전집976본	틔평가라	146
24)	전집1359본	漢陽歌	114
25)	전집1360본	한양가	163
26)	전집2356본	漢陽歌	174
27)	권영철본	한양별곡	204

위의 표에서 드러나듯이 독립완본 계열의 이본은 제목이 〈태평
사〉와 〈한양가〉가 주를 이루고 있다. 제목이 의외로 〈한양가〉가 많
은 것을 알 수 있는데, 전반부의 내용이 한양의 역사와 문물을 읊고
있기 때문에 붙여진 제목으로 보인다. 그러나 후반부의 내용이 역
대인물의 치적과 인생무상을 장황하게 읊고 있기 때문에 이 가사
의 제목으로 '한양가'는 어울리지 않는다고 할 수 있으며, 전후반의

내용을 종합적으로 고려하면 '태평사'가 적합하다고 하겠다.

　22)번 이본은 홍재휴가 소개한 이본[5]으로 비교적 짧은 편에 속하며 뒷부분의 중국 역대 인물들의 치적과 인생무상함에 대한 기술이 많이 생략되어 있다. 23)~26)번 이본은 모두 『역대가사문학전집』에 수록되어 있는 이본들이다[6]. 23)번 이본은 대부분의 이본에서 서두로 적고 있는 한양의 지세 부분이 생략되어 있다. 24)번 이본은 독립완본 계열 이본 가운데서 제일 짧은 이본으로, 대부분의 이본에서 헌종의 즉위와 태평세 구가를 서술하고 있는데 반해 여기에는 그것이 빠져 있다. 그리고 뒷부분에 서술된 중국 역대 인물들의 나열 순서가 많이 뒤섞여 있는 편이다. 27)번 이본은 권영철이 소개한 이본[7]인데, 작품 원문의 일부분과 간략한 작품 해설이 실려 있다. 전체가 9문단에 총 204(?)구로 된 가사라고 소개하고 작품 원문은 그 가운데 6문단까지를 인용해 주었다. 인용된 6문단까지의 내용으로 보아 〈태평사〉의 이본임이 확실하다. 홍재휴는 이 〈한양별곡〉이 총 408구라고 했는데, 2음보를 1구로 계산한 것인지 아니면 1음보를 1구로 계산한 것인지가 분명하지 않다. 전자에 의한 구수라면 이 이본이 이본들 가운데서 가장 긴 것이 된다.

　확인된 독립완본 계열의 이본이 〈거창가〉 서두 계열의 이본보다 그 수가 적게 나타난다. 이 점은 〈태평사〉가 〈거창가〉와 결합했을 때 향유·전승력이 강했음을 말해준다.

5　홍재휴, 「太平詞攷」, 앞의 논문.
6　여기에서는 『역대가사문학전집』에 실려 있는 일련번호를 붙여서 이본명칭을 삼았다. 23)번 이본은 18권(임기중편, 여강출판사, 1994)에, 24)번과 25)번 이본은 28권(임기중편, 여강출판사, 1992)에, 26)번 이본은 48권(임기중 편, 아세아문화사, 1998)에 실려 있다.
7　권영철, 『규방가사각론』, 형설출판사, 1986, 335~339쪽.

C. 短歌 계열

〈태평사〉의 구절은 판소리 단가의 사설에도 수용되었다[8]. 단가는 판소리를 부르기 전에 창자가 목을 풀기 위해 부르던 노래이다. 단가 사설에서 〈태평사〉의 구절을 가져다가 만든 것들도 〈태평사〉의 이본이라고 할 수 있는데, 이것들을 소개하면 다음과 같다.

번호	이본명	제목	총구수
28)	창악대강본1	太平歌	33
29)	창악대강본2	樂豊歌	30
30)	창악대강본3	逆旅歌	44
31)	가창대계본	不須嚬	44

28)번에서 30)번까지는 『창악대강』[9]에 수록되어 있는 이본이다. 28)번은 단가의 제목이 〈태평가〉로 되어 있는데, 정확히 〈태평사〉의 맨 앞 부분의 내용을 그대로 옮겨다놓았다. 다만 맨 뒤에 '장하도다 우리 왕기 태평성대 만만대 억만대 누리리라'를 덧붙여 마감했을 뿐이다. 29)번은 단가의 제목이 〈낙풍가〉로 되어 있는데, 〈태평사〉의 내용 가운데 순조의 승하와 태평세의 구가를 중심으로 하는 내

---

8 〈태평사〉의 내용을 일부 발췌하여 단가 사설의 전문으로 삼은 것도 있지만 가사의 내용을 일부 발췌하고 거기다가 약간의 새로운 사설을 덧붙여서 내용을 구성한 것도 있다. 이러한 것들은 장르간 교섭의 결과로 나타난 것으로서 엄격한 의미에서는 이본에 해당하지 않는다고 할 수 있다. 그러나 〈태평사〉의 내용을 일부 통채로 끊어서 사설의 전부를 구성한 경우 이본의 하나로 보아야 할 타당성이 충분하며, 무엇보다 〈태평사〉의 총체적인 이해에 도달하기 위해서는 이러한 것도 이본의 영역에 넣고 조망할 필요가 있다.

9 박헌봉, 『창악대강』, 국악예술학교 출판부, 1966.

용을 그대로 옮겨다 놓았다. '작년도 풍년이오 금년도 풍년이라'라는 구절이 있어서 제목이 〈樂豐歌〉로 붙여진 듯하다. 30)번은 단가의 제목이 〈역려가〉로 되어 있는데, 중국 역대 인물들의 치적과 인생무상을 차례로 읊어내려 가는 〈태평사〉의 후반부 내용을 담았다. 〈태평사〉에서 역대 인물이 '堯舜禹湯 文武周公'부터 시작하는데, 여기에서는 '천황씨 지황씨, 인황씨, 복희씨, 헌원씨, 신농씨' 등이 죽음을 면하지 못하였음을 말하는 21구를 덧붙였다.

31)번은 『한국가창대계』[10]에 수록되어 있는 이본이다. 30)번 이본과 앞부분 20구 정도가 다르고 나머지는 거의 같다. 첫머리 19구가 '어와 청춘 소년님네 장부가를 들어보소 국내 청년 모아다가 교육계에 넣어두고 각종 학문 교수하여 ― 장부가로 노래하니 뜻이 깊고 애가 타서 가슴이 답답 목마르다'로 시작하는데, 이 구절은 본래 '여보아라 소년들아 이내 말을 들어보소 어제 청춘 오늘 백발 그 아니 가련한가'라고 하던 것을 申在孝가 고친 것이라고 한다[11]. 〈태평사〉에서 헌종의 즉위와 태평세 구가에 이어 '장안청누 소년덜아 협탄비엉 할연이와 틱팽곡 격양가 리닉로애 들어보소 작일청춘 금일백발 낸들안니 모을손야 ― 긔벽후 인사적 역역히 들어보소 도득 관천하신 만고성인일녀시되 요순우탕 문무주공'으로 이어지는 대목을 앞부분만 고치고 나머지는 그대로 따다가 사설을 엮었던 것으로 파악된다. 한편 『한국가창대계』 단가 21번에 〈역려가〉라는 단가가 수록되어 있는데 30)번과 구절이 동일하여 또다른 이본으로 보지 않았다[12].

10　이창배 편저, 『한국가창대계』, 홍인문화사, 1976.
11　앞의 책, 634쪽.
12　앞의 책, 694~696쪽.

단가 계열의 이본에서 주목할 만한 점은 『창악대강』에 이본들이 수록된 순서가 〈태평사〉의 내용 전개를 그대로 따르고 있다는 것이다. 〈태평사〉의 맨 앞부분을 〈태평가〉로, 중반 부분을 〈낙풍가〉로, 그리고 마지막 부분을 〈역려가〉로 옮겨 놓았다. 그리고 주목할 만한 점 또 하나는 『창악대강』에 〈거창가〉의 내용을 그대로 담은 〈민원가〉가 단가 사설로 실려 있다는 것이다. 이러한 두 가지 점을 고려할 때 『창악대강』소재 단가 사설은 〈태평사〉보다는 〈거창가〉를 저본으로 해서 형성되었다고 보는 것이 합리적인 판단이다. 『창악대강』소재 단가인 〈태평가〉, 〈낙풍가〉, 〈역려가〉, 〈민원가〉 등 4편은 모두 〈거창가〉를 저본으로 하여 그 내용을 잘라서 사설을 구성하고 제목을 붙였던 것이다.

이상에서 살펴본 바와 같이 총 31편이나 되는 〈태평사〉의 이본 가운데 〈거창가〉 서두 계열과 단가 계열의 이본은 〈거창가〉의 활발한 전승과 향유에 힘입어 만들어진 이본들임을 알 수 있다. 한편 독립완본 계열의 이본들도 〈거창가〉의 유통에 의해 이본이 형성되었을 가능성을 배제할 수 없다. 독립완본 계열의 이본 중에서 〈태평사〉와 관련한 제목은 〈태평사〉와 〈틱평가라〉 두 편 뿐이고 나머지는 모두 〈한양가〉와 관련한 제목을 지니고 있다. 〈한양가〉라는 제목의 경우 본래의 〈태평사〉가 제목을 상실하여 유통되면서 〈한양가〉로 와전되었는지, 아니면 〈거창가〉의 전반부가 떨어져 나와 유통되면서 〈한양가〉로 와전되었는지는 확실히 알 수 없다. 이렇게 독립완본 계열의 이본 가운데 〈한양가〉라는 제목을 지닌 이본들은 〈거창가〉의 전반부가 떨어져 나와 독립 유통되면서 제목이 붙었을 가능성을 배제할 수 없는 것이다. 이와 같이 〈태평사〉는 확인된 것만 31편이나 되는 많은 이본을 가지고 있긴 하지만 원래 〈태평사〉의 향유와 전승은 매우 제한적이었으며, 오히려 〈거창가〉의 향유와 전승에 의존하여 향유와 전승이 활발하게 이루어졌다고 할 수 있다.

03 金大妃는 과연 작가인가

A. 이본과 유통의 측면에서

작가에 대한 정보를 주고 있는 이본은 홍재휴본 하나인데, '歌辭의 題下에 金大妃라 적혀 있'다고 한다[13]. 그러나 위에서 살펴 본 바와 같이 총 31편이나 되는 이본 가운데 김대비를 작자로 기록하고 있는 이본은 딱 한 편밖에 안된다. 작가에 대한 기록이 희박할 때 하나의 기록이라도 그 의미가 큰 것임은 당연할 것이다. 문제는 그 많은 이본 가운데 단 하나의 이본에서만 '김대비'라는 기록을 남겼다는 데에 있다.

앞서 이본의 양상에서 살펴본 바와 같이 〈태평사〉의 이본은 〈거창가〉 서두 계열이 가장 많다. 만약 〈태평사〉의 작가가 김대비라면 〈거창가〉의 작가가 왕후의 작품을 무단으로 자기 가사의 앞부분에 차용할 수 있었겠느냐 하는 의문이 들지 않을 수 없다. 봉건체제 하에서는 저작권이라는 개념은 없었지만, 왕과 왕가는 신성불가침의 절대적 권위를 지니고 있었기 때문에 문학 작품에 대한 왕과 왕가의 저작권이 절대적으로 보장 받았을 것은 너무나 분명하다.

한편 만약 〈태평사〉의 작가가 김대비라면 독립완본 계열의 이본

13 홍재휴, 「太平詞攷」, 앞의 논문, 131쪽.

이 향유·전승되면서 작가가 그렇게 쉽사리 떨어져 나가지는 않을 것으로 보인다. 예를 들어 같은 왕족인 순원왕후 김대비가 지었다고 하는 〈김대비훈민가〉의 경우를 보자. 〈김대비훈민가〉의 유포범위는 안동문화권을 중심으로 여러 곳에 퍼져 있는 것으로 나타난다. 이 가사는 작가의 이름이 떨어져 나가 〈훈민가〉혹은 〈훈민시〉로 유통된 것은 딘 세 긴뿐이다. 대부분의 이본은 〈김대비훈민가〉처럼 아예 제목에 작가 이름을 달고 유통되었는데, 그것을 지역별로 살펴보면 다음과 같다.

> 안동문화권 : 안동-김듸비훈민가 2편 김틔부훈민가 1편
> 　　　　　　　영주-김듸비훈민가 2편 / 의성-김듸비훈민가 1편
> 성주문화권 : 칠곡-김듸비 1편
> 경주문화권 : 울산-김듸비훈민가 1편[14]

위에서 알 수 있듯이 안동, 성주, 경주문화권에서 〈훈민가〉는 규방가사의 한 작품으로 향유되면서, 대부분 작가 이름이 붙은 〈김대비훈민가〉라는 제목으로 유통되었다. 김대비라는 작자가 떨어져 나가 무명씨의 〈훈민가〉, 〈훈민시〉 등으로 유통된 경우가 세 건에 불과한 반면 상당수가 여전히 김대비(순원왕후)라는 이름을 달고 유통된 것이다. 안동문화권에서 이 가사의 유포가 많았던 것은 순원왕후 김대비가 안동김씨 출신인 것과 무관하지 않은 것으로 보인다.

그런데 동일한 지역의 규방가사에서 〈태평사〉는 거의 향유되지

14　최규수, 「김대비훈민가의 말하기방식과 가사문학적 효과」, 『한국문학논총』제 27집, 한국문학회, 2000, 142~143쪽.

않았으며, '김대비의 태평사'라는 타이틀을 지닌 채 유통되지도 않
았다. 순원왕후 김대비도 안동김씨이고 효원왕후도 역시 안동김씨
였다. 같은 안동김씨인데도 이 지역에서 순원왕후 김대비의 〈훈민
가〉가 작가를 유지한 채 유통된 반면 효원왕후 김씨의 〈태평사〉는
향유되지 않았다면, 김대비 작가설은 의심할 만한 여지가 있다고
하겠다.

B. 김대비 생애의 측면에서

김대비는 과연 누구일까? 역사적으로 실존했던 김대비 가운데
작가가 될 수 있는 인물은 누구인지를 추정해보고자 한다. 우선 헌
종 대에 김씨 성을 지녔거나 대비의 신분이었던 왕족 여성으로는
순조비이자 헌종대 김대비인 純元王后, 익종비이자 헌종의 어머니
인 조대비 神貞王后, 헌종비인 효현왕후 등을 들 수 있다.

먼저 순원왕후(1789~1857)는 순조의 비이자 익종의 어머니이며
헌종의 할머니가 된다. 안동 김씨 金祖淳의 딸로서 1802년 10월 순
조비로 간택되었다. 1834년 순조가 죽자 어린 헌종을 대신하여 수
렴청정을 하였으며, 대왕대비에 進號되었다. 1849년 헌종이 후사
없이 죽자 철종으로 왕통을 잇게 하고 다시 수렴청정을 했으며, 외
가인 金汶根의 딸을 철종의 왕비로 책봉함으로써 안동 김씨 세도정
치의 절정기를 이루게 하였다. 이와 같이 순원왕후는 전생애를 거
쳐 안동김씨 세도정치를 배경으로 정치적 활동이 활발했던 왕후였
다. 가사 작품으로 〈김대비 훈민가〉와 〈부인 훈민가〉를 지었다.

신정왕후(1808~1890)는 익종의 비이자 헌종의 어머니가 된다.
풍양 조씨 趙萬永의 딸로서 1819년 8월 익종비로 간택되었다. 1830

년 익종이 죽자 왕대비가 되고, 1857년 순원왕후가 죽자 대왕대비
가 되었다. 1863년 철종이 후사 없이 죽자 고종으로 왕통을 잇게 하
고 수렴청정을 하였는데, 이로 인해 안동김씨의 세력이 크게 약화
되었다. 이후 흥선대원군에게 실권을 잡도록 하면서 친정세력들을
대거 기용하였지만 잇따른 정변에 희생되어 조씨 가문이 쇠락하기
에 이르렀고 1890년에 사망했다.

　효현왕후(1828~1843)는 헌종의 비로서 안동김씨 金祖根의 딸이
다. 1837년 헌종비로 책봉되고, 嘉禮는 4년 후인 1841년에 올려 왕
후가 된 지 2년 후인 1843년에 사망했다.

　이상으로 순원왕후, 신정왕후, 효현왕후의 개략적인 생애를 살
펴보았는데, 그렇다면 이 세 사람 가운데 〈태평사〉를 지을 수 있었
던 여성은 누구일까.

> 怨讐로다 怨讐로다 甲午年이 怨讐로다 / 蒼梧山色 저문날의 玉輦昇
> 天 하시도다 / 如喪考妣 ᄒ난悲懷 深山窮谷 一般이라 / 하날갓탄 大王大
> 妃 日月갓탄 慈聖殿下 / 太任의 德ᄂᆡ신가 聖人皇后 ᄹᆯ을바다 / 垂簾聽政
> 하온後의 八域이 晏然하다(홍재휴본)

　위에서 갑오년에 순조가 승하하고 '일월 같은 자성전하'인 헌종
이 즉위했으나, '하늘 같은 대왕대비'인 순원왕후 김대비가 수렴청
정을 한 사실을 서술했다. 그런데 위의 서술에서 순원왕후 김대비
가 '하날갓탄 大王大妃'라고 삼인층으로 기술되어 있다. 김대비를
삼인칭으로 서술하고 있는 것은 모든 이본에서 동일하게 나타난
다[15]. 이렇게 순원왕후 김대비가 삼인칭으로 서술되어 찬양되고 있

15　몇 편만 소개하면 다음과 같다. "하늘갓튼 大王大妃 日月갓튼 慈聖殿下"; "하날갓

으므로 순원왕후 김대비는 작가가 될 수 없다.

그렇다면 신정왕후 조대비는 어떠한가. 조대비는 1834년에 헌종이 왕위에 오르자 왕대비가 되었고, 헌종이 친정을 시작한 1841년경, 즉 〈태평사〉를 창작할 당시에는 나이가 33세였다. 이 조건만 본다면 신정왕후는 위와 같이 대왕대비 순원왕후를 찬양하는 내용의 가사를 충분히 지을 수 있었을 것이다. 그런데 조대비는 1857년에 순원왕후 김대비가 사망한 후에 풍양조씨의 세도를 배경으로 실권을 장악하고 수렴청정을 하던 인물이었다. 이렇게 〈태평사〉가 정치적으로 막강한 권력을 소유한 인물의 가사작품이라면 순원왕후 김대비의 가사 작품처럼 작가가 떨어져 나가거나 다른 이름으로 유통되었을 가능성은 희박하다고 할 수 있다. 그리고 조대비가 김대비로 바뀔 수 있는 것인지도 생각하면 아무래도 조대비가 작가일 가능성은 없어 보인다.

마지막으로 〈태평사〉의 작가로 효현왕후는 어떠한가. 홍재휴는 순원왕후 김대비가 작가가 될 수 없으므로 또다른 김씨인 효원왕후가 작가라고 보았다. 효현왕후는 작품에서 칭송해 마지않는 헌종의 妃로서 1828년에 태어나서 1837년에 헌종비로 책봉되고, 嘉禮는 4년 후인 1841년에 올렸다. 〈태평사〉를 창작할 당시의 나이가 13세이고, 이후 2년 후인 1843년에 불과 15세로 요절했다. 따라서 효현왕후는 일찍 요절하여 大妃가 된 적이 없다. 헌종은 효현왕후가

은 大王大妃 日月같은 慈聖殿下”;“천지갓튼 듸왕듸비 일월갓튼 주성젼흐”;“하날갓튼 大王大妃 日月갓튼 慈聖殿下”;“하날갓흔 듸왕듸비 일월갓흔 자성권화”;“하날갓탄 大王大妃 日月갓탄 慈聖殿下”;“한날굿튼 듸왕듸비 이월가튼 주성젼흐”;“하날갓튼 듸왕듸비 日月갓튼 주셩젼하”;“하날갓흔 듸왕듸바 일월갓치 발은젼하”;“하늘가면 대왕듸비 일월갓탄 자생젼하”;“하날갓튼 大王大妣 日月갓튼 仁聖殿下”;“하날갓흔 듸왕듸비 일월갓흔 금셩쳔흐”;“하늘같은 대왕대비 일월같은 직셩젼하”

451

죽은 다음해인 1844년에 明憲王后를 들였으므로 헌종대의 대비로
는 순원왕후 김대비와 신정왕후 조대비가 있었고, 1849년에 철종
이 즉위하고서는 순원왕후 김대비, 신정왕후 조대비, 명헌왕후 홍
대비가 있었다. 그러므로 효현왕후를 가리켜 김대비라고 할 가능
성은 거의 없다고 볼 수 있다. 만약 효현왕후가 죽기 전에 〈태평사〉
를 칭작하였디고 한디면, 10대 초반의 어린 나이에 〈태평사〉를 지
었다는 것인데, 이렇게 보기에는 아무래도 무리가 있다.

C. 제작 연대의 측면에서

가사의 내용 중에는 역사적 실제 사건을 기술하고 있는 부분이
있어서 작품의 제작 연대를 추정할 근거를 마련해 주고 있는데, 그
부분을 다시 한 번 인용하면 다음과 같다.

> 怨讐로다 怨讐로다 甲午年이 怨讐로다 / 蒼梧山色 저문날의 玉輦昇
> 天 하시도다 / 如喪考妣 ㅎ난悲懷 深山窮谷 一般이라 / 하날갓탄 大王大
> 妃 日月갓탄 慈聖殿下 / 太任의 德닉신가 聖人皇后 쏜을바다 / 垂簾聽政
> 하온後의 八域이 晏然하다 / 道光三七 辛丑年에 우리聖上 卽位하사 / 春
> 秋方盛 十五年의 漢昭帝에 聰明이요 / 周成王의 어린임군 八百年 基業
> 이라 / 우리殿下 어리시되 八千歲나 바래도다 / 昨年도 豊年이요 今年
> 도 豊年이라 / 天無烈風 淫雨하고 海不揚波 三年이라(홍재휴본)

맨먼저 읊고 있는 사실은 순조의 승하 사실이다. 1834년 갑오년
에 순조가 승하했으므로 원수라고 하면서 부모가 돌아가신 듯이
온조선이 슬퍼한다고 하였다. 다음은 순조 승하 이후 어린 헌종이

즉위하고 순원왕후 김대비가 수렴청정한 사실을 읊었다. 하늘같은 대왕대비께서 일월같은 전하를 위해 수렴청정을 하여 팔도가 편안하다는 사실을 말하였다. 이어서 김대비가 수렴청정을 폐하고 헌종이 親政을 하기 시작한 사실을 읊었다. '도광칠년 신축년'은 1841년을 말한다. 헌종이 나이가 어린 관계로 대왕대비 김대비(순원왕후)가 수렴청정을 하다가 1841년에 15세의 나이로 친정을 하기 시작한 것을 서술한 것이다. 작가는 헌종이 비록 나이가 어리지만 총명하여 어린 주성왕이 팔백년 기업을 닦은 것과 같이 팔백세 수를 누리며 왕업을 이루기를 바란다고 하였다. 그리하여 작년도 풍년이고 올해도 풍년이며, 하늘에서 비바람이 일지 않고 바다에서 성난 파도가 일지 않은 지 삼년이 되었다고 했다. 제작년대와 관련하여 문제가 되는 구절은 바로 이 '天無烈風 淫雨하고 海不揚波 三年이라'라는 구절이다.

홍재휴는 이 가사를 소개하면서 작품의 제작년대를 1843년 경으로 보았다. 그때 논거로 제시한 것은 가사의 내용 가운데 있는 '天無烈風 淫雨하고 海不揚波 三年이라'라는 구절이다. 즉, '海不揚波 三年'이라고 한 것은 憲宗이 親政한 삼년 동안에 아무런 파란없이 國泰民安하였음을 말한 것이니 이것으로 미루어 보아 이 가사의 제작이 곧 헌종 9년(1843년)에 이루어졌다는 것이다[16].

문제는 31편이나 되는 이본 가운데서 '海不揚波 三年이라'이라는 구절이 나오는 이본은 그렇게 많지 않다는 점이다. '海不揚波 三年이라'고 서술한 이본은 〈거창가〉 서두 계열의 류탁일본A, 연세대본, 청낭결본, 한국가사문학관본D와 독립완본 계열의 홍재휴본 등 5편 뿐이다. 반면 대부분의 이본에는 이 구절이 '海不揚波 하겠구

---

16 홍재휴, 「太平詞攷」, 앞의 논문, 135쪽.

나'로 서술되어 있다. '삼년이라'로 서술된 것은 현재형 서술로 헌종이 친정을 한 후 아무런 파란 없이 국태민안한 지가 3년이 되었다는 말이다. 반면 '하겠구나'로 서술된 것은 미래형 서술로 헌종이 친정을 시작했으니 이제 국태민안이 될 것이라는 말이다.

앞뒤의 문맥으로 보아서 작가는 헌종의 친정 개시를 찬양하고 있다. 따라서 여기서 과거에 풍년든 사실을 들어 미래에도 풍년이 들 것을 기원하는 내용은 헌종이 친정을 시작한 이후의 사건을 시간적으로 기술한 것이라기보다는 이어져 내려온 풍년이 헌종의 치세에도 계속되기를 기원하는 서술로 봄이 좋을 듯하다. 그렇다면 이 가사는 헌종이 친정을 시작한 후 삼년이 지난 시점에서 제작된 것이 아니라, 헌종이 친정을 개시한 직후의 시점에서 제작된 것이라고 보는 것이 보다 타당하다. 통상적으로 왕이 수렴청정을 끝내고 어린 나이이지만 친정의 길로 들어섰다면 바로 그 직후에 왕을 찬양하고 태평세를 구가하는 가사를 제작하는 것이 일반적이고 현실적인 일일 것이다. 더군다나 다수의 이본에서 '海不揚波 하겠구나'로 서술하고 있으므로 '海不揚波 하겠구나'라는 구절을 정본으로 보는 것이 합리적이다. 그러므로 이 구절은 '하겠구나'라는 미래형 서술을 정본으로 하여 '작년도 풍년 올해도 풍년이니 앞으로도 하늘이 도와서 天災가 없겠구나'는 의미로 파악하는 것이 이치에 합당하다고 하겠다. 따라서 〈태평사〉는 헌종의 친정이 시작된 바로 그 시점인 1841년에 제작한 것이라고 보는 것이 합리적이라는 판단이다.

조선왕조실록의 기록과 가사의 내용을 대조해 볼 때도 〈태평사〉가 1841년에 창작된 것으로 보인다. 순원왕후 김대비는 이미 1840년 12월에 수렴청정을 거둔다는 하교를 내린 바 있었고 1841년 1월

10일에 드디어 헌종의 친정이 개시되었다. 그런데 1841년은 김대비가 母臨한지 40년이 되는 해이기도 하였다. 이 해에 들어서기가 무섭게 1월 6일에 모림 40년 기념 예물을 허락하기를 청하였으며, 1월 8일에는 대왕대비의 윤허를 받아내었다. 이어 헌종은 1월 10일에 인정문에 나가 친정을 처음으로 실시했는데, 친정을 개시한 3일 후인 1월 13일에 대왕대비의 존호를 光聖이라 올렸다. 2월 13일에는 헌종이 인정전에 나가 陳賀를 받고 教書를 반포하고 赦宥하였으며, 3월 7일에는 김대비가 모림 40년을 기념하여 진하를 받고 교서를 반포하고 사유하였다[17]. 즉 1841년 헌종이 친정을 개시한 해가 마침 김대비 모림 40년 기념해이기도 하여 두 차례의 교서 반포를 통한 사면이 행해진 바 있었던 것이다. 이 사실과 연관할 수 있는 〈태평사〉의 구절을 인용해 보도록 하겠다.

　　　작연도 풍연이요 금연도 풍연리라 / 쳔무열풍 엄우하고 희불양파 하개구나 / 가겹인족 하연리와 국틱민안 더욱조타 / 입아 징민들아 어셔가고 밧비가셔 / 동화문에 결인일 윤엄을 한무재이 조션가 / 초목군생 길겨엄도 태팽연월 분명일닉 / 장안청누 소연덜아 협탄비엉 할연이와 / 틱팽곡 격양가 리닉로애 들어보소(전집1360본)

위에서 작가는 먼저 '작년도 풍년 올해도 풍년이니 하늘이 도와서 天災가 없겠구나, 식구들 충분히 먹이고 나라도 평안하니 더욱

17　헌종 7년 1월 6일 〈빈청에서 모림 40년 기념 예물을 허락하기를 청하다〉 ; 1월 8일 〈기념 예물의 허락을 다시 아뢰어 대왕대비의 윤허를 받다〉 ; 1월 10일 〈인정문에 나아가 조참을 행하다〉 ; 1월 13일 〈대왕대비의 존호를 광성이라 하다〉 ; 2월 13일 〈인정전에 나아가 진하를 받고 교서를 반포하고 사유하다〉 ; 3월 7일 〈대왕대비가 모림 40년을 기념하여 교서를 반포하고 진하를 받고 사유하다〉(증보판 CD-ROM 국역 조선왕조실록 제3집, 서울시스템(주), 1997)

좋다'고 했다. 이어서 백성들을 향하여 돈화문에 윤음이 걸렸으니 어서 가서 보자고 하면서 태평세가 분명하다고 하였다. 여기서 돈화문에 걸린 윤음이 언제 내리고 어떤 내용인지는 알 수 없다. 다만 앞서 살펴 본 헌종실록의 기록과 관련하여 볼 때 '돈화문에 걸린 윤음'은 1841년 2월 13일과 3월 7일에 있은 헌종의 친정과 김대비 모림 40년 기념으로 행해진 두 차례의 교서가 아닐까 추정된다. 대왕대비의 수렴청정의 도움으로 무사히 헌종이 친정을 시작하고 교서를 통해 죄인을 사면하자 성군의 태평세를 찬양하면서 마음껏 즐겨보자고 한 것이다.

한편 〈거창가〉의 제작 시기를 함께 고려할 때도 〈태평사〉의 창작 시기는 1841년이 합당하다고 본다. 앞서 이본의 양상에서 살펴보았듯이 〈태평사〉의 향유와 유통은 〈거창가〉의 향유와 유통에 힘입은 바가 크다. 〈거창가〉는 신축년(1841)에 있었던 書院의 秋享事를 다루는 것으로 끝맺고 있어서 1841년 경에 제작된 것으로 추정되는 현실비판가사 작품이다. 〈거창가〉가 〈태평사〉를 전반부 사설로 차용하고 있으므로 〈태평사〉는 〈거창가〉의 창작시기보다 이전에 창작된 것은 분명하다. 따라서 헌종의 윤음이 돈화문에 걸리게 된 1841년 봄 즈음에 〈태평사〉가 창작된 것이고, 이어 1841년 가을이 지난 즈음에 〈태평사〉를 전반부에 수용한 〈거창가〉가 창작된 것으로 해야 앞뒤가 맞는 것이 된다.

이와 같이 〈태평사〉의 제작시기는 헌종이 친정을 시작한 직후인 1841년으로 추정된다. 이렇다고 할 때 당시 효현왕후의 나이는 13세에 불과하여 효현왕후가 작가가 되기에는 무리가 따른다. 여성이든 남성이든 간에 가사문학의 창작에 아무리 익숙하다 하더라도 불과 13세의 나이에는 〈태평사〉의 내용을 기술할 수는 없다고 보기

때문이다. 그러면 왜 한 이본에서 작가를 김대비라고 기록하게 된
것일까? 많은 무명씨 가사문학의 향유, 전승, 이본의 생성 등을 생
각하면 이런 추측이 가능해진다. 즉 순원왕후 김대비가 쓴 〈훈민
가〉가 활발히 유통되고 있었으므로 한양을 중심으로 내용을 전개
하고 있는 〈태평사〉가 향유되는 과정에서 한 향유자가 이 가사도
김대비가 썼을 것이라고 잘못된 기록을 덧붙인 것이 아닌가 하는
것이다. 실제로 작품 내용에 김대비가 등장하므로 내용과 작가의
잘못된 연상 작용이 작동한 결과 김대비라는 기록이 덧붙여진 것
이라고 할 수 있다.

　그러므로 현재로서는 〈태평사〉의 작가는 무명씨라고 보는 것이
합당하다는 판단이다. 그리하여 다음으로 할 일은 작품 세계를 분
석하여 작가층이 누구일까를 추정하는 일일 것이다.

04　작품세계를 통해본 〈태평사〉의 작가층

　〈태평사〉의 내용은 크게 두 부분으로 나눌 수 있다. 전반부는 한
양의 지세와 문물에 이어 순조의 승하, 수렴청정, 헌종의 친정 시
작, 태평세 구가 등의 내용을 지닌다. 후반부는 태평세의 향락 권
고에 이어 중국역대 명인들의 치적과 그와 대조적인 죽음, 인생무
상 등의 내용을 지닌다. 전반부는 한양의 태평과 관련한 내용을 지
니므로 〈한양가〉나 〈태평사〉라는 제목이 붙을 수 있고, 후반부는 역
대 인물들의 죽음을 들어 인생무상함과 향락을 강조하는 내용을
지니므로 〈역려가〉라는 제목이 붙을 수 있다. 이러한 이질적인 두

내용을 연결하고 있는 연결고리는 '태평세'이다. 그런 의미에서 작품 전체의 제목으로 〈태평사〉가 붙은 것은 당연하다고 할 수 있다. 이 두 가지 내용은 작가의 의도에 의해 교묘하게 배치되어 있다. 〈태평사〉의 서두와 중간연결 부분을 보면 다음과 같다.

가) 어하시상 벼님닉야 이닉말삼 덜어보소 / 역여갓텬 천지간애 부유갓현 우리인생 / 조로갓치 실어진리 안리노멸 못할니랴 / 우주애 비기셔셔 팔도강산 구어본디 / 백두산 일지딕애 삼각산리 생기어고 / 딕결봉 혀언물은 한강수 되여이고

나) 작연도 풍연이요 금연도 풍연리라 / 천무열풍 엄우하고 희불양파 하개구나 / 가겹인족 하연리와 국틱민안 더옥조타 / 입아 징민들아 어셔가고 밧비가셔 / 동화문에 결인일 윤엄을 한무재이 조선가 / 초목군생 길겨엄도 태팽연월 분명일닉 / 장안쳥누 소연덜아 협탄비엉 할연이와 / 틱팽곡 격양가 리닉로애 들어보소 / 작일쳥춘 금일백발 낸들안니 모을손야 / 장틱애 고언기집 며쇼조타 자앙말아 / 셔산애 지난날은 뉘아사 금하며 / 동희애 가은물은 다시오기 얼엄도다 / 뒤동산 진은쇼텬 명연삼월 다시오견만난 / 가연타 울리인생 늘견후로 다시소연 어엽도다 / 나양성 심이혀애 롭고나진 져무뎜은 / 영웅호결리 맷맷치며 절대가인이 맷사람고 / 우낙중분 미백년에 소연힝낙 편시춘이라 / 긔벽후 인사적 역역히 들어보소 / 도득 관천하신 만고셩인 일녀시되 / 요순우탕 문무주공 소공공명 안징졍주자 이고(전집 1360본)

가)는 이 가사의 서두 부분이다. 〈태평사〉의 전반부 내용은 한양

의 지세와 문물, 역사적 사건, 및 헌종의 친정과 태평세 구가를 읊었다. 그런데 작가는 한양의 지세를 서술하기에 앞서서, '逆旅같은 이 세상에 浮流같은 우리 인생은 아침 이슬처럼 사라지니 아니 놀고 어이 하겠느냐'는 내용을 먼저 서술했다. 작품 전체를 관통하는 주제를 서두에서 내세웠다고 할 수 있다.

나)는 앞서의 전반부 사설에서 후반부 사설로 이어지는 연결부분이다. 백성들을 향해 돈화문에 걸린 윤음을 보러가자면서 초목군생도 즐거워하니 태평세가 분명하다고 하였다. 그리하여 장안청루의 소년들을 향하여 자기의 태평곡과 격양가를 들어보라는 것으로 연결하였다. 전반부 사설과는 다소 이질적이라고 할 수 있는 후반부의 사설이 '태평세'를 매개로 하여 자연스럽게 연결되고 있는 것이다. 세월은 흐르기 마련이어서 가련한 우리 인생들은 늙은 후로는 다시 소년이 되기 어렵다는 주제의 대구 표현들을 나열하였다. 이어서 '낙양성 십리허에 높고 낮은 저 무덤은 영웅 호걸이 몇몇이며 절대 가인이 몇몇인고'라는 구절로 연결한 후 무덤 속에 있는 중국의 영웅호걸과 절대가인들을 낱낱이 들어 어느 누구도 죽음을 면치 못하였음을 반복하여 말하였다. 이러한 나열이 지루하게 계속되다가 다음과 같이 결말 부분으로 이어진다.

> 다) 안기생 적송자난 동희상 신션이라 / 귀로만 들어잇지 눈어로 난 못바로라 / 한종실 사호션생 상산이 멀어잇고 / 쳔지가 긔백하고 일월도 회명켜뎡 / 하물며 울리인생 쳔만새 장생할가 / 춘화추엽 새월리 여유하사 / 일여한 셩새얘 안이노고 며몃하리야(전집 1360본)

다)는 〈태평사〉의 마지막 구절이다. 역대 명인들도 죽음을 면치 못했는데, 하물며 우리들이야 천만년 장생할 리 있겠느냐고 하면서 이러한 태평세에 실컷 놀아보자고 끝을 맺었다. 서두에서 읊은 '逆旅같은 이 세상에 浮流같은 우리 인생은 아침 이슬처럼 사라지니 아니 놀고 어이 하겠느냐'는 것과 정확하게 수미상관한 표현으로 끝을 맺고 있는 것이다.

〈태평사〉는 두 이질적인 내용으로 구성되었으며, 구절의 상당수가 관습구로 이루어져 있다. 작가가 이러한 〈태평사〉의 내용을 어떻게 구성하여 창작했는지는 알 수 없다. 작가가 〈태평사〉의 전체 내용을 모두 창작한 것인지, 전반부나 후반부의 하나를 창작하고 다른 하나를 다른 가사에서부터 차용한 것인지, 아니면 작품 전체를 구성하는 대부분의 구절을 기존의 가사문학에서 따다가 연결한 것인지는 알 수 없다. 그런데 조선후기 가사문학은 作詩 자체가 기존의 공식구나 관습구를 수용하여 연결하는 것이 관례로 용인되었다. 가사문학에서는 동일 제목의 작품이 쏟아져 나오기도 하고, 내용이 천편일률적인 경우가 매우 흔하게 나타난다. 가사문학의 이러한 창작 상의 관례를 감안한다면 〈태평사〉의 내용 구성의 출처나 순수창작여부는 그렇게 중요한 문제는 아닐 것으로 보인다. 순수창작이든 기존의 가사문학을 적절히 배치하였든 간에 〈태평사〉는 위에서 본 바와 같이 그 내용의 연결이 정교하고 치밀하게 의도적으로 되어 있음을 알 수 있다.

그럼에도 불구하고 〈태평사〉의 표현과 문체가 매우 능숙하게 이루어졌음은 부인할 수 없다. 한양의 지세와 문물, 중국의 영웅호걸과 절대가인들의 치적과 죽음 등을 나열하여 서술하는 데에서는 어려운 한자어의 사용에도 불구하고 대구 표현을 적절하게 사용하여 가사문학의 능숙한 표현력을 보여준다. 그리하여 전체적으로 지리해질 수밖에 없는 내용에도 불구하고 시적 긴장을 놓치지 않는 가사의 흐름을 유지하고 있다. 앞서 이본의 양상에서 살펴본 바와 같이 〈거창가〉가 단가 사설로 수용될 때도 〈태평사〉에 해당하는 부분들이 주로 수용되었는데, 〈태평사〉의 표현력과 문체가 명문장으로서 대중적 흡인력을 지니고 있었기 때문이라고 할 수 있다.

후반부를 시작하는 즈음에 기술되어 있는 '낙양성 십리허에 높고 낮은 저 무덤은 영웅호걸이 몇몇이며 절대가인이 몇몇인고'라는 구절은 민요에도 보이는 구절이다. 이 낯익은 구절은 당시 유행하는 민요에 원래 있었던 구절이고, 이것을 〈태평사〉의 작가가 차용했을 수도 있다. 그러나 역으로 이 가사의 전승과 향유에 힘입어 이 구절이 민요에 수용되었을 가능성도 있다고 보인다. 어쨌든 〈태평사〉는 당대에 풍미했던 인생무상적·향락적 내용의 대중성과 표현력 및 문체의 능숙함으로 인해 당대의 많은 사람들과 폭넓은 공감대를 형성할 수 있었던 것으로 보인다. 이렇게 〈태평사〉의 작가는 일단 가사문학의 창작에 익숙하여 능숙한 표현력과 문체를 구사할 줄 아는 문필력을 갖춘 식자층으로 추정할 수 있다.

〈태평사〉에서는 죽음을 향락과 연결하는 인식을 보인다. 작가는 아무리 영웅호걸이고 절대 가인이라서 한 시대를 주무르고 호강을 누렸더라도 누구나 죽을 수밖에 없으니 살아서 즐겨야 한다는 인식을 분명하게 드러낸다. 이러한 죽음과 향락에 대한 인식은 당대인에게 보편적인 인식이었던 것은 분명한 것같다. 그럼에도 불구하고 죽음과 향락에 대한 추개념은 나이가 들수록 핍진해지고 절실해지기 마련이다. 따라서 〈태평사〉의 작가는 인생의 경륜이 어느 정도 쌓인 연배 있는 인물이라고 추정할 수 있다.

다음으로 가사의 구절 가운데는 화자가 직접적으로 가사의 수용

461

자를 불러 말하는 부분이 있는데 작가를 추정할 수 있는 하나의 단
서를 제공해준다. 앞에서 인용한 가)는 작품의 서두 부분으로서 화
자가 '세상 벗님네'를 부르면서 시작한다. 그런데 이 부분은 이본마
다 '백성'과 '사람들' 등으로 나타나기도 한다. 가사가 유통되면서
향유자마다 일반적으로 가사를 시작할 때 쓰는 공식구를 골라서
시용하였다고 할 수 있다. 그리고 가사의 구절 가운데 '부유 같은
우리인생'이나 '가련타 우리인생'과 같은 구절에서 화자는 수용자
와 공동체의 관계를 형성하고자 하면서 가사를 진행하였다. 이와
같은 화자가 향유자를 불러들이기 하는 표현이나 화자와 수용자와
의 동등한 관계 설정 등은 가사문학 장르에서 보편적으로 사용하
고 있는 공식적 성격을 지니고 있는 것으로써 이것만 보아서는 화
자와 수용자와의 관계를 정확히 알 수는 없다.

　그런데 앞서 인용한 나)에 가면 화자는 '입아증민(粒我蒸民)들아'
라고 백성을 부르면서 돈화문에 걸린 윤음을 보러 가자고 서술했
다. 여기서 화자의 '입아증민'에 대한 위치가 드러난다. 일단 작가
는 돈화문에 걸린 윤음을 백성들에게 같이 보러 가자고 말하고 있
으므로 돈화문이 있는 한양성에 거주하는 인물임을 알 수 있다. 헌
종의 친정은 국가적 사건이기 때문에 자연스럽게 백성과 연결될
수밖에 없었을 것이다. 한양에 거주하는 화자가 한양에 거주하는
'백성'을 직접적인 발화 대상으로 설정한 것이다. 그런데 이 발언의
어조에는 화자의 백성에 대한 권위가 배어 있음을 감지할 수 있다.
다시 말하면 화자는 백성들과 동등한 입장에서라기보다는 백성들
을 계도하는 입장에서 발언하고 있다는 것이다. 백성들을 향하여
권위적 발언을 할 수 있는 층은 좁게는 관료층으로부터 넓게는 관
료층으로의 진출을 준비하고 있는 선비층일 것으로 보인다. 이와

같이 작품 내 화자의 분석을 통해 볼 때 〈태평사〉의 작가는 백성을 향해 권위적인 발언을 하고 있는 것으로 보아 백성과 계층성을 달리 하는 사족층이면서 연배가 있는 인물로 추정할 수 있다.

그러면 〈태평사〉의 작가는 여성일까 남성일까. 나)에서 '입아증민'으로 시작된 구절에 이어서 서술된 구절이 화자와 청지의 괸게는 추정의 단서를 제공해준다. 화자는 '장안청누 소연덜아 협탄비엉 할연이와 / 틔팽곡 격양가 리닉로애 들어보소'라고 하여 장안 靑樓에서 놀고 있는 소년들을 향하여 발언하고 있다. 늙은 후로는 다시 소년이 되기 어렵다는 것인데, 그 어조에 의하면 나이가 들어 인생을 살만큼 살아본 화자가 아직 인생을 모르는 소년들에게 인생의 선배로서 충고를 해주고 있음을 알 수 있다. 늙음과 젊음이 대칭을 이루고 있는데, 여기서 한 가지 생각할 수 있는 점은 화자가 발언하는 대상이 소년들이므로 화자가 나이든 남성일 가능성이 많다고 하는 점이다. 그리하여 이 부분을 젊은 소년들을 향한 연배 있는 남성 화자의 발언으로 보는 것이 가장 상식적인 해석일 것이다. 그 뒤로 화자가 부르고 있는 '장대(章臺 : 유곽)의 고운 계집'은 술집 여인들을 말한다. 따라서 술집의 여인을 부르는 화자는 남성일 가능성이 높다고 할 수 있다.

화자는 소년과 계집들이 있는 기생집이나 유곽에 접근이 가능하거나 이러한 장소의 향락문화를 향유하는 층이어서 남성일 가능성이 많아진다. 화자가 기생집과 유곽의 소년과 계집을 불러 가며 강조하고 있는 '놀아보자'는 것은 향락적 유흥 공간에서의 놀음을 말하는 것이지 건강한 노동을 통한 생활적 놀음을 말하는 것은 아니다. 그래서 〈태평사〉의 작품세계는 사람은 죽어지면 그만이니 살았을 때 실컷 놀아보자는 향락에의 경도를 두드러지게 보여준다.

　이러한 〈태평사〉의 작품세계는 당시 도회지의 번성에 따른 향락
문화의 발달과 연관이 있다. 19세기는 상공업의 발달로 도회지를
중심으로 자본이 축적되고, 축적된 자본은 대중문화의 발전을 촉
진하게 되었으며, 그에 따라 향락문화가 날로 번창하게 되었다. 그
런데 가부장제가 공고했던 19세기 봉건사회에서 대중문화를 즐기
고 누리는 향수층은 전적으로 남성이었다. 물론 유흥적 공간에는
기생, 소리꾼, 잡일꾼 등의 여성이 언제나 참여했다. 그러나 이러한
여성들은 대중문화의 공연에 참여한 특수계층으로서의 여성이었
고, 일반 여성들은 당대 대중문화의 향수에서 거의 대부분 제외되
었다. 이런 사정이고 보니 늙으면 소용 없으니 죽기 전에 놀아 보자
는 향락적 구호는 어디까지나 유흥공간에서 대중문화의 향수가 허
용된 남성만의 구호였다고 해도 과언이 아니다. 화자가 '長安의 靑
樓대에서 거문고를 끼고 놀고 있는[俠彈悲興] 소년들아 태평곡 격
양가를 들어보라'고 한 것은 향락문화의 향수층인 남성들 사이의
소통을 꾀하고자 한 발언으로 보는 것이 좋을 것이다.

　한편 〈태평사〉가 〈거창가〉의 서두에 차용되었던 점도 작가가 남
성일 가능성을 높여준다. 〈거창가〉의 작가는 남성이 확실하므로
같은 남성의 가사 작품을 자신의 전반부 사설로 배치해 놓았을 가
능성이 높은 것이다. 헌종의 친정에 즈음하여 한양에 사는 누군가
가 〈태평사〉를 창작하고 난 후 얼마 지나지 않았는데도 거창에 이
가사가 전달되어 〈거창가〉의 전반부 사설로 수용될 수 있었던 것은
남성 간 가사문학의 유통 경로를 거쳤기 때문이라고 할 수 있을 것
이다.

　이상에서 살펴본 바와 같이 〈태평사〉의 작가는 연배가 있는 남성
으로서 한양에 거주하며 가사문학의 창작과 향유에 경험이 풍부하

여 뛰어난 표현력과 문체를 구사할 수 있는 문필력을 지닌 지식인 층으로 추정된다. 가사문학사에서 가사문학을 향유하면서 자신의 문필력을 발휘하여 가사를 창작할 수 있는 작가층은 대부분 사족 층이었다. 따라서 〈태평사〉의 작가층은 가사문학의 전통적인 담당 층이었던 사족층이었을 것으로 추정된다.

05 맺음말

이 연구는 〈태평사〉가 〈거창가〉의 전반부 사설로 수용된 점을 주 목하면서부터 출발했다. 애초 〈태평사〉는 김대비라는 여성 작가가 썼으며, 그리하여 몇 편 되지 않는 유명씨 여성가사나 곤정가사의 하나로 알려졌다. 그런데 왕가의 김대비가 쓴 〈태평사〉를 〈거창가〉 의 작가가 아무렇지 않게 자신의 가사에 전반부 사설로 통째로 수 용할 수 있었을까? 〈태평사〉의 작가 문제를 다시 점검하지 않을 수 없었다.

그리하여 우선 〈태평사〉의 확인된 이본 양상을 살펴보았다. 총 31편이나 되는 확인된 이본 가운데 〈거창가〉 서두 계열의 이본이 21편이나 되어 가장 많았다. 대부분의 이본이 작가나 제목을 잃은 채 '거창가'나 '아림별곡' 등의 사설로 유통되었던 것이다. 그리고 이본 가운데는 단가 계열의 이본이 4편이나 되었는데, 이것들은 모 두 〈태평사〉 자체의 유통에 의해서라기보다 〈거창가〉의 유통에 의 해서 형성된 것으로 추정되었다. 이러한 이본의 양상에서 알 수 있 는 점은 〈태평사〉의 이해는 〈거창가〉와의 관련성 안에서 이루어질 수 있다는 것이다.

　다음으로 김대비가 과연 작가가 될 수 있는지를 검토해보았다. 우선 이본의 측면에서, 31편이나 되는 이본 가운데서 김대비를 작자로 기록하고 있는 이본이 딱 한 편밖에 안된다는 점은 작가가 김대비가 될 수 없다는 점을 말해준다. 다음으로 純元王后 김대비, 神貞王后 조대비, 그리고 헌종비인 효현왕후 중에서 작가가 될 수 있는 인물이 누구인지 검토해보았다. 순원왕후는 당시 대비이기는 했지만 작품 가운데 삼인칭으로 기술되어 있으므로 절대로 작가가 될 수 없다. 한편 조대비도 당시 대비였긴 하였으나 조대비의 권력으로 볼 때 조대비가 김대비로 바뀌는 일은 일어나지 않았을 것이다. 홍재휴가 작가로 지목한 효현왕후는 〈태평사〉를 창작할 당시의 나이가 13세로 작가가 될 수 없다. 한편 작품의 제작 시기의 면에서 볼 때도 효현왕후가 작가가 되기에는 무리가 따른다. 따라서 〈태평사〉의 작가는 무명씨라고 보는 것이 합당하다고 보았다.

　마지막으로 〈태평사〉의 작가가 알려진대로 김대비가 아니고 무명씨라면 작가층은 어떠할까를 규명해보았다. 〈태평사〉의 작가는 연배가 있는 남성으로서 한양에 거주하며 가사문학의 창작과 향유에 경험이 풍부하여 뛰어난 표현력과 문체를 구사할 수 있는 문필력을 지닌 지식인층으로 추정된다. 이렇게 〈태평사〉의 작가층은 가사문학의 전통적인 담당층이었던 남성 사족층으로 추정되었다.

참고문헌

[자료]

〈甲갑民민歌가〉, 임기중 편, 『역대가사문학전집』제6권, 동서문화원, 1987, 5~17쪽.

〈甲民歌〉, 고려대학교 도서관 소장 『靑城雜記』3책 47~52장.

〈호남가〉, 필사집 『홍길동전』

〈合江亭歌〉, 김동욱, 임기중 공편, 『校合 雅樂部歌集』, 태학사, 1982, 175~179쪽.

〈合江亭歌〉, 김동욱, 임기중 공편, 『校合 歌集』二, 태학사, 1982, 420~427쪽.

〈合江亭歌〉, 임기중 편, 『역대가사문학전집』20권, 여강출판사, 1994, 33~40쪽.

〈合江亭歌〉, 단국대율곡기념도서관, 『한국가사자료집성』12권, 태학사, 418~425쪽.

〈合江亭歌〉, 박종수 편, 『(나손본) 필사본 고소설 자료총서』76권, 보경문화사, 1993.

〈合江亭歌〉, 김동욱, 임기중 공편, 『樂府』上, 태학사, 1982, 331쪽.

〈合江亭歌〉, 이용기 편, 정재호, 김흥규, 전경욱 주해, 『註解 樂府』, 고려대학교 민족
　　　문화연구소, 1992, 322쪽.

〈합강정선뉴가라〉, 『存齋全書 下』, 경인문화사, 1974, 494~567쪽.

〈합강정션유가〉, 임기중 편, 『역대가사문학전집』49권, 아세아문화사, 1998, 370~
　　　376쪽.

〈합강정〉, 임기중 편, 『역대가사문학전집』49권, 아세아문화사, 1998, 97~101쪽.

467

〈合江亭歌〉, 한국가사문학관 소장 『가사소리』

〈합강정션유개라〉, 한국가사문학관 소장 『雙女錄』

〈합강정션유가〉, 임기중 편, 『역대가사문학전집』49권, 아세아문화사, 1998, 377~
　　383쪽.

〈합강정〉, 임기중 편, 『역대가사문학전집』38권, 아세아문화사, 1998, 97~101쪽.

〈香山別曲〉, 임기중 편, 『역대가사문학전집』30권, 여강출판사, 1992, 13~28쪽.

〈향산별곡〉, 임기중 편, 『역대가사문학전집』20권, 여강출판사, 1988, 155~172쪽.

〈향산별곡〉, 단국대 율곡기념도서관, 『한국가사자료집성』8권, 태학사, 1997, 565~
　　582쪽.

〈향산별곡〉, 박종수 편, 『(나손본) 필사본 고소설 자료총서』76권, 보경문화사,
　　1993.

〈향산별곡〉, 임기중 편, 『역대가사문학전집』20권, 여강출판사, 1988, 173~178쪽.

〈居昌歌〉, 원광대 도서관 소장.

〈거창가〉, 임기중 편, 『역대가사문학전집』20권, 여강출판사, 1988, 71~98쪽.

〈거창가〉, 유탁일 소장.

〈거창가〉, 김일근 소장.

〈거창가〉, 연세대학교 중앙도서관 소장.

〈居昌歌〉, 홍종환 소장.

〈娥林歌〉, 한국가사문학관 소장.

〈居昌歌〉, 한국가사문학관 소장.

〈거창가라〉, 한국가사문학관 소장.

〈居昌歌〉, 한국가사문학관 소장.

〈거층가〉, 한국가사문학관 소장.

〈거천가라〉, 한국가사문학관 소장.

〈것창가라〉, 한국가사문학관 소장.

〈거쳥기라〉, 한국가사문학관 소장.

〈이조거창가〉, 임기중 편, 『역대가사문학전집』제27권, 여강출판사, 1992년, 98~107쪽.

〈틔평가라〉, 임기중편, 『역대가사문학전집』18권, 여강출판사, 1994.

〈漢陽歌〉, 임기중편, 『역대가사문학전집』27권, 여강출판사, 1992.

〈한양가〉, 임기중편, 『역대가사문학전집』28권, 여강출판사, 1992.

〈漢陽歌〉, 임기중편,『역대가사문학전집』48권, 아세아문화사, 1998.

〈민탄가〉, 한국가사문학관 소장.

〈罪人達宇義綱等推案單〉,『推案及鞫案』第二十六券, 한국학문헌연구소편, 아세아문
　　　화사, 1980.

〈晋州按覈使查啓跋辭〉,『壬戌錄』

秦東赫,『注釋 李世輔 時調集』, 정음사, 1985.

한국학데이타베이스연구소,『순조실록』,『증보판 CD-ROM 국역 조선왕조실록』
　　　제3집, 서울시스템(주), 1997.

한국학데이타베이스연구소,『정조실록』,『증보판 CD-ROM 국역 조선왕조실록』
　　　제3집, 서울시스템(주), 1997.

[논저]

강전섭,「樂貧歌에 대하여」,『한국고전문학연구』, 대왕사, 1982, 157~158쪽.

강전섭,「향산별곡의 이본에 대하여」,『語文學』, 제50집, 한국어문학회, 1989, 1~28쪽.

강전섭,「香山別曲의 작자에 대하여」,『한국고전문학연구』, 대왕사, 1982, 68쪽.

강전섭,『한국고전문학연구』, 대왕사, 1982, 156쪽.

고미숙,「조선후기 평민가객의 문학적 지향과 작품세계의 변모양상」, 고려대학교
　　　대학원 석사학위논문, 1986, 73~83쪽.

고순희,「18세기 정치현실과 가사문학 - 〈별사미인곡〉과 〈속사미인곡〉을 중심으
　　　로」,『어문학』제78집, 한국어문학회, 2002.

고순희,「19세기 장르간 교섭의 한 양상」,『고시가연구』제5집, 한국고시가문학회,
　　　1998.

고순희,「19세기 현실비판가사 연구」, 이화여자대학교 대학원 박사학위논문,
　　　1990.

고순희,「19세기말 도세저항운동 : 가사문학〈심심가〉연구」,『제61회 국어국문학
　　　회 국제학술대회 발표논문집』, 국어국문학회, 2017년 5월 26일, 247~262면.

고순희,「동학농민군 지도자의 가사문학〈경난가〉연구」,『한국시가연구』제41집,

한국시가학회, 2016, 197~227쪽.

고순희, 「민란과 실전 현실비판가사」, 『한국고전연구』제5집, 한국고전연구학회, 1999, 235~267쪽.

고순희, 「일제강점기말 현실비판가사 〈만주가〉 연구」, 『동북아문화연구』제49집, 동북아시아문화학회, 2016, 79~94쪽.

고순희, 『만주망명과 가사문학 연구』, 박문사, 2014.

고순희, 『만주망명과 가사문학 자료』, 박문사, 2014.

고순희, 「만주 동포 귀환기: 〈일오전쟁회고가〉 연구」, 『한국시가연구』제26집, 한국시가학회, 2009, 187~213쪽.

고순희, 「일제강점기 징병과 가사문학의 양상」, 『국어국문학』제168집, 국어국문학회, 2014, 179~202쪽.

고순희, 「일제강점기 일본경험과 규방가사」, 『동북아문화연구』제39집, 동북아시아문화학회, 2014, 141~155쪽.

고순희, 「한국전쟁과 가사문학」, 『한국고시가문화연구』제34집, 한국고시가문화학회, 2014, 5~32쪽.

고승제, 「이조말기 촌락운동과 농촌사회의 구조적 변화」, 『한국촌락사회사연구』, 일지사, 1977.

권내현, 「18·19세기 진주지방의 향촌세력변동과 임술농민항쟁」, 『한국사연구』제89호, 한국사연구회, 1995, 117~144쪽.

권영철, 『규방가사각론』, 형설출판사, 1986.

권영철, 『규방가사연구』, 이우, 1980.

김경재, 「최수운의 시천주와 역사이해」, 『한국사상총서』四. 태광문화사, 1975.

김명호, 「근대문학론의 기본쟁점」, 『근대문학의 형성과정』, 고전문학연구회편, 문학과 지성사, 1983, 98쪽.

김문기, 『서민가사연구』, 형설출판사, 1983.

김소운 편저, 『조선구전민요집』, 영창서관, 1959, 92쪽.

김용섭, 「철종조의 민란발생과 그 지향-진주민란 안핵문건의 분석」, 『동방학지』제94권 0호, 연세대학교 국학연구원, 1996, 49~109쪽.

김용섭, 「還穀制의 釐整과 社會法」, 『한국근대농업사연구』上, 일조각, 1984.

김용섭, 『조선후기농업사연구 Ⅰ』, 일조각, 1974.

김용섭, 『조선후기농학사연구』, 일조각, 1988.

김용찬, 「〈갑민가〉의 주제에 대한 재검토」, 『어문논집』제33호, 민족어문학회, 1994, 309~336쪽.

김인걸, 「조선후기 향촌사회 통제책의 위기」, 『진단학보』제58호. 진단학회, 1984.

김일근, 「가사 거창가(일명 한양가)」, 『국어국문학』39 · 40 합병호, 국어국문학회, 1968, 201~209쪽.

김일렬, 「〈갑민가〉의 성격과 가치」, 『한국고전시가작품론 2』, 집문당, 1992, 775~781쪽.

김준영, 「정읍군민란시여항청요」, 『국어국문학』29호, 국어국문학회, 1965, 129~150쪽.

김준형, 「18세기 里定法의 전개」, 『진단학보』제58호, 진단학회, 1984.

김준형, 『1862년 진주농민항쟁』, 지식산업사, 2001, 1~155쪽.

김학성, 「가사의 실현화 과정과 근대적 지향」, 『근대문학의 형성과정』, 문학과 지성사, 1983.

김형태, 「〈갑민가〉의 이본 및 대화체 형식 연구」, 『열상고전연구』제18집, 열상고전연구회, 2003, 255~303쪽.

김흥규, 『한국문학의 이해』, 민음사, 1986, 121쪽.

나정순, 「시조장르의 시대적 변모와 그 의미」, 이화여대 박사학위논문, 1989, 95쪽.

남동걸, 「조선시대 누정가사 연구」, 인하대학교 대학원 박사학위논문, 2011.

루시앙 골드만, 『숨은 神』, 송기형 · 정과리 옮김, 인동, 1980.

류연석, 『한국가사문학사』, 국학자료원, 1994.

망원한국사연구실 19세기 농민항쟁분과, 「경상도의 농민항쟁」, 『1862년 농민항쟁-중세말기 전국 농민들의 반봉건투쟁』, 동녘, 1988, 140~143쪽

박성의, 「악부 연구」, 『고려대학교 60주년 기념 논문집- 인문과학편』, 고려대학교, 1965, 31쪽.

박영주, 「가사의 갈래규정과 체계화 방안」, 『성대문학』제25집, 성균관대학교 국어국문학과, 1987.

박헌봉, 『창악대강』, 국악예술학교 출판부, 1966.

박희병, 「춘향전의 역사적 성격 분석」, 『전환기의 동아시아 문학』, 창작과 비평사, 1985.

참고문헌

『비변사등록』철종 10년 6월 19일. 〈진주의 결렴의 폐단에 대해 道臣이 자세히 조사
　　하여 보고하게 할 것을 청하는 비변사의 啓〉
상곡공파보 간행추진위원회, 『昌寧成氏文獻誌』, 1985, 83쪽.
서대석, 「몽류록의 장르적 성격과 문학사적 의의」, 『한국학논집』 제3집, 1975,
　　129~160쪽.
성무경, 『가사의 시학과 장르실현』, 보고사, 2000, 244쪽.
성태용, 「다산의 明善論에 대한 일고찰」, 『태동고전연구』 창간호, 태동고전연구
　　회, 1984, 17~23쪽.
송양섭, 「임술민란기 부세문제 인식과 삼정개혁의 방향」, 『한국사학보』제49집,
　　고려사학회, 2012, 7~53쪽.
송재소 역주, 『다산시선』, 창작과비평사, 1981, 63~65쪽.
송재소, 『다산시연구』, 창작사, 1986.
송찬섭, 「1862년 진주농민항쟁의 조직과 활동」, 『한국사론』제21권, 서울대학교
　　국사학과, 1989, 317~370쪽.
신경림, 『민요기행 ①』, 한길사, 1985, 243~245쪽.
안병욱, 「19세기 임술민란에 있어서의 향회와 요호」, 『한국사론』제14권, 서울대
　　학교 국사학과, 1986, 181~205쪽.
안병욱, 「조선후기 자치와 저항조직으로서의 향회」, 『성심여자대학교논문집』제
　　18집, 성심여자대학교, 1986.
염무웅, 「식민지 문학관의 극복문제」, 『한국근대문학사론』, 임형택, 최원식 편, 한
　　길사, 1982, 28쪽.
원전환, 「진주민란과 박규수」, 『봉건사회 해체기의 사회경제구조』, 강재언 외, 청
　　아출판사, 1982, 346쪽.
유명종, 『한국사상사』, 이문사, 1981, 489쪽.
유봉학, 「19세기 전반세도 정국의 동향과 연암일파」, 『동양학 학술회의 강연초』,
　　단국대학교 동양학 연구소, 1988, 58쪽.
유창순, 『이조국어사연구』, 선명문화사, 1973, 94쪽.
유탁일, 「조선후기 가사에 나타난 서민의 의향」, 『연민 이가원박사 육질송수기념
　　논총』, 범학도서, 1977.
육민수, 「〈거창가〉 서술 구조의 특성」, 『어문연구』제33집, 한국어문교육연구회,

2005, 131~153쪽.

윤석산, 『용담유사 연구』, 민족문화사, 1987, 87쪽.

윤성근, 「합강정가연구」, 『어문학』제18호, 한국어문학회, 1968, 83~106쪽.

이경희, 「시적 언술에 나타난 한국 현대시의 병렬법 연구」, 이화여자대학교 대학원, 박사학위논문, 1989, 7쪽.

이농잔, '〈농재잡사〉 소재 가사고」, 『한국문학논총』제26집, 한국문학회, 2000, 523~540쪽.

이병기, 『국문학개론』, 일지사, 1965, 137~39쪽.

이상보, 「南哲의 憎歌」, 『한국고전시가 연구 · 속』, 태학사, 1984, 163쪽.

이상보, 『한국고전시가 연구 · 속』, 태학사, 1984, 163쪽.

이상보, 〈甲民歌〉, 『현대문학』143호, 현대문학사, 1966, 325~330쪽.

이상신, 「향산별곡의 문학사회학적 연구」, 『어문학보』제 10집, 강원대학교 국어교육과, 1986, 59~74쪽.

이영호, 「1862년 진주농민항쟁의 연구」, 『한국사론』제19권, 서울대학교 국사학과, 1988, 411~477쪽.

이이화, 「19세기 전기의 민란연구」, 『한국학보』제35호, 일지사, 1984.)

이이화, 「19세기 초기 제정치 세력의 동향」, 『동양학 학술회의 강연초』, 단국대학교 동양학연구소, 1988, 73쪽.

이재식, 「거창가 이본고」, 『어문연구』99호, 한국어문교육연구회, 1998, 184~196쪽.

이재준, 「〈거창가〉와 〈향산별곡〉의 대비적 고찰-현실인식과 대응양상을 중심으로」, 『온지논총』제40집, 온지학회, 2014, 97~134쪽.

이재준, 「가사문학에 나타난 현실비판 의식의 전개와 의미」, 서울시립대학교 대학원, 박사학위논문, 2017.

이정진, 「嘉山平賊歌攷」, 『국어교육연구』제5집, 원광대학교 사범대학 국어교육과, 1986.

이종출, 「盧明善의 天風歌」, 『한국언어문학』제4집, 한국언어문학회, 1966.

이종출, 「魏世寶의 金塘別曲攷」, 『국어국문학』, 제34 · 35합집, 국어국문학회, 1967.

이종출, 「止止齋 李商啓의 歌辭攷」, 『한국언어문학』제2집, 한국언어문학회, 1964.

이종출, 「合江亭船遊歌攷」, 『어문학논총』제7집, 조선대학교 국어국문학연구회, 1966.

473

참고문헌

이종출, 「합강정선유가보유」, 『한국고시가연구』, 태학사, 1989, 486쪽.

이종출, 『한국고시가연구』, 태학사, 1989.

이창배 편저, 『한국가창대계』, 홍인문화사, 1976.

이형대, 「18세기 전반의 농민현실과 임계탄(任癸歎)」, 『민족문학사연구』 제22집, 민족문학사학회, 2003, 34~57쪽.

이혜순 外, 『한국고전여성작가연구』, 태학사, 1999.

임기중 편, 『역대가사문학전집』 제27권, 여강출판사, 1992년, 98~107쪽.

임기중 편, 『역대가사문학전집』 제6권, 동서문화원, 1987, 71~98쪽.

임동권, 『한국민요연구』, 이우출판사, 1975, 193~194쪽.

임형택, 「19세기 문학예술사 연구 현황과 문제점」, 『한국 근현대사 각부문별 연구 현황과 문제점을 위한 학술강연회』, 한국학술진흥재단, 1986.

임형택, 「이조말 지식인의 분화와 문학의 희작화 경향」, 『전환기의 동아시아 문학』, 임형택·최원식 편, 창작과 비평사, 1985, 24~29쪽.

임혜련, 「철종대 정국과 권력 집중 양상」, 『한국사학보』 제49집, 고려사학회, 2012, 153~154쪽.

장병길, 「祭天·祭政에 대한 사상」, 『한국사상의 심층연구』, 이을호 외저, 우석, 1982.

전복규, 「조선후기가사의 근대의식 연구」, 경희대학교 대학원 박사학위논문, 1999.

정석종, 「조선후기 사회신분제의 변화」, 『조선후기 사회변동 연구』, 일조각, 1983, 278쪽.

정원표, 「자하 신위의 한시연구」 서울대학교 대학원 박사학위논문, 1987, 21쪽.

정익섭, 「龜溪 朴履和의 歌辭攷」, 『한국언어문학』 제2집, 한국언어문학회, 1964.

정재호, 「鄕山別曲攷」, 『한국가사문학론』, 집문당, 1982, 119~137쪽.

정주동, 「쭕譜歌 解說」, 『어문논총』 제2집, 경북대학교, 1964.

정창렬, 「백성의식, 평민의식, 민중의식」, 『현상과 인식』 겨울호, 1981.

정홍모, 「향산별곡을 통해 본 19세기 초 민란 가사의 한 양상」, 『한국시가연구』 창 간호, 한국시가학회, 1997.

조광, 「19세기 민란의 사회적 배경」, 『19세기 한국 전통사회의 변모와 민중의식』, 진덕규 외저, 고려대학교 민족문화연구소, 1982.

조규익, 「〈거창가〉론(1)」, 『고전문학연구』제17집, 한국고전문학회, 2000, 123~154쪽.

조규익, 「거창 현지에서 만들어진 충실한 내용의〈거창가〉이본-김현구본〈아림별 곡〉에 대하여」, 『한국문학과 예술』제23집, 숭실대학교 한국문학과 예술 연구소, 2017, 355~407쪽.

조규익, 「원본에 가까운 또 하나의〈거창가〉선본-묵남본〈아림별곡〉에 대하여」, 『한국 문학과 예술』제18집, 숭실대학교 한국문학과 예술연구소, 2016, 375~447쪽.

조규익, 『봉건시대 민중의 저항과 고발문학 거창가』, 월인, 2000.

조동일, 「민중, 민중의식, 민중예술」, 『한국민중론』, 한국신학연구소편, 1984.

조동일, 『한국문학통사』제3권, 지식산업사, 1984, 336쪽.

진경환, 「거창가와 정읍군민란시여항청요의 관계」, 『어문논집』제 27집, 고려대학 교 국어국문학회, 1987.

진동혁, 『이세보시조연구』, 집문당, 1983.

차용주, 「몽유록과 몽자류소설의 同異에 대한 고찰」, 『청주여자사범대학 논문집』 제 3집, 청주여자대학교, 1974, 20쪽.

채현석, 「조선후기 현실비파가사 연구」, 조선대학교 대학원 박사학위논문, 2008.

최규수, 「김대비훈민가의 말하기방식과 가사문학적 효과」, 『한국문학논총』제27 집, 한국문학회, 2000.

최미정, 「1800년대의 민란과 국문시가」, 『성곡논총』제24집, 성곡학술문화재단, 1993.

최상우, 「정다산의 서학사상」, 『정다산과 그 시대』, 강만길 외저, 민음사, 1986.

최진옥, 「1860년대 민란에 관한 연구」, 『전통시대의 민중운동』下, 풀빛, 1981, 397쪽.

하성래, 「천주가사의 사적연구」, 고려대학교 대학원 박사학위논문, 1984, 89쪽.

학원유, 「평안도 농민전쟁의 참가층」, 『전통시대의 농민운동』上, 풀빛사, 1981, 246~247쪽.

한국가사문학학술진흥위원회, 〈민탄가〉, 『오늘의 가사문학』제11호, 담양군, 2016, 288~301쪽.

한국정신문화연구원 마이크로필름, 『海平尹氏世譜』卷之十六 中三 文翼公派.

한국한문학연구회편, 『詩選』, 아세아문화사, 1988, 51쪽.

허병섭, 「민중사실에 대한 연구」, 『공동체문화』제1집, 공동체, 1983.

허윤섭, 「새로운 민중사의 시각과 19세기 현실비판가사 연구사에 대한 비판적 검토와 새로운 독법의 마련」, 『민족문학사연구』 제61집, 민족문학사연구소, 2016, 39~70쪽.

홍재휴, 「居昌歌 攷異」, 『연구논문집』 제55집, 대구효성가톨릭대학교, 1997.

홍재휴, 「太平詞攷」, 『한남어문학』 제13집, 한남대 국어국문학회, 1987.

저자약력

▌고 순 희

부경대학교 국어국문학과 교수
한국고시가문화학회 부회장
한국고전여성문학회 회장(2014~2015)
저서 : 『고전시 이야기 구성론』, 『교양 한자 한문 익히기』, 『만주망명
　　　과 가사문학 연구』, 『만주망명과 가사문학 자료』, 『조선후기
　　　가사문학 연구』, 『고전 詩·歌·謠의 시학과 활용』

현실비판가사 연구

초 판 인 쇄	2018년 02월 13일
초 판 발 행	2018년 02월 27일
저　　　자	고 순 희
발 행 인	윤 석 현
발 행 처	도서출판 박문사
책 임 편 집	최 인 노
등 록 번 호	제2009-11호
우 편 주 소	서울시 도봉구 우이천로 353 성주빌딩 3층
대 표 전 화	02) 992 / 3253
전　　　송	02) 991 / 1285
홈 페 이 지	http://www.jncbms.co.kr
전 자 우 편	bakmunsa@hanmail.net

ⓒ 고순희, 2018. Printed in KOREA

ISBN 979-11-87425-82-3　94810　　　　　　　　　　　정가 34,000원
　　　 979-11-87425-81-6　94810(세트)